W0317841

10|18
12, avenue d'Italie — Paris XIIIe

Sur l'auteur

David James Duncan est né à Portland dans l'Oregon en 1952. Ami de Jim Harrison, Sherman Alexie ou encore James Welch, il vit actuellement à Lolo dans le Montana. *La Vie selon Gus Orviston*, livre culte aux États-Unis depuis sa publication en 1983 et comparé à *L'Attrape-Cœur* de Salinger, est son premier ouvrage traduit en français. Son second roman, *The Brothers K*, publié en 1992, est en cours d'adaptation au cinéma. Après un recueil de nouvelles, *River Teeth : Stories and Writings*, son troisième roman, *My Story as Told by Water*, vient de paraître aux États-Unis. Parallèlement à son travail de romancier, David James Duncan a écrit de nombreux articles et essais sur la littérature, la nature et l'environnement.

LA VIE SELON GUS ORVISTON

PAR

DAVID JAMES DUNCAN

Traduit de l'américain
par Michel LEDERER

10|18

« Domaine étranger »
dirigé par Jean-Claude Zylberstein

ALBIN MICHEL

Titre original :
The River Why

© David James Duncan, 1983
publié par Sierra Club Books, San Francisco.
© Éditions Albin Michel, 1999,
pour la traduction française.
ISBN 2-264-03076-3

LIVRE PREMIER

LE PARFAIT PÊCHEUR À LA LIGNE

Le jour de ma naissance commença avec l'eau.
Dylan Thomas

Quelle demeure est-ce donc ?
où il n'y a ni charbon ni chandelle,
où je ne trouve qu'entrailles de poissons...
Zachary Boyd, « Jonas »

1

« Gus le poisson »

> Je ne sais si mon corps est chair ou poisson, se lamenta-t-il. Combien infortunée celle qui m'aime...
>
> Charles Williams,
> *Taliesin à Logres*

Ma mère, ayant abrité deux fils dans les eaux de son ventre, se considère comme une manière d'autorité en fœtus humains. Le fœtus normal, affirme-t-elle, n'est pas un nageur. Il ne ressemble ni à un poisson, ni à un phoque, ni à une anguille, ni même à une tortue : il est étranger au milieu aquatique où il se meut avec maladresse, sorte de créature terrestre tâtonnante, désorientée par son immersion et désireuse de s'en échapper. A l'en croire, mon frère était un fœtus de ce genre. Moi pas. Mon style de natation n'était pas celui d'un humanoïde. Qu'il s'agisse de papillon, de crawl, de dos crawlé ou de brasse, je pratiquais les mouvements sûrs et rapides d'une grosse truite difforme à l'aise dans son milieu naturel, qui paresse et fend de ses nageoires l'eau noire et chaude d'un bassin de la rivière — un pool comme disent les pêcheurs *.

---

* Voir note du traducteur en fin de volume.

Mon père, n'ayant pour sa part abrité personne dans son corps et étant dépourvu des organes nécessaires, ne sait pratiquement rien sur les fœtus humains, ce qui ne l'a pas empêché d'écrire et de publier un article grotesque sur la naissance des humains. Mon père est deuxièmement écrivain et premièrement pêcheur à la mouche, et ses nouvelles, ses livres ainsi que ses conférences sur cet art — sans parler de son teint rubicond et de sa silhouette enrobée chaussée de cuissardes — sont célèbres dans le monde de la pêche à la mouche. L'un de ses articles préférés a été publié en 1954 dans *Pêche et Agriculture* sous le tire de « Gus le poisson ». Ecrit dans un langage ampoulé et plutôt inhabituel, genre papa-et-moi-vont-à-la-pêche, « Gus le poisson » narre les aventures d'un obstétricien qui finit par réussir à prendre et à sortir de l'eau « une belle prise de quatre kilos » qui avait « échappé à tous les pêcheurs pendant plus de neuf mois » bien qu'étant prisonnière « d'un pool dans une rivière dépassant à peine un mètre soixante de long ». Puis, dans le dernier paragraphe, il éclairait sa petite allégorie en concluant de façon absolument oubliable : « Ce vieux Gus n'est pas une truite retorse qui hante les eaux de la Letort, de la Beaverkill ou de la Firehole, mais rien de moins que mon gros fils, mon premier poisson et futur pêcheur à la mouche ! »

Voilà le genre d'esprit de mon père... Le pêcheur, pour des raisons inexplicables, jouit d'une place privilégiée dans ce monde difficile : certains sont dans des camisoles de force, enfermés pour des crimes aussi innocents que s'habiller ou parler comme Sherlock Holmes, César ou le général Custer, et on voit mon père, célèbre et respecté, avec sa veste de douze kilos, son chapeau couvert d'imitations d'insectes, le haut de son pantalon en caoutchouc claquant autour de son torse, se balader en liberté dans le monde des rivières à truites, armé de dangereux hameçons et de couteaux, et fouetter la chair innocente de cours d'eau en s'amusant à représenter sa femme sous les traits d'une rivière naine et son fils sous ceux d'un poisson.

Son état ne devrait pourtant étonner personne. Réfléchissez : quand on introduit ne serait-ce qu'une infime quantité d'eau dans un postérieur humain, il en résulte une terrible purge. Ne s'ensuit-il pas que la proximité constante d'une vaste quantité de ce même liquide dans l'*antérieur* d'un homme doit produire une purge analogue ? Peut-être que la vérité psychologique en ce domaine est que la tête de mon père — si longtemps et si impitoyablement battue par les vagues des eaux à truites — a été la victime involontaire d'un lavement crânien : son cerveau a été vidé de tout ce qui ne touchait pas aux poissons et à la pêche, d'où les bizarreries aquatiques du genre « Gus le poisson ».

Mon père se nomme Henning Hale-Orviston. Ses parents étaient des aristocrates anglais, et il tient d'eux ses manières et son parler. Il cultive soigneusement son accent distingué, boit du Glenfiddich, fume du Rattray's Highland Targe et du Balkan Sobranie dans de parfaites pipes en bruyère et en écume, conduit une Rover en ville et une Winnebago à la campagne, donne ses conférences en chemise blanche et cravate, pêche habillé de tweed et dort en pyjama de soie ; pour fabriquer ses mouches, il fait preuve d'une méticulosité digne de celle du Créateur ; son écriture ressemble à de la véritable calligraphie et lorsqu'il dédicace ses livres, il signe de son nom entier. Il est, à mon grand désespoir, la seule personne au monde à m'appeler par le nom que je porte à l'état civil : Augustin...

aussi, à son grand désespoir, je l'appelle H2O.

Et, à son plus grand désespoir encore, Ma l'appelle « Hen ». Selon son mode de pensée à elle, *Hen* constitue un moyen rudimentaire de conserver son emprise sur son mari. Selon le mode de pensée de H2O, *Hen*, qui veut dire « poule », est une insulte ridicule et injustifiée. Selon mon mode de pensée à moi, *Hen* est un surnom qui présente plusieurs intérêts : parmi les pêcheurs du nord-ouest des Etats-Unis, une poule est une truite steelhead femelle. D'après H2O, Ma est une rivière, et si l'on considère que toutes ces désignations reflètent la réalité, on peut en déduire lequel de mes deux parents contrôle, maîtrise et détermine le destin de l'autre. Il suffit d'observer notre famille pour que la vérité apparaisse au travers de la symbolique : sous le toit des Orviston, c'est Ma qui porte la culotte.

Ce n'est pas tout. Si une femme a jamais été la némésis, l'antagoniste, l'antithèse d'un homme, eh bien, Ma l'est pour H2O. Dans les cercles de plus en plus étroits de pêcheurs à la ligne puristes où Henning Hale-Orviston passe pour ce que l'on fait de mieux, Ma Orviston passe pour ce que l'on fait de pire — car, quoiqu'elle n'ait jamais publié une ligne sur la pêche et que H2O se soit efforcé d'étouffer sa voix, Ma, objet de tous les commérages, récolte le déshonneur là où H2O récolte l'honneur. La raison ? Ô hérésie suprême ! Plus bas que le bas clergé, plus bas que le paria, plus bas que le braconnier, le prédateur ou le pollueur se situe l'Antipode du Pêcheur à la Mouche : Ma, en effet, pêche aux appâts ! Une fondamentaliste. Une trempeuse de vers.

L'une des nouvelles que mon père aime le moins a été publiée en 1954 dans une version édulcorée et déformée sous le titre improbable de « Nijinski » par *Sports Afield* — un magazine qui ne vaut d'être regardé que pour ses pages en couleurs. Quant à la version intégrale, elle manque justement de couleurs : elle n'a jamais été imprimée, ce qui est difficile à croire compte tenu de son caractère historique. On n'en parle jamais, au grand jamais, devant H2O, mais une fois par an, à la Réunion du clan Carper (les Carper étant la famille de Ma), Zeke, mon barde d'oncle, qui l'a baptisée « l'Affaire de la rivière Deschutes » la lit. Il la présente en deux épisodes, s'arrêtant au milieu pour descendre une bière : la première partie est une assez bonne imitation de l'accent et du style littéraire pompeux de mon père, mais après la bière, l'histoire se métamorphose sous la patte de Zeke qui la raconte avec son accent traînant de l'Oregon le plus prononcé. Voici :

> C'est au début de l'automne 1953 que Henning Hale-Orviston, encore célibataire à l'époque, connut la plus extraordinaire aventure de sa carrière déjà illustre de pêcheur à la ligne. Sous un ciel de plomb, cerné par les parois d'un canyon de l'Oregon où, à cause de l'impitoyable soleil du désert, il faisait plus chaud que dans un four, Orviston avait passé la journée entière à écumer

les eaux vertes et brillantes de la fameuse rivière Deschutes à la recherche d'une remontée de stealheads d'été, mais, malgré ses efforts inlassables et ses talents sans égal, il n'avait pour témoigner de son acharnement que le souvenir de quelques petites truites attrapées et, bien sûr, aussitôt relâchées comme il convient. Epuisé par la chaleur, l'éclat du soleil et la pression constante du courant où il marchait, de l'eau jusqu'à la taille, Orviston se résolut à faire le proverbial « dernier lancer » avant d'entreprendre la pénible ascension vers sa voiture et sa petite caravane. Sa frustration atteignit son comble lorsque le streamer noué avec tant de maîtrise autour de l'hameçon cessa son voyage vers l'océan et subit une traction inexorable ne pouvant que signifier qu'il s'était pris dans quelque chose. N'attendant plus que de mettre un terme à cette journée de vains efforts, Orviston commença à ramener son fil d'un air dégoûté et voulut dégager la pointe 2x du bas de ligne d'un coup sec. Par bonheur, il ne réussit pas, car, à l'instant où il releva sa canne, la rivière jusqu'alors calme et sereine explosa littéralement, tandis que dans un bond à provoquer un arrêt cardiaque, la plus puissante steelhead qu'il eût jamais vue crevait la surface. A peine le poisson magnifique eut-il fait jaillir d'étincelantes éclaboussures qu'il plongeait pour réapparaître et entamer ainsi une série de figures incroyables, bondissant et bondissant de nouveau, au point que cela donna à son mortel ennemi l'idée de le surnommer « Nijinski » en l'honneur du célèbre et surnaturel danseur de ballet. Ainsi débuta le combat entre le rusé pêcheur et le divin poisson, digne de figurer aux côtés des luttes furieuses entre chevaliers et dragons dans les légendes du temps jadis...

Semblant comprendre qu'il ne s'agissait point d'une simple affaire de ver qui pendouille, Nijinski cessa bientôt ses cabrioles. Utilisant tout l'arsenal de ses ruses — ainsi que sa force brutale —, le monstre prit la direction des rapides en aval et, infatigable, adopta une allure soutenue à laquelle la pointe 2x n'était à l'évidence pas en mesure de s'opposer. Orviston suivait de son mieux, la canne levée bien haut. Il courait, plongeait, à moitié dans l'eau, à moitié dans les broussailles, accélérait le pas chaque fois que le danger se précisait, ralentissait et donnait du mou chaque fois que Nijinski le permettait. Implacable, machiavélique, il poursuivait son léviathan argenté avec toute la détermination d'un Achab.

Après trois kilomètres et une heure et demie de combat, Nijinski se réfugia dans les profondeurs d'un sinistre pool d'un noir d'encre où il demeura jusqu'à ce que le rouge du crépuscule apparût puis disparût dans le ciel. Il s'y retrancha cependant que les derniers rayons du soleil couchant qui escaladaient le bord du canyon baignaient d'une ultime lueur les genévriers, la sauge et les parois rocheuses. Lui-même à bout de force, Orviston ne pouvait qu'espérer que le poisson aussi se fatiguait. Le cœur vaillant, la patience d'un reptile, il appliqua toute la pression que pouvait encore subir la soie faible mais fidèle. Centimètre chèrement gagné par centimètre chèrement gagné, il tira Nijinski des profondeurs obscures et bouillonnantes...

C'est à cet endroit que Zeke boit sa bière — ce qui mérite d'être noté, car il s'agit d'une bouteille d'un litre ! Et si vous voyiez ensuite le pétillement dans ses yeux et que vous sachiez quel fossé sépare la fin de l'histoire telle que publiée par H2O et le récit que mon oncle s'apprête à faire, vous comprendriez que je vous livre la vérité sur la Mort de Nijinski au risque d'être déshérité — si ce n'est noyé.

Zeke impose le silence à son auditoire par un renvoi de six bonnes secondes, puis...

Loin au-dessus du bord du canyon, la Voie lactée s'allume, qu'on aurait dit le dentier de Dieu, mais ce vieux Hen Orviston la voit pas, et il voit pas non plus que c'est pas lui qui tient le poisson, mais le poisson qui le tient : pendant qu'il croyait manœuvrer sa belle prise, elle matait ses mollets, reniflait le sang qui coulait des écorchures en se disant qu'elle se boufferait bien ces deux écrevisses, ouais, mais en faisant gaffe à cette vacherie de paire de pinces. Hen a donc eu du pot qu'une pierre se soit détachée à ce moment-là de la paroi et que le bruit ait foutu la trouille à Nijenesaisqui qui a regagné vite fait les profondeurs.

Hen a jeté un œil injecté de sang sur la colline pour voir ce qui se passait, et il a pensé, très intéressé et très british : « Par saint Georges ! Peut-être les dieux du ciel m'envoient-ils une âme à même de témoigner de l'adroite capture par mes soins de ce satané poisson d'une taille éminente grâce aux seuls moyens d'une mouche artificielle et du plus fragile des bas de ligne 2x. Jolly ho ! Je pourrai ainsi produire la preuve véridiquement véridique de mon exploit sans précédent, ce qui, n'est-il pas, me permettra d'accroître l'épaisseur de mon portefeuille avec des liasses de satanés chèques en provenance de ceux qui ont fabriqué ma canne, mon moulinet, ma soie, mes bottes, mon chapeau, mon panier et mon caleçon ! »

Et, pour sûr, à la lumière du signe dollar qui clignotait dans ses yeux, Hen a vu un jeune et beau cow-boy dévaler les éboulis, qui portait un Levi's, une chemise Pendleton, une veste en peau de mouton, un Stetson crasseux, des bottes de cow-boy de chez J.C. Penney et un bandana rouge. Il était mince, sans moustache, fumait une Hump *, et trimbalait une sacoche de selle et une canne à lancer de chez Sears Roebuck équipée d'un fil gros comme une corde, d'un plomb de la taille d'une balle de baseball et de trois vers de terre qui se tortillaient au bout d'un hameçon en se disant qu'ils se sentiraient mieux ailleurs. Quand H.H. a vu cet attirail de pêche, il a pensé quéque chose du genre : « Sacrebleu ! Maudit tour du Destin ! Ce n'est point un gentleman que voici ! Cette jeune brute n'est rien moins qu'un homme de Néandertal venu pratiquer en ces lieux le satané art illégal de la pêche à l'appât après que la nuit est tombée ! »

Il n'était pas loin de la vérité, mais un témoin est un témoin, et l'argent est l'argent, si bien qu'il a gardé son calme et sa canne dans l'eau, a continué à taquiner Stravinski, et a apaisé ses nerfs en rêvant des gros chèques qui allaient s'accumuler dans sa boîte aux lettres une fois qu'il aurait épinglé cette baleine. Mais quoi ? comment ? Une boule dans la gorge, ne voit-il pas le cow-boy lancer à l'endroit même où Nijinskiovnev se cache ! Usant d'un vocabulaire typiquement anglais réservé aux cas d'urgence, H.H. Orviston Esquire a gueulé : « Hé ! Foutez le camp d'ici ! Vous voyez pas que j'ai un gros poisson ! ? »

Le pêcheur à l'appât a jeté un œil sceptique sur la canne de Hen, mais Nijinskinautique se tenait maintenant bien tranquille au fond, de sorte que la canne ployait à peine, sans bouger ni se tordre, rien. Comme il avait jamais vu un matériel de pêche à la mouche, le cow-boy savait rien des bas de ligne 2x en boyau et tout le reste. Il voyait juste le fil de Hen qu'il croyait assez solide pour ramener un taureau sauvage, et puis les fringues de pêche de dandy, le sac de l'appareil photo, le chapeau ridicule et tout le bastringue. Ça lui suffisait pour se faire une idée. D'une voix jeune et amicale, il a gueulé à son tour : « Hé, machin, le citadin

* Hump (bosse) : Camel sans filtre (*note de l'auteur*).

là, z'êtes collé sur place ? Z'allez rester combien de temps comme ça ? Rappliquez par ici, j'ai assez de vers pour deux. »

A la pensée d'utiliser des vers (il aurait encore préféré choper la lèpre), H.H. Orviston s'est pétrifié. C'était vraiment pas le moment : il a juste réussi à crier un très vilain mot avant que la brute de cow-boy balance sa balle de base-ball... et le gros plouf a réveillé Bozinski. Le plomb a plongé, la steelhead est remontée, les deux soies se sont croisées et la pointe 2x de Henning Hale-Orviston a cassé net comme un vulgaire fil d'araignée. Nijerkov a bondi une dernière fois et disparu...

H.H. a pris sa canne de deux mètres soixante-dix à trois brins et quatre-vingts dollars et l'a brisée en quatre morceaux sur son genou. Il les a jetés le plus loin possible, c'est-à-dire à deux mètres, deux mètres cinquante, puis il a ramassé dans l'eau une branche d'arbre et s'est avancé vers le jeune cow-boy d'une manière qui se voulait menaçante mais qui, pour sûr, avait plutôt l'air pitoyable compte tenu de ses petits muscles tout blancs et tout flasques d'Anglais. La voix, au moins, ça allait : « Vous feriez bien de lâcher cette canne et de vous préparer à vous défendre ! s'est-il écrié. Car, par saint Georges ! l'un d'entre nous va plonger de force dans cette satanée rivière à la recherche de mon poisson ! »

« A ton aise, citadin, a répondu froidement le cow-boy. Et, nom de Dieu ! j'te garantis que ce sera pas moi ! » Posant sa canne à lancer et sortant de l'eau, il a ôté sa veste, son Stetson graisseux...

et une longue natte de beaux cheveux blonds s'est déroulée sur une poitrine qui, même ce vieux Hen était en mesure de le constater, était loin d'être plate. Par le sein de saint Georges ! le cow-boy était une cow-girl !

Henning Hale-Orviston s'est assis sur une grosse pierre et s'est mis à rire. C'est ce qu'il affirme. La cow-girl, elle, affirme qu'il s'est mis à pleurer. « Allez, lève-toi, dit-elle. Lève-toi et bats-toi ! » (Habituée à ses frères, mais pas aux règles de la Chevalerie anglaise, elle était prête à l'action, brandissant ses deux poings fort petits mais sacrément efficaces.) Hen a continué à rire — glapissements aigus et hystériques d'un homme dont le cerveau est parti au galop sur la piste et l'a abandonné dans la prairie vaste comme la nuit.

A ce moment-là, perdue au milieu des rochers, la Sears Roebuck s'est mise à hurler comme si elle était vivante. « Bon, dit la fille. T'as p't-être l'intention de passer la soirée ici, mais moi, je vais m'occuper de ma canne, parce que, ça saute aux yeux comme un coup de pied au cul, y'a un poisson au bout. » Elle prend un couteau de chasse, le plante dans une souche, et ajoute : « Essaie d'approcher et j'te fais la peau ! »

Les curieux braillements de Hen se font de plus en plus fous furieux tandis qu'il regarde la fille ramasser la Roebuck, ferrer quéque chose de salement lourd et... après une lutte bien pénible à voir qui dure pas cinq minutes... amener sur la berge une steelhead danseuse de ballet de quinze kilos... avec un streamer à poils H.H. Orviston encore accroché au coin de sa bouche !

Le rire démentiel de ce pauvre Hen a flotté au-dessus des remous, puis s'est envolé vers les parois sombres du canyon avant de ricocher et de se répandre sur les plaines couvertes de maigres broussailles où une bande de coyotes en maraude l'a repris en chœur, orné de cadences stridentes à briser les vitres. De coyotes en coyotes, il a gagné le désert, puis le pays des grands pins, flanquant la trouille aux cow-boys, aux femmes de fermiers et aux bûcherons, tandis que les gosses en bandaient dans leurs jeans, et ce de Mosier jusqu'à Ukiah dans l'est et, au nord, du bassin de la Columbia River jusqu'à la Montagne des Sept Diables où était sa vraie place. Le dimanche suivant, un tas de visages nouveaux sont apparus dans toutes les Maisons du Seigneur de la région, et les cantiques ont été chantés fortissimo dans l'espoir de noyer le souvenir de ce rire affreux et impie qui résonnait encore à l'intérieur des crânes troublés des fidèles...

La cow-girl s'est emparée d'un morceau de bois et a cogné sur Burrzinski jusqu'à ce qu'un de ses yeux jaillisse de son orbite, d'où elle a conclu qu'il était mort. Elle aurait bien voulu s'asseoir un instant pour admirer son poisson, mais avec cet œil qui pendait au bout du nerf et le raffut du diable que continuait à faire le Citadin, la scène ne lui paraissait plus tellement pittoresque, si bien qu'elle s'est tournée vers cette épave humaine sur son rocher...

et l'étrange compassion universelle qu'éprouvent les femmes pour les créatures trop blessées, trop folles ou trop malades pour prendre soin d'elles-mêmes a étreint son cœur. En voyant H.H. trempé jusqu'aux ouïes, tout écorché et sanguinolent, qui se frottait les yeux, serrait les genoux, suçait son pouce et hurlait de plus belle, elle a ramassé du petit bois et les débris de la canne à lancer de deux mètres soixante-dix pour faire un feu. De son sac, elle a tiré une bouteille de mauvais whisky, a bu une solide gorgée, a versé une goutte dans la gueule pleine de dents de Nijiniski, puis l'a passée à Hen qui a interrompu ses cris de guerre pour vider d'un trait la moitié du flacon : une satanée descente. Alors que le feu de camp et l'eau de feu lui réchauffaient respectivement les membres et les idées, il a fini par s'apercevoir que la cow-girl était un beau petit lot, et un feu d'un tout autre ordre s'est allumé en lui qui l'a réchauffé plus vite que le bois et l'alcool. Pendant ce temps-là, elle montrait qu'elle aussi savait boire, et puis elle commençait à avoir des remords d'avoir cassé le machin 2x du Citadin et d'avoir attrapé le poisson qu'il avait épuisé et qui l'avait épuisé, et puis il faisait nuit et on se sentait drôlement seul, et puis les coyotes qu'étaient vachement bizarres ce soir, et puis que le feu était agréable et le whisky pas si mauvais que ça, et que le Citadin faisait pitié, et qu'elle aurait voulu le réconforter, et puis qu'elle avait grandi en regardant les chevaux, les taureaux, les coqs et ses frères. Et puis que la passion aveugle planait dans l'air, et puis que Hen était un sacré mec, même si elle ne savait pas quel genre de sacré mec...

Et, tandis que la canne à lancer flambait et que la fumée des brandons de genévriers chassait les mauvais esprits, tandis que la rivière grondait et que les grillons s'époumonaient, Henning Hale-Orviston et la cow-girl se blottissaient l'un contre l'autre et pouffaient de rire... que je sois pendu s'ils ne sont pas alors tombés amoureux ! Ou, du moins, tombés dans quoi tombent les gens dans des situations pareilles. Et comme la nuit devenait de plus en plus froide, ils devenaient de plus en plus chauds, ils se sont couchés dans le sable et...

...c'est bien leur chance : ils ont conçu un enfant.

Un jour, la cow-girl appellerait cet enfant Gus, cependant que Hen, avec son affectation, s'en tiendrait mordicus à *Augustin.*

Voilà comment Zeke raconte l'histoire. La cow-girl n'était autre que sa petite sœur, Carolina Carper, ma maman en personne.

2

La Guerre de la pêche sur la Rogue River

> Je vais à la pêche, maman va à la pêche
> Et bébé aussi va à la pêche
> J'te parie c'que tu veux
> Que ta gentille femme
> Va attraper plus de poissons qu'toi.
>
> Taj Mahal

J'ai honte d'avouer qu'en 53 mes parents n'étaient pas aussi scrupuleux (ni aussi riches) qu'aujourd'hui. Constatant que leurs amours riveraines avaient déclenché une succession inexorable de transformations métaboliques dans le ventre de Ma, ils conclurent un pacte secret : étant donné l'incompatibilité du matériel de pêche Sears Roebuck avec l'afflux éventuel de chèques, ils feraient comme si Nijinski avait été la conquête de H2O aidé de sa canne partie en fumée, de son bas de ligne 2x et de ses différentes marques d'équipement, et Ma garderait à jamais le silence. En conséquence, les blessures béantes infligées à la steelhead par l'hameçon triple furent mises sur le compte d'une rencontre antérieure avec un pêcheur de moindre talent, et le crâne écrabouillé ainsi que l'œil arraché, sur le compte d'une overdose d'adrénaline circulant dans les veines du héros conquérant (ou quérant tout seul ?). On prit des photos et les mesures officielles, puis on momifia le corps pour le suspendre au-dessus de la cheminée, et H2O forgea sans vergogne l'une de ses histoires patentées sur l'art et la manière d'attraper un gros poisson, agrémentée d'un tas de conseils utiles pour pêcheurs à la mouche débutants et allusions mal déguisées au fait que Nijinski n'aurait jamais connu la mort sans le secours de telle ou telle marque de cannes, de moulinets, de lignes, de bottes, de chapeaux, de paniers et de caleçons. Dans les trois mois qui suivirent l'Episode de la rivière Deschutes, mes parents accumulèrent suffisamment d'argent pour financer un mariage précipité et une lune de miel hivernale de deux semaines consacrée à la pêche aux steelheads sur la Rogue River, car H2O se figurait que ce séjour atténuerait le choc culturel que Ma ressentait en passant d'un ranch en plein désert à la banlieue de Portland et contribuerait à la débarrasser de ses manières un peu frustes. Si la pêche était bonne, il pourrait par ailleurs prendre quelques photos et concocter quelques articles, peut-être des choses du genre « La mariée pêcheuse à la mouche » ou « Amours et poissons au bord de la Rogue », ce qui paierait le voyage. Le seul élément imprévisible était le temps, et si jamais il tombait sans discontinuer de la neige fondue, eh bien ils consommeraient et reconsommeraient le mariage à la chaleur d'un feu de cheminée dans leur suite à l'hôtel où ils étaient descendus. Tel était leur plan. Mais il en va des plans...

« La Guerre de la pêche sur la Rogue River » servit au moins l'objectif traditionnel des lunes de miel dans la mesure où celles-ci sont destinées à sceller l'union des époux jusqu'à ce que la mort les sépare. Seulement, alors qu'on imagine que les réactions chimiques provoquées par de pareils échanges contribuent à fortifier les liens grâce à une meilleure connaissance des corps et des esprits respectifs — les repas qu'on partage, les magnifiques panoramas, les verres de vin et les salles de bains, les baisers, les caresses et les petits noms ridicules —, mes parents, eux, ne connurent rien de semblable. Leur lune de miel tint plus de la fusion que de l'union, et le résultat plus de l'alliage de métaux durs que du roucoulement de tourtereaux. Le pêcheur à la ligne décadent et la cow-girl rustaude constituaient la *materia prima*, la Rogue

River l'épreuve, les vers et les mouches les catalyseurs, la pêche le fer chauffé à blanc, et le tout donna un mariage qui a résisté à l'épreuve du temps, des médisances et des disances, des hautes et des basses eaux, de l'enfer et du paradis.

En raison du caractère extrêmement partisan des deux survivants de la Guerre, je ne peux énumérer que les faits sur lesquels ils sont d'accord :

1. Les efforts de H2O pour instruire Ma dans l'art consacré de la pêche à la mouche ne rencontrèrent pas l'ombre d'un succès et s'achevèrent sur une sorte de catharsis lorsque les tentatives de lancer bien peu empressées de l'instruite se soldèrent par une mouche n° 4 Humptulips Hellion accrochée au lobe de l'oreille de l'instructeur.

2. Pour racheter l'oreille, Ma balança son équipement de pêche à la mouche (coûteux cadeau de noces de H2O) dans les eaux tumultueuses de la Rogue et retourna à la Sears.

3. Retranchés comme des combattants des guerres européennes sur leurs positions respectives, mes parents s'acharnèrent, et la lune de miel dégénéra pour se résumer à un match de pêche à deux. H2O nie qu'il y ait eu compétition, mais des photos de lui illustrant son article paru dans *Outdoor Life* en 1954 et intitulé « Les rogues de la Rogue et les mouches aux couleurs éclatantes » montrent le visage d'un condamné qu'on s'apprête à fusiller — les yeux profondément enfoncés dans leurs orbites, pas rasé, un sourire forcé face à l'objectif que, pourtant, il courtise. Il s'agissait bien d'un concours, et la tête que fait H2O s'explique par :

4. Résultat du match : Ma — treize poissons pêchés, treize gardés, quatre perdus après avoir été ferrés, plus grosse pièce : sept kilos sept. H2O — trois poissons pêchés, zéro gardé, huit perdus après avoir été ferrés, plus grosse pièce : quatre kilos.

5. La politique de H2O, consistant à relâcher ses prises après les avoir photographiées, provoqua la plus terrible dispute de toutes. Il semblerait que deux de ses trois poissons aient été des mâles de trois kilos identiques qui, bien que pêchés à deux jours d'intervalle, provenaient du même trou. Après avoir réfléchi, Ma attendit qu'ils soient installés à siro-

ter leurs whiskys au bar bondé de l'hôtel pour l'accuser à voix haute d'avoir en réalité attrapé un seul poisson de trois kilos, de s'être empressé de le photographier, puis de l'avoir enterré dans le sable pour le ressortir le lendemain et prétendre ensuite l'avoir remis à l'eau intact ! (Je dois ici faire remarquer qu'en dehors de la fable au sujet de Nijinski — pour laquelle il a payé de son sang —, je n'ai jamais entendu mon père mentir à propos de ses exploits de pêcheur, même pas pour, selon la coutume, ajouter quelques centimètres et quelques grammes aux poissons pris « au temps jadis ».) H2O l'écouta jusqu'au bout, lui lança son verre de whisky à la figure et se dirigea vers la sortie. Au moment où il atteignait la porte, la chaise de Ma s'écrasait contre le mur juste au-dessus de sa tête.

6. A l'hôtel, pêcheurs et employés considéraient les jeunes mariés avec un vif intérêt : de petites fortunes se faisaient et se défaisaient tandis qu'on pariait sur la date à laquelle une procédure de divorce allait être engagée, sur qui tuerait qui, sur le prochain article de pêche, élément de mobilier ou d'anatomie qui volerait en éclats. H2O passait pour le méchant de l'histoire — injustement, je crois —, mais Ma faussait le jeu en distribuant des filets de steelhead à tout le monde. Une vague de rumeurs ne tarda pas à s'élever dans leur sillage, dont : *a*) le célèbre Henning Hale-Orviston aurait été incapable d'attraper le moindre poisson au milieu d'un élevage de truites ; *b*) la seule mouche qu'il ait jamais accrochée à son hameçon, c'est celle qui l'a piqué ; *c*) l'allure de plus en plus décatie du jeune marié à mesure que la guerre se prolongeait ne pouvait signifier qu'une seule chose : il était en voie d'être battu à plates coutures.

7. La scène du bar se trouva n'être que le prélude à une série d'explosions où le caractère culturel, génétique, mental et métaphysique des jeunes mariés se vit simultanément (et donc, par bonheur, incompréhensiblement) calomnié. Maniant moins bien que son époux la rhétorique, Ma mit fin à une dispute par un coup de poing dans le nez de H2O. Quant à savoir s'il n'a pas répliqué parce qu'il était un gentleman (comme il le prétend) ou parce que, sinon, il aurait pris

une raclée (comme oncle Zeke le prétend), les débats restent ouverts.

8. Le plus étrange, c'est que des trêves soudaines intervenaient à des heures inattendues du jour ou de la nuit, au cours desquelles les deux combattants déposaient leurs armes et leurs vêtements de manière inconditionnelle et quelque peu schizophrénique pour s'engager dans d'étroits corps à corps.

Parmi les conséquences perceptibles de la Guerre de la pêche sur la Rogue River, on peut noter ceci : jamais plus mes parents n'employèrent la Raison dans leurs discussions sur l'Art de la Pêche à la ligne, jamais plus ils n'allèrent pêcher ensemble et jamais plus leur mariage ne vacilla ni ne trembla sur ses bases, car la Pêche avait forgé entre eux un lien bien plus fort que celui, si volage, de l'Amour Romantique. Le lien qui les unissait était celui d'ennemis en guerre, de la mangouste et du cobra, de Robin des Bois et du shérif de Nottingham, de l'hérésiarque et de l'inquisiteur. Mais la Guerre de la pêche sur la Rogue River eut aussi des conséquences *im*perceptibles. Après tout, j'étais là, au cœur de l'action, nageant dans la rivière Ma, et pour autant que les fœtus soient capables de comprendre intuitivement le discours des adultes, je devinais l'existence d'un univers extérieur où rien ne comptait tant que la façon dont on pratiquait une mystérieuse activité dénommée « pêche ». On peut donc dire que mon intérêt pour cet art remonte non pas au premier âge, mais, littéralement, avant tout âge : je percevais la décharge d'adrénaline quand Ma ferrait une de ses steelheads, je connaissais son excitation quand elle les fatiguait, j'entendais ses grognements de satisfaction quand elle les assommait, je forcissais quand elle les mangeait. Avant même que j'aie vu la lumière du jour, mon destin était inextricablement lié à celui des créatures aquatiques, les poissons, mes semblables.

Personne ne devrait donc être surpris que, petit garçon, je sois devenu un « pêcheur prodige » et que, jusqu'à ce jour, on m'ait reconnu, ce qui n'est pas sans injustice, comme un « génie de la pêche ». J'ai reçu le don de comprendre le mode de pensée des poissons, et il m'est donc aussi facile d'en attraper que pour un bonimenteur de talent d'escroquer des gens honnêtes et naïfs. Et ceux qui s'imaginent que je me vante en affirmant comprendre le mode de pensée des poissons ignorent à l'évidence comment les poissons pensent. Croyez-moi, il n'y a pas matière à se vanter.

3a

A propos de statistiques

> ... (la raie) mesurait 6 pieds 8 pouces de la pointe du nez au bout de la queue, et 5 pieds 4 pouces de large... Dix roussettes (moins de 12 livres) ont été prises à une autre ligne. Nous avons aussi pêché, à la canne, une grosse langouste, 14 lieus jaunes (moins de 4 livres), 30 tacauds, 40 petits pagres, sept maquereaux, deux saint-pierre, 4 grondins, un merlan et six chinchards.
>
> Sincèrement vôtre,
>
> Stewart Thompson
> *London Fishing Gazette*

> On a pêché dans le lac de Walden des brochetons, dont un pesait sept livres... des perches et des poissons-chats, dont certains pesaient plus de deux livres, des carpes, des chevesnes (*leuciscus pulchellus*), quelques rares brêmes et deux anguilles, dont l'une pesait quatre livres — si je suis à ce point précis, c'est que le poids d'un poisson est en général son seul titre de gloire...
>
> Henri David Thoreau

Tout comme les parieurs, les fans de base-ball et les chaînes de télévision, les pêcheurs sont épris de statistiques. Leur amour pour elles est si profondément ancré en eux que même les rares pêcheurs à la ligne disciples de Jésus n'ont pu résister au désir d'émailler de mathématiques le fil de leur histoire : lorsque le Christ ressuscité apparaît le matin venu sur le rivage de la mer de Galilée et s'adresse à ses disciples désespérés et abusés pour les aider à ramener le fameux filet comme décrit dans *saint Jean, 21,* on apprend qu'il ne contenait pas « plein » de poissons, ni « environ cent cinquante » poissons, ni « plus d'une grosse », mais exactement « cent cinquante-trois » poissons. C'est, me semble-t-il, l'une des plus remarquables statistiques jamais faites. Pensez aux circonstances : cela se passe *après* la Crucifixion et la Résurrection. Jésus est sur la plage, tout juste revenu d'entre les morts, c'est seulement la troisième fois que ses disciples le voient depuis le cauchemar du Calvaire, et pourtant on apprend que le filet contient de « grands poissons », et précisément « cent cinquante-trois grands poissons. » Comment a-t-on pu arriver à ce chiffre ? Peut-être faut-il voir les choses ainsi : ayant tiré le filet sur le rivage, les disciples se sont accroupis autour de l'énorme pile de poissons frétillants et les ont lancés un par un pour former une autre pile, tout en comptant laborieusement : « un, deux, trois, quatre, cinq, six, sept... » jusqu'à cent cinquante-trois, pendant que le Seigneur de la Création nouvellement ressuscité, le Soutien de leurs âmes, Celui qui était mort pour eux et pour qui ils mourraient avec joie, attendait, debout à côté, ignoré de tous, qu'ils eussent fini de compter. Telle est la force de l'instinct qui pousse le pêcheur vers les mathématiques rudimentaires !

Les statistiques sont un outil que les pêcheurs à la ligne utilisent tellement qu'une histoire de pêche qui en est dépourvue n'est pas plus que cela : une Histoire de Pêche. Un poisson sans mention de sa taille et de son poids exacts est une non-entité, alors que le quarante centimètres ou le cinq kilos jaillit de l'imagination et asperge le cerveau de fraîches éclaboussures, ce qui, étrange conséquence, implique que les chiffres sont plus tangibles que la chair. Un poisson sans statistique est un poisson sans existence, et cette espèce de conscience digitale du pêcheur s'étend à la plupart des aspects de la vie en général. En voici l'un des exemples

les plus frappants : lors de sa naissance, l'enfant humain subit un rituel presque identique à celui de la truite lors de sa mort, à savoir : 1) on tape le poisson sur la tête, mettant ainsi fin à ses souffrances, et on tape le nouveau-né sur les fesses, lui donnant ainsi un aperçu de ses souffrances à venir. 2) On pèse et on mesure le poisson, et on inflige un traitement similaire au nouveau-né. 3) On débarrasse le poisson de la couche visqueuse qui le protégeait dans l'eau, et on débarrasse de même le nouveau-né de sa couche protectrice. 4) On place le poisson dans un endroit rectangulaire froid dans l'attente du taxidermiste qui le bourrera de paille afin de créer une illusion de chair saine sur un corps sans vie, et on place le nouveau-né dans un endroit rectangulaire *chaud* dans l'espoir de créer une vraie chair saine sur un corps vivant.

Les autres exemples de comportements humains rappelant fâcheusement ceux de poissons abondent trop pour être étudiés en détail, mais les analogies troublantes entre les enfants dans les écoles et les petits saumons qu'on élève dans les bassins, entre les danseurs dans les boîtes de nuit et les saumons dans les frayères, entre les banlieusards dans les cités-dortoirs et les appareils à éclosion dans les réservoirs à truites, entre les industriels pollueurs et les poissons poubelles, ne devraient pas échapper à tout pêcheur à la ligne.

J'étais affligé du cas le plus pernicieux de conception numérique de la vie que je connaisse, mais j'ai eu la chance de découvrir que les plaisirs essentiels de la pêche sont aussi indépendants des statistiques que les joies de l'accouchement le sont de la taille du nouveau-né à quelques millimètres près. La plupart d'entre nous semblent affectés de la notion selon laquelle les chiffres décrivent un objet (par exemple, un nourrisson) avec plus de précision que les qualités que possède ledit objet (par exemple, les sourires baveux, les yeux larmoyants, la masse de fossettes, les rares et pathétiques cheveux, les doubles ou triples mentons et les cris impossibles à ignorer du nourrisson). Certes, la précision peut se révéler utile. Un gratte-ciel dessiné par un architecte qui ne pense qu'aux sourires baveux et aux doubles et triples mentons court le risque de ne jamais aller gratter le ciel. Seulement, il y a un temps et un lieu pour employer les statistiques et un temps et un lieu pour ne pas les employer — ce que j'étais condamné à apprendre à mes dépens, comme on dit.

A propos des disciples groupés autour du tas de poissons, je vois une autre possibilité : peut-être, en définitive, ne prêtaient-ils aucune attention aux poissons et formaient-ils un cercle pour adorer leur Seigneur pendant que Lui, le Fils Curieux de Tout, de Son Papa qui Savait Tout, les comptait Lui-Même !

3b

Quelques statistiques biographiques

> Il tâtonna de ses mains sèches et sans vie... indifférent à ce qu'il faisait, il cherchait son chemin... attiré comme un animal par l'eau, rêvant de ce qui était encore de ce monde, de ce qui vivait encore, de ce qui bougeait encore, tandis que, la tête baissée, il rampait...
>
> Hermann Broch,
> *La Mort de Virgile*

Le pêcheur prodige, à l'instar du musicien prodige, est par nature un solitaire. A cause de la pêche, j'ai commencé l'école avec un an de retard. A cause de la pêche, j'ai raté ma sixième. A cause de la pêche, j'ai été considéré par mes camarades de classe comme un doux illuminé. A cause de la pêche, je suis devenu silencieux comme un balbuzard, timide comme une truite, et j'ai appris de bonne heure à me glisser au travers des mailles du système scolaire tout comme la rivière glisse autour des trains de flottage, des rochers et des barrages qui entravent son voyage vers la mer. Non que j'étais sauvage. Simplement, je souffrais de ce déséquilibre propre aux prodiges. De même que le jeune Mozart ne s'intéressait qu'aux claviers, aux cordes et aux bois, je ne m'intéressais qu'aux lacs, aux rivières, aux torrents et à leurs populations. Des années avant d'être capable de l'exprimer par des mots, je savais que mon destin me conduirait vers des eaux dormantes, des eaux tumultueuses, des eaux bleues, vertes, boueuses, claires ou salées. Dès le début, j'avais l'esprit et le cœur si pleins de l'élément liquide que presque tout le reste sur la surface bulbeuse de la terre m'apparaissait comme déplacé, gênant, juste bon à me faire perdre mon temps.

Une statistique : durant mon enfance, j'ai consacré tous mes week-ends et toutes mes vacances scolaires sans exception à pêcher en compagnie de H2O et de Ma. Quand le temps était mauvais, on passait la journée à monter des mouches, à fabriquer des cannes, à étudier des manuels ou à lire des livres sur la pêche à la ligne.

Des statistiques : j'ai pêché ma première steelhead, une pièce de quatre kilos et demi, à quatre ans, au ver. J'ai pêché ma première steelhead à la mouche à six ans. J'ai pêché ma centième steelhead et à quelque chose près ma neuf millième truite à huit ans. (Les journaux de pêche de mes parents confirment ces chiffres, preuves de ma précocité. J'ai commencé à tenir mon propre journal à neuf ans.) Ma me classait comme un expert de la pêche aux appâts à six ans. H2O me déclarait pêcheur à la mouche, monteur de mouches et fabricant de cannes exceptionnel à quatorze ans, et aujourd'hui encore, il manifeste une certaine préférence pour une deux mètres soixante-dix en graphite que j'ai conçue, même si, de ce fait, il n'a pas pu en tirer d'argent. Lorsque j'ai cessé de tenir les comptes, j'avais usé jusqu'à la trame douze paires de pantalons de pêche, dix-sept épuisettes et cinq paniers en osier.

Autre élément quasi statistique qui mérite d'être mentionné : ma mémoire. Ma mémoire globale n'est pas photographique, mais ma mémoire des poissons l'est. Je me souviens du nombre exact de truites prises au cours d'un séjour d'une semaine dans les Rocheuses avec H2O alors que j'avais cinq ans, ainsi que du nom de chaque trou dans les trois célèbres rivières où nous avons pêché. Je sais monter des mouches noyées ésotériques conçues pour la truite brune argentine, non pas parce que j'ai été en Argentine ou qu'on m'a appris à les réaliser, mais parce que j'ai lu un article à ce sujet. Quand il s'agit de pêche, ça fonctionne. Pourtant, de même que mon aptitude à comprendre le mode de pensée des poissons, ma mémoire des poissons est loin d'être une bénédiction : c'est davantage une inaptitude à oublier qu'une aptitude à se souvenir.

S'il y a une statistique datant de mon enfance dont je suis fier, elle ne touche pas à la pêche, mais à la diplomatie : j'ai réussi, jusqu'au jour où j'ai quitté la maison, à éviter tout grave conflit aussi bien avec Ma qu'avec H2O à propos de l'usage que je faisais des appâts et des mouches. J'emportais toujours et partout les deux équipements, et je pêchais simplement pour attraper des poissons. A chaque fois, je les battais sur ce terrain, et je restais en dehors de la bagarre.

Conséquence de mon statut de prodige, ma culture générale comporte d'énormes lacunes. A l'école, je stupéfiais souvent camarades de classe et professeurs en manifestant un degré d'ignorance rarement atteint par des élèves dont les facultés n'étaient pas amoindries par l'amnésie ou l'arriération mentale. Certes, j'avais entendu parler de Mickey Mouse, du Vietnam, de Richard Nixon et de l'équipe des Yankees, mais les différences entre des événements, des endroits ou des noms moins connus comme le personnage de western Hoss Cartwright et le pionnier de l'aviation Wilbur Wright, la Vieille Droite et la Nouvelle Gauche, Wall Street et le Waldorf, la Grande Muraille de Chine et le Grand Bond en Avant, étaient pour moi du sanscrit. Etrangères à mon obsession, elles glissaient sur mon cerveau comme l'eau glisse sur les plumes du pingouin. Sans les tentatives sporadiques de mon frère pour m'inculquer un peu de ce savoir populaire, mon ignorance aurait pu me valoir d'être le sujet de toutes sortes de déplaisantes recherches et expériences d'ordre psychologique ou sociologique. En tout cas, au cours de ma dernière année d'études secondaires, j'ai été baptisé Monsieur-je-ne-sais-rien par l'ensemble de ma classe.

Il est vrai que notre ignorance est un puits sans fond, mais les Américains des villes et des banlieues qui lisent les mêmes journaux, voient les mêmes publicités et les mêmes panneaux d'affichage, absorbent les mêmes ondes radio et télé ont le droit de s'attendre à posséder certaines connaissances en commun. Moi qui ai grandi dans une telle banlieue, j'aurais dû les partager, mais grâce à ma passion obsessionnelle pour la pêche, j'en ai été dispensé. Et mes parents n'ont jamais critiqué cette déviance, pas même lorsque j'ai redoublé ma sixième. J'avais passé le seul test d'intelligence reconnu à la maison : je pêchais avec autant d'adresse qu'eux.

4

Improbabilités statistiques

Le Parfait Pêcheur à la ligne est, dans son ensemble... un livre amusant, un livre avec lequel... on se sent chez soi.

Henry Williamson

Malgré leurs techniques de pêche et leurs origines socio-culturelles différentes, mes parents possèdent de nombreux traits en commun. Tous deux sont colériques, hyperactifs, ambitieux, bavards et extrêmement fidèles. Leur fidélité, en particulier l'un envers l'autre, se teinte parfois de violence — étrange paradoxe quand on pense que pas un jour ne se passe sans qu'ils disent pis que pendre l'un de l'autre. Ma peut très bien pouffer de rire devant le côté british de H2O en présence des oncles Carper, mais dès l'instant où elle croit percevoir du mépris (sauf s'il s'agit du sien), elle leur tombe dessus — pas seulement avec des mots et pas toujours au-dessus de la ceinture. Et si l'un de ses amis, membre de la Haute Eglise, se livre à quelque réflexion sarcastique au sujet de la grossièreté de cow-girl de Ma, H2O explose — il n'a encore boxé personne, mais une fois, il a provoqué quelqu'un en duel sur le ton glacé du gentleman anglo-saxon, et n'a renoncé qu'au moment où son témoin lui a fait remarquer que les seules armes disponibles étaient des cannes à mouche et des décapsuleurs. Et encore a-t-il fallu qu'il réfléchisse : il a fini par se dire que fouetter son adversaire à mort à l'aide de sa baguette magique adorée, ce serait comme pour Lancelot utiliser Guenièvre en guise de lance dans une joute, et que d'autre part, le piquer à mort à l'aide d'un décapsuleur serait simplement trop laborieux et absurde.

Mon frère et moi, par contraste, sommes lents, tranquilles, pacifiques, silencieux, et nous ne défendons jamais l'honneur de la famille. Mon « calme » n'est souvent qu'apparent. Je me suis très tôt efforcé, avec quelque succès, de maîtriser l'art d'afficher le visage impassible du joueur de poker, mais la plupart du temps, je bouillonne intérieurement comme un torrent au moment des crues de juin. Quant à mon frère, son calme est réel, je crois. Mais que sa paix surpassât toute intelligence, j'en doute, même si parfois elle n'en est pas trop loin.

Lorsque j'ai été baptisé, ma mère voulait m'appeler purement et simplement « Gus », mais Henning Hale-Orviston insista pour que, quel que soit le nom que Ma me donne, les documents légaux portent au moins un nom « fier et viril ». D'où Augustin... A la naissance de mon frère, cependant, le régime au sein de la famille avait à ce point basculé vers le matriarcat que H2O demeura impuissant lorsque Ma décréta que c'était son tour de choisir : ils auraient un fils pourvu d'un bon vieux prénom rustique de l'Oregon, aussi, en vertu des pouvoirs qu'elle s'était conférés, elle décida que leur deuxième fils serait connu tant sur le plan officiel que familial non pas sous le nom de William Robert, ni de rien qui ressemble à Willis Robin ou à Wilberforce Robersly, mais sous le nom de *Bill Bob.* Mon Dieu ! Bill Bob Orviston, vous vous rendez compte ? Lorsque les yeux de H2O se gonflèrent de larmes et qu'il supplia qu'on trouve quelque chose qui fasse un tout petit moins péquenaud, Ma, bizarrement, se radoucit. « D'ac, Hen, dit-elle. Appelons ce petit morpion Buck Gilly-Bob. »

Henning Hale-Orviston pâlit.

« Jim-Ed Donny-Bob, alors ? »

H2O haussa les épaules, se rangea à l'appellation de Bill Bob, puis partit pour une longue et solitaire expédition de pêche, traînant son nom à rallonges comme un enfant boudeur qui reprend son ballon et rentre chez lui. « Combien de poètes, se demanda-t-il à voix haute, cependant qu'il roulait dans sa Winnebago le long de la route déserte, combien d'hommes d'Etat, de héros, de sénateurs et de capitaines partis pour les étroits corridors du Temps ont-ils porté le nom de Bill Bob ? » La réponse ne nécessitait pas le recours aux statisticiens. Pourtant, comme Bill Bob le fait lui-même remarquer, Ma aurait pu choisir pire. Elle jure que si elle avait eu une fille, elle lui aurait donné le nom de sa grand-mère, Céleste Darling Carper ! A côté de cette impropriété de langage à vous faire dresser les cheveux sur la tête, « Bill Bob » dégagerait presque un certain charme.

Mon frère est la réfutation vivante des théories du comportement et de la génétique selon lesquelles les hommes sont pour une grande part déterminés par leur ascendance et leur environnement, car non seulement Bill Bob est d'un calme à toute épreuve, mais il n'est pas touché par la plus orvistonienne des passions : la pêche. Depuis sa genèse, pas un seul jour ne s'est écoulé sans que H2O, Ma ou moi ne soyons d'une façon ou d'une autre engagés dans une discussion ou une activité ayant trait à la pêche, et malgré cela, Bill Bob ne se contente pas de s'en désintéresser : il n'y connaît strictement rien. Il n'est pas débile, retardé ou autrement demeuré, et ce n'est pas un troglodyte, un troll, un dahu, un nain, un imbécile ou un taré. Il est tout bonnement né avec une prodigieuse aptitude à ignorer les choses aquatiques, ce qui engendre une tout aussi prodigieuse aptitude à ignorer sa famille entière. L'eau ne figure pas dans son thème astral. Il prend des bains le moins souvent possible, porte des caoutchoucs, des cirés qui lui descendent jusqu'aux chevilles, des chapeaux imperméables à large bord et un parapluie à la moindre menace de précipitations, boit de tout sauf de l'eau, et c'est la personne la plus propre, la plus saine et la plus heureuse que j'aie eu le bonheur de rencontrer. Je me souviens d'un soir d'hiver au cours de notre enfance : je suis assis à un bureau et H2O à côté de moi m'enseigne l'art de confectionner les mouches. Ma, installée dans le canapé, le petit Bill Bob sur les genoux, lit un livre intitulé *La Pêche aux appâts.* A la télé, le son monté à fond, passe un documentaire sur « Les poissons d'eau douce ». Quand je lève les yeux de ma Blue Upright n° 14 et que je jette un coup d'œil sur Bill Bob, je suis étonné par l'intensité et la fixité de son regard : sa petite tête chauve dodeline comme celle de tous les bébés — on dirait une planète devenue folle —, mais son expression est sans âge, et il paraît comme hypnotisé. Suivant son regard pour savoir ce qui le fascine ainsi, je découvre sur une étagère, en dessous d'une lampe faite d'une épuisette, et coincée au milieu de manuels de pêche à la mouche, de moulinets en pièces détachées, de bobines de fil, de trophées de pêche au lancer et de poissons empaillés, une bouteille vide de 7-Up. Voilà un bon exemple de ce que j'entends quand je parle d'un air de profondeur chez mon frère : bien sûr, il n'y a rien de mystique dans une bouteille vide de 7-Up, sauf si l'on connaît la symbolique du 7, qu'on ait une conception bouddhiste du vide ou taoïste du Up, ce qui, à l'évidence, n'était pas le cas pour Bill Bob. De fait, cette bouteille était le seul objet de la pièce qui ne fût pas directement lié à la pêche, et il l'avait repérée tout de suite pour fondre dessus afin de la contempler jusqu'à ce qu'il entrât dans cet état de samādhi enfantin appelé sommeil. Même s'il ne s'agissait que d'une petite bouteille, le comportement de Bill Bob ne manquait en effet pas de profondeur.

En dépit de dix années durant lesquelles nous nous sommes côtoyés, une barrière intangible nous a séparés : j'étais une créature aquatique, lui une créature terrestre, et bien qu'en notre for intérieur, nous ayons toujours souhaité le bonheur de l'autre, nous nous connaissions à peine. N'empêche qu'il a toujours été un emmerdeur, un type impénétrable. Peut-être que ne pas le connaître, c'est le connaître bien. Il a un poids et une taille, un visage, une voix, des cheveux, le nombre habituel de membres, bref tous les attributs d'un frère, mais il y a chez lui quelque chose de secret qui décourage l'idée d'intimité. Peut-être que connaître les goûts d'une personne, c'est connaître la personne en question. Je connais les goûts de mon frère : il aime le base-ball, manger, parler tout seul jusqu'à ce qu'il s'endorme à raison de dix heures par nuit, il aime la télé, les fusées, la radio, les camions de pompiers et le basket quand la saison de base-ball est terminée, il aime aussi les films, les jeux de construction, les nœuds papillons, les M&M's, les bibles, les cigarettes True, les agrumes, lire les petites annonces quand il n'a rien à annoncer — c'est-à-dire tous les jours. Il n'est jamais excité, étonné ou exubérant, pas plus qu'il n'est ennuyé, déçu ou déprimé. Je l'ai entendu un jour déclarer avec le plus grand sérieux que son endroit préféré, c'est les MacDo.

Voilà. A présent, vous connaissez Bill Bob aussi bien que moi.

Depuis que ma culture générale a commencé de s'améliorer, j'ai appris qu'aucun livre jamais publié n'avait suscité autant de tensions, de divisions et de frictions au sein de la Famille américaine que cette conglomération de mythes, de lois, de généalogies, de chants, de visions, de poèmes, d'histoires, de lettres et de récits extravagants connue sous le nom de sainte Bible. Non seulement c'est l'ouvrage le plus explosif qui soit, mais c'est aussi le plus répandu. Les mouches et les pneus sont des choses de couleur noire qui existent presque à l'infini, mais les volumes reliés de noir de la sainte Bible constituent eux aussi une légion quasi innombrable — plus largement déployée et plus impérialiste que ne pourrait prétendre l'être n'importe quelle horde noire. Il apparaît donc qu'il va être sacrément difficile d'expliquer que, à l'exception d'une seule, toutes les disputes entre Ma et H2O provoquées par un livre ne l'étaient pas par la Bible, mais par cette œuvre classique et inoffensive intitulée *Le Parfait Pêcheur à la ligne.* Pour nous échauffer, je vais d'abord m'attacher à raconter cette seule et unique querelle déclenchée par cet ouvrage qu'on appelle aussi les « Saintes Ecritures. »

A l'âge de trois ans, Bill Bob mit on ne sait comment la main sur un exemplaire en poche des Saintes Ecritures venu d'on ne sait où. Il le trimbalait tout le temps avec lui et l'appelait sa « Bible », mais comme il ne parlait pas encore très bien, ça donnait quelque chose comme « Bibulle ». Peut-être devrais-je ici mentionner que la principale différence entre Bill Bob à trois ans et Bill Bob à dix-sept ans, c'est qu'il mesure quatre-vingt-dix centimètres de plus et qu'il sait parler, sinon il est à peu près le même : base-ball, petites annonces, MacDo et tout le reste.

Imaginez le petit Bill Bob âgé de trois ans qui traîne dans le quartier, pantalons trop amples, cheveux en brosse, chemise blanche et nœud papillon. Son accoutrement et ses Saintes Ecritures suscitaient l'inquiétude de Ma qui se demandait s'il n'allait pas devenir la seule personne religieuse de la famille. Pour ma part, je ne me faisais pas de soucis : je voyais la manière très saine dont il portait sa Bibulle, c'est-à-dire dans la poche arrière de son pantalon. Comme un portefeuille. En tout état de cause, il était incapable d'en lire le moindre mot.

Un jour, H2O lui offrit un stylo-bille quatre couleurs, et quand Bill Bob l'agrafa à la poche de sa chemise, ce fut vraiment quelque chose. Il ressemblait à Eisenhower, à Khrouchtchev ou à un type de ce genre. Le lendemain, alors que je revenais de l'épicerie avec un paquet de cigarettes en chocolat, ce vieux Bill Bob Nikita Eisenhower les repéra tout de suite et m'en réclama. Je l'envoyai sur les roses, lui disant que j'accepterais seulement de lui en vendre. Que croyez-vous qu'il fit ? Pareil à un jeune cadre nain, il sortit sa Bibulle, tira le stylo multicolore de sa poche, fit jaillir la pointe rouge, rectifia son nœud papillon, ouvrit la Bible, gribouilla sur une page du Deutéronome qu'il arracha et me tendit. Je compris aussitôt : il venait de me faire un chèque ! J'étais si impressionné que je lui filai deux cigarettes en chocolat, dont une seule était cassée.

Il glissa cette dernière dans sa poche à côté du stylo, colla l'autre, l'entière, dans son bec, la laissa pendre au coin de ses lèvres à la Bogart, puis il extirpa des profondeurs de ses poches une gomme à laquelle il adressa une pichenette avant de feindre d'allumer sa clope avec.

« Hé ! demandai-je. Où t'as eu ce briquet en or massif ?

— Ch'est juste plaqué, répondit-il. Ch'est un Zippo. »

Il plissa les yeux pour les protéger de la fumée.

« On dirait un vrai », dis-je.

Il hocha la tête, leva le pouce pour me faire signe que c'était okay, puis, petit homme pimpant de peu de mots, il se dirigea d'une démarche encore incertaine vers le bac à sable.

Je baissai les yeux sur mon chèque. Sous les gribouillis de Bill Bob, on lisait :

L'Eternel te frappera de l'ulcère d'Egypte,
 d'hémorroïdes, de gale,
 et de grattelle...
L'Eternel te frappera de frénésie,
 d'aveuglement et d'égarement d'esprit...
L'Eternel te frappera sur les genoux
 et sur les jambes
 d'un ulcère malin dont tu ne pourras guérir...

Eh bien, voilà qui donnait à réfléchir ! Je décidai d'y aller au culot et d'essayer de me faire payer le chèque par H2O. Quant à la partie biblique, il pourrait se la garder si ça lui chantait.

Il était dans son bureau, mais il travaillait à la rédaction d'un article, et comme dans ces cas-là l'interrompre était tabou, j'allai trouver Ma.

Elle préparait le dîner dans la cuisine. Je lui tendis la page. Elle la regarda sans comprendre, se gratta sous le nez et demanda :

« C'est quoi, c'machin-là ?

— J'ai vendu des cigarettes en chocolat à Bill Bob. Il m'a fait ce chèque. Ça vaut combien ? »

(Elle s'était flanqué de la farine sur le nez, si bien qu'elle avait l'air un peu idiot, mais je préférai ne rien dire avant de savoir ce qu'il adviendrait de mon chèque.)

« Voyons, voyons, dit-elle. Un chèque... eh bien... (Elle esquissa un sourire.) Où est donc passé le-van-gelée-isme du révérend Bill Bob ? »

(Pour moi, son discours manquait de suite, mais les garçons de treize ans font preuve d'une immense tolérance à l'égard des discours des adultes manquant de suite. En général, ils laissent courir, et je me conformai à la règle.)

« Combien ça vaut ? répétai-je.

— Oh ! (Elle sursauta comme si je la réveillais.) Ah oui... euh... eh bien, voyons... euh... cinq *cents*. Ouaip. Cinq *cents*. J'vais te chercher un *nickel*. »

Je conservai mon célèbre masque de joueur de poker, mais en mon for intérieur, je frétillais comme une truite au milieu d'une éclosion d'éphémères. CINQ *CENTS* ! Waouh ! le paquet entier de cigarettes ne m'avait coûté que ça ! Ce truc de chèques pouvait se révéler une véritable mine d'or ! Je me faisais un peu de bile au sujet des mots inscrits sous les gribouillis, mais personne n'attrapa de maladie exotique, ce qui, finalement, était logique puisqu'un chèque n'est qu'un bout de papier jusqu'au moment où on l'encaisse, ce qui a lieu dans une banque où l'argent est stocké, et a-t-on jamais entendu parler d'une banque égyptienne appelée Ulcère, Hémorroïdes et Gale ?

Ma prit un *nickel* dans la boîte à gâteaux et une fois qu'elle me l'eut donné, je lui dis :

« T'as une moustache sous le nez. »

Sur quoi je partis en courant cacher mon butin dans la boîte où je rangeais mes articles de pêche — l'endroit le plus sûr pour des objets précieux, dans la mesure où Bill Bob était le seul voleur de la famille et où il n'ouvrait jamais quoi que ce soit qui touche à la pêche.

Le surlendemain, muni de mon *nickel*, j'allai acheter un paquet de M&M's, sachant que c'étaient les bonbons préférés de Bill Bob. De retour à la maison, je le découvris près du garage, assis dans un carton, un vieux poste de radio hors d'usage posé à côté de lui. C'était sa « CapchulChpaChial » ce qui se traduisait par « capsule spatiale ». Je me gardai bien de le déranger pendant qu'il franchissait le vide intersidéral. J'avais essayé une fois : il ne m'avait prêté aucune attention et avait refusé de regagner la terre tant que j'étais là. Sifflotant et jouant l'air de rien avec le paquet de M&M's, je me contentai donc de passer devant lui comme si je ne le voyais pas... et quelques secondes plus tard, s'éleva le bruit que peut faire un enfant quand il voyage à la vitesse de la lumière, suivi d'un « splash » annonçant l'amerrissage de la capsule (ce contact avec un océan imaginaire étant la seule concession que Bill Bob acceptait de faire par rapport à sa phobie de l'eau). Instantanément, l'astronaute se transforma en businessman, et j'eus devant moi Dwight D. Khrouchtchev armé de son stylo, de sa Bibulle et de toute sa détermination.

Feignant l'indifférence, je lâchai :

« J'suppose que tu veux acheter mes M&M's.

— Ouais », dit-il.

Je n'eus même pas le temps de marchander qu'il avait déjà arraché une bonne vingtaine de pages du *Second Livre des Chroniques* et, comme un fou, commencé à griffonner dessus en utilisant les quatre couleurs. En quelques secondes l'affaire était bouclée. J'étais si content que je lui donnai tout le paquet sans même goûter un seul bonbon. Je me figurais qu'il venait de faire de moi un homme riche. Je sprintai vers la Banque de la Boîte à Biscuits, et cette fois, je pris bien soin de ne pas lire ce qui était écrit sous les gribouillis.

Ma prenait un bain. J'avais l'intuition que je ferais mieux d'attendre qu'elle ait fini, mais j'étais trop impatient pour en tenir compte. J'allai trouver H2O. Il était dans son bureau où il confectionnait des mouches. Il existait au sein de la famille Orviston un code de conduite strict pour ce qui concernait l'attitude à adopter lorsque l'un de ses membres se livrait à l'activité de montage de mouches : les streamers, nymphes et mouches à poils étant relativement faciles à réaliser, on pouvait interrompre à voix basse leur fabrication à tout moment, mais toutes les mouches à plumes — et en particulier les mouches sèches inférieures à une n° 16 — exigeaient qu'on patiente jusqu'à ce que la mouche soit terminée et libérée des mâchoires de l'étau. Identifiant la forme et les couleurs éclatantes d'une nymphe Montana, je m'avançai et posai sur la table d'un air triomphant mes feuilles arrachées au *Second Livre des Chroniques*. Je pensais que H2O, comme tout banquier respectable, plongerait aussitôt la main dans sa poche pour en tirer quelques dollars, mais j'eus la surprise de voir son visage s'assombrir.

« Qui, grommela-t-il, très roi Henri, a infligé pareil traitement à la sainte Bible ? »

Sans hésitation ni scrupule, je lâchai :

« Bill Bob. »

Il tourna vers moi son regard d'Inquisiteur espagnol afin d'essayer de savoir si je mentais. Habitué à subir cette torture, je pris mon air le plus innocent et le plus petit garçon, tel le chiot qui présente son ventre à un gros chien pour empêcher celui-ci de le bouffer. Apaisé par mon attitude, H2O s'empara des chèques et partit à la recherche de Bill Bob. J'étais tellement immergé dans l'univers des chiens que je m'attendais presque à ce qu'il s'arrête sur le seuil et lève la jambe pour pisser contre le mur. Je le suivis à distance respectueuse.

Bill Bob avait repris ses explorations à bord de sa « CapchulChpaChial » et, contrairement à ce qu'affirme la publicité M&M's, s'était collé du chocolat partout. D'ordinaire plutôt propre, mon frère avait mangé tous les bonbons et s'en était enduit la figure et les bras. La situation s'annonçait plutôt délicate.

Appliquant ses pouvoirs limités de ratiocination à l'énigme qui se présentait à lui, à savoir pourquoi le chocolat se trouvait à l'extérieur et non à l'intérieur de la personne de son fils ainsi qu'il aurait été normal, H2O en conclut que Bill Bob subissait l'une de ces inexplicables crises de folie infantile endémique chez les enfants en règle générale insupportables (ainsi qu'il jugeait ses deux fils). Appliquant pour ma part mes pouvoirs plus puissants de déduction, j'en conclus rapidement, et à juste titre, que la couche de chocolat des M&M's était un maquillage utilisé dans le but de simuler quelque horrible maladie de peau intergalactique, et qui offrait en outre par rapport au maquillage classique l'avantage de pouvoir être léché une fois l'infection vaincue. Je préférai néanmoins me taire.

H2O, furieux, et au mépris des lois naturelles comme dans tous les films de science-fiction à petits budgets, s'avança dans les profondeurs de l'espace et arracha Bill Bob à son véhicule par la ceinture de son pantalon, le planta sur la pelouse, agita sous son nez les fragments mutilés du *Second Livre des Chroniques* et demanda :

« Ceci est-il ton œuvre, Willi... euh, Bill Bob ? »

(Il persistait à tenter de se convaincre que le nom de son fils n'était pas ce qu'il était.)

« Crac ! » glapit Bill Bob, mécontent de cette intrusion astronomique dans son angoisse épidermique.

Prenant cela pour un aveu de culpabilité, H2O tonna : « POURQUOI ?

— Bubulle Billbulle Mmmmm », répondit Bill Bob voulant, me semble-t-il, résumer avec concision ses activités bibliques.

H2O, lui, ne comprit pas un mot. S'imaginant que Bill Bob était retombé dans son langage de bébé à seule fin d'échapper à la punition, il entreprit de se lancer dans son discours si souvent employé qui commençait par : « Cela va me faire plus souffrir que toi, mais.... », pendant que Bill Bob, qui croyait s'être suffisamment expliqué et se voir par conséquent gratifié d'un laïus inoffensif, s'occupait à lécher la savoureuse maladie spatiale étalée sur ses bras. Je n'ignorais pas ce qui allait suivre, je voyais le pauvre visage enchocolaté si calme et sans méfiance, mais j'avais trop peur pour parler, car je savais que H2O n'avait pas la moindre idée de la situation et que c'était moi qui avais tout déclenché en n'attendant pas Ma et en dénonçant Bill Bob alors qu'il n'avait fait que découvrir tout seul le moyen de récolter quelques douceurs grâce à un livre qui était précisément censé être source de douceurs, tandis que son agnostique de pêcheur de père n'aurait jamais été capable d'en tirer quoi que ce soit, et voilà que je devais maintenant entendre H2O apaiser sa conscience avant d'infliger des souffrances absurdes à un être humain haut de quatre-vingt-dix centimètres et affirmer, comble de l'ineptie, que ce qu'il s'apprêtait à faire allait causer plus de souffrances à son vieil ego émoussé et à sa pauvre main calleuse qu'au tendre petit derrière de Bill Bob... quelle honte ! Cela m'attrista au point que je fondis en larmes. Et aussitôt, bien que ne se sentant pas concerné ni conscient du danger qui le menaçait, Bill Bob, par compassion pour moi, s'empressa de m'imiter.

Et alors, tenez-vous bien ! Ma, à peine sortie du bain, vêtue d'un peignoir marron, accourut, pareille à une vision de Diane.

« Doux Jésus ! Qu'est-ce que c'est qu'tous ces braillements ? » (Son discours, en revanche, n'était pas celui de Diane.)

H2O, voyant que son pouvoir patriarcal risquait de vaciller sous l'impact des flèches, plissa le front comme un limier. Il arracha de la poche de Bill Bob le restant de Bible, le brandit vers le Ciel ainsi que les chèques, et fulmina :

« Ton fils ici présent a détruit une Bible pour Dieu sait quelle raison ! » (Son ton laissait à penser que lui, il en connaissait la raison.)

La Bibulle de Bill Bob était devenue fort mince ; il avait dû drôlement tirer sur son compte en banque ces derniers temps. Ma prit la Bible des mains de Hen, l'étudia un instant, comprit ce qui se passait, puis la rendit à Bill Bob et dit en gloussant :

« Eh ben, on dirait que t'as fait des folies ces jours-ci, mon garçon ! »

Et elle se mit à braire comme un âne à sa propre plaisanterie.

Ce braiment ramena le Grand Inquisiteur au rang du petit Anglais grognon que nous connaissions si bien. L'affaire perdit son aspect religieux et laissa H2O démonté et pitoyable. (Ma savait très bien combien peu il lisait sa propre Bible.) Bill Bob, devinant que nos ennuis venaient de prendre fin, me sourit, dévoilant ses dents pleines de chocolat, se nettoya la figure, lécha ses doigts comme s'il s'agissait de havanes, leva les yeux sur H2O, eut un petit rire joyeux et, brandissant sa Bible en lambeaux maintenant maculée de chocolat, il s'écria :

« Belle Bibulle !

— Oui, mon chaton, dit Ma. (Elle jeta un regard furibond à son mari et reprit :) Et alors, Hen, il l'a déchirée, c'est pas un drame. Qu'est-ce qu'il a fait d'autre ? »

Le front de H2O se creusa davantage pour se rider comme une pomme au four.

« N'est-ce pas déjà suffisant ?

— Suffisant pour quoi ? aboya Ma.

— Pour mériter une bonne fessée et une ferme remontrance afin qu'il ne recommence pas à déchirer... des livres. »

C'était sa tentative de la dernière chance pour défendre la notion de Propriété.

« Non ! c'est pas suffisant ! hurla Ma. T'allais flanquer une fessée à Bill Bob parce qu'il avait trouvé tout seul un p'tit jeu si intelligent ? Et comment que c'est pas suffisant ! Qu'est-ce que t'as donc dans le crâne, Hen Orviston ? »

A ce moment-là H2O ne se contrôla plus et tous deux explosèrent pour se lancer dans un de leurs habituels concours de vociférations d'où Ma, toute maigre et noueuse, sortirait tôt ou tard vainqueur. Bill Bob et moi, on partit jouer.

5a

La Grande Controverse Izaak Walton : version parentale

Thèse de H2O :

Monsieur, ne doutez point que la pêche à la ligne soit un art. N'est-ce point en effet un art que de leurrer une truite à l'aide d'une mouche artificielle ?

Izaak Walton,
Le Parfait Pêcheur à la ligne

Il n'existe pas d'activité plus apte à conduire à la santé et au bonheur de l'homme civilisé que la pêche à la mouche artificielle. Quant à l'homme non civilisé, qui se soucie de savoir quelles créatures sa conscience balbutiante lui permet d'embrocher pour qu'elles se tortillent au bout d'un hameçon ?

Henning Hale-Orviston,
Summa Piscatoria

Antithèse de Ma :

Le plaisir de la pêche est de voir le poisson
Fendre de ses rames dorées le courant argenté,
Et dévorer avidement le traître appât...

Shakespeare

> Un pêcheur se tient sur une avancée rocheuse, une canne à la main, jette des amorces pour attirer les petits poissons, lance sa ligne et son hameçon... enfin il a une touche et ferre, le souffle haletant...
>
> Homère,
> L'*Odyssée*

Après l'épisode de la Guerre de la pêche sur la Rogue River, mon père ne savait plus à quel saint se vouer et n'avait pas la moindre idée de la manière dont il pourrait convaincre sa jeune épouse d'adopter la canne à mouche, mais les idées, pour tout ce qui concernait Ma, il n'en avait guère. La pêche à la mouche est un art qu'il prend tellement au sérieux qu'on pourrait presque dire qu'il constitue sa religion — et les hommes religieux qui cherchent à faire des convertis sont de notoriété publique dépourvus d'idées. Peut-être que l'approche évangélique qu'a H2O de la pêche à la mouche était alimentée par un véritable sentiment religieux et qu'il avait l'impression d'avoir découvert dans la pêche à la mouche une forme de culte tout de pureté, et qu'il désirait partager sa découverte avec tous ceux qu'il rencontrait, sans se soucier de savoir si, de leur côté, ils le désiraient ou pas. Quoi qu'il en soit, il y a quelque chose d'admirable dans pareille dévotion, et Henning Hale-Orviston est sans conteste un homme très admiré : rares en effet sont ceux qui démentiraient les magazines de pêche qui le présentent comme « le Roi des pêcheurs à la truite », « le Pape des rivières » — et on ne compte plus le nombre de trempeurs d'appâts endurcis qui, au spectacle de H2O pêchant dans un cours d'eau à la surface doucement agitée, ont été émus au point de se repentir et de renoncer sur-le-champ à leurs pratiques hérétiques pour s'agenouiller aux pieds du « Pape » dans l'espoir de recevoir ses pieux enseignements. Ces conversions sont la plus grande joie dans la vie de H2O.

Parmi les puristes eux-mêmes, mon père est une légende. Son *Summa Piscatoria* est considéré comme le plus détaillé des manuels contemporains de pêche à la mouche, d'autant qu'il passe pour être écrit dans la prose la plus attique (jusqu'à Ma qui le reconnaît : « Dis donc, Hen, vachement épais ton truc ! Tu l'as écrit tout seul ? »), et des hommes ont parcouru des milliers de kilomètres pour le consulter et bénéficier de ses illustres exégèses sur les nuances du dogme et du savoir. Oui, mais pauvre de lui : s'il existe sur cette planète créature appréciant moins que ma mère ses prouesses, je ne l'ai pas encore rencontrée. Pourtant, il n'arrête pas un instant de concocter des stratagèmes pour tenter de la convertir.

Un jour, juste avant ma naissance, il se rendit à la section de Portland de la Société Izaac Walton — une organisation de pêcheurs à la ligne dont les différents groupes se réunissent une ou deux fois par mois pour évoquer les problèmes de pêche, le droit des eaux, les techniques de fabrication du matériel et la défense de l'environnement. Après avoir donné une conférence intitulée « La suprématie de la pêche à la nymphe profonde », il lui apparut soudain que celui à qui cette excellente association devait son nom lui apporterait peut-être la solution au problème de son épouse récalcitrante. Ma n'était-elle pas inexplicablement amoureuse des antiquités et Izaac ne passait-il pas partout pour le père ancestral des pêcheurs à la mouche ? Et son célèbre ouvrage, *Le Parfait Pêcheur à la ligne*, lui-même une antiquité par ailleurs non dénuée de charme, ne parlait-il pas de l'art de la pêche à la ligne tel qu'on le pratiquait au temps jadis ? Lorsqu'il rentra à la maison, H2O se dirigea droit vers la bibliothèque, prit son précieux exemplaire de la première édition, eut un doux sourire devant son aspect étrange, sa taille identique à celle des livres de poche d'aujourd'hui et son prix (1 *shilling* 6 *pence*), puis il alla sans tarder le porter à Ma. Il n'avait oublié qu'une chose : *il ne l'avait jamais lu...*

Ma accepta de prendre le livre pour la bonne raison qu'il était « démodé ». Elle commença à le lire à voix haute d'un ton neutre, volontairement monotone, et aussitôt la première des milliers de controverses Izaak Walton éclata : la plupart de nos lecteurs n'ignorent pas que dans les vieilles publications anglaises on utilisait un type de caractères où les « s » minuscules ressemblaient à nos « f » d'aujourd'hui. Il se trouva que cela ne dérangeait nullement Ma de lire « f » au lieu de « s » malgré les mots bizarres qui en résultaient. H2O avait toujours été un puriste du langage, et les écarts de Ma constituaient pour lui une torture équivalente à celle que lui infligeait la prédilection qu'elle cultivait pour la pêche aux appâts. De sorte qu'à peine s'était-elle lancée dans sa lecture soporifique de lobotomisée, qu'il se mordait les lèvres...

« *Le Parfait Pêcheur à la ligne*... hé, hé, ce vieux Izaak Walton sait l'orthographe vachement mieux que moi, Hen... Mais c'est quoi ça... "le plaifir de l'homme contemplatif" ? Le plaifir ? Ça veut dire quoi ? Voilà un mot que je connais pas.

— Je crois qu'il s'agit de "plaisir", très chère, dit H2O.

— Taratata, c'est bien écrit "plaifir". Clair comme le nez au milieu de la figure. Attends, c'est pas fini. "Pour lef pêcheurf, lef courf d'eau, lef rivièref, lef étangf..." Ha ! ha ! Dis donc, je lis pas le russe, moi, Hen !

— Ce n'est pas du russe, très chère, mais de l'excellent anglais. Tu confonds simplement les "s" et les "f".

— Ah ! je confonds ! Mon œil que je confonds ! Non, c'est bien du russkof ! Et puis, écoute-moi ça : "Fimon Peter dit : je vaif pêcher, et ilf difent : nouf venonf auffi avec vouf." AUFFI ! ha ! ha ! ha ! Ce serait pas du russe ça ? C'est une marque d'appâts, j'parie ! Y me plaît bien ce bouquin, Hen ! Ouais, y me plaît bien ! »

Alorf mon père abandonna la partie et laiffa son époufe à son erreur. Par bonheur, seule l'introduction était imprimée dans ce type de caractères, si bien que Ma put poursuivre sa lecture sans trop de problèmes. Mais aujourd'hui encore, elle parle du livre « avec des sous-titres en russe ».

Elle le termina en quarante-huit heures, le referma d'un coup sec et pénétra comme une tornade dans le bureau où H2O, penché sur une Midge n° 22, sursauta, ce qui eut pour conséquence de lui faire lâcher le fil qu'il enroulait autour de la plume et de lui faire rater la mouche. Furieux, il pivota d'un bloc, mais voyant *Le Parfait Pêcheur à la ligne* serré entre les mains de sa femme, il parvint à sourire. Ce sourire devait être le premier d'une longue et étrange série propre au visage de H2O, et que Bill Bob surnommerait un jour « La Winnebago en stationnement interdit ». Il ne faut cependant pas croire que la conception orthodoxe des sourires soit à ce point rigoureuse ou dogmatique : elle autorise un large éventail de nuances : sourires synonymes de joie, ou de haine, sourires étonnés, sourires cyniques, sourires entendus, sourires idiots, sourires condescendants, sourires « cheese », mais qui tous possèdent une caractéristique commune et fondamentale : ils s'affichent une seconde ou deux, puis, leur but atteint, disparaissent. Par contre, le sourire « Winnebago en stationnement interdit » n'est pas orthodoxe : c'est le Mathusalem des sourires. H2O s'installe dedans, le conduit vers sa bouche, le gare, descend et l'abandonne, puis, son existence oubliée, il reste là, sorte de gigantesque anachronisme qui rouille et moisit le long du trottoir de ses lèvres. Comme Ma approchait, H2O repéra des taches de café sur le précieux volume, encore un pas, et ce fut la reliure cassée qui retint son regard, ensuite, tandis qu'elle le feuilletait avec enthousiasme, il entendit un bruit de papier déchiré et aperçut des annotations en marge, des étoiles, des « youpi ! », des « bravo », des « bien dit » écrits au feutre et dans plusieurs couleurs fluo. Ses yeux se mouillèrent, ses jambes flageolèrent, son estomac s'acidifia et réclama sa dose de pansement gastrique... Mais la Winnebago abandonnée demeurait plaquée sur ses lèvres. Bouillonnante d'une dangereuse excitation, Ma proposa une lecture impromptue qui commença ainsi :

1. Chasse à la loutre, où Piscator (le génie de Walton) accompagne Venator (le comparse) et où une cohorte de chasseurs armés et montés, aidés de chiens aux crocs aiguisés, est impitoyablement lancée à la poursuite d'une loutre femelle affolée vers qui tous convergent, et ils regardent avec jubilation cependant qu'une brute vicieuse — un chien surnommé « Lèvres douces » ! — la réduit en pièces. L'un des membres conquérants de ces troupes d'assaut s'aperçoit alors, voyant ses mamelles gonflées ou du moins ce qu'il en reste, que la loutre était mère d'une petite famille — et vers son terrier ils foncent, et là, tous unis, ils tuent les petits sans défense à coups de gourdin... « Venez, tuons-les tous... Et

maintenant, gagnons quelque honnête taverne où nous pourrons boire une bonne pinte de bière, chanter *Old Rose* et tous ensemble nous réjouir. » (Le sourire de H2O paraissait indépendant de sa peau moite et de son estomac nauséeux. Il grommela quelque chose à propos de la nécessité de protéger les truites contre les prédateurs, mais Ma ne l'entendit pas qui continua...)

2. Pêche à la chevesne (une espèce de poisson à la seule pensée de laquelle le cœur de mon père se soulevait. Il en avait récemment vu un qui avait l'air de dériver comme un cadavre sur la Willamette, mais qui, de fait, grignotait à belles dents une sorte d'objet flottant de couleur orangée qui ressemblait fort à un étron humain), où le savant Piscator fascine son disciple Venator en prenant plusieurs grosses chevesnes — non pas à la mouche, mais avec des sauterelles vivantes accrochées à un hameçon. Pour célébrer cet exploit, ils se rendent ensemble à l'inévitable taverne, remettent les ignobles poissons à la tenancière en lui ordonnant sèchement de les préparer sans perdre un instant, s'installent devant des pintes mousseuses pour attendre leur souper, puis, alors que les chevesnes sont prêtes et que nos deux compères déjà bien gais attaquent la chair orangée, Venator s'exclame : « C'est la meilleure viande que j'aie jamais goûtée ! » (H2O garda le silence, mais se servit un grand brandy qu'il ingurgita d'un trait entre les deux moitiés de son sourire éternel. Ma passa à la merveille waltonienne suivante...)

3. Pêche au brochet, chapitre humoristique où l'on découvre le penchant de Piscator pour l'anecdote, et en particulier celles qui évoquent les atrocités bizarres au sein de l'univers aquatique anglais. Prenez, par exemple, la mule qui apaise sa soif dans un étang à brochets : à peine a-t-elle bu une innocente gorgée qu'un énorme brochet jaillit et plante ses crocs dans la lèvre de la pauvre bête comme un bouledogue (ou comme le sourire de H2O), déclenchant l'hilarité des spectateurs imbibés de bière, cependant que la mule se retrouve avec une mâchoire mutilée. Il y a également, et tout aussi intéressant, les brochets qui se suicident en dévorant des grenouilles venimeuses et, plus étonnant encore, ceux qui se

laissent chevaucher comme des chevaux de selle par des grenouilles cow-boys qui les épuisent jusqu'à ce qu'ils meurent (de folie ou de honte, Walton ne le précise pas). Un peu plus loin, ce cher Izaak nous affirme joyeusement qu'une perche affamée « mordra et dévorera un chien qui nage dans un étang ». (Ha ! ha ! ha !) Mais la partie préférée de Ma se devait bien entendu d'être celle où Piscator, facétieux, explique comment garnir l'hameçon de grenouilles ou de poissons vivants, comment les attacher ensuite « au corps ou à l'aile d'une oie ou d'un canard », puis comment lancer le pauvre volatile impuissant dans un lac infesté de brochets et après, comment se reculer sur sa chaise, la chope posée sur son ventre rebondi de sportsman en évitant de trop se tordre de rire, tandis que volent les plumes et le sang ! (Le sourire de H2O ne s'effaça toujours pas, mais ses dents commencèrent à mâchouiller le bord de son verre de brandy. Ma continua...)

4. Pêche à la truite (espèce décrite dans le *Summa Piscatoria* comme « créée par les Puissances de l'Univers pour rendre accessible au simple mortel — par le biais de la canne à mouche — la plus parfaite des expériences esthétiques »), où le sagace Piscator prend et tue un grand nombre de truites — en employant comme appâts les moyens les plus rudimentaires accessibles à l'homme, à savoir sauterelles, larves, asticots, fretin et vers. (H2O mordit dans son verre, le jeta dans sa corbeille à papier bourrée et, s'efforçant de ne pas déranger l'agencement de son sourire, entreprit de se bourrer à son tour en buvant le brandy à même le récipient dans lequel les Frères Chrétiens l'expédiaient. A propos, Ma haïssait la marque des Frères, mais H2O, lui, n'aurait pas hésité à boire de l'eau de Cologne, cependant que Ma s'empressait de poursuivre...)

5. Pêche à la *grosse* truite, où Piscator révèle que la voie qui mène à la grosse truite ne passe point par l'établissement d'un barrage, ni par l'allongement ou l'allégement du bas de ligne, ni par la perfection de l'imitation, ni par le naturel du geste, mais par la pêche au *cœur de la nuit* à l'aide « d'une ligne forte et pas d'un petit hameçon ; et surtout lui laisser le

temps de bien avaler l'hameçon », car un poisson qui présente des blessures sanglantes dans ses organes vitaux ne luttera guère contre vous (ainsi que Ma le démontra lorsqu'elle planta son hameçon triple dans ce pauvre Nijinski). Pour la pêche nocturne, nous recommandons des appâts astucieux, par exemple « un bout de tissu », ou plus astucieux encore, « une souris morte » !

Aux mots de « souris morte », H2O garrotta les Frères Chrétiens et se dirigea en titubant vers la porte. Ma n'était pas inquiète : le besoin d'alcool soudain et inexplicable qu'éprouvaient les hommes n'était pas pour elle chose nouvelle ; elle se réjouissait plutôt de voir son mari trop cultivé adopter, pour changer, les manières d'un employé de ranch trop fruste. Entre-temps, à la taverne du coin, H2O souriait toujours tandis qu'il souhaitait au père de la pêche à la ligne moderne ulcères, grattelles et hémorroïdes dont on ne guérit pas.

Oui, mais les zélateurs font preuve d'une obstination révoltante. Après une soirée en compagnie des Frères Chrétiens et la nuit passée en offrandes liquides au Bouddha de porcelaine (parmi lesquelles le sourire Winnebago), H2O jeta par hasard un dernier coup d'œil au *Parfait Pêcheur à la ligne* avant de le brûler, et il eut la surprise de découvrir que le cas n'était pas aussi désespéré qu'il l'avait craint. Ma avait opéré une sélection sévère et haute en couleurs ; il semblait en effet qu'elle eût déniché les seuls passages ignobles qui tranchaient avec le reste afin de se livrer à une tentative subversive destinée à amener son mari à croire qu'Izaak Walton était un traître à la grande cause du pêcheur à la mouche. Animé d'une ferveur croissante et d'une rationalité décroissante, il lut et relut, prit de copieuses notes, repéra les passages marquants, et après être demeuré plusieurs jours enfermé dans son bureau, il en émergea avec une thèse interminable par laquelle il entendait expliquer une fois pour toutes « l'apparente absence de discernement de Walton envers les espèces qu'il pêchait et les méthodes employées ». Dans son article, « Izaak Walton : le puriste voilé » (*Revue trimestrielle du pêcheur,* printemps 1955, p. 154 et suivantes), Henning Hale-Orviston écrivit :

> ... pourtant, le lecteur avisé devine dans ces passages plus poétiques et passionnés l'engagement ferme de Walton en faveur de la mouche artificielle ainsi que sa nette préférence pour la truite et le saumon. Ses réticences à exprimer plus ouvertement ses choix ne résultent pas de quelque inaptitude intellectuelle à percevoir la supériorité de techniques et d'espèces plus élaborées par rapport au fruste et au vulgaire ; non, Walton se contente d'user de la convention littéraire des Encyclopédistes et, à n'en pas douter, de la majorité des écrivains de la fin de la Renaissance. Défendre ouvertement la mouche et les salmonidés, quel qu'eût été son désir de le faire, aurait soumis son admirable étude à des accusations infondées de parti pris et de subjectivité. (Walton, après tout, écrivait dans une Angleterre où les résidus de l'âge des ténèbres obscurcissaient encore les esprits les moins brillants de l'intelligentsia). Ainsi, Piscator dissimule-t-il en partie sa dévotion pour la pêche à la mouche, car Walton compte bien que, grâce à son sain raisonnement et sa sensibilité, Venator (de même que les lecteurs !) ne se laissera pas abuser par le flot des discours superficiels et simplistes sur les appâts, les amorces, la pêche nocturne, les espèces de poissons inférieures, la philosophie chrétienne didactique, les chants et les poèmes hors de propos, les rencontres avec les filles de ferme, les bohémiens et les paysans, les histoires de pêche absurdes et autres intrusions. *Le Parfait Pêcheur à la ligne* doit être considéré comme un « microcosme » (si l'on veut) du monde de la pêche où le lecteur et Venator doivent — tout comme nous, les pêcheurs à la ligne d'aujourd'hui — se frayer un chemin parmi les distractions, les superfluités et les modes inférieurs de pêche afin de découvrir les joies que seul peut connaître le pêcheur à la mouche convaincu !

Il s'agit indéniablement d'un exemple remarquable de rhétorique. De fait, l'article provoqua une petite sensation dans le cercle des pêcheurs épris de littérature où on le qualifia de « première avancée réelle dans la critique de Walton depuis cinquante ans et plus ». Mais il s'agit tout aussi indéniablement d'un tissu d'âneries : d'après mon père, il ne faudrait retenir que deux ou trois pages sur un livre qui en comporte deux cent vingt et oublier que, souhaitant inclure un chapitre sur la pêche à la mouche, Walton, qui s'estimait incompétent en la matière, a eu recours aux services d'un ami nommé Charles Cotton pour rédiger un addenda. Le côté pathétique de l'histoire, c'est que H2O, une fois son article écrit, avait fini par y croire. Après sa publication, il invita Ma à le lire (s'imaginant qu'il ferait davantage autorité maintenant qu'il était imprimé). Ma s'exécuta et se livra au commentaire succinct que voici : « Merde ! Hen ! C'est que des foutaises de sales cocos et tu l'sais très bien ! » Comme Hen persistait à nier, elle se lança dans un contre-argument impromptu où elle affirma que « Ike Walton est rien qu'un foutu angliche gardien de vaches, un poivrot et un voyou, mais que j'aimerais te lui serrer la pogne à ce morveux pour les conneries qu'il raconte sur la pêche à la mouche, parce que c'est gros comme une maison qu'il a fait ça juste pour que les snobs pleins de fric y z'achètent son bouquin et que ça lui fasse un tas d'argent de poche pour s'payer son matériel de pêche, sa bière et ses vers de terre... » Et, chose étrange, lorsque Ma se tut, elle était parvenue à se convaincre elle-même que sa propre interprétation du *Parfait Pêcheur à la ligne* était la seule valable.

Ainsi naquit le débat marathon, la Grande Controverse Izaak Walton, et ainsi la maison de mon enfance se transforma-t-elle en un petit Belfast de la pêche, déchirée par un « dialogue » interconfessionnel consistant en injures, sarcasmes, moqueries, vantardises et curieux corps à corps qui finirent par déboucher sur l'arrivée de mon frère cadet. La seule contribution intéressante qu'Izaak Walton apporta au conflit, ce furent les Citations. Tels les bigots des Etats du Sud appuyant leur théologie fantaisiste par des passages tirés de la traduction des Ecritures due à Dale Carnegie, H2O et Ma se mirent à débiter des extraits du *Parfait Pêcheur à la ligne*. Le livre est devenu la Bible de la famille, et depuis que je sais marcher, j'en ai entendu tous les jours des citations, vraies ou fausses. Aussi, naturellement, dès que j'ai su lire, ai-je entrepris de me pencher à mon tour sur la Grande Controverse Izaak Walton.

5b

La Grande Controverse Izaac Walton : ma propre version

> ...la plupart des hommes oublient d'adresser leurs louanges... à Celui qui nous a créés ainsi que le soleil, qui veille encore sur nous, qui nous a donné les fleurs et les averses, les ventres et la viande, le contentement et le temps d'aller pêcher.
>
> Izaak Walton,
> *Le Parfait Pêcheur à la ligne*

> ...lorsque j'engendrerai le contentement et accroîtrai la confiance dans le pouvoir, la sagesse et la providence de Dieu Tout-Puissant, je marcherai dans les prés le long d'une rivière qui coule lentement.
>
> Izaak Walton

> Je travaille pour posséder ma propre âme.
>
> (encore et toujours) Walton

A quinze ans, j'avais lu *Le Parfait Pêcheur à la ligne* peut-être aussi souvent que Moïse les Dix Commandements, et (comme Moïse ?) plus je le lisais, plus ma perplexité et mes désillusions augmentaient, et plus je me demandais si Izaak Walton donnait ne serait-ce que la plus légère indication destinée à nous apprendre s'il valait mieux utiliser une canne à mouche, une canne pour la pêche au coup, des lignes de fond, des harpons ou des araignées. Plus je le lisais et plus il me paraissait évident qu'une seule chose lui importait vraiment — une chose tout à fait étrangère à mon expérience, une chose qui me rendait très mal à l'aise, une chose à la fois trop vague pour être saisie et trop souvent évoquée pour être ignorée. Plus je le lisais et plus j'avais l'impression que *Le Parfait Pêcheur à la ligne* n'était que de manière accessoire et accidentelle un livre sur la pêche. Sa profonde *raison d'être* n'était pas l'amour pour la Pêche à la ligne, mais l'amour pour ce Personnage nébuleux que les hommes appellent *Dieu.*

Walton met au crédit de Dieu la joie que l'on retire de toute forme de pêche à la ligne. Ainsi, même les plaisirs obtenus par l'emploi d'un appât ou d'une mouche constituent, à ses yeux, une référence aux dons sans cesse renouvelés que nous recevons de notre Créateur prodigue. Izaak met aussi au crédit de Sa Déité, décidément fort occupée, la fabrication et l'entretien de l'Univers, et bien qu'on ne possède guère de renseignements sur la façon dont Elle pratique ce hobby extravagant, Piscator nous assure sans sourciller que « les diverses petites créatures vivantes ne sont pas seulement créées, mais aussi nourries (l'homme ne sait pas comment) grâce à la bonté du Dieu de la nature... »

> Sherlock Holmes secoua la tête comme un homme loin d'être satisfait. « Ce sont des eaux très profondes, dit-il. Je vous en prie, poursuivez votre récit *. »

Qui était ce « Dieu de la nature » ? Pourquoi ne L'avais-je pas rencontré, ou du moins pourquoi n'avais-je pas appris quelque chose de substantiel à Son sujet, ou en tout cas pourquoi n'avais-je pas entendu Son Nom invoqué autrement qu'en vain ? Pourquoi, alors que dans les eaux douces et salines du Montana, de l'Idaho, du Nevada, de l'Oregon, de l'Etat de Washington, du Wyoming, du Colorado, du Canada et de l'Alaska j'avais pêché cinq espèces différentes de sau-

* Extrait de *Tout Sherlock Holmes* (*note de l'auteur*).

mons, quatre espèces différentes de perches, trois espèces différentes de poissons-chats, deux espèces différentes de truites arcs-en-ciel, des lingues, des flets, des flétans, des poissons-lunes, des poissons-chiens, des poissons-moustiques, des carpes, des soles, des aloses, des éperlans, des aiglefins, des requins, des esturgeons, des harengs, des mulets, des corégones, des roussettes, des écrevisses, des langoustes, des grenouilles, des tortues, des chevesnes, neuf espèces différentes de truites et tant d'autres que les nommer risquerait de me précipiter en état d'hypnose, n'ai-je même pas entendu parler de ce Roi aux Pouvoirs illimités qui les a créés, qui les nourrit et qui règne sur eux ? Pourquoi, alors que j'ai ri, bondi, crié, chanté, exulté, souri, soupiré, pleuré, gloussé, juré, gambadé, triomphé, couru tous les risques et attrapé tous les poissons, le Magicien qui se tient derrière ces millions d'êtres et de comportements n'a-t-il pas daigné faire la moindre Apparition ou prononcer le moindre Mot ? Pourquoi ce vieil Izaac insiste-t-il autant pour dire que mes myriades de jubilations, de désolations et de préoccupations ne proviennent pas de l'eau qui murmure, du poisson qui bondit, de la canne qui ploie, de réveils à l'aube, du cœur qui s'accélère devant une bonne touche ou du vent nocturne sur un lac de montagne, mais des imperceptibles flèches de félicité décochées par Sa Déité hyperactive ? Et si je me contraignais d'une façon ou d'une autre à râler et à raconter des balivernes sur la bonté de Dieu et que j'apprenne à me tourner de temps en temps vers Son Invisible Visage, serais-je, comme Piscator, « si transporté et stupéfait, si admiratif devant toute cette merveille, que je ne détournerais pas volontiers le regard de ce premier objet enchanteur pour contempler les diverses beautés que ce monde peut offrir » ?...

« Nous devons prendre en considération toutes les possibilités, mais il ne fait guère de doute que le pauvre diable se débat dans les eaux profondes des ennuis, dit Holmes. Et je me demande si nous parviendrons à le ramener sain et sauf au rivage *. »

---

* Extrait de *Tout Sherlock Holmes* (*note de l'auteur*).

Je partageais la conclusion de Holmes. Après tout, j'avais pêché avec peut-être davantage de passion que tout autre garçon ne l'avait jamais fait, et non seulement je n'avais pas rencontré le Dieu de Walton, mais je n'avais même pas eu la plus petite preuve de Son existence. Peut-être qu'Il ne résidait qu'au-dessus de l'Angleterre. Ou peut-être qu'Il avait pris Sa retraite depuis l'époque de Walton et qu'Il coulait des jours paisibles dans quelque Résidence Galactique éloignée où il avait de temps en temps le plaisir de faire une partie de golf au cours de laquelle, à coups de drives et de puttings adroits, Il expédiait les étoiles dans dix-huit trous noirs de l'espace, et lâchait les diables sur nous chaque fois qu'Il faisait un bogey. Ou peut-être qu'Il se cachait derrière chaque arbre, chaque rocher et chaque buisson, ou bien qu'Il était encore plus près de moi que mon propre souffle, de sorte que, tout comme je n'avais jamais posé les yeux sur mes poumons, je ne L'avais jamais vu... Quoi qu'Il fasse et Quelle que soit la manière dont Il le fasse, Qui ou Quoi qu'Il soit ou ne soit pas, s'Il désirait que je Lui prête attention, il faudrait qu'Il arrête de Se montrer si discret.

Quant à Izaak Walton, il me semblait qu'il obligeait Piscator à perdre beaucoup du temps qu'il aurait pu consacrer à la pêche pour pleurnicher sur son divin Feu Follet, ce qui aurait été légitime si le livre s'était intitulé *Le Parfait Vicaire,* mais un vrai « parfait pêcheur » devait pêcher plus parfaitement. Donc, bien qu'on m'eût depuis l'état de fœtus incité à croire que *Le Parfait Pêcheur à la ligne* était le livre le plus important du monde et la controverse Appâts-contre-Mouches, la question la plus fondamentale à laquelle je me heurterais jamais, je parvins dans ma quinzième année à de nouvelles conclusions fondées sur mes propres observations : *1)* le débat qui opposait mes parents n'était qu'une pure absurdité, conséquence non de quelque paradoxe inhérent au *Parfait Pêcheur à la ligne,* mais de leur irréductible entêtement ; *2)* à moins qu'on ne me prouve que cette Chimère muette et invisible dont parle tout le temps Walton est indispensable à l'art de la pêche, je me verrai contraint de conclure que l'ouvrage classique dudit Walton n'est qu'une antiquité au nom impropre et sans aucun intérêt pour l'incarnation du pêcheur que je me figurais être ; *3)* et en attendant, que ce foutu bouquin et toutes ces stupidités aillent au diable.

Etant d'une nature violente, Moïse n'avait pas hésité à briser les Tables de la Loi dès l'instant où il les avait soupçonnées de ne plus conduire comme il convient le peuple d'Israël. Etant d'une nature aquatique, je me bornai à enlever *Le Parfait Pêcheur à la ligne* de la place de choix qu'il occupait parmi les livres de pêche dédicacés de Joe Brooks, Sparse Grey-Hackle, Vincent Marinaro, Charles Ritz, Roderick Haig-Brown, Lee Wulff et compagnie, et de le laisser accumuler les toiles d'araignée dans la bibliothèque de H2O aux côtés de ses compatriotes Herbert, Spencer, Milton, Shakespeare et Smart. Comme ultime symbole de rejet, je n'avais pas trouvé mieux.

J'accordai cependant à Walton un dernier témoignage de considération : je tenais depuis des années des carnets — de nombreux volumes où je notais avec une précision mathématique le lieu, l'heure et la manière dont j'attrapais chaque poisson. Il m'apparut que, au cas peu probable où il y aurait quelque chose de vrai dans ce personnage de Dieu, je pourrais utiliser le même système en ce qui Le concerne. J'ai intitulé cela « le carnet de Dieu ».

6

Extraits du carnet de Dieu

> J'ai été dans l'office
> Au pays de la Trinité...
> L'on ne sait point quelle est la nature
> De sa viande et de son poisson...
>
> Hanes Taliesin

Lorsque je feuillette le « carnet de Dieu », je m'aperçois que mes notes les plus fréquentes concernent de drôles de personnes, des espèces de démarcheurs censés vendre tout un assortiment d'êtres invisibles affublés de noms bizarres comme « le Grand Tout-Puissant », « le Père Kéocieux », « Notre Maître Sauveteur », « Jéroboam » ou « Notre Saigneur ». Quand on pense que ces gens-là semblent ne jamais pêcher et, pour autant que je le sache, arpentent juste les rues dénaturées de l'Amérique urbaine et suburbaine, il paraît probable que leurs dieux n'ont pas grand-chose de commun avec le « Dieu de la nature » d'Izaac Walton. D'autre part, leur comportement n'a rien de comparable à celui si harmonieux de Piscator, car ils sont nerveux, agités, souvent belliqueux — terrifiés à la seule idée de bière, ignorants dans le domaine de la poésie, rejetant toute possibilité d'erreurs dans leurs doctrines, et jamais ils ne diront quoi que ce soit d'aussi intéressant que « Il existe également un poisson appelé épinoche », ou « J'ai été ravi de me promener au bord d'un ruisseau avec un petit bâton à la main », ou encore « Les premiers chrétiens étaient, comme la plupart des pêcheurs à la ligne, des hommes tranquilles et des partisans de la paix. » Il paraît même probable que le calme et serein Piscator aurait eu du mal à conserver sa bonne humeur légendaire en présence de ceux qui apportent la parole de Dieu dans les foyers urbains-et-suburbains — car ces gens impossibles à comprendre font profession de bombarder à domicile les citoyens sans méfiance de petits fascicules en bandes dessinées pleins des plus formidables et des plus déprimantes menaces, ainsi que des plus inimaginables prophéties et admonestations ; et puis, ils collent toutes sortes d'étranges épigrammes et sombres prédictions sur leurs voitures, provoquant ainsi la mort de nombreux automobilistes innocents qui s'efforcent de lire leurs foutus machins ; par ailleurs, l'un de ces autocollants les plus courants promet l'apocalypse et prévient que les conducteurs des voitures sur les pare-chocs desquelles ils sont apposés peuvent à tout instant s'évaporer dans les Cieux grâce à un procédé baptisé « béatitude », et ils se moquent pas mal de l'holocauste routier qu'ils laisseront fatalement derrière eux !

La distribution au porte-à-porte de ces bandes dessinées constitue une part des activités de ces « Témoins » — ou plutôt de ces « Témoins-que-rien » comme les surnomme ma mère. Les différentes réactions des membres de ma famille face à ces colporteurs de menaces méritent d'être signalées : H2O les classe selon leur genre — les hommes, il les appelle les « Frères Chrétiens » en référence au brandy, et les femmes, les « Sœurs Fatales » en référence aux sorcières dans *Macbeth.* Et quand ils lui proposent leur « littéraclure » comme il dit, il leur répond froidement que sa famille et lui sont des fidèles parmi les fidèles de l'Eglise anglicane et qu'ils n'ont que faire de leur propagande. (Ce qui jette dans la plus profonde perplexité la représentante des produits Avon lorsque c'est elle qui sonne.) Bien entendu, aucun de nous hormis H2O ne va à l'église, sauf pour les mariages, et les Témoins-que-rien — rendus muets par l'éloquence glacée de l'un des Elus Congelés de Dieu (le sobriquet que donne H2O à tous les anglicans, lui compris) — soit se retirent en silence, soit se retrouvent à converser avec une porte qu'on leur claque au nez.

La technique de Ma était moins franche, plus sauvage en quelque sorte, et nous ravissait à ce point Bill Bob et moi que parfois, par une triste journée pluvieuse, nous nous agenouillions pour prier Notre Père qui êtes Odieux ou Jésus-qui-crie de nous envoyer un Témoin-que-rien. Quand on sonnait, Ma regardait par l'œil panoramique qu'elle avait fait installer à cet effet, et si elle repérait des bandes dessinées, elle filait vers le placard et revenait ouvrir lentement la porte, si bien que l'infortuné visiteur — ou visiteuse — se trouvait confronté à une femme d'allure sauvage et inquiétante qui se tenait sur le seuil, silencieuse et immobile, un fusil à deux coups braqué sur ses pieds. (Ma se figurait en effet que si on leur cassait les pieds, ils cesseraient de nous casser les nôtres.) Après quoi, ses invitations à « foutre le camp de chez moi » ne se voyaient jamais refusées, ni même discutées.

Quant à moi, ma technique consistait à attendre que quelqu'un ouvre la porte pour que je puisse noter dans mon carnet ce qui allait se passer.

Bill Bob ne répondait presque jamais aux coups de sonnette, mais un jour où H2O n'était pas là et où Ma était occupée, il fit entrer un Témoin-que-rien — un Frère Chrétien renfrogné et obèse au teint rubicond qui ne daigna pas répondre au salut amical de mon frère et nous considéra, mon carnet et moi, d'un air soupçonneux. Un hideux sourire aux lèvres, il donna à Bill Bob (âgé de six ans à l'époque) l'une de ses affligeantes bandes dessinées et grommela : « Où qu'elle est ta maman, fiston ? » sans se rendre compte que Ma et un buffle blessé étaient les deux créatures de la terre qu'il aurait le plus intérêt à éviter. Toujours content de recevoir un cadeau, Bill Bob le remercia courtoisement et s'éloigna en trottinant. Bien sûr, notre invité supposa qu'il était parti chercher sa maman, mais Bill Bob revint en moins de deux avec un illustré de Bugs Bunny et Elmer Fudd — l'un de ses préférés — que, très gentleman, il offrit à l'étranger. Conscient que la transaction était très avantageuse pour le

Témoin-que-rien dans la mesure où son illustré à lui ne comportait ni blagues ni dessins en couleur, je sursautai lorsque, le regard mauvais, il se mit à hurler à propos de ce qu'il appelait « vouloir appâter un serviteur de Jésus-qui-crie ». Il jeta Bugs et Elmer par terre et paraissait sur le point d'empoigner Bill Bob pour le secouer ou je ne sais quoi... quand Ma se glissa derrière lui et lui enfonça le canon de son fusil dans les reins en crachant : « Barre-toi de chez moi, sale coco, avant que j'te fasse éclater les poumons. » A ces paroles, Bill Bob s'empressa de s'écarter, de peur d'être éclaboussé par les débris.

Le Témoin-que-rien se baissa pour ramasser Bugs et Elmer avec un tel respect qu'on aurait pu croire que Jésus-qui-crie lui-même en était l'auteur, puis il se dirigea en crabe vers la porte, faisant des petits bruits de gorge comme s'il essayait de se montrer poli et de ne pas rendre son déjeuner sur la moquette de Ma. Arrivé en bas des marches de la véranda, il voulut courir un peu, mais sa poitrine parut le gêner, car il s'arrêta au bord du trottoir, s'assit, ou plutôt s'effondra à moitié, et agrippa le devant de sa chemise, l'air d'avoir une attaque. Quand il finit par se relever et s'en aller, il avait toujours Bugs et Elmer sous le bras. Je crois que, grâce à nous, sa vie a changé. Et je n'ai jamais oublié la phrase : « vouloir appâter un serviteur de Jésus-qui-crie ». Ne connaissant qu'une seule définition du mot « appâter », je ne pouvais qu'en tirer la conclusion suivante : le pauvre Témoin-que-rien se prenait pour une espèce d'hameçon et prenait l'illustré de Bill Bob pour une espèce de ver. Cette énigme est le seul lien que je sois jamais parvenu à établir entre les vendeurs de catastrophes en porte-à-porte que je déteste et la pêche à la ligne que j'adore.

Il y a aussi dans mes carnets de nombreuses références au dieu de mon arrière-grand-mère, Céleste Darling Carper. J'ai noté que sa Déité était « apparemment chrétienne » et que son fils Jésus, à l'en croire, était l'auteur de la Bible. Mais les meilleurs discours d'AGM (on l'appelait « AGM » parce que

« arrière-grand-mère » et « Céleste » nous semblaient l'un comme l'autre un peu lourds) figuraient dans ce que nous surnommions sa « tirade d'avant-grog » : chaque fois qu'elle venait nous voir, elle était à peine assise (et elle tenait à peine debout) qu'elle commençait à reprocher à Ma de me laisser pêcher le dimanche. « Carolina, tu l'as toujours fait, et tu le fais encore, et si ton fils tombe dans les filets du diable et va en enfer, ce sera de ta faute ! » etc., etc. Ma l'écoutait avec une patience incroyable (nous expliquant, à Bill Bob et à moi, qu'elle « se faisait une règle de jamais crier après quelqu'un qu'avait à vue de nez dans les quatre-vingt-dix berges ») jusqu'à ce qu'AGM se calme un peu ; à ce moment-là, ma mère disait : « Je regrette d'avoir été méchante, AGM. Tu prendrais pas un petit grog ? » A quoi AGM répondait invariablement : « Je dirai pas non, vu que c'est pas dimanche. » Si bien que Ma concoctait une horrible mixture faite de citron, d'eau chaude et d'excellent bourbon du Kentucky qu'elle versait dans une théière et servait dans des tasses en porcelaine sur des soucoupes avant de tout gâcher par de grandes cuillerées de sucre. Et hop ! sermons et réprimandes cédaient la place aux gloussements et aux petits rires, tandis que, s'entendant comme deux doigts de la main, elles se racontaient des histoires de famille et parlaient du bon vieux temps. Je me souviens d'un après-midi où, encore plus pompette que d'habitude, AGM s'est penchée et a serré le genou de Ma en disant : « Ouh ! là ! là ! Carolina, si Jésus me voyait boire comme ça avec toi, Il se retournerait dans Sa tombe ! »

Attentif à ce rituel, je glanais des pages et des pages d'étonnantes et peu fiables informations. Les plus significatives d'entre elles se rapportent à la pêche à la ligne. Voici :

1. Le diable d'AGM est un pêcheur dont le jour de pêche préféré est le dimanche.

2. Le diable d'AGM n'utilise ni appâts ni mouches. Il attrape les gens dans un filet invisible et les traîne en Enfer, lequel ressemble à une conserverie de poissons où AGM travaillait, sauf que LÀ-DESSOUS ce sont les gens qui remplacent les poissons.

3. Dieu ne laisse pas le diable prendre dans ses filets les gens qui vont à l'église le dimanche.

4. Dieu, par contre, le laisse prendre dans ses filets ceux qui pêchent le dimanche.

5. Dieu, une fois qu'AGM a bu un peu de grog, se moque de savoir qui pêche quand et qui prend quoi dans ses filets.

6. AGM dit que Jésus était un pêcheur qui pêchait pour les hommes, tout comme le diable.

7. AGM dit qu'il a aussi montré à ses disciples comment faire. Elle dit, je crois, qu'ils utilisaient plein de langues.

8. AGM dit que Jésus et les disciples pêchent aux appâts avec des hameçons invisibles, et que le ciel, les Demeures d'Or et la jolie musique de LÀ-HAUT sont les appâts.

9. AGM ne sait pas bien si c'est le diable ou Jésus qui attrape le plus de gens, mais elle pencherait plutôt pour le diable.

J'ai mis fin à l'expérience du carnet de Dieu en parcourant la Bible, et j'ai résumé ainsi la conclusion à laquelle je suis parvenu :

La Bible, c'est des fois bien et des fois aussi rasoir qu'un catalogue de semences, et en plus, c'est des fois horrible et sanglant. J'ai bien aimé les disciples pêcheurs et Jonas (que H2O appelle « la Mouche humaine »), et puis surtout Jésus et Noé. L'ânesse de Balaam, c'est pas mal non plus. J'ai bien aimé aussi comment quatre des disciples n'étaient que de vieux pêcheurs normaux jusqu'au moment où ils ont suivi Jésus sur la terre ferme et comment ils ne l'ont fait que quand Jésus le leur a demandé, et comment après sa mort, ils sont retournés tout de suite pêcher, et ils auraient probablement continué si Jésus Ressuscité n'était pas venu les rechercher, et à ce moment-là, la première chose qu'Il a faite, c'est de leur montrer où attraper les cent cinquante-trois poissons. Avant ça, les disciples étaient un peu comme moi, sauf pour la technique. Ils se contentaient juste de pêcher. Et même après avoir arrêté de pêcher des poissons, ils ont continué à pêcher, mais des hommes ce coup-ci — même si je ne comprends pas très bien ce que ça veut dire. C'est pour ça qu'ils me plaisent. Ils ne s'occupaient que de leurs affaires, c'est-à-dire la pêche, et ils n'ont commencé à prier et à prêcher qu'au moment où on les en a persuadés par la ruse. Et il a fallu *le fils de Dieu* pour les tromper ! Et peut-être que Dieu a parlé de Sa Propre Personne à Izaak Walton, qui sait ? En tout cas, à moi, Il ne m'a jamais rien dit. Et jusqu'à ce que Lui ou un autre de Ses fils viennent me voir et me disent franchement qu'ils veulent que je sois différent de ce que je suis, je ferai comme les disciples et je resterai comme eux et moi on est, de simples pêcheurs. Je pêcherai aussi longtemps et avec autant d'acharnement que je pourrai, et ça me mènera où ça me mènera, que ce soit dans un endroit bien ou dans un endroit mal, parce que si Dieu est tout ce que la Bible et le Parfait Pêcheur à la ligne prétendent qu'Il est, c'est Lui qui veut que je pêche et c'est Lui qui me transformera en poisson, en ver, en mouche, en ange, en étoile, en saint, en soleil, en grenouille ou en taco s'Il le décide et qu'est-ce que j'y pourrai ? Rien. Alors, autant continuer à pêcher. Voilà, c'est tout.

Et c'est précisément ce que j'ai entrepris de faire.

7

« Recevoir une éducation » & « J'vais te montrer »

> Le dragonnet vulgaire... se livre à des parades nuptiales élaborées, et pourtant il abandonne ensuite les œufs et les laisse flotter sur la mer sans se soucier du sort de sa progéniture.
>
> J.R. Norman et P.H. Greenwood, *Histoire des poissons*

Les parents enseignent à leurs enfants un tas de trucs, des choses vraies et utiles, et aussi de pures foutaises (exemple des premières : *Ne fais pas caca dans ton pantalon*, exemple des secondes : *Christophe Colomb a découvert l'Amérique*). C'est pour ça que la puberté arrive. Son but est de mettre au tapis un enfant innocent et crédule envahi de vilaines sécrétions glandulaires qui se manifestent dans l'esprit par la confusion, dans le corps par le rut, sur la peau par des boutons et sur la langue par la remise en cause venimeuse et outrecuidante de toutes les informations, exactes ou fausses, glanées depuis l'enfance par le biais des parents. Le résultat net se traduit par quelques années d'enfer familial qui s'achèvent sur le départ de l'enfant du nid parental, suivi tôt ou tard d'un traité de paix et de l'émergence d'un jeune postpubescent devenu un être humain autonome doté d'une pensée propre qui sait que Christophe Colomb n'a fait que débarquer sans autorisation sur une île habitée par nos lointains cousins indiens disparus, et qui sait également ne pas faire dans son pantalon.

H2O estimait que le devoir le plus sacré des parents était l'éducation de leurs enfants. Ma, pour sa part, professait une philosophie plus primitive et soutenait qu'un enfant s'éduquait très bien tout seul et que le boulot de ses parents, c'était juste « lui montrer ». « L'Education » fournie par H2O se composa de beaucoup de jolis mots et de peu de leçons pratiques (excepté dans le domaine de la pêche à la mouche), alors que le « j'vais te montrer » de Ma consista en l'absence totale de jolis mots. De fait, presque tout de ce que Bill Bob et moi sommes capables d'accomplir de nos corps et de nos mains résulte de ce que Ma nous a appris. Tandis que H2O consacrait quelques minutes de son temps précieux réservé à son illustre carrière pour nous gratifier de discours sur des abstractions comme l'Humanitarisme, le Progrès, les Bonnes Manières, la Méthode Scientifique, l'Evolution, la Tolérance et la plus belle des vertus, l'Ambition, Ma nous montrait comment marcher, parler, lire, écrire et jurer, nous apprenait les bases de la menuiserie, de la plomberie, du jardinage, du tir, de la mécanique automobile, et puis comment découper et saler la viande, faire des conserves, la cuisine, et nous enseignait aussi la lutte, la boxe, comment se battre en traître et (dans mon cas) pêcher aux appâts. La première fois où j'ai perçu cette contradiction, je me suis pris de colère contre H2O. Si j'ai réussi à garder mon visage de joueur de poker, je n'ai pas réussi à contrôler mes glandes. Trop de pluie dans une rivière entraîne une crue. Trop de sécrétions chez un adolescent entraîne des actes de vandalisme.

Et parmi les ados américains, le vandalisme est une forme florissante d'art primitif : le professeur à peine réveillé, en retard pour son cours, se dépêche de gagner sa voiture et la découvre remplie de bouts de journaux détrempés ; le censeur qui souffre d'hémorroïdes se précipite aux W.-C., s'accroupit sur le siège, pousse un hurlement, jaillit du cabinet le pantalon aux chevilles, et galope plus vite qu'un cheval de course pour échapper à l'opossum qui crache dans la cuvette des toilettes ; le pion rentre chez lui après une dure journée, et trouve un chargement de fumier déversé dans son allée ; et puis il y a les arbres décorés de papier toilette, les blagues au téléphone, l'introduction stratégique d'un serpent ou d'une limace dans un sac ou dans une poche, et, au coin de la rue ou derrière un buisson, le spectacle inévitable de visages ricanants couverts d'acné...

En tant que pêcheur, la litanie des actes de vandalisme m'ennuyait. Seulement, moi aussi j'avais des glandes et des boutons. Qui sait si le jeune Mozart n'a pas un jour lâché un rat dans le clavecin de son tuteur ? Pour ma part, je glissais des poissons dans des endroits bizarres. Des poissons vivants. Des poissons sans aucune valeur. Le coffre de ma voiture, une Buick Special 1955, contenait un bac métallique dans lequel grouillait un prodigieux assortiment de chevesnes, de carpes, carpes miroirs, carpes cuirs, carpes écailleuses ou autres espèces de parias destinées à alimenter les fontaines les plus huppées et les plus respectables, les piscines, les baignoires, les grands bols de punch et autres récipients domestiques dans la région de Portland. Chaque fois que je m'interrogeais sur l'effet que produirait un poisson-chat de deux kilos sur les pensionnaires d'un aquarium tropical appartenant à la pom-pom girl qui m'avait traité de « tête de poisson » quand je m'étais cogné à elle dans le couloir, ou pour savoir si une colonie de cinq écrevisses vivantes parviendrait à rehausser la saveur de l'énorme salade mixte insipide servie au repas de mariage de mon oncle Zeke, ou encore sur la réaction d'un banc de brochets devant une assemblée d'épaves qui se réveillent à côté de la fontaine Skidmore après une nuit passée à boire, je chargeais mon coffre et je filais pour aller le découvrir. Ce faisant, j'ai également découvert d'autres choses :

Un jour que je bouffais un hamburger au Dairy Queen près de mon lycée, un gamin chicano qu'on surnommait « Pue-de-la-gueule » entra. Pue-de-la-gueule paraissait avoir faim. Il avait également l'air sale, fatigué, malade et trempé. Il avait quinze *cents*. Il commanda un café servi dans un gobelet en polystyrène muni d'un couvercle, puis il en vida la moitié dans la poubelle pour ajouter plein de lait et de sucre avant de le boire. Après quoi, il traîna autour du comptoir, et quand il crut que personne ne le regardait, il remplit son gobelet d'assaisonnement pour hot-dogs, oignons et ketchup, remit le couvercle et se faufila vers la porte. Je le suivis jusqu'au stade de football où il se glissa sous les gradins pour manger le contenu de son gobelet avec ses mains brunes, crasseuses et émaciées.

Je n'arrivais pas à me sortir ce gamin de la tête — les pompes lamentables qu'il faisait en éducation physique, ses somnolences en salle d'étude, sa mauvaise haleine et ses mains. Je découvris qu'il habitait une maison qui ressemblait à une boîte à chaussures en train de pourrir sous la pluie. Le sol du jardin avait été réduit à l'état de terre battue par la nuée de gosses qui y jouaient, des gosses qui portaient deux noms, celui hispano-américain et celui qu'on leur donnait à l'école. Du genre Pue-de-la-gueule. Je remarquai qu'il y avait une grande mare à l'entrée de l'allée, si bien que de temps en temps, au cours de l'année scolaire, ils virent nager dedans un poisson-chat, une perche ou un poisson-lune, et quand ils le nettoyaient après l'avoir attrapé, ils trouvaient des *dimes* dans son gosier. C'était stupide, je sais. Ça ne servait pas à grand-chose, je le sais aussi. Je ne suis pas Dieu. Je ne suis qu'un pêcheur.

Notre lycée s'appelait Hoover, d'après *le* Herbert Hoover, mais nous, on préférait l'appeler par son prénom, « J. Edgar », conformément à l'esprit des lieux. Quoi qu'il en soit, celui qui avait conçu le parking de J. Edgar ne connaissait rien à l'Oregon : chaque automne, il se transformait en lac pour plusieurs mois. Un jour de printemps, j'y déposai une carpe de près de quatre kilos, et trois semaines s'écoulèrent avant que quelqu'un la remarque pendant qu'elle mangeait à côté d'une épave de Studebaker. Le bruit se répandit. Les élèves tentèrent en vain de l'attraper ou de la pêcher, mais c'était un vieux poisson malin. On alerta le journal de Portland qui publia une photo du parking et un article dans les pages sportives dû à la plume de l'un des rédacteurs en chef séniles mais inamovibles qui faisaient la réputation du quotidien. Le papier était signé « Le Hollandais nageant ». La présence de la carpe était expliquée par l'existence d'un égout à ciel ouvert situé à environ quatre cents mètres de là. A en croire le journaliste, le poisson, un soir où l'égout avait débordé, aurait réussi à gagner le parking par voie de terre, moitié rampant, moitié nageant. Puis, pour au moins la dixième fois dans l'histoire de sa rubrique, il poursuivait en disant que pour préparer une carpe, on la met à griller sur un bardeau de cèdre jusqu'à ce que celui-ci devienne brun doré, après quoi on jette la carpe et on mange le bardeau.

Quand on eut enfin attrapé la carpe, je m'empressai d'en remettre deux autres. « Le Hollandais nageant » répliqua par un nouvel article où il considérait la présence des poissons non seulement comme preuve de sa théorie de la migration terrestre, mais aussi comme un exemple du

> scepticisme injustifié de nos écologistes et autres défenseurs de la nature trop sensibles à l'égard des possibilités de survie du poisson et du gibier... On aurait moins d'hystérie et une économie plus saine si certaines de ces personnes allaient un peu pêcher ou chasser pour se rendre compte par elles-mêmes combien « ces pauvres créatures menacées » montraient en réalité de résistance et d'astuce face à la « pollution » et aux « intrusions » de l'homme...

bien curieuse conclusion lorsqu'on pense à la photo qui illustrait son article : les deux carpes plus mortes que les dodos, embrochées sur la flèche tenue par un jeune chasseur à l'arc rayonnant et fier. Le Hollandais continuait en s'en prenant aux pochettes d'allumettes dont le grattoir est du mauvais côté.

A dater de ce jour, le parking J. Edgar prit le nom de Karping, et je me trouvais plutôt malin, jusqu'à ce que surviennent deux événements : d'abord, la publicité donnée à cette affaire incita le lycée à faire réparer l'égout, de sorte qu'on détruisit le Karping ; et ensuite, trois élèves du cours élémentaire — deux filles et un garçon — furent hospitalisés, victimes d'une fièvre presque mortelle contractée un soir après avoir pêché dans l'égout mentionné par le Hollandais. J'étais dans tous mes états. Je m'imaginais ces trois petits crétins ouvrant de grands yeux devant la photo dans le journal puis, tout excités, descendant dans l'égout, sans avoir la moindre idée de la manière dont on pêchait, car leurs papas étaient trop occupés au bureau pour le leur apprendre, si bien qu'ils avaient passé la journée entière au bord de cette eau fétide dans l'espoir d'attraper quelque monstre aquatique tout doré surgi de nulle part. Et comme aucune carpe ne se manifestait, ils avaient commencé à s'ennuyer. Et comme d'autre part ils avaient soif et qu'ils étaient demeurés là assez longtemps pour oublier l'odeur de l'eau, ils avaient bu... Aussi un matin au réveil pendant leur convalescence, ils apprirent qu'on avait découvert dans la fontaine intérieure de l'hôpital un poisson-chat de trente centimètres tout frétillant, lequel poisson-chat portait un collier où était accrochée une boîte à pilules, laquelle boîte à pilules contenait un mot disant que tous les poissons leur souhaitaient un prompt rétablissement. Bien sûr, c'était idiot. Bien sûr, ça ne servait à rien. Seulement, quand on a grandi dans ces banlieues — qu'on a vu les rivières, les forêts, les fermes et les étangs mourir autour de soi et qu'on a eu la chance de s'échapper à l'occasion de chaque week-end et des vacances scolaires pour se retrouver sur la berge d'un torrent sauvage peuplé de beaux poissons avant de rentrer ensuite à la maison et voir de pauvres gosses pleins d'espoir équipés de cannes de fortune s'escrimer au bord de cours d'eau empoisonnés où même les écrevisses ont péri — ça faisait quelque chose, et au plus profond de moi, quelque chose commençait aussi à périr. J'aurais voulu les embarquer dans la Winnebago de H2O et les conduire dans quelque Walhalla du Pêcheur. Ou alors, j'aurais voulu crier à H2O et à ses copains puristes de cesser de rouspéter, de soudoyer et de supplier pour qu'on crée des cours d'eau réservés à la Pêche à la Mouche, alors qu'ils feraient mieux de réclamer des eaux potables poissonneuses pour les gosses dont on a assassiné les rivières...

Je n'ai emmené ces enfants nulle part. Je n'ai rien dit à H2O et à ses copains. Je me suis contenté de me morfondre, de pêcher et de mijoter dans mes sécrétions glandulaires. Aussi, de temps en temps, j'essayais de soulager ma peine en déposant des poissons vivants, des poissons sans valeur, dans les endroits les plus bizarres.

H2O et moi étions dans la même pièce quand Bill Bob âgé de neuf mois a prononcé sa première phrase. J'étais en train d'écrire dans mon Journal de Pêche pendant que H2O montait des mouches. Bill Bob avait été un petit marmot bien silencieux qui pleurait rarement et ne babillait jamais, se bornant de temps en temps à lâcher un simple « Cooo », « Glooo » ou « Glarglar ». Mais ce soir-là, alors que couché sur le dos il jouait de ses deux mains avec les orteils de ses deux pieds, il prononça soudain sept syllabes distinctes. Quoique le débit eût été rapide, j'entendis nettement la phrase que je transcrivis ainsi dans mon journal : « Lo-ou-lo-ho-il-al-o. »

La réaction de H2O fut plus spectaculaire. Il se leva d'un bond et s'écria : « Augustin ! Augustin ! Tu as entendu ? Bill Bob essaie de dire "papa" ! » Il prit son fils dans ses bras et, amenant son visage à hauteur du sien, il dit : « Allez, petit bonhomme ! Vas-y ! Dis *papa.* Allez, *papa, papa, papa, papa !* »

Bill Bob demeurait suspendu en l'air, pareil à une boule de pain de mie détrempée, la bouche aussi inexorablement fermée que la chambre forte d'une banque durant les week-ends.

Un mois plus tard, Bill Bob et moi, on regardait la télé. H2O, affalé dans un fauteuil, lisait une lettre du fameux pêcheur à la mouche Arnold Gingrich. Il se trouve que je mangeais des chips, au grand intérêt de Bill Bob qui attendit la pub pour se glisser sur mes genoux, tendre la main et dire : « Tchup. » Je l'encourageai : « Ouais, Bill Bob, chips. C'est très bien. » Je lui en donnai une qu'il entreprit de mâchouiller jusqu'à en faire une espèce de pâte jaune qu'il étala sur ses yeux et son front. Lors de la pub suivante, il tendit de nouveau la main en disant : « Tchup ». Cette fois, H2O entendit. Il bondit de son fauteuil. « Tu as entendu cela, Gu... Augustin ? C'est mieux, Bill Bob ! Essaie encore ! Répète *papa.* Paaapaaa... » Bill Bob leva la tête au moment où un filet de salive mêlée de purée de chips lui dégoulinait sur le menton. H2O le regarda tomber sur le tapis, jeta un coup d'œil sur la figure couverte d'une croûte jaunâtre de Bill Bob et se borna à dire : « Veille à m'essuyer cela », avant de se retirer dans son bureau pour méditer devant l'aquarium dont les occupants passaient leur temps à se laver. Bill Bob contempla la porte par laquelle son père avait disparu, se tourna vers moi et dit : « Papapapa », puis il sourit, avança la main et ajouta : « Tchup. » Je lui en donnai une autre.

Quelques jours plus tard, Bill Bob grimpa sur les genoux de H2O, le regarda droit dans les yeux et dit : « Maman. » H2O blêmit. Il ignorait que le vocabulaire de Bill Bob était déjà assez substantiel et croyait donc que « maman » était le premier mot que son fils eût prononcé. Petit, j'étais persuadé que H2O était le meilleur père du monde. J'adorais la pêche à la mouche, mais mon premier mot (d'après lui, en tout cas) avait été « papa ». Bill Bob n'a jamais pêché, Bill Bob a dit « maman », et même le nom de « Bill Bob » constituait une torture pour son intellect, de sorte que, aussi stupide et affligeant que cela paraisse, il laissa Bill Bob grandir sans s'occuper de lui. Voyant ce qui se passait, je commençai à m'interroger sur le genre de père qu'il était en réalité. Je me demandai ce qu'il penserait de moi si je ne pêchais pas à la mouche. Je me demandai ce qui arriverait si j'adoptais en sa présence, comme je le faisais souvent en son absence, le langage et l'accent des Carper. Je me demandai si, en dehors de son art et de lui-même, il aimait vraiment quelqu'un ou quelque chose. Puis je me posai les mêmes questions à mon propos. Et à force de me poser toutes ces questions, je me sentis malheureux. Je tâchai de ne plus y penser et de me consacrer à la pêche.

Je me rappelle une aventure typique de ce que Ma entendait par son « j'vais te montrer ». Bill Bob n'était pas encore né, mais il arrondissait déjà son ventre. J'avais dix ans. On était en décembre et, comme Ma m'y obligeait, je pratiquais la méprisable activité consistant à vendre des cartes de Noël au porte-à-porte — pour elle, c'était l'équivalent de la mère coyote qui apprenait à son petit à chercher des rongeurs... J'avais le sentiment d'être l'un de ces maudits Témoins-querien, mais si je parvenais à vendre 48 boîtes, j'aurais un petit canoë en fibre de verre. Aussi je battais consciencieusement le pavé. Je ne réussis à en placer que douze, les quatre dernières à Ma, et cela en raison des événements qui survinrent au dernier jour de ma carrière de démarcheur.

A cause de H2O, nous habitions une banlieue chic de Portland ; aux yeux de mon père, en effet, la pêche à la mouche était un commerce, et comme pour tous les commerces, sa prospérité reposait sur la richesse d'une ville. C'était lui qui avait choisi le domicile familial, mais c'était Ma qui le gouvernait et tant qu'elle vivra, un parfum de genévrier, de sauge, de poussière et de sang frais flottera dans l'atmosphère de la demeure des Orviston. Sur le trottoir d'en face, quelques maisons plus bas, il y avait une construction futuriste, peinte en noir, affublée d'un tas de lucarnes, de portes télécommandées et autres gadgets, propriété d'un chirurgien, lequel possédait également un hors-bord noir, une Oldsmobile noire et un doberman noir. Ce chien, dévoreur d'enfants notoire, occupait le jardin du chirurgien entouré d'une clôture elle aussi peinte en noir. En général, le fauve se contentait de gronder et de montrer les crocs aux passants, mais de temps en temps, excité par la présence d'un enfant solitaire, il sautait par-dessus la clôture haute d'un mètre cinquante avec la même facilité qu'un cheval de haies franchirait un carton de lait, plantait ses dents dans le bras, la jambe ou la figure du malheureux, regagnait d'un bond son territoire et agitait sa répugnante petite queue circoncise devant son maître chaque fois qu'un parent furieux venait se plaindre, muni de la note du médecin. Bien sûr, ces blessures étaient bénignes comparées à celles que le chirurgien infligeait chaque jour à l'humanité souffrante, de sorte que, imperturbable, il montrait la clôture, expliquait qu'elle lui avait coûté très cher, qu'il était impossible de sauter par-dessus, mentionnait le grand nombre de dobermans noirs qui écumaient les banlieues et renvoyait chez eux les parents maintenant tout sourires qui lui promettaient en outre d'avoir recours à ses services la prochaine fois qu'ils auraient besoin de la greffe ou la transplantation de quelque organe vital. Et pendant ce temps-là, le doberman continuait à singer son maître en utilisant ses propres méthodes chirurgicales, protégé par les manières onctueuses de ce dernier, la clôture inefficace, la frilosité des banlieusards et le fait qu'il avait eu le flair de se tenir à l'écart du seul danger qui le menaçait : il n'avait pas croisé le chemin du fils de Ma Orviston...

jusqu'au jour où je vendis mes dernières boîtes de cartes de vœux.

Je pédalais à toute allure afin de rentrer à temps pour regarder l'émission de « Gaddis le Vadrouilleur » consacrée à la pêche aux steelheads en Colombie britannique, et c'est seulement en arrivant devant le repaire noir du chirurgien que je me rappelai soudain que je n'étais encore jamais passé par là en vélo... Je jetai un regard inquiet vers le jardin : le doberman était déjà en plein vol, ses yeux fous rivés sur ma chair tendre d'enfant de dix ans. Lorsqu'il retomba au sol de l'autre côté de la clôture, il poussa un rugissement genre chien des Baskerville qui réduisit aussitôt mon cerveau à l'état de fromage blanc. Aveuglé par la panique, malade de peur, je me mis à appuyer de toutes mes forces sur les pédales de mon vieux vélo qui tournèrent plus vite qu'un batteur à œufs, fonçant comme un jeune coyote terrifié pour essayer de me placer sous la protection de ma féroce mère. Je fis un écart au milieu de la route et je parvins de justesse à éviter deux voitures, espérant que l'une d'elles écraserait mon poursuivant, mais à ma vue, leurs conducteurs pilèrent, et le monstre parvint à se glisser entre les deux, sain et sauf. Je heurtai le trottoir, voilai la roue avant et, zigzaguant, je réussis néanmoins à atteindre l'allée de notre maison. Je hurlai : « MAMAN ! MAMAN ! » A cet instant, le doberman bondit, me heurta l'épaule et m'envoya bouler comme un lièvre atteint d'un coup de fusil. Instinctivement, je me recroquevillai dans l'attente d'être étripé par le fauve, frappé de terreur au point que je crus m'être imaginé l'explosion qui me perça les tympans. Comme l'attaque ne se produisait toujours pas, je me dépliai un tout petit peu pour voir ce qui l'avait retardée. Le doberman gisait sur la pelouse à quelques pas de moi, le corps parcouru de soubresauts, les yeux révulsés, la langue pendante et virant au gris, un trou de la taille d'un cantaloup dans le poitrail. Je risquai un regard vers la maison. Ma se tenait sur le seuil, le fusil encore fumant à la main, ses yeux verts illuminés par le sourire le plus farouche que je lui aie jamais vu. Elle dit :

« J'lai eu. »

A priori, personne n'aurait pu le contester. Elle s'approcha d'une démarche nonchalante. « Bouche-toi les oreilles », me prévint-elle. Je bouchai donc, et elle déchargea le deuxième coup dans la tête du chien.

Je me mis à brailler, puis à vomir.

Ma me releva, me nettoya, me serra dans ses bras, puis, constatant que mes genoux avaient l'air écrabouillés, elle me balança sur son épaule comme un vulgaire sac de bouffe pour chien et se dirigea vers la maison. Ballotté comme un pantin, je contemplai la scène du règlement de comptes : dans la rue, les deux voitures entre lesquelles je m'étais faufilé avaient été rejointes par une dizaine d'autres, et une vingtaine ou plus de Suburbites fixaient avec des yeux ronds la pelouse bien entretenue de Ma où le doberman bougeait encore au milieu des éclaboussures de cervelle et du contenu de quatre boîtes de cartes de vœux criblées de déchets sanglants qui souhaitaient un bon Noël au vent qui les éparpillait, tandis que Ma marchait à grandes enjambées sans effort apparent malgré le fusil et le poids de ses fils, les quelque cinquante kilos qu'elle portait sur ses épaules et dans son ventre.

Pendant que je regardais le Vadrouilleur attraper des steelheads canadiennes, Ma jeta le cadavre du doberman sur le plateau de son pick-up, le recouvrit de feuilles mortes, alla s'en débarrasser dans la décharge, acheta une jante de vélo, et elle reprenait le chemin de la maison quand elle eut une idée de génie : elle fit demi-tour pour se rendre dans un chenil où, après avoir examiné les pensionnaires, elle choisit une espèce de bâtard de chihuahua sans poils qui ressemblait à un rat, une petite créature noire et larmoyante d'une vingtaine de centimètres de haut qu'elle emmena ensuite chez le toiletteur où elle lui fit couper la queue et les oreilles à la façon d'un doberman, puis elle le déposa dans le jardin du chirurgien.

Ce soir-là, quand l'Oldsmobile noire s'annonça, quelques-uns parmi les voisins qui avaient assisté à la partie de chasse de l'après-midi se dissimulèrent derrière les rideaux de leurs fenêtres du premier étage pour observer ce qui allait se passer dans l'infâme jardin. Selon leur récit, le chirurgien entra chez lui, deux sacs de provisions dans les bras, et alluma la lumière de la cuisine pour commencer à ranger. L'un des sacs contenait deux sacs plus petits, chacun renfermant une bouteille de gin Bombay, et l'autre, un vieux journal enveloppant ce qui se révéla être un os énorme auquel pendaient encore des lambeaux de chair crue sanguinolente. L'homme le lança dans le jardin éclairé, mais n'attendit pas de voir le chien s'en emparer, car il se disait que ce dernier était peut-être parti dévorer quelques enfants. Les voisins avaient le regard rivé sur cet os. Ils espéraient qu'il venait de chez le boucher et non de l'endroit où le chirurgien exerçait son emploi.

Après s'être préparé un cocktail qu'il avala en deux gorgées, il s'en servit un deuxième qu'il avala en trois gorgées, avant de le faire suivre d'un troisième qu'il avala en quatre gorgées. Une voisine en déduisit qu'à ce rythme-là, il lui faudrait dix-sept gorgées pour boire son seizième cocktail. Sans mettre en doute la justesse de son calcul, il faut cependant noter qu'un dix-septième de cocktail peut difficilement être qualifié de « gorgée ». Une autre voisine émit l'hypothèse que le pauvre homme, au lieu de se noyer dans les cocktails, aurait plutôt eu besoin de compagnie. La voisine en question, une célibataire proche de la quarantaine, ignorait encore que Ma avait remédié à cela.

A son quatrième cocktail, le chirurgien jeta un regard vers le jardin pour voir quand même ce que son doberman noir pensait de l'os suspect. Lorsqu'il s'aperçut que l'os en question se promenait sur l'herbe en direction des buissons — apparemment de par sa volonté propre — il se frotta les yeux, étudia le contenu de son verre d'un air soupçonneux, prit une petite gorgée pour goûter, secoua la tête et sortit enquêter sur l'affaire. Un examen attentif lui permit de constater que la lévitation de l'os à ras du sol était le fait d'un rat doberman — une minuscule créature fantastique mais néanmoins bien réelle dont il ignorait jusqu'à présent l'existence. Rempli d'émerveillement (et de gin), il tomba à quatre pattes et s'avança en rampant. Le doberman rat le laissa approcher à presque le toucher, puis il émit une espèce de léger vrombissement qui évoquait un peu une roulette de dentiste. De fait, il s'agissait d'un grognement. Et aussi d'un signal indiquant que le rat considérait l'os comme sa propriété. Ça voulait dire : « Recule-toi, machin. » Habitué aux manifestations infiniment plus explicites de feu son doberman, le chirurgien risque un doigt téméraire dans l'intention d'entériner l'existence de la charmante petite bête par quelques douces caresses. Le doigt ainsi tendu reçut aussitôt quatre trous qui ressemblaient à peu près à ceci : 

Au cri que poussa l'homme, les voisins craignirent tous pour la vie du rat, mais ils avaient oublié deux choses : d'abord les quatre cocktails, et ensuite sa profession. Au lieu de se mettre en colère, le chirurgien analysa les blessures en expert, admirant leur parfaite symétrie et la précision avec laquelle elles avaient été infligées. Son doberman grandeur nature aurait sans nul doute été incapable d'une telle prouesse. Il finit son verre, suça son doigt, regarda le rat doberman ronger son os, l'écouta grondonner, et ainsi naquit une longue amitié. Il ne chercha jamais à savoir ce qu'était devenu son dévoreur d'enfants, et lorsque, quelques années plus tard, il fut contraint de déménager à la suite d'un scandale pour faute professionnelle, il emporta son rat doberman avec lui.

La raison pour laquelle Ma s'était trouvée à point nommé dans le jardin, armée de son fusil de chasse, était assez simple : comme l'émission de « Gaddis le Vadrouilleur » avait commencé, elle s'était dit d'une part que j'allais me dépêcher et que, dans ma précipitation, je risquais d'oublier le molosse dont les proies favorites étaient justement les enfants qui se dépêchaient, et que d'autre part le monde se porterait mieux sans le doberman ; aussi avait-elle quitté d'un bond le fauteuil devant la télé pour saisir le fusil (lequel est toujours chargé). Elle avait entendu les coups de frein, m'avait vu arriver en criant, et il lui avait alors suffi de viser et de tirer. Etant donné ses talents guerriers, le reste se devinait aisément. Le fait qu'elle soit capable d'assimiler sur-le-champ tous ces détails et d'agir dans le même mouvement implique un haut degré d'intelligence — une intelligence pourtant démentie à un tout aussi haut degré par son renvoi du lycée, ses absurdes querelles halieutiques avec H2O et son incapacité à comprendre que le massacre actuel des poissons aura des conséquences sur la pêche future. Je crois que c'est l'expression « intelligence naturelle » qui convient le mieux pour décrire celle de Ma.

Un naturel est un homme (ou une créature ou encore une plante) originaire d'une zone géographique précise — un espace bordé et délimité par des montagnes, des fleuves ou des côtes (et non par des latitudes, des longitudes, des Etats ou des frontières) qui abrite sa propre population d'herbes, d'arbres, d'insectes, d'oiseaux, de fleurs, de cours d'eau, de collines, de roches et d'êtres vivants (y compris les hommes), ainsi que ses propres régimes de pluie, de vent et de conditions climatiques. L'intelligence naturelle se développe grâce à une relation silencieuse ou à peine formulée avec ces différents éléments : elle émerge à mesure que le naturel se plonge dans son habitat. Le non-naturel se réveille le matin dans un corps sur un lit dans une chambre dans un immeuble sur une rue dans un comté dans un Etat dans une nation. Le naturel, lui, se réveille au centre d'un petit cosmos — ou d'un grand si son intelligence est vaste — qu'il porte comme un vêtement, et il perçoit les changements infimes, les migrations, les humeurs et les machinations des créatures qui le peuplent, les plantes qui poussent, sa terre et son ciel. L'intelligence naturelle, c'est ce que possédait Huckleberry Finn quand il descendait le Mississippi sur un radeau, ce que Thoreau montrait au bord de son étang, ce qu'avait Kerouac dans le parc de Desolation et qu'il perdait presque entièrement dès qu'il humait l'atmosphère d'une ville quelle qu'elle soit. Certains, néanmoins, parviennent à en faire preuve dans les villes, tel Artful Dodger le pickpocket dans *Oliver Twist* qui pratique son art dans la foule londonienne, telle mère Teresa dans les taudis de Calcutta, tel Woody Guthrie parmi les cueilleurs de fruits et Gandhi dans les prisons. A peu près tout le monde en possède ne serait-ce qu'un brin là où il se sent le plus à l'aise — ainsi H2O vêtu de tweed dans une salle bondée de puristes de la pêche à la mouche. Mais le plus haut degré, on le trouve surtout, je crois, dans les endroits où la terre, l'air, l'eau et le feu ont été le moins massacrés par les hommes et les machines. Dans le désert et les broussailles de l'est de l'Oregon ou le long de n'importe quelle rivière, Ma en manifeste, peut-être sous une forme brute, à la manière du coyote, mais c'est indiscutable : je l'ai vue guetter l'arrivée d'un vol d'oies sauvages de longues minutes avant qu'on ne l'aperçoive ou qu'on ne l'entende ; je l'ai vue déloger un rat musqué de la pointe de sa botte de pêche ; elle prédit les orages, les morts dans la famille, les mariages, les hivers rudes ; elle devine qui va attraper le prochain poisson quand la berge de la rivière grouille de pêcheurs au coup ; elle repère infailliblement le coupable quand quelqu'un pète en public ; elle m'a sauvé deux fois de la noyade ; elle est arrivée dans le jardin à temps le jour où Bill Bob se dirigeait en trottinant vers la voiture d'un vieux pervers qui lui avait offert des bonbons et une petite promenade, et avant qu'on n'ait eu le temps de dire « Henning Hale-Orviston », Bill Bob était dans ses bras, le type aux bonbons se prenait une brique dans la figure et une autre dans la lunette arrière. Elle minimisait ces exploits et les mettait sur le compte d'un « simple coup de pot ». Je crois que l'expression « coup de pot intelligent » serait plus proche de la réalité. A mon avis, son intelligence naturelle mérite largement un doctorat ès chances.

Je ne pense pas qu'il suffise de vouloir acquérir l'intelligence naturelle pour l'obtenir, mais peut-être que, grâce à la longue fréquentation d'un naturel intelligent ou de son monde naturel, on commence à l'attraper un peu comme on attrape un rhume, un rhume qui vaudrait la peine qu'on l'attrape.

Pour compléter l'image de Ma la Mère, il me faut cependant souligner une importante lacune. Ma affiche deux sentiments qu'elle appelle « bonheur » et « entêtement ». Elle affirme que H2O éprouve les deux mêmes et rien de plus, et elle n'en octroie aucun à Bill Bob — l'une des raisons qui font qu'elle le considère comme la prunelle de ses yeux. A moi, elle m'en octroie trois : « bonheur », « entêtement » et « tristesse », et elle prétend que pour chaque heure que je passe en proie aux deux premiers, j'en passe dix en proie au dernier. Elle me surnomme « Gus le Triste ». Je peux être pensif, préoccupé, perplexe, fatigué, introspectif ou plongé de cent manières dans ce qui m'apparaît comme une simple absence de sentiments, pour Ma c'est toujours la même chose : « ENCORE triste ? Allez, s'coue-toi, mon garçon ! Toujours à faire une tête comme si t'avais le cul coincé ! SOURIS, nom de Dieu ! » Quand il s'agit de différencier deux orignaux au loin sur une crête, deux vautours qui planent haut dans le ciel, deux truites, deux faons, deux foals, deux fous, Ma est capable de faire preuve d'une incroyable perspicacité, mais quand il s'agit de se livrer à des distinctions dans le domaine intellectuel ou émotionnel, par exemple faire la différence entre les hindous et les musulmans, entre une douleur profonde et une petite bouderie, entre *Hamlet* et *La Comédie des erreurs*, entre les vérités philosophiques et les ergoteries, entre le poète Rilke et le chanteur Rod McKuen et ainsi de suite, autant s'adresser à une pierre. Durant ma puberté, cela ne faisait pas que me gêner : j'étais à la torture, et je m'étais même convaincu que je la haïssais à cause de cela. J'ai pourtant fini par m'apercevoir que, en réalité, ce que je haïssais, c'était le côté on-dégaine-tout-de-suite que j'avais hérité d'elle. Chez moi, c'était quelque chose d'épouvantable, quelque chose d'acquis. Chez Ma, ce n'était qu'une vieille habitude. Elle ne s'offusquait pas d'être traitée d'ignare ; elle savait qu'elle l'était et elle s'en vantait. Pour ce qui était de « j'vais te montrer » comment faire, comment bien manger, comment manifester du courage et du bon sens, il n'y avait pas meilleure mère que Ma. Par contre, pour des sujets du genre C'est-quoi-la-vie ?, comment la vivre, où et pourquoi, elle nous sortait de telles énormités qu'on était obligés de se boucher les oreilles et de s'envoler du nid pour essayer d'aller chercher nous-mêmes les réponses.

8

Le « Programme Idéal »

> Je crois que dès 1930 un mouvement naquit dans le but d'établir une liste standard des diamètres des fils en boyau... Un avertissement au cas où vous souhaiteriez calibrer vous-même vos propres boyaux : les boyaux s'abîment facilement et quand ils sont abîmés, c'est bien pire que s'ils cassaient, car la chose est trompeuse. On ne le remarque pas et pourtant le fil est devenu fragile.
>
> Ray Bergman,
> *« Les principes de base de la mouche sèche »*

Dans *Le Parfait Pêcheur à la ligne*, Izaak Walton écrit :

O la belle vie que celle du pêcheur,
Il n'y en a point de meilleure !
Elle est pleine de plaisirs, vide de désagréments
Et beaucoup l'aiment énormément.

En réalité, Walton ne fait que supposer. Quincaillier de profession, il passait la plupart de son temps libre à l'église ou en savantes études. Il n'y a donc rien d'étonnant à ce qu'une partie de pêche occasionnelle inspire des vers de mirliton à un vendeur de casseroles à la fois rat de bibliothèque et grenouille de bénitier. Celui qui pêche une fois par mois adore les quelques heures qu'il passe au bord de la rivière, et il s'imagine que dix fois plus de parties de pêche lui apporteront dix fois plus de plaisir. Mais moi qui ai connu la belle vie de pêcheur, j'ai appris que *ne pas* pêcher est essentiel aux joies de la pêche : la pêche est une bonne chose, mais trop de bonne chose est une mauvaise chose. J'ignore pourquoi l'amateur de sucreries devient si vite un hypoglycémique édenté, l'athlète adulé, une loque abhorrée, le beau don juan, un affreux débauché, mais le fait est là. De même, le pêcheur à la ligne infatigable devient-il un fanatique radotant au cerveau imbibé d'eau. A dix-neuf ans, cependant, je croyais que Ne-pas-pêcher était le Mal, que Pêcher était le Bien, que tout le reste sous le soleil et la lune n'était qu'Indifférence, et je trouvais l'idée qu'il puisse exister « trop de Bien » inconcevable. Mon seul ami non pêcheur au monde était Bill Bob, âgé tout juste de neuf ans, qui évoluait dans un univers déshydraté empiétant rarement sur le mien. Si bien que même si j'avais désiré explorer d'autres modes de vie, qui aurait été en mesure de me les montrer ? H2O ? Ma ? Non, mon existence était déjà assez confuse comme cela, limitée à mon unique centre d'intérêt, sans compter mes parents, leurs engueulades et la Grande Controverse Izaak Walton. Et, tandis que la G.C.I.W. faisait rage, je subissais sans nul doute toutes sortes de -ismes et de -oïdes d'ordre psychologique. Comme je manquais d'expédients psychiatriques, je recourais aux remèdes maison. Le principal consistait en ceci :

Exposé depuis l'état de têtard à l'irrationalité bruyante de mes parents, j'adoptais pour compenser une rationalité stricte afin d'empêcher mon univers aquatique de sombrer dans le chaos. J'en étais venu à croire qu'il n'y avait pas de limite à ce qu'un Pêcheur Scientifique pouvait accomplir grâce à l'emploi rigoureux de la Raison — pas de poisson qu'on ne puisse prendre, pas de mouche qu'on ne puisse confectionner, pas de secret qu'on ne puisse découvrir, pas de problème, aussi non arithmétique et abstrus fût-il, qu'on ne puisse résoudre par la logique. C'est ainsi que j'appliquai mes pouvoirs de ratiocination à l'invention d'un outil appelé « Système d'Equilibre de la Qualité de la Vie » ou « S.E.Q.V. ».

Le S.E.Q.V. se composait d'une balance (deux plateaux de poids égal en parfait équilibre), de 1 440 hameçons n° 8 tige moyenne (un pour chaque minute de la journée) et d'un tableau précis où ma Journée Standard était divisée en Minutes Neutres (M.N.), Minutes Insatisfaisantes (M.I.) et Minutes Satisfaisantes (M.S.). Pour chaque M.I., je mettais un hameçon dans le plateau de gauche et pour chaque M.S., un dans celui de droite. Quant aux hameçons M.N., je les mettais dans une boîte neutre. J'établis ainsi une série de courbes et de graphiques montrant comment transformer M.I. et M.N. en M.S., convaincu que ce simple procédé scientifique me permettrait d'atteindre un stade baptisé « Une Satisfaction Absolue » ou « U.S.A. ». Je débordais d'enthousiasme et j'étais furieux de ne pas y avoir pensé plus tôt. Sur le plateau des plus, il n'y avait que des poissons non frelatés ; les hameçons Bill Bob allaient dans la boîte neutre — non qu'il ne me procurât pas de satisfactions, mais être neutre, c'était ce qu'il voulait. Bien entendu, les hameçons Ma et H2O formaient un gros tas sur le plateau des moins, de même que l'école, le travail au jardin, les clubs de pêche à la mouche, les poussées d'acné, la constipation et autres déséquilibres désagréables. L'historien type, armé de son indulgence pour les données insignifiantes mais factuelles, sera peut-être déçu d'apprendre que, tout en continuant à utiliser des hameçons, j'ai réduit en cendres listes et graphiques lorsque j'ai constaté que « U.S.A. » n'arrivait pas. Un fragment a néanmoins survécu, et comme il illustre la gymnastique quasi logique à laquelle mon esprit polarisé avait coutume de se livrer, je l'inclus ici :

PROGRAMME IDÉAL D'UNE JOURNÉE

1. Dormir : 6 heures.
2. Se nourrir : 30 mn (de préférence entre deux lancers ou en pêchant au coup).
3. Ecole : 0 heure !
4. Bain, trône, etc. : 15 mn (inévitable).
5. Tâches ménagères et diverses : 30 mn (jardiner, inutile ; épousseter, malsain ; propreté minimale, facile à obtenir).

6. Conversations autres que sur la pêche : 0 h.
7. Transports : 45 mn (vers une rivière poissonneuse).
8. Entretien du matériel/montage de mouches/fabrication de cannes/tenue du journal, etc. : 1 h 30 mn.
9. Pêche : *14 h 30 mn par jour !*

MANIÈRES DE RÉALISER LE PROGRAMME IDÉAL

1. Finir l'école et *pas d'université !*
2. Aller *seul* dans des rivières où on peut pêcher toute l'année (côtières de préférence).
3. Eviter les amitiés, pêcheurs compris (pertes de temps en bavardages).
4. Essayer la caféine et la nicotine pour éliminer l'excès de sommeil.
5. Faire la route, les courses, les recherches et préparer le matériel une fois la nuit tombée pour réserver le jour exclusivement à la pêche.

Résultat (en comptant les impondérables) :
au moins 4 000 heures de pêche par an ! ! !

Le plus bizarre à propos de ce programme de fou, c'est qu'il s'avéra prophétique : après avoir commencé l'école avec un an de retard et redoublé une classe, je terminai mes études secondaires à J. Edgar à la fin du printemps 1974, juste après mon vingtième anniversaire, et ma moyenne annuelle me valut l'honneur d'occuper le 205ᵉ rang sur un total de 290 élèves. Suite à de pénibles expériences, je réussis, à force d'injections de thé, de café et de tabac à pipe, à atteindre mon objectif de six heures de sommeil par nuit. Quelques semaines avant la remise des diplômes, j'obtins (à l'insu de mes parents, et en trichant sur mon âge) la location pour un an d'une cabane de pêcheur qui surplombait une superbe rivière côtière. Je fourguai ma Buick à la ferraille, achetai un pick-up Chevrolet 1965 et entrepris, petit à petit, d'apporter en douce mes affaires sur la côte chaque fois que Ma et H2O partaient pêcher. Grâce à l'argent que je gagnais en vendant les cannes et les mouches de ma fabrication, je possédais des économies substantielles, aussi, lorsque, le jour des diplômes, H2O ajouta deux billets de 1 000 dollars à mon pactole (pour l'université, présumait-il, oubliant que mes notes ne me permettraient d'entrer nulle part, sauf peut-être en prison, et encore), je m'estimai paré pour la vie. Mon seul problème, c'était comment annoncer mon départ à Ma et à H2O.

9

Où je vide mon sac

> Je n'aime pas trop vivre avec des gens de la sorte. Il n'y a ici rien à avaler sinon des poissons qui puent et de l'ale qui a un goût de flotte.
>
> Piers Plowman

Le lendemain de la remise des diplômes, j'allai pêcher la perche dans les environs de Portland. A mon retour, je trouvai H2O qui revenait d'une désastreuse expédition sur la Madison dans le Montana : parti dans l'espoir de prendre des truites arcs-en-ciel et des truites brunes pendant l'éclosion des mouches de pierres, il avait subi une véritable mousson après une seule matinée de pêche. Déjà rentrée depuis un moment d'une petite balade de trois heures sur Sauvie Island où elle avait pris et tué 25 kilos de chair de première qualité sous forme de deux belles bêtes, Ma préparait le dîner en jubilant ; la tranche qu'elle balança sur l'assiette de H2O pesait largement son kilo — plus que la totalité des truites qu'il avait attrapées pendant son excursion dans le Montana. Il la considéra comme s'il s'agissait d'un étron.

Son humeur ne fit rien pour apaiser mes angoisses. Je transpirais, je tremblais, je n'arrivais à rien avaler et les paroles du discours d'adieu que je m'étais répété un millier de fois semblaient s'être envolées ou transformées en latin de cuisine. Pourtant, personne ne paraissait remarquer quoi que ce soit : H2O était trop vexé, et Ma, à qui rien n'échappait, ne connaissait qu'un seul terme pour expliquer mon air de chien battu — la mélancolie, laquelle, disait-elle, était chez moi à peu près aussi rare que des miettes sur un toast. Certes, Bill Bob aurait sans doute remarqué quelque chose s'il avait levé les yeux, mais comme le repas du soir sert à chaque fois de tribune improvisée à Ma et à H2O, il y arrive bien préparé, et les préparatifs auxquels il se livre méritent d'être mentionnés : dans l'ensemble, ils consistent en un appétit féroce et en deux radios qu'il écoute par l'intermédiaire d'un petit écouteur enfoncé dans l'une et l'autre de ses oreilles, non pas pour obtenir un effet stéréo, mais afin d'écouter deux stations en même temps — généralement de la musique classique pour accompagner les reportages sportifs les plus excités, de préférence sur le base-ball ; et, pour faire bonne mesure, il laisse la télé allumée dans la pièce d'à côté et lit en cachette un illustré posé sur ses genoux et dissimulé par la nappe. Tout en appréciant la musique, en regardant la télé, en suivant le match et en feuilletant son illustré, il enfourne la nourriture comme un fauve vorace. Et son goût pour les mélanges et les activités bouillonnantes s'applique également dans le domaine culinaire, car le déroulement de ses repas n'est pas linéaire mais emprunte un parcours chaotique qui aboutit aux pires des méli-mélo, des salmigondis et des chauds-froids. Ce soir-là, il engloutit tout un panaché composé de choux, de beurre, de miel, de crème, de pain, de poivre, de sauce tartare, de confiture de mûres, de petits pois, de saumon, de citron et de ketchup.

Seul cet aspect multimédia-multisapide-multitout parvient à déclencher chez mon frère quelque chose qui ressemble à de la passion. Aussi calme et posé qu'il paraisse, plus il vieillit, plus il aime faire de choses à la fois. L'exemple typique en est le vélo. Le cyclisme bill-bobien ne peut se pratiquer que sur le vélo de Bill Bob : les autres modèles sont trop sommairement équipés pour le satisfaire. Rien que sur le guidon, on compte un panier, deux klaxons, deux cloches, une sonnette et une girouette rouge en forme de coq qui se penche en même temps que lui dans les virages. Les rayons des roues, peints de différentes couleurs, font claquer des cartes à jouer fixées par des pinces à linge. Un coffre-fort est monté sur le garde-boue arrière. Derrière la selle il y a un réservoir métallique muni d'un tube qui court le long du cadre puis du guidon, pour atterrir dans sa bouche ; il est toujours rempli de jus d'orange, carburant qu'il utilise en proportion de sa vitesse d'accélération et qu'il consomme souvent à raison de deux pleins par jour, ce qui nécessite de fréquents arrêts au stand, dans les buissons au bord de la route. Le coffre-fort contient tout un assortiment qui peut varier, mais en règle générale, on y trouve toujours des cartes à jouer de rechange, des M&M's, des illustrés, des outils et les inévitables transistors. Ainsi, lorsque Bill Bob Orviston fait du vélo, il accomplit, de même que pendant les repas, toute une variété d'actes incongruents, et émet une cacophonie assourdissante de bruits dissonants : il devient une espèce de Concentré de Yankee... Par une journée sans vent, bien longtemps avant de le voir, on entend un son rythmique de klaxons, de sonnette et de cloches qui évoque l'approche d'un vol d'oies mécaniques ; puis, alors qu'il est encore loin, on distingue le claquement des cartes qui rappelle les pétarades d'une moto anémique ; et enfin, on aperçoit une sorte de monstre affublé d'une tête surmontée de cheveux filasse coupés en brosse et perché sur un véhicule de cirque tonitruant — un tube dans la bouche, des fils dans chaque oreille et une esquisse de sourire qui flotte sur ses lèvres. Et en se tournant sur son passage, on a le temps de déchiffrer l'autocollant que Ma lui a donné : ÉCONOMISEZ L'ESSENCE. PÉTEZ DANS LE RÉSERVOIR !

La première partie du repas chez les Orviston se déroule en silence, un silence brisé seulement par les bruits de déglutition, de claquement de lèvres et de mastication. Mais ensuite, Ma et H2O, drogués aux sucs pancréatiques, commencent à parler, de pêche et uniquement de pêche, et la discussion ne garde jamais longtemps le ton de la raison. Le soir où je devais libérer ma chambre, Ma entama le discours d'ouverture :

« A propos, Gus, en parlant de pêche... (personne n'avait parlé, et encore moins de pêche)... raconte à Hen la perche que t'as prise c'matin au Blue Lake, comment que tu l'as piégée et tout le bastringue. Ça va t'plaire, Hen. Ecoute-moi ça ! »

L'histoire de cette perche était de celles que je souhaitais oublier, mais je me dis qu'il me suffirait peut-être de communiquer les chiffres essentiels pour que Ma enchaîne sur ses exploits saumoniers.

« Bon, bon, fis-je donc. P'pa, le poisson pesait trois kilos et demi... la plus grosse perche jamais pêchée dans le Blue Lake depuis une décennie à en croire le représentant local des autorités, un certain Sticot Buckley...

— Ha ! s'écria Ma. C'te vieille tête de poisson de Sticot et ses petits pois ! J'espère que t'y as dit bonjour de ma part, Gus. Sacré Sticot ! L'en sait plus que tout le monde sur les 5 P ! »

Comme de bien entendu, H2O ne manqua pas de demander :

« Et pourrais-je savoir ce que sont les 5 P ? »

Il posa la question avec des précautions infinies, comme s'il marchait pieds nus sur un champ de trèfle grouillant d'abeilles.

Il devait s'agir d'une leçon bien apprise, car Ma récita aussitôt :

« Les Petits Pois, les Perches, la Pêche, la Picole et les Putes ! »

Et, toujours comme de bien entendu, H2O prit une expression à la fois pincée et offusquée, comme si la vulgarité de sa femme était nouvelle pour lui.

« ... et je l'ai pêchée à l'appât », continuai-je, décidé envers et contre tous à finir ma phrase interrompue.

Ma n'y prêta pas attention.

« Ce vieux Sticot Buckley ! Ça fait une éternité que j'lai pas vu. Y jouait du violon que ça te donnait envie de pleurer, et pas de joie, crois-moi. Maintenant, dis à Hen quel genre d'appât, Gussy. C'est le plus beau de l'histoire, pas vrai, fiston ? Tu deviens comme ton père, toujours à laisser le meilleur, la bière dans la glacière, le poisson dans la rivière, la pâte du gâteau sur l'assiette, à ravaler tes meilleures blagues, à retenir tes pets, et puis t'as sans doute pas chié depuis trois semaines...

— BIEN QU'ADMIRÉE DANS LE SUD PROFOND, rugit H2O, où les eaux tièdes, fétides et brunâtres interdisent l'existence des nobles salmonidés, la perche truitée est une pestilence, une vorace, une étrangère, un monstre qui envahit les eaux salubres du Nord et du Nord-Ouest... (Ma qui avait cessé de se plaindre était à présent suspendue aux lèvres de H2O, guettant l'insinuation ou l'insulte qui leur permettrait de s'empoigner pour de bon)... oui, monstre aux appétits grossiers, au tempérament veule, à l'intelligence négligeable, à la résistance dérisoire et qui possède en outre une tête, une bouche et un estomac d'une taille ridicule en comparaison de son corps inutile, la perche truitée est de loin le poisson le plus surestimé d'Amérique. S'il possède une qualité, c'est sa méchanceté suicidaire : figurez-vous que ces créatures hystériques ont été vues attaquant des alligators, des hélices de hors-bord et même de petits yachts. Il leur arrive souvent d'avaler des animaux vivants, canards, rats musqués, serpents des marais ou animaux domestiques en train de nager, avec pour seule conséquence d'en mourir. Des perches truitées ont parfois été jusqu'à s'en prendre à des enfants, dont certains ont été horriblement mu...

— Hé là ! une seconde, Hen ! hurla Ma devant la tournure que prenait le discours de H2O. C'est pas un enfant ou un appât vivant que la bête à Gus elle a bouffé. (H2O se tut naïvement.) Vas-y, Gussy, raconte. (Je secouai la tête.) Bon, alors c'est moi. Eh ben, Hen, l'énorme perche à Gus, elle a mordu dans la plus pourrie, la plus crevée, la plus putride des saucisses que t'aies jamais sentie !

— Augustin ! » gémit H2O.

Bill Bob dressa l'oreille, réfléchit un instant, puis lâcha avec un grand sourire :

« Saucisse, saucisson, saucissonner, saucissonnage et saucissonneur ! »

Ma eut l'air quelque peu déroutée.

« Qu'est-ce que tu nous chantes là, fiston ? Et puis enlève-moi ce ketchup sur ton front. »

Bill Bob enfourna une nouvelle bouchée, haussa les épaules, essuya le ketchup (laissant une traînée de sauce tartare), glissa un doigt dans chacune des poches de sa chemise pour monter le son de ses transistors, puis baissa les yeux sur l'illustré caché sur ses genoux. Apparemment, je fus le seul à apprécier sa version improvisée des « 5 S ».

Ma se tourna de nouveau vers H2O :

« Le poisson à Gus, Hen, t'aurais dit qu'il sortait tout droit de l'arche de Noé. Sûr, ça t'en aurait bouché un coin ! Poisson Poubelle on l'appelait.

— Qui cela ? demanda-t-il, surveillant d'un œil inquiet Bill Bob occupé à se goinfrer.

— La perche, espèce d'idiot. Y en a un qui saucissonne et l'autre qui te donne du "Qui cela"... C'est une vraie maison de cinglés ici.

— Je te prie de m'excuser, répliqua H2O, mais ton Steve Bouclet ou Bouclette pourrait également être qualifié de poubelle à la lumière des 5 P dont tu as fait mention. »

Voilà qui me paraissait logique, mais Ma brandit son verre :

« Bande de crétins, de tarés, d'imbéciles ! Y s'appelle pas Steve Bouclette. Son nom, c'est Johnny. (H2O et moi échangeâmes un regard interloqué.) Sticot, c'est juste un surnom qu'on lui a donné. Et les 5 P, y les mange pas. Y fait rien que picoler.

— Je vois, dit mon père, plein d'indulgence pour cette étrange mathématique. Pourtant, les petits pois et les perches, il doit bien les manger, non ?

— T'y es pas du tout ! Tu démarres du mauvais pied. Sticot y bouffe des appâts (les écrevisses du lac), y picole et les putains, bon... Mais jamais y toucherait un petit pois ou une perche. Il en a vu tellement que ça y retourne l'estomac.

— Mais oui, bien sûr, suis-je bête, se moqua H2O. Ton ami mange certainement de... euh... de la bouse de vache. Je l'imagine fort bien utiliser une serviette brodée pour s'essuyer les petites crottes aux commissures des lèvres. »

Ma esquissa un sourire.

« Je fais que supposer, hein. Vu que c'est un vrai bouseux.

— Supposition raisonnable, acquiesça H2O d'une voix si onctueuse qu'il en ronronnait presque. N'est-ce pas Brillat-Savarin qui a dit : "Dis-moi ce que tu manges, je te dirai qui tu es" ?

— Ce qui nous ramène à la perche de Gussy, dit Ma.

— Ah, je me demandais précisément quand nous allions y revenir, fit H2O, pince-sans-rire.

— Allez, Gus, parle-nous de ce vieux Poisson Poubelle, ce coup-ci. »

Je m'y refusai.

« Alors, c'est moi qui vais raconter, dit Ma, comme si elle n'avait pas déjà tenté de le faire. C'te grosse perche, Hen, c'est la créature la plus futée qu'ait jamais existé...

— Pourquoi vous parlez de deux B ? hurla Bill Bob.

— Si t'as quelque chose à dire, fiston, enlève d'abord tes trucs dans les oreilles. »

Bill Bob s'exécuta.

« Deux B ? c'est quoi deux B ?

— C'est MOI ! » s'écria Bill Bob.

Ma se tourna vers H2O en secouant la tête. H2O se tourna vers Ma en secouant la tête. Tous deux se tournèrent vers Bill Bob en secouant la tête. Ma trancha :

« Maintenant, boucle-la et remets tes écouteurs. »

Bill Bob remit.

« T'as déjà été au Blue Lake, Hen ?

— Si j'y ai été, répondit-il en s'envoyant son petit scotch d'après dîner, mes cellules cérébrales qui devraient s'en souvenir ont été détruites par ce miséricordieux breuvage.

— Alors, j'vais t'le décrire. Sur la rive nord, t'as un parc, et y z'ont construit des petits promontoires en béton qui s'avancent dans l'eau avec des tables de pique-nique rivées dessus...

— Un paysage qui devrait ravir le John Muir qui sommeille en chacun de nous », fit remarquer H2O.

Remarque que Ma ignora. Elle poursuivit :

« Quand les types de la ville débarquent pour pique-niquer, y jettent presque tous les restes de bouffe et toute leur merde dans l'eau, même qu'on devrait les fusiller pour ça, et c'est là que Poisson Poubelle entre dans le tableau.

— Ah oui, ton ami Johnny, dit H2O sachant très bien de quoi il retournait en réalité, mais espérant qu'elle donnerait dans le panneau, ce qui ne manqua pas de se produire.

— Seigneur Jésus, Hen ! T'as dû graisser la patte à ton instit pour avoir ton certificat d'études ! Mais non, c'est la perche, tête de piaf ! Et on l'appelle Sticot Buckley, pas Johnny Bouclette ! Raconte à ton abruti de père, Gus ! »

Les faux départs de Ma m'avaient flanqué mal au crâne. Si je ne me décidais pas à raconter moi-même l'histoire, on en aurait pour toute la nuit. Je cédai donc :

« Bon, d'accord, mais vous ne m'interrompez pas avant que j'aie fini. (Ma fit signe que c'était d'accord. H2O eut un petit sourire narquois. Et je repris :) Sticot avait surnommé cette perche Poisson Poubelle parce qu'elle remplissait le rôle d'éboueur bénévole. Dès que les pique-niqueurs balançaient des ordures, elle se glissait au milieu des herbes et attendait qu'ils partent pour venir bouffer tout ce qui était comestible et parfois même ce qui ne l'était pas, et moi, comme un idiot, je la tue. Maintenant, il n'y a plus rien pour nettoyer les cochonneries dans le lac... »

Je me tus un instant pour rassembler mes esprits, et Ma en profita pour mettre son grain de sel :

« Alors, Hen, comment tu crois que ton fils a réussi à attraper ce vieux poisson qu'avait vu tous les leurres et tous les appâts pour perches et qu'avait le cerveau comme un catalogue d'articles de pêche que même Sticot Buckley aurait jamais pu le choper ? Et le Sticot, il en est resté sur le cul quand Gus il l'a pêché ! Ha ! j'aurais donné une caisse de bières pour voir sa tête ! Vas-y, Gus, raconte comment...

— TAIS-TOI ! m'écriai-je. Si tu ne te tais pas, j'arrête ! Maintenant, fermez-la tous les deux ! (Ils ouvrirent de grands yeux, mais se turent. Bill Bob baissa le son de ses radios et écouta lui aussi.) En m'habillant ce matin, je me suis mis à réfléchir au fait que les pêcheurs portaient en général des vêtements discrets, de sorte que ce poisson devait être habitué à faire la différence entre ceux qui essayaient de le prendre et ceux qui se contentaient de venir là pour manger. J'ai donc été dans une boutique de fripes acheter d'affreux vêtements de pique-niqueur aux couleurs bien criardes. En arrivant au lac, j'ai fouillé dans les poubelles où j'ai trouvé une saucisse pourrie encore dans son emballage. Je l'ai laissée comme ça pour que le plastique masque la ligne, et pensant que la perche risquerait de prendre peur à la vue d'une canne ou d'un moulinet, j'ai choisi un fil monobrin de force quatre kilos et demi pour pêche à la main, puis j'ai accroché la saucisse à un hameçon triple avant de ranger le tout dans ma glacière et de déambuler sur le promontoire en ciment comme un de ces cochons de pollueurs. A la deuxième table, je l'ai vue qui se faufilait lentement au milieu des herbes...

« Je me suis assis pour grignoter un peu, puis j'ai lancé quelques restes dans l'eau, un bout de gâteau, des peaux d'orange, un morceau d'œuf dur et la saucisse piégée, après quoi je me suis dirigé vers les peupliers tout en déroulant ma ligne et je me suis dissimulé derrière un arbre. Je me suis assis dans l'attente que le fil se tende... Il n'a pas bougé. Je me suis levé d'un bond. La perche m'a vu approcher et elle a filé se cacher... entraînant la ligne avec elle. J'ai attendu un bon moment pour être sûr qu'elle était ferrée, mais je n'avais pas de souci à me faire, elle avait avalé l'hameçon. J'en viens maintenant à la partie pas jolie, jolie : quand elle a senti l'hameçon au plus profond de son gosier, elle a renoncé à lutter, elle ne s'est pas battue, n'a pas tenté de s'enfuir, ni même de plonger dans les herbes. C'était comme si elle n'arrivait pas à s'imaginer que j'avais pu lui faire ça, comme si elle croyait que je l'avais trahie. On aurait dit qu'elle pensait : "Puisque vous ne pouvez pas me laisser vivre en paix, puisque je ne peux même pas continuer à vous débarrasser de vos propres ordures, c'est qu'il est temps de mourir !"

« Je l'ai traînée comme un petit bateau au bout d'une corde. Et j'ai vu quelle pauvre petite chose c'était en réalité. Moins de quatre kilos. Bon Dieu ! les gens réagissent comme si les perches de quatre kilos étaient des espèces de monstres. On les pourchasse à bord de vedettes équipées de radars et de sonars, on les traite de "gorets"... bon sang ! on se demande qui sont les gorets ! Quatre kilos, ce n'est rien. C'est le poids d'un nouveau-né. C'est un bien petit éboueur pour un si grand lac. Voilà. Et voilà pourquoi j'avais l'impression d'être un beau salaud. J'ai décidé de la relâcher. Je l'ai laissée tranquille, sans essayer de la sortir de l'eau, espérant que l'hameçon n'avait pas causé trop de dégâts. Elle ne bougeait pas et se contentait de me regarder... »

Je m'efforçai d'affermir ma voix, car ce qui allait suivre me faisait horreur, et je poursuivis :

« Une petite foule s'était rassemblée. Des gens de toutes sortes — des enfants, des adolescents, des adultes, quelques pêcheurs, un type vraiment vieux avec une canne — qui tous me regardaient comme si j'étais une espèce de génie et qui regardaient le poisson comme si c'était un serpent de mer ou peut-être, à en juger par le désir qui brillait dans leurs yeux, une sirène toute nue. Ne trouvant pas de couteau, j'ai demandé si on pouvait m'en prêter un et aussitôt une voix s'est élevée : “Il veut couper le fil”, et puis quelqu'un a renchéri : “Merde ! il va la relâcher”, alors tous ont commencé à se disputer, à se bousculer et à crier : “Je la prends ! Ne la remettez pas à l'eau ! Donnez-la-moi ! C'est moi qui l'ai demandée le premier ! Vous êtes cinglé ! Bon Dieu ! je la veux, moi ! Non, c'est moi ! Non, moi !” et à ce moment-là, Sticot Buckley est arrivé en courant, s'est frayé un chemin au milieu de tous ces excités et s'est mis à hurler que j'étais un pêcheur de génie, que Einstein lui-même aurait été incapable d'attraper cette perche, et il a empoigné ma ligne et a tiré dessus d'un coup sec, si bien que le poisson a commencé à faire des bonds parce que l'hameçon lui déchirait les entrailles, puis Sticot a pris une pierre pour lui taper dessus. Des gosses ont applaudi, mais la perche qui se débattait comme un beau diable lui a échappé et s'est éloignée en nageant...

« Mais elle était à moitié assommée et elle saignait, de sorte qu'elle n'a pas été bien loin, d'autant qu'elle avait perdu le sens de l'orientation et qu'elle décrivait un demi-cercle qui la ramenait vers le rivage. Un des gamins a sauté dans l'eau, a saisi la ligne, et cette fois Sticot a agrippé fermement la perche, a plongé ses doigts dans les ouïes, et le vieux fou lui a tendu sa canne. Sticot a tué la perche tout en la couvrant d'injures pendant que tout le monde criait, riait et l'encourageait. Je restais seul au bord de l'eau, habillé comme un abruti de pique-niqueur, et quand je me suis mis à pleurer, je me suis senti ridicule et je suis parti... »

Je baissai la tête pour cacher mon visage, car je sentais de nouveau mes yeux se mouiller.

Ma gloussa, vague manifestation de feinte pitié, puis se tourna vers H2O :

« Sticot a téléphoné pour m'raconter. Tu sais ce qu'on a trouvé dans le ventre de Poisson Poubelle ? (Elle tira un morceau de papier de la poche de son tablier et reprit :) Une barre de chocolat, deux têtards, un hamburger pourri, deux mégots de cigarettes, une écrevisse, un embout de plastique de cigare White Owl, de la cellophane, deux vairons, une salamandre et une carotte !

— Voilà qui est répugnant ! s'exclama H2O. Tout à fait écœurant ! Et on ose qualifier ces créatures de "poissons d'eau douce" ! Augustin a bien fait d'en débarrasser le lac ! »

Ma battit des mains en caquetant, tandis que H2O continuait de vitupérer, mais tout ce tapage parvenait de moins en moins à mes oreilles cependant que mon sang se mettait à bouillir : je voyais la pièce en rouge et une énergie sauvage montait en moi ; je savais que me livrer à je ne sais quel acte de vandalisme me procurerait une immense joie, un immense soulagement. Quelque chose se brisa en moi, une corde ou une longe, et je l'entendis littéralement claquer. Je bondis sur mes pieds, collai ma figure contre celle de mon père, et une partie de moi, comme détachée du reste, vit avec une grande satisfaction les particules de salive s'envoler de ma bouche pour accompagner mes paroles et atterrir dans ses yeux, tandis que je rugissais :

« TU SAIS CE QUE TU ES ? »

Abasourdi, il secoua la tête.

« TU ES UN SALE FASCISTE DE LA PÊCHE ! Un nazi de la canne à mouche, et pour toi, tous les poissons sauf les truites et les saumons, et tous les gens sauf les pêcheurs à la mouche sont des nègres, des juifs et des immigrés clandestins ! Tu n'es qu'un bigot atteint de diarrhée verbale, aveugle et sourd à tout ce qui ne se pâme pas au son de ta voix suave ! Tu n'as jamais aimé que toi, et tu as depuis si longtemps la tête dans le cul qu'elle s'est ramollie et pue la merde ! »

Je dansais presque tout en hurlant. J'étais comme en transe ! Je me dominais depuis que j'étais tout petit, et là, ça jaillissait comme de la lave en fusion, comme un égout de banlieue qui déborde, comme une bouse verdâtre du cul d'une vache. Les yeux de H2O lui sortaient de la tête au milieu de son visage devenu écarlate. Il ouvrit la bouche, déglutit, mais resta incapable de prononcer un mot. Ma accourut à sa rescousse :

« Gus Orviston ! On cause pas comme ça à son père ! Qu'est-ce que... »

Je fonçai sur elle et me mis à vociférer :

« ET TOI, TU SAIS CE QUE TU ES ? Tu es une mégère cupide, malveillante et assassine ! Tu massacrerais un elfe ou un ange si tu pouvais en attraper un ! Tu égorgerais un colibri si tu pensais qu'il reste encore une goutte de sang à lécher ! Tu n'es qu'une fouine suceuse de graisse et tu n'y connais que dalle à la pêche et à la vie. Et c'est valable pour vous deux ! Vous êtes tous les deux tellement plongés dans la fange que vous en avez... »

D'une gauche rapide comme l'éclair, Ma me cueillit au menton, mais à sa stupéfaction, et à la mienne, ça ne me refroidit pas. Je m'écriai :

« Tu as de la chance que je ne puisse pas frapper une femme ! »

Et avant qu'ils n'aient pu esquisser le moindre geste, je giflai H2O avec tant de force que l'empreinte blanche de ma main s'inscrivit comme un hiéroglyphe sur le rouge de sa joue. Fous furieux, ils se dressèrent d'un bloc, mais je m'enfuis dans le séjour, et sans leur laisser le temps de réagir, j'empoignai mon poisson empaillé et mes trophées de pêche que je jetai violemment à terre. Mes parents, craignant d'approcher, s'arrêtèrent sur le seuil. A cet instant, mon regard tomba sur la canne à pêche Sears Roebuck et la momie de Nijinski. *La voilà la cause de toutes ces conneries !* Ma hurla :

« NON ! » et se précipita vers moi, mais j'avais déjà balancé canne et poisson dans la cheminée alimentée au gaz où flambaient de fausses bûches. Nijinski s'enflamma comme s'il était imbibé d'essence. Tous trois figés sur place, on le regarda brûler comme miss Havisham dans *Les Grandes Espérances.*

Ma colère s'évanouit aussi vite qu'elle était venue. Je me sentais soudain faible, désorienté, et je ne comprenais pas très bien ce qui était arrivé. Bill Bob s'avança et passa les bras autour de ma taille. On n'entendait plus que le crépitement des flammes. Survint alors un phénomène étrange : comme je regardais H2O, je constatai que sous la marque de mes doigts, le coin de sa bouche était agité de petits tremblements. Ma se tourna vers lui, remarqua la même chose que moi, et sa bouche se mit à son tour à trembler. Des poches de produit conservateur s'embrasèrent et le vieux cadavre de poisson émit de sinistres gémissements, pareils à ceux de volets qui craquent et s'ouvrent pour libérer les fantômes d'une maison hantée, puis la momie s'effondra sur elle-même. Nijinski n'était plus.

Personne ne bougea ni ne parla jusqu'à ce que H2O, les lèvres toujours tremblantes, émette une sorte de petit grognement involontaire qui évoquait le bruit que fait un cheval pour dire bonjour, puis Ma laissa échapper non pas l'habituel gros rire des Carper, mais un gloussement musical de petite fille. Ce fut terminé. Elle regarda H2O, H2O la regarda, et, soulagés, ils éclatèrent d'un rire franc, d'un rire à se tordre, le genre de rire que de ma vie je n'avais jamais entendu dans cette maison. Bill Bob les imita et, lorsque ma stupéfaction reflua et me le permit, je joignis mon rire aux leurs. Nous étions là tous les quatre, pliés en deux, nous tenant le ventre, cependant que les larmes ruisselaient sur nos joues, et quand enfin notre hilarité se fut calmée, H2O eut un petit hennissement, désigna la cheminée, et nous repartîmes de plus belle. C'était ridicule. C'était la félicité. Bill Bob disparut puis revint avec une bouteille de Glenfiddich et de Frères Chrétiens ainsi que des verres. Sérieux comme un pape, il demanda à Ma et à H2O :

« Qu'est-ce que je vous sers ?

— Je prendrai ce que prendra Ma, dit H2O.
— Dans ce cas, j'vais essayer ta mixture, par saint Georges !
— Pour moi, ce sera la même chose, dis-je.
— Et moi aussi ! » dit Bill Bob.

Il remplit trois verres, plus un petit gobelet pour lui. On trinqua, H2O porta le toast classique « Tous-pour-un-et-un-pour-tous », on but une gorgée, Bill Bob s'étrangla et fonça vers le réfrigérateur pour faire descendre l'alcool à grands coups de jus d'orange. Après quoi, on demeura tranquillement assis à siroter notre brandy, à adresser de larges sourires aux cendres de Nijinski et à nous exclamer comme des idiots sur un lac en été. H2O et Ma, rayonnant de joie, me regardaient comme s'ils n'avaient jamais été plus contents et plus fiers de moi, comme s'ils adoraient qu'on les traite de fascistes et de fouines. Je crois que, dans le fond, c'était vrai. En outre, ils adoraient l'idée de savoir que cette maudite momie avait enfin été détruite. Je m'excusai au moins cinquante fois d'avoir giflé H2O, mais tous deux déclarèrent que ce n'était pas grave. Ma dit qu'elle était heureuse de constater que je pouvais avoir un tempérament de feu. H2O dit qu'il ne l'avait pas volé. Je répliquai que non, pas du tout, il ne l'avait en rien mérité, mais il ne cessait de me resservir en répétant laisse tomber, laisse tomber, et, par saint Georges ! je laissai tomber. Je leur annonçai alors que j'avais loué une cabane sur la côte, que j'étais prêt à partir et tout ça, et ils ne se montrèrent même pas surpris. Ils me dirent que j'allais leur manquer, que si tout ne marchait pas comme je le voulais, je serais toujours le bienvenu, puis ils me proposèrent de m'aider à emménager, si bien que le lendemain matin, à l'heure du départ, Bill Bob était installé sur le siège à côté de moi, et que le camping-car délabré de Ma et la Rover de H2O nous suivaient, bourrés de tout un fatras de provisions et de cadeaux pour la pendaison de crémaillère. Nous étions trois sur quatre à avoir la gueule de bois, mais nous exultions.

Arrivés à la cabane, on déchargea les voitures, puis on descendit se promener au bord de la rivière, Bill Bob compris, puisque nous n'avions pas nos cannes à pêche. H2O hocha la tête d'un air approbateur devant la présence d'un bon courant pour la pêche à la mouche juste en dessous de ma porte de derrière, et Ma devant celle d'un trou bien profond un peu plus loin en aval. Bill Bob se tenait légèrement à l'écart et imitait le merle d'eau qui s'apprête à plonger d'un rocher au milieu de la rivière. En partant, ils me prirent tous dans leurs bras, même H2O, et Bill Bob m'offrit une pile d'illustrés du Cavalier Solitaire en m'expliquant avec une expression solennelle que désormais, moi aussi j'étais « solitaire ».

Après leur départ, j'éprouvai un sentiment de tristesse qui m'étonna. C'était en grande partie pour leur échapper que j'avais décidé de venir ici, mais la curieuse soirée que nous avions vécue hier changeait bien des choses. Quoi qu'il en soit, je connaissais un excellent remède contre la tristesse : je pris ma canne à mouche et me dirigeai vers la rivière et vers une nouvelle vie débarrassée des obstacles qui s'interposaient entre moi et l'art de la pêche à la ligne que j'adorais tant.

LIVRE DEUXIÈME

LA CHUTE D'UN PÊCHEUR SCIENTIFIQUE

... lorsque pour la première fois
J'arrivai dans ces collines... comme un chevreuil
Je bondis par-dessus les montagnes, par les berges
Des fleuves profonds et des rivières solitaires,
Où que conduise la nature : plus comme un homme
Fuyant quelque chose qu'il craint que comme celui
Cherchant ce qu'il aime.
... je ne puis dépeindre
Ce que j'étais alors. Le bruit de la cataracte
Me hantait comme une passion.

William Wordsworth

1

Où je vivais
et pour quoi je vivais

> Je veux me promener dans les forêts,
> pêcher et boire.
> Je vais me conduire en enfant,
> mais je ne peux m'en empêcher, je suis né
> ainsi, et pêcher et boire me rend heureux...
> L'eau ne quittera jamais la terre
> et le whisky est bon pour le cerveau.
> Que suis-je supposé faire en ces derniers jours,
> sinon pêcher et boire ?
>
> Jim Harrison

Entre le sud de la Colombie britannique et le nord de la Californie, une multitude de rivières aux eaux vertes et tumultueuses dévale les flancs des montagnes de la côte et leurs forêts toujours humides d'arbres toujours verts. Ces rivières sont petites, entre trente et quatre-vingt-dix kilomètres de long pour la plupart, mais elles charrient d'énormes masses d'eau. Elles cascadent parmi les forêts, elles grondent et se déchaînent pendant les orages et les crues, et de temps en temps, elles emportent les cèdres et les aulnes qui les bordent afin de montrer qu'elles savent d'où proviennent les feuilles et les branches qui entravent leur cours, mais lorsqu'elles arrivent près de l'océan, elles perdent de leur impétuosité. Là, elles deviennent prudentes, elles commencent à décrire des méandres qui dessinent des lettres dans les vallées qu'elles ont creusées, des C, des S, des U, des L et autres caractères tirés de leur alphabet secret, elles cessent de rugir et se mettent à murmurer, à produire des sons bizarres pareils à ceux d'un orateur nerveux qui se racle la gorge avant de s'adresser à un large auditoire. Ou bien, parfois, elles ne disent rien et se contentent de glisser dans un silence renfrogné, comme si elles s'imaginaient qu'en se faufilant discrètement dans le Pacifique, celui-ci ne les remarquerait, ni ne les dévorerait ainsi qu'il a coutume de le faire, mais dès qu'elles atteignent leurs embouchures, elles s'aperçoivent qu'elles se sont bercées d'illusions : l'océan est toujours affamé, et nul fleuve, que ce soit le Columbia, le Mississippi, l'Orénoque ou le Gange, ne parvient à freiner son appétit... Aussi sont-elles prises de panique : quand elles goûtent les premières vagues d'eau salée accourues à leur rencontre, elles s'en retournent vers leurs royaumes dans les collines, mais elles ne vont pas bien loin. Lorsque la marée toute-puissante rejoint l'océan, les rivières un instant auparavant si fougueuses la suivent, tels de pauvres petits chiens tristes au bout d'une laisse, le long des marais et leurs colverts, des étendues de vase et leurs palourdes, des baies peu profondes et leurs hérons, des barres et leurs mouettes criardes, ainsi que dans les courants et les contre-courants qui les emportent vers l'oubli des eaux salées.

La rivière au bord de laquelle j'habitais se trouve au nord de la côte de l'Oregon. J'ai promis à mes amis de là-bas de ne dévoiler ni son nom, ni son emplacement géographique exact, aussi l'appellerai-je la « Tamanawis ». La cabane était située au pied de la dernière colline boisée — les ultimes rapides étaient juste en amont, et les premières lettres incurvées et prudentes, juste en aval. Il y avait quelques autres maisons pour pêcheurs disséminées près de la mienne, vides la plupart du temps, et plus haut, il n'y avait que la pluie, les broussailles, les arbres, les orignaux, les corbeaux et les coyotes. Environ quatre cents mètres plus bas, sur l'autre berge, il y avait une ferme laitière exploitée par mes plus proches voisins. Le fermier avait à s'occuper d'un troupeau de cent vingt vaches ; il avait la vie plutôt facile. Sa femme avait à s'occuper de lui et de leurs six enfants ; elle avait la vie plutôt difficile. Le fermier, sa femme, ses gosses et ses vaches vivaient dans une maison orange, violet et noir, et dans deux granges rouge, vert et jaune, tandis qu'une clairière parsemée de souches d'arbres s'étendait à l'endroit où aurait dû être la cour. (Je remerciais constamment le Ciel pour le rideau d'arbres qui cachait ces bâtiments à ma vue. A cause de ces souches et de toutes ces couleurs qui venaient me rappeler que j'avais vécu de télé, de Coca et de *doughnuts.*) Ensuite, la vallée de la Tamanawis devenait plus peuplée — quelques autres fermes, quelques autres cabanes de chasseurs et de pêcheurs, et, çà et là, un de ces cubes hérissés d'antennes, au sol plastifié, que de pauvres idiots de banlieusards qualifient de « maisons contemporaines », et puis une scierie, un élevage de volailles et un camp de caravaning qui défigurait les abords d'une charmante petite ville à l'embouchure de la rivière. (On la surnommait « Fog », c'est-à-dire « brouillard ».) La route 101 traverse Fog, et la route bitumée de la Tamanawis, truffée de nids de poule, part de l'un des cinq carrefours de la ville, passe devant ma cabane où elle n'est déjà plus que gravillonnée avant de se transformer en chemin bourbeux pour se terminer en impasse au milieu d'un labyrinthe de chemins forestiers ou réservés aux pompiers. Les seuls à emprunter cette route sont les pêcheurs, les bûcherons, les chasseurs et, de temps en temps, des automobilistes égarés qui cherchent à rejoindre la vallée de la Willamette par une « route touristique ». Ils arrivent devant chez moi, tout sourires dans leurs voitures bien briquées, et deux ou trois heures plus tard, ils reviennent, tout penauds dans leurs voitures couvertes de boue. Ils s'empressent alors de filer vers la 101 et au diable le paysage !

En face de ma cabane, il y avait une immense coupe claire — des centaines d'hectares de grosses souches d'épicéas au milieu desquelles se dressaient de tout petits sapins de Douglas —, conséquence de ce qu'on appelle la « reforestation », ce qui signifie, je suppose, que la masse des sapins squelettiques formera une « reforêt », qu'un sapin pris individuellement sera un « resapin » et que les Weyerhauser, propriétaires du coin, sont atteints de la Folie des Resapins, puisqu'ils s'imaginent que d'abattre des épicéas de 60 mètres de hauteur pour les remplacer par des resapins de 60 centimètres, cela équivaut à cultiver des petits pois, du maïs ou de la luzerne. Ils vont jusqu'à qualifier de « récolte » les grands arbres qu'ils rayent de la surface de la terre — comme s'ils avaient planté une forêt vierge ! Mais je ne suis qu'un pêcheur, et peut-être que le sens profond de leur étrange terminologie et du traitement plus étrange encore qu'ils réservent aux premiers arbres m'échappe quelque peu.

La berge de la rivière de ce côté-ci de la route n'a jamais connu la hache du bûcheron. On y voit quelques immenses épicéas, de petits bosquets d'aulnes, des bouquets de noisetiers, des fougères de la taille d'un arbre, des fleurs sauvages de la taille d'une fougère, de la bruyère, des buissons d'épines impénétrables appelées « buissons du diable » et, tout autour de ma cabane, un dense bois de cèdres, énormes arbres solennels avec de longues branches tombantes et un parfum qui évoque celui de la solitude elle-même. La cabane était construite en rondins de sapins équarris à la manière scandinave et si bien ajustés que, par un froid matin d'hiver, je pouvais allumer un feu, partir pêcher toute la journée et retrouver la maison encore douillettement chauffée le soir en rentrant. Il n'y avait qu'une seule pièce, mais elle était vaste — six mètres soixante sur huit mètres quarante — et les poutres du plafond étaient disposées de telle façon qu'on avait envie de se renverser dans son fauteuil pour étudier à loisir leur agencement. Le lit se trouvait sur une mezzanine au-dessus de la cuisine, laquelle se composait d'une table, de quelques chaises, d'un poêle, d'un chauffe-eau et d'un évier ; en guise de réfrigérateur, il y avait une cave avec des murs en pierre à laquelle on accédait par une trappe dans la cuisine ; la salle de bains, logée dans un coin, était si exiguë qu'il fallait se mettre debout dans la douche pour viser les toilettes, et quand on se cognait aux parois, elles résonnaient comme des timbales, si bien que je pris l'habitude d'aller vider ma vessie dehors, dans les buissons.

La cabane était sombre à cause des cèdres, mais l'un des locataires que l'insuffisance de lumière devait sans doute déprimer, avait découpé une fenêtre dans le mur sud qui donnait sur la rivière, et c'est là que j'installai l'établi où je montais mes mouches, en partie pour la lumière et en partie parce que si, en travaillant, j'apercevais un remous dans l'eau, je pouvais empoigner ma canne et être en bas en l'espace de quelques secondes. L'électricité ne me manquait pas du tout, au contraire, mais H2O, convaincu que je m'abîmerais les yeux à confectionner des mouches à la lueur d'une bougie, m'avait laissé trois lampes Coleman qui éclairaient à peu près aussi discrètement que des projecteurs, et Ma, épouvantée par l'absence de bruit, m'avait fait don d'un gros poste de radio AM/FM qui fonctionnait sur piles ; le tout jouissait d'une pré-retraite méritée sur une étagère dans un coin. Bill Bob n'avait manifesté aucune inquiétude quant au manque de bruit ou de lumière, mais il avait semblé exprimer des réserves sur l'existence de pêcheur isolé du monde que je me proposais de mener. Bien qu'il ait juste parlé de cette histoire de « solitaire », dès son retour à Portland, il emprunta la Remington électrique de H2O et tapa la première du flot capricieux de lettres qu'il m'envoya. Elle commençait ainsi :

> Je t'écrirras tout le tant Gus. Pasque t'étais pas solitaire comme ça avant. Tu te sentirras pas trop seule, hein ? Tu lis tes Cavalier Solitaire ? Tu te rapèles de mon copin Pedro le Mexiquain ? Il dix en mexiquain TONTO appelle CAVALIER SOLITAIRE kemo sabe pasque ça veut dire CELUI QUE PERSONNE CONNAÎT. Mais je sais que tu lis pas. Oublie pas quand même ! Et attention à TONTO pasque Pedro dit en mexiquain que TONTO ça veut dire stupide ou fou alors quand t'es trop seul écris moi et je viendras te voir. En tous cas je continuras à técrire poøur te tenir coømpagnie...

Le cadeau le plus atroce, je le devais à H2O : un aquarium de deux cents litres. Il a lui-même installé l'une de ces abominations à côté de son étau à mouches, et dans ses livres, il recommande à tout monteur de mouches sérieux d'en avoir un. Il suggère d'attraper des insectes aquatiques et des larves lors des parties de pêche, puis de les mettre dans l'aquarium afin de s'en servir comme modèles vivants ; de plus, il sera également possible de tester l'imitation en l'attachant à un bas de ligne qu'on plonge dans l'eau et qu'on agite parmi ses congénères : si elle est attaquée ou violée, on pourra en conclure que la mouche en question constitue un leurre suffisamment efficace. J'ai toujours considéré que c'était aller un peu loin. Les truites ne sont pas des entomologistes ; elles se moquent du nom latin de votre mouche. J'ai trompé des steelheads, des truites de rivière et des bluebacks à l'aide d'une mouche que j'ai baptisée « Bermuda » — représentation abstraite d'un gros touriste sur un terrain de golf vu dans un dépliant touristique sur les Caraïbes ; ma « Bossue sans Tête » — qui, un jour, deviendra peut-être un célèbre modèle de piège à truites — est la reproduction d'un monstre qui m'a attaqué au cours d'un cauchemar provoqué par la moitié de la boîte de bonbons de Bill Bob que j'avais dévorée avant de me coucher. Pour confectionner leurs mouches, H2O et ses copains s'en tiennent strictement aux préceptes de l'Ecole de l'Imitation de Nourriture Naturelle, mais ils oublient que les truites sont comme les coyotes, les chèvres et les humains : elles grignotent, mâchent et mordent pour toutes sortes de raisons, dont manger n'est que la plus courante. Les lacs du Nord-Ouest regorgent parfois de nourriture au point que leurs habitants repus mordraient plutôt dans un Alka Seltzer que dans une imitation naturelle ; il arrive qu'un vieux poisson blasé, de même que n'importe quelle créature décadente vivant dans l'abondance, préfère quelque chose d'un peu plus émoustillant que les éternelles mouches de pierres, éphémères et autres trichoptères. (Vous vous souvenez du « bout de tissu » et de la « souris morte » de Walton ?) L'ennui ichtyologique peut engendrer un goût pour le bizarre qui ne manquera pas de tourner en ridicule le Puriste qui s'obstine à agiter ses sacro-saintes mouches comme un prêtre son encensoir au-dessus de sa congrégation. Les bourgeois, qu'il s'agisse de poissons ou d'humains, sont tous pareils : après deux ou trois semaines de fades repas quotidiens, un homme va vider son portefeuille et risquer sa vie en se faisant péter la panse et le cerveau avec des plats de restaurant trop riches arrosés de huit ou dix cocktails. Chez la truite, c'est à ce moment-là que ma Bermuda intervient : bien sûr, elle ne ressemble pas à de la nourriture, mais une double margarita non plus ; et les truites n'ont pas à prendre le volant pour rentrer ensuite chez elles.

Durant quelque temps, je me servis de l'aquarium pour y ranger les lampes et la radio, mais bientôt, ainsi que Bill Bob l'avait prédit, la solitude à laquelle je n'étais pas habitué me plongea dans des accès de mélancolie. Je finis donc par transporter l'aquarium à côté de la fenêtre sud, puis je branchai un système de tuyaux pour l'alimenter d'un flot constant d'eau de source fraîche et le remplis de graviers, d'escargots, de dragonnets, d'écrevisses, de bigorneaux, et cetera. Après quoi, je pris une canne à mouche ultralégère d'un mètre quatre-vingts, montai une Midge n° 28 sans ardillon et partis pêcher les plus petits poissons que je pourrais attraper. Lorsque j'en eus rassemblé quatorze ou quinze dans un seau, je choisis pour mon aquarium deux saumons argentés, deux truites cutthroats et deux steelheads. Dans les jours qui suivirent, je restai si longtemps à contempler mon zoo aquatique que je donnai des noms à ses pensionnaires et que j'eus bientôt un favori : Alfred le Grand, un smolt steelhead de sept ou huit centimètres.

Les petits saumons et les petites truites étaient des poissons honnêtes qui mangeaient, nageaient et s'excitaient tout à fait normalement. En revanche, Alfred et l'autre steelhead, Sigrid la Petite, n'étaient que du menu fretin, mais très insolite. Sigrid mesurait à peine cinq centimètres — le plus petit poisson que j'aie jamais pêché à la mouche —, et elle était frêle, calme et belle. Elle se contentait de demeurer immobile le long de la paroi de l'aquarium qui surplombait la Tamanawis et de regarder la rivière couler en contrebas. J'ignore si elle la voyait vraiment ou si elle savait ce que c'était, mais ses yeux restaient fixés sur les eaux sauvages, son foyer — et, parfois, j'avais le cœur serré à ce spectacle. Elle était si petite et pourtant si pleine de nostalgie. Cette créature de cinq centimètres réussissait je ne sais comment à me rendre honteux, ou peut-être envieux, car, moi qui mesurais cent quatre-vingt-trois centimètres, je n'éprouvais pas pareille nostalgie et je n'avais pas de véritable foyer à regretter. Pourtant, je ne voulais pas la relâcher. Pas tout de suite. Elle était si mignonne, et puis elle était en sécurité dans l'aquarium, de sorte que je la gardais contre sa volonté minuscule et cependant inflexible.

Quant à Alfred, je n'avais jamais rencontré créature plus sociable et plus dynamique — y compris parmi les merles d'eau, les loutres et les mésanges à tête noire —, et en particulier si l'on tient compte qu'il ne possédait pour exprimer son exubérance qu'un corps long de quelques centimètres, par ailleurs dépourvu de membres. On pourrait s'imaginer qu'une amitié avec un smolt steelhead serait quelque chose de terriblement stupide, comparable, peut-être, à la relation névrotique et à sens unique que certaines vieilles femmes seules entretiennent avec leur caniche. Mon amitié avec Alfred était toute différente. Nos rapports se fondaient sur le fait qu'un poisson se fout de ce qu'on lui dit et ne répondra jamais aux questions qu'on lui pose. Il vit dans l'eau, il n'a pas de larynx, il ne s'encombre ni d'un large vocabulaire ni d'un large cerveau, et si on lui crie dessus assez fort pour que les vibrations se propagent dans l'eau, il est peu probable qu'il prenne cela pour une manifestation d'amitié. D'autre part, ce n'est pas le genre d'animal qu'on puisse monter, promener, prendre sur ses genoux, habiller d'un petit manteau, emmener chasser le faisan ou caresser ; il ne faut pas s'attendre à ce qu'il vous lèche la figure, et si jamais il le faisait, n'oubliez pas que sa langue est pleine de dents. En compensation, il a des vertus précieuses : il est d'une propreté méticuleuse, il ne vous sautera pas dessus pour salir votre costume du dimanche, il ne perdra pas ses poils, il n'aboiera pas à vous rendre fou, il ne grimpera pas sur votre toit pour hurler toute la nuit à la mort tandis qu'il se livrera à sa parade nuptiale précédant ses épousailles avec un membre du sexe opposé, il ne se roulera jamais dans du poisson pourri, ne vous griffera jamais, ne mordra jamais le gosse du voisin, pas plus qu'il ne dégueulera sur votre dessus-de-lit, qu'il ne pissera dans vos chaussures ou qu'il ne se branlera contre la jambe d'un invité de marque. Un poisson vit une existence silencieuse et ordonnée dans le cadre de son aquarium. Pour le traiter en ami, il suffit de découvrir une forme d'interaction qui établira entre lui et vous une sorte d'intimité. C'est à l'évidence la nourriture qui en constitue la clé.

Dans les élevages, on entasse les smolts dans d'énormes réservoirs de béton où on les nourrit de petites boulettes par seaux entiers. C'est une nécessité due à leur grand nombre, mais c'est aussi une regrettable perte sur le plan esthétique, car une steelhead qui mange est une véritable artiste. Tous ceux qui aiment le basket savent qu'il y a des façons banales ou au contraire extraordinaires de faire passer le ballon dans le filet. Alfred le Grand n'ignorait pas qu'il en allait de même pour le poisson et sa boulette. Je n'irai pas jusqu'à l'appeler le champion de la boulette, mais il faut se souvenir qu'un champion de basket peut utiliser des centaines d'articulations pour parvenir à ses fins, tandis que les « mains » d'Alfred sont sa bouche : attachez les mains d'un basketteur sur sa bouche et vous verrez combien de points il marquera pendant la saison.

La surface de l'aquarium mesurait environ un mètre carré. Lorsque je lançais une boulette, Alfred battait à tous les coups la truite et le saumon sur les neuf dixièmes de la superficie, ne permettant qu'à Sigrid de gagner dans son petit coin — et encore peut-être s'agissait-il d'un geste chevaleresque. Il voyait la nourriture approcher alors qu'elle était encore en l'air ; il avait appris à reconnaître quand je faisais juste semblant de donner à manger ; il lui arrivait de bondir à plus de quinze centimètres au-dessus de l'eau pour gober une boulette ; parfois, il fonçait sur l'une d'entre elles qui flottait près de la paroi et il virait à la toute dernière seconde comme un nageur olympique : sa queue heurtait le verre et il disparaissait dans une traînée de bulles pour ne réapparaître, immobile, qu'au milieu de l'aquarium ; il feintait si souvent les autres poissons que, déroutés, ceux-ci se mettaient à tourner en rond ; il leur faisait parfois de si sales blagues qu'ils allaient se cogner contre le verre. Regarder Alfred manger était un véritable plaisir. Il pratiquait un si beau jeu qu'on avait aussitôt envie de revoir l'action au ralenti.

Il m'a fallu un bon moment pour m'installer : une journée pour ranger mon matériel, une journée pour construire un fumoir, une journée pour brancher et remplir l'aquarium, une journée pour préparer et saler la viande, deux journées pour couper une dizaine de stères de bois. Le 9 juin, j'accrochai enfin mon Programme Idéal au-dessus de mon lit et j'entrepris de le mettre en pratique : je pêchai tous les jours toute la journée, de l'aube au crépuscule. Durant ma vie entière, je n'avais aspiré qu'à cette espèce de marathon...

et je n'en conserve aucun souvenir heureux. Je me rappelle juste une rivière après l'autre, un poisson après l'autre, un lancer après l'autre, et dans ma tête, rien sinon les ruses minables nécessaires à tromper mes stupides proies. Chaque soir, la liste que j'inscrivais dans mon Journal ressemblait à des barèmes fiscaux ou à des tickets de supermarché, et elle décrivait non pas un rêve devenu réalité, mais le boulot fastidieux d'un travailleur à la chaîne qui fait les 2x8 au bord d'un cours d'eau transformé en usine.

Après deux semaines de ce régime « idéal » composé d'une nuit de six heures et d'un jour de dix-huit, je souffris d'un cas incurable d'insomnie. Peu importait : la nuit, quand j'arrivais néanmoins à dormir, je rêvais de pêche, et le jour, je pêchais jusqu'à être plongé dans un état proche du sommeil. Il y avait la pêche et rien d'autre. Une chanson des Esquimaux Kiluhiturmiuts dit à propos d'un homme comme moi :

> Merveilleuse était ma vie quand je pêchais au bord de mon trou
> dans la glace. Mais pêcher au bord de mon trou
> m'a-t-il jamais apporté la joie ? Non !
> J'étais toujours si inquiet à l'idée que rien
> ne morde à mon petit hameçon. Ayï, yaï ya...

Comme l'Esquimau, ma dernière pensée avant de partir pêcher était : « Ça va être merveilleux ! » Et, comme l'Esquimau, je me tenais ensuite au bord de la rivière, véritable épave, et trop dévoré d'angoisse pour me demander pourquoi le « merveilleux » pouvait se révéler aussi lugubre. Ayï, yaï, ya !

Au début de l'après-midi de la fête du 4 juillet, ma famille débarqua. J'invitai tout le monde à entrer et je préparai un déjeuner. Bill Bob, prévoyant que la discussion ne manquerait pas de porter sur l'inévitable sujet halieutique, prit son assiette, ses radios et ses crayons de couleur, puis disparut dans la forêt de cèdres. H2O, Ma et moi nous installâmes devant un café et, bien que mon père m'eût salué en arrivant d'un « Comment vas-tu ? », nous savions tous qu'en réalité il avait voulu dire : « Comment va la Pêche ? » Je commençai donc à leur raconter... pour m'apercevoir qu'au bout d'un mois de solitude, je ne parvenais pratiquement plus à parler : je marmonnais, je bégayais, et, incapable de rassembler mes idées, je ne cessais de répéter des bribes de phrases dépourvues de signification. J'étais si surpris par cette incapacité à m'exprimer que je me mis à grogner et que je leur tendis mon Journal pour le laisser parler à ma place. Ils se plongèrent dedans, fascinés au point qu'ils ne parurent pas remarquer mon handicap, et, tout joyeux, ils ne tardèrent pas à se lancer dans l'une de leurs habituelles et fastidieuses Controverses Izaak Walton.

Ils partirent après dîner, mais Bill Bob resta. Il se coucha de bonne heure, et dès qu'il commença à ronfler (comme un bienheureux), j'allumai une lampe et notai ceci dans mon Journal :

> 4 juillet, 21 h 30 : après un mois de Progr. Id. ai attrapé en gros 1 400 poissons, 90 % de cutthroats, 40 cm pour la plus grande, moyenne 18 cm, 60 % à la mouche, 40 % à l'appât (ne pas le dire à Ma). Ai lu 8 bouquins sur la pêche, 2 manuels, ai fabriqué une canne à mouche de 2,40 m, monté 29 mouches. Ne m'étais pas rendu compte jusqu'à aujourd'hui de certaines conséquences inattendues : d'abord, difficultés à parler, ensuite, difficultés à penser, et puis j'entends et je vois tout le temps de l'eau, MAINTENANT par exemple, je ferme les yeux : de l'eau. Je me bouche les oreilles : de l'eau. Je crois pas que ça me plaise beaucoup. Bill Bob a parlé de plusieurs choses en dehors de la pêche, et j'ai été incapable de réfléchir ou de faire le moindre commentaire. J'espérais qu'il ne le remarquerait pas, mais si. Je crois pas que ça lui plaise beaucoup à lui non plus.
>
> — Minuit et demi : nouvelle journée de Progr. Id. Résultat : insomnie. Cette fois, je suis certain que ça ne me plaît pas ! et ce

soir Bill Bob m'a demandé : Tu es heureux, Gus ? Je ne savais pas, je ne le pensais pas, mais j'arrivais pas à répondre. Pas sûr du rapport entre la pêche et le bonheur, pas sûr de grand-chose, faudra voir...

— 3 h du matin : toujours incapable de dormir. Toujours à voir et à entendre l'eau, même avec les oreillers sur la tête. Je commence à éprouver une tristesse sans raison. Ai lu trois albums du Cavalier solitaire, ai tâché de me détendre. Je me suis plusieurs fois assoupi, mais réveillé en sursaut. Je rêve tout le temps que j'ai une touche. Bill Bob s'est réveillé et m'a observé un moment. Il m'a demandé ce qui se passait. Rien, j'ai répondu, j'avais juste envie de lire, ou alors un moustique m'a piqué. Peut-être que je devrais essayer les boissons alcoolisées...

Je me suis enfin endormi alors que le jour se levait pour ne me réveiller qu'à dix heures et demie, soit cinq heures plus tard que tous les autres matins depuis que j'ai emménagé au bord de la Tamanawis. Après m'être habillé, je suis parti à la recherche de Bill Bob.

Il était assis sur une souche à côté du tas de bois derrière la cabane, un sachet de cacahuètes sur les genoux, un écouteur dans chaque oreille, le regard fixé sur la pile de bûches comme s'il regardait la télé. Je crus qu'il avait des hallucinations, jusqu'à ce que je voie des têtes apparaître sur son écran : des écureuils. Bizarre que je ne les aie pas remarqués avant. Je m'installai au soleil pour observer la scène : Bill Bob posait une cacahuète sur son genou, et les petits écureuils venaient chacun à leur tour grimper le long de sa jambe pour s'en emparer. Je suppose que j'aurais dû trouver le tableau charmant, mais les écureuils ne ressemblaient en rien à des poissons. J'avais mal au crâne. Je m'ennuyais. Bill Bob finit par noter ma présence, étudia un instant mon expression, puis me lança son bidon. Du jus d'orange. Après l'avoir vidé jusqu'à la dernière goutte, je me rendis soudain compte qu'il n'y avait aucune raison pour qu'un écureuil ressemblât à un poisson, brillante conclusion qui me permit ensuite de constater qu'ils avaient l'air de petites personnes replètes en manteaux de fourrure de mauvais goût achetés lors d'une liquidation et qui utilisaient leurs joues en guise de sacs à provisions. L'un d'entre eux, plus déluré que les autres, bondit hors de l'écran, sauta sur les genoux de Bill Bob, prit la cacahuète, la fourra dans sa bouche, puis alla s'asseoir un peu plus loin pour en réclamer une deuxième. Bill Bob s'exécuta, et l'autre en réclama une troisième. Mon frère continua ainsi à en distribuer et l'écureuil à les fourrer dans ses joues, de sorte qu'on eut bientôt l'impression que sa tête allait exploser. Avec trois cacahuètes non décortiquées dans chacune de ses joues, il commençait même à satisfaire mon obsession : on aurait presque dit un poisson, un poisson-globe. Il réussit à s'emparer d'une septième cacahuète qu'il éplucha et mangea, après quoi il s'esquiva. Ses petits camarades de la télé en demeurèrent d'abord abasourdis, puis ils se déchaînèrent. Cinq d'entre eux escaladèrent en même temps la jambe de Bill Bob, faisant un boucan d'enfer, ce qui ne contribua pas à arranger mon mal de crâne. Mon frère, lui, se contenta de sourire gentiment et de puiser dans sa corne d'abondance, tandis que la musique de deux univers tourbillonnait dans sa tête.

Après le petit déjeuner, nous partîmes pour Tamanawis Mountain, une crête de cent cinquante mètres qu'on atteignait en traversant la ferme Coca & Doughnut. Nous portions des sacs à dos. Le mien contenait le déjeuner, celui de Bill Bob des pétards, des couverts tout tordus, un filet à papillons en étamine, un aimant, une boussole rendue inutilisable par l'aimant, une montre rendue inutilisable par le même aimant, des pinces collées audit aimant, du jus d'orange, un carnet à dessin, des crayons de couleur et les deux radios. Au début, je me sentis quelque peu désorienté : je trouvais bizarre de marcher lentement après un mois passé à courir d'un trou à l'autre, d'un ruisseau à l'autre, et ma main droite se sentait nue sans Rodney (le surnom que j'avais donné à ma canne à mouche préférée), mais surtout il me paraissait étrange d'être à côté d'une personne qui m'aimait et qui, pourtant, ne manifestait pas le moindre intérêt pour ce que j'avais fait durant ces quatre semaines et qui, en outre, ne m'écouterait sans doute même pas si je lui en parlais. J'avais l'impression que mon passé récent et mon avenir probable étaient illusoires dans la mesure où, pour Bill Bob, ils n'existaient pas. Je commençais cependant à m'habituer au présent. Plus nous avancions, plus l'eau hallucinatoire se calmait, mieux je m'exprimais et moins ma tête me faisait mal ; je commençais même à comprendre Bill Bob qui a l'habitude de sauter d'un sujet à l'autre comme un écureuil d'une branche à l'autre... D'abord, nous fûmes Edmund Hilary escaladant l'Everest, puis des Hommes des Montagnes regagnant leur grotte secrète, et puis Bill Bob déclara que s'il était un Homme des Montagnes, il vivrait toute l'année dans son immense Hutte circulaire de verre et porterait les lunettes d'autrefois qui lui permettraient de voir dans toutes les directions à la fois ; ensuite, il raconta qu'il existait jadis une race de gens qui avaient un anneau autour de la tête, pareil à celui de Saturne, sauf que le leur, c'était leurs globes oculaires qui en réalité n'étaient pas en forme de globes mais d'anneau. Je l'interrompis pour lui faire remarquer que sa Hutte de verre pouvait difficilement être qualifiée de hutte, mais il fit comme s'il n'avait pas entendu et affirma que le peuple aux yeux-anneau était capable de voir partout, y compris à l'intérieur, parce que leurs pupilles n'étaient pas seulement de petits trous dans les iris comme les nôtres, mais aussi de petits bandeaux noirs qui entouraient les anneaux. Avec une telle acuité visuelle, ce devaient être des gens d'une intelligence extraordinaire, dis-je. Non, non, répliqua-t-il, pas du tout, c'étaient de parfaits idiots, parce que leurs yeux-anneau n'étaient pas reliés à leur tête, si bien qu'ils ne savaient pas ce qu'ils voyaient pour la bonne raison qu'il n'existait aucun nerf qui transmettait l'information au cerveau. Je lui demandai alors comment l'anneau pouvait rester en place si rien ne le rattachait, et il me répondit qu'il tournait sans arrêt comme un hula-hoop et qu'il tenait grâce à sa propre vitesse. Il poursuivit en disant que le peuple aux yeux-anneau avait fini par devenir tellement stupide que Dieu avait dû intervenir pour établir la connexion avec leur tête, mais qu'à ce moment-là, ils prenaient tout le temps des coups dans les yeux parce qu'ils étaient trop grands, et des fois, comme il n'y avait que de l'œil pour relier le haut et le bas de leurs crânes, la partie supérieure basculait avant de tomber et de se briser comme le couvercle d'une théière. Je considérais qu'il était difficile d'imaginer à quoi ressemblaient les êtres aux yeux-anneau. Il me répondit que l'Aiguille de l'Espace à Seattle avait été construite d'après eux, puis il ajouta que, quand il était bébé, il ne savait pas qu'il avait des yeux ou une tête, et qu'il croyait être ce qu'il voyait. Il se souvenait m'avoir regardé en s'imaginant qu'il était moi sans comprendre comment je pouvais quitter la pièce alors que lui ne le voulait pas, puisqu'il était moi. Il se rappelait s'être demandé à quoi ça servait d'être une chose si la chose qu'on était pouvait aller dans un coin où on ne la voyait même pas et où on ne savait pas ce qu'elle fabriquait. Il avait fini par s'apercevoir qu'il se trompait le jour où H2O avait suspendu un mobile de poisson au-dessus de son berceau. Ce mobile le terrifiait. Il se figurait alors être sous l'eau. En effet, je me souvenais comme il avait pleuré et hurlé quand on avait installé le mobile, et cela avait duré jusqu'à ce qu'on l'enlève. Il s'en souvenait aussi, et il m'expliqua que, s'il avait été à ce point effrayé, c'était parce qu'il avait autrefois vécu dans une grande ville engloutie par les eaux où tout le monde avait été noyé. Je lui demandai alors s'il avait entendu parler d'Atlantis. Oui, me répondit-il, les Yankees l'ont brûlée pendant la guerre de Sécession. Et on continua à bavarder ainsi sur le chemin de Tamanawis Mountain.

Je notai alors que quelques changements s'étaient produits en moi : pour la première fois depuis longtemps, je trouvais le calme et la verdure agréables, tandis que l'absence d'une rivière tumultueuse constituait un baume pour mes nerfs, mes oreilles et mes yeux. Je voyais, entendais et sentais toutes sortes de choses que je n'avais pas remarquées au cours de l'été à cause des Ayï-yaï-ya : l'épervière et la castillège, le cri des corbeaux et le chant des grillons, le soleil sur les prés et le vent dans les arbres. Et, surtout, je constatai que, pour la première fois depuis mon départ de la maison, je me sentais à peu près heureux.

Nous atteignîmes le sommet à midi. De là, on jouissait d'une vue magnifique sur la vallée, et une brise légère nous rafraîchissait. Assis sur un tronc d'arbre, je mangeai une orange en admirant le paysage pendant que Bill Bob, silencieux, dessinait des cartes des quatre points cardinaux. Lorsqu'il eut terminé, il les mit bout à bout et déclara que maintenant on avait au moins une idée de la vue dont bénéficiait le peuple aux yeux-anneau. Les cartes n'étaient pas très détaillées, mais elles montraient avec assez d'exactitude la configuration du terrain. Celle du sud me plaisait particulièrement parce que ma cabane et la rivière y figuraient ; rien n'était à l'échelle, mais les méandres de la Tamanawis étaient tous situés aux bons endroits.

A notre retour, je suivis mon impulsion et décrochai le Programme Idéal pour le remplacer par les quatre cartes de Bill Bob. Il parut ravi, et même tellement ravi que j'eus l'impression qu'il ne pensait pas grand bien de mon Programme. Il alla jusqu'à dire que la Tamanawis lui plaisait assez, et surtout la forme de son cours. Voilà un compliment auquel n'avait jamais eu droit la moindre rivière, ni la moindre mare ou le moindre verre d'eau. Je lui demandai pourquoi. Il me répondit en riant que c'était précisément la question que la rivière me posait. Je ne voyais pas ce qu'il voulait dire.

On passa la soirée sur la plage à regarder les vagues et le coucher de soleil, à discuter, à faire griller des saucisses, et, le crépuscule venu, à se promener pour admirer les reflets phosphorescents sur le sable mouillé. Cette nuit-là, je dormis à poings fermés pour la première fois depuis des semaines. Le lendemain matin de bonne heure, je conduisis Bill Bob à la gare routière de Fog. Au moment où le car s'éloignait, je ressentis un vide en moi. J'avais la gorge nouée et l'idée d'aller pêcher me répugnait. Avant de rentrer chez moi, je m'arrêtai à l'épicerie du coin et, dissimulant mon âge sous ma barbe, je réussis à acheter deux grandes bouteilles de mauvais porto. Si les insomnies revenaient, je me promettais au moins de me soûler en attendant le sommeil.

Une digression

Extrait de la monographie *Qu'est-ce que l'eau ?*
par Titus Irving Gerrard

> Les êtres humains ont été inventés par l'eau pour permettre à celle-ci de se transporter d'un endroit à un autre.
>
> Tom Robbins

La vie et l'eau sont inséparables : les fruits et les légumes frais sont composés de 70 à 95 % d'eau, et les êtres humains de 70 % ; d'autre part, les réactions chimiques qui nourrissent la vie de chaque organisme se produisent dans des solutions aqueuses, et la grande majorité de ces réactions utilisent l'eau comme réactant — la photosynthèse en est un exemple parmi tant d'autres. 80 % de la surface de la terre est recouverte d'eau, que ce soit sous forme solide, liquide ou gazeuse, et sa masse totale est estimée à 1.33×10^{24} kg — ou 5 % de la masse totale de la planète.

L'eau nous est si familière que nous finissons par oublier ses remarquables propriétés. Dans une très large mesure, ce sont les excentricités de l'eau qui rendent la terre habitable. Sur la lune, les températures varient de 120° centigrades à midi à moins 150° à minuit, mais sur terre, la chaleur spécifique de l'eau empêche des écarts aussi importants, car les océans et les lacs absorbent la chaleur solaire durant la journée, et la nuit, ils la libèrent dans l'atmosphère. Le point d'ébullition de l'eau est supérieur d'environ 260 degrés à celui du méthane, bien que les deux composés aient à peu près le même poids moléculaire ; et le point de vaporisation est, sur une base de calcul cal/g, plus élevé que celui de tout autre liquide, ce qui fait qu'un tiers de l'énergie solaire qui frappe notre globe est dissipé par l'eau qui s'évapore des océans, des lacs et des champs de glace, et permet ainsi à la terre de bénéficier d'une température relativement constante. C'est le même mécanisme qui régule et maintient dans des limites extraordinairement étroites la température du corps humain, des plantes et des animaux, car, en effet, une grande partie de la chaleur générée par le métabolisme est consommée par la vaporisation de l'eau au travers des pores de la peau, des stomates de la feuille, ou par le biais du phénomène du halètement. Si l'eau avait le même point de vaporisation que le n-heptane (un liquide de formule moléculaire analogue), il nous faudrait en consommer sept fois plus pour ne pas cuire dans notre jus par une journée estivale.

Autre mystère : l'eau est l'une des rares substances dont la forme solide, la glace, est *moins* dense que la forme liquide. Sinon, la glace se formerait au fond des lacs en hiver, fondrait incomplètement en été, et notre planète entrerait bientôt dans un âge glaciaire permanent — et fatal. Par ailleurs, un bourbon *on the rocks* ne tinterait plus de manière aussi agréable à nos oreilles.

Le comportement volumétrique de l'eau sous forme liquide est encore plus bizarre : en effet, elle se *contracte* lorsqu'on la chauffe au-dessus de 0° centigrade pour atteindre une densité maximum à 4° ! Nul analyste structural, nul physicien, nul scientifique d'aucune sorte n'a jamais pu résoudre cette énigme. C'est un pied de nez à toutes les lois connues de la chimie. Et pour ceux qui s'enorgueillissent de leur matière grise, voilà qui vient leur rappeler de façon fort désagréable que le cerveau est constitué de 92 % d'eau, et que, par conséquent, un cerveau gelé de scientifique est moins dense que le cerveau de ce même scientifique à 4° !

L'eau est formée de deux atomes d'hydrogène pour un atome d'oxygène, reliés par ce qu'on appelle une « liaison hydrogène ». Cela, nous le savons. Pourtant, nul savant, que ce soit hier ou aujourd'hui, n'a jamais réussi à fournir une description quantitative de la thermodynamique de l'eau, ni d'aucun liquide, du reste. Ce n'est pas faute d'avoir essayé. L'eau est à l'analyste structural ce que Waterloo a été à Napoléon. De nombreuses années durant, les âmes enclines à l'analyse ont cru que l'eau liquide se composait de molécules H_2O géométriquement identiques à celles de petits morceaux de cristaux de glace. Or, des chimistes plus avertis ont fait remarquer que si l'eau se composait de « microcristaux » de glace et de vapeur, comment expliquer qu'on pouvait refroidir l'eau pure jusqu'à moins 40° sans qu'elle gèle ? Les tenants de la théorie des cristaux de glace se sont cependant entêtés à qualifier de « cristalline » la structure de l'eau, mais parmi ceux qui ne se satisfaisaient pas de ce sophisme sémantique, une deuxième école a vu le jour :

Cette théorie la plus récente et la plus largement admise sur la « structure » de l'eau se fonde sur ce qu'on appelle un « amas vacillant ». Surnommés avec poésie « machins », les « amas vacillants » sont censés être des « amas de molécules H_2O », unis par des liaisons hydrogènes, qui « nagent dans une mer de molécules d'eau relativement "libres" », cela comme des poissons. Ces amas se présentent sous une infinité de formes et de tailles, et chacun d'entre eux ne cesse de se désintégrer, de se métamorphoser, de composer de nouvelles alliances puis de tomber en morceaux — d'où le « vacillant ». En vérité, ils « vacillent » si rapidement que les analystes affirment que leur durée moyenne de vie est de *moins d'un centième de seconde !*

Cela ne contribue guère à nous éclairer. Si notre voisin nous annonçait solennellement qu'une fois toutes les heures pile, l'espace d'un milliardième de seconde, il se change en kumquat, nous serions bien incapables, à l'aide de nos seuls yeux et de nos seules montres, de le démentir. Quoi qu'il en soit, il serait raisonnable, à défaut d'être scientifique, de lui signaler que ce qui se passe dans l'intervalle d'un milliardième de seconde n'a pas beaucoup d'impact. On pourrait rétorquer la même chose à nos analystes structuraux dont les amas vacillants ne sont en réalité qu'un moyen dispendieux de dire, à la manière des nécromanciens, ce que l'homme sait depuis toujours : c'est-à-dire que l'eau n'a pas de structure. Il y a des dizaines de milliers d'années, nos sages ancêtres partageaient le mythe selon lequel l'eau était la matière primitive, la matière primordiale, la matière chaotique d'où procédaient toutes formes. Il est clair qu'on n'a rien trouvé de mieux depuis.

Fin de la digression

2

De l'eau dans le cerveau

> Après le départ du docteur, Koznitchev exprima le désir d'aller pêcher à la rivière. Il aimait bien la pêche à la ligne et semblait fier d'aimer une occupation si stupide.
>
> Tolstoï, *Anna Karénine*

Le trop bref séjour de Bill Bob me permit de constater qu'à force de pêcher je commençais à me déliter, et pourtant je n'avais pas l'intention d'y remédier : continuer de pêcher et me détruire, voilà qui était déprimant, mais cesser de pêcher, voilà qui était terrifiant ! Les anneaux de Saturne ne m'étaient pas plus étrangers que ces régions de la terre privées de rivières à truites. Je poursuivis donc mon Programme Idéal, et je présentai bientôt d'autres symptômes bizarres : en plus de mes insomnies, de mes difficultés d'élocution et de mes hallucinations aquatiques, je me mis à me cacher et même à fuir lorsque je croisais d'autres pêcheurs. Pour éviter les contacts humains, j'entrepris de stocker des provisions et j'achetai un fût de 200 litres d'essence. Mes rapports avec mes semblables se résumèrent bientôt à de simples « merci », « bonjour », « faites-moi le plein ». Comme bien des ermites à l'esprit troublé, je me surpris de plus en plus souvent à raconter un tas d'histoires, pas à moi-même, oh ! non !, mais à ma canne à pêche, Rodney. Ainsi qu'on pouvait s'y attendre, nous devînmes d'une adresse qui frisait le surnaturel dans l'art de prélever notre lot de poissons dans les rivières côtières (« nous », c'est-à-dire Rodney et moi). On attrapait des quantités incroyables de cutthroats, souvent plus de cent par jour. Je n'en gardais que quelques-unes pour mon déjeuner et mon dîner, et moins je dormais, moins j'avais d'appétit. Je mangeais quand même de la truite deux fois par jour et je ne m'en lassais pas davantage qu'un fourmilier ne se lasse des fourmis, lui qui utilise son long museau et sa langue gluante, moi ma Rodney et mes mouches.

A la mi-juillet, je ne ressentais plus rien. J'étais complètement déboussolé. J'étais piégé. J'étais « nécromancé ». J'avais la tête en coton et je ne me rendais même plus compte à quel point ma vie était absurde. Rodney pêchait parce que je pêchais, et je pêchais parce que Rodney pêchait. Nous avions conclu un accord : nous étions deux articles de pêche — vous pouvez toujours nous casser, nous perdre, nous user, nous ne protesterons pas.

Vers la fin juillet, après une semaine de pluie inhabituelle en cette saison, Rod et moi partîmes explorer la Tamanawis, en commençant par l'embouchure, à la recherche de steelheads d'été ou de truites de mer. On trouvait des steelheads dans d'autres rivières côtières, mais maintenant nous ne pêchions plus que dans la Tamanawis, ce qui nous économisait de l'essence et du temps, et de surcroît, nous nous imaginions qu'elle nous appartenait. Je mourais d'envie de prendre une blueback ou une steelhead, car j'en avais assez des truites minables. Je dis à Rodney : « Toi et moi, attraper gros poissons, ça va être super ». Et dans mon état, ce discours digne d'un homme de Cro-Magnon passait pour une sage démarche d'auto-analyse. A environ un kilomètre et demi de la côte, on s'arrêta pour examiner un large remous baptisé « le Trou de Shakespeare », non pas en l'honneur du grand William mais de la canne et du moulinet d'un certain Ecrevisse Benson, un vieux débris de soixante-dix ans et quelque qui habitait une cabane aussi délabrée que lui, surplombant le pool où il pêchait depuis des décennies à l'aide d'une canne et d'un moulinet également délabrés fabriqués à l'âge du Dvapara

Yuga par la firme Shakespeare Company. Malgré la vétusté de son matériel, Ecrevisse attrapait un grand nombre de poissons, dont certains littéralement sur le pas de sa porte, preuve vivante qui confirmait l'adage de Walton selon lequel c'est le violoniste et non l'archet qui fait la musique. Ce matin-là, il n'y avait personne au Trou de Shakespeare, et la fumée bleutée qui s'échappait de la cheminée du poêle d'Ecrevisse indiquait qu'il devait préparer son petit déjeuner — composé sans doute d'une petite dizaine d'écrevisses d'où il tirait sa nourriture et son surnom. Jetant un coup d'œil vers le bout opposé du trou, j'eus la bonne surprise d'apercevoir un reflet prometteur. (Etrange comme, quand on pêche les poissons anadromes, on s'imagine qu'il n'y en a pas un seul dans la rivière jusqu'au moment où l'on en voit un, après quoi on se figure qu'il y en a un derrière chaque pierre ; de toute façon, on se trompe.) Je ne refermai pas la portière de mon pick-up de crainte qu'Ecrevisse ne m'entende, puis je m'approchai sur la pointe des pieds. Le poisson se manifesta de nouveau. Je m'empressai de lancer, utilisant la Muddler plombée que j'avais employée la veille tout en expliquant à Rodney qu'il valait mieux se servir de la mouche qu'on avait sous la main plutôt que de perdre du temps à élaborer « le schéma approprié » comme l'aurait fait H2O. (Je m'échinais depuis des jours à répéter à Rodney combien j'étais supérieur à H2O.) Je lançai en roulé à cause des buissons derrière et laissai la Muddler dériver doucement vers l'endroit où le poisson s'était montré. Lorsque la soie s'enfonça, je ferrai... et une belle blueback jaillit au-dessus de l'eau dans une noble mais fantasque tentative d'échapper à son sort en se transformant en oiseau. Elle essaya ainsi de s'envoler une dizaine de fois, mais ses bonds se faisaient de plus en plus faibles, les ailes tellement espérées demeuraient des nageoires, et je finis par l'amener au bord — une superbe cutthroat de 1,6 kg avec des poux de mer encore accrochés à ses flancs.

Dès qu'elle fut à ma merci, je me surpris à avoir pitié d'elle. Ses bonds étaient si gracieux, ses sursauts si tristes, mais, poussé par une curiosité gargouillante localisée dans mon estomac, j'éprouvais le désir de comparer sa chair à celle des poissons indigènes qui constituaient mon ordinaire. En dépit de moi-même, me désobéissant à moi-même, je pris un bout de bois et la tuai.

J'étais prêt à relancer quand la porte d'Ecrevisse s'ouvrit dans un grincement. Il ne pouvait pas me voir, mais il connaissait mon pick-up. « Hé ! Gus Orviston ! laisse mes nasses tranquilles ! » (Ma aimait bien relever ses nasses, et Ecrevisse pensait que le vol était un trait héréditaire.) « Réponds, Gus ! » Pendant qu'il descendait vers la berge en chancelant sur ses vieilles jambes, je contournai les buissons, sautai dans mon 4x4 et démarrai sur les chapeaux de roues en gloussant comme un bouseux dans un film de bouseux.

Je nettoyai la cutthroat dans l'évier tout en discutant de nos projets de pêche avec Rodney. On décida de prendre Sardine (mon canoë en aluminium) et d'aller voir du côté de l'embouchure si on ne pourrait pas attraper quelques autres truites de mer en profitant de la marée. Je me rappelai soudain que je n'avais pas nourri Alfred et compagnie, aussi je jetai les boyaux de la blueback dans la poubelle et versai une poignée de boulettes dans l'aquarium. Dès qu'elles touchèrent La surface, l'eau s'agita, les poissons, même les chabots, devinrent comme fous, et en particulier Alfred qui était partout à la fois, qui plongeait dans les graviers, remontait en flèche, heurtait les parois de son corps minuscule. Je ne comprenais pas ce qui leur prenait, jusqu'au moment où je regardai mes mains — le sang de la grosse truite ! Je leur avais donné de la nourriture arrosée du sang d'un ennemi mortel. J'empoignai une passoire pour repêcher les boulettes, mais les poissons ne se calmèrent pas. Alfred le Grand continuait à se cogner aux parois, et les affreux petits chocs sourds m'emplissaient d'effroi : il allait se tuer. Soudain, il bondit en l'air et je me précipitai pour tenter de l'attraper, mais il me fila entre les doigts, tomba par terre sur le nez et se tortilla pour m'échapper. Lorsque je réussis enfin à le remettre dans l'aquarium, il coula au fond et demeura là, tandis qu'une goutte de sang perlait au bout de son nez. Je récupérai le reste des boulettes, augmentai le débit de l'eau pour évacuer le sang de la truite de mer, si bien que les autres poissons reprirent progressivement le cours de leur existence normale, sauf Alfred qui, incliné sur le flanc, nageait sans but à petits coups de nageoires, pareil aux vieux mâles quand ils deviennent malades et aveugles. Puis il bascula et se mit à flotter le ventre en l'air. J'essayai de lui masser les flancs pour que ses branchies continuent à fonctionner, mais il était si menu que j'y arrivais difficilement. Il prit une teinte verdâtre, cependant que des taches grises apparaissaient aux endroits où sa couche protectrice avait été arrachée. Je poursuivis mes efforts. Après une quinzaine de minutes, il frétilla faiblement dans ma main, puis tomba au milieu des herbes. J'attrapai les écrevisses pour les mettre dans l'évier afin qu'elles ne risquent pas de le déchirer avec leurs pinces. Les autres poissons s'étaient rétablis. Sigrid avait repris sa pose mélancolique, les yeux rivés sur la rivière en contrebas. Alfred gisait au fond, une goutte de sang toujours suspendue à son nez. Au spectacle de son regard lourd d'incompréhension, semblable à celui de la perche-éboueur agonisante, des larmes roulèrent sur mes joues. J'étais effondré... et puis je réagis, dégoûté de moi-même. N'avais-je pas tué des milliers de poissons sans le moindre scrupule ? Alors, pourquoi perdrais-je mon temps à observer celui-là ? Il vivra ou il mourra, et s'il mourait, il y en avait des millions comme lui qui prospéraient dans tous les cours d'eau de la côte. Je l'abandonnai à son sort, rassemblai mon équipement, après quoi je fis frire la blueback que j'avalai sans prendre le temps de bien goûter, puis je chargeai Sardine dans le camion et pris le chemin de l'embouchure.

Je pêchai jusqu'à dix heures du soir, utilisant spinners et appâts, mouches sèches et mouches noyées, amorçant à l'aide de crevettes et de queues d'écrevisses. Je ne vis pas d'autres bluebacks, et je n'attrapai que des smolts, des steelheads pour la plupart, et chacun venait me rappeler Alfred. Mon excès de sentimentalisme me rendait de plus en plus furieux contre moi-même et donc de plus en plus déterminé à rester où j'étais. A 11 heures et demie, je rentrai à la maison épuisé. Je déchargeai le canoë et mon matériel, j'allumai les lampes et fis un feu, puis je préparai le dîner, mangeai et bourrai ma pipe. C'est seulement à ce moment-là que je m'approchai de l'aquarium...

Alfred le Grand gisait sur le flanc à la surface de l'eau ; ses nageoires et ses ouïes ne bougeaient presque plus. Durant tout ce temps, il avait lutté pour respirer, pour ne pas couler, créature minuscule qui s'accrochait à une étincelle de vie. Je le retournai et recommençai à le masser, mais chaque fois que je le lâchais, il glissait de nouveau sur le côté. Je savais que si je n'étais pas parti, il se serait rétabli, mais maintenant il était trop affaibli. Il vécut une heure encore, puis ses branchies s'immobilisèrent à jamais. Je me mis à chialer, mais je m'en voulais : « Pauvre type ! Pleurnicher pour un vulgaire petit poisson de rien du tout... comme un furet qui s'apitoierait sur le cadavre d'un rat ! » Pauvre petit Alfred, me disais-je cependant. Mon seul compagnon, le seul poisson qui m'eût jamais fait confiance, qui nageait le long de mon doigt, qui grignotait les antennes des écrevisses et filait avant de se faire prendre dans leurs pinces, qui me réconfortait par ses danses plus que ne l'aurait fait n'importe quel Ecossais. Et puis Alfred, Poisson Poubelle et tous ceux que j'avais tués vinrent me hanter, rejoints bientôt par la cohorte de tout ce qui souffrait — chacune des créatures qui saignaient et agonisaient dans le monde, chacune des plantes atteintes de rouille, chacun des hommes malheureux sur cette terre. Combien tristes et ridicules sont les nez qui coulent, rougis par le chagrin. Combien triste est la mesquinerie de notre petite existence absurde qui ne vaut guère mieux que celle des poissons. A tout hasard, je mis Alfred dans une bouteille d'eau que j'approchai de l'une des lampes : son pauvre petit nez était écrasé, et il flottait, blême, estropié, immobile. Je nous imaginais, Ma, H2O, Bill Bob, tous les êtres humains et moi, raides comme des planches, le ventre en l'air... Je pris une torche et dévalai la pente vers la Tamanawis, tâchant de susciter la colère en moi et d'étouffer cette vague de sentimentalisme pour devenir froid, dur, solitaire et insensible, et je crus bien avoir réussi jusqu'au moment où je vidai la bouteille et Alfred dans la rivière et où je m'entendis déclarer : « Adieu, Alfred le Grand. Tu n'étais qu'un poisson, mais tu étais mon ami. »

De retour chez moi, je grimpai sur la mezzanine et, laissant une bougie allumée afin de conjurer mes visions aquatiques, je m'effondrai sur mon lit. Mais à peine couché, tandis que je contemplais la carte de la vallée de la Tamanawis dessinée par Bill Bob, l'eau se remit à couler : je l'entendais, je distinguais un reflet argenté — le minuscule cadavre d'Alfred — qui dérivait au fil du cours d'eau tracé au crayon, qui luisait dans les eaux vert sombre, ballotté de méandres en méandres, de rapides en trous et en hauts-fonds. Je me surprenais à l'encourager dans l'espoir qu'il parvienne à atteindre l'océan, comme s'il s'agissait de quelque chose de terriblement important. Et puis je me vis dans le dessin, simple bonhomme bâton qui lançait des pommes de pin dans l'eau encombrée de petits bateaux et de bouteilles, et qui courait le long de la berge et priait pour que tout ce qui flotte réussisse à gagner la mer, la mer qui guérissait tout, la mer si vaste, la mer si sage, notre ultime demeure à tous, alors vogue, Alfred, vogue au fond de la vallée jusqu'à la mer où tu rejoindras, où tu...

Je m'assis dans mon lit.

Qu'est-ce qui me prenait ? *Vogue Alfred* ? De quel délire nautique souffrais-je ? Bon Dieu ! à côté de moi Shirley Temple avait le cuir endurci d'un rhinocéros. Alfred ! *Alfred* ? Qu'est-ce qui m'avait pris de baptiser un poisson Alfred ? J'étais aussi nul que H2O. Nijinski. Sigrid. Alfred... des conneries de première, oui ! Voilà comment j'appellerai mon prochain petit poisson apprivoisé : Connerie de Première !

Je sautai à bas de la mezzanine, m'habillai, puis saisis un stylo, les bouteilles de porto, et j'entrepris de vider une série de pots de 17,5 centilitres pendant que j'écrivais dans mon Journal en songeant que je reviendrais plus tard sur l'état de mes recherches scientifiques destinées à mesurer les effets de chaque pot — sachant très bien que tout cela n'était qu'un prétexte pour me soûler comme un cochon. Je commençai par le récit de ma journée de pêche, mais après deux pots, je m'adressai en bafouillant à mon ami Rodney, et je gribouillai sur une page constellée des taches que faisaient les gouttes de porto dégoulinant de ma moustache :

... okay Rodney, balance la mouche au-dessus de ce poisson... Non, non, attention ! pas dans les aulnes ! Enfin, tu peux pas faire gaffe à ce que tu fais ? (Rodney incline son scion : « Si, si, boss, je fais gaffe. Et comment, ouais, pour sûr ! ») Bon, alors recommence... Non ! pas les buissons pour le lancer arrière ! Tu sais donc rien de rien ? (Rodney agita son scion : « Si, si, m'sieur ; je le referai plus, patron, c'est juré. Vous me connaissez, boss : Rodney, toujours prêt ! ») Heure de pot n° 2 : 0 h 25. Mission pour 1 h 30, 22 juillet : pot n° 3. D'abord, vider n° 2, puis décrire en cinq milliards de mots la naissance, l'éducation et l'histoire de Rodney T. Canne :

La première chose que j'ai remarquée chez Rodney alors qu'il n'était qu'un stupide bout de bois fut sa nudité : lui et les autres, entassés dans un tonneau chez le marchand d'articles de pêche, étaient aussi nus que le dos de la main. Ça ne paraissait d'ailleurs pas le déranger. Il ne porte toujours rien, excepté un petit peu de liège, quelques accessoires, une mince couche de vernis incolore, et heureusement qu'il n'a pas de membres, sinon j'aurais honte d'aller pêcher en sa compagnie. Je ne sais même pas de quel côté se trouve son visage ; il est comme moi, visage impassible de joueur de poker, une statue d'Indien en bois. Mais à l'inverse de moi, il mesure 2,40 m et selon les courbes de poids par rapport à la taille, il aurait dû peser dans les 135 kilos, de sorte qu'avec ses 110 grammes et quelque, il est plutôt du côté maigrichon. Mais il ne veut pas manger : il refuse la viande, les boissons et les légumes — et pour une grande perche de son espèce, il est drôlement musclé. (Pot n° 4, pipe n° 2.) Rodney est l'exemple même du Costaud silencieux, mais il est aussi très sensible : il frémit au moindre petit baiser que lui envoie une truite d'une distance de 15 ou 20 mètres. Et il m'est sacrément dévoué : il ne va jamais nulle part sans moi. J'aime beaucoup Rodney. Si, si, je crois vraiment. Il le faut pour que je le trimballe comme ça avec moi tous les jours du matin au soir et qu'on reste seuls ensemble dans des rivières trop froides sous un soleil trop chaud à contempler des eaux si brillantes qu'elles se gravent dans mon cerveau, me tiennent éveillé, remplissent mes oreilles, mes yeux, mes rêves, mon (pot n° 5) moi et Rod on est là à contempler les eaux étincelantes parce que, parce que ? parce que notre petite mouche est dessus ou dessous, sinon pourquoi, et on est curieux, Rod et moi, on se demande quelle créature argentée invisible surgie de nulle part va se précipiter vers l'innocente petite mouche traîtresse que Rod et moi on guette et c'est pour ça qu'on est là, les pieds plantés comme des piliers, des crampes dans le dos, les bras comme du plomb, la peau brûlée, le sang devenu nourriture à moustiques, les yeux vitreux, le regard hébété, transfiguré, hypnotisé, les oreilles pareil, par les torrents, les ruisseaux et les rivières et on est Rodney le Travailleur et Gus le Curieux, fiers gardiens d'un insecte irréel qui se promène à la surface de l'eau comme un chien au bout d'une laisse, et si un poisson s'avise de toucher à notre chienchien on te l'attrape que ça lui fait regretter son geste, et Rodney et moi on décrit de jolies figures en l'air que personne voit pour prendre des poissons que personne sait qu'on les prend sauf le poisson qui n'admettra jamais qu'on l'a pris jusqu'à ce qu'on les prenne encore et qu'on leur apprenne à mentir et qu'ils sont morts comme Alfred et puis à quoi on joue, Rodney ? Qu'est-ce qu'on fout ? Ouais, on sait pas, ouais, sûr, boss, ouais, patron. okay et on fait des kilomètres pour ça, on est des ermites pour ça, on perd le sommeil pour ça, on a faim pour ça, on devient fou pour ça, on vaut pas mieux que des morts pour ça, et POURQUOI ? qui nous a créés ? nous ? les poissons ? la rivière ? notre stupidité ? Non. C'est moi qui ai créé Rodney et c'est la curiosité qui m'a créé et Celui qui a créé la curiosité est probablement Celui qui nous a créés, ou peut-être que tout simplement pas je sais pas pourquoi. Et après ? est-ce que ça compte si (pot n° 6) j'ai créé rod ou si c'est lui qui m'a créé, à l'image de qui, pour quelle raison, quel jour, ou qui s'est reposé ou pas ou si je vois pas que ça vaut pas un clou ou alfred ou ce que les poissons pensent ou les gens ou s'il y a un dieu un pardieu un mordieu ou un enfer, ça fait pas de différence : la pêche, un coup de pot (n° 7), rien que la pêche, juste, idiote et simple comme dieu dieuleveut ; beurk horrible écriture et ça tourbillonne ça tourne, mais par moi et par dieu rod on va régler ça : voilà : j'ai créé Rodney il m'a créé dieu nous a créés et il le regrette mais on est là, deux durs de durs, deux terreurs de l'eau créées pour le tourment l'éducation et la destruction des truites comme les maîtres d'école pour les petits nenfants c'est tout. on leur donne ce qu'ils méritent les poissons passqu'on n'est pas nés de la dernière pluie Rod et moi on connaît les endroits où y zhabitent et où qu'y vont où qu'y vont pas et c'est comme ça qu'on leur accroche l'hameçon qui leur pend au nez pour te leur montrer et même que rodney y dort pas alors pourquoi moi ? y parle pas alors pourquoi moi ? y pense pas, boit pas, écrit pas, devient pas cinglé tout seul dans une cabane alors pourquoi moi ? Pourquoi je roupille pas au lieu de l'eau qui tourne tourbillonne et me laisse pas dormir pourquoi ? pot 5 ou 9 ou je sais plus ou pourquoi je suis pas heureux de pêcher que c'est ce que je voulais et que voulait mon idéal pêcher toujours programme que je voulais toujours et toujours et toujours et si ça me tue ça me tue et que je voudrais mourir alors bonne nuit rodney ma vieille. tout embrouillé mais c'est réglé...

[Je suis allé me coucher en titubant avec mon pot et mon journal.]

mais pourquoi rodney pourquoi dieu au lit voit que l'eau qui coule dans mes yeux hors de mes yeux mes oreilles ma cabane tout est l'eau l'eau de la tête au pied à la cheminée et coule coulecoulecoule sans arrêt et je suce mon pied dans la bouche de mon esprit qui flotte des fois sur le flanc le ventre en l'air comme ce pauvre alfred pas question de piger mais dieu va comprendre que je glisse je louche ça tourne ouh là là dur d'écrire ça glisse encore mais y a pas de fond puits sans fond qu'au moins mon nez s'écrase pas au plus bas du plus profond fondamentalement la profonde des plus profondes des choses alors je saurai... où qui je suis étais pourquoi. Pourquoi je suis si comme si si comme ça un jour. ALORS VOILA ! alors voilà quoi ? sommeil fatigué ô nuit berce ce pauvre tas trempé jusqu'à ce que l'aube à l'aube de l'aube...

sauf mon dieu, je veux dire, peut-être qu'il était qu'un poisson mais AAlfred c'était mon copain.

3

Abe l'Enclume et le Pêcheur Fantôme

> Pour les incrédules... Dieu est exact dans ses comptes... Leurs œuvres ressemblent aux ténèbres sur une mer profonde que couvrent des flots tumultueux ; d'autres flots s'élèvent, et puis un nuage, et puis des ténèbres entassées sur des ténèbres ; l'homme étend sa main et ne la voit pas.
>
> Coran XXIV : 39,40

Après quelques heures passées à me débattre dans les affres de mes cauchemars d'ivrogne, je me réveillai, la vessie prête à éclater. C'était l'aube. Je me redressai lentement, tenaillé par le pire mal de crâne de ma vie, puis, moitié rampant, je descendis de la mezzanine et me glissai dehors. Tandis que j'arrosais les buissons du diable, je perçus un bruit d'éclaboussure différent de celui que je produisais et je pivotai d'un bloc à temps pour voir bondir une grosse cutthroat dans le courant de H2O. Si j'avais cru en une quelconque déité, ou même en un dieu de la rivière, je serais retourné me coucher. La coïncidence était trop étonnante. Il semblait évident que cette truite était un leurre agité par quelque Intelligence invisible et affamée, et il semblait tout aussi évident que j'étais la proie qu'Elle guettait. Malade, frissonnant, encore dans les vapeurs de l'ivresse, ma place n'était nulle part ailleurs qu'entre les draps. Pourtant, lorsque la truite, à nouveau, décrivit un bel arc au-dessus de la surface de l'eau, je mordis à l'hameçon. Je me dirigeai en titubant vers la cabane, passai en hâte quelques vêtements, et en moins de dix minutes, Sardine fut prêt. La conscience du Pêcheur l'emportait : les truites de mer devaient être là. Je descendrais la rivière jusqu'au débarcadère d'Eaton, à l'embouchure, que j'atteindrais vers le début de l'après-midi, puis je rentrerais en stop et reviendrais chercher le canoë avec le pick-up. Quant à mon sommeil en retard, je le rattraperais... à un moment ou à un autre. Après ma mort, peut-être.

Je lançai juste une fois à l'endroit où la blueback s'était manifestée. A l'instant même où la mouche touchait l'eau, le poisson la happa, et après une brève lutte, je l'amenai à terre. C'était la réplique exacte de la truite que j'avais tuée hier, celle dont le sang avait provoqué la mort d'Alfred, celle qui était à l'origine de cette nuit de délire, celle qui me valait ce foutu mal aux cheveux. Malgré ce nouvel avertissement, je ne suspectai aucun piège. Je n'avais rien ni personne sur qui porter mes soupçons. Je ne croyais pas à ce que je ne voyais pas, hormis l'air et les poissons, et le désir de corps lisses et argentés s'était emparé de moi. Je tuai la blueback, sautai dans le canoë et en route !

Il faisait frais pour un mois de juillet, mais à l'est, le ciel clair aux reflets roses annonçait le retour prochain de la chaleur. Des lambeaux de brume s'accrochaient aux arbres sur Tamanawis Mountain, pareils à des troupeaux de moutons informes paissant dans les feuilles. Un escadron noir de mergules surgit en grondant, prêt à bombarder les poissons ennemis. Un grand héron bleu tournoya au-dessus de moi, cornant comme une vieille limousine volante à la transmission asthmatique. Pourtant, le ciel et ses habitants n'étaient rien pour moi : mon regard ne s'intéressait qu'à l'eau. A bord d'un canoë, on ne se contente pas de descendre une rivière : on en fait partie, on est une créature aquatique silencieuse qui réagit à chaque accélération, à chaque modification du courant, et qui glisse comme un doigt sur un corps nu aux nuances de vert. Et comme on ne fait pas de bruit, on voit le cerf s'abreuver, les castors travailler, les répugnants rats musqués filer au milieu des branchages et les canards cancaner, toutes choses qu'il est rare de voir quand on marche le long de la berge. Mais lorsqu'au détour d'un coude de la rivière, je tombai sur une biche et ses deux faons en train de boire, quelle fut ma réaction ? Eh bien, je me tournai vers un courant prometteur, et j'obtins ma récompense sous forme d'une truite indigène de près de trente centimètres à qui je tordis le cou aussi facilement qu'on dévisse une capsule de bière, pendant que les faons, ces animaux qu'on ne pêche pas, dansaient et chancelaient sur leurs pattes grêles, tendaient et remuaient les oreilles, tordaient leurs truffes noires et humides et agitaient leurs petits bouts de queue au seul bénéfice des cheveux qui me recouvraient la nuque.

D'une certaine manière, cette matinée de juillet marquait le point culminant de mon existence. A pêcher ainsi, totalement concentré malgré mon violent mal de crâne, à utiliser une demi-douzaine de mouches bien choisies, une douzaine de techniques de lancer et une centaine de petits trucs à moi, je créais — à l'aide de Rodney — un être presque vivant à partir de chaque mouche. Et les truites de mer étaient bien là : on en trompa quatorze grâce à notre imitation d'insecte, dont onze qu'on amena et cinq qu'on tua, lesquelles pesaient entre 700 grammes et près de 2 kilos, et je complétai par cinq truites indigènes de 25 à 30 centimètres sélectionnées parmi les vingt prises et amenées dans l'épuisette. A dix heures, mon panier était déjà si plein qu'il aurait fait saliver la plupart des pêcheurs, mais je n'en continuai pas moins. Je relâchais à présent tous les poissons, mais j'accomplissais le rituel quasiment à la perfection. Les quelques pêcheurs installés sur la berge que je croisais me saluaient et me demandaient : « Ça mord ? » Je hochais la tête sans me mouiller et je marmonnais : « Comme ci, comme ça », tandis que je me moquais en douce avec Rodney de leurs paniers qui devaient être à moitié vides.

A midi, je m'arrêtai sur un banc de galets juste au-dessus des eaux de marée. La pêche avait fini par se ralentir, si bien que tout en dévorant un sandwich à la saucisse et à la banane, je préparai une canne à lancer munie d'un petit leurre Doc Shelton et de vers. Après quoi, je me tournai vers la baie et je vis avec stupéfaction un énorme mur de brouillard déferler sur moi comme une gigantesque lame de fond.

En été, il y a souvent du brouillard sur la côte de l'Oregon, car la chaleur qui règne à l'intérieur des terres l'aspire du Pacifique de même qu'un homme grelottant de fièvre ramène la couverture sous son menton. Là, pourtant, j'eus un brusque serrement de cœur, sans doute à cause de la façon dont, sombre, presque noir, il couvrait le ciel entier, et puis à cause de sa densité inhabituelle et de son approche inexorable... Je m'efforçai de ne pas y prêter attention, et je me disais que les poissons allaient recommencer à mordre, dans le froid qu'il apportait avec lui.

Il n'en fut rien. Au moment où j'atteignais les eaux de marée, le brouillard m'engloutit. La mer était étale. Je laissai le canoë dériver et essayai de pêcher à l'appât, mais, sans que je comprenne bien pourquoi, dans cette purée de pois, le côté répétitif lancer/ramener, lancer/ramener, me parut stupide et déplacé. J'avais froid. Dès que le manteau gris s'abattit sur moi, la température chuta de plusieurs degrés, ma gorge commença à me faire mal, mon haleine forma des panaches de fumée et j'eus beau pagayer vite, je ne parvins pas à me réchauffer. Je pêchai encore un moment, mais lorsque ma ligne s'accrocha, je laissai tomber et me dirigeai vers le débarcadère d'Eaton.

Le brouillard était devenu incroyablement épais. Quoique la rivière ne fût pas très large, je ne distinguais même pas la berge opposée. L'air était humide et d'une immobilité surnaturelle. Je ne voyais ni n'entendais rien qui indiquât la présence d'êtres vivants — pas même celle des inévitables roitelets qui peuplent le bord des cours d'eau. Le monde semblait avoir rétréci et se préparer à disparaître, devenu informe et incolore. Ce n'étaient plus que masses floues vertes et grises. Je me mis à frissonner, tandis que la peur me gagnait. L'univers dans lequel j'errais me paraissait soudain vide de tout habitant. Ma raison, pourtant, me soufflait que le débarcadère se trouvait à moins de trois kilomètres en aval et que je ne pourrais pas le manquer. Seuls les bateaux en mer, enveloppés de ce sinistre linceul, avaient quelque chose à craindre, mais moi, j'étais déjà loin de la baie. Je réussis à me ressaisir.

De toute façon, la partie de la rivière en amont du débarcadère d'Eaton ne présente aucun intérêt. Il n'y a pas de remous, pas de pools, pas de changements de végétation dans les berges encombrées de broussailles, et on a davantage l'impression de naviguer sur un chenal ou un marécage que sur une rivière. Je commençais à perdre le sens des distances et je n'avais plus aucun repère familier. Les méandres, les quelques ponts et les rares vieux arbres, tout cela me paraissait étranger. Je perçus les halètements d'un petit canot à moteur qui se dirigeait vers moi. Je reconnus l'une de ces vieilles barques en bois vertes et noires qu'on louait au débarcadère et je parvins à déchiffrer le numéro blanc à demi effacé peint à l'avant. J'essayai de distinguer les passagers, mais ils ne formaient que des silhouettes confuses, dépourvues de visages et vaguement humaines penchées sur des bancs qui évoquaient des bancs d'église. Des pêcheurs, je les aurais volontiers interpellés pour leur demander si le ponton était encore loin, pour échanger quelques plaisanteries sur le brouillard ou la pêche, mais je n'arrivai pas à me résoudre à le faire avec ces fantômes. La barque me croisa, glissant comme un corbillard et traînant dans son sillage des effluves de cigarettes mentholées, puis elle disparut, cependant qu'une voix désincarnée s'élevait, si proche que je ne pus réprimer un sursaut, pour demander : « Tu vois quelque chose, Ray ? »

A quoi une autre voix répondit dans un grognement : « Je crois pas. »

La première voix reprit : « Ça devait être le Pêcheur Fantôme. »

Les deux silhouettes durent trouver cela drôle, ou du moins entendis-je quelque chose qui ressemblait à un ricanement puis à un raclement de gorge suivi du bruit de lourds crachats qui vinrent polluer la rivière. Par bonheur, la marée montait à présent. Je n'avais qu'une envie : foutre le camp de cet endroit plongé dans un silence sinistre. Je pagayai de toutes mes forces, mais à cause du porto et du manque de sommeil, je n'arrivais pas à me réchauffer et j'avais l'impression que le brouillard flottait dans ma tête et dans ma poitrine. Encore deux ou trois heures de ce régime, et je deviendrais vraiment le Pêcheur Fantôme. Quoi qu'il en soit, pour le moment je n'avais pas d'autre choix que de continuer à ramer et à trembler de froid.

Peu après, j'entendis un cri étouffé provenant de la berge opposée, une voix sourde d'homme qui appelait : « Abe ! AAAaaaabe ! Abe ! Où que t'es ? », une voix qui, à l'évidence, n'avait pas l'habitude de crier et qui était néanmoins contrainte pour une raison quelconque de le faire, comme un garçon effrayé qui appelle son chien perdu. J'en eus la chair de poule. Peut-être qu'Abe était effectivement un chien, perdu dans les broussailles. Ou peut-être qu'il s'agissait de deux vieux pêcheurs au coup égarés au milieu du brouillard. Le copain du pauvre type devait être en train de piquer un roupillon dans leur voiture. « Abe ! AAaabe ! Bon Dieu ! ABE ! AAAAaaaaaaabe ! » Une mouette piqua, creva la couche cotonneuse et me frôla en lâchant son cri aigu... Je baissai la tête par réflexe, et mon mouvement brusque faillit déséquilibrer le canoë. Je m'efforçai de m'éloigner au plus vite pour échapper à cette voix caverneuse.

Les bras me pesaient de plus en plus. Je posai la pagaie sur le plat-bord et m'accordai un instant de répit, les yeux rivés sur mon sac à dos afin de ne plus voir ce foutu brouillard. Je me rendis soudain compte que, de fait, je fixais un renflement dans ledit sac à dos, lequel renflement était constitué par une veste de ciré. Quel crétin ! mais quel crétin !... mourir de froid alors que j'avais un vêtement sous le nez ! Je le sortis du sac et le passai par-dessus ma tête, mais la fermeture Eclair se prit dans mes cheveux. Je jurai, tirai dessus et me débattis comme un flétan sur le plancher d'un doris, envoyant valdinguer mon matériel et manquant une nouvelle fois de faire chavirer mon embarcation avant de réussir à dégager les cheveux coincés et à engager le ciré sur mes épaules. Après quoi, je tendis la main pour reprendre la pagaie...

Plus de pagaie ! Tombée à l'eau ! Je regardai autour de moi... pas de pagaie en vue. Pensant qu'elle avait peut-être été emportée par le courant, je me mis à ramer avec les mains dans l'espoir de l'apercevoir devant moi. Peine perdue. Puis je revins en arrière. Toujours rien. Je continuai ainsi jusqu'à ce que j'aie des crampes aux bras et au dos, puis je me redressai, proférai le chapelet de jurons qui s'imposait et me mis à calculer bêtement le nombre de mouches qu'il me faudrait vendre pour me racheter une nouvelle pagaie.

Soudain, je vis quelque chose flotter près de la berge. Je me dirigeai par là tant bien que mal, mais j'étais si fatigué que je cessai de ramer dès que j'eus constaté qu'il ne s'agissait pas de ma pagaie. Mais quand même, qu'est-ce que ça pouvait bien être ? Un animal quelconque ? Non, non. Un tronc d'arbre à moitié immergé ? Ouais, sans doute. Et un reflet pâle agitait la surface juste à côté... un poisson d'une taille respectable qui gobait une mouche, on dirait bien. Je jetai un regard sur Rodney. J'étais crevé, frigorifié, mais tant pis ! Ça me paraissait une excellente manière d'envoyer au diable ce foutu brouillard... Je montai une Light Cahill n° 12 et la posai doucement à l'endroit où le poisson s'était montré. Rien ne se produisit. J'attendis. La mouche se gorgea d'eau et s'enfonça. J'attendis encore. Au moment où je commençai à la travailler, je sentis une traction bien trop faible pour une cutthroat, et je pensai aussitôt : steelhead d'été. Je me gardai de relever trop brutalement le bout du fouet. La canne fléchit, mais il n'y eut pas de vibrations, juste une résistance... et soudain ça mordit. J'arrachai sèchement...

et une main blafarde jaillit de l'eau.

Un homme... un homme qui flottait sur le ventre, ma mouche accrochée à sa manche à hauteur du poignet.

Je ne fis pas un geste, mais, inconsciemment, je continuai à exercer une pression constante sur la soie, de sorte que le canoë vint glisser le long du corps. Je posai ma canne et demeurai assis là, incapable de réfléchir. Les doigts livides de l'homme pendaient et s'agitaient doucement, pareils à des limaces en train de manger. A l'un d'eux brillait une alliance en or. Ses cheveux gris flottaient autour de sa tête comme des algues autour d'un rocher, et ses oreilles étaient d'une blancheur hideuse. Il portait une chemise à carreaux semblable à l'une des miennes et des bretelles, oui de larges bretelles qui maintenaient ses pantalons imperméables. L'homme était un pêcheur.

Il dérivait en position verticale, les bras écartés, et sa tête ballottait à la surface, évoquant ainsi une sorte d'horrible crucifix gorgé d'eau. Obnubilé par les poissons comme je l'étais, je me surpris à me demander ce qu'une truite pouvait penser de lui, et j'allai jusqu'à me mettre à sa place qui, du lit de la rivière, le regardait pendre, accroché ainsi qu'une icône dans le brouillard. Mon Dieu, me dis-je. Pas étonnant que ça ne morde pas. Puis je me mis à rouspéter contre lui pour avoir gâché ma pêche. J'avais perdu l'esprit. Il me fallut un long moment avant de comprendre que je devais faire quelque chose. Je ne pouvais pas le laisser dériver ainsi jusqu'à la mer. Je voulus l'empoigner. Le canoë pencha dangereusement, et ma main s'appuya sur la tête froide qu'elle enfonça dans l'eau. Je me rejetai en arrière avec un haut-le-cœur.

Afin de m'aider à reprendre mes esprits, je m'adressai à Rodney : « Alors, qu'est-ce qu'on fait, Rod ? Le repêcher, ça servirait à rien. Je pourrais pas le mettre dans le bateau. Va falloir que je l'attache et que je trouve le moyen de le remorquer. » J'envisageai de le tirer jusqu'à la berge, mais un simple regard dans cette direction suffit à m'en dissuader : à marée haute on ne voyait plus que les broussailles, et la berge était immergée, de sorte qu'on n'avait même plus pied. Je ne pouvais pas descendre du canoë, donc je ne pouvais pas traîner le cadavre sur la rive, sinon je courais le risque de me noyer. « Bon, ça fait rien, dis-je à Rodney. De toute façon, il ne se débattra pas. C'est pas marrant pour nous quand ils renoncent à se bagarrer, hein, Rod ? Bon, et la corde à l'avant du canoë, qu'est-ce que t'en penses ? Ça pourrait peut-être coller. »

Je me levai pour me diriger vers l'avant, et je faillis perdre l'équilibre et faire chavirer le bateau. J'agrippai le plat-bord, réprimant un frisson de dégoût à l'idée de me retrouver dans l'eau à côté du cadavre. Rampant vers l'avant, je me retournai pour redresser le canoë, puis je contemplai d'un air absent le corps qui, la tête la première, dérivait et vint heurter la coque brillante de Sardine. « C'est le même bruit que celui qu'a fait Alfred dans l'aquarium hier, tu te souviens, Rod ? Il est un peu comme Alfred, hein ? Il veut pas rester là. Personne aime être dans l'eau avec toutes ces grosses truites de mer... »

Une autre mouette nous survola qui, dès qu'elle nous vit, me frôla, puis vira comme la première afin de s'éloigner. Cette fois, j'étais trop paumé pour avoir peur. Je me rappelai soudain la voix dans le brouillard qui criait : *Abe.*

« Alors, c'est toi, Abe, murmurai-je en regardant le cadavre. Eh bien, je vais te dire un truc, Abe, ta femme va être furax. Si, si, vraiment. De toute façon, elle a jamais aimé que t'ailles à la pêche. T'aurais dû rester à la maison et tondre la pelouse, Abe. Mais t'as tenu à y aller, et voilà le résultat. Je plaisante pas. Ce coup-ci, t'auras pas à chercher d'excuses. » Je repensai à la voix effrayée, à l'alliance, à la chemise semblable à la mienne, peut-être un cadeau de ses enfants ou de ses petits-enfants, et je me mis soudain à pleurer. « Bon, Abe. Bouge plus, maintenant. On va te ramener au débarcadère. »

Evitant le plus possible de le toucher et luttant contre la nausée, j'attachai la corde aux bretelles de son pantalon de pêche. Le canoë prit de la vitesse. La corde se tendit et Abe suivit, ballotté par le courant, un bras qui battait mollement l'air et le visage à présent tourné vers moi. Sa bouche et ses yeux étaient grands ouverts, ce qui lui conférait la même expression étonnée que celle du million de poissons que j'avais pêché. Sur le point de vomir, je détournai le regard.

Peu de temps après, je perçus à travers le brouillard le bruit d'une voiture qui roulait au ralenti sur la route longeant la rivière. Je songeai à crier pour réclamer de l'aide, mais mon estomac noué — et le souvenir du son de la voix qui avait appelé Abe — m'en dissuada. De toute façon, la marée se faisait de plus en plus sentir et je ne tarderais pas à atteindre le ponton d'Eaton. Ou qui sait si je ne croiserais pas un canot à moteur.

Je pagayai à la main pendant un moment pour tenter de gagner la berge sud où se trouvait l'embarcadère. La tâche était ardue : Abe me freinait comme une ancre flottante, et, compte tenu de mon état, j'avais du mal à rassembler mon énergie. Je me redressai pour me reposer une minute. « On n'avance pas bien vite, dis-je à Abe. Quel imbécile je suis. Perdre ma pagaie juste avant de tomber sur toi. Une de perdue, dix de retrouvées, pas vrai ? »

Pour toute réponse, la bouche d'Abe sembla s'ouvrir plus grande encore, tandis que, le regard attiré malgré moi, je restai fasciné par les bras qui s'agitaient au fil du courant comme du varech et par l'expression de totale incrédulité peinte sur son visage. Soudain à cette vue, le manque de sommeil, le brouillard et notre situation lamentable aidant, j'éclatai d'un rire incontrôlable qui m'amena les larmes aux yeux. « Je te jure devant Dieu, Abe, que t'es le plus mauvais nageur qu'ait jamais existé. Je sais pas, c'est peut-être ton pantalon de pêche, mais je t'assure que j'ai jamais rencontré quoi que ce soit qui nage aussi mal que toi. Sauf une enclume, peut-être. Abe l'Enclume. Abe l'Enclume et le Pêcheur Fantôme, pas mal, non ? On fait un beau duo, toi et moi, Abe. »

Dans ma tête aussi ça nageait. J'étais de plus en plus déboussolé et je ne savais plus très bien comment lui et moi nous nous étions rencontrés, ni même où nous allions. Le brouillard m'envahissait et je babillais comme un ruisseau, débordant d'affection pour mon compagnon à la traîne. « J'espère que ces sales bluebacks sont pas en train de te mordiller, Abe. Je les ai vues gober des mouches pas tellement plus petites que toi, alors fais gaffe... » Abe se tourna pour surveiller le fond de la Tamanawis. « Je vais te dire un truc, dès qu'on arrivera au ponton, je te ferai un cadeau, c'est juré. Après tout, pourquoi pas te le donner tout de suite... je l'ai là, dans le bateau, et tu peux... tu vois, c'est mon gilet de sauvetage, Abe. Je te le file maintenant, mais de toute manière je l'aurais fait à un moment ou un autre. Voilà, il est à toi. Ouais, ouais. Ce gros machin orange dans le canoë. Peut-être qu'il... qu'il... enfin merde ! peut-être qu'il permettrait même à une enclume comme toi de flotter. Je raconte pas de conneries, Abe, je suis sincère. J'en ai pas besoin. Tu peux le prendre. Enfile-le et ce genre d'accident se reproduira plus. » Je ramassai le gilet de sauvetage et le lui tendis. L'esprit vide, claquant des dents, j'attendis qu'il le prenne. « Vas-y, Abe. C'est à toi. » Il ne le prenait toujours pas. « Bon Dieu ! Abe ! Là ! » Il fit comme si de rien n'était et continua à scruter le fond. Je me sentis blessé. Je demeurai ainsi le plus longtemps possible, mais il ne daigna même pas lever les yeux. Lorsque je commençai à avoir des crampes au bras, je rangeai le gilet dans le bateau. « Bon, bon, Abe. Je te le donnerai plus tard. »

Je me remis à pagayer avec les mains en direction de la berge et soudain le canoë s'immobilisa avec une secousse, puis se souleva en tournoyant. Je me retournai. Les pieds d'Abe s'étaient pris dans un arbre immergé. Je tirai sur la corde sans parvenir à le dégager, mais j'avais peur d'y aller trop fort : je risquerais de chavirer ou les bretelles de son pantalon pourraient craquer, de sorte que je le perdrais pour de bon. Avec d'infinies précautions, j'amenai Sardine près de lui jusqu'à ce que j'aperçoive, dans l'eau verte, son pied gauche coincé entre la fourche de deux branches. « Dis donc, Abe... t'exagères. Maintenant, tu viens. »

Abe regarda son pied, agita les bras, mais ne fit pas la moindre tentative pour se dégager.

« Ecoute, c'est plus drôle du tout, Abe. Non, c'est vrai. Allez, rapplique. »

Il ne rappliqua pas. La marée continuait à monter. La rivière en route vers l'océan augmenta sa pression. Abe roula un peu sur le côté, les yeux fixés sur les profondeurs secrètes de la Tamanawis. Je me mis alors à prier pour qu'un bateau arrive, pour qu'une branche casse, pour que le courant le libère, pour qu'il se passe quelque chose...

Aucun bateau n'arriva, aucune branche ne cassa, aucun courant ne le libéra, rien ne se passa. Voilà le résultat auquel aboutissaient depuis toujours mes prières. Je ne voyais qu'une seule solution : me mettre à l'eau pour dégager moi-même le pied d'Abe. J'entrepris de me déshabiller. Je claquais des dents au point que je crus qu'elles allaient se briser. J'avais le corps entier tétanisé sous l'effet de la tension, du froid et de la peur, et, à l'idée de ce que je m'apprêtais à faire, j'hésitai un instant. Il n'y avait qu'une seule façon de descendre d'un canoë sans qu'il se renverse : je pris donc ma respiration... et je plongeai.

J'ouvris les yeux. Tout était vert et calme. L'eau n'était pas aussi froide et turbulente que je l'avais redouté. Je nageai d'abord doucement par crainte de crampes, mais à chaque brasse je me détendais et je me sentais de plus en plus à l'aise, davantage dans mon élément ici qu'à l'air libre. Je refis surface et nageai le long de la coque de Sardine. Voyant combien le canoë semblait frêle, je me rendis compte qu'il allait être très difficile de remonter dedans. Peu importait. J'étais mieux dans l'eau et je pourrais guider l'embarcation sans trop de problèmes.

Je m'approchai d'Abe et l'agrippai par sa chemise pour me maintenir, mais sa botte se libéra aussitôt et le courant le précipita contre moi. J'eus l'impression qu'il était vivant et qu'il se débattait. Je le repoussai avec révulsion, mais comme je ne voulais pas qu'il s'imagine que je ne l'aimais pas, je retournai chercher le gilet de sauvetage dans le canoë et réussis à le lui mettre. Abe flottait bien à présent. Ensuite, je guidai le bateau dans sa course en aval, levant de temps à autre la tête pour tenter d'apercevoir le ponton d'Eaton. Comme on ne voyait pas à cinq mètres, je serrais la berge pour être sûr de ne pas le rater et je heurtais parfois un arbre submergé couvert d'algues dont les branches mortes et gluantes tantôt me caressaient, tantôt égratignaient mes jambes. Je m'efforçais cependant de garder mon sang-froid, car je savais que, sinon, je me noierais.

Soudain, l'embarcadère se matérialisa devant moi. Je laissai le canoë se coincer entre les piliers et je me retournai au moment précis où Abe, les bras ondulant, me heurtait en pleine poitrine et me clouait contre le ponton. Epouvanté, je jaillis hors de l'eau, m'enfonçant une grosse écharde dans la cuisse, puis je restai allongé au bord, telle une tortue échouée. Je sentais mon corps s'engourdir et, épuisé comme je l'étais, je me laissai aller... quand une voix rauque hurla : « Jésus Marie ! » Je dressai la tête et vis le visage laid et ridé du vieux Ralph Eaton penché au-dessus de moi. « Non, murmurai-je. Je crois qu'il s'appelle Abe. »

4

Où je m'évanouis avant la bataille

> Oh ! vous auriez dû le voir frissonner
> quand on l'a sorti de l'eau !
>
> Heinrich Hoffmann

Quoique frigorifié et épuisé, je me rappelai que partout où l'on voyait Ralph Eaton, Maggie Eaton n'était pas loin, si bien que mon premier geste en retrouvant la terre ferme et un éclair de lucidité fut d'attraper mon pantalon pour cacher ce qu'Adam avait caché sous une feuille de vigne. Vétérinaire à la retraite, Maggie Eaton, une vieille femme décharnée, énergique et solide comme un roc, dispensait sa charité chrétienne auprès des habitants de la région de Fog et des fermes environnantes en faisant office de médecin. Par malheur, son Idée de la médecine qui découlait de son expérience de vétérinaire se résumait en la formule suivante : *L'homme n'est pas différent des autres animaux.* En conséquence, ses patients potentiels allaient jusqu'à dissimuler des blessures graves et des maladies incurables pour se soustraire à ses attentions charitables. Je m'empressai d'enfiler mon pantalon, poussé non par la honte originelle de la nudité, mais par la crainte que Maggie ne remarque l'écharde plantée dans ma cuisse et qu'elle ne s'y attaque à l'aide d'une aiguille plus longue, plus pointue et plus rouillée qu'un vieux clou.

Une fois rhabillé, je perçus soudain un bruit inhumain et me tournai vers le ponton derrière moi : le vieux Ralph, assis sur le ventre du noyé, le frappait à coups redoublés sur la poitrine.

« Bon Dieu ! qu'est-ce que vous fabriquez, Ralph ? m'écriai-je. Il est déjà mort.

— Faut faire quelque chose, dit-il d'une voix entrecoupée, se refusant à l'évidence. Faut que son cœur y reparte.

— Après un jour, ça m'étonnerait », murmurai-je, trop fatigué pour discuter.

Quand il cessa de cogner, je crus qu'il avait recouvré son bon sens, mais il reprit son souffle, saisit le cadavre sous les bras et le laissa retomber sur les planches, une fois, deux fois, trois fois... Splash ! Splash ! Splash !

« Faut qu'y recommence à respirer, expliqua-t-il. Ma Maggie m'a montré. »

Le bruit me glaça d'horreur. Près de m'évanouir, je titubai vers le magasin et, à l'idée de ce que Maggie pourrait faire pour me ranimer, je crus que j'allais vomir. A mi-chemin du ponton, les planches me parurent si molles et accueillantes que je m'arrêtai pour m'y étendre... Je repris conscience au contact de mains puissantes qui me redressaient.

« Non ! Maggie ! protestai-je dans un gémissement.

— Moi c'est Titus », répondit une voix plus grave encore que celle de Maggie.

Je me trouvai face à un inconnu aux traits austères, plus grand mais guère plus vieux que moi.

« Laissez-moi vous aider », dit-il en drapant son manteau autour de mes épaules et en glissant mon bras autour de son cou.

Il portait une espèce de costume du XIXe siècle, gilet et knickerbockers. A la réflexion, ça ne me paraissait pas plus bizarre que tous les événements survenus depuis l'arrivée du brouillard. Tandis qu'il me traînait vers le magasin d'Eaton, il murmura :

« "Son visage ensanglanté emporté par le courant..."

— Quoi ?

— Milton, répondit-il. Un vieux con de puritain, mais la citation me semble appropriée.

— Je croyais qu'il s'appelait Abe, bafouillai-je en me demandant comment ce dandy pouvait se permettre de critiquer ainsi un homme et sa religion alors qu'il venait de se noyer.

— Je parle du poète.

— Habillé en pêcheur ?

— Du calme, mon vieux, souffla-t-il en me soutenant. Allons faire un feu et tâcher de vous décongeler. »

Si je n'avais pas perdu connaissance, je n'aurais pu qu'être d'accord avec sa proposition.

Quand je revins à moi et au monde qui m'entourait, je ne fus guère étonné de constater que la situation avait empiré : j'étais allongé sur le dos, plaqué contre le sol de béton glacé par Maggie Eaton assise sur moi à califourchon comme Ralph sur le cadavre du pêcheur ou comme les grenouilles cow-boys de Walton chevauchant la perche, mais au lieu de respiration, elle semblait plutôt pratiquer la suffocation artificielle. Elle m'écrasait les poumons sous son poids, me pinçait les narines et lançait à ma bouche fermée le regard incendiaire qu'elle aurait réservé à un distributeur de cigarettes ayant accepté sa monnaie mais refusé de lui distribuer le paquet ainsi payé. Lorsque je voulus lui demander la raison de son étrange conduite, elle essaya de me fourrer une énorme pilule dans le gosier. Je lui mordis la main, lui recrachai la chose en pleine figure, puis serrai les mâchoires de toutes mes forces, mais elle se contenta de proférer un juron, de me pincer de nouveau le nez jusqu'à ce que les larmes me montent aux yeux et de guetter le moment où je serais bien obligé de respirer une grande goulée d'air. J'allais m'évanouir quand une main secourable arracha ses doigts de mon nez et sa carcasse de ma poitrine, tandis que Maggie se remettait à jurer, cette fois contre Knickerbockers. Pendant qu'ils s'engageaient dans un débat du style Ma-versus-H2O au sujet de la possibilité d'appliquer à ma personne un tranquillisant conçu pour les chevaux, je fis le mort et rassemblai mes forces dans l'espoir d'être en mesure de la repousser à coups de poing si nécessaire et de foutre le camp si jamais elle recommençait son manège. Par bonheur, le point de vue de Knickers parut l'avoir emporté, car Maggie abandonna son idée de pilule et tenta de me briser les orteils dans je ne sais quel but charitable. J'envisageais de lui rendre la pareille en lui cassant peut-être deux ou trois dents d'une ruade quand Knickerbockers intervint de nouveau pour lui arracher cette fois son instrument de torture — une paire de chaussettes en laine — et me les passer aux pieds sans me faire trop souffrir. Je retombai dans les pommes... ou je ne sais où.

Lorsque je repris connaissance, je constatai que ce coup-ci, mon sort s'était amélioré au-delà de mes espérances les plus folles : j'étais affalé dans une bergère à oreilles, enveloppé dans des couvertures devant un poêle à bois où flambait un bon feu près de l'établi à mouches d'Eaton. Sur une table à ma droite, il y avait une bouteille de brandy, lequel brandy j'entrepris de transvaser d'abord dans un verre, puis dans ma bouche. Une porte claqua. Maggie entra en bombant le torse. Je feignis aussitôt de me plonger en hibernation, mais au souvenir du verre que je tenais d'une main qui, elle, n'avait pas particulièrement l'air plongée en hibernation, je me dis que, quitte à être expédié *ad patres*, autant expédier d'abord mon brandy. Maggie s'avança, l'allure d'un Napoléon ressuscité, ce qui me procura le sentiment d'être quelque chose comme Moscou, mais la porte reclaqua, et mon ange gardien en culotte de golf hurla que Ralph, après une tentative ardue mais finalement couronnée de succès, avait réussi à enlever la combinaison de pêche du noyé et fouillait maintenant ses poches ainsi que son portefeuille. Maggie fila à toute vitesse, lâchant un chapelet de jurons. Mon bienfaiteur versa une bonne dose de brandy dans une casserole qu'il mit à chauffer sur le poêle. « Je ne manquerai pas de venir vous aider à vider cela d'ici un petit moment », dit-il, puis il repartit sans que j'aie eu le temps de le remercier. Par la fenêtre, je le vis traverser le parking en courant pour accueillir deux policiers et un ambulancier arrivés en même temps. Lorsqu'ils sortirent de mon champ de vision, je me radossai dans mon fauteuil, les yeux rivés sur mon verre dans lequel se reflétaient le gyrophare bleu de la police et le rouge de l'ambulance, ce qui, ajouté à l'alcool sur le feu et à l'agréable chaleur qui régnait dans la pièce, me donnait un peu l'impression d'être à Noël. Cependant, les gens qui passaient devant la fenêtre apportaient d'étranges cadeaux : une civière soulevée par un policier et l'ambulancier, mon sac à dos et mes cannes à pêche entre les mains de Maggie, Sardine portée par Ralph et le deuxième policier, mon panier, le gilet de sauvetage d'Abe et le reste de mon matériel par Knickers. Le cadavre disparut dans l'ambulance, et mon canoë, mon équipement de pêche et le reste dans une vieille Plymouth 59 toute pourrie, la voiture de Knickers. Pendant qu'il chargeait l'ensemble dans le coffre, il s'interrompit un instant pour jeter un coup d'œil dans mon panier rempli de poissons, et même d'où je me trouvais, je vis l'étonnement se peindre sur ses traits. Je sus aussitôt que j'avais affaire à un vrai pêcheur.

Un luxueux camping-car vint alors se garer près des autres véhicules, d'où descendit un type quasiment hystérique. Les policiers le conduisirent vers l'ambulance. On rabattit la couverture, et il se cacha le visage dans ses mains, puis se mit à sangloter si fort que le bruit me parvint malgré la fenêtre fermée. Voilà. Sa voix était celle que j'avais entendue appeler dans le brouillard. Pauvre homme. Tout le monde le fixait avec de grands yeux et se dandinait sur place comme de mauvais élèves convoqués chez le proviseur, sauf Knickerbockers qui s'approcha de lui comme s'il s'agissait d'un vieil ami, le prit à part et lui parla jusqu'à ce qu'il se calme. Après quoi, l'homme répondit aux questions qu'on lui posait et signa les papiers qu'on lui tendait avant de repartir dans son camping-car derrière l'ambulance.

Les Eaton regagnèrent le magasin à pas lents et montèrent dans leurs appartements du premier étage, tandis que les flics et Knickerbockers venaient s'installer autour du poêle. Knickers leur offrit du brandy chaud. Ils le contemplèrent comme si c'était le diable. « Oh, bien sûr, bien sûr, vous êtes en service, dit-il. Excusez-moi. » Sur ce, il vida la moitié d'un verre d'une seule lampée. L'un des flics fronça les sourcils, l'autre se passa la langue sur les lèvres, puis ils se tournèrent vers moi et commencèrent à m'interroger, qui j'étais, où j'habitais, où et quand j'avais découvert le corps du noyé, pourquoi je ne m'étais pas contenté de le charger à bord du canoë, s'il était déjà froid quand je l'avais trouvé, s'il était raidi, s'il avait les yeux ouverts, si je le connaissais, et chacune de leurs questions résonnait dans ma tête, cependant que mes réponses, ou mes tentatives de réponses, les nuances et les absences de nuances se mélangeaient et frisaient l'incohérence : oui, qui étais-je ? où habitais-je ? quand ? quand le brouillard était-il tombé ? où ? dans la rivière. Froid ? je ne sais pas, demandez-le-lui, à Abe. Est-ce que je le connaissais ? Je connaissais sa chemise, son pantalon de pêche, ses cheveux clairsemés et ses doigts blancs, c'était un pêcheur et je connaissais des pêcheurs. Non, non, je ne l'avais jamais rencontré. Non, non, je n'essaie pas d'être drôle : j'ai vraiment accroché sa manche, oui, avec une Light Cahill n° 12. Excusez-moi, je n'avais pas l'intention de rire, ça m'a échappé. J'avais perdu ma pagaie, je n'avais pas dormi depuis je ne sais combien de temps, je croyais que c'était un poisson, sa main, je veux dire, j'avais pas mal bu la nuit dernière. Non, oui, je suis désolé qu'il se soit noyé, je lui aurais donné mon... il aurait dû porter son gilet de sauvetage... ou quelque chose. Oui, des berges couvertes de broussailles. Oui, assez profond. Oui, oui. J'ai pris la corde à l'avant. Okay. Pardonnez-moi. Au revoir.

Pauvres flics. Ils levèrent les yeux au ciel, décochèrent des regards furibonds à Knickers chaque fois qu'il s'efforçait de traduire ma pensée, griffonnèrent sur des feuilles roses et jaunes quand mes paroles leur semblèrent compréhensibles. Ils eurent même l'air plus content de s'en aller que moi de les voir partir. Je regardai au travers de mon verre s'éloigner la lumière bleue du gyrophare de leur voiture.

Knickerbockers approcha une chaise de mon fauteuil. Il me pressa de finir mon verre et me resservit, mais je n'étais pas de taille à lutter contre lui : il s'occupait du brandy comme s'il n'avait fait que ça toute sa vie. Au quatrième verre, il tâta ses poches, plissa le front et se tourna vers moi pour demander :

« Assez chaud ?

— Moi ? Ouais, ça va.
— Je peux reprendre mon manteau dans ce cas ?
— Oh ! oui, naturellement. J'avais oublié. »

Il tâta alors les poches de son manteau comme il l'avait fait avec celles de sa chemise, de sa veste et de son pantalon. Ne trouvant pas ce qu'il cherchait, il entreprit de les vider. Il produisit tout un bric-à-brac composé de crayons, de carnets, de pipes, de tabac à priser, de morceaux de viande séchée, de boîtes de mouches et de carrés de chocolat, puis, les sourcils froncés, il s'intéressa à des poches plus discrètes : poches sur la cuisse et poches intérieures de ses knickers et de son manteau, poche de poitrine de sa chemise et poches intérieures de sa veste. Il en tira deux blagues à tabac, trois paquets de cigarettes de marques étrangères, une demi-douzaine de boîtes d'allumettes, un cure-pipe, un portefeuille, des clés, un porte-monnaie, des agates, une boussole, des marque-pages, des graines de tournesol, une flasque en argent, une longue-vue, des coquilles d'escargot, une loupe, un stylo à bille, des cachets de vitamines, deux petits livres reliés de cuir, et pendant tout ce temps-là, il murmura : « A son horreur, il se rappela qu'il avait laissé dans sa cellule son manteau ainsi que son gilet, de même que son portefeuille, son argent, ses clés, sa montre, ses allumettes, son plumier — tout ce qui fait la valeur de la vie, tout ce qui distingue l'animal pourvu de multiples poches, le seigneur de la création, des productions inférieures à une poche ou sans poche qui ont reçu la permission de circuler sans être équipées pour le véritable combat... » Soudain son visage émacié s'éclaira : il retroussa une manche de son manteau, j'entendis jouer une fermeture éclair, puis apparut un mince tube de verre duquel il extirpa un cigare noir et effilé. Il l'alluma, souffla un nuage de fumée aussi odorant que du bois en putréfaction qu'on brûlerait, puis poussa un soupir exprimant une immense satisfaction.

« C'est, je le crains, mon dernier cigarillo, mais si quelque chose d'autre vous fait envie, n'hésitez surtout pas à vous servir.

— Je suis bien content que ce soit le dernier, dis-je en me bouchant le nez. Quant à ce qui me fait envie, ce serait de savoir d'où vient cette histoire de poches, monsieur... euh... ?

— Crapaud. Crapaud de la Crapauderie. »

J'étais pour le moins troublé. Je ne voulais pas me moquer, mais s'il s'appelait vraiment Crapaud ?

« Excusez-moi, je n'ai pas très bien compris votre nom...

— Soyons clair, dit-il. Le "visage ensanglanté" de tout à l'heure est de John Milton. L'animal aux multiples poches est Crapaud, et il s'agit d'un personnage de Kenneth Grahame. Quant à moi, je ne m'appelle pas Crapaud, mais Titus — Titus Irving Gerrard pour vous servir.

— J'ai l'impression que malgré le brouillard c'est plus clair dehors, protestai-je. Les flics ont dit qu'il s'appelait Abe Mayfield, et il n'était pas ensanglanté, juste noyé. Et l'animal aux multiples poches, c'est vous et pas ce Crapaud, Grapaud ou je ne sais qui. Restent John Milton et Tyrone Irving machintruc, et ça c'est pas vous si j'en crois ce que vous me racontez. Et pas la peine de dire "pour vous servir" puisque vous n'avez pas arrêté de la journée : si vous n'aviez pas écarté Maggie Eaton, je serais sans doute mort à l'heure qu'il est. Et à propos, j'aime bien toutes ces poches, et les knickerbockers aussi, même si je préférerais mourir plutôt que... que de les porter. »

Une vague de nausée m'envahit.

Knickers alluma une cigarette, et lorsque le bout fut bien rouge et incandescent, il s'en servit pour rallumer son cigare qui, baignant dans son jus noir, s'était éteint dans un grésillement. Dès qu'une puanteur impossible à chasser régna autour de nous, il parut satisfait.

« Je vois que des éclaircissements supplémentaires s'imposent, déclara-t-il alors. Vous ne me semblez en effet pas habitué à l'emploi de citations dans le cours de la conversation. Je vous concède volontiers que le mort n'était guère ensanglanté. La citation n'était donc pas tout à fait appropriée, ce qui est caractéristique de Milton dont la poésie (dit-on) fait sonner la langue anglaise et (omet-on de dire) tente de nous faire marcher métaphysiquement sur la tête. Quant à moi, Allah soit loué, je ne suis pas Milton, du moins pas à l'heure actuelle. Pas plus que je ne suis Kenneth Grahame, de l'imagination fertile duquel a jailli le Crapaud. Ce qui nous laisse le défunt en combinaison de pêche, selon toutes apparences un certain Abe Mayfield, et le bien vivant en knickers, un certain Titus Gerrard. Et si les Eaton ne m'ont pas menti, vous êtes Gus Orviston, le fils du célèbre Henning Hale-Orviston, dont, par ennui, j'ai abandonné la lecture du *Summa Piscatoria* à la moitié, mais si jamais ses pages indigestes renferment la clé permettant de faire la pêche que vous avez faite aujourd'hui, je ne manquerai pas de le reprendre pour le relire dix fois s'il le faut. Encore un peu de brandy ? Une cigarette, peut-être ? Et si vous me disiez pourquoi vous hésiteriez à porter un vêtement que vous admirez et qui, en outre, se trouve être confortable, pratique grâce à la présence de ses nombreuses poches, presque inusable, et que portait Theodore Gordon, le Père de la pêche à la mouche en Amérique ? »

Essayant de ne rien oublier de tout ce fatras de propos décousus, je répondis :

« Pour les noms, c'est bien ça. Je suis Gus, mon père est H2O, son livre est ennuyeux et vous êtes Titus. Mais aucun livre ne détient les clés qui permettent d'attraper ce que j'ai attrapé aujourd'hui : les truites, je les ai prises à la mouche noyée, le noyé à la mouche sèche trempée. Et si vous voulez, vous pouvez emporter les poissons, parce que je ne peux pas... je ne veux pas... Je regrette de ne pas être resté au lit ce matin, d'être là, non, ce n'est pas ce que je voulais dire, je, je... ça me fait plaisir de tailler une bavette avec vous, Titus, mais je... je ne voudrais pas vous retarder. Vous comprenez, je ne veux pas, ou plutôt je... je... préférerais ne pas me retrouver tout seul dans ma cabane, non, mais ça va... si, si... ça va... pardonnez-moi, mais... euh... » Je me tus.

Alors que je gardais le silence après mes bafouillements, Titus se bornait à fumer et à attendre comme si je n'avais rien dit, comme s'il n'avait pas affaire à un crétin patenté. Je bus encore une gorgée de brandy et je l'observai avec nervosité, me demandant ce qu'il attendait ainsi. Les knickerbockers et le gilet me fournissaient un indice : il ressemblait à ces deux vieux pêcheurs à la mouche anglais qui avaient rendu visite à H2O — deux parmi les quelques-uns que j'avais rencontrés et admirés —, des hommes dont l'éloquence m'avait paru de prime abord choquante, car c'était la première fois que je voyais des gens pour qui la conversation constituait une forme d'art. Ou de sport. Je compris alors ce que Titus voulait : il espérait engager une belle joute oratoire contre moi. Je me secouai, me redressai dans mon fauteuil et déclarai :

« Pardonnez-moi de digresser.

— Je vous en prie, dit-il avec un petit geste négligent de la main.

— Je vous remercie, dis-je, puis je repris le fil : je suis certes habitué aux citations qu'on se lance à la figure — mes parents sont des adeptes de ce genre de combat verbal —, et les noms de Milton, de Pope, de Dryden, de Carlyle, de Donne et Compagnie me sont suffisamment familiers pour que je puisse affirmer que je préfère de beaucoup le Cavalier Solitaire. J'aimerais bien encore un peu de brandy et peut-être l'une de vos cigarettes brunes, à condition qu'elles ne sentent pas comme votre cigarillo. Et si je ne voudrais pas pour un empire porter des knickers, c'est à cause de ce moulin à paroles qu'est ma mère, mais si vous espérez me faire croire qu'avec votre mètre quatre-vingts et quelque vous portez le même costume qu'autrefois Theodore Gordon avec son mètre soixante, c'est que vous avez, pour mesurer, l'œil du vrai pêcheur. »

Titus sourit, me lança une cigarette, remplit mon verre à ras bord et téta un grand coup à deux reprises, une fois son cigare et une fois son brandy, puis il dit :

« J'admets que mon costume n'est semblable à celui de Gordon que par la coupe. Je m'interroge pour savoir à quel point les auteurs que vous avez cités vous sont "suffisamment familiers". Et je m'interroge par ailleurs sur madame votre mère, cet être aux dons remarquables de clairvoyance qui, n'étant présente ni ici, ni en votre domicile, désert de votre propre aveu, n'en serait pas moins capable de vous voir dans vos superbes encore qu'hypothétiques knickers et de transmettre ses sarcasmes sur des kilomètres à la ronde, à travers montagnes inconnues, brouillards, arbres et murs. Quant à votre prise exceptionnelle de ce jour, je ne vois aucune raison pour que vous en éprouviez du regret ou de la consternation.

Vous avez rendu un fier service à la famille de cet homme en capturant ainsi sa dépouille. Et puisque nous sommes tous destinés à mourir et que nous possédons tous une âme immortelle, je ne vois pas en quoi la proximité de cadavres devrait nous couper l'appétit. Quoi qu'il en soit, je serais ravi de vous soulager d'une paire de vos truites. »

Absorbé dans ses circonvolutions, j'absorbai une rasade de brandy avant de faire la réponse suivante :

« Puisque nous sommes censés posséder une âme immortelle, je dois dire que l'âme en question, je serais ravi de la voir. Pour ce qui est de “suffisamment familier”, ça signifie presque totalement ignorant de tous les auteurs anglais sur cette terre à l'exception d'Izaak Walton dont *Le Parfait Pêcheur à la ligne* m'est peut-être plus familier qu'à quiconque — et la familiarité engendre parfois le mépris. Etre ignorant me satisfait du reste pleinement, car Walton à lui tout seul m'a valu plus d'ennuis que vous ne pouvez l'imaginer. Pour les attraper, il faut les appeler comme elles ont l'habitude qu'on les appelle, c'est-à-dire des cutthroats. Quant à ma mère, elle n'est pas clairvoyante, mais invisible. Tenez, elle vient juste de vous marcher sur le pied gauche. »

Sans marquer la moindre hésitation, Titus répondit :

« Allons d'abord à l'essentiel : je ne peux pas montrer matériellement mon âme, mais je peux savoir, et je sais par intuition qu'elle existe, et cela grâce à des explosions pneumatiques occasionnelles ainsi qu'à des raisonnements et, aussi, grâce à des idées nées des interrogations suscitées par les paroles des sages, des saints et des Ecritures. Mais toute discussion sur l'immortalité doit être reportée à un moment où nos énergies le permettront. Je vous remercie pour les cutthroats. Et pour madame votre mère, il me faut donc supposer, si ce que vous dites au sujet de mon pied gauche est exact, qu'en plus d'être invisible, elle est effrontée et dépourvue de poids. Et votre mépris pour Izaak Walton me paraît être du même ordre que celui qu'on ressentirait pour les chiens affectueux, les arbres dispensateurs d'ombre, les jardins d'agrément, les couchers de soleil et ainsi de suite : une telle misanthropie me semblant contraire à votre bonne nature apparente, j'en déduis qu'il existe en vous des facteurs qui déforment votre jugement et qui n'ont pas encore été mis en lumière. »

Rassemblant les idées et le brandy qui me restaient, je pris une profonde inspiration et répliquai :

« Je suis trop fatigué pour vous demander des précisions au sujet de vos explosions automatiques, vos assaisonnements ou je ne sais quoi, mais je vous présente toutes mes condoléances. Je connais deux saints, saint Valentin et saint Glinglin, et je connais un sage, ou plutôt une sage... femme. Par ailleurs, j'ai lu en effet des écritures qu'on appelle la sainte Bible et je l'ai trouvée déroutante, acerbe, capable de provoquer des querelles et des guerres, mais incapable d'y mettre fin, et une partie de mon mépris pour le livre de Walton vient du fait qu'il a pour vedette un Personnage dont la Bible est pleine, un Personnage doté de toute l'invisibilité, l'absence de poids et l'impudence de ma mère, un Personnage qui n'a pas plus de rapport avec la Pêche ou les pêcheurs comme moi que les poissons n'en ont avec la théologie. Et je vous prie de m'excuser parce que je ne crois pas que je continuerai à vous écouter et que je suis certain que je n'arriverai pas à vous comprendre si on poursuit sur le même terrain, encore que je serais heureux d'y revenir à une autre occasion. »

Epuisé, je m'interrompis, tandis que mon petit cerveau de Cendrillon se transformait en souris et en citrouilles.

Titus grommela quelque chose à propos de jeter le gant, de s'évanouir avant la bataille, ce qui ne l'empêcha pas de m'aider à traverser le parking et à monter dans sa voiture, un véhicule digne de son propriétaire, une Plymouth 59 toute rouillée et cabossée, d'une indéfinissable couleur tirant sur le jaune et le marron, surnommée « La Carpe » pour la simple raison qu'elle ressemblait à une carpe... et à une carpe pas au mieux de sa forme par-dessus le marché. Elle était cependant munie de grands ailerons, d'un porte-cannes à pêche sur le toit, et elle glissait dans le brouillard, presque aussi muette qu'une carpe. A l'intérieur, on se serait cru dans un château : sièges avant en peau de mouton et à l'arrière, à la place de la banquette, des petits meubles pour caser la nourriture, le matériel de pêche et les bouteilles d'alcool, une glacière pour la bière et un réchaud Coleman pour réchauffer le café, la soupe ou les membres engourdis du pêcheur pendant la saison hivernale des steelheads. On trouvait aussi un râtelier à pipes en érable et un rayon de bibliothèque aménagés à l'emplacement de la boîte à gants, soit une rangée de pipes bien culottées suspendues au-dessus d'une vingtaine de volumes reliés, la plupart écrits dans des langues dont je ne connaissais même pas l'alphabet. Sur la lunette arrière, il y avait un Jésus en plastique qui levait les bras en un geste de bénédiction quand on appuyait sur le frein, mais Titus avait collé dans Sa main une canne à mouche faite de trois cure-dents et d'un bout de soie monobrin terminé par une Royal Coachman n° 20 : chaque fois que la Carpe s'arrêtait, le Bon Pêcheur lançait sa ligne et quelque part dans le monde un pêcheur et pécheur sauvé atterrissait en frétillant sur le plancher de Son bateau, une mouche sèche de l'au-delà accrochée à sa lèvre spirituelle.

Je réussis grâce à Titus à effectuer le court trajet entre la Carpe et ma mezzanine, mais je suis incapable de me souvenir de son départ, car lorsque ma tête toucha l'oreiller, je dormais déjà.

5

Je pense

Pensez à l'homme
qui est tombé de son bateau de pêche
dans le brouillard au large de l'Alaska.
Il a entendu le bruit du moteur
décroître lentement, emportant sous son aile
sa cargaison inutile de poissons.

Sandra McPherson

Quand je me réveillai, ma Timex marchait toujours, mais le 8 : 45 affiché sur le cadran ne m'était pas d'un grand secours, puisque j'ignorais si c'était le matin ou le soir. Le sinistre brouillard enveloppait toujours les cèdres, si épais que je ne distinguais pas la rivière. La cabane me paraissait plus humide, plus sombre et plus désolée que jamais. J'allumai les lampes et le feu, puis je nourris les poissons et préparai mon petit déjeuner, ce qui me sembla exiger un effort surhumain. Ma gorge me faisait mal, ainsi que mes articulations et même mes dents et mes cheveux, et au moment où je m'installai pour manger, la nuit tomba. J'avais dormi plus de vingt heures et je m'étais donc trompé de repas. Je l'engloutis néanmoins et j'allais me remettre au lit quand tout me revint d'un seul coup. Par bonheur, j'avais un panier de pêche sous la main, que je remplis d'un mélange d'œuf et de truite déjà en voie de pré-digestion et que je m'empressai de porter, tout dégoulinant, dans la salle de bains, après quoi, je passai une heure formidable agenouillé dans l'étroite cabine résonnante à « dé-manger » jusqu'à la dernière miette.

Je regagnai mon lit à quatre pattes, la gorge à vif, la tête en feu. J'y restai trois jours. Je suppose que j'ai déliré — en tout cas j'entendais de l'eau cascader tout autour de moi et, tant plongé dans le sommeil qu'éveillé, je voyais le cadavre d'Abe flotter dans l'atmosphère grise de la pièce. Je me débattais et me tortillais comme un ver au bout d'un hameçon, habitant d'une région qui ne pouvait pas être très éloignée de celle que mon arrière-grand-mère appelait « l'Enfer. »

La fièvre finit par tomber et je ressentis une immense fatigue qui, en comparaison, me parut presque agréable. Le brouillard était toujours là, tout comme, qui se détachait au milieu, le visage blafard du pêcheur, et plus je reprenais mes forces, plus j'avais conscience du vide noir qui s'ouvrait en moi, un sentiment de dépression si vaste et au goût si rance que j'aurais préféré continuer à délirer plutôt que d'avoir à l'affronter. Mais j'ai toujours été un salaud, un type plein de ressort. Malgré moi, je me rétablis.

Au cours de ce qui me parut être l'un des derniers jours de juillet, je réussis enfin à garder pour la première fois mon repas. Pour fêter l'événement, je passai ma combinaison de pêche et, emmitouflé dans des vêtements d'hiver, je descendis tant bien que mal vers la Tamanawis en compagnie de Rodney. Après quelques piètres tentatives de lancers, je me rendis compte que j'étais trop faible pour pêcher. L'air frais me faisait cependant du bien, mais ce foutu brouillard ne s'était toujours pas levé, de sorte que je m'accroupis sur un rocher au bord de l'eau pour regarder le peu qu'il y avait à regarder.

Le monde qui s'offrait à ma vue était plutôt réduit : petites vagues qui léchaient mon rocher et mes bottes, bancs de brouillard gris qui s'étendaient au-dessus du vert de l'eau et des arbres, mousse verte qui recouvrait le gris des souches et des pierres. Tout cela, c'était ce qui se trouvait à l'extérieur de ma tête. A l'intérieur, le visage gris d'Abe continuait d'être ballotté par un courant imaginaire d'eau verte, et moi, j'étais là, le teint vert à cause de la grippe, en pantalon de caoutchouc vert et veste grise, assis sur la mousse verte du rocher gris. Epouvanté par le présent, j'examinai l'avenir à la recherche d'un signe d'encouragement. Je me dis que j'avais une journée, une semaine, un mois, une année et peut-être même soixante années à vivre avant que ma figure verte ne devienne grise et ne meure. Les gens gris et verts grouillent dans un monde gris et vert, c'est tout. Monotone, absurde, déprimant, mais simple. « Simplifiez », dit Henry Thoreau le Vert. « Okay, répliquai-je. *La vie est un tas de merde verte qui vire inexorablement au gris. Et la vie considérée sous cet angle ne vaut pas un clou.* »

Le froid de la pierre s'insinuait jusque dans mes os. C'était atroce, mais je ne bougeai pas. Le froid, au moins, n'était ni vert ni gris. Je songeai qu'au moment où il gagnerait ma tête, je serais à mon tour changé en pierre. Les journaux en feraient leurs gros titres (« On déterre un pêcheur métamorphosé en pierre sur la côte de l'Oregon », « Le drame de la femme de Lot se reproduit des siècles plus tard », « Le fils d'un célèbre pêcheur retrouvé raide pour l'éternité »), à la suite de quoi les scientifiques se livreraient à des recherches exhaustives. H2O voudrait m'enterrer, mais Ma, naturellement, refuserait d'en entendre parler : « On ne gaspille pas », dirait-elle en m'installant dans le jardin pour faire fuir les représentantes des produits Avon ou autres. Je resterais donc planté là, en banlieue, saison après saison, vivant au rythme lent et pensif du granite, cependant qu'autour de moi tout pourrirait, mourrait et disparaîtrait. Quand on sait que l'on va garder la pose durant quelques milliers d'années, on a tendance à se montrer un peu vaniteux : je me peignai les cheveux et la barbe à l'aide de mes doigts déjà engourdis de froid, brandis Rodney comme pour effectuer un beau lancer et fronçai les sourcils en direction de la rivière comme si je venais de repérer un remous prometteur. Puis, tout en attendant d'être pétrifié, je me mis à calculer combien de siècles allaient s'écouler avant que la mousse et les algues ne me réduisent en sable. Mes bras levés tomberaient en premier, supposai-je, comme sur les statues grecques ou romaines ; peut-être que si on me laissait au bord de la rivière, des chasseurs me feraient sauter le nez ainsi que les troupes napoléoniennes l'avaient fait pour le Sphinx ; si on me ramenait à la maison, des vandales ne manqueraient pas un jour ou l'autre de griffonner des obscénités sur quelque partie de mon anatomie, et de petites plantes se glisseraient dans les moindres interstices... Ce qui me conduisit à penser d'abord à la manière dont les choses vertes finissaient toujours par dévorer les grises, puis au fait qu'on pouvait construire une chaîne alimentaire fondée sur les couleurs. Arrivé à : « La roche grise est mangée par la mousse verte qui est mangée par la limace noire qui est mangée par l'écrevisse rouge qui est mangée par le poisson argenté qui est mangé par le héron bleu... », je coinçai. Personne ne mange les hérons, sauf les coyotes miteux, lesquels sont gris, ou encore les fous crevant de faim, lesquels sont bigarrés ; puis je me rappelai que les mergules rouges mangent les poissons argentés, que les corbeaux noirs mangent les petits oiseaux bleus, que les Américains et les chèvres sont de toutes les couleurs et mangent n'importe quelle cochonnerie, si bien que toute la chaîne alimentaire se termina en queue de poisson, comme c'est presque toujours le cas en ce qui me concerne. Avec la Nature, c'est pareil : on concocte une règle à la con pour la décrire, et elle s'empresse de vous contredire, quitte à se crever le cul pour se transformer et se métamorphoser. Et alors ? Eh bien, si quelqu'un est assez fort pour appréhender les vraies lois immuables de la Nature, Elle se contente de le tuer d'une ruade pour qu'il ne puisse pas les divulguer. Peut-être qu'Abe savait, lui. Peut-être qu'il avait tout pigé et qu'il s'apprêtait à me le dire, mais Dieu en a eu vent, et il a tendu Sa jambe invisible afin de le faire trébucher et se noyer. Abe... maudit soit-il ! Si cet idiot avait seulement su nager, mon cerveau ne connaîtrait pas toutes ces tortures, ces Qu'est-ce que la mort, Qu'est-ce que la vie, Pourquoi j'existe, A quoi je sers ? Et puis, à quoi bon se poser toutes ces questions ? Tout ça, ce ne sont que des foutaises soufflées par des esprits malveillants, de la bouillie et des abstractions qui ont pour seul but d'effrayer et de déprimer ceux à qui elles viennent à l'esprit...

Oui, mais un pêcheur était mort, et tous ceux que je connaissais mourraient un jour. Et ça, ce n'était pas une abstraction. Qu'est-ce que cela signifiait ? Qu'est-ce que je devrais faire ? Pouvais-je acquérir un équipement pour m'en protéger ? Existait-il des documents à étudier qui rendraient tout cela compréhensible ? Des pilules qui le rendraient supportable ? Des euphorisants qui le rendraient drôle ? Je ne savais pas. Je ne savais rien de rien. Tout ce que j'avais en tête provenait des magazines de pêche, des manuels de pêche, des romans de pêche. Et qu'est-ce que ces ouvrages pouvaient bien avoir à dire sur le sens de la Vie et de la Mort ? Je fouillai ma mémoire semi-photographique : je me souvenais de passages sentimentaux où les auteurs pleuraient en vain leurs amis pêcheurs disparus, d'aventures où un pêcheur à la ligne rencontre la mort à la suite d'un malheureux accident survenu dans la nature ou, plus souvent, d'aventures où un pêcheur a entendu raconter par un pêcheur qui le tient d'un autre pêcheur qu'un pêcheur avait rencontré la mort à la suite d'un malheureux accident survenu dans la nature, ce qui permet de garder la Faucheuse à distance respectueuse pendant que nous autres, lecteurs, pareils aux bêtes engraissées qui attendent dans le parc à bestiaux de l'abattoir, nous ruminons la moralité en forme de pâtée que les victimes de la Mort lèguent au royaume de la Pêche à la ligne, à savoir des maximes d'importance, du genre : « Ne faites pas l'erreur de Fred : mettez un gilet de sauvetage » ou « Ne faites pas la gaffe fatale d'Arnold : emportez toujours une boussole dans la forêt » ou encore « Ne jouez pas les casse-cou comme feu Ronald : mettez des semelles antidérapantes à vos cuissardes. » Qui — et surtout parmi les pêcheurs à la mouche qui font davantage étalage de leur science que leurs homologues pêcheurs à l'appât — n'a pas entendu parler du pêcheur à la ligne considéré comme le sportsman le plus enclin à la méditation ? Nous, les rois des plumes, reprenant les termes d'Izaak Walton, nous adorons définir notre passe-temps comme « le délassement de l'homme contemplatif », et pourtant, nulle part dans les milliers de pages de prose contemporaine sur la pêche que j'ai ingérées, je n'ai trouvé la moindre réflexion philosophique, aussi rudimentaire fût-elle. Il semblerait que depuis Walton, pratiquement aucun pêcheur n'ait pensé à ce que la mort d'un vieux copain pouvait signifier. Je réalisai soudain à quel point nous, les pêcheurs, formions un groupe pitoyable. On rusait, on s'acharnait, on aguichait, on trompait, on tourmentait et, bien souvent, on tuait les objets de notre obscur désir ; on composait avec nos crimes en s'en réjouissant, et on les commettait avec tant d'indifférence, et si fréquemment, qu'à peine s'était-on réjoui, on commençait à maudire la chance, jusqu'au moment où l'on réussissait à en commettre de nouveaux. Qu'étaient nos « contemplations » sinon des odes à la gloire de notre luxure, des explications scientifiques, des technologies plus sophistiquées et des techniques plus tarabiscotées destinées à nous aider à ruser, à nous acharner, à aguicher, à tromper, à tourmenter et à tuer de manière plus efficace ? Et quand l'un de nos grands *rishis* mourait, quels rites les survivants pratiquaient-ils ? Affichant une solennité toute sacerdotale, nous faisions circuler la bouteille jusqu'à ce que l'on n'arrive plus à la voir, et nous nous consolions par des aphorismes du style : « Les vieux pêcheurs ne meurent jamais. »

Sur mon rocher froid noyé dans le brouillard, je parvins, en me torturant la cervelle, à me remémorer les deux seules allusions contemplatives au Destin du Pêcheur que j'avais lues dans toute la littérature de pêche écrite depuis 1900 :

1. Nous sommes allés au bar de l'hôtel boire la traditionnelle tournée de la veille de l'Ouverture, mais au milieu des innombrables commandes de martinis, de bourbons et de scotches, une voix manquait : celle de Big Jake qui, lui seul, réclamait à grands cris son rye. Personne d'autre que lui n'était capable d'avaler ce truc-là. « Filez-moi un coup de c'te vieille gnôle ! » hurlait-il d'une voix qui évoquait le vent du Yukon. Mais Big Jake n'était plus là pour cette nouvelle saison, et la bouteille de rye est restée sur l'étagère derrière le bar. J'ai pensé un instant en commander pour moi, en souvenir de lui, mais je me suis ravisé. J'avais l'impression que Jake était là à nous regarder et que le rye, il l'aurait voulu pour lui. Personne d'autre que lui n'était capable d'avaler ce truc-là. Que Dieu ait l'âme de ce vieux dur à cuire !

2. Je me suis arrêté chez Johnny Trois-Doigts pour lui prendre quelques mouches sèches. Sa petite cabane était fermée, portes et fenêtres condamnées par des planches. Les mauvaises herbes avaient envahi ses beaux massifs de dahlias ; les aboiements de Nipper et de Blue n'étaient pas là pour m'accueillir. Johnny avait perdu son combat contre un type nommé Cancer. Bien peu qui pénètrent sur le ring face à lui en redescendent pour raconter le match : on a affaire à un adversaire qui pratique les coups bas ! Pauvre Johnny Trois-Doigts. Mais quelles mouches il confectionnait ! Et quand on pense qu'il lui manquait le pouce et l'index de la main droite ! J'ai encore deux streamers à poils que je lui ai achetés la saison dernière. Je les ai sortis doucement de la boîte à mouches et les ai accrochés à mon chapeau en souvenir de lui. Ce bon vieux Johnny. Maintenant qu'il est passé de l'autre côté de la Rivière, les garçons et moi, on n'a pas pu s'empêcher de croire que, toujours vêtu de sa vieille combinaison de pêche rapiécée, il continuait à attraper des truites sur l'autre rive.

Il n'y avait pas la moindre référence à la mort dans le *Summa Piscatoria*, ni dans aucune des autres œuvres de mon père, lequel, du reste, n'évoquait que rarement le fait qu'on tuait les poissons — sauf pour exhorter les gens à ne pas le faire. On aurait pu attendre d'un pêcheur aussi pacifiste que lui qu'il affichât des motivations « contemplatives » — peut-être même une vénération gandhienne pour la non-violence, ou une appartenance secrète à la Vedānta Society — mais, de fait, il prenait la peine de signaler que s'il relâchait les poissons, ce n'était pas parce qu'il était, comme il disait, inspiré par un quelconque mysticisme ou sentimentalisme de bazar ; non, il agissait ainsi pour une seule et unique raison : « Un poisson mort ne gobera jamais une mouche. » En rendant le poisson à la rivière et en conseillant aux autres de l'imiter, il s'efforçait d'immortaliser l'art ancien ; l'immortalité ou la mortalité de l'artiste n'avaient aucune importance à ses yeux et à ceux de ses amis. Selon lui, la Vie et la Mort n'étaient que « des abstractions à considérer sous l'aspect scientifique », et, dans ses critiques, il a éreinté plus d'un livre commis par des pêcheurs à la ligne qui s'autorisaient des « libertés afin de faire pleurer dans les chaumières », comme dans les deux extraits précités. Un jour, il m'a pris à part pour m'expliquer le Point de Vue Scientifique sur la Vie et la Mort :

« La vie, commença-t-il, est née dans les Temps Primordiaux à partir de certaines enzymes obscures. En luttant pour se nourrir, s'accoupler, trouver un habitat adapté et ainsi de suite, ces minuscules substances visqueuses sont devenues, après des siècles et des siècles d'évolution, d'une infinie complexité pour aboutir enfin à l'Homme ! Tu vois, Augustin, ce que nous appelons la vie n'est, dans chaque créature, qu'une Unité d'Energie Empruntée à un Tout. Et cette Unité Empruntée demeure au sein de la créature jusqu'à ce que le corps de celle-ci ne soit plus qu'un réceptacle devenu incapable de retenir l'énergie vitale, et c'est à ce moment-là que survient ce qu'on appelle la mort — qui n'est rien d'autre que l'instant où l'Unité Empruntée se voit de nouveau aspirée dans le Tout. Et le Tout continue à progresser, à s'améliorer et à se complexifier, tandis que les unités mortes ne font que pourrir jusqu'à ce qu'il ne reste plus d'elles que de la matière non organique qui finira par être reconstituée, et cela par le Tout, en une nouvelle créature. Maintenant, écoute-moi bien, ce Tout est précisément ce que les gens superstitieux et dotés d'un esprit primitif nomment "Dieu", et quoique toi et moi cesserons d'exister quand nos Energies Empruntées retourneront à ce "Dieu", nous pouvons nous consoler en pensant que la Pêche à la ligne continuera, elle, à exister tant que "Dieu" existera. Ainsi, grâce à l'art de la Pêche, toi et moi pouvons en quelque sorte revendiquer une part d'éternité ! »

Sur ce, il s'interrompit, apparemment trop ému par ses explications pour être en mesure de poursuivre.

A l'époque, j'avais trouvé son histoire du Tout terriblement déprimante et, assis sur mon rocher, ce fut encore pire. Les questions se bousculaient dans mon esprit : d'abord, pourquoi cette première enzyme insignifiante s'était-elle souciée d'exister alors que son destin était la non-existence ? Qu'est-ce que ce maudit Tout en avait à foutre de « progresser » ou pas ? Quelle différence y avait-il entre un Tout développé et un Tout sous-développé ? Et pourquoi relâcher des poissons puisque la Mort refusait de le faire quand elle nous attrapait pour nous retirer du Fleuve de la Vie ? Si H2O avait raison, c'est que toute cette putain de création se résumait à beaucoup de bruit pour rien. Cela, je l'avais déjà compris le jour où il avait prononcé le Sermon du Tout. Sur le moment, je n'avais pas essayé de le réfuter, et plus tard, je n'en avais pas éprouvé le besoin. J'avais confiance en lui et j'étais plutôt content qu'il ait choisi cette philosophie-là parmi tant d'autres, car il avait le don de se tromper à tous les coups sur les choses importantes. Au fond de moi, j'avais donc rejeté la Théorie du Tout et je n'y avais plus pensé.

Quant aux idées de Ma sur la Vie et la Mort, elles ne manquaient pas d'être passionnantes. Elle prétendait qu'elle n'avait aucune Philosophie de l'Existence et qu'on ne pouvait rien savoir sur la mort tant qu'on n'était pas mort, et qu'à ce moment-là, il était trop tard pour faire part à qui que ce soit de ses découvertes. D'une personne qui professait des opinions aussi vagues, on aurait pu penser qu'elle s'intéresserait peu aux spéculations métaphysiques d'autrui, mais c'était justement sur ce point que Ma retenait l'attention : elle croyait qu'il n'y avait rien à savoir, donc qu'il n'y avait rien à dire, de sorte qu'elle ne supportait pas d'entendre quelqu'un, aussi instruit et qualifié soit-il, avancer des théories sur la vie et la mort. Le Point de Vue Scientifique, le Point de Vue Chrétien, le Point de Vue Existentialiste, le Point de Vue Oriental, tout cela se définissait pour elle à l'aide d'un seul mot : foutaise. Je l'ai entendue un jour déclarer : « Parler de macchabées, c'est bon pour les prêtres, et les prêtres dans les églises, c'est bon pour les crétins qu'ont rien d'autre à foutre que d'écouter un type qui sait rien, bavasser du haut de son podium sur des trucs à quoi personne comprend rien. Izaak Walton lui-même, il écrit à la dernière page du *Parfait Pêcheur* : "Pour nous mortifier, nous devons fréquenter les églises." Alors, vous voulez bien me dire pourquoi celui qu'a toute sa tête irait perdre son temps à se mortifier ? »

Le jour où H2O me gratifia de sa Théorie du Tout, Ma faisait la lessive au sous-sol, et malgré le boucan de la machine à laver et du séchoir, elle sentit qu'on « parlait de macchabées ». Pénétrant en trombe dans le bureau à l'instant où son mari concluait son discours, elle se mit à tempêter et à hurler que sa théorie n'était « qu'un complot communiste pour tourner la tête des gosses aux idées saines et les transformer en zombis qui font la queue pour obtenir des tickets d'alimentation en s'imaginant que leurs ancêtres, c'étaient rien d'autre que des espèces de glaviots parlants qui flottaient quelque part à la surface d'un marécage puant et que tout et tout le monde allait finir dans un p... de grand trou noir au milieu de nulle part ! » H2O protesta, affirma qu'il s'agissait simplement de l'hypothèse scientifique la plus avancée et qu'il ne cherchait pas le moins du monde à désillusionner mais au contraire à éclairer. A quoi Ma répliqua : « Tes savants, c'est rien d'autre qu'un tas d'impuissants et de communistes avec le couteau entre les dents ! y font juste que concocter des bombes, des gaz neurotoxiques et des Erections Troyennes Géantes pour nous effacer de la surface de c'te p... de terre ! » (La dernière arme de sa liste faisait référence à la centrale nucléaire construite sur la Columbia River et surnommée « Troyenne » en l'honneur de la marque de préservatifs bien connue, car sa tour de refroidissement, dessinée par des ingénieurs à l'esprit grivois, ressemblait à un sexe masculin décapité.) H2O, qui avait toujours du mal à répondre à de tels arguments, se retira sans autre forme de combat.

Ma permettait deux entorses à sa règle de Aucune Philosophie Autorisée : elle laissait AGM radoter sur le Ciel, l'Enfer et le Second Avènement (« passque AGM est vieille, et de toute façon, elle veut rien dire par là ») et elle laissait Bill Bob, la prunelle de ses yeux, raconter tout ce qu'il voulait à propos de n'importe quoi : malheureusement, elle ne comprenait jamais ce qu'il disait.

Peut-être que Knickerbockers avec ses saints et ses écritures savait quelque chose d'intéressant sur la mort : après tout, il avait réussi à calmer l'ami d'Abe. Mais comme je ne connaissais pas Knickers, je ne pouvais pas savoir ce qu'il savait. La seule certitude que j'avais devant cette énigme appelée « mourir », c'était qu'un jour j'aurais à en passer par là...

Ainsi sur mon rocher dans le brouillard, j'ai pêché : j'ai pêché dans ma tête et dans mon cœur, à la recherche d'un lambeau de notion de sagesse ou de notion consolatrice au sujet de la mort. J'ai lancé dans les huit directions, et je n'ai ramené que des enzymes, des Big Jake et des Johnny Trois-Doigts, tandis que les questions impossibles à arrêter, à comprendre, à supporter, ne cessaient de clapoter contre mon cerveau comme les vagues vertes contre le rocher gris. Mon art de la pêche s'était fracassé sur les écueils de l'incompréhension. J'étais abandonné comme sur une île déserte.

Enfin, le froid m'envahit ou, du moins, me gagna de la tête aux pieds. Enfin, je me sentis glacé et solitaire au point que toutes mes pensées, mes souffrances et mes idées se figèrent. Je n'étais plus triste. Je n'étais plus rien. J'étais rien — une configuration aléatoire de molécules. Mon cœur battait peut-être encore, mais je ne m'en rendais pas compte. Je n'avais conscience que d'une seule chose : devant ce gouffre béant qui avait pour nom la Mort, mon savoir se résumait à rien, mes actes ne signifiaient rien, mes sensations ne transmettaient rien. Ce n'était pas une pensée éphémère, mais un vide palpable qui me rongeait, plus réel que le froid, un vide, un néant dénué de sens au milieu duquel émergeait un rocher dans le brouillard. A partir de cet instant, l'image du cadavre dérivant au fil du courant cessa de me hanter. Ce n'était plus nécessaire : il avait atteint son but.

6

Anamnèse

> Dans le monde vert que nous portons en nous
> comme la maladie secrète d'une ville
> que nous avons fuie,
> nous connaissons, aussi, l'ombre qui plane
> dans l'espace vert...
>
> Henry Carlile

J'ignore combien de temps je suis demeuré sur mon rocher. Lorsque j'en descendis enfin, il faisait nuit. Je tombai à deux reprises en escaladant la berge, mais je réussis malgré tout à regagner la cabane. Une fois à l'intérieur, je fis un feu et me blottis devant, puis, tandis que les flammes montaient et que ma rigidité cadavérique disparaissait, je découvris l'une des vertus de la solitude : un néant doté de sensations devient ce que les sens dudit néant perçoivent. Ainsi, je devins le feu et, en tant que feu, mon seul désir était de flamber, de consumer, de grandir. Hébété, brûlant, j'errai dans la pièce, nourrissant le feu jusqu'à ce qu'il ne soit plus qu'un mur de flammes et de langues incandescentes qui léchaient et noircissaient le manteau de la cheminée. J'y jetai les livres, magazines et manuels de pêche qui m'avaient trahi en présence de la mort, et puis mes vieux journaux de pêche, mes notes et mes tableaux, et puis le Programme Idéal. Le feu dévora tout en se riant. Alors que je me baissais pour prendre ce qui restait au fond de la caisse où je rangeais le bois, ma main rencontra le nœud un peu collant d'une bûche. J'allais la rajouter aux autres quand elle me rappela quelque chose : la nuit, une chambre peuplée d'ombres, une branche de pin noueuse. J'avais vu tout cela avant, quelque part, et je sentais une menace peser sur mon désespoir et ma solitude.

Le feu trop alimenté diminua rapidement, mais je n'allumai pas de lampe. Je saisis le nœud de sapin à l'aide des pincettes et le posai sur les braises. Lorsqu'il s'enflamma, je le plaçai sur les pierres du foyer pour le regarder brûler. Quand il n'y eut plus qu'une lueur dorée projetée par la branche de sapin, tandis que les braises s'éteignaient, un mot surgit dans mon esprit, l'une des inventions de Bill Bob. Je le prononçai à voix haute : « Renou ». Et d'un seul coup, les nuits passées dans une chambre plongée dans la pénombre, le rituel du coucher que je partageais avec mon frère, le mystère révélé mais depuis oublié, tout cela me revint en bloc...

Petit, Bill Bob observait avant de dormir un rituel que Ma appelait l'Heure du Dodo — de paisibles minutes au cours desquelles Ma ou H2O, assis sur son lit, l'écoutaient se lancer dans un discours décousu qui s'achevait par des murmures cependant qu'il tombait de sommeil et finissait par s'endormir. Il tenait autant à son Heure du Dodo que H2O à s'enfiler un dernier verre avant d'enfiler son bonnet de nuit. Il arrivait souvent que mes parents s'installent ainsi sur son lit après s'être chamaillés, de sorte qu'il flottait autour d'eux une aura de dissension qui empiétait sur celle de Bill Bob et l'empêchait de dormir. Après quelques dizaines d'Heures du Dodo passées à l'écouter discourir soixante minutes d'affilée sans manifester la moindre intention de ralentir, Ma et H2O comprirent qu'ils n'étaient pas faits pour ça. Ainsi fus-je nommé responsable officiel de l'Heure du Dodo.

Etant donné la pauvreté de notre répertoire de berceuses et la cacophonie des voix des Orviston plus âgés, il n'est pas surprenant que, pour s'endormir, Bill Bob ait trouvé sa propre voix plus harmonieuse. Etant donné par ailleurs la spontanéité naturelle d'un enfant épuisé à l'heure du coucher et le calme cosmique qui préside à ce moment, il n'est pas surprenant non plus que les histoires, les soliloques et les chansons les plus extraordinaires qu'on ait jamais entendus sur cette planète émanent des enfants quand on les met au lit. Lorsque Bill Bob était détendu et d'humeur bavarde et que l'atmosphère s'y prêtait, il se dépouillait de ses accoutrements d'enfant pour quelques secondes et parfois quelques interminables minutes, et sa voix de barde, encore que perçante pour une voix de barde, se perdait dans de longues envolées ; il me stupéfiait en utilisant des mots qui n'étaient pas de son âge, ni du mien, et qui, de fait, n'appartenaient à aucun âge, ni au temps qui s'égrenait dans ce monde vert et gris.

La plupart des enfants vont se coucher avec une peluche, un vieux bout de couverture ou un livre écorné — et un tas de gosses, en l'absence d'un pareil talisman, piquent des crises et hurlent jusqu'à ce qu'ils s'endorment. Bill Bob, lui, n'avait rien de tel : il avait ses « renous ». Aucun d'entre nous ne connaissait vraiment l'étymologie de ce mot, mais quand, des années plus tard, je lui ai posé la question, il m'a répondu qu'il s'agissait sans doute de la combinaison des mots « rêve » et « nourriture » — en quelque sorte de la nourriture pour ses rêves. Le renou était une relique soigneusement sélectionnée parmi les aventures de la journée, si bien qu'il en avait chaque soir un nouveau. Tout aussi important que l'objet lui-même, était l'endroit où on le mettait : il y en avait qui pendaient du plafond, d'autres qu'il fourrait dans sa bouche, d'autres encore qu'il collait dans ses cheveux, et cetera. Il ne fallait toutefois pas le déplacer avant qu'il s'endorme. Il ne rouspétait pas, ne semblait même pas le remarquer, mais il ne s'endormait pas. Tant que le renou ne réintégrait pas sa place, Bill Bob restait allongé dans le noir, les yeux grands ouverts. Ma et H2O se montraient étonnamment indulgents envers cette manie. Bill Bob avait toujours été autonome et plutôt raisonnable, qualités qu'ils appréciaient assez pour lui passer quelques petites bizarreries. Je me souviens cependant de quatre soirs où il n'avait pas fermé l'œil de la nuit à la suite de problèmes de renous. Une fois, il avait pris une couleuvre desséchée réduite à deux dimensions qui s'était fait écraser par une voiture. Bill Bob voulait la glisser sous son oreiller pour que la Petite Souris la gonfle comme un ballon et lui rende sa troisième dimension, mais H2O, qui l'avait trouvée avant la Petite Souris, l'avait flanquée à la poubelle. Une autre fois, c'était un cadavre de petit lapin qu'il avait découvert en cherchant un trésor dans les bois ; pour quelque obscure raison, il désirait l'accrocher avec ses chemises dans son placard, mais comme le lapin n'était pas tout à fait décomposé, il avait suivi le chemin du serpent. La troisième fois, le fauteur de trouble avait été une crotte de chien séchée et blanchie par le temps qui, chose incroyable, avait pris la forme d'un minuscule ours polaire endormi ; à en croire Bill Bob, il avait été mangé par un chien lequel, le trouvant indigeste, l'avait éliminé, et l'ours polaire était maintenant victime d'un coma provoqué par son expérience innommable à l'intérieur du corps du chien, de sorte que Bill Bob avait l'intention d'invoquer de nouveau les pouvoirs de la Petite Souris pour qu'elle lui rende la vie, et ainsi il pourrait acquérir un animal de compagnie plus fabuleux encore que le rat doberman d'un certain chirurgien... seulement, Ma avait jeté le pauvre ours polaire par la fenêtre sans se soucier un instant de ce miracle de la nature. (L'objet d'art fabriqué par le côlon canin m'avait paru si remarquable que je m'étais glissé dehors armé d'une lampe de poche afin de le récupérer ; la tête, avec ses espèces de grands yeux cernés, avait été cassée sous le choc, mais je l'avais recollée, laquée et installée sur mon établi à mouches où elle trône encore.) Le quatrième renou confisqué avait été une boule de pâte à modeler que Bill Bob voulait plaquer sur son front dans le dessein de l'étaler pendant la nuit sur sa figure afin de se réveiller le lendemain avec un moule de son visage qu'il pourrait arracher et accrocher ensuite au mur pour le plaisir esthétique de ses amis et de sa famille ; H2O le lui avait enlevé, déclarant non sans un certain bon sens que si le plan prévu avait réussi, le masque aurait étouffé le masqué bien avant l'aube. Dans les jours qui avaient suivi ces bouleversements, Bill Bob s'était traîné dans la maison, de larges cernes sous les yeux, à peine capable de faire fonctionner en même temps deux ou trois jouets, jeux et radios au lieu des cinq ou six habituels, au point que Ma et H2O en avaient eu le cœur serré. Chaque refus entraînait donc une nuit blanche, de sorte que, petit à petit, en silence et sans violence, Bill Bob avait fait pression pour obtenir davantage de tolérance de la part de ses parents. Ils avaient fini par autoriser des renous aussi étonnants qu'un seau d'aigrettes de pissenlits déversées dans sa taie d'oreiller, un sac de jute plein de feuilles d'érable rouges éparpillées par terre et sur le lit, un chien errant sous les couvertures (qui lui avait laissé en souvenir — après que Ma avait conduit l'animal à la fourrière dès le lendemain — des teignes qu'il affichait comme un brassard noir), un scorpion vivant qu'il avait capturé sous une pierre dans le ranch des Carper et posé sur sa table de nuit. Le petit monstre, qui s'était mystérieusement échappé de sa boîte en plastique durant la nuit (échappant du même coup à son exécution programmée par Ma), avait fait au fil des semaines des apparitions dans chacune des pièces de la maison, et on l'avait vu une dernière fois environ six mois plus tard se carapater sur le sol du living au cours d'une réunion de pêcheurs à la mouche, lesquels s'étaient aussitôt dispersés malgré H2O qui leur avait certifié que c'était le seul scorpion à hanter sa demeure et que, en outre, il était timide et que sa piqûre n'était pas plus dangereuse que celle d'une abeille. Du reste, il habite peut-être encore là, quoique H2O ait un jour affirmé, pendant l'une de leurs innombrables querelles, qu'il ne faisait guère de doute que l'infortunée créature avait mordu Ma et était morte d'un empoisonnement du sang, à quoi Ma avait répliqué que c'était faux, qu'en réalité le scorpion était tombé amoureux de l'une des imitations d'éphémère de Hen et était mort de folie en cherchant en vain le moyen de baiser ladite chose.

Assis seul dans ma cabane devant le feu qui se mourait, je me remémorai le soir où le renou de Bill Bob avait été un nœud de sapin semblable à celui que je tenais à la main. Il l'avait enflammé avant de le mettre dans un poêlon en fonte où on l'avait regardé brûler. A l'époque, Bill Bob avait des lunettes sans verres à monture d'écaille qu'il chaussait pour observer ses renous. Et là, couché sur le côté, ses lunettes sur le nez, il avait les yeux fixés sur le bout de bois en train de se consumer. A l'Heure du Dodo, nos conversations débutaient invariablement par les quatre mêmes phrases :

« Gussy ?

— Oui, Bill Bob.

— Faut que je te dise quelque chose.

— Je t'écoute. »

Il réfléchissait alors un moment, cherchant ce qu'il pourrait bien me dire. Ce soir-là, il parut avoir plus de mal que d'habitude à trouver, peut-être parce que tout était si calme à la lueur de la petite flamme. Il finit par demander :

« Il te plaît mon renou ?

— Ça, c'est poser une question, pas dire, répliquai-je dans l'espoir de le coincer.

— Qu'est-ce que t'es bête, c'est parce que je te l'ai pas encore dit.

— Oh », fis-je. Décidément, il n'était pas facile à coincer. « Ouais, il me plaît. Ça fait une belle veilleuse.

— C'est quoi, une veilleuse ?

— Tu ne sais pas ce qu'est une veilleuse ? Tu plaisantes, non ?

— J'ai que sept ans, protesta-t-il. Je suis pas censé avoir un large vocabulaire à mon âge.

— Ah bon ?

— Alors, c'est quoi, une veilleuse ?

— Eh bien, c'est une petite lampe qu'on laisse allumée la nuit et qui éclaire peu, comme ton renou. »

Bill Bob parut méditer ces paroles comme s'il s'agissait d'une profonde énigme. Les petites flammes, encadrées par la monture d'écaille, dansaient dans ses yeux. Je repris :

« Pour quelqu'un qui a quelque chose à me dire, tu poses beaucoup de questions. »

Il ne m'entendait pas. Ses yeux ne cillaient plus et il paraissait à peine respirer. Il était perdu... dans ses pensées, ses souvenirs ou quoi que ce soit où il se perdait si souvent. Il avait la même expression que celle avec laquelle, tout bébé, il avait contemplé la bouteille de 7-Up. Dans un murmure, l'air absent, il demanda :

« Tu sais ce que c'est en réalité, une veilleuse ?

— Non, répondis-je.

— Eh bien, c'est ce que ça dit. Une veilleuse, ça veille.

— Ah ?

— T'as compris ?

— Non.

— Une veilleuse qui veille sur ton sommeil, la nuit.

— Et comment elle fait ?

— Elle éclaire un peu pour que tout soit plus noir autour.

— Ah bon ?

— T'as toujours pas compris ? dit-il. T'es idiot ou quoi ? »

J'attrapai son pied et le chatouillai par-dessus la couverture, mais il le retira. Il ne plaisantait pas.

« C'est l'ombre, reprit-il.

— L'ombre ? Mais pourquoi l'appeler veilleuse, dans ce cas ?

— Parce qu'elle est peut-être noire, mais elle éclaire beaucoup plus que toi.

— Tu rigoles, répliquai-je. J'ai la peau blanche, et toi aussi.

— La blancheur, ça compte pas. C'est l'ombre qui veille sur toi.

— Ah ! ce genre de veilleuse-là !

— Ouais, fit-il. Mais pas seulement. Tu sais ce que ton ombre est vraiment ?

— Non, avouai-je, me demandant s'il n'avait pas étudié en cachette un vieux livre de devinettes. A moins que ce soit le truc que le soleil fait sur le sol.

— C'est les deux, mais c'est aussi autre chose. Tu sais quoi ?

— Non. »

Il se pencha vers moi et me confia son secret dans un souffle :

« C'est ton Ange Jardin !

— Oh, dis-je, croyant qu'il avait mal prononcé. Les Anges Gardiens sont une institution à laquelle AGM fait souvent référence.

— Tu sais ce qu'est ton Ange Jardin ?

— Non, je ne pense pas. »

Il sourit.

« Tu vois, je t'avais bien dit que j'avais quelque chose à te dire.

— Bon, bon, alors, accouche. »

Il se pencha de nouveau vers moi et murmura :

« Ton Ange Jardin, c'est ton jumeau.

— Mon jumeau ? (Ce n'était certes pas le genre d'ange de AGM !)

— Ouais », affirma Bill Bob.

Je commençais à soupçonner qu'il ne savait pas de quoi il parlait. Je lui demandai :

« Comment ça pourrait être mon jumeau ? Je croyais que c'était à la fois mon ombre et la veilleuse qui veille la nuit. »

Sans marquer la moindre hésitation, il expliqua :

« Il ressemble à ton ombre et il ressemble aussi à ce qui veille la nuit, mais en fait c'est ton jumeau.

— Je vois, dis-je avec sarcasme. J'avais un jumeau, né en même temps que moi, mais personne à la clinique ne l'a vu, alors il a filé en douce et...

— Il est pas né en même temps que toi ! m'interrompit Bill Bob. Il est mort quand tu es né et il est né quand tu es mort. »

Voilà qui me laissa sans voix. L'affaire se compliquait. Je finis par dire :

« Attends une seconde, Bill Bob. D'abord, quelle différence il y a entre ce à quoi ressemble mon Ange Jardin et ce qu'il est ? »

Bill Bob leva les yeux au ciel comme devant un élève dont il n'y avait rien à espérer.

« Ce à quoi ressemble ton Ange Jardin, c'est ce que tu vois. Ce qu'il est, c'est ce qu'il est. Et un tas de trucs ne ressemblent pas à ce que c'est.

— Ah bon ? Et si tu m'en citais quelques-uns ?

— T'es vraiment bête, dit-il. Eh bien, la terre n'est pas plate, le soleil ne tourne pas autour de la terre, la lune n'est pas plus grande que les étoiles, les étoiles filantes ne sont pas des étoiles et...

— Bon, bon, d'accord ! »

Le gosse s'en sortait bien. Pour l'instant, en tout cas.

« Il y a du vrai dans ce que tu dis, Bill Bob, concédai-je. Mais tu ne t'en tireras pas à si bon compte. Comment mon Ange Jardin pourrait-il être mon jumeau alors qu'il n'a qu'une seule dimension, qu'il est noir, qu'il s'allonge, raccourcit ou se distord en fonction de ce que la lumière lui fait, qu'il est mort quand je suis né et né quand je suis mort ? Quel est donc ce jumeau qui ne ressemble pas à un jumeau et qui ne se comporte pas comme un jumeau ? A quoi sert-il ? Qu'est-ce qu'il a à voir avec moi ? »

Bill Bob secoua tristement sa tête.

« C'est 'xactement ce que ton Ange Jardin dit de toi.

— Mais ce n'est qu'une déformation noire et ondulante de moi, ce n'est pas moi ! »

D'une voix calme et assurée, Bill Bob répondit :

« Pas dans l'endroit où lui, il vit. Là où il vit, tu ressembles à ce qu'il ressemble là où toi, tu vis. »

Cela me donna matière à réfléchir. Je sentais des bataillons de cellules cérébrales se regrouper sous mon front, qui refusaient de recevoir des ordres d'un gamin de sept ans. Je finis par répliquer :

« Mais mon Ange Jardin vit sur la terre, là où la lumière le projette. N'importe quel imbécile qui a des yeux pour voir est en mesure de le constater.

— N'importe quel imbécile qui a des yeux pour voir est aussi en mesure de constater que le soleil tourne autour d'une terre plate et que la lune est bien plus grosse que les étoiles.

— Là, tu marques un point », grommelai-je.

Il n'ouvrit pas la bouche, mais ses yeux brillèrent derrière ses lunettes sans verres, puis il déclara :

« Ça fait deux fois que je te dis que j'ai quelque chose à te dire. Maintenant, je te le dis : tu comprends, toutes les personnes de la terre ont leur Ange Jardin, et tous les Anges Jardins ont leur personne.

— Ah ouais ?

— Ouais. Et toutes les personnes croient que leur Ange Jardin, c'est leur ombre, et tous les Anges dans le Monde Jardin croient que leur personne, c'est leur ombre à eux.

— Hé ! une seconde ! Le Monde Jardin ? C'est quoi le Monde Jardin ?

— Eh ben, le Monde Jardin, c'est là où les Anges Jardins vivent. Nous, on vit dans notre monde et eux dans le leur. Mais si on apprend les choses qu'il faut, et puis eux aussi, on finit par devenir copains et passer comme ça d'un monde à l'autre, et c'est vachement plus marrant que de faire des ronds dans l'eau. »

Quelque peu estomaqué, je me dis que je ferais mieux d'essayer de lui clouer le bec avant d'être complètement paumé :

« Mais Bill Bob, puisque notre ombre est sur le sol, il devrait suffire de creuser un trou pour pénétrer dans le Monde Jardin sans avoir besoin d'apprendre les choses qu'il faut et tout ça. Et toi et moi, on a creusé assez de trous pour savoir qu'il n'existe aucun monde là-dessous, tu es d'accord ?

— Pas du tout ! s'écria-t-il, l'air méprisant et le bec nullement cloué. Réfléchis un peu, espèce d'idiot : je te répète que tu es l'ombre de ton Ange Jardin et que lui, il est ton ombre à toi. Tu t'imagines être debout, et lui, il s'imagine que tu es couché. Il s'imagine être debout, et toi, tu imagines qu'il est couché. Regarde... »

Je regardai donc mon ombre : elle était assise sur la porte fermée de la chambre. Bill Bob reprit :

« Si tu passes la porte, t'es dans le couloir, pas dans le Monde Jardin. On n'entre pas dans le Monde Jardin en marchant.

— Là aussi, tu as raison, dus-je de nouveau reconnaître, toujours grommelant.

— L'ennui avec les personnes et les Anges Jardins, dit Bill Bob, c'est qu'ils savent pas qu'ils sont jumeaux. (Ce qui, à l'évidence, lui paraissait fort regrettable.) On croit qu'on devient plus grand et plus vieux, et eux, ils croient qu'ils deviennent plus jeunes et plus petits. On croit qu'on...

— Hé ! attends ! attends ! l'interrompis-je. Ils croient qu'ils deviennent *plus jeunes et plus petits* ? »

Il fit oui de la tête, l'expression soudain très solennelle, les yeux rivés sur la flamme tremblotante.

« Tu vois, Gussy, dit-il, les Anges Jardins viennent de la terre, comme les carottes. C'est leur monde, et c'est pour ça qu'on les appelle les Anges Jardins. Quand ils sortent pour la première fois de la terre pour entrer dans le Monde Jardin, ils sont très vieux, ou alors blessés, malades, handicapés ou encore tristes, mais les autres Anges les aident et, petit à petit, ils se rétablissent, et ensuite ils sont très heureux d'être dans ce monde parce que partout c'est si joli et si calme, comme le plus beau jardin de la terre, sauf que c'est partout comme ça et que tout le monde est très gentil, sans rien qui fasse peur, sans rien qui fasse du mal comme dans notre monde à nous. C'est un endroit si merveilleux que plus longtemps les vieux Anges malades y restent, plus ils deviennent jeunes et petits, heureux et gentils, et ceux qui y vivent le plus longtemps, ce sont les enfants et les bébés. Et encore après, ils deviennent minuscules, et puis si brillants et si heureux qu'on dirait des flammes qui brûlent de bonheur... comme celle-là ! »

Il désigna le renou : une poche de résine s'était enflammée à l'intérieur et formait comme une minuscule torche qui luisait et sifflait en brûlant... Au bout d'un moment, elle se consuma et disparut. Je demandai alors :

« Et qu'arrive-t-il aux plus vieux et aux plus petits des bébés une fois qu'ils s'éteignent ? Ils meurent ?

— Non. D'abord, ils ne s'éteignent même pas. Des fois, ils flambent jusqu'au bout, mais la plupart du temps, ils deviennent si brillants et si petits que personne ne peut les voir, et ils disparaissent du Monde Jardin pour entrer dans le nôtre, et on change de place.

— On quoi ?

— On change de monde avec notre jumeau : on va là-bas et lui, il vient ici. Tu comprends, pendant que notre jumeau devient plus jeune et plus heureux, on devient plus vieux et plus malade jusqu'à ce qu'on meure, qu'on passe à travers notre ombre et qu'on soit enterré. Après, on remonte petit à petit par un long tunnel noir qui débouche sur le Monde Jardin, et on surgit de terre comme des carottes, et alors on n'est plus des gens mais des Anges Jardins, le genre de grands Anges Jardins tout tordus et tristes qui sont pas là depuis longtemps. Et notre jumeau, celui qu'a disparu dans une étincelle trop petite pour qu'on la voie, passe à travers son ombre, arrive ici, trouve un ventre de femme et devient un bébé. C'est pour ça que c'est pas vraiment notre monde à nous ou leur monde à eux. On les échange. Les deux mondes nous appartiennent. On est des jumeaux. Les ombres qu'on traverse, c'est tous les deux, nous et nos jumeaux, qui échangeons nos places. »

En voilà une information plutôt ahurissante ! Je la ruminai, et, comparé aux systèmes du Ciel et de l'Enfer d'AGM de même qu'aux Unités d'Energie Empruntées et au Limon Primordial de H2O, je dois dire que le Monde Jardin m'apparut non seulement plus joli, mais aussi plus plausible. Il expliquait d'où nous venions avant la naissance — ce que la formule d'AGM ne faisait pas — et où nous allions après la mort — ce que la formule de H2O ne faisait pas. Par ailleurs, les pêcheurs ne manqueraient pas d'apprécier le sens que cela donnait au fait de relâcher les poissons, car après un bienheureux séjour dans le Monde Jardin, on pouvait revenir ici et attraper les arrière-arrière-petits-poissons de ceux qu'on avait épargnés. Oui, mais il y avait tout de même un hic.

« Bill Bob, supposons qu'un type comme Chunky Chuck... (Chunky Chuck était un copain obèse de Bill Bob)... se fasse écraser par une voiture et qu'il meure. Son Ange Jardin ne pouvait pas être resté bien longtemps dans le Monde Jardin, puisque Chunky n'a que sept ans. Son Ange doit donc être encore fatigué et marqué par sa dernière vie dans ce monde minable, sans compter qu'il doit aussi être fichtrement gros, énorme même s'il ressemble un tant soit peu à Chunky. Alors, comment va-t-il faire pour disparaître avant de revenir et trouver un ventre de femme juste comme ça ? »

Bill Bob n'avait cessé de hocher la tête avec une excitation contenue, comme s'il connaissait depuis toujours la solution au Problème Chunky Chuck et qu'il se délectât de mes objections, de la même façon qu'un vieux métaphysicien se délecte des paradoxes les plus épineux. Dans un murmure ravi, il me demanda :

« Tu te souviens, Gus, je t'ai dit que des fois, les Anges Jardins, ils flambaient jusqu'au bout mais ne s'éteignaient pas ?

— Ouais, je me souviens.

— Bon, je vais t'expliquer.

— Eh bien, explique-moi.

— Des fois, dans le Monde Jardin, un nouvel Ange Jardin de taille normale, tout ridé et tout déglingué, et puis pas très malin et pas très heureux comparé aux petits, se promène dans la forêt, dans les collines ou dans la campagne loin de tout le monde. Et pendant qu'il se promène, il entend un bruit. Il se retourne pour regarder derrière lui et il voit la Reine du Monde Jardin sur son cheval blanc ! Elle est si belle et il est si content de la voir, parce que, en général, ça n'arrive aux Anges qu'après des années et des années passées dans le Monde Jardin. Il la regarde et la voit sourire, et devant toute la beauté et l'amour qui se dégagent d'elle et remplissent tous les coins du Monde Jardin et tous les coins du ciel, il se met à rapetisser à toute vitesse et devient de plus en plus brillant, et puis pan ! il explose comme un million d'ampoules de flash, et crac ! au même moment son ombre, comme Chunky Chuck, éclate dans ce monde quand la voiture le renverse. Et alors là, tout de suite, ils changent de monde !

— Incroyable !

— Ouais, reconnut-il. Et on peut dire comme on veut : que Chunky s'est fait écraser parce que son Ange Jardin a vu la Reine, ou que l'Ange a vu la Reine parce que Chunky s'est fait écraser. L'un ou l'autre, ça revient au même, et ils échangent leurs places, parce que c'est de vrais, vrais jumeaux, et que le moindre truc que l'un y fait, les deux le font.

— Je comprends ce que tu veux dire. On ne peut pas être plus jumeau que ça.

— Ah ça, non », affirma-t-il.

On demeura un moment silencieux à regarder le renou. Je ne sais pas à quoi Bill Bob pensait, mais moi, je pensais que j'aimerais bien voir sa Reine. Quelqu'un qui vous fait exploser comme un million d'ampoules de flash... waouh ! La cosmologie de mon petit frère me plaisait de plus en plus. Et puis, une autre idée me vint à l'esprit :

« Bill Bob ?

— Ouais, Gussy ?

— Et les animaux, les poissons par exemple ? Et puis les arbres, les plantes, les insectes et toutes les autres bestioles de ce genre ? Elles ont des Anges, elles aussi ? »

Il me regarda dans les yeux et répondit :

« Tout ce qui a une ombre a un Ange Jardin.

— Et une rivière, dans ce cas ? Les rivières n'ont pas d'ombre.

— Qu'est-ce que tu peux être idiot, dit-il en secouant la tête. Bien sûr que les rivières ont une ombre, mais elle est au fond. »

Ce petit vaurien avait raison. Je me rappelai avoir distingué l'ombre étrange et vague que faisaient les chutes d'eau. Bill Bob bâilla, sourit, ôta ses lunettes à monture d'écaille et murmura :

« Je commence à avoir sommeil, Gus. »

Moi, sûrement pas. Pas avec ces Mondes Jardins, ces Anges et ces jumeaux qui se trimbalaient partout à notre nez et à notre barbe.

« Explique-moi juste encore deux ou trois choses, le suppliai-je.

— Bon, d'accord, accepta-t-il en soupirant.

— Tout ce qui existe a donc une ombre ?

— T'es vraiment bête, dit-il.

— Comment, je suis bête ? Nomme-moi trois choses qui n'ont pas d'ombre. »

Comme un imbécile, je croyais le tenir ce coup-ci. Il se contenta de contempler le renou et, d'une voix douce qui me fit passer des frissons dans le dos, il énuméra :

« Le feu, l'air et la lumière. »

Il avait sept ans et il en savait plus que cinq comme moi réunis. M'efforçant de sauver la face, je déclarai :

« J'en connais une autre.

— C'est quoi ?

— Les verres de tes lunettes. »

Il eut un rire ensommeillé. Voulant le réveiller, j'ajoutai :

« Et aussi les ombres, Bill Bob. Les ombres n'ont pas d'ombre.

— Mais elles croient qu'elles en ont une, dit-il avec tristesse. C'est pour ça qu'on ne sait pas qu'on est jumeaux. C'est pour ça qu'on a peur. »

Je me grattai en vain le crâne.

« Je ne comprends pas, Bill Bob.

— Il n'y a pas d'ombre, Gussy. Non, il n'y en a pas. »

Je n'obtins pas d'autre explication.

Après un long silence, il bâilla de nouveau, puis déclara :

« Y a une autre chose dont on se sert et qu'a pas d'ombre.

— Laquelle ?

— Les mots. »

Les mots ! Ce gosse me stupéfiait. Pendant que je l'observais qui regardait le nœud de sapin, je songeai à notre famille. Si nous n'avions été que tous les trois, Ma, H2O et moi, les unités énergétiques, les enzymes, les gènes et les chromosomes auraient pu constituer une explication valable dans la mesure où j'étais plausible en tant que leur progéniture. Mais ce petit môme appelé Bill Bob, aucune de ces théories ne permettait d'expliquer son existence. Presque tout ce que je savais était directement lié à Ma, à H2O et à la Pêche, mais presque rien de ce que Bill Bob savait n'était lié à quoi que ce soit. Il savait des choses que personne ne lui avait jamais dites ou apprises. Ce n'était pas un enfant plausible. Pour expliquer ce qu'il faisait, ce qu'il était, les mots qu'il prononçait, il aurait fallu un Monde Jardin ou quelque chose de semblable. Il allait s'endormir et j'avais encore des questions à lui poser...

« Bill Bob ?

— ... Gussy ?

— J'ai quelque chose à te demander.

— Demande.

— Est-ce que mon Ange Jardin aime la pêche ?

— Autant que toi », répondit-il.

Formidable, pensai-je... puis une autre question surgit dans mon esprit :

« Que devient la Truite Jardin quand je tue une truite dans ce monde ?

— La Truite Jardin que ton jumeau attrape voit la Reine et explose en lumière, répondit-il tout naturellement, comme si je lui avais demandé “On joue aux échecs ?” ou “Qu'est-ce qu'il y a à la télé ?”

— Mais dans ce cas, est-ce que mon Ange Jardin aussi la voit ? (J'avais le béguin pour cette Reine dont j'avais une envie folle de faire la connaissance !)

— Non, répondit Bill Bob.

— Et pourquoi ?

— Parce que s'il la voyait, lui aussi il brûlerait. Et alors tu mourrais et ton jumeau et toi, vous devriez changer de monde. Elle se montre seulement à ceux qu'elle choisit. C'est pas souvent et elle est très, très discrète là-dessus. Quand elle choisit un Ange Jardin au milieu de toute une foule d'Anges Jardins, elle se montre juste à lui, et les autres voient rien, même s'ils regardent à l'endroit 'xact. »

Je m'attendais plus ou moins à cette réponse. Elle était conforme aux lois qui régissaient les mondes de Bill Bob, mais elle mettait fin à mes espoirs de jeter un coup d'œil à sa jolie Reine. La Beauté qui tue. A quoi pouvait servir une chose pareille ? Je commençais à soupçonner la présence en coulisse de la main mystérieuse de Dieu. Si c'était la Reine, qui donc était le Roi ? Et s'il y avait un Roi, quelle chance nous restait-il à nous, pauvres petites étincelles de lumière ? Jaloux et déçu, j'oubliai mon amour pour la Reine et concoctai une question abstruse afin de piéger Bill Bob et son univers de contes de fées.

« Bill Bob...

— Hummm... (Il dormait à moitié.)

— Ecoute, supposons que je tue une truite sur le Metolius pendant que quelqu'un tue un cerf dans le Montana et qu'une troisième personne écrase une souris dans le Minnesota, tandis que 8 000 personnes meurent de 8 000 causes brutales en même temps dans 8 000 endroits disséminés dans le monde, tandis que 8 millions d'animaux, 8 billions d'insectes et 8 millions de millions de minuscules organismes, tous dotés d'une ombre, fassent pareil au même moment, ce qui, tu ne pourras pas le nier, se produit tout le temps... Alors comment ta Reine sur son cheval pourrait-elle être simultanément à des milliards et des milliards d'endroits à la fois dans le Monde Jardin ? Tu as une réponse à ça ? »

Loin d'être impressionné ou dérouté, Bill Bob, les paupières lourdes de sommeil, me considéra avec toute l'exaspération de celui dont le chat, demandant à sortir pour la énième fois de la journée, vient de le réveiller par un miaulement impératif.

« Ce que tu peux être bête, dit-il. La Reine est tout le temps partout à la fois.

— C'est impossible. »

Il secoua la tête, soupira et expliqua patiemment :

« Gus, tu te rends pas compte à quel point elle est belle. Je peux pas te la décrire. Même le soleil couvre tout le temps une moitié de la terre en traversant les épais nuages et en éclairant par en dessous. Et c'est pas comparable à la lumière de la Reine. La lumière du soleil brille *sur* les choses. Celle de la Reine brille *à travers* les choses, à travers *toutes* les choses. Elle est partout à la fois, et partout où elle est, la Reine est là... » Il se tut un instant, se pencha vers moi et reprit : « La Reine est *ici*, en ce moment même ! »

Je lançai un regard nerveux autour de moi.

« Je ne la vois pas. Et je ne vois pas sa lumière, non plus... »

Bill Bob s'assit droit dans son lit pour examiner d'un air empreint de mélancolie la chambre éclairée par le renou.

« Moi non plus, dit-il d'une voix plaintive, paraissant soudain au bord des larmes. Quand j'étais tout petit, petit, je la voyais... mais je m'en souviens à peine... » acheva-t-il dans un murmure.

Exaspéré par ses dérobades, je m'exclamai :

« Si elle est là, pourquoi on ne la voit pas ? Ça n'a aucun sens. Ce n'est pas juste ! »

Bill Bob m'adressa un regard incendiaire et répliqua :

« Pourquoi on peut pas sauter d'une falaise et voler dans les airs ? Pourquoi aux échecs on peut pas déplacer les pions comme des reines ? Pourquoi au base-ball le batteur peut pas courir directement vers la plaque du lanceur au lieu d'avoir à passer par toutes les bases ? »

Un peu honteux, je répondis :

« Excuse-moi. J'ai l'impression d'être comme ces types qui pêchent avec des leurres à épouvanter les poissons et qui se demandent ensuite en pleurnichant pourquoi ils n'attrapent rien et en rejettent la faute sur les poissons. Je suppose que, s'ils prenaient quand même quelque chose, ce serait des poissons qui n'en valent pas la peine. Ta Reine est un peu comme ça ? »

Bill Bob acquiesça d'un signe de tête, puis il se tourna vers le renou et murmura :

« La Reine est la plus belle chose qui existe. Elle est partout d'où viennent toutes les jolies choses. Alors qu'on peut même pas regarder une chose aussi belle que le soleil sans être obligé de fermer les yeux, comment voudrais-tu qu'on puisse regarder la Reine ? »

Il avait raison, et je retombai aussitôt sous le charme de la Reine. Bill Bob, voyant à mon expression que je commençais à piger, déclara :

« Tu comprends, Gus, la Reine doit porter un tas de robes épaisses pour se couvrir. Elle les fait elle-même, parce que personne est capable de faire des vêtements qui ne laissent pas passer la lumière de la Reine. C'est pas qu'elle aime porter tous ces trucs très lourds. Elle les porte à cause de nous. La Reine est *là*... (Il chercha mon regard pour s'assurer que je comprenais)... elle est ici, dans cette chambre, et si elle avait pas ses robes, on exploserait. Paf ! Si tu vois la Reine avant d'être prêt, tu meurs... »

Je lançai un coup d'œil sur le renou qui continuait à brûler avec une lueur vacillante alors qu'il ne semblait plus rien en rester. Je me perdis un instant dans les pensées que l'histoire de Bill Bob avait éveillées en moi, et lorsque je reportai mon attention sur lui, il était roulé en boule et paraissait dormir. J'avais encore tant de questions à lui poser !

« Bill Bob !

— Mmmm..., marmonna-t-il, les yeux fermés.

— Ne t'endors pas tout de suite ! Je veux te demander...

— Demande.

— Tu te souviens vraiment du Monde Jardin, de la Reine et de tout ce que tu m'as raconté ? Tu t'en souviens *vraiment* ? »

Il fronça légèrement les sourcils, souleva une paupière et répondit :

« Comment j'aurais pu te raconter quelque chose si je m'en souvenais pas ?

— Tu t'en souviens donc vraiment ? » insistai-je.

Je tenais à être sûr de l'existence de cet endroit où je désirais aller un jour. En effet, ni le ciel, ni l'enfer, ni le néant ne m'attiraient particulièrement.

Bill Bob hocha tristement la tête.

« Oui, je m'en souviens. Pas aussi bien qu'avant, mais à ce moment-là, j'avais pas les mots pour te le raconter, et maintenant que j'ai les mots, j'ai oublié une bonne partie. Je t'ai dit tout ce que je me rappelle, mais ce que je me rappelle, ça fait beaucoup, beaucoup plus que tout ce que je peux te raconter... mais Gus... j'ai teeeellllement sommmmmmeil...

— Une dernière question, suppliai-je.

— D'accord, dit-il d'une voix endormie.

— Pourquoi certaines choses n'ont pas d'ombre ?

— Certaines choses n'ont pas besoin d'Ange Jardin.

— Mais pourquoi ?

— Ça fait deux questions, ronchonna-t-il, l'esprit toujours vif malgré le sommeil qui le gagnait.

— S'il te plaît. Je te jure qu'après, c'est fini. Pourquoi certaines choses n'ont pas besoin d'Ange Jardin ? »

Il sourit, soupira et garda les yeux fermés.

« Qu'est-ce que t'es bête, répondit-il enfin en se tournant vers les ombres. Parce que certaines choses meurent jamais. »

Et il s'endormit.

Je regardai se consumer le restant du renou, perdu dans le labyrinthe d'images scintillantes que son Monde Jardin m'évoquait : je vis des bûcherons abattre des pins géants dans les forêts de nos montagnes pendant que dans les forêts des montagnes du Jardin, des Anges-Bûcherons, les yeux ronds, regardaient exploser avant de toucher le sol les pins qu'ils abattaient et qui formaient des colonnes aveuglantes de lumière ; je vis des saumons et des steelheads qu'on attrapait et tuait dans nos rivières pendant que, dans celles du Jardin, des Anges-Pêcheurs regardaient leurs prises disparaître entre leurs mains dans un éclair éblouissant... et je vis que mourir ici, c'était commencer à vivre là-bas, ce qui signifiait qu'on ne mourait jamais, et que, par conséquent, il n'y avait rien nulle part dont il fallait avoir vraiment peur.

Les questions continuaient à affluer dans mon esprit : que devrais-je faire pour rencontrer mon jumeau ? Qu'en était-il du Roi, des rivières du Jardin, des animaux du Jardin, des villes, des oiseaux, des poissons, des insectes ? Et que devrais-je trouver, apprendre ou aimer pour voir la Reine comme elle était en réalité et sans être consumé par sa beauté ?... Mais Bill Bob dormait. Et demain matin, je serais parti pêcher.

Le nœud de sapin brûla entièrement. J'attendis que la dernière braise s'éteigne, puis j'ordonnai à la veilleuse et aux Anges de plonger la chambre dans le noir.

« Il vous a plu, le renou de mon petit frère ? » leur demandai-je.

Je savais qu'ils me répondraient. Et si les mots avaient eu des ombres, je les aurais entendus.

Dans ma cabane au bord de la Tamanawis, le nœud de sapin se désagrégea puis disparut. J'étais seul. Il faisait nuit noire. Aussitôt surgit devant moi, comme éclairée par une lumière, la vision d'Abe le Pêcheur noyé. Sa tête se dressait au-dessus d'une surface verte, mais le vert n'était pas celui de l'eau de la rivière : c'était de l'herbe, une pelouse laissée à l'abandon. Ses cheveux gris étaient encore mouillés, ses yeux encore écarquillés, mais sa bouche était maintenant fermée. Derrière lui s'élevait une crête verdoyante qui ressemblait à Tamanawis Mountain, mais cent fois plus haute et qui n'aurait pas connu la hache du bûcheron, et tout autour d'Abe s'étendait la prairie couverte d'une herbe si verte qu'elle paraissait luire. Il avait l'air de regarder dans ma direction, et ses yeux hier morts et voilés étaient à présent vivants et clairs. Sa chemise trempée apparut, puis ce fut sa combinaison de pêche alourdie d'eau, cause de sa noyade, et quand, enfin libéré, il se tint debout sur la vaste prairie, il sourit, puis gloussa et éclata de rire, levant les mains au-dessus de sa tête et décrivant de lents cercles joyeux. Il tourna, tourna et tourna ainsi au milieu de l'herbe verte jusqu'à ce que sa silhouette rapetisse et s'évanouisse.

LIVRE TROISIÈME

PERSONNAGES AU NATUREL

Vous rencontrerez souvent des personnages au naturel si extravagant qu'un poète discret ne se risquerait pas à les mettre en scène.

Lord Chesterfield

Dieu a créé d'eau tous les animaux.
Les uns marchent sur leur ventre,
d'autres sur deux pieds,
d'autres marchent sur quatre.
Dieu a créé ce qu'Il veut,
car Il est tout-puissant.

Coran XXIV : 44

1

La rivière écrit

> ... des sons, puis une phrase, puis juste un son.
> C'est un endroit étrange où je suis assis,
> ce discours fluide autour de moi,
> voyelles liquides, gazouillis,
> bavardage consonantique...
>
> un mot, puis des sons
>
> Kevin Oderman

La première chose que je vis en me réveillant, ce fut l'étoile du matin d'une teinte bleu vert qui brillait entre les silhouettes noires des cèdres. Je me sentais très bizarre, mais très bien. Je n'avais pas d'autre désir que de regarder — pas de programme à respecter, pas de poissons à prendre. Je me reconnaissais à peine : le pêcheur fanatique en moi était mort, et il ne restait plus qu'un étranger. J'étais devenu un autre, quelqu'un qui, couché sur le côté, admirait une étoile. Le pêcheur avait installé une paire de jumelles devant la fenêtre, dont il se servait pour surveiller les truites qui jaillissaient à la surface de la rivière. Je les braquai sur l'étoile. Le spectacle était merveilleux : des verts, des violets et des bleus étincelants tourbillonnaient autour d'elle qui resplendissait comme la Reine en personne. A l'œil nu, on ne distinguait rien de ce spectre de couleurs, et même dans les jumelles, je ne distinguais qu'une infime partie de la beauté qui devait régner là-bas. Soudain, la pensée me frappa : les arbres, les brumes, les montagnes, les fleurs, les poissons, les pierres et les cours d'eau, tout cela constituait sans doute les robes destinées à protéger mes yeux de la lumière aveuglante de la Reine, et pourtant, ils réfractaient et irisaient la lumière qui filtrait au travers d'eux et les embellissait. Une beauté comparable à celle de la Reine ne pouvait qu'exister. Mon cœur battait cependant que je priais pour qu'il en soit ainsi.

Ce n'est que quand l'étoile commença à s'estomper et le jour à poindre qu'il me vint à l'esprit que le ciel m'imitait, ou bien que c'était moi qui imitais le ciel : le brouillard s'était levé ! Disparu pendant la nuit sans laisser de trace. L'ancien Gus, l'obsédé des poissons, avait peut-être traité par le mépris le fait de n'être qu'un microcosme reflétant le monde, mais le nouveau, quel qu'il soit, souriait à présent : la façon dont les deux brouillards, le brouillard intérieur et le brouillard extérieur, s'étaient dissipés simultanément avait presque quelque chose d'artificiel.

Je m'habillai, fourrai à la hâte quelques fruits dans un sac à dos et sortis comme un bolide afin de tenter d'arriver au sommet de Tamanawis Mountain avant le soleil. Pendant que je montais, les rayons du soleil descendaient, et il remporta la victoire avec une marge suffisante pour avoir déjà réchauffé le rocher sur lequel je m'effondrai — celui-là même où Bill Bob s'était assis pour dessiner les cartes des quatre points cardinaux — mais j'avoue que je n'accordai qu'un bref regard au nord, à l'ouest et à l'est avant de me tourner vers le sud et la vallée de la rivière au cas où, après un sevrage trop brutal, le manque d'eau risquerait de provoquer des crises de délire. Le simple fait de voir enfin une partie de l'endroit où je vivais libéra toute la joie que j'avais en moi : cependant que le soleil se chargeait d'éveiller et de chauffer la vallée boisée, que ses rayons s'enfonçaient de plus en plus profondément et tiraient de leurs lits d'arbres et de fougères les brumes lascives, que sa chaleur animait des milliers d'oiseaux qui s'envolaient ou chantaient en cascade, et que, enfin, il atteignait la Tamanawis dont il embrasait la surface, j'éprouvai un bonheur qui rappelait le Monde Jardin, si bien que je me demandai ce que deviendrait mon jumeau si c'était moi au lieu de lui qui m'enflammais pour ne plus être qu'un point lumineux. Laissant mon regard errer sur les méandres de la rivière que le soleil argentait, je me mis à chantonner quand, soudain, je m'interrompis, bouche bée, puis j'éclatai de rire au souvenir du jour où j'étais venu ici en compagnie de Bill Bob : il avait dit qu'il aimait bien la Tamanawis, lui qui avait pourtant une sainte horreur de l'élément liquide, et lorsque je lui avais demandé pourquoi, il avait répondu en riant que c'était précisément ce que la rivière me demandait. C'est seulement maintenant que je comprenais ce qu'il avait voulu dire. C'était là, clair comme de l'eau de roche : d'une main sûre, l'érosion, aidée sans doute par le hasard, avait creusé un point d'interrogation sur le sol de la vallée. Une encre, composée de milliards et de milliards de litres d'eau en mouvement et délavée par les années et les années où les lunes et les soleils s'étaient succédé, avait dessiné un point d'interrogation. C'était incroyable. C'était une plaisanterie. Les rivières sont incapables d'écrire, et encore plus de poser des questions.

Pourquoi ? demandait-elle. Elle n'avait pas tort. Qu'est-ce que je savais sur ce que les rivières étaient capables ou non de faire ? En admettant qu'elle sache écrire, qu'est-ce qu'elle voulait dire avec son point d'interrogation ? Et était-ce à moi qu'elle s'adressait ? Je l'ignorais. Je regardai un peu plus loin en amont et en aval à la recherche d'un indice susceptible de me mettre sur la voie, mais je ne vis que des gribouillages de rapides, de tours et de détours. Et cependant, juste en dessous, l'eau — mon élément préféré —, siècle après siècle, avait tracé un point d'interrogation comme s'il m'était destiné.

Je me sentais devenir nerveux. Je me tournai en direction du nord-est pour échapper à cette vue, mais aujourd'hui, la nature paraissait d'humeur loquace et disposée à ne m'accorder aucun répit : mes yeux nouvellement ouverts au monde tombèrent sur une montagne qui avait presque la forme d'une tête. Au cours des années passées, on avait opéré des coupes claires à gauche, à droite, on l'avait rasée, défoncée à coups de bulldozer, brûlée et aspergée d'insecticides au point d'empoisonner jusqu'aux pierres et au sol, mais on avait conservé au sommet une minable rangée de sapins atrophiés. Le tout ressemblait à un Mohican aux cheveux verts qu'on aurait supplicié et enterré jusqu'au cou avant de l'abandonner là pour y mourir. C'était un tableau très pathétique : une montagne tout entière qu'on aurait non seulement scalpée et mutilée, mais encore rendue ridicule, et qu'on aurait en outre privée de sa dignité de montagne en l'affublant de cette crête dérisoire. « Des arbres de semence », ainsi que les appelaient ceux qui les avaient laissés, des hommes qui prétendaient créer des forêts pour l'avenir, qui prétendaient qu'il n'y aurait pas de différence entre ces forêts-là et celles qu'ils avaient assassinées. Comme si la virginité première, si belle et si mystérieuse, n'était pas plus désirable que des rangées serrées de clones « faciles à récolter ». Comme si les dévastations, les tueries et les mutations forcées qu'on pratiquait sur les plantes et les animaux n'étaient pas des crimes, mais de simples méthodes d'élevage ! Comment les bûcherons, leurs employeurs ou les responsables quels qu'ils soient pouvaient-ils supporter un spectacle aussi affligeant ? Les forêts leur fournissaient leurs revenus, leurs maisons, leurs meubles, leurs battes de baseball, les manches de leurs outils, et en retour, ils les traitaient comme des ennemis auxquels ils mèneraient une guerre sans merci. Les hommes ne pourraient-ils pas manifester ne serait-ce qu'un reste de gratitude ou de respect dans la manière de les tuer ? Ne pourraient-ils pas établir une différence entre un meurtre et un sacrifice ? Je désirais prendre une tronçonneuse et aller couper moi-même cette crête grotesque afin d'épargner la honte à la montagne. Je désirais savoir qui avait fait cela, et ensuite l'assommer, lui couper les cheveux à la Mohican et l'enterrer jusqu'au cou...

... mais je reportai mon regard sur la Tamanawis. *Pourquoi ?* me demandait-elle. Voilà qui me calma un peu et me troubla assez pour que je me souvienne que, de mon côté, je pêchais, mutilais et tuais des truites comme s'il s'agissait d'ennemis en temps de guerre, que je tenais le compte de mes milliers de victimes dans mon Journal et que je les dépouillais aussi de toute dignité en les fourrant, qui se débattaient encore, dans mon panier de pêche ou en les alignant comme des quilles de bowling avant de les rejeter à l'eau, sanglantes, transpercées par mes hameçons, affaiblies par le contact de mes mains avides, étourdies par l'air trop raréfié. Et tout cela sans jamais accorder une seule pensée aux souffrances qu'elles enduraient pour mon plaisir. Mon Dieu ! je n'étais rien d'autre qu'un bûcheron aquatique. Avec Rodney en guise de tronçonneuse, j'avais opéré bien des coupes claires au sein de multiples cours d'eau. Je baissai la tête dans l'attente que je ne sais quel dieu des rivières m'inflige le châtiment réservé au Mohican...

Rien ne se produisit. Je suppose que les dieux ne se mêlent pas de mesquines vengeances. En tout cas, ils ne se mêlent pas de coupes de cheveux. Peut-être que, plus tard, ils me noieront. Ou peut-être que la honte qui me rongeait les entrailles était le châtiment qu'ils infligeaient.

Je voulais faire amende honorable. Ma première impulsion fut d'envisager de construire des bassins pour y élever des poissons, de la même façon que les bûcherons repentis consacrent leurs années de vieillesse à planter des arbres. Je fis part de cette idée à la rivière. Vous pouvez imaginer sa réponse... De sorte que, de nouveau, sa question me freina et me désorienta : *pourquoi* élever des poissons si c'est pour les regarder mourir entre les mains de plaisantins de mon espèce ? Ou s'ils survivaient, en quoi compenseraient-ils les dommages infligés à ceux que j'avais estropiés ou tués ? Et puis, quels étaient exactement ces dommages ? Il fallait que je comprenne mon crime avant de pouvoir m'amender. Peut-être que je devrais exercer cette activité qu'Izaak Walton recommandait jadis aux pêcheurs : *méditer.*

J'essayai. Je ne suis pas certain d'avoir pratiqué la « méditation » ainsi qu'on l'entendait, mais quoi qu'il en soit, je le fis longuement et résolument. Etait-ce la mort des poissons qui me gênait ? Mon crime était-il de les tuer ? Si la mort des poissons constituait le cœur du problème, je demanderais aux pêcheurs de cesser de tuer les poissons. Oui, mais après avoir vu H2O tenter de les en convaincre durant des années, j'avais pu constater combien les sermons de ce genre étaient suspects : pour ses amis et lui, davantage de poissons, cela signifiait de plus belles pêches à la mouche, de meilleures histoires, de plus beaux magazines, un plus large public, et donc des revenus plus conséquents. Avec leurs sandwiches et leurs bières au frais, avaient-ils, eux, besoin de la chair des poissons ?

Un jour, j'avais vu un gosse dont le surnom évoquait sa maladie respiratoire voler ce qui restait au fond d'un gobelet en polystyrène parce qu'il avait faim et qu'il n'avait pas d'argent. Le problème se compliquait. Les poissons morts sont de la nourriture, mais pas les poissons vivants. Les gens doivent manger, donc les poissons doivent mourir. Au départ, la question est aussi simple que cela. Une condamnation morale du meurtre des poissons se heurte aussitôt à Jésus en personne qui a donné du poisson à manger à la multitude, qui a aidé ses disciples à en pêcher cent cinquante-trois et qui a tenu au chaud un petit déjeuner de poissons sur le feu au bord du rivage après la Résurrection. Si le Christ ne savait pas à ce moment-là à quoi étaient destinés les poissons, je me demande bien qui l'aurait su ? Et selon lui, on attrapait le poisson, on le faisait cuire, on le mangeait, on remerciait son Père du fond du cœur, et ces remerciements sincères rendaient la mort du poisson acceptable, la transformaient en sacrement. Les arguments de mon père à moi contre le fait de tuer les poissons étaient fondés sur son incapacité à comprendre la notion de Sacrifice...

Quelle différence existait-il entre le besoin et la cupidité ? Combien de poissons un homme pouvait-il tuer avant que cela ne devienne des meurtres gratuits ? Quels poissons pouvait-on légitimement tuer, et quand ? Et quelle était l'étendue du sacrifice le jour où un homme décidait d'arrêter de tuer ? Pour un pêcheur professionnel, cela voulait dire la fin d'un mode de vie, la séparation d'avec les bateaux, les rivières et les mers. Et même pour la pêche « sportive », si une loi interdisant de tuer conduisait le pêcheur du dimanche à renoncer à son passe-temps, cela le couperait du dernier lien qu'il entretenait avec la nature et ses merveilles. S'il pouvait sembler justifié de punir la cupidité, que dire lorsque les pêcheurs étaient condamnés pour avoir conservé quelques victimes honnêtement et chèrement acquises ? Non, ce n'était pas seulement la mort des poissons qui me gênait. Ce que je trouvais choquant chez les faiseurs de montagnes-Mohicans, les pêcheurs à l'araignée, les braconniers, les chasseurs de baleines, les mineurs à ciel ouvert, les types qui répandaient des herbicides, les constructeurs de barrages, les fabricants de réacteurs nucléaires ou tous ceux qui convoitaient la chair, la viande, les minerais, les arbres, les fourrures et les dollars — y compris et en tout premier lieu moi-même —, c'était leur ingratitude et leur suffisance, cette attitude qui consiste à croire que le monde et ses créatures nous doivent tout ce que nous pouvons attraper, tuer, déchirer, modifier, piller, dévorer... et que nous ne leur devons rien en échange.

Je me surpris à penser à un homme que je connaissais quand j'étais petit, un ami de ma mère, un Indien Warm Spring appelé Thomas Bigeater, c'est-à-dire Gros-Mangeur, un nom à priori guère engageant. Il pêchait pendant la montaison des saumons et des steelheads aux rapides de Sherar sur la Deschutes ainsi qu'aux chutes de Celilo sur la Columbia avant qu'elles disparaissent, victimes du barrage de Dalles. J'avais six ans quand Ma m'a emmené voir Thomas pêcher les saumons chinooks qui, pour la dernière fois, allaient affronter les chutes lors de leur migration...

Ma nourrit une haine farouche contre les barrages, et elle s'est toujours efforcée de me l'inculquer. Je me souviens qu'elle m'avait conduit au barrage de retenue sous le lac Simtustus sur la Deschutes au moment où la montaison d'été des steelheads s'achevait. Elle m'a planté sur un rocher et, tendant le bras, s'est contentée de me dire : « Regarde. » Des centaines de steelheads luttaient pour tenter de franchir les eaux blanches et écumantes qui passaient en grondant pardessus le déversoir. La plupart, toutes meurtries, semblaient devenir de plus en plus faibles. J'avais déjà vu beaucoup de steelheads sur la Deschutes durant ma courte vie, mais jamais dans cet état-là. J'ai demandé ce qui était arrivé, pourquoi elles avaient la bouche grande ouverte, pourquoi certaines d'entre elles paraissaient aveugles, pourquoi elles avaient l'air de poissons qui avaient avalé l'hameçon, et Ma m'a expliqué que le barrage était récent et que les poissons ne pouvaient pas le comprendre ; ils bataillaient contre ce flot tumultueux depuis des semaines ; ils avaient parcouru près de 500 kilomètres depuis la mer, réussi à franchir le barrage de Bonneville, escaladé des centaines de rapides, sauté une douzaine de chutes, mais l'échelle mal conçue qui menait au lieu où ils étaient nés, à leurs frayères, les arrêtait. Aussi luttaient-ils jusqu'à ce que le torrent les brise, puis ils se laissaient dériver et redescendaient la rivière qu'ils venaient de remonter, incapables de frayer, incapables de retourner à la mer. En aval, il y avait une île plantée de hauts peupliers : les arbres étaient noirs de vautours trop gorgés de chair de steelheads en décomposition pour pouvoir s'envoler.

Mais à cette époque-là aux chutes de Celilo, les chinooks n'avaient à affronter que les pêcheurs à l'araignée et le barrage de Bonneville. Ils arrivaient encore en grand nombre, même si ce n'était rien comparé aux montaisons du temps où Thomas était encore enfant. Ma et moi, assis au bord d'une falaise de basalte, on regardait de loin le vieil Indien qui ressemblait à un nain à côté des imposantes chutes. Je m'étais attendu à un pêcheur armé d'une lance et vêtu d'un pagne, de sorte que le spectacle de ce gros homme à la peau brune en vêtements de Blanc ne me passionna pas beaucoup, jusqu'au moment où Ma me donna les jumelles et où je vis que son équipement de pêche se composait en tout et pour tout d'une lanière de cuir, d'un casse-tête totémique et d'une épuisette de fabrication artisanale ; et quand Ma m'eut expliqué que la massue sculptée, venant de ses ancêtres, était sacrée, et que l'Indien eut ramené le premier chinook dans son épuisette munie d'un manche incroyablement long, mon intérêt s'éveilla. Thomas avait dans les soixante-dix ans, était obèse, mais il arpentait la plate-forme branlante qui surplombait les eaux écumantes d'un pied sûr et léger et, lorsqu'il attrapait un saumon, c'était d'une main vive, forte et tout aussi sûre. Ensuite, il s'agenouillait au-dessus de lui, et, tandis que le poisson se débattait dans le filet, il frottait son visage contre lui, le caressait, lui parlait... et le chinook se calmait. L'Indien regardait alors le ciel, les chutes, vers la mer à l'ouest, puis de nouveau le saumon. J'ignorais pourquoi il faisait cela. Après, il le tuait à l'aide de son casse-tête sacré, et il avait alors une expression solennelle tranchant avec la fierté ou la jubilation qui, j'en étais venu à le croire, constituaient la marque du pêcheur satisfait de sa prise. Son agilité malgré sa corpulence, sa jeunesse de vieil homme, sa réussite empreinte de tristesse, sa dignité et son absence de dignité, sa beauté et sa laideur, ses vêtements, son nom, tout cela me déconcertait et me fascinait à la fois.

Pendant qu'on observait Thomas, deux jeunes gens, plutôt costauds et le verbe haut, s'avancèrent sur une plate-forme en contrebas, l'air avantageux. Les rochers tout autour étaient envahis de touristes, et chaque fois que l'un d'eux braquait son appareil photo dans leur direction, les deux jeunes se grattaient les fesses ou l'entrejambe, buvaient théâtralement de longues rasades au goulot d'une bouteille de whisky ou bien faisaient un doigt d'honneur. Je riais. Ma mère, pas du tout. La rivière grouillait de chinooks et les deux jeunes lançaient des harpons, jurant quand ils rataient leur cible et poussant des cris de joie quand ils l'atteignaient. Les saumons qu'ils attrapaient ainsi, ils les arrachaient sans ménagement de la pointe et les fourraient encore frétillants dans des sacs de jute. Ceux qu'ils manquaient étaient des « petits malins d'enculés » et ceux qu'ils touchaient, à savoir à peu près un sur vingt, des « gros cons d'enculés ». Et ils en blessaient par ailleurs un grand nombre. Ma me dit que les harpons étaient interdits, que ces deux-là étaient soûls et qu'elle ne le leur reprochait pas — mais je n'avais que six ans et je n'avais pas une idée très claire de ce que ces remarques signifiaient.

J'étais habitué aux pêcheurs haïssables et je préférais regarder Thomas.

Je demandai à Ma pourquoi il s'appelait « Bigeater ». Elle me répondit que c'était parce qu'il mangeait beaucoup, puis elle m'apprit que les Indiens avaient un nom qui nous apprenait de petites choses sur eux et un autre qui était leur vrai nom. Alors, quel était le vrai nom de Thomas ? Nous ne le saurons jamais, me dit-elle. Et le nôtre ? Elle me répondit que nous n'en avions pas. Je lui demandai ensuite ce que Gus Orviston signifiait en anglais. « Rien du tout », me répondit-elle. Je lui dis que j'aurais bien voulu être un Indien. Moi aussi, me confia-t-elle. Mais plus maintenant. Je l'interrogeai pour savoir pourquoi Thomas restait si longtemps agenouillé devant chaque poisson alors qu'il aurait pu en attraper plus comme les deux types en dessous de nous. Elle m'expliqua que Thomas priait pour les esprits des saumons et que si je comptais, je constaterais que les deux ivrognes n'en prenaient pas plus que lui, mais qu'ils en blessaient plus. Thomas, lui, n'en blessait aucun. Elle ajouta que Thomas Bigeater était le meilleur pêcheur de sa tribu et qu'à lui tout seul, il nourrissait cinq grandes familles. « Toi aussi, Ma », dis-je. Elle sourit, mais son sourire me parut bizarre. Forcé. Ou embarrassé, peut-être. Après, je lui demandai ce qu'étaient les esprits et pourquoi H2O et elle ne priaient pas pour eux. Elle me répondit que, pour sa part, elle l'ignorait et que c'était pour ça qu'elle ne priait pas pour eux, et que pour H2O, il faudrait lui poser directement la question, et d'ailleurs, elle espérait bien ne pas avoir à entendre sa réponse. Dans ce cas, est-ce que Thomas pourrait me dire ce qu'étaient les esprits ? Si quelqu'un le pouvait, ce serait lui, affirma-t-elle. Est-ce qu'elle voudrait bien le lui demander à ma place ? « Tu pourras le lui demander toi-même, car le voici qui vient dans notre direction. »

Je levai les yeux. Thomas franchissait une frêle passerelle en bois. Il portait son épuisette, sa massue et, à l'épaule, cinq chinooks enfilés sur la lanière de cuir. L'ensemble ne devait pas peser loin de 80 kilos. La passerelle oscillait à chacun de ses pas, et il n'avait pas de main libre pour se tenir à la corde.

En dessous de lui, la rivière formait une masse bouillonnante et aveuglante de blanc.

« Thomas est brave », dis-je.

Ma hocha la tête d'une manière qui voulait dire oui.

Lorsqu'il nous aperçut, Thomas Bigeater sourit et s'avança vers nous. Je me sentis honoré, et j'observai les touristes pour être sûr qu'ils avaient remarqué. En fait, ils ne prêtaient attention qu'aux poissons que moi aussi, saisi d'admiration, je contemplais avec des yeux ronds. Mais quand je me tournai vers Thomas et Ma, je vis dans le regard de l'un une lueur de tristesse et dans celui de l'autre une lueur de colère, ce qui me plongea dans la perplexité. Il posa sa pêche avec précaution, s'assit à côté de moi en poussant un grognement, nota ma confusion et sourit de nouveau, non sans une infinie tristesse.

« Ce sont les derniers, dit-il.

— Ah ! le putain de gros enculé ! hurla l'un des poivrots.

— Maudits soient les barrages », grommela Ma.

Thomas s'était tourné vers les deux hommes en contrebas, l'expression aussi sombre que sa peau.

« Ce n'est pas le barrage, c'est eux qui sont à blâmer ! »

Les traits de Ma se tordirent.

« Dis donc, Thomas, moi aussi je serais fumasse si des connards de bureaucrates blancs violaient un traité de plus et noyaient mes territoires de pêche et mon lieu de sépulture pour toujours ! »

L'Indien secoua la tête.

« Ce n'est pas pour toujours. Les barrages disparaissent, les rivières jamais. Deux saumons peuvent engendrer un millier de saumons. Les saumons sont un vieux peuple et un peuple patient.

— En tout cas, toi et moi, on sera plus dans le coin quand y reviendront, dit Ma.

— Merde ! je l'ai raté, ce petit enculé ! » brailla l'un des ivrognes.

Le visage de Thomas me terrifiait. D'un ton catégorique, il répéta :

« C'est eux qui sont à blâmer. »

Ce fut au tour de Ma de secouer la tête.

« J'te comprends pas, Thomas. Tu veux dire que c'est eux qu'ont laissé les bureaucrates blancs racheter les terres ?

— Qui paie, qui prend l'argent, tout ça n'a pas d'importance, répliqua l'Indien en désignant les hommes soûls. C'est pour les actes que ceux-là commettent que le peuple doit souffrir. Il en a toujours été ainsi.

— Mais, toi, tu voulais pas d'argent ! protesta Ma. Et les compagnies d'électricité blanches, elles ont pas le droit d'agiter des liasses de dollars sous le nez de pauvres gens ! Personne a le droit de foutre en l'air tout un mode de vie ! »

Thomas, la tête inclinée, étudia un instant l'expression pincée de Ma, puis il baissa les yeux. Après un long silence, il déclara :

« Tu es en colère, petite sœur. Tu veux te battre. Mais contre qui ? et avec quelles armes ? »

Ma fit la moue et fronça les sourcils. Elle paraissait tout à coup à la fois impuissante et irritée, un peu comme un coyote qui aboierait après un vieux grizzli, ce qui me laissa une curieuse impression.

« Dans le temps, je me battais pour le respect des traditions, poursuivit le vieil Indien. J'essayais de les défendre avec mes poings, avec toute ma force. Mais ce n'étaient pas les traditions de ma tribu que le peuple désirait. »

Ma eut l'air dérouté. Je regardai les poings de Thomas, incapable de croire qu'ils ne pouvaient pas défendre ce qu'ils avaient choisi de défendre. Il reprit :

« J'ai fini par me rendre compte que la plupart de mes frères étaient des Blancs à la peau sombre. Peut-être des anciens soldats de la Cavalerie revenus souffrir en tant qu'Indiens ! » Il rit, puis il continua sur un ton de nouveau solennel : « J'ai arrêté de me battre. J'ai arrêté parce que j'ai vu que les traditions n'avaient pas besoin d'être défendues. J'ai arrêté parce que les traditions ne meurent jamais, ne se perdent jamais. On ne fait que les oublier parfois.

— J'te comprends pas, Thomas, répéta Ma d'une voix lourde d'amertume.

— Ce n'est pas le Blanc contre l'Indien la cause des souffrances, expliqua le vieil homme. C'est le Grand Esprit qui envoie la souffrance quand les traditions sont oubliées. Pour rappeler que les traditions, c'est cela. Quand je m'en suis souvenu, je me suis souvenu aussi que la souffrance nous avait déjà été envoyée de nombreuses fois auparavant, bien avant que les Blancs n'arrivent parmi notre peuple, pullulant comme des puces pendant la sécheresse...

— Ça y est ! j'le tiens... Ah ! saloperie de petit enculé... »

L'un des ivrognes avait transpercé un poisson de son harpon, mais, constatant qu'il était tout petit, il s'en débarrassa d'un coup de pied et le regarda avec mépris s'agiter et faire des soubresauts de plus en plus faibles dans l'eau qui se teintait de rouge.

« Tu vois ! gronda Thomas. C'est exactement ce que je disais. C'est à lui-même qu'il distribue des coups de pied ! C'est à notre peuple qu'il distribue des coups de pied ! Il apporte la colère du Grand Esprit. Il aide à construire le grand barrage blanc. »

La colère de Thomas s'évanouit aussi vite qu'elle était apparue. Il porta son regard en aval, vers le site du barrage, puis il ferma les yeux et se mit à chanter lentement. Au son de sa voix grave qui se mêlait au fracas des chutes, je voulus me réfugier tout près de Ma, mais elle ne tenait pas en place.

« Excuse-moi, Thomas, dit-elle, mais si tu veux que je comprenne, faut que tu me traduises. »

Le vieil Indien se tourna vers elle. Son expression me donna envie de me cacher.

« Je chante l'histoire des jeunes gens du Peuple de la Nass River. Je ne peux pas la chanter en anglais. L'anglais ne chante pas. Est-ce que tu t'en prends aux oies qui passent dans le ciel en automne parce qu'elles chantent dans leur propre langue ? »

Ma rougit et détourna le regard. C'est la seule et unique fois où je la vis totalement prise de court.

« Excuse-moi », répéta-t-elle.

Cette fois, elle était sincère.

Thomas tendit son bras épais comme un tronc d'arbre au-dessus des chutes et cria :

« Celilo ! cesse tes grondements ! ou alors gronde en anglais ! »

Sur ce, il pouffa comme un gamin qui vient de lâcher un pet en voiture et décocha un coup de coude dans les côtes de Ma qui gloussa et lui agrippa le bras. Thomas déclara alors :

« Je vais vous le raconter dans votre langue, petite sœur et petit frère. Aussi guindée et laide qu'elle soit. »

Il me sembla qu'il accompagna ces paroles d'un clin d'œil. Je n'en étais cependant pas sûr, car je ne savais pas si les Indiens faisaient des clins d'œil.

Le regard de Thomas se perdit dans le vague, et il se mit à chantonner pendant un moment. Tout le temps de son récit, il garda les yeux fixés sur la rivière, mais comme s'il ne la voyait pas...

> Il y avait un endroit dans un canyon, près d'une haute montagne, où vivait le clan du Loup appartenant au Peuple de la Nass River. Il y avait un bassin, sous des chutes, où venaient au printemps et en automne de nombreux saumons. Il y avait aussi beaucoup de gibier et beaucoup de baies. La vie était facile dans cet endroit, comme cela l'était autrefois ici...

Thomas engloba d'un geste le paysage autour de nous.

> Or, dans cet endroit, les jeunes du clan du Loup commencèrent à faire des bêtises. Ils laissaient des carcasses sans les enterrer. Plus tard, ils se mirent à tuer les petits animaux de la forêt uniquement pour exercer leurs talents, et ensuite ils les abandonnaient sur place. Puis ils tuèrent plus de cerfs et d'orignaux que nécessaire, gardant les meilleurs morceaux et dédaignant la peau, les os et les entrailles. Ils se vantaient de leurs prouesses de chasseurs et continuaient à tuer dans le seul désir d'accomplir de nouvelles prouesses. Ils ne disaient plus les prières sacrées pour ceux qu'ils tuaient. Ils ne se purifiaient plus avant la chasse. Ils ne donnaient plus les pièces tuées aux anciens pour que ceux-ci les partagent avec ceux qui ne pouvaient pas chasser. Aussi les anciens voulurent-ils les mettre en garde. Ils allaient s'attirer les foudres du Grand Esprit. Les jeunes se contentèrent d'en rire.

Un automne, ils se rendirent sur les territoires de pêche où ils restèrent après la tombée de la nuit. Puis, pour s'amuser, ils attrapèrent des saumons, leur fendirent le dos et enfoncèrent des torches enflammées dans les fentes avant de les relâcher dans un petit bassin. Riant à gorge déployée, ils les regardèrent nager et tourner en rond, complètement affolés. Lorsque les torches s'éteignirent, ils laissèrent les saumons mourir et retournèrent à leurs huttes.

Un vieux Tamanawis découvrit les saumons le lendemain matin. Certains, sous le coup de la douleur et de la panique, s'étaient échoués et avaient répandu des œufs rouges et de la semence laiteuse sur les pierres. D'autres avaient nagé jusqu'à mourir d'épuisement. D'autres encore s'étaient vidés de leur sang. Tous étaient morts, sauf un. L'ancien sut alors que de terribles catastrophes allaient s'abattre sur eux. Il revint avertir le peuple. Il lui dit qu'il fallait partir de cet endroit. Les jeunes se moquèrent de lui. Ils lui ordonnèrent de se taire avant qu'ils lui fendent à son tour le dos pour y planter une torche. Au peuple, ils dirent : « L'hiver arrive. Les saumons sèchent sur les râteliers. Il est temps de se préparer pour les cérémonies au lieu d'écouter les radotages d'un vieil imbécile. »

Le vieux répliqua : « Le feu approche. » Et il quitta cet endroit. Seules sa femme et l'une de ses filles l'accompagnèrent.

Il ne s'écoula guère de temps avant que le Grand Esprit commence à manifester sa colère. Chaque jour pendant un petit moment, la terre tremblait et grondait. Les autres anciens étaient inquiets maintenant. Ils demandèrent aux jeunes d'essayer d'apaiser les esprits de ceux que, parmi le peuple des saumons, ils avaient torturés et tués. Ils déclarèrent que les coupables devaient jeûner, prier et faire des offrandes aux esprits en colère. Les jeunes se contentèrent une nouvelle fois de rire. Ils dirent que le grondement provenait des fantômes qui se réunissaient pour les cérémonies de l'hiver. Ils dirent que les fantômes aimaient festoyer et s'amuser, pas jeûner et prier.

Alors, durant quelque temps, les bruits dans la terre cessèrent. On oublia les paroles du Tamanawis. Les anciens eux-mêmes pensaient que les ennuis étaient terminés. Mais un jour, on entendit un bruit plus fort qu'un millier de chutes Celilo, et de la montagne jaillirent des rivières de feu qui se déversèrent dans chaque canyon, cependant que des rochers incandescents volaient dans le ciel comme des feuilles aux premiers vents de l'automne. Les rivières de feu dévorèrent le village et ses habitants.

Mais les jeunes du clan du Loup avaient vu les rivières de feu s'avancer. Poussés par la terreur, ils coururent très vite. Ils abandonnèrent leurs enfants et leurs parents et coururent comme des loups... mais la Forêt veillait cependant qu'ils se réfugiaient vers les hauteurs. La Forêt n'avait pas oublié qui ils étaient. Elle dit au noisetier de se pencher dans la rivière de feu. Le noisetier se pencha et s'enflamma. Alors, la Forêt appela le Vent. Le Vent arriva et, à une allure folle, transmit le feu d'un arbre à l'autre. Le feu barra le passage aux mauvais hommes.

Tous sauf un furent anéantis. Celui-là était gravement brûlé. Il savait pourquoi le peuple avait été anéanti. Il se dit alors qu'il serait préférable de mourir, et il s'assit sous un arbre fumant pour attendre. Le vieux Tamanawis le découvrit à cet endroit. C'était un docteur, cet homme-là. Il le soigna et le ramena à la vie.

Le jeune du clan du Loup épousa la fille de l'ancien. On le connut alors sous le nom de Rien-que-des-cicatrices. Il vécut de nombreuses années et chanta chaque hiver son histoire, un avertissement destiné aux autres clans... Voilà, c'est tout.

Je regardai la rivière et je frissonnai. J'avais peur qu'elle bondisse pour arracher les soûlots de leur perchoir, et peut-être Ma et moi, aussi. Thomas conclut :

« C'était la rivière de feu. Maintenant c'est le barrage de l'homme blanc. Ce sont les armes du Grand Esprit. La même chose se répète : ce sont la cupidité, la cruauté et l'ingratitude qui amènent la souffrance sur le peuple. »

Je n'ai jamais demandé à Thomas ce qu'étaient les esprits. Il me semblait qu'ils étaient encore plus grands que lui, et sa grandeur à lui me faisait déjà assez peur comme ça, tandis qu'il se tenait près des chutes. Un mois plus tard, elles se turent définitivement et le barrage commença à rugir... en anglais. Les anciens territoires de pêche et les lieux de sépulture furent submergés.

Peu de temps après, Thomas Bigeater mourut pendant qu'il pêchait aux rapides de Sherar. Il fut le premier membre non converti de sa tribu à être enterré dans le nouveau cimetière chrétien situé au-dessus du réservoir. Quelques fanatiques protestèrent en vain : tout comme les convertis, l'ancien lieu de sépulture devait recevoir le baptême. En attendant que les eaux se retirent un jour, il n'y avait pas d'autre endroit où mettre un vieux pêcheur.

Sur Tamanawis Mountain, le soleil chauffait à présent, mais le souvenir de Thomas me glaçait — car la comparaison entre sa manière de pêcher et la mienne était loin d'être à mon avantage. Certes, je ne m'étais jamais laissé aller jusqu'à traiter les truites « d'enculées », mais je ne pêchais que pour moi-même et pour me nourrir. C'était pour moi une sorte de défi — Gus contre les Rivières côtières — et durant tout ce temps-là, l'immense majorité de mes adversaires passaient leur chemin, intacts, invaincus : j'étais une puce qui provoquait un ours en hibernation ; je mourrais de vieillesse avant que mon « ennemi » se donne seulement la peine de bâiller ou de s'étirer. Ma seule consolation, c'était que mon Journal de Pêche avait disparu comme les hommes du clan du Loup : réduit en cendres.

Que la cupidité, la cruauté et l'ingratitude aient causé la souffrance du peuple, je le comprenais, mais que je puisse, moi, causer la souffrance de quelque chose ou de quelqu'un en dehors de mes prises ou de moi-même, cela m'épouvantait. A qui pourrais-je faire du mal ? Quel était « mon peuple » ? Et si je le trouvais, que pourrais-je faire pour lui venir en aide ? Je supposais qu'un peu d'amitié ne serait pas pour leur déplaire si j'avais des amis, mais qui donc connaissais-je ? Personne...

Après tout, je l'avais voulu. Alors, était-ce cela ma faute ? Eviter tous les pêcheurs ainsi que mes voisins, pêcher seul et seulement pour moi, était-ce cela le crime que je commettais contre mon peuple ? Je l'ignorais, mais la pensée me rendait mal à l'aise.

L'histoire du Grand Esprit aussi me troublait. Je m'étais dit un jour que s'Il était tellement important, Il devrait se faire un peu moins rare. Mais à quel point était-Il rare ? Je commençais à avoir l'impression que tous ceux que je respectais — Bill Bob, Knickerbockers, Thomas — adoraient je ne sais quelle déité secrète, ce qui ne contribuait qu'à m'embrouiller davantage les idées. D'autant que tous ceux qui n'adoraient pas de déité avaient l'air de minables à côté de ces trois-là.

Quoi qu'il en soit, dieux ou pas dieux, je savais que je désirais effacer toute ressemblance entre les membres du clan du Loup et moi. Le problème, c'était comment ? Et, pendant que je réfléchissais, quels personnages, croyez-vous, vinrent me hanter et défiler sur l'écran de mon esprit, sinon ces deux pêcheurs au coup, ces deux hommes si prolixes et si religieux, Piscator et Venator. *Le Parfait Pêcheur à la ligne*, troisième jour, quatrième chapitre. Piscator et Venator sont sur la berge. Ils pêchent, mangent, bavardent...

« Attention ! mon cher disciple ! s'écrie soudain Piscator. Nous avons une touche ! (Il veut dire que lui, il a une touche, car à ce stade de sa carrière, Venator ne serait même pas capable d'attraper ne serait-ce qu'un rhume.) Ma parole, je le tiens ! Oh ! c'est un gros chevesne... » Piscator se place à distance respectueuse de la répugnante créature, mais il ordonne à Venator — qui aime les chevesnes — de l'amener et de l'enfiler sur une branche de saule. Ensuite, déjà chargés de truites (aucune pêchée par Venator), nos deux joyeux compagnons décident de regagner leurs pénates, et tandis que Piscator se livre à des commentaires verbeux sur les agneaux sans défense et les pis gonflés des mères qui bêlent à qui mieux mieux, Venator écoute patiemment, comme si ce galimatias freudien pouvait par miracle parvenir à faire de lui un pêcheur.

Peu de temps après, ils rencontrent en chemin une jolie fille qui trait les vaches, appelée Maudlin, c'est-à-dire « larmoyante », (nom qui s'applique également à son attitude générale telle que la dépeint Walton) accompagnée de sa mère qui, n'étant pas jolie, restera anonyme. Piscator hurle à la vieille Anonyme. « Que Dieu te protège, brave femme ! »

Mais Dieu ne la protège pas de ces deux-là. Elle s'arrête net. Maudlin s'arrête net. En fait, durant toute la scène, Maudlin et sa mère accomplissent exactement les mêmes gestes, comme le font dans certaines pubs les jeunes mamans et leurs filles adolescentes qu'on prendrait presque pour des jumelles, à ceci près que personne ne pourrait confondre Anonyme avec Maudlin. (Sauf, peut-être, Venator.) Image même de la politesse, Piscator regarde Maudlin mais s'adresse à Anonyme : « Je reviens de la pêche et comme j'ai pris plus de poissons qu'il n'en faut pour me sustenter ainsi que mon ami, je vous accorde ceci à ta fille et toi, car les poissons point je ne vends... » Sur ces paroles, il ouvre son panier. Maudlin et Anonyme s'approchent et contemplent les truites avec convoitise. Piscator et Venator s'approchent et contemplent Maudlin avec convoitise. Et là, tenez-vous bien ! Piscator leur tend le gros chevesne !

Les naïves femmes sont ravies. Piscator leur aura probablement raconté qu'il s'agissait d'un petit porcelet ou d'une nouvelle espèce de truite. Ou peut-être aura-t-il demandé à Venator de réciter sa célèbre ode aux chevesnes : « C'est la meilleure chair que j'aie jamais goûtée... » l'interrompant avant qu'il n'explique que, dans sa jeunesse, il avait été nourri de rat frit et de chien bouilli.

Anonyme et Maudlin offrent aux deux pêcheurs un peu de « bon lait frais de vache rouge » (rouge ? c'était peut-être du sang !). Puis la belle Maudlin leur chante une chanson qui dit que les laitières ne meurent pas de phtisie et de goutte au moindre courant d'air comme les dames de la haute société. Ensuite, c'est au tour de Venator de se montrer généreux. Piscator l'a bien éduqué. Il sourit à son maître, à la vieille Anonyme, à la jolie jeune fille, puis il s'écrie avec enthousiasme : « Je vais faire un vœu pour la laitière de Sir Thomas Overbury : “Qu'elle puisse mourir au printemps et, une fois morte, qu'un monceau de fleurs vienne couvrir son linceul !” »

Maudlin est si émue à la pensée de mourir au printemps prochain (car n'était-ce point une manière détournée de dire qu'elle appartenait à la haute société ?) que, accompagnée de sa mère, elle chante une autre jolie chanson qui touche Piscator au point qu'il déclare :

« Un de ces jours, je vous donnerai un autre poisson. »

(Plein de vers, je parie, pense Anonyme.)

« Viens, cher disciple, laissons Maudlin seule », dit Piscator.

(Walton ne nous précise pas l'effet que ce butor a produit sur elle.)

Ainsi, ils partent chacun de leur côté, les deux pêcheurs pour se gaver de truites, les deux femmes pour essayer de manger le gros chevesne sans vomir...

Ce souvenir me procura un certain soulagement : je ne pourrais jamais faire pire ! Je contemplai la vallée de la Tamanawis. Des colonnes de fumée bleue s'élevaient çà et là, et sous chacune de ces colonnes vivaient des gens que je n'avais jamais rencontrés, que je n'avais jamais cherché à connaître et que je n'avais même jamais salués, sauf quand je ne pouvais pas l'éviter. Qui que vous soyez, prenez garde ! Un Piscator d'aujourd'hui va se mettre en quête d'un peu d'amitié !

2

Mes voisins

> La plupart des hommes bien qui vivaient le long de ce rivage
> Voulaient recevoir de l'amour et en donner
> Aux belles femmes, qui n'étaient pas jolies,
> Et aux petits enfants comme moi qui se demandaient
> A quoi tout cela rime ?
>
> James Wright

Après avoir regagné ma cabane, je fouillai partout à la recherche de petits cadeaux à échanger : truites, saumons et steelheads fumés, mouches et tuyaux sur la pêche, histoires à dormir debout et une Timex qui donne l'heure. Ce n'était pas grand-chose, mais c'était toujours mieux que des chevesnes et des vœux de mort. Je fourrai le tout dans le pick-up et pris le chemin de la première colonne de fumée. Elle provenait de la ferme Coca & Doughnut.

Dans l'allée, je fus accueilli par six enfants et trois chiens. Les premiers piaillaient et usaient d'un langage à peu près aussi compréhensible que celui d'un vol d'étourneaux dans un sapin au crépuscule, tandis que les seconds aboyaient et grondaient avec un enthousiasme si communicatif que je préférai m'abstenir de descendre de voiture. Je me présentai, donnai aux gosses un peu de poisson fumé (c'est-à-dire ce qui restait après que les chiens m'eurent arraché des mains ce que je tendais), leur offris des leçons de pêche gratuites, leur expliquai où ils pourraient me trouver, et je m'apprêtais à faire demi-tour quand ils s'écrièrent : « ATTENDS ! » Ils s'égaillèrent dans six directions différentes vers des bâtiments de teintes hideuses et revinrent avec des fruits et des légumes aussi bien frais que surgelés, une douzaine d'œufs féconds, deux steaks, une cruche de lait cru, ainsi que leurs parents, Ernie et Emma, qui se relayèrent pour me serrer la main par la vitre jusqu'à ce que j'en eusse mal aux doigts, cependant qu'ils discouraient sur le temps et les enfants, qu'ils insistaient sur le fait que je ne pouvais pas refuser les cadeaux sous lesquels je croulais déjà, qu'ils parlaient de la formidable réputation que je m'étais acquise en tant que « le gars qu'a sauvé la vie de ce pôvre cadavre dans la rivière », avant de repartir sur les vaches et les récoltes, le tout délivré à pleins poumons et émaillé d'un assortiment de claques, coups de pied, menaces et jurons adressés aux différents éléments de la meute de gosses et de chiens qui nous encerclaient.

La colonne de fumée suivante s'élevait d'une ferme délabrée en bois gris d'aspect sinistre et située environ cinq cents mètres plus bas sur la route. A l'entrée du chemin de terre creusé d'ornières, un panneau multicolore peint à la main et cloué sur ce qui avait été autrefois le piquet d'une clôture annonçait : « BOUGIES À VENDRE ». Et ce qui avait été autrefois une cour et un jardin n'était plus qu'une réserve d'insectes et de mauvaises herbes, cependant que ce qui avait été autrefois une grange et un poulailler n'était plus qu'une sorte d'immense appentis ouvert aux quatre vents censé abriter ce qui avait autrefois été un tracteur International Harvester. Par contre, ce qui avait été autrefois une maison était encore une maison, et un entrelacs d'allées piétinées serpentait parmi les chardons, les herbes aux coqs, les églantiers et les marguerites, ce qui dénotait la présence d'une vie intense à l'intérieur. Et, comme pour me donner raison, à l'instant où je sortais de mon pick-up, quatre êtres aux allures d'anges apparurent au cœur du sanctuaire d'insectes et de mauvaises herbes. Celui qui semblait être le chef avait sans doute été autrefois un surfer et était à présent un fabricant de bougies, une personne rayonnante, éthérée, l'air sous-alimenté, porteuse d'une barbe brune et de nattes blondes qui possédaient l'étonnant point commun de lui descendre jusqu'à sa ceinture de jute tressée. L'homme était suivi de son épouse nommée Satyavati, une femme silencieuse à la peau brune, très jolie et très maigre, avec des nattes semblables à celles du fabricant de bougies, sauf qu'elles étaient noires. Et qui les dépassèrent en courant, il y avait deux fils aux nattes blondes, âgés respectivement de trois et de cinq ans, Rama et Arjuna. (Le fabricant de bougies, quant à lui, s'appelait Steve.) Rama, le plus petit, était armé d'une hache, et Arjuna, d'une hachette. Tous deux m'adressèrent un petit signe de tête, puis s'attaquèrent sans plus tarder à un immense talus argileux, apparemment dans l'intention de creuser une grotte (où la famille pourrait peut-être se refugier quand leur maison serait à son tour transformée en appentis). Leurs travaux d'excavation ne se présentaient pas sous les meilleurs auspices. La natte blonde de Rama se défit tout de suite et la hache, manquant de peu sa tête, enfonçait à chaque coup ses cheveux dans le talus ; soulever l'outil exigeait une violente torsion de son corps, et le plus souvent, il ne faisait qu'arracher des cheveux à la place de la terre. « Waaak ! Ouch ! Waaak ! Ouch ! » s'écriaient en chœur le garçon et la hache. La natte d'Arjuna se portait mieux, mais pas sa hachette : il avait choisi d'extirper de l'argile un rocher de plusieurs tonnes qu'il attaquait éclat par éclat.

Les larges pantalons et chemises assortis de Steve et de Satyavati étaient en coton indien blanc. Ceux de Rama et d'Arjuna étaient d'un tissu et d'une coupe identiques, mais ils n'étaient plus blancs. Dans leur réserve d'herbes sauvages, avec leurs vêtements de coton, leurs nattes, leurs silhouettes maigres et leurs noms indiens (à l'exception de Steve), ils constituaient un spectacle réjouissant. La hache et la hachette m'inquiétèrent bien un moment, mais plus je restais à regarder la petite famille, plus j'avais envie de me laisser pousser les cheveux pour me faire une natte qui me descendrait au ras des fesses, de ne plus jamais me soucier de quoi que ce soit, et d'adopter une philosophie du genre les choses sont ce qu'elles sont, ou la hachette blesse Arjuna et ça fait mal juste un petit moment, ou alors elle ne le blesse pas et ça ne fait pas mal ; du genre Rama se tranche un orteil, il suffit de le recoudre ; du genre Arjuna s'éborgne, ce n'est pas grave, il n'a qu'à se servir de son autre œil ; du genre ils s'arrachent les cheveux, ce n'est pas grave, ils repousseront ; du genre yin et yang, arrive ce qui doit arriver ; du genre on regarde autour de nous, on se regarde, on regarde les mauvaises herbes, les insectes, les arbres, la hache et la hachette, le talus d'argile et les gosses, et c'est comme ça, tout va bien... jusqu'au moment où je leur offris du saumon fumé. Là, tout n'alla plus bien du tout. Ce fut, merci, mon vieux, mais les créatures sont à aimer, pas à manger. La chair, mon vieux, dans le temple de nos corps, elle ne va nulle part, elle ferme toutes nos portes, provoque l'obésité et la putréfaction, mon vieux, c'est Constipation City. Je leur donnai donc les légumes frais dont Ernie et Emma m'avaient fait cadeau, et tout alla de nouveau bien. On laissa Rama et Arjuna pratiquer la théorie du yang sur le rocher et l'argile, et on alla pratiquer celle du yin dans la boutique à l'arrière de la maison.

Il y avait là des centaines de bougies. Steve me donna une énorme bougie-poisson en forme de flet, une bougie-calendrier garantie pour brûler un petit peu chaque jour pendant une quinzaine, et une demi-douzaine de cierges de couleurs tintinnabulantes. Du moins était-ce ce que la pancarte annonçait : « Tintinnabulations ». Je demandai ce que cela signifiait. Cela signifiait ce que cela signifiait. Interroger Steve, c'était un peu comme interroger la Tamanawis.

Je constatai cependant que le gars se consacrait à fond à ce qu'il faisait, et qu'il le faisait très bien. C'est ce que je lui dis. Il sourit et répondit : « Oui, c'est comme ça, tout va bien. » Il y avait une table couverte de monstruosités munies de plusieurs mèches qui figuraient des nuages dans des nuances de gris, de blancs et de couchers de soleil appelées « Cumulonimbustibles », deux étagères de petits bonshommes verts et bruns qui ressemblaient à des arbres et baptisés « farfeudets », et puis des « bougies d'art », des machins alambiqués et magnifiquement sculptés dont les prix montaient jusqu'à trois ou quatre cents dollars et qui, si on aimait ce genre de choses, paraissaient les valoir. Certaines présentaient des dizaines de mèches plantées un peu partout, et quand je demandai pourquoi, Steve laissa tomber ses « c'est comme ça », le temps de m'expliquer que certaines bougies géantes étaient de l'arnaque dans la mesure où, après avoir brûlé et fondu un moment, elles se réduisaient à un tas de cire informe. Ses chefs-d'œuvre à lui ne se bornaient pas à fondre : « ils parlaient à l'âme ». Il me montra une série de photos d'une bougie d'art qui, d'immeuble de bureaux, se métamorphosait en mosquée quand on allumait, éteignait et rallumait les mèches selon des instructions détaillées jointes. Ensuite, il me montra une espèce d'immense ensemble qui figurait une triste rangée de maisons de banlieue à deux niveaux et qui, en fondant, devenait un village indien Tillamook : les voitures se changeaient en canoës, les poteaux téléphoniques en mâts totémiques, les maisons en huttes, tandis que les chiens sans mèches restaient des chiens. C'était pour l'instant sa plus belle réalisation. On se promena ainsi parmi les bougies fabuleuses, moi qui extériorisais, lui qui intériorisait. Soudain, je m'arrêtai, pétrifié, devant une femme nue couchée sur le dos. Elle tenait ses seins dans ses mains, et sous chacun d'eux, au milieu de la chair translucide, perçait un visage aux yeux exorbités avec des mèches qui lui sortaient des narines pour se terminer en bouts de sein que les doigts encerclaient, lesquels doigts avaient la forme de cuisses, et en dessous, il y avait, ce... euh..., enfin... il fallait voir ça. Je ne commis pas l'erreur de demander ce que c'était. Je les invitai tous à venir me rendre visite dès qu'ils le voudraient. Steve déclara qu'ils viendraient bientôt, mais que ce serait quand ce serait. Il désirait voir les cannes que j'avais fabriquées et semblait en connaître un rayon là-dessus — du moins pour un végétarien adepte des sûtras —, de même que sur les mouches. « Je m'intéresse à tout », me dit-il en guise d'explication. Je lui fis cadeau d'une Bermuda n° 6, d'une Coachman n° 12 (il m'arrive de temps en temps de confectionner de bonnes vieilles classiques) ainsi que d'une n° 24 de mon invention, la

Puce. Il l'étudia un instant, hocha la tête et dit en riant : « Pas mal. » Je compris que de sa part, c'était le plus beau des compliments.

La troisième colonne de fumée s'élevait du débarcadère des Eaton. C'était que ce n'était pas drôle. C'était qu'ils me dévisagèrent comme si j'étais la Faucheuse venue réclamer son dû. C'était que je leur donnai quelques mouches (sachant qu'ils ne pêchaient pas à la mouche), les remerciai pour m'avoir aidé avec Abe, puis c'était que je m'empressai de ficher le camp. Je fis une demi-douzaine d'autres arrêts, y compris à ce qui faisait à la fois office d'épicerie, de café, de station-service et de bibliothèque, et en échange de mes mouches, de mes poissons et de mes tuyaux sur la pêche, je récoltai une vidange gratuite, une tarte aux pommes et un café, des brochures et des livres sur la Tamanawis et l'histoire du comté, deux bouteilles de soda et un grand sachet de chips de maïs. J'avais découvert mon peuple. Et j'avais découvert que dans le monde, Thomas Bigeater, Piscator et moi n'étions pas les seuls partisans de l'amitié.

En regagnant ma cabane, je n'étais plus tout à fait le même : j'avais laissé ma solitude sur les bords d'une rivière solitaire ; j'étais revenu au domicile de celui que les habitants du coin appelaient « Gus le Pêcheur », un domicile situé à côté de chez Ernie et Emma, non loin de chez les fabricants de bougies, de chez Ecrevisse Benson, du débarcadère des Eaton, du café « Le Brouillard » et de tous ces gens qui faisaient de la vallée et du village une vallée et un village peuplés de gens. J'avais en effet « sauvé la vie de ce pôvre cadavre dans la rivière », et ce cadavre, c'était moi. Et avec mes yeux de « dépoissonné », je vis enfin mon univers tel qu'il était, au point que j'eus peine à me remettre du choc devant le spectacle et les odeurs qui m'entouraient : les rayons dorés pareils à du miel liquide qui filtraient au travers des cèdres d'un vert étincelant, l'épais tapis de mousse, l'eau pure et transparente de la rivière, les lupins, les épervières et les pâquerettes qui parsemaient les clairières, le chant des oiseaux et le bavardage des écureuils, le doux parfum humide du sous-bois...

Je consacrai l'après-midi à débarrasser la cabane des vestiges les plus flagrants de mon ancien moi et à installer des boîtes de conserve pour servir de vases aux fleurs sauvages, les bougies de Steve, la collection de pierres, de bric-à-brac et de renous de Bill Bob, des pommes de pin, des bouts de bois sculptés par les eaux et un champignon rouge vif pour remplacer le matériel de pêche éparpillé partout. Pendant que je travaillais, je mis pour la première fois la radio à fond, réglée sur une fréquence choisie par Bill Bob où le rock n'roll venu de Seattle, le base-ball de Boise, la Bible de Medford et les parasites de la stratosphère se disputaient mon oreille.

Au crépuscule, je nourris les poissons et les écureuils, me versai un grand verre de vin, puis allai m'asseoir devant la fenêtre pour le boire et me demander quels étaient les autres actes marquant ma réconciliation avec le monde que je pourrais accomplir avant la nuit. Et là, devant moi, sous mes yeux, Sigrid la Petite, immobile, contemplait comme toujours sa rivière adorée avec nostalgie. J'allai remplir un seau à l'évier, puis je pris l'épuisette pour petits poissons et l'approchai lentement d'elle en lui expliquant qu'il fallait que je la capture pour la libérer. Elle parut comprendre le paradoxe, car elle demeura dans son coin, les nageoires battant comme des ailes d'oiseau-mouche, jusqu'à ce que l'épuisette se referme autour d'elle, moment où elle commença à se débattre, mais sitôt dans le seau, elle se remit à flotter patiemment sur place pendant que je la mettais en garde contre les dangers que représentaient les mergules, les martins-pêcheurs, les ratons laveurs, les visons, les hérons, les gros poissons et surtout les *pêcheurs*. Quand on arriva à la rivière, j'étais dévoré d'inquiétude, mais je me souvins tout à coup d'un petit trou d'eau peu profond dans le ruisseau qui alimentait ma cabane en eau courante, cette même eau dans laquelle Sigrid avait vécu pratiquement toute sa vie. Il n'y avait jamais eu le moindre poisson dans ce ruisseau, si bien que les prédateurs devaient l'exclure de leurs tournées ; elle y serait donc en sécurité jusqu'à ce qu'elle rejoigne la rivière. J'entrai dans l'eau et immergeai le seau, mais elle resta dedans, agitant de nouveau ses nageoires à la manière d'un colibri, comme si, en définitive, elle hésitait à me quitter. Me penchant au-dessus d'elle, je remarquai pour la première fois sur son dos une tache verdâtre en forme de croissant, de croissant de lune presque, sans doute une cicatrice datant du jour où Alfred était devenu fou. Comme elle ne bougeait toujours pas, je finis par retirer le seau ; elle demeura là un court instant, puis elle fila et je la perdis de vue. Je fouillai en vain le trou d'eau du regard, content de ne pas pouvoir la repérer, car je me disais que les prédateurs non plus ne le pourraient pas. Au moment où je me tournais pour partir, elle jaillit de sa cachette, goba son premier moucheron sauvage, puis disparut dans une légère éclaboussure.

Le retour à la cabane me sembla bien solitaire. Après une journée passée parmi les gens de mon peuple, j'aspirais à de nouveaux contacts avec mes semblables. Avant mon arrivée au bord de la Tamanawis, je m'imaginais que la solitude guérissait tout, qu'il s'agissait d'une forme de panacée psychique, d'une espèce de couteau invisible qui me couperait une bonne fois des débats parentaux, des pertes de temps, du radotage scolaire, de l'incessant défilé de voitures et de machines de toutes sortes ; je croyais qu'elle me libérerait et que, seul et indépendant, je deviendrais celui que je souhaitais être. Or, j'ai découvert qu'en réalité elle ne garantissait rien. Jour après jour, je me suis tenu au bord de rivières babillantes, environné de calme et de beauté, sans la moindre ville ou la moindre banlieue en vue à des kilomètres à la ronde et hop ! voilà qu'une nuée de lutins envahissent mon crâne, se massent et s'accroupissent comme des vagabonds sous un pont, puis se mettent à se quereller et à protester en hurlant à tue-tête ! Une voix chante à pleins poumons un refrain de pub télé, une deuxième entonne un couplet obscène ou ridicule en vers de mirliton pour essayer de couvrir la première, tandis que la troisième est mon juge, lequel m'engueule, m'injurie, me reproche à grands cris chaque mouche qui se prend dans un arbre, chaque lancer raté, chaque orteil meurtri, me dit que je devrais pêcher dans un autre cours d'eau, utiliser une autre mouche, porter d'autres vêtements, et cetera ; celui-là a un frère, le Pleurnichard : « J'ai sommeil, j'ai faim, je suis fatigué, je m'ennuie, je suis seul, j'ai envie de baiser, j'ai mal au dos, j'ai mal au ventre, pourquoi on fait ça, qu'est-ce qu'on fout ici, quand est-ce qu'on rentre à la maison, quand est-ce qu'on part... » Et, le plus insupportable de tous, le Vantard : « Oh ! quel lancer ! Je suis le meilleur ! H2O aurait été incapable de déposer la mouche ici, même si le sort de son approvisionnement en scotch en avait dépendu ! Waouh ! ça y est ! je le tiens ! Qui sinon MOI aurait pu ferrer ce poisson dans des conditions pareilles ? Walton, Cotton, Gordon, Ritz, Brooks... et GUS ORVISTON, les grands parmi les grands ! » J'étais libre. J'étais seul. C'était l'enfer. La confusion, la tristesse, la stupidité, tout cela m'avait suivi de Portland à la Tamanawis où le silence l'avait fécondé et multiplié. J'en étais l'unique dépositaire.

Ainsi ai-je appris ce que la solitude était réellement : un matériau brut, effrayant, malléable, plus ancien que l'homme, le monde et l'eau. Et impitoyable de surcroît, car il laissait l'homme devenir précisément ce qu'il était lorsqu'il se trouvait seul. Pour affronter une liberté aussi terrifiante, il fallait posséder soit la sagesse, soit l'insensibilité de l'écorce de l'arbre. Comprenant que je ne possédais ni l'un ni l'autre, je me laissai envahir par le désir d'avoir de la compagnie. Sans en éprouver la moindre honte, j'aspirais à une présence plus substantielle que celle de mon ombre et moins invisible que celle de la Reine, quelqu'un qui serait prêt à partager avec moi des plaisanteries et des cochonneries à manger.... et je n'avais pas atteint la porte de derrière que je perçus un murmure. C'étaient les gosses de Coca & Doughnut équipés de six cannes pourries, de six moulinets rouillés avec des fils emmêlés, de sacs en papier contenant du pop-corn et des bouteilles de soda, venus prendre leur première leçon dans cet art vieux comme le monde qui a pour nom pêche à la ligne. On entra dans la cabane en file indienne, on alluma les nouvelles bougies tout en s'ingéniant tour à tour à prononcer « tintinnabulations », puis on engloutit le pop-corn, on grignota, on répara le matériel, on raconta des histoires, on rit et on apprit jusqu'à ce que je les ramène chez eux dans le pick-up bien après l'heure du coucher des plus petits. Pour la deuxième nuit consécutive, je dormis d'un sommeil paisible. Les bruits d'eau que j'entendais ne provenaient pas de ma tête, mais de la Tamanawis.

3

Le cri de la chouette

> Dans notre aquarium, nous pouvons assister à toutes les cruautés du dur combat pour la vie... Devant le mâle dans toute sa gloire, la femelle aux modestes atours baisse pavillon... et, si elle ne désire pas s'accoupler, elle s'enfuit aussitôt... Le mâle ne doit jamais avoir ne serait-ce qu'un aperçu de ses flancs, sinon il deviendra sur-le-champ... fort peu galant.
>
> Konrad Lorenz

Je me réveillai avant l'aube. L'étoile du matin scintillait au travers du même trou dans le feuillage des cèdres, et le monde était trop vaste et trop beau pour qu'on n'eût pas envie de l'explorer. Je sautai à bas de mon lit, m'habillai en hâte, fonçai dans le pick-up et, le ventre vide, frissonnant, tandis que les étoiles brillaient encore, je m'engageai sur la route 101 sans avoir de destination précise à l'esprit.

Après avoir roulé un certain temps (je ne peux pas en dire davantage par crainte de dévoiler l'emplacement de la Tamanawis), je m'arrêtai à Otis pour y prendre un petit déjeuner détonant composé de pancakes et de café que j'engloutis en quantités énormes pour la raison absurde qu'il y avait des bûcherons assis à côté de moi et que je voulais les impressionner. Je crois avoir peut-être réussi à en impressionner un ; en tout cas, il m'adressa un petit sourire en coin pendant qu'il remuait son café brûlant... avec son pouce ! Par bonheur, je trouvai une épicerie déjà ouverte à Lincoln City où j'achetai cinq kilos d'oranges en pensant qu'il me faudrait bien ça pour évacuer la pâte à crêpe qui pesait sur mon estomac. Ensuite, je pris la direction de la côte dans l'intention de visiter la région de la Siletz River.

Au début de l'après-midi, j'avais franchi une bonne partie des montagnes. Le soleil était chaud, le pick-up poussiéreux et je commençais à avoir faim. Je décidai donc d'aller manger mes oranges au bord de la rivière, puis de lézarder au soleil et de me baigner à poil. Chose étrange, au cours de mes vingt années d'existence, je n'avais jamais choisi délibérément de me baigner ; j'étais tombé à l'eau en pêchant, mais je n'avais jamais nagé pour le plaisir de nager. Etant donné que, comme la plupart des ermites, je suis plutôt pudique, je dénichai un endroit où la rivière s'écartait de la route pour former un coude avant de s'enfoncer dans un canyon. Il y avait un tas d'autres endroits déserts le long de cette rivière longue de plus de cent cinquante kilomètres, mais ce fut, inexplicablement, celui-là que je choisis.

Une digression : de l'inexplicable

D'une manière générale, il semble y avoir deux explications de l'inexplicable. L'une est logique, qui met l'aléatoire sur le compte d'un facteur connu sous le nom de Destin, de Sort ou de Hasard. Le Destin, le Sort ou le Hasard, dans leurs formes extrêmes, sont censés pouvoir se manifester dans une salle pleine de singes qui jouent avec des machines à écrire et faire en sorte que l'un d'eux tapera *une pièce entière de Shakespeare* — à condition que le nombre de singes et le temps alloué soient suffisants pour permettre de faire face aux cas frustrants où un singe, arrivant par exemple à la fin de *Hamlet*, taperait : « ... Qu'on emporte les corps — pareil spectacle convient au champ de bataille mais pas à ce lieu. Allez, ordonnez aux soldats de sh&$bznx§ %grntnokyirt. »

La seconde explication de l'inexplicable est *mytho*-logique qui attribue (ou reproche) aux divers dieux espiègles et manipulateurs appelés Pan, Cupidon, Kāma, Coyote, Corbeau et même Narayana les étranges expériences que nous subissons. J'engage le lecteur à ne pas oublier ces deux explications et à se demander laquelle s'applique le mieux au fait que j'aie choisi pour m'arrêter au bord de la Siletz cet endroit qui, en soi, n'offrait rien de particulier.

Fin de la digression

Me coltinant la moitié de mes cinq kilos d'oranges, je dévalai une pente sacrément à pic au milieu des sapins, des aulnes, de la bruyère et des buissons du diable, puis je débouchai devant des rapides. Je n'ai jamais aimé traîner du côté de rapides : ils sont bruyants, on ne peut pas prendre de poisson, et si on tombe, on se noie, aussi je longeai la berge en amont jusqu'à ce que j'arrive à un endroit où la rivière coulait paisiblement. Un peu plus haut, il y avait un large pool que surplombait un grand aulne au faîte brisé et qu'entouraient des rochers moussus baignés de soleil qui, tous, feraient une excellente table de pique-nique pour mes oranges et moi...

Mais avant de continuer, je jetai par hasard un coup d'œil vers le sommet de l'aulne — et je vis qu'il y avait quelqu'un dans l'arbre. Tout en haut. Au-dessus de la rivière. Je m'approchai le plus doucement possible, espérant ne pas être vu. Comme j'estimais les oranges incompatibles avec mon désir de discrétion, je les posai en pensant revenir les chercher d'ici une heure ou deux, ou même plus tard... mais je ne revins les chercher ni dans une heure, ni dans deux, ni plus tard — et la raison qui m'en empêcha se trouvait justement en haut de l'aulne.

Je m'arrêtai à distance d'un lancer de revers de l'arbre et jetai un nouveau coup d'œil. La personne juchée là-haut ne m'avait pas repéré. De fait, ladite personne n'avait pas bougé d'un millimètre. Je ne savais pas pourquoi elle restait figée dans une telle immobilité, mais je savais que ce ne pouvait pas être quelqu'un d'ordinaire qui se perchait ainsi au sommet d'un arbre, au-dessus d'un pool et tout seul dans ce canyon désert. Non. Et en plus, c'était une fille. Une fille pieds nus. Une fille adulte. Une fille qui portait environ le dixième de ce qui avait été longtemps auparavant une paire de jeans. Une fille qui portait un T-shirt bleu ciel sans manches, très court et très moulant au travers duquel je voyais ses... qui épousait ses... qui révélait la forme de ses... enfin, à vrai dire, je ne voyais pas bien au milieu de toutes ces branches. Pas aussi bien que je l'aurais souhaité. Je m'avançai encore un peu en rampant, et m'arrêtai cette fois à distance d'un lancer court de l'arbre brisé. Je levai la tête. Qu'est-ce que cette fille fabriquait là-haut ? Pourquoi ne bougeait-elle pas ? Pourquoi tendait-elle son bras doré devant elle comme Moïse pendant la bataille contre les Amalécites ? Mon esprit obnubilé par la pêche me remit en mémoire un verset de la Bible :

> La canne, avec laquelle tu as frappé le fleuve,
> prends-la en ta main, et va.

Et alors je vis — la ligne qui pendait, la canne dans la main tendue... Bien sûr ! la fille pêchait. Je m'avançai encore un peu et stoppai à distance d'un lancer en roulé, presque sous l'aulne. Cette fois je la distinguais clairement. D'où je me trouvais, il était impossible de ne pas remarquer que les apparences ne trompaient pas. Pas le moins du monde. D'abord, elle pêchait. Et il serait... hum... disons... intéressant, oui, fort intéressant, d'observer discrètement la manière dont la fille dans l'arbre pêchait. Une sorte de projet de recherche. Une étude des méthodes de pêche. Nul voyeurisme là-dedans. Il était simplement préférable de ne pas troubler sa concentration et son sentiment de solitude. A l'évidence, j'allais en apprendre beaucoup. Par exemple, sur cette absence novatrice de combinaison de pêche, de veste et de toute espèce de vêtement encombrant. Voilà qui m'intéressait beaucoup. Davantage de liberté de mouvements et ainsi de suite. A méditer. Très pratique, et cetera. Je n'aurais pas pu être plus intéressé... Son matériel de pêche aussi était novateur : elle semblait ne pas avoir de panier, ni récipient quelconque, ni autre équipement que sa canne, son fil et ce qu'il y avait au bout. Il était certes possible qu'elle eût quelques hameçons et bas de ligne de rechange dans les poches de sa minuscule fraction de jeans, mais compte tenu du caractère moulant de la chose et du fait que, de mon excellent poste d'observation, je ne discernais rien d'autre que des contours anatomiques, la théorie des hameçons-plombs-ou-appâts-de-réserve ne tenait guère. Quant à la possibilité qu'il y en eût quelque part sous le T-shirt bleu ciel, elle me paraissait encore plus douteuse. Quoi qu'il en soit, je considérai longuement et soigneusement le problème, et, répugnant à abandonner mes recherches, je détaillai la moindre courbe du mince tissu. Toute réflexion faite, son costume de pêche était si générateur de pensées, si fondamental et néanmoins si fonctionnel, qu'il était difficile de procéder à l'examen de la canne et de la ligne. Il y avait là quelque chose de tellement agréable au regard. Je n'étais pas habitué à voir ce genre de chose, encore moins dans les arbres, encore moins en train de pêcher et encore moins gracile, la peau toute dorée, jeune, blonde, seule et... bon... revenons à la canne. Il convient de mentionner que la canne, le fil et ce qui se trouvait au bout constituaient tout le matériel utilisé : la canne ne comportait pas de moulinet ! C'était bien la première fois que je voyais quelqu'un perché comme elle dans un arbre et vêtu comme elle pêcher sans moulinet, raison pour laquelle je ne pouvais m'empêcher de me dire que je devais avoir affaire à une personne extraordinaire, qui méritait qu'on l'observe, qui méritait qu'on fasse sa connaissance, qui méritait qu'on pense à elle, une pêcheuse d'exception, et moi, je... je quoi ?... j'apprenais... oui, j'apprenais. J'apprenais comme un fou ! Je n'avais jamais appris autant en aussi peu de temps, toutes sortes de choses sur mon sport, par exemple à quel point on apprend en regardant les autres, quel profit on peut tirer à côtoyer d'autres pêcheurs, à échanger des idées, à lier davantage connaissance avec eux et ainsi de suite, et puis à les observer dans leur arbre, la manière dont ils pêchent, dont ils sont habillés, avec... euh... leur... leur canne. Il faut que je la décrive : un gros bâton. N'y voyez aucun sous-entendu ! C'était en effet une espèce de bâton taillé dans une branche de noisetier d'environ quatre mètres de long à laquelle il restait encore l'écorce et même quelques feuilles. En guise d'anneaux, il y avait deux boucles en fil de fer et une troisième au bout, mais elles ne servaient pas vraiment de guides. Et, je le répète, il n'y avait pas de moulinet. La longueur de fil qui ne pendait pas dans l'air ou dans l'eau était enroulée dans sa main gauche, laquelle agrippait également une branche à fin d'équilibre, tandis que la droite tenait la canne. Ce qui nous ramène à sa position. Une superbe position de pêche. Très attentive. Entre autres choses. Entre énormément d'autres choses. Je ne distinguais qu'une partie de son visage, et uniquement de profil. Le visage d'un pêcheur permet à l'observateur expérimenté d'en apprendre beaucoup sur la pêche et tout ça, si bien que je me dévissai le cou pour essayer de mieux voir. C'était un beau profil : des lèvres couleur œufs de saumon argenté, de longs cils recourbés comme des pattes arrière d'éphémères, un nez qui vous faisait la même impression que celui d'un bébé lapin. Non pas que son nez ressemblât à celui d'un bébé lapin, ce qui eût été ridicule. C'était juste *l'impression* qu'on avait. Vous voyez ce que je veux dire ? Un nez de bébé lapin, un bébé lapin avec son poil si vaporeux, si soyeux ? Vous savez, quand ils plissent leur petit nez pour renifler quelque chose, comme c'est mignon, et puis... Bon, laissez tomber...

En tout cas, elle avait un joli nez. Il constituait un élément complet à lui tout seul. Au demeurant, c'était vrai de tous les autres éléments de son anatomie : on voyait un nez, un pied ou même un T-shirt, et on n'avait plus envie de regarder ailleurs, mais on le faisait quand même, parce qu'on ne voulait rien rater de ce qui se passait là-haut. On réagissait comme ça. Du moins, moi je réagissais comme ça.

Cependant que je m'évertuais ainsi à ne rien rater, à m'assurer qu'elle allait bien dans son arbre — elle, c'est-à-dire, elle tout entière, l'élément global en dehors de l'assemblage d'éléments — je me rendis compte qu'il y avait quelque chose de plus, quelque chose que je pressentais, quelque chose d'imminemment imminent. Mon intelligence naturelle, tout affaiblie qu'elle fût par les fractions et les éléments, le percevait malgré tout : quelque chose de spectaculaire était sur le point de se produire...

car elle ne bougeait toujours pas. Elle n'avait pas esquissé le moindre geste depuis l'instant où j'avais posé les yeux sur elle. C'est le souvenir de Moïse qui me fournit la clé. J'ignore pourquoi je pensai à lui, mais c'est comme ça. Je me rappelai comment, pendant le combat entre les Israélites et les Amalécites, ce bon vieux Moïse avait levé les bras pour que les enfants d'Israël triomphent, et comment, quand ses mains étaient devenues « lasses et appesanties », Aaron et un autre type étaient accourus pour les lui soutenir. J'avais toujours plaint les Amalécites, même si je ne savais pas très bien qui ils étaient. Il semblerait que Moïse devait garder les bras levés pour faire gagner ses troupes. Exactement comme la fille dans son arbre. Et en plus, avec au bout une branche de noisetier qui pesait bien ses deux ou trois kilos ! Son pauvre bras devait lui faire un mal de chien, mais à son profil, on ne l'aurait jamais deviné. Une seule chose pouvait inspirer une telle force à un pêcheur : un Gros Poisson. Il y en avait sans nul doute dans le pool, et à en juger par ce que je voyais, il devait observer l'appât aussi attentivement que je l'observais elle qui observait le poisson...

Soudain, elle se pencha et, ô merveille ! son haut et son bas tout entier ondulèrent comme la surface d'un lac sous un doux zéphyr. Sa ligne remonta lentement vers l'amont : ça mordait ! Telle une ballerine, elle fléchit le buste et pivota pour accompagner le plus possible le mouvement de la canne, puis, sauvagement, elle ferra !... et lança un trille d'alouette tandis qu'une étincelante steelhead d'été de trois ou quatre kilos jaillissait de la rivière puis fonçait à grands coups de nageoires vers l'amont. La réserve de fil que la fille tenait à la main s'épuisait ! Son expression, pourtant, ne se modifia pas, alors même que la partie semblait perdue d'avance. Elle laissa la ligne filer entre ses doigts comme si elle s'y était attendue. La suite se déroula peut-être en dix secondes, mais en l'espace de ces dix secondes, j'assistai à trois des manœuvres les plus spectaculaires et les plus géniales dont j'aie été témoin sur le champ de bataille où s'affrontent le pêcheur et le poisson. Je vais prendre le temps de les décrire par le menu :

D'abord, elle tira sur je ne sais quel fil, libérant ainsi les trois anneaux qui tombèrent à l'eau. Sa ligne n'était plus attachée qu'au bout, si bien que la canne serait inutile dans son combat contre la steelhead. Le visage de la fille ne reflétait toujours pas le moindre trouble...

Après quoi, elle se glissa tout en haut de la branche cassée, retourna la canne et la lança comme un javelot en direction du poisson qui remontait le courant à toute allure ! La canne disparut dans la Siletz, puis refit surface et fila ainsi qu'une baleinière de Nantucket entraînée par une baleine ! Constatant en un éclair que la ligne attachée au gros bout de la canne transformait celle-ci à la fois en une véritable lance et en une sorte de traîneau ou de péniche difficile à remorquer pour le poisson, je sentis pour la première fois de ma vie que je me trouvais en présence d'un pêcheur dont le génie éclipsait le mien. Aucune tactique ne pourrait surpasser ce que je venais de voir. *Mais ce n'était encore rien...*

Lorsque je reportai mon attention sur l'arbre, j'eus droit à une vision que je n'aurais jamais osé espérer : la minuscule fraction de jeans, le T-shirt ainsi qu'un petit slip bleu flottaient, accrochés à un rameau...

Et la silhouette élancée, éblouissante et nue de la fille décrivait un arc au milieu des feuilles en un saut de l'ange à côté duquel les anges auraient paru bien lourds et maladroits. Elle volait dans les airs, dans le bleu vert des airs, tandis que la lumière et l'ombre jouaient sur sa peau, parmi le feuillage luisant, les branches sombres et meurtrières, puis elle disparut dans une éclaboussure. Elle réapparut un peu plus loin en amont, puis s'élança à la poursuite de la canne dans un crawl puissant et souple, rapide comme une loutre. Je me précipitai au milieu des broussailles et des rochers sans me préoccuper des entailles et des coups que j'infligeais à ma personne. Je n'allais tout de même pas quitter la fille des yeux dans le souci mesquin de regarder devant moi !

La branche de noisetier s'immobilisa au bord du pool. Je plongeai derrière l'un de ces rochers où, il y a si longtemps me semblait-il, j'avais envisagé de m'installer pour pique-niquer. La fille se redressa un peu, attrapa la canne, puis se dirigea vers l'autre berge, mais la truite fit demi-tour et fila vers l'aval, de sorte que la fille lança de nouveau la canne, mais doucement cette fois, comme on lance un petit bateau, avant de nager derrière, en brasse à présent. Le poisson bondit à deux reprises, mais avec mollesse, puis le fil prit du mou, tandis que la steelhead ralentissait, de plus en plus fatiguée et déroutée. Alors, ô mon Dieu, elle se mit debout, de l'eau jusqu'à mi-cuisses, et détacha la soie du gros bout de la canne pour la rattacher à l'autre extrémité avant de revenir vers la berge. Lorsque la ligne se tendit, la steelhead réagit par un dernier saut et quelques ultimes coups de nageoires, mais la fille, ayant parfaitement calculé les forces qui restaient au poisson, utilisa la longueur et la souplesse de la canne pour l'empêcher de reprendre du fil. Elle l'amena vers les bas-fonds, et le temps qu'elle s'approche et la tue, mon sang bouillonnait sous l'impact de si nombreuses pensées tant romantiques que scandaleuses que je dus détourner les yeux pour qu'elles ne me montent pas trop à la tête. Lorsque j'eus repris mes esprits, je regardai de nouveau : tirant derrière elle sa canne et sa truite, elle nageait... droit sur moi !

Je replongeai à l'abri de mon rocher et cherchai frénétiquement des yeux un chemin au travers des arbres. En vain. Où que j'aille, je serais à découvert, et avec mes égratignures, mon... mes émotions, je devais avoir l'air du Violeur Fou de la Rivière. Je l'entendis marcher dans l'eau et s'approcher. J'entendis l'eau dégouliner de son corps et tomber sur les pierres. J'entendis son souffle léger et saccadé cependant qu'elle escaladait un rocher couvert de mousse tout à côté du mien... Puis je n'entendis plus rien. Elle m'avait sûrement repéré ! J'imaginais son visage, les yeux agrandis d'horreur, trop terrifiée pour lancer encore le cri qui allait suivre. Je ne remuai pas une paupière. Roulé en boule, la tête entre les bras, les bras autour des genoux, je fis le vœu de rester ainsi une journée, une semaine, aussi longtemps qu'il le faudrait. Je ne bougerais pas pour tout l'or du monde. Tôt ou tard, elle me croirait mort ou fou, et elle finirait par partir.

Après un silence qui me parut durer l'éternité, j'entendis un doux fredonnement. Ce n'était pas le genre de bruit que ferait une femme nue paralysée de terreur. Furtivement, beaucoup plus furtivement que je n'avais jamais guetté le moindre poisson, je me risquai à jeter un coup d'œil pardessus mon rocher... Elle se séchait au soleil à moins d'une longueur de canne à mouche de moi, dans le plus total des abandons.

Ô grenouilles et fièvres ! Ô foulques et constellations ! la pêcheuse était la plus adorable des plus adorables des créatures ! Sur le rocher brûlé par le soleil, sur la mousse verte, elle gisait, la truite vif-argent, pointillée de taches dans toutes les nuances de rose, elle gisait, luisante, contre son flanc, brillante, contre son flanc, pauvre petite chose pâle, contre son flanc étincelant. Tandis qu'elle caressait d'un doigt fin la mousse, la pierre, le malheureux poisson, seuls le ciel et moi savions quelles tortures j'endurais. Et quand enfin je pensai à respirer, je le fis au rythme de ses seins couronnés de rose qui se soulevaient et s'abaissaient. Les oiseaux volaient, les grillons chantaient, les pierres et la rivière bavardaient dans les hauts-fonds, et puis il y avait la musique de ma naïade, si douce et belle, la beauté de son corps, le tendre murmure du vent et la beauté de son corps, ô la beauté de son corps qui m'emporta comme un ouragan. Oh ! que devint le fils de ma mère cependant qu'il regardait au bord de la rivière ? Que devint son pêcheur de fils cependant qu'il contemplait la fille resplendissante ?

Le cri de la chouette, voilà ce que devint le pauvre Gus.
Un saumon pris dans l'araignée, voilà ce que devint le petit Gus.
Le cri du cincle sur une rivière gelée,
le rat des champs dans les serres de la crécerelle,
le petit de la loutre qui pleure dans un champ d'orties,
voilà ce que devint Gus.
Le brin d'herbe qui pousse entre les dalles de béton,
le hurlement d'un chien dans la solitude d'un paysage d'hiver,
un moucheron dans une toile d'araignée,
une truite dans un panier de pêche,
un enfant perdu la nuit au milieu d'une forêt,
voilà ce que devint le cœur du pauvre Gus...

Elle finit par bouger, et je m'empressai de me dissimuler à nouveau. Je l'entendis glisser à bas du rocher. Je la suivis des yeux cependant qu'elle se dirigeait vers l'aulne et y grimpait avec la grâce et l'agilité qui caractérisaient tout ce qu'elle faisait. Elle se rhabilla en haut de son perchoir. Et, tandis qu'elle redescendait, je quittai ma cachette, m'efforçant en vain de feindre l'innocence et l'ignorance, comme si je venais d'arriver. Pour l'avertir de ma présence, je me frayai un passage au milieu des broussailles avec toute la discrétion d'un éléphant, sifflotant et chantonnant, bien décidé à tenter mon gros coup de bluff et à afficher une joyeuse humeur de pêcheur. Au moment où je m'apprêtais à lancer un bonjour enjoué, je vis pour la première fois son visage de face... Dieu tout-puissant, qu'il était beau ! Je parvins tout juste à croasser : « Bbbjrr ! »

Elle se figea. Je me tus, puis je voulus rire, mais ce qui émergea de mon gosier ressemblait plutôt au râle d'un goitreux. Cherchant à m'expliquer, je prononçai ceci : « Euh... je... je bjdir bnnjjurr... euhfin... »

Banco ! Sans un mot, l'adorable fille se baissa pour ramasser une grosse pierre. Effaçant le sourire plaqué sur mon visage, je m'écriai : « Ahrr ! la gruff pirre ! »

Par toutes les licornes et tous les satyres de l'Oregon ! Je m'imaginais très bien ce qu'elle devait penser... A peine rhabillée — à condition d'admettre qu'elle était habillée —, qu'est-ce qu'elle voit : un homme des cavernes bavant et bafouillant qui débouche du sous-bois, tandis que des sons d'animal en rut s'échappent de sa gorge poilue ! Je me représentais ma barbe pleine de brindilles, mes dents jaunes, ma braguette ouverte sur mon slip du même jaune que mes dents, mes deux narines obstruées par une épaisse morve verdâtre. Je baissai les yeux. Un mignon petit escargot se traînait tranquillement à mes pieds. Par tous les Etats des Etats-Unis ! comme j'aurais voulu être cet escargot ! Comme je m'empresserais, au plus vite de mon allure d'escargot, d'aller me glisser sous le rocher le plus proche pour y mourir ! Elle se tenait là, devant moi, terriblement belle, terriblement effrayée, cependant que je me dandinais sur place, bouche bée, incapable de me cacher, la figure sur le point d'exploser. Il fallait que je fasse quelque chose.

« Ayez pas par, bredouillai-je. J'ai un défaut de prononchiachion. Je... je chuis qu'un modechte pêsseur.

— Oh ! » fit-elle, resserrant sa prise sur la pierre, les lèvres tremblantes et les yeux semblables à de grosses pommes bleues.

C'était trop horrible. Je lâchai dans un gargouillement : « Bon ! faut qu'che aillche... au... au rrvoireee. » Puis je me dirigeai vers la rivière en trébuchant, entrai dans l'eau et continuai à marcher jusqu'à ce que les flots m'engloutissent. Je nageai sous l'eau, le plus près possible du fond, royaume du limon, des gobies et de la merde de poisson, espérant me noyer, avaler la moitié de la rivière et en terminer une fois pour toutes. Mais, en dépit de ma volonté, j'atteignis la berge opposée et refis surface, les poumons en feu. J'aspirai une grande goulée d'air, me relevai et me dirigeai tout droit vers les broussailles sans dévier d'un pouce. Je piétinai la bruyère, m'égratignai contre les buissons du diable, les buissons d'églantiers et les épais taillis. Je laissai en chemin sur les épines et les branchages de petits souvenirs de moi composés de lambeaux de chair et de vêtements, puis j'arrivai devant un cèdre — un véritable monstre d'arbre —, et comme ni lui ni moi n'étions disposés à céder le passage, je sautai pour attraper la branche la plus basse sur laquelle je me hissai, puis j'entrepris de grimper jusqu'en haut et au-delà.

En montant, je rencontrai une laborieuse fourmi rouge qui descendait laborieusement, et, moi-même ému par mon triste sort, je l'interrogeai : je lui demandai pourquoi j'étais né, pourquoi mes parents n'avaient pas eu le bon sens de m'abandonner à la naissance au sommet de quelque montagne enneigée, pourquoi je n'avais pas réussi à me noyer, pourquoi une maladie inconnue ne m'avait pas emporté, pourquoi un écureuil enragé ne m'avait pas ouvert la gorge. Je lui posai encore d'autres questions de ce genre, mais la fourmi, à l'instar de la fille, se contenta de me jeter un regard, puis de brandir ses minuscules pinces. Je repris mon escalade solitaire.

4

Eddy

Sweeny aux longues pattes est dans l'if.
Que tout y est désolé,
Seigneur Jésus qu'il y fait sombre.

Les branches grises m'ont blessé,
elles ont transpercé mes cuisses.
Je reste dans mon if,
sans jeu d'échecs, sans amour.

Je n'ai pas foi en les hommes
là où ils sont ;
cresson le soir, tel est mon lot.
Je ne descendrai pas.

Extrait d'un poème médiéval irlandais

Cependant que je grimpais dans mon cèdre, un plan se forma dans mon esprit, un peu à la manière dont la mousse se forme dans une tasse d'eau abandonnée. Il s'agissait d'un programme destiné à venir à bout de l'infâme personnage que j'étais. Premièrement : grimper tout en haut de l'arbre. Deuxièmement : rester accroché là jusqu'à devenir trop faible, trop affamé et trop assoiffé pour continuer à tenir. Troisièmement : tomber du haut de l'arbre. Quatrièmement : me casser les os en tombant. Cinquièmement : me fracasser le crâne et me rompre le cou en heurtant le sol. Sixièmement : tituber, me tordre au sol et saigner le temps qu'il faut. Septièmement : ça devrait suffire.

Mon plan me plaisait bien. Ça me semblait être le rare genre de plan qu'une personne douée de mes aptitudes et de mes talents particuliers soit susceptible de mener à bien. Je l'adoptai sur-le-champ et entrepris de le mettre à exécution. Conformément au plan, je commençai par me hisser au sommet de l'arbre. Contrairement au plan, je regardai en direction de la rivière. La fille était toujours là. Mon plan tomba aussitôt à l'eau.

Elle avait récupéré sa canne et son poisson, et, les jambes croisées, elle était assise sur ce même rocher qui l'avait accueillie durant ces instants d'éternité qui m'avaient réduit à l'état d'idiot congénital. Posée ainsi sur la mousse, on aurait dit une dryade, un bodhisattva, et elle me paraissait toujours aussi belle, mais d'une beauté moins dévastatrice que lorsque je m'étais tenu en face d'elle. La rivière entre nous atténuait quelque peu ma panique. Ma langue cessa de frétiller comme une truite dans une mare. Je me rendis compte qu'elle n'avait plus peur. Elle cria :

« Ça va, là-haut ? »

Purifié par l'eau, mortifié par les égratignures, je répondis par la stricte vérité :

« Non.

— Vous êtes blessé ?

— Oui. »

Sa voix, en effet, portée par le pool, me transperçait le cœur et incitait cet organe insensible à marteler sans merci le reste de mes entrailles. Au moins, mes plaies et mes écorchures ne me faisaient pas souffrir. Dès l'instant où mes yeux s'étaient posés sur son corps, j'avais oublié que j'en avais un.

« Vous pouvez redescendre ?

— Non, répondis-je, trouvant que *non* était un joli mot, facile à invoquer, facile à prononcer.

— Pourquoi ?

— Parce que, dis-je avec précaution, craignant toute explication autre que monosyllabique.

— Parce que quoi ?

— Juste parce que.

— Pourquoi juste parce que ?

— Parce que juste parce que.
— Très bien, si c'est tout ce que vous trouvez à dire, Monsieur-parce-que, salut. »
Elle se redressa.
« Non ! ne partez pas !
— Pourquoi ?
— ... ju... juste... juste... parce que », croassai-je.
Là-dessus, on éclata tous les deux de rire. Puis le rire mourut et le silence s'installa. Une brise légère se leva qui joua dans ses cheveux qui jouèrent dans mon esprit, puis la brise traversa la rivière et joua dans mon cèdre, après quoi elle mourut à son tour. Le silence s'épaissit. Il faudrait que je dise quelque chose. *Monsieur-parce-que* ? Il *fallait* que je dise quelque chose. Seulement, à elle, je ne pouvais dire que quelque chose de beau, et mon esprit était plein de ses cheveux, ma langue était redevenue truite et pour une truite, dire quelque chose de beau, même de tiré par les cheveux, c'était impossible. Au désespoir, j'essayai une autre tactique : fouillant ma mémoire, je tombai sur un passage de cet ouvrage si controversé, *Le Parfait Pêcheur à la ligne*, que je connaissais par cœur, et usant de tout mon art H2Oratoire, je m'écriai :
« “Nulle vie, fidèle disciple, nulle vie n'est plus heureuse et plus plaisante que celle du pêcheur à la ligne bien instruit !”
— Sans doute », dit-elle. Et elle sourit.
Mon Dieu ! ce sourire ! Ne désirant plus rien sur cette terre que d'en voir un deuxième, je me lançai dans un autre extrait waltonien :
« “Certes, mon cher élève, nous pouvons dire de la pêche à la ligne, comme le Dr Boteler le disait des fraises : ‘Il ne fait pas de doute que Dieu aurait pu créer un meilleur fruit, mais il ne fait pas de doute qu'il ne l'a pas fait.’ De même, si je puis me permettre de juger, Dieu n'a pas créé délassement plus calme, plus paisible et plus innocent que la pêche à la ligne !”
— Je suppose que non », dit-elle, et elle sourit de nouveau.
Fou de bonheur, je déclamai :
« “Et maintenant, je pense qu'il est temps de retourner à votre canne à pêche que l'on se doit de laisser dans l'eau

pêcher pour elle-même — et il y a de bonnes chances qu'elle attrape un poisson !"

— Pourquoi pas ? » dit-elle en riant.

Elle sauta à bas du rocher, entra dans l'eau et retourna des pierres jusqu'à ce qu'elle repère une grosse écrevisse qu'elle saisit d'un geste vif et intrépide. J'aurais tout donné pour être à la place de l'écrevisse jusqu'au moment où elle prononça en guise d'oraison funèbre :

« La vie est courte. C'est la faute de Dieu. Désolée. »

Sur quoi, elle lui arracha la queue, écrabouilla son corps et son âme pour en faire du compost à l'usage du Monde Jardin, puis elle décortiqua la queue, l'accrocha à son hameçon, lança sa ligne dans le trou d'eau, installa sa branche de noisetier et regagna l'infâme rocher. Je me sentis obligé de l'encourager par ces paroles extraites du *Parfait pêcheur à la ligne* :

« "Permettez-moi de vous faire remarquer, mon cher élève, que ce genre de pêche à l'aide d'une canne laissée à elle-même, c'est comme placer de l'argent, car elle travaille pour son propriétaire pendant qu'il ne fait que dormir, manger ou s'amuser, ainsi que, comme vous le savez, nous le faisons depuis une heure !"

— Ah bon, c'est ce qu'on fait ? dit-elle. Je pensais avoir attrapé une steelhead. Et je pensais que de votre côté, vous aviez fait des trucs encore plus bizarres, comme passer de l'état de décervelé affligé d'un bec-de-lièvre à celui de barde écervelé, peut-être.

— "Croyez-moi, cher disciple, continuai-je de réciter. Je ne sais point quoi en dire. Nombreux sont les gens de la campagne qui s'imaginent que les lièvres changent de sexe tous les ans." »

Elle sourit une nouvelle fois, mais d'un sourire qui s'acheva sur un froncement de sourcils.

« Ecoutez, mon vieux, dit-elle. Je ne voudrais pas vous... vous embêter, mais auriez-vous peur de quelque chose ? On dirait que vous... vous fuyez... Vous ne vous seriez pas enfui de quelque part... d'un asile, peut-être ? Je ne vous dénoncerai pas, rien, mais je pourrais peut-être vous aider... à redescendre sur terre si j'ose dire. Qu'est-ce que vous fabriquez dans le coin ? Si vous êtes pêcheur, où est donc votre équipement ? Racontez-moi un peu. »

Les mains soudain moites, pris de faiblesse, j'abandonnai Izaak Walton et répondis :

« Je suis bien un pêcheur, mais je suis venu ici uniquement pour me baigner. J'ai laissé mon matériel chez moi... au bord de la Tamanawis. Et je fuis effectivement quelque chose. Et j'ai aussi peur de quelque chose, mais pas d'un asile. J'ai des ennuis, mais... mais personne ne peut m'aider.

— Bon, très bien, mais alors qu'est-ce que vous fuyez ? Qu'est-ce qui vous fait peur ? Et pourquoi personne ne peut vous aider ? »

Poussé par un sentiment de prudence, je voulus me taire, mais dès que mon cœur entrevit une ouverture, les mots jaillirent de ma bouche :

« C'est vous ! C'est vous que je fuis ! C'est vous que... vous qui m'avez fait peur... je... je veux dire que j'avais peur que vous ayez peur de moi. Je... je ne pouvais pas supporter l'idée de vous faire peur. Et si vous voulez m'aider, je vous demande juste de rester un petit peu dans le secteur. Et moi, je resterai là-haut. Je me plais bien dans mon arbre. Simplement ne... ne partez pas... pas tout de suite. »

Elle garda le silence durant un bon moment. Lorsqu'elle se décida enfin à parler, ce fut d'une voix intriguée, mais tellement douce et tellement jolie :

« Au début, j'ai eu peur. Plus maintenant. Mais pourquoi vous me fuyez ? Je ne vous ai rien fait.

— Si, vous m'avez fait quelque chose.

— Quoi ?

— Je ne sais pas. Rien peut-être. Mais rien ne sera plus jamais pareil. »

Elle ne répondit pas. Craignant alors d'avoir produit sur elle une impression lamentable, je tâchai de me reprendre. Le canyon résonna de ces paroles mémorables :

« Certaines des eaux que l'on boit provoquent la folie, d'autres l'ivresse et d'autres encore le rire inextinguible... Aristote lui-même parle d'une rivière joyeuse qui danse... car elle bouillonne de musique, moutonne, roule sur le sable, et continue ainsi jusqu'à ce que la musique cesse, puis elle retrouve bientôt son calme et sa limpidité habituels. Les dauphins adorent la musique et sont capables de nager aussi vite qu'une flèche décochée par un arc... mais à présent, disons le bénédicité et attaquons le petit déjeuner. Tomberiez-vous d'accord avec moi, cher disciple ?

— Dites le bénédicité si ça vous chante, mais ne tombez pas d'accord.

— Pourquoi ?

— Parce que vous risqueriez de vous rompre le cou avant que je puisse savoir d'où provient votre baragouin. »

Mon Dieu ! ce sourire !

« Ça... c'est de Zizik Waltlick... non euh.. Zike Walston... non, non... je veux dire... »

Elle éclata de rire.

« Ça y est, vous recommencez ! Vous voulez peut-être dire "Izaak Walton" ? »

Mon Dieu ! ce rire !

« Ouaip, réussis-je à bégayer, fondant comme du beurre dans une poêle.

— Comment vous vous appelez ? »

Mon nom ! Elle voulait savoir comment je m'appelais !... oooh... Mais, au fait, comment je m'appelais, déjà ? Ah ! oui ! Gus. Je lâchai :

« Gorse Vordlestine... non... Orffle-Orvisdit... merde ! Et vous ?

— Eddy, répondit-elle. Enchanté, monsieur Gorstlevorkerdorkt.

— Eddy ? Eddy comme Eddy ?

— Oui, dit-elle, éclatant à nouveau de rire. Et aussi Eddy comme mon père, Edwin. Mais vos amis vous appellent comment, monsieur Orgdwarststilldiftergraft ?

— Allepez-moi Gust, gémis-je.

— Avec plaisir, Gust.

— Faut que je vous dise quelchose que, Eddy.

— Je vous en prie, dites, Gust.

— Vous avez une touche. »

C'était le moins qu'on puisse dire ! Elle bondit sur sa branche de noisetier, ferra sèchement, et une deuxième steelhead creva la surface de la rivière avant d'entraîner la canne dans sa fuite. La fille plongea et se lança à sa poursuite pendant que je dégringolais en bas de mon arbre dans l'espoir de l'aider. Abandonnant de nouveaux lambeaux de peau et de vêtements aux buissons du diable, j'atteignis la rive, hors d'haleine et ensanglanté... mais je ne vis plus que la branche. Eddy s'était volatilisée !

Je finis par repérer une silhouette floue aux reflets bleu et or qui filait au travers de la forêt sur l'autre berge. Elle s'enfuyait !

« Attendez ! m'écriai-je. Revenez ! revenez ! Je remonte dans mon rabre !... dans mon brare... dans mon arbre. Revenez ! revenez ! »

Plus je m'égosillais, plus elle accélérait. Je ne voulais pas l'effrayer, mais si elle disparaissait avant que j'en aie appris davantage sur elle — son adresse, le numéro d'immatriculation de sa voiture, n'importe quoi —, je ne la reverrais jamais ! Je plongeai à mon tour dans la rivière et nageai le plus vite possible (c'est-à-dire avec une lenteur incroyable). J'escaladai à toute allure la pente du canyon, luttant contre les taillis, l'épuisement et les crises cardiaques qui me menaçaient. Lorsque j'atteignis enfin la route, je parvins, bien que réduit à l'état de loque humaine, à gagner mon pick-up en titubant, et je démarrai, soulevant le traditionnel et révélateur nuage de poussière.

Je fonçai, pied au plancher. Si mon pick-up n'avait pas été un véritable veau, je me serais tué au premier virage. Je rattrapai quand même la voiture après une poursuite de moins d'un kilomètre. Je klaxonnai et agitai le bras. La voiture se rangea sur le bas-côté. Je m'arrêtai à sa hauteur... pour me trouver face au visage furieux d'une vieille femme obèse. « Vous n'êtes pas Eddy ! » hurlai-je et, la plantant là, bouche bée, je fis demi-tour et repartis dans l'autre sens comme un fou. Je parcourus ainsi une quinzaine de kilomètres, et je comptai au moins vingt croisements qu'Eddy aurait pu emprunter. Mes nerfs étaient sur le point de lâcher, ma jauge d'essence frôlait le zéro, j'étais effondré et mon cœur faisait du saut à la corde avec mes intestins. Reconnaissant ma défaite, je repris lentement le chemin du Pool de l'Aulne Brisé.

Boitant bas, je redescendis dans le canyon et me mis à la recherche de la canne en noisetier remorquée par la steelhead. Contre tout espoir, j'espérais découvrir dessus un indice qui me permettrait peut-être de retrouver un jour Eddy. Je commençai par la tête du pool, puis continuai en aval. Je m'arrêtai devant la truite morte qui gisait sur son rocher près des restes déchiquetés de l'écrevisse. Pas la moindre canne en vue. La rivière me présentait le visage impassible du joueur de poker. Sans la sueur qui me piquait à l'endroit de mes coupures et de mes égratignures diverses, j'aurais pu croire que tout cela n'avait été qu'un rêve.

Je grimpai en haut de l'aulne et demeurai blotti là, dans un état de semi-léthargie, cependant que le soleil baissait et que la fraîcheur tombait. L'étoile du berger apparut. Je pensai alors aux renous de Bill Bob et à mon jumeau, mais comment pourraient-ils m'apporter un quelconque réconfort ? Je ne craignais plus la mort. Vivre sans jamais revoir ma belle pêcheuse... ? Mon Dieu ! quelle affreuse perspective !

L'esprit saisi d'un engourdissement métamorphique, les tripes nouées de crampes, sentant à peine mes plaies qui me brûlaient, je restai dans mon arbre tandis que le crépuscule s'annonçait... Soudain, quelque chose bougea à la surface de la Siletz, à la queue du pool, un vague sillage en forme de V qui s'approchait doucement de moi. J'effectuai un plongeon qui constituait une insulte au plus médiocre des plongeurs, puis me précipitai, nageant comme un chien épuisé, vers l'objet qui dérivait et qui, à cause de la grande gerbe soulevée par mon contact rugueux avec l'eau, était parti dans l'autre direction. Voyant que je ne le rattraperais pas, j'escaladai la berge et me lançai à sa poursuite sans me soucier des égratignures, coupures, plaies et bosses qui trouvaient encore de la place sur mon corps meurtri. Pas de doute, c'était la branche de noisetier.

Elle s'immobilisa une fraction de seconde au bord des rapides, mais la truite, à bout de forces, n'était même plus en mesure de résister à la traction de la canne, laquelle bascula, entraînant dans sa chute la malheureuse steelhead qui se débattait encore, étrange et pathétique spectacle. Je longeai la rive, et je finis par arrêter la branche sur un banc de graviers. Je tirai le poisson vers moi et me penchai pour le relâcher, mais le sang jaillissait à gros bouillons de ses ouïes, et il était incapable de se redresser. Alors, pour la deuxième fois de ma vie, je pleurai sur un poisson en me disant que lui et moi formions la plus belle paire d'idiots qui aient jamais nagé dans une rivière. Je saisis une pierre et l'expédiai dans les eaux d'un monde meilleur. Après quoi, le cadavre, la branche de noisetier assassine et moi, on reprit le chemin de l'aulne, on ramassa au passage le corps de la première victime, on réussit à grimper tant bien que mal la pente du canyon maintenant gagné par l'obscurité et, lentement, tristement, on entreprit de rentrer à la maison.

5

Jésus continue à pêcher

> Quand elle m'a quitté, j'ai perdu mon boulot, j'ai pleuré pendant un an, tous mes poèmes sont mort-nés, et j'ai décidé de ne plus faire que pêcher et boire. Dans la rivière, il y avait une truite et j'étais sur la berge, le cœur à sa place dans ma poitrine, les nuages à leur place au-dessus de ma tête, et elle était à New York pour toujours, et moi, à pêcher et à boire pour toujours.
>
> Jim Harrison (de nouveau)

Après une nuit de sommeil troublé et entrecoupé de soupirs tout aussi troublés, l'aube me trouva couvert de teinture d'iode et de pansements, le cul posé sur un lit de pierre à côté de la Tamanawis, laquelle avait le cul posé sur son propre lit de pierre. Teinture d'iode, pansements, pierres et culs... voilà de quoi la Vie était faite. Pour la millième fois je soupirai, puis grommelai un « bonjour » à la rivière. Elle gargouilla une réponse incompréhensible, jusqu'à ce que je me souvienne que le gargouillis provenait du sommet de son point d'interrogation. Telle était donc sa réponse.

« Tu as raison, dis-je. Ce n'est pas un bon jour. »

?

« Parce que je ne la reverrai jamais. »

?

« Tu sais, Rivière, tu es plus bête que je le pensais. »

?

« Parce que je croyais qu'une eau savait ce que toutes les eaux savaient, parce que l'eau est un seul et unique élément et qu'elle est là depuis toujours, mais si d'être là depuis toujours ne sert qu'à t'apprendre à répéter pourquoi, pourquoi, pourquoi, pourquoi, pourquoi, pourquoi, je suppose que l'immortalité n'est pas tout à fait ce qu'elle devrait être. »

?

« Je ne sais pas, merde ! Et je ne sais pas non plus pourquoi elle s'est enfuie, ni pourquoi il a fallu que je la voie si je ne dois jamais la revoir, ni pourquoi elle a souri mais fichu le camp, ri mais fichu le camp, ni pourquoi elle a parlé mais fichu le camp, demandé mon nom mais fichu le camp, mais bon Dieu ! qu'elle était belle ! et elle pêchait comme Thomas, Ma, H2O et Piscator réunis, et je crois que je deviendrais cinglé si je ne devais jamais la revoir !

— Pourquoi ?

— Parce que je suis fou amoureux d'elle.

— Pourquoi elle t'a griffé comme ça ?

— Les broussailles et les épines... Hé ! qui est-ce qui a parlé ? »

Je pivotai d'un bloc. C'était Steve. Accompagné de Rama et d'Arjuna. Avec leurs nattes. Avec la machette d'Arjuna. Et avec la poupée en coton indien blanc de Rama, un singe.

« Tu as une mine épouvantable, dit Steve. Elle est belle, hein ?

— Oui, très », murmurai-je, embarrassé.

Il secoua la tête.

« C'est comme ça.

— Ouais. Bien sûr. Je suppose. Comment s'appelle ton singe, Rama ?

— Hanumân le dieu-singe, répondit Steve.

— Whitey, répondit Rama.

— Hanumân ou Whitey ? demandai-je.

— Juste Whitey, dit Rama. Maman et papa l'appellent Hanumân, mais c'est mon Whitey.

— Hanumân, l'asticota Steve.

— Whitey ! » s'écria Rama.

? demanda la Tamanawis.

« Parce qu'il est blanc, répondis-je.

— Ouais, fit Rama.

— Bon, fit Steve. On va sur la montagne. Tu veux venir ?

— Ouais », répondis-je.

On se mit en marche, Steve et moi avec des cannes, Arjuna avec sa machette, Rama avec son Whitey, et Whitey avec ses trois longues mèches en fil qui se dressaient sur son crâne comme des antennes.

« Hé ! Rama ! demandai-je. Pourquoi Whitey a ces drôles de cheveux ? Ça le fait ressembler à un hanneton.

— C'est maman qui les a faits... je vais te montrer. »

Il tressa les trois cheveux pour en faire une natte au bout de laquelle il enroula un élastique identique au sien et à celui d'Arjuna et de Steve, puis il embrassa l'horrible figure du singe en disant : « Oh ! Whitey que tu es beau ! » Ensuite, il défit la natte, la refit un peu plus loin en répétant la même chose, puis la défit, la refit et ainsi de suite jusqu'en haut de la montagne. Pendant ce temps-là, Arjuna attaquait les épineux à coups de machette, Steve m'indiquait les plantes comestibles et je me bornais à acquiescer en prononçant des paroles inintelligibles, car je ne pensais qu'à ma belle pêcheuse.

On arriva au sommet. Je m'assis pour regarder le panorama et je montrai à Steve le ? de la Tamanawis. Rama, Whitey et Arjuna combattirent quelques monstres qui, aux yeux de Steve et aux miens, ressemblaient plutôt à des souches pourries, mais dont ils s'acharnèrent à couper les membres et les crocs à l'aide de la machette. Après quoi, on redescendit et on mangea les oranges que j'avais récupérées. Je dis à Steve que je préférerais lui montrer mes cannes et mes mouches quand je me sentirais mieux. « C'est comme ça », dit-il. Puis ce fut l'heure qu'ils partent. Je remarquai alors qu'il manquait quelqu'un.

« Hé ! Rama ! Où est Whitey ? »

Rama mit ses deux mains sales devant son visage et les contempla d'un air incrédule.

« Whitey ! s'écria-t-il. Où es-tu ?

— Tu l'as laissé là-haut, grogna Arjuna en désignant la montagne de sa machette. Pendant qu'on tuait les monstres.

— Whitey ! hurla Rama, le regard levé vers le sommet. *Whitey ! Whitey !* »

Son cri pitoyable me remémorait le copain d'Abe l'Enclume qui appelait en vain dans le brouillard.

« Je vais aller le chercher, dit Steve. Tu veux bien surveiller les gamins, Gus ?

— Avec plaisir », dis-je, sincère, heureux d'avoir de la compagnie.

Arjuna, Rama et moi attendîmes une heure et demie au bord de la rivière. Arjuna s'inquiétait à l'idée d'être en retard pour le déjeuner. Entre mes inquiétudes au sujet d'Eddy, je m'inquiétais pour Steve. Toutes les deux ou trois minutes, Rama soupirait et disait : « Ô Whitey, ô Whitey, j'espère qu'il va te retrouver. » Quel beau trio de geignards on formait !

Steve revint enfin. Les mains vides. Rama gémit : « Whitey ! »

Avec un grand sourire, Steve se retourna... Il portait la poupée sur le dos, attachée à sa natte.

« Whitey ! tu es revenu ! » s'écria Rama.

Steve détacha le singe et le rendit à son maître. L'enfant le serra un moment dans ses bras, puis entreprit de tresser les trois poils qu'il avait sur le caillou. Je ne sais pas, mais je trouvai la scène émouvante... tous les trois réunis avec leurs vêtements de coton et leurs nattes, Steve qui souriait à chaque chose qui était ce qu'elle était, Arjuna qui se grattait le ventre avec le manche de sa machette en disant : « J'ai faim », Rama qui nouait l'élastique au bout des fils de coton figurant les cheveux de son singe en s'exclamant : « Ô Whitey que tu es beau ! »

Leur départ me désola. Je retournai sur mon rocher au bord de la rivière et regardai l'eau couler, regrettant de ne pas avoir un Steve pour me ramener mon amour perdu.

Après un moment, j'aperçus un type assez loin en aval qui pêchait à la mouche, ce qui me rappela la branche de noisetier — tout ce qui me restait d'Eddy. J'allai la chercher dans le pick-up, puis reposai mon cul sur mon rocher et restai assis là comme une chiffe molle à caresser cette arme si meurtrière pour les poissons et à gémir Pourquoi ? Pourquoi ? Pourquoi ? pendant que, pour une fois, la Tamanawis compatissait à ma douleur.

Qui pouvait donc être ce rigolo en train de pêcher plus bas ? Par saint Izaak ! une véritable caricature de Piscator ! Il portait un immense chapeau à bord mou du style Amish dans lequel étaient piquées des dizaines de mouches taïwanaises les plus criardes qu'on puisse imaginer. Son torse était engoncé dans une veste de pêche bourrée à craquer. On distinguait en vrac des sacs, une épuisette, un panier de pêche, un appareil photo et des jumelles. Son visage, sous ses espèces de grosses lunettes de soudeur probablement garanties pour permettre de voir le moindre petit poisson de la rivière, évoquait un raton laveur, tandis que ses pantalons de caoutchouc dont une bretelle était cassée semblaient trois ou quatre fois trop grands au niveau de la poitrine, de sorte que sa ligne restait coincée, emmêlée à l'intérieur de la combinaison, ce qui n'avait rien d'étonnant dans la mesure où on n'aurait pas pu lancer plus mal. La majorité des pêcheurs à la mouche consacrent leur temps à poser délicatement des imitations d'insectes qui dérivent au fil du courant, et cela dans les endroits qui leur paraissent les plus propices à attraper des poissons. Celui-là, en revanche, se refusait à employer un procédé aussi simple : sa méthode consistait à se planter dans les eaux les plus profondes et à flageller la surface de la rivière avant de balancer sa mouche mutilée dans quelque haut-fond d'à peine dix ou vingt centimètres d'eau où elle coulait aussitôt, devenue une publicité pour le fretin, une curiosité pour les écrevisses et un objet sans intérêt pour le pêcheur lui-même, tout occupé qu'il était à défaire sa soie prise dans sa combinaison et sa canne. De fait, le terme de « pêcheur » ne s'appliquait pas à lui : transporté tel quel dans les rues de New York, il passerait pour un clochard.

Quand il arriva sur les hauts-fonds, il me salua d'un geste de la main. Je me contentai de lui adresser un petit signe de tête, puis je l'observai. Il commença par se livrer à de fabuleuses simulations de lancers en déployant une force extraordinaire, peut-être dans l'intention de m'impressionner. « Crac ! Whoosh ! Crrack ! Whoooosh ! Crrrrackkk ! » faisait sa ligne. Après une trentaine ou une quarantaine de Crack-Whoosh, je fus plus qu'impressionné, au point que je m'étais réfugié derrière une souche d'arbre. Lorsqu'il eut réussi à dégager assez de fil, il voulut lancer pour de bon... et toute la longueur de ligne s'enroula derrière sa nuque. « Par l'Âne d'or d'Apulée ! je suis blessé ! » brailla-t-il... et je reconnus la voix ainsi que le vocabulaire de mon ami Titus.

Empêtré dans ses vêtements, transpirant à grosses gouttes, il pataugea pour regagner la berge, ôta ses lunettes, rejeta son chapeau en arrière, puis, désignant la Mosquito n° 10 fraîchement accrochée au lobe de son oreille droite, il déclara :

« Attar, le soufi, a écrit : “Une mouche minuscule entrée dans l'oreille de Nemrod a troublé le cerveau de cet idiot des siècles durant.” »

Il pêcha un coupe-ongles dans l'une des poches de sa veste, puis reprit :

« S'il te plaît, Gus, épargne-moi le sort de Nemrod ! »

Je coupai le barbillon de la Mosquito, invitai Titus à dire *Tintinnabulations* et, à la cinquième syllabe, j'arrachai la mouche.

« Ça va ? demandai-je.

— Formidablement », répondit-il.

Pendant qu'on le dépêtrait de la soie enroulée autour de lui, je lui proposai de rester pêcher (ou plutôt *apprendre à pêcher*) pendant le week-end. Il accepta et suggéra de commencer par un bon repas, encore que, dit-il :

« Je vais avoir du mal à digérer en paix si tu ne réponds pas d'abord à quelques questions.

— J'ai faim, alors vas-y.

— Sont-ce d'horribles harpies ou des chats domestiques qui t'ont attaqué hier ? demanda-t-il en désignant mes plaies badigeonnées de teinture d'iode. Comment as-tu fait pour leur échapper ? Qu'est-ce qu'ils avaient contre toi ? »

Je rougis au point que chacune de mes égratignures me brûla.

« Je n'ai plus faim, grommelai-je.

— Ce n'est pas une réponse.

— C'est une longue et fastidieuse histoire. »

Titus alluma une pipe et considéra la branche de noisetier.

« Qu'est-ce donc ? » s'enquit-il.

Je haussai les épaules :

« Ça fait partie de la longue et fastidieuse histoire. »

Il fronça les sourcils et son ton se fit soudain sérieux.

« Tu peux te fier à moi, Gus. Tu ressembles à un barrage près de céder. Qu'est-il arrivé ? »

Je gardai le silence. Il reprit alors :

« A moins que je ne me trompe, je connais cette expression. N'y aurait-il pas une femme là-dessous ? »

Je devins écarlate, mais j'ai toujours eu tendance à me confier aux gens intuitifs.

« Si je te raconte ce qui s'est passé, je vais avoir besoin d'aide... d'aide en bouteille.

— Il y a du bourbon dans la Carpe », dit Titus.

Le bourbon Ezra Brooks contribua à merveille à me délier la langue, et Titus se révéla être un auditeur attentif et compatissant. Je commençai par le commencement, c'est-à-dire par le soir qui suivit l'épisode Abe l'Enclume, et à mesure que l'alcool coulait, les paroles coulaient de même de mes lèvres. Je parlai pendant des heures d'affilée. Je racontai tout ce que j'avais pensé, senti et vu, je me lançai dans la saga de ma fièvre, du brouillard et du froid, des ombres et du Monde Jardin, du ? de la rivière et du clan du Loup. Titus fumait pipe sur pipe, hochait la tête, poussait de temps à autre un grognement et veillait à remplir nos verres. Il se garda de m'interrompre pour me donner des conseils ou me poser des questions, mais ses hochements de tête et ses grognements étaient étrangement éloquents. Aux passages évoquant le Monde Jardin, le ? et Thomas Bigeater, ses yeux s'allumèrent et sa pipe s'éteignit, faute de soins. Quand j'en arrivai à la

Siletz, j'hésitai un instant, mais je ravalai ma fierté que je fis descendre avec une bonne rasade de bourbon, puis je livrai une version non expurgée de mes exploits. Certes, Titus rit un peu, mais dans l'ensemble, il se borna à poursuivre son numéro de hochements de tête et de grognements. Et les grognements, c'est parfois tout ce qu'on a besoin d'entendre. Je terminai par l'épisode de Rama et de Whitey, et je me tus enfin.

« Gus, tu viens de vivre toute une vie en l'espace d'une semaine ! s'exclama alors Titus.

— Ouais, dis-je avec un sourire plein d'amertume. Et y me reste plus qu'à boire jusqu'à mourir. »

Il pinça les lèvres si fort qu'elles disparurent, but un peu de bourbon, puis déclara :

« Je dois reconnaître qu'il n'y a guère de remède pour soulager une âme dans l'état où est la tienne, mais il y a trois consolations.

— Voyons, dis-je. Le suicide... l'amnésie... et les bandes dessinées du Cavalier Solitaire. »

Comme il se taisait, je fus bien obligé de demander :

« Bon, alors lesquelles ?

— La première est l'espoir. Tu la retrouveras peut-être un jour.

— Tu parles !

— J'admets que les chances sont plutôt minces, dit-il en haussant les épaules. Mais elles existent quand même. Pourquoi t'aurait-elle demandé ton nom si elle ne s'intéressait pas du tout à toi ?

— Pour le plaisir de m'entendre bafouiller.

— Non. Tu as produit une première impression catastrophique, mais une deuxième excellente, j'en suis persuadé. Quand tu t'es réfugié dans ton arbre, tu as gagné son respect... et peut-être plus.

— Comment ça ?

— Un acte chevaleresque.

— Chevaleresque, grotesque, merdesque, bredouillai-je avant d'ajouter : “Oh ! là là ! j'suis pété.” »

Titus bourra une pipe et me la tendit. Quand la fumée m'eut un peu éclairci les idées, il me dit :

« Ecoute-moi, Gus : si elle est aussi belle que tu l'affirmes...

— Elle est deux fois plus belle !

— Bon, d'accord. Si elle est deux fois plus belle que tu l'affirmes, elle est habituée à des réactions pires que les tiennes. Le monde grouille de monstres concupiscents aux tendances proctologiques qui persécutent la beauté. Quand elle a ramassé cette pierre, elle croyait t'avoir catalogué, mais ensuite tu as eu l'inspiration de plonger à l'eau, puis de grimper à ton arbre.

— Et alors ?

— Alors, elle a compris que tu ne lui voulais que du bien, mais que tu étais trop fasciné par elle pour t'exprimer normalement. Elle n'a pu qu'en être flattée. Par ailleurs, je doute que tes déclamations prononcées du haut de ton arbre aient nui à ta cause. (Il désigna la branche de noisetier.) Des citations à l'image de sa canne : ésotériques mais bien tournées.

— Mais pourquoi s'est-elle enfuie ? »

Il haussa les épaules.

« Par timidité. Un peu par peur, peut-être. Je ne sais pas. Le prophète Mahomet a dit que les hommes devaient accepter les femmes comme elles étaient “avec toutes leurs circonvolutions”. Elle sait comment tu t'appelles, elle sait où se trouve ta rivière et elle doit se douter que tu as sa canne et son poisson. Elle viendra peut-être les récupérer.

— Quand les poules auront des dents, grommelai-je.

— Qui sait ? » dit-il avec espoir.

Je bus une nouvelle gorgée avant de demander :

« Et les autres consolations ?

— Tu as déjà eu une bonne dose de la deuxième, dit-il en tapotant son verre. La troisième exige davantage de talents.

— C'est-à-dire ?

— Un esprit vif. Un penchant érotique de l'âme. Une volonté de maniaque. Tu as déjà entendu parler de Boethius ?

— Non.

— De Maître Eckhart ?

— Non.

— Ils ont écrit des livres sur la consolation de la philosophie, de bons livres.

— Nom d'un chien ! Titus ! J'en sais à peu près autant sur la philosophie que toi sur la pêche à la mouche !

— Donc, tu n'es pas philosophe, dit-il calmement. Et par conséquent, tu n'es pas apte à juger des pouvoirs consolateurs de la philosophie.

— Là, tu marques un point, reconnus-je.

— Je sais que ça va paraître un avis bien sec à un obsédé de l'eau comme toi, Gus, mais à ta place, je finirais de me soûler, et demain matin, je commencerais à philosopher.

— Je viens de te dire que je ne savais pas !

— Et moi, je ne sais pas pêcher, répliqua-t-il avec un sourire.

— Alors ?

— Alors, si tu es prêt à risquer ta vie pour m'initier aux mystères de la pêche, de mon côté je ne peux pas faire moins que de t'enseigner cette science oubliée qu'est la philosophie. Qu'en penses-tu ? »

Je haussai les épaules et lâchai :

« Qu'est-ce que j'ai à perdre ?

— Ta tristesse.

— Vraiment ?

— Ça dépend de toi, déclara Titus. Un saint qui porte ton nom a dit un jour : "*Nulla est homini causa philosophandi, nisi ut beatus sit.*"

— Quelle honte ! m'exclamai-je. J'espère qu'on lui a fait regretter ses paroles. »

Titus sourit.

« Ça veut dire : "L'homme n'a pas de raison de philosopher, sauf pour chercher le bonheur."

— Tu es sûr que c'est mieux que le bourbon ? » demandai-je en buvant un coup.

Après m'avoir imité, Titus répondit :

« Si ça ne l'est pas, je te payerai une autre bouteille... mais regarde, Gus. (Il désigna la cabane.) C'est le domicile d'un pêcheur. Mon appartement en ville sera plus adapté à nos besoins. Je propose que nous y émigrions dès ce soir, que nous philosophions ce week-end et que nous pêchions le week-end prochain.

— Retourner à Portland ? » fis-je avec une grimace.

Titus s'éclaircit la gorge pour réciter :

« Le Chemin qui mène à la lumière est souvent obscur. Le Chemin qui va droit paraît souvent revenir en arrière.

— Le Chemin qui mène au Monde Jardin ressemble beaucoup à la mort, improvisai-je. Je n'accepte de venir que si Ezra voyage sur mes genoux. »

Cinq minutes plus tard, Titus et moi, à bord de la Carpe, teuf-teufions vers Portland cependant que, sur la lunette arrière, le Jésus en plastique lançait sa mouche sèche. Quand on arriva en ville, Ezra Brooks était rétamé, Titus et moi aussi, mais Jésus, lui, continuait à pêcher.

6

Descartes

Car j'ai déjà été
un garçon et une fille, un buisson
et un oiseau, et un poisson muet
qui jaillit de la mer pour aller...

Empédocle

Les créatures ne se reposent pas avant d'avoir atteint la nature humaine ; alors elles arrivent à leur forme originelle, à savoir Dieu.

Maître Eckhart

Je me réveillai sur un canapé dans une pièce étrangère dont les murs n'étaient couverts que de livres. L'état lamentable de mes artères crâniennes m'interdisait de penser que Titus pût être ailleurs que dans sa chambre en train de dormir. Personne, en effet, n'aurait été en mesure de se remettre rapidement d'une telle quantité d'Ezra Brooks. Je réussis à me sortir du lit et à m'habiller, puis je m'effondrai dans un fauteuil à bascule proche et me risquai à entreprendre la tâche délicate de cligner des paupières. Mes yeux me firent l'impression d'être des boules de sable. Je me dirigeai en titubant vers la salle de bains, irriguai mes canalisations desséchées à l'aide de l'eau du robinet, essayai d'en avaler un peu et faillis aussitôt vomir. Ce matin, j'étais content de ne pas être un poisson.

Après avoir regagné mon fauteuil, je me plongeai dans une rêverie peuplée de pools d'eau verte et de rochers moussus. Au moment où l'aulne au faîte brisé miroitait devant moi, mon intelligence naturelle intervint pour me souffler qu'on me regardait. Je soulevai une paupière rétive...

et étouffai un cri ! A un pas de moi, deux horribles yeux d'albinos me contemplaient qui se détachaient au milieu d'un énorme visage noir ! Ma terreur ne diminua qu'à peine lorsque je constatai que ledit visage appartenait à un chien. Je me contraignis à sourire.

« Gentil chien-chien », dis-je.

Le gentil chien-chien ne sourit pas, ne remua pas la queue, ne bougea pas, ne cilla pas. Les yeux blancs avaient des reflets turquoise. Il me semblait voir au travers et pénétrer à l'intérieur de sa tête où s'étendaient d'immenses espaces de ciel bleu. Cette image m'aurait sans doute intrigué... si le chien avait eu un museau.

« Titus ? » appelai-je doucement.

Pas de réponse.

Le regard du fauve devint plus menaçant. Il y avait une exigence dans ces yeux-là, ou dans le ciel derrière, et le ciel m'ordonnait de faire quelque chose, mais j'étais trop hébété pour comprendre. Les yeux me disaient : « T'as intérêt à comprendre, sinon... »

« Titus ? » appelai-je un peu plus fort.

Toujours pas de réponse. De la part de Titus en tout cas. Parce que le chien, lui, se mit à gronder... comme un volcan. C'était un chien gigantesque. Je pensai au clan du Loup. Je pensai aux milliers de poissons que j'avais tués. Je regardai le vide bleu à l'intérieur du crâne du chien, et je pensai à un dieu du ciel, à un dieu de la nature, à un dieu punitif... « Bon chien-chien », dis-je dans un gémissement. Je m'adossai aussi loin que le permettait le fauteuil et levai lentement les mains afin de me protéger la figure et la gorge.

La porte d'entrée s'ouvrit à la volée. Je sursautai. Titus s'avança, un sac de provisions dans les bras.

« Ah ! tu es debout ! » s'écria-t-il avec cette vivacité tellement insupportable aux indolents.

Le monstre ne bougea pas, ne jeta pas même un coup d'œil à Titus, lequel à la fois me stupéfia et me déçut au plus haut point en se dirigeant droit vers la cuisine sans accorder la moindre attention à mon regard implorant.

« Titus ! » murmurai-je avec désespoir.

Il continua à s'activer au milieu des assiettes, des casseroles et de la vaisselle sale, et se contenta de crier qu'il allait bientôt soigner ma gueule de bois à l'aide d'un thé noir bien fort. Du thé noir ! Qu'est-ce que cela représentait pour moi ? Un liquide à verser dans ma bouche et à regarder ensuite couler par les plaies béantes que les crocs acérés allaient ouvrir dans ma gorge !

« Titus !

— Oui ? répondit-il enfin.

— C'est ton chien ?

— Oui.

— Eh bien, il... il me regarde !

— Et alors ?

— Alors, je n'ose pas faire un geste. Qu'est-ce qu'il me veut ? Il mord ? Je peux bouger ? Pourquoi il ne s'en va pas ? »

Titus cria de la cuisine :

« Il ne mord pas sans raison. Mais pour ce qui est de bouger, je te conseille de le faire. Tu as pris le fauteuil de Descartes.

— Pardon, mon vieux, soufflai-je, me souvenant que ces fauves, dès qu'ils sentaient la peur, passaient impitoyablement à l'attaque. Là, doucement, ton vieux copain Gus va juste aller sur le canapé à côté, comme ça ton ami Descartes pourra récupérer son fauteuil à la con... »

Tandis que je regagnais le canapé, rampant à moitié, le chien me fixait toujours de son regard menaçant. Je m'assis avec d'infinies précautions. Le chien attendit que je sois installé, puis il sauta sur le rocking-chair, s'assit à son tour sans me quitter des yeux, puis, remuant son énorme tête de haut en bas, il commença à se balancer.

« Titus !

— Oui ?

— Le chien est dans le fauteuil de Descartes maintenant. Et il se balance ! Est-ce que je dois lui dire de descendre ? (Je ne posai la question que pour impressionner Titus, car je n'aurais jamais osé demander quoi que soit à ce monstre.)

— Non, tu ne dois pas, répondit Titus. Le chien *est* Descartes.

— Oh ! » m'exclamai-je.

Au spectacle de cette créature qui hochait sans arrêt la tête dans son fauteuil, il était difficile de ne pas rire, mais au spectacle de ses yeux remplis de ciel, il était difficile de ne pas hurler. Hésitant entre ces deux attitudes extrêmes, je parvins à bégayer :

« Bon... bonjour, Descartes. »

Le chien me répondit par un signe de tête, puis, par courtoisie, se laissa aller à remuer deux fois la queue avant de reprendre son balancement. Je ne le savais pas encore, mais nous venions de devenir amis.

Descartes était un beau bâtard, quoique d'aspect plutôt effrayant, doté de deux yeux déconcertants à leur manière, un peu comme ceux d'Abe l'Enclume ou d'Eddy, des yeux qui brillaient d'une intelligence sauvage et imprévisible. Sa généalogie était obscure ; j'aurais dit un tiers border colley aux yeux bleus et deux tiers loup européen noir, mais Titus préférait le définir comme moitié chien, moitié homme. En tout cas, c'était, ainsi que la plupart des Américains, un bâtard, et son crâne était d'une taille aussi remarquable parmi les chiens que celui de son maître parmi les hommes. Les intelligences logées dans l'un et l'autre de ces crânes étaient épaisses, jusqu'à friser parfois le ridicule. Les sages hochements de tête de Descartes en constituaient un excellent exemple, de même que, plus étrange encore, l'aptitude déclarée de Titus à comprendre les pensées de Descartes.

Titus, en effet, prenait de son chien ce qu'il appelait une « dictée psychique », moyen de communication silencieux entre l'homme et l'animal, qu'il traduisait ensuite à voix haute en langage humain (employant pour sa « voix de chien » une élocution plus lente et un ton d'une octave plus bas que pour sa propre voix), ce qui offrait aux personnes présentes l'occasion unique d'entendre fonctionner un cerveau canin. Pour ma part, ne connaissant pas encore les talents de Titus dans ce domaine, ni son adhésion à une doctrine métaphysique stipulant que le but des animaux est de parvenir à la forme humaine et par conséquent au statut de divinité, j'ignorais que Titus appliquait cette doctrine au pied de la lettre. Il exhortait sans cesse son chien à transcender son animalité et à se conduire « comme un homme civilisé, et je ne veux pas dire par là un Américain ». Je me préparais donc à une surprise :

Pendant que je regardais Descartes se balancer tranquillement, je poussai des exclamations enthousiastes et demandai à Titus comment il avait réussi à apprendre un tel tour à sa brute... Il sortit en trombe de la cuisine, le regard aussi furieux que celui de Descartes, puis il leva la main pour m'intimer de la fermer et déclara :

« S'il te plaît, Gus ! N'en fais pas tout un plat. Tu vas lui embrouiller les idées. Le but de Descartes est d'atteindre à la condition humaine, tout comme le nôtre est d'atteindre à la condition divine. Il ne faut pas plus s'ébahir devant un chien qui se conduit comme un homme que devant un homme qui se conduit comme un saint.

— Hein ? quoi ? »

Mon éducation ayant été faite sur le tas, ce genre de préceptes ésotériques était pour moi du latin.

Titus annonça qu'il préparait des flocons d'avoine à mon intention et du thé pour tout le monde, cette dernière boisson étant un rite qu'on observait chez lui chaque jour aux environs de midi. Quand il retourna dans la cuisine, son chien et moi entreprîmes de nous fixer du regard, lui qui hochait doctement la tête, peut-être pour accompagner de profondes pensées intérieures ou peut-être, simplement, pour continuer à se balancer, et moi qui me tortillais sur mon canapé en me demandant comment me comporter à l'égard de mon formidable vis-à-vis. Titus arriva à mon secours avec un plateau en argent qui contenait une gigantesque théière, du lait et du sucre, un bol fumant de flocons d'avoine agrémentés de raisins, de graines de tournesol et de miel, ainsi que trois tasses et leurs soucoupes. Devinant à qui était destinée la troisième tasse, j'émis un petit gloussement nerveux qui s'étouffa dans ma gorge lorsque mes deux compagnons plissèrent l'un comme l'autre leurs larges fronts : il ne s'agissait pas de sachets Lipton, mais d'un Vrai Thé. Les gloussements n'étaient pas casher. Titus posa le plateau sur une table basse, servit le thé le plus noir que j'aie jamais vu, puis il se tourna vers moi pour demander :

« Du lait ?

— Non merci, répondis-je.

— Descartes ? » demanda-t-il alors en brandissant le pot de lait.

Descartes haleta un petit coup, agita un petit coup la queue. Titus versa alors un gros nuage de lait dans la tasse du chien.

« Du sucre ? reprit alors Titus, s'adressant de nouveau à moi.

— Non merci, répétai-je, étouffant un autre gloussement inepte.

— Descartes ? »

L'intéressé répondit comme pour le lait, mais avec plus de vigueur afin d'indiquer son amour pour cette substance malsaine. Titus versa une cuillerée de sucre pleine à ras bord, puis remua. J'allais commencer à siroter mon thé pour m'empêcher de rire sottement, mais Titus m'arrêta :

« Attends. »

J'attendis. Il posa la tasse de Descartes au bord de la table devant le fauteuil, baissa la tête (imité par le chien), puis prononça une courte prière :

« Ô Roi Eternel, apporte-nous la lumière, nous T'en implorons, afin que nous voyions Ta main dans toutes Tes œuvres comme nous la voyons dans cette excellente boisson. Amen. »

Au mot « amen », Descartes se pencha et lapa sa tasse à grand bruit tout en renversant sur la table une bonne partie de « cette excellente boisson ». J'éprouvai un immense soulagement : si jamais il avait porté la tasse à ses lèvres pour boire à petites gorgées, je crois que mon esprit infantile n'y aurait pas résisté. Malgré cela, au spectacle du cérémonial observé tant par le chien que par son maître, je me faisais l'impression d'un péquenaud en pantalon de coutil débarquant à un bal de débutantes, et ma confusion s'accrut quand Titus, d'une voix anormalement pesante et solennelle, déclara :

« Aujourd'hui, comme le temps est ensoleillé mais frais, je souffre d'un cas aigu d'exubérance non sublimée. Après le thé, j'aimerais beaucoup aller courir dans le parc, et m'arrêter souvent en route afin de humer de frais cadeaux laissés par mes congénères et de pisser sur les buissons et les bouches d'incendie...

— Que... qu'est-ce que tu racontes, Titus ? » bafouillai-je.

Titus, concentré, le regard rivé sur Descartes, refusa de se laisser distraire et poursuivit sur le même ton :

« Explorer quelques ouvertures alimentaires sous la queue de camarades timides me serait fort agréable, et la compagnie d'une chienne en chaleur ne nuirait pas au plaisir de ma promenade. Mais je suppose que nous allons rester ici tout l'après-midi pendant que Maître et l'inconnu ne vont faire que parler. Enfin... Maître pourrait au moins me donner un morceau de cette barre de chocolat sur le bureau derrière lui.

— Bon, reprit Titus de sa voix normale. Au moins ta dernière requête est humaine. Tiens. »

Il lança un bout de chocolat à Descartes, puis sa voix se fit de nouveau plus lente et plus grave pour dire :

« J'aimerais avaler cette miette insignifiante en une seule bouchée, mais Maître a exprimé son vif déplaisir devant ces manières pourtant tout ce qu'il y a de plus normales et distinguées, et il me pousse à manger comme un chat ! Alors, je vais faire semblant de mâcher un peu. »

Descartes happa le morceau de chocolat et se mit à le mastiquer d'une façon tout à fait anticanine.

« Brave garçon », approuva Titus.

Descartes sourit, agita la queue et, selon Titus, répliqua :

« Oui, je suis un brave garçon, mais les meilleurs des garçons eux-mêmes ont une vessie. Je crois que je vais demander à sortir dans le jardin afin de vider la mienne avant que Maître et l'inconnu n'allument leurs pipes délétères d'après déjeuner, ce qui ne manquera pas de réduire mes capacités olfactives pour les jours à venir. »

Et, effectivement, Descartes descendit de son fauteuil, entra d'un pas nonchalant dans la cuisine, gratta à la porte du jardin, puis, avec sa propre voix, dit : « Ouaf ! »

Titus se leva.

« Bien, il arrive, dit Descartes par la bouche de Titus.

— Voilà, mon ami, dit Titus en ouvrant la porte.

— Merci, répondit Descartes. Pour ma prochaine incarnation, si Dieu le veut, j'aurai des mains, ce qui m'évitera d'avoir besoin d'une aide humaine pour les poignées de porte et autres petites choses gênantes.

— Il se pourrait, dit Titus. A condition que tu surmontes certaines de tes faiblesses non humaines.

— A quelles faiblesses fais-tu allusion ? demanda Descartes.

— Eh bien, par exemple, grignoter des fèces de chat, attaquer le facteur et mordre les petits chiens, pour n'en citer que trois. »

Descartes coucha les oreilles et répliqua :

« Le facteur n'a aucun sens de la propriété. Il entre sans être invité, l'air suffisant, et longe les buissons que j'ai pourtant aspergés de milliers d'avertissements. Une telle audace me rend furieux. Quant aux petits chiens, si tu sentais les insultes injustifiées que certains d'entre eux me lancent, tu les châtierais toi-même. Je ne m'en prends jamais aux corniauds qui reconnaissent mon évidente supériorité et je traite mes rares égaux avec respect. Ton ignorance des subtilités de notre langage olfactif te rend inapte à juger. »

Titus pesa ces arguments, puis demanda :

« Et les merdes de chat ? »

Descartes prit un air penaud.

« Euh... bon... pour ce qui est des fèces de chat, je confesse ma faiblesse, encore que leur parfum et leur goût soient plus instructifs et intéressants que vous autres humains ne pouvez l'imaginer. Tu ne te demandes jamais ce qu'un homme ou une femme que tu croises dans la rue a mangé lors de ses derniers repas ?

— Pas au point de désirer goûter leurs déjections, aboya Titus. Et en plus, les crottes de chat te donnent des vers.

— Oui, mais tes vices à toi, l'alcool, la caféine et le tabac te détruisent le foie, les reins, les glandes surrénales et les cellules cérébrales, riposta Descartes.

— Touché, reconnut Titus. Qu'Allah nous protège tous les deux.

— Amen, fit Descartes en franchissant le seuil pour aller arroser un géranium.

— Hé ! ça va pas ! s'écria une voix aiguë et furieuse qui provenait de quelque part autour de Titus mais que je compris être celle du géranium. Je suis pas une cuvette de chiottes !

— Toutes mes excuses », dit Descartes.

7

Où l'on philosophe

Il m'a dit : « Ils se nourrissent de mouches de rocaille noyées. »

Je lui ai demandé : « Et comment as-tu découvert ça ?...

— L'idée, a-t-il dit, c'est de repérer un truc qui te permet de voir un truc que tu n'avais pas remarqué jusque-là et qui, lui, te permet de repérer un truc qui n'est même pas visible. »

J'ai dit à mon frère : « Passe-moi une cigarette et explique-moi ce que tu veux dire. »

Norman Maclean, *La Rivière du sixième jour* *

Pendant que, luttant contre la nausée, je venais à bout de mon bol de céréales, Titus vida quatre tasses de thé bouillant, puis alla prendre sur son bureau un paquet de tabac oriental dont il bourra son brûle-gueule. Il l'alluma à l'aide d'une allumette longue de trente centimètres et un épais nuage de fumée nous enveloppa aussitôt. Ensuite, il se dirigea vers les étagères de livres devant lesquelles il marqua un temps d'arrêt à la manière du pêcheur qui étudie la rivière avant son premier lancer. Après quoi, il croisa les doigts, retourna les mains, paumes vers le sol, et tendit les bras jusqu'à ce que ses jointures craquent comme des pétards, puis il entreprit

* Traduction de M.C. Pasquier, éd. Rivages.

d'extraire quelques livres des rayonnages avec un mouvement souple et rapide du poignet qui lui faisait si cruellement défaut pour la pêche à la mouche, s'activant devant les rayons tel un organiste devant les jeux des grandes orgues d'une cathédrale. Il posa une pile haute d'un mètre sur une table basse, s'affala dans un fauteuil et braqua sur moi son nez en bec d'aigle.

« Bien, Gus, dit-il. Prêt à pêcher ? »

Etant le genre de lecteur à passer des semaines entières sur un seul livre, aussi mince fût-il, je me sentis tout étourdi.

« Pêcher ? Pêcher quoi ?

— Le bonheur, la consolation, la façon de comprendre la mort de quelqu'un comme Abe, le *pourquoi* de la Tamanawis, la beauté d'une Eddy.

— Où faut-il pêcher pour ça ? demandai-je avec un soupir.

— A la fin, ici, répondit-il en se frappant la poitrine. Mais en attendant, nous pouvons étudier les Annales de la Tradition Primordiale. »

Il tapota le livre du dessus.

« C'est quoi la tradition primordiale ? »

Il préleva de la pile un ouvrage de poche à la couverture argentée et déclara :

« Il n'en existe qu'une. C'est la tradition éternelle qui, avec le soufi Attar, proclame que

Du dos du poisson à la lune,
chaque atome est témoin de Son Existence. »

Bien que craignant d'avance la pieuse réponse qu'il n'allait pas manquer de me faire, je demandai :

« L'existence de qui ? »

Mais Titus se contenta de lire ceci :

« Un poisson tel que quand Il respire, Il attire
dans Sa poitrine le premier et le dernier...
Il emporte les deux mondes, et attire à
Lui toutes créatures sans exception. »

J'éclatai de rire.

« Attar traitait donc Dieu de poisson ?

— Oui. Et les premiers chrétiens aussi, à condition que le Christ soit Dieu. Les fervents de Dieu adorent manier l'hyperbole, car nous avons besoin d'hyperboles pour parler de Dieu. Les poètes ne peuvent pas Le décrire. Les savants ne peuvent pas Le quantifier. Les sages affirment sans ambages que, considéré avec le désavantage du langage et de la logique, Dieu est un Big Bobard, mais que, avec l'avantage de l'amour, on peut parvenir à connaître le Big Bobard. » Titus produisit une Bible écornée. « Attar qualifie Dieu de poisson et Jésus nous dit où l'on doit pêcher pour Le trouver :

Si quelqu'un a soif, qu'il vienne à moi et qu'il boive.
Qui croit en moi, des fleuves d'eau vive
couleront de son cœur, comme dit l'Ecriture... »

« Ce qui me fait penser, l'interrompis-je dans l'espoir de calmer son ardeur, que du ventre de la théière couleront des rivières de thé... »

Je remplis nos tasses pendant qu'il s'absorbait dans un gros livre de poche à la couverture marron. Il ne remarqua même pas ce que je faisais.

« Djalāl al-Dīn Rūmī, le premier et le meilleur des derviches, mêle quant à lui le poisson et la rivière :

Toutes les âmes qui atteignent Dieu
pénètrent le secret majestueux,
et de serpents deviennent
poissons,
quittent la terre solide,
plongent dans la mer,
nagent dans la rivière du Paradis.
L'âme se libère de son esclavage terrestre
et entre dans le royaume infini... »

Il tira d'un sac en soie un volume relié de toile bleue et reprit :

« Ecoute :

Visible ou invisible, je peux passer au travers d'un mur
ou d'une montagne comme si c'était de l'air. Je peux plonger
dans la terre ou en émerger comme si c'était de l'eau.
Je peux marcher sur l'eau comme si c'était la terre.
Je peux voler dans l'air comme un oiseau.
Je peux toucher de mes mains le soleil et la lune...

— Voilà un type drôlement prétentieux ! fis-je remarquer.
— C'est le Bouddha, dit Titus. Prétentieux comme le Christ quand il a marché sur l'eau. Ou comme Rama quand il est apparu dans l'eau entre les mains de Valmiki. Ou comme Krishna quand il a dit à Arjuna : "Je suis la saveur de l'eau, ô fils de Kunti, et la lumière du soleil et de la lune !" »

Il s'apprêtait à prendre un autre livre quand je l'arrêtai :

« Attends ! Attends une minute, Titus ! Tout ça c'est bien beau, mais est-ce que les gens y croient vraiment ? Et toi, est-ce que tu y crois ? Est-ce qu'il y a une part de vérité là-dedans ? »

Il sourit et répondit :

« Rūmī a dit : "Pour le sain d'esprit, les mots des adorateurs ne sont que des histoires." Et Lao-tseu a dit : "Quand un homme de peu de capacités entend le tao, il rit aux éclats — et s'il ne riait pas, cela ne mériterait pas le nom de tao."
— Mais toi, Titus, qu'est-ce que tu en penses ?
— Je ne suis pas sain d'esprit, Gus, répondit-il en me regardant dans les yeux. Je crois aux rivières d'eau vivante. Je crois que nos âmes nagent dans cette eau. Je crois que Jésus, Bouddha et Krishna sont la saveur de cette eau-là. Je crois au Monde Jardin et à sa Reine. J'aime notre bon vieux Big Bobard.
— Je voudrais bien être comme toi, dis-je en secouant la tête.
— Qu'est-ce qui t'en empêche ?
— Qu'y a-t-il à aimer ? Où est ce Big Bobard ? Et l'âme qui saute dans la rivière vivante ? Et où donc se cachent ces sages et ces bouddhas maintenant que nous avons vraiment besoin d'eux ? »

Titus me considéra un moment.

« Est-ce que tu les reconnaîtrais si tu les voyais ? As-tu seulement cherché ? Et avec quel soin ? Est-ce qu'ils devraient être si faciles à trouver ? »

Sa voix était douce, mais son regard aussi perçant que celui de Descartes. Ses questions me firent l'effet d'autant de gifles... de gifles bien méritées. Je baissai la tête dans ma tasse de thé. Titus reprit :

« Réfléchis, Gus : pourquoi un empoté comme moi est-il incapable de prendre des poissons ? La réponse ne te paraît-elle pas évidente ? Ne serait-ce pas parce que, compte tenu du niveau actuel de mes talents de pêcheur, les poissons devraient être si stupides, si faciles à tromper et à saisir qu'ils ne vaudraient même pas la peine qu'on les attrape ? Par conséquent, une chose aussi merveilleuse que l'âme ne devrait-elle pas être insaisissable ? L'âme n'est pas une truite d'élevage ! Tu es certain qu'elle ne s'est jamais manifestée chez toi, ne serait-ce qu'une fraction de seconde ? Qu'y avait-il en toi qui a aimé regarder Thomas Bigeater pêcher ? Qu'est-ce qui t'a guéri et t'a rendu heureux la nuit où tu t'es souvenu de la bûche de pin de Bill Bob et de ton jumeau insaisissable ? Qu'est-ce qui a presque jailli de ta poitrine et failli te démolir le cerveau le jour où tu as rencontré l'insaisissable Eddy ? »

Je ne répondis pas car, à la mention d'Eddy, mon âme avait commencé à me faire mal. Comme une dent. Je la sentais, qui m'élançait de la tête aux pieds. Titus poursuivit :

« Les pêcheurs devraient être les hommes les plus faciles à convaincre de se mettre en quête de l'âme, *parce que la pêche n'est rien d'autre que la quête de l'insaisissable.* Les poissons invisibles pour le profane comme moi sont visibles pour des pêcheurs comme toi, car ils manifestent leur présence par une centaine d'indices infimes. Comment peux-tu te montrer d'un côté si perspicace et patient dans ta quête des poissons, et d'un autre si inconsidéré et borné que tu nies l'existence de ton âme sous prétexte que tu ne la vois pas ? »

Son raisonnement toucha de nouveau juste et me ramena dans mon élément : je me représentais des rivières — des rivières en décembre, glacées, enveloppées de brouillard — et, de l'eau à mi-cuisses, des pêcheurs levés avant l'aube... Ils se tenaient dans la lumière grise du petit jour, dans la pluie, le vent, la neige et le froid. Silencieux, patients, ils effectuaient lancer sur lancer. Ils ne prenaient rien, et pourtant, ils ne s'interrogeaient jamais sur la possibilité qu'une steelhead intelligente se cache sous la nappe d'eau verte. Les doigts gourds, le ventre vide, le dos raide et douloureux, chapeautés ou cagoulés comme des rabbins ou des moines, rouspétants mais vigilants, ils étaient prêts à faire pénitence en échange d'une simple petite touche. Qu'était le pêcheur sinon un être en quête du non-transmué ? L'attente ne devrait-elle pas être beaucoup plus longue, le talent beaucoup plus grand, la patience beaucoup plus infinie et la vigilance beaucoup plus intense dans la quête de ce don que les hommes appellent l'âme ?

« Titus, dis-je. Ça fait des années que je me trimballe avec ma mouche sèche métaphysique plantée dans l'oreille !

— Décrochons-la et allons pêcher ! » conclut-il en riant.

On mit notre programme à exécution. Après avoir bu du thé, lu et parlé toute la journée, je fis ma première « prise » en fin d'après-midi.

La fatigue nous gagnait, la tête nous tournait un peu, et des mots comme « pizza » et « bière » commençaient à sonner mieux que « béatifique » ou « immortel », mais le soleil allait se coucher, et ma longue expérience m'avait appris à profiter de cet instant. Je demandai donc à Titus :

« Tu crois que les âmes mordent plus au petit matin et à la tombée de la nuit ?

— Peut-être, marmonna-t-il.

— Alors, d'après toi, comment je devrais pêcher la mienne ?

— Avec une canne à âme, je présume, répondit-il sans hésitation.

— Une canne à âme ?

— Oui.

— Ça coûte cher ?

— T'as combien de fric ? demanda-t-il en prenant l'accent new-yorkais.

— Pas mal, dis-je, tapotant mon portefeuille. Alors, c'est combien ?

— Tout ton pognon.

— Tout ?

— Ouais, fit-il. Mais pas tout ce que tu crois que t'as. Tout ce que t'as vraiment.

— Hmmm. Et qu'est-ce que j'ai vraiment ?

— Que dalle, répondit Titus.

— Ah ! ça, c'est dans mes prix ! Où je la prends ?

— Ici, si tu veux, dit-il en haussant les épaules.

— T'en as une ici ?

— Ouais, ici, fit-il en se frappant le cœur. Et toi aussi », ajouta-t-il en désignant le mien.

Bouche bée, je contemplai ma cage thoracique.

« Faut que je paie que dalle pour une canne à âme que j'ai déjà là ?

— Tu sais pas que tu l'as. Faut que tu casques pour savoir.

— Bon, dis-je. Et je casque comment ?

— Répète après moi...

— Répète après moi..., répétai-je.

— Pas maintenant !

— Pas maintenant !

— Peu importe. Voilà.

— Peu importe. Voilà.

— Moi, Gus Orviston, donne tout le que dalle que j'ai...

— Moi, Gus Orviston, donne tout le que dalle que j'ai...

— ... au Créateur de ma canne à âme...

— ... au Créateur de ma canne à âme...

— ... en échange de ladite canne à âme.

— ... en échange de ladite canne à âme.

— Marché conclu, dit-il. Elle est à toi. »

Je tâtai le devant de ma chemise et demandai :

« Où elle est ?

— Tu veux que je te la montre ?

— Tu peux ?

— Par analogie, oui... si tu acceptes de répondre à quelques questions.

— Vas-y.

— Très bien. Où est Rodney la canne à mouche en ce moment ?

— Accrochée au mur de ma cabane... mais ce n'est pas une canne à âme...

— Bien sûr que non. C'est ta canne. Et qu'est-ce que tu crois qu'elle connaît comme expérience, ainsi accrochée au mur ?

— Pas grand-chose, dis-je en me grattant le crâne.

— Un peu de poids et de masse, peut-être ?

— Ouais, et un peu de vernis, des anneaux et une poignée... ce genre d'expériences.

— Et c'est tout ?

— Ouaip.

— Donc, Rodney reste sur le mur jusqu'à ce que tu la décroches, puis elle plie quand tu la plies, lance quand tu la lances, lutte contre les poissons quand tu les ferres. Mais l'impulsion électrique de ta main, la soie qui chante au-dessus de l'eau, la beauté des berges, le goût de la truite... toutes ces merveilles, Rodney ne les connaît pas, tu es d'accord ?

— Oui, oui, je suis d'accord.

— Parfait. Et maintenant, qui a fait d'un objet insignifiant la splendide canne à pêche que c'est aujourd'hui ?

— Moi.

— Et qui est le maître de son destin, qui décide à quel endroit elle doit être sur le mur, dans le pick-up, s'il faut lancer pour une truite ou une blueback ? Et qui déterminera qu'elle est usée ou cassée et la reléguera un jour dans un placard ou une poubelle, ou encore la condamnera au bûcher funéraire lorsque surviendra sa fin inévitable ?

— Toujours moi.

— Oui. Et maintenant, qui selon toi a fait d'un assemblage de molécules le pêcheur que tu es aujourd'hui ?

— J'aimerais le savoir.

— Excellent ! s'exclama Titus. Et qui est le maître de ton destin à toi, qui décide si tu dois être heureux ou malheureux, vivre longtemps ou pas, glorieux ou infâme, érudit ou aigri et ainsi de suite ?

— Ça aussi, j'aimerais le savoir.

— Très bien ! Et qui décidera du moment où ton corps sera devenu une enveloppe inutile pour ce qui l'anime, et le confiera à un crématorium, au lit d'une rivière ou aux vers d'une tombe ?

— Voilà encore une chose que j'aimerais savoir, dis-je. Mais j'aimerais aussi savoir pourquoi tu hurles "excellent !" et "très bien !" chaque fois que je dis que j'aimerais le savoir ? Tu ne t'attendais pas à ce que je réponde "c'est Dieu" ou "c'est mon âme" ? »

Titus eut l'air atterré.

« Gus ! je suis un philosophe, pas un évangéliste ! C'est le "j'aimerais le savoir" qui est primordial. Se contenter de dire "c'est Dieu" et en rester là, c'est abandonner la quête avant même de l'avoir commencée. Chercher la vérité, la chercher désespérément, c'est rejeter toute forme de théorie, de dogme ou d'opinion préconçue jusqu'au moment où tu vois, où tu touches l'Etre, la Chose elle-même, où tu fusionnes avec elle ! Personne n'a jamais découvert la vérité en répondant aux questions par des leçons ânonnées au catéchisme... Mais où en étions-nous ?

— A ma canne à âme.

— Oui. Et nous étions tombés d'accord pour dire que Rodney n'avait conscience de rien sauf d'un peu de poids, de masse et de vernis, n'est-ce pas ?

— En effet.

— Il en résulte donc, n'est-ce pas, qu'elle n'a pas conscience non plus de l'existence de Gus — même si Gus est son créateur, le maître de son destin, son essence même en quelque sorte.

— Ouais, c'est ce qu'il en résulte.

— Ne serait-il pas alors possible que toi et moi soyons tout aussi inconscients de l'existence d'un créateur, d'un maître de nos destins, d'une Essence pourrait-on même dire... qui nous manie plus habilement encore que tu ne manies Rodney ?

— Ouais, c'est possible.

— Eh bien, nous y voilà, dit Titus. Rodney est à Gus ce que Gus est à son Essence. Appelle l'Essence "âme" et tu as ta canne à âme.

— Moi ! fis-je en riant. C'est moi la canne à âme ! L'idée me plaît bien, Titus. Ouais, elle me plaît beaucoup !

— Merci. Je l'ai piquée à Plotin. Qu'est-ce qui te plaît tant là-dedans ?

— Ce que ça implique, le fait que tout en étant d'une stupidité à mourir comparé à mon âme ou à mon Essence, je suis foutrement utile : je joue un rôle important ! »

Pour une fois, c'est Titus qui parut dérouté.

« Je ne te suis pas, Gus.

— Tu n'es pas encore un pêcheur, Titus, expliquai-je. Mais pense à Rodney : il ne sait peut-être pas grand-chose, mais il ne fait pas de doute que sans lui, je ne peux pas pêcher correctement. C'est peut-être moi qui dicte les règles, mais c'est Rodney qui les applique. Je ferre, mais c'est Rodney qui plante l'hameçon. Je pourrais vivre et même attraper des poissons sans lui, mais ce sont les tressautements et les flexions de Rodney qui font tout le plaisir ! Rodney est peut-être idiot, mais il est indispensable. Il n'a peut-être rien d'un être humain, mais c'est une sacrée canne à mouche ! Alors monsieur ou madame l'Ame ou l'Essence, qui que vous soyez, je vais vous dire ceci : je n'ai peut-être rien d'un dieu, mais je dois être une sacrée canne à âme ! Et quelle que soit la version métaphysique de la pêche, je sais que, sans moi, vous ne pouvez pas la pratiquer aussi bien ! Et même si je suis une espèce d'abruti par rapport à vous et que je vous doive tout ce que j'ai, vous vous amusez plus avec moi que vous ne le feriez sans moi ! »

Titus applaudit :

« Oyez ! oyez ! un philosophe est né ! »

On alla chercher de la bière et des pizzas.

Après deux journées qui me laissèrent épuisé et enivré sous l'effet conjugué du thé et de la tutelle de Titus, je quittai son appartement muni de quatorze livres, d'une monographie dont il était l'auteur et intitulée « Qu'est-ce que l'eau ? », d'une croyance incertaine en une imperceptible mais apparemment indiscutable essence nommée « âme » et d'une croyance plus incertaine encore en une Essence des Essences que j'avais baptisée « Big Bobard », car le mot *Dieu* m'évoquait toujours l'image de ce barbu aux cheveux blancs que AGM et les Témoins-que-rien s'efforçaient avec tant de zèle de nous faire avaler. Titus affirmait avec insistance que Dieu, Allah, Brahma, Yahvé et autres appellations de ce genre se référaient toutes à la même Déité, mais j'affirmais avec tout autant d'insistance que pour apprendre à respecter cette Déité, il faudrait d'abord que je commence par Lui donner un nom pour lequel j'éprouverais un minimum de tendresse.

En sortant de chez Titus, je n'avais qu'une hâte : rentrer pour lire et en savoir davantage sur le « Big Bobard », mais à mesure que je marchais, je sentais mon esprit devenir de plus en plus lent et mes instincts de plus en plus bas, jusqu'au moment où je me demandai si, d'où ils étaient, les yeux de Descartes n'émettaient pas des espèces de micro-ondes qui influaient sur moi de façon à ce que je ne m'intéresse à rien de plus transcendant que les hamburgers. Le temps que j'arrive à l'arrêt de bus, j'étais complètement découragé et abattu. En montant dans le bus, je compris pourquoi : l'aulne au faîte brisé me hantait de nouveau. Je me rendis soudain compte à quel point Titus et son chien étaient de bons copains. En leur compagnie, je ne songeais à Eddy qu'avec espoir, alors qu'en leur absence, sa pensée m'emplissait d'un sentiment qui me rongeait, d'un vide, d'une souffrance, d'une démangeaison et m'ouvrait une plaie au cœur que rien ne parviendrait jamais à cicatriser. Sachant que je ferais mieux de ne pas rester seul, je changeai de bus et pris la direction de la banlieue pour aller voir ce que devenait la famille.

8

Petit, mais fort

> Pensez à cette eau qui coule vers la ville... Voyez comme elle est claire et pure ! Mais quand elle entre en ville... les gens y lavent leurs mains, leur figure, leurs pieds et d'autres parties de leur corps, ainsi que leurs vêtements et leurs tapis, et l'urine de tous les quartiers de la ville, et puis les crottins des chevaux et des mules s'y déversent et se mélangent à elle. Regardez-la lorsqu'elle sort de la ville ! Bien que ce soit la même eau, qui transforme la poussière en argile... qui rend la plaine verdoyante... de sales choses se sont mêlées à elle.
>
> Djalāl al-Dīn Rūmī

J'entrai à la maison sans sonner, et je me fis aussitôt l'effet d'être un cambrioleur. Bizarre qu'il eût suffi d'une si courte absence pour que je n'aie plus le sentiment d'être « chez moi ». Des voix provenaient du bureau de H2O, des voix gaies entrecoupées de rires et de gloussements. Personne ne s'était jamais conduit ainsi quand j'habitais là. Je poussai la porte.

A peine avais-je franchi le seuil que ce fut la bousculade : Bill Bob, Ma et H2O s'interrompirent dans ce qu'ils faisaient et bondirent sur leurs pieds comme si j'étais un maître d'école qui surprenait une bande de vilains garnements en train de passer de petites couleuvres au taille-crayon.

« Qu'est-ce que vous fabriquez ? » demandai-je avec, cette fois, l'impression d'être réellement un intrus.

Ils étaient tout rouges et arboraient des sourires idiots. Bill Bob fut le premier à réagir :

« Mu... musicales, bafouilla-t-il. On jouait aux chai... aux chaises musicales. »

Ma et H2O hochèrent la tête comme des crétins.

« Ah oui, dis-je. Les chaises musicales. Je vois. Bien, bien... » Je me tournai vers H2O dont le visage, quand il mentait, était plus transparent que de la cellophane. « Et où est la musique ? »

Ma se mit à chantonner l'*Hymne de combat de la République.* H2O gloussa convulsivement.

« Des chaises musicales ! Héhéhé ! Idiot, huhuhuhuhuhu. Se sent tout bête, héhéhé. On croyait que tu étais un de mes amis pêcheurs si pompeux. Alors, euh... »

Il semblait avoir du mal à lutter contre le fou rire, et la gaieté était si rare chez mon père que je ne savais qu'en penser. J'examinai la situation. Une chose au moins paraissait corroborer l'explication de Bill Bob : personne n'occupait la place qu'il aurait dû occuper. Ma, qui chantait toujours l'*Hymne de Combat,* était plantée derrière l'établi où H2O montait ses mouches, et il y avait une mouche dans l'étau ; H2O, fredonnant quelques notes, se trouvait devant la table où Ma fabriquait ses cannes, et il y avait une canne légère pour la pêche à la cuiller en cours de construction ; Bill Bob, marquant la mesure des deux pieds, se tenait au milieu d'un fouillis composé d'outils, de bidons d'huile, de bobines de fil de pêche et d'un vieux moulinet de surf-casting en dix ou quinze morceaux.

« Bon, repris-je. C'est quoi, tout ce cirque ? »

Ma avait une pince à la main. Elle s'assit devant l'étau de H2O, chanta « Glory-glory-allé-lou-ya », saisit les plumes de la mouche avec la pince et les arracha en s'écriant :

« Et si on jouait un peu au Sabotage Musical ? »

H2O ricana comme un dément, arracha l'un des anneaux de la canne et noya l'*Hymne de combat* sous un *Rule, Britannia* digne d'un chanteur d'opéra.

Bill Bob, les yeux rivés au sol, affichant un sourire si large qu'il devait lui faire mal aux joues, évitait soigneusement mon regard incrédule.

Mais qu'est-ce qui leur prenait ? Je secouai la tête, m'effondrai dans un fauteuil et marmonnai :

« Alors maintenant, vous vous amusez à détruire vos matériels respectifs ? Eh bien, je trouve que c'est un spectacle plutôt pathétique !

— Et comment ! acquiesça Ma. On a toujours été pathétiques, Gus, mais on est encore plus pathétiques depuis que t'es plus là pour nous aider à rester civilisés. »

H2O approuva d'un vigoureux signe de tête.

« La Grande Controverse Izaak Walton fait plus que jamais rage ! hurla-t-il en arrachant un deuxième anneau. Nous ne nous rendions pas compte de l'influence pacificatrice que tu exerçais sur nous, mon fils.

— Moi non plus », dit Bill Bob, arborant toujours son sourire placide.

Le fait que lui aussi le reconnaisse me serra le cœur.

H2O continua à chanter, mais Ma se dirigea vers la porte en déclarant :

« C'est pas une façon de traiter le fils prodigue. Rappliquez tous dans la cuisine qu'on fasse un sandwich pour Gus. »

Pendant qu'ils sortaient en traînant les pieds, je constatai que H2O avait perdu du poids tandis que Ma en avait gagné. Pour la première fois, je remarquai qu'ils commençaient plus ou moins à se ressembler, et je me sentis tout péteux. Bill Bob mit les écouteurs de ses radios et voulut leur emboîter le pas, mais je l'attrapai par les fils, le débranchai et m'écriai :

« Maintenant, ça suffit, les conneries ! Tu vas m'expliquer ce qui se passe !

— Rien, répondit-il en haussant les épaules. Y se passe rien du tout.

— Ah bon, rien du tout ? Depuis quand les engueulades entre Ma et H2O te font rire ? Et qu'est-ce que tu fous avec ce moulinet de surf-casting ? Toi aussi tu vas te mettre à pêcher et à devenir idiot ?

— Sûrement pas, répliqua-t-il en s'asseyant au milieu des pièces détachées du moulinet pour les astiquer.

— Alors qu'est-ce que tu trafiques ?

— J'émets.

— Tu quoi ?

— J'émets, répéta-t-il en désignant un cerf-volant en kit posé dans un coin. J'envoie un cerf-volant équipé d'un récepteur radio, je le laisse flotter là-haut, je mets mes écouteurs et je pêche les ondes radio. Et j'en attrape beaucoup, surtout du côté de la montagne pelée derrière chez oncle Zeke. L'autre jour, j'ai capté de la musique d'Indiens Hopis venue d'Albuquerque et du hockey de Toronto. Mais c'était avec une ligne à main. Sur ce moulinet, je vais pouvoir enrouler douze cents mètres de fil ! Je vais essayer de prendre des trucs d'Europe ou même de Chine, peut-être ! »

Je soupirai. Il y avait au moins encore quelqu'un de sensé dans la famille.

« Allons manger », dis-je.

Dans la cuisine, H2O et Ma étaient déjà engagés dans un débat animé pour savoir si Charles Cotton avait ou non pêché aux vers. J'avalai mon sandwich en vitesse, puis j'annonçai que je sortais me promener. Je serais bien retourné tout de suite en stop à la Tamanawis, mais ce soir, en souvenir du passé, je voulais border Bill Bob dans son lit. Peut-être que je parviendrais à lui faire avouer ce qui s'était réellement passé dans le bureau de H2O. Chaises musicales mon cul !

Il était deux heures de l'après-midi et il bruinait. En outre, cette banlieue paumée n'offrait guère d'endroits de promenade. Je marchai un moment, longeant quelques flaques boueuses que j'imaginais peuplées de poissons, mais comme, bien sûr, il n'y en avait pas, je ne tardai pas à trouver le spectacle déprimant. De toute façon, c'était déprimant depuis le début. Je me souvins soudain de l'existence d'un ruisseau appelé U.S. Grant. C'était un ruisseau « suburbanisé », mais c'était quand même un ruisseau. Je pris dans cette direction.

Il y a à peine un siècle, ces banlieues étaient encore un marécage, une vaste étendue constituée d'étangs, de petits cours d'eau, de bourbiers, de tourbières et de prés, demeure de plus de visons, de rats musqués, de castors, de canards, de cerfs et de hérons qu'on en compte aujourd'hui dans toute la vallée de la Willamette. Petit à petit, on l'avait morcelée, asséchée, comblée, emprisonnée dans des conduites, enterrée vivante. L'U.S. Grant était à présent le seul cours d'eau non troglodyte à des kilomètres à la ronde, et peut-être que dans les quarante-huit heures on allait l'enterrer à son tour... car l'U.S. Grant était mort. Je le savais pour une raison bien simple : c'est moi qui l'avais tué.

L'U.S. Grant faisait près de quinze kilomètres de long, ce qui ne m'avait pas empêché de l'assassiner. J'étais pourtant content de l'avoir fait, non parce que j'avais réussi à dominer quelqu'un qui était des milliers de fois plus grand que moi, mais parce que j'avais épargné à quelqu'un que j'aimais d'intolérables souffrances éternelles. Si j'emploie « quelqu'un » à propos d'un cours d'eau, c'est qu'il s'agissait alors d'un être vivant, d'une personne masculine ou féminine. Mais, après l'avoir tué, je lui avais restitué son statut d'objet.

Quand j'étais petit, je l'appelais « Sisisicu ». Ça veut dire « petit, mais fort », et ç'avait été son nom pendant des siècles. Seulement, les colons blancs ne parlaient pas indien. Du moins ils ne le parlaient pas assez bien pour savoir que les Indiens ne se désignaient pas eux-mêmes sous le nom d'Indiens, et ils n'ont jamais su quel nom ils se donnaient. Aujourd'hui, les Indiens et le ruisseau sont morts, alors peut-être que ça n'a plus tellement d'importance. C'est le fruit d'une amusante coïncidence que les colons aient choisi de rebaptiser Sisisicu d'après un type qui était lui aussi en quelque sorte « petit, mais fort » et autour de qui flottait une odeur de cigare froid, le genre d'odeur que le ruisseau a de même fini par dégager. On a presque l'impression que les colons avaient deviné que, avant que leurs petits-enfants en aient terminé avec Sisisicu, « U.S. Grant » serait un nom qui lui irait comme un gant.

Le cadavre était un énorme machin difficile à manier — impossible à déplacer et trop gros pour être enseveli. Personne n'y avait pensé avant que je le tue, et je suis sans doute encore le seul à y penser. Quoi qu'il en soit, il gît là, dans la banlieue de Portland, une charogne liquide constituée de centaines et des centaines de litres d'eau. Un ruisseau crevé.

Il ressemble toujours à un ruisseau et les gens lui donnent toujours le nom de « ruisseau ». « Ne joue pas dans ce ruisseau dégoûtant ! » disent les mères à leurs enfants. Mais vous connaissez les enfants. Ils y jouent quand même, se coupent la main ou le pied sur des débris de verre ou de métal, vont chez le médecin quand les plaies s'infectent. C'est un problème de sémantique : le mot « ruisseau » ne convient plus, mais il n'en existe pas encore d'autre pour désigner ce que deviennent les ruisseaux après leur mort. Je suppose que les créateurs du langage n'ont pas prévu que les ruisseaux puissent mourir. Je considère néanmoins que « U.S.G » est un nom approprié pour qualifier le cadavre de Sisisicu. C'est un peu comme une onomatopée : on y trouve à la fois les initiales de l'ancien président et un son qui évoque le terme « usagé ». Un ruisseau qui a fini de servir.

Marchant à pas lourds sous le crachin, j'arrivai au ruisseau à peu près au milieu de son cours et entrepris de le remonter. Cela faisait des années que je ne l'avais pas vu, sauf de l'intérieur d'une voiture ; je n'y avais pas pêché depuis l'âge de douze ans, à l'époque où j'y attrapais de jolies coupures et un tas d'écrevisses. Je me fis la réflexion que ces jours-là étaient depuis longtemps enfuis... « L'eau », selon le dictionnaire, sert à désigner des dizaines de liquides et solutions aqueuses comme l'eau oxygénée, l'eau de Javel, la sueur (être en eau), le whisky frelaté (eau de feu), les larmes, etc., et le pauvre Sisisicu semblait les contenir tous. Par une curieuse coïncidence, le mot « mort » comporte à peu près le même nombre de définitions, dont la plupart paraissaient également s'appliquer au petit Sisisicu. Partout où le courant s'accélérait un tant soit peu, de l'écume se formait, des bulles jaunâtres qui recouvraient tout ce qu'elles touchaient d'une mousse pareille à celle qui sort de la gueule d'un chien enragé. Je plongeai la main dedans et la retirai gantée d'une pellicule grasse et tiédasse qui sentait comme une rue sous un soleil brûlant.

Je continuai à le suivre en amont, poussé par le désir nostalgique de voir, de toucher et de sentir. Je remonterais ainsi jusqu'à la source du ruisseau de mon enfance et je découvrirais, pour le meilleur ou pour le pire, ce qu'étaient devenues les eaux de mon passé.

Le chemin était difficile. Je ne cessais de pénétrer dans des propriétés privées, la plupart du temps des jardins de banlieue, m'attirant les regards furieux et les soupçons de tous les chiens et les habitants du voisinage. J'allai cependant de l'avant : les Indiens n'avaient pas de mot pour désigner la violation de propriété, de sorte que je n'avais rien à me reprocher. En outre, j'avais parcouru ce quartier riverain avant même qu'on y construisît toutes ces maisons aux couleurs de bonbons. J'avais pêché dans ce petit cours d'eau, je l'avais aimé, ce qui, estimais-je, me conférait le droit de passage. Ce pèlerinage ne concernait que le Sisisicu et moi. Ceux qui avaient édicté des lois pour protéger ces jardins des intrus n'en avaient édicté aucune pour protéger le Sisisicu du poison, de la saleté et des égouts. Ce n'étaient pas mes lois et je les envoyais au diable. Je poursuivis ma route avec une résolution renforcée.

Lorsqu'il passait sous une rue, je devais m'écarter du ruisseau, ce qui contrevenait aux règles que je m'étais imposées, mais les conduites étaient sombres et puaient trop, si bien que je préférais traverser et rejoindre le Sisisicu de l'autre côté. La pluie tombait de plus en plus drue.

Au bout de deux longues heures marquées par la tristesse, j'arrivai à un gros tuyau qui se déversait dans le talus bordant une route à quatre voies qui menait à une vaste zone industrielle construite sur un terrain plat. Je traversai la route. Il n'y avait plus de ruisseau de l'autre côté. Etait-ce donc là qu'il prenait sa source, parmi ces sordides hectares de lotissements où avaient poussé comme autant de boutons purulents chaînes de fast-food, bureaux d'agences immobilières, stations-service, centres commerciaux, usines, églises de pacotille, salons funéraires, écoles en béton ? Cette conclusion ne me satisfaisait pas. Il y avait de l'eau dans le tuyau. Elle devait donc venir de quelque part et j'étais bien décidé à savoir d'où.

Je repérai une plaque d'égout au milieu de la chaussée. Dès que les voitures se furent immobilisées au feu rouge, je me précipitai pour écouter. Je perçus un glouglou étouffé. Serait-ce le Sisisicu ou bien le simple écoulement d'eaux usées ? Je trouvai dans ma poche une note d'épicerie que je roulai en boule, puis je soulevai la plaque, lançai le bout de papier et courus vers le talus où j'avais repéré la conduite. La boule de papier jaillit, couverte de mousse graisseuse. Je retournai sur la route et j'allai d'une plaque d'égout à l'autre, vérifiant de temps en temps que le Sisisicu coulait toujours en dessous. J'arrivai ainsi à un endroit où l'eau réapparaissait le long d'un caniveau. Il s'agissait à l'évidence d'un petit affluent que je suivis sur une centaine de mètres, jusqu'au moment où il disparaissait de nouveau dans un trou qui s'ouvrait au bord du trottoir. Je regardai autour de moi : toute la banlieue s'étendait en contrebas à l'exception d'un immeuble de trois étages qui se dressait non loin, celui de la banque Benjamin Franklin, une réplique à l'échelle de l'Independence Hall. La conduite devait donc venir de là. Je soupirai, rassemblai mon courage et me dirigeai vers l'entrée de la banque. Tel Burton à la recherche des sources du Nil, il me fallait interroger les indigènes. Trempé par la pluie, les vêtements imprégnés de l'eau du ruisseau, la barbe et les cheveux dégoulinants, je n'étais guère présentable, mais ce n'était pas le moment de se laisser arrêter par de pareilles considérations. Je m'avançai droit vers le bureau du directeur.

Le directeur en question était un type trapu au visage affable qui, lorsqu'il me vit approcher, leva vers moi un visage qui n'était plus aussi affable.

« Puis-je vous être utile ? demanda-t-il.

— Eh bien, oui. J'aimerais vous poser quelques questions au sujet de votre immeuble. »

Ses lèvres se pincèrent, ses yeux accrochèrent le regard du garde chargé de la sécurité, lequel comprit aussitôt et hocha la tête. Voyant cela, le directeur revint à moi. Je lui demandai alors :

« Combien vous avez d'étages ? »

Il fronça les sourcils.

« Trois, sans compter le sous-sol. Tous équipés de nombreux systèmes d'alarme et de caméras. Pourquoi ? »

J'affichai mon sourire le plus stupide.

« Je prépare un article pour mon école. Sur... euh... sur le... Independence Hall. Ce bâtiment en est bien une copie ?

— Ah ! »

Fondant de soulagement, il sourit comme un Père Noël de grand magasin. C'est tout le problème avec les mensonges : ils sont si rassurants.

« Vous avez des... des toilettes dans la tour ? »

Il fronça de nouveau les sourcils.

« Non, mais il y a plusieurs stations-service en bas de la rue. »

Je réactivai mon sourire :

« Non, non, ce n'est pas ce que je voulais dire. Je n'en ai pas besoin. Je souhaiterais juste savoir. »

Ça ne marcha pas comme je l'espérais. Il examina mes vêtements sales et trempés, tandis que la moitié de son visage se fermait et que l'autre souriait. De la fente en diagonale que formait sa bouche jaillit le mot de « Toilettes », rien de plus.

« C'est pour une classe d'architecture, mentis-je. J'étudie pour devenir plombier. »

Il parut de nouveau rassuré, et sa bouche reprit une position horizontale.

« Des lavabos dans la tour ?

— Non, non, pas de lavabos, répondit-il, à présent coopératif. Pas de canalisations d'eau au-delà du robinet du deuxième étage. Ce sera tout ?

— Ouais, je crois. Merci beaucoup. »

Je ressortis et restai planté dehors sous la pluie. Mon regard allait de la banque au caniveau. Le pèlerinage s'achevait sur un mystère. L'eau des robinets et des toilettes part dans les égouts, non ? Le Sisisicu était entré dans le caniveau, et à ma connaissance, les banques ne déversent pas leur merde directement dans la rue. Sûrement pas. Alors où était passé mon ruisseau ?

Soudain, je compris mon erreur. L'interview du directeur avait été inutile et ma théorie du Robinet-du-deuxième-étage, à l'instar de celle du lac Victoria de Burton, ne tenait pas, née d'un excès de hâte... En effet, en haut de la tour de la banque, il y avait une réplique de la Liberty Bell. La pluie tombait à seaux sur la cloche, se rassemblait dessus, dégoulinait lentement le long des flancs de cuivre, se déversait sur le toit, puis du toit dans les gouttières, des gouttières dans un tuyau d'écoulement et de là dans un bassin (et peut-être une source souterraine où venaient jadis s'abreuver les cerfs et les Indiens), pour atterrir enfin dans la conduite du caniveau. Là se trouvait la véritable source des eaux qui avaient été le Sisisicu : une fausse Liberty Bell au sommet d'un faux Independence Hall !

Le garde chargé de la sécurité sortit par la porte vitrée de la banque et vint faire les cent pas sur le trottoir. Il regardait passer les voitures, il regardait tomber la pluie, il regardait à ma droite, à ma gauche, devant moi, derrière moi. Je voyais bien qu'il était embarrassé. J'imaginais ce que le directeur lui avait dit : « Allez surveiller un peu ce que fait ce type. » Alors, il s'exécutait. Il fallait bien qu'il mérite son salaire. Je savais qu'il ne s'attachait pas à mon apparence. J'avais le sentiment qu'il pourrait même s'agir d'un pêcheur et qu'il aimerait peut-être rentrer dans cette banque aussi trempé et couvert de boue que moi.

Je lui demandai :

« Vous voyez cette cloche, là-haut ?

— Ouais, répondit-il.

— Eh bien, c'est la source d'un ruisseau. Je l'ai suivi tout le long. Il s'appelle l'U.S. Grant et les Indiens l'appelaient le Sisisicu. »

Il ne dit rien.

Je désignai la cloche :

« Dans le temps, je pêchais de belles truites ici », ajoutai-je.

Le garde leva les yeux, et il se tenait encore ainsi sous la pluie, le regard fixé sur la cloche, quand je tournai le coin, trois rues plus loin.

9

On ferme la porte

> Les pêcheurs sur la plage ressemblent à des souris.
>
> Shakespeare, *Le Roi Lear*

Ce soir-là au dîner, Ma et H2O engloutirent le contenu de leurs assiettes, se resservirent à deux reprises, puis ralentirent suffisamment pour commencer à se disputer la bouche pleine. Je me dépêchai de manger et de quitter la table.

Je voulus me réfugier dans mon ancienne chambre en attendant que Bill Bob aille se coucher, mais elle avait été transformée en chambre d'amis à l'usage des Carper et des pêcheurs à la mouche venus en visite. C'était dans la logique des choses. Ma chambre avait disparu, mon ruisseau avait disparu, le peu de sagesse que possédaient mes parents avait disparu, Eddy avait disparu. Je sortis me promener dans la nuit, mais il n'y avait nul endroit où aller. Des voitures et des banlieues partout. Si la Tradition Primordiale de Titus n'avait pas elle aussi disparu, il n'était assurément pas facile de se repérer dans le coin. J'envisageai un instant de me diriger vers la route et de rentrer à la Tamanawis en stop, mais il pleuvait, j'étais fatigué, c'était encore l'Heure du Dodo et demain matin, je voulais marcher jusqu'à l'embouchure de l'U.S. Grant afin de boucler la boucle. Je retournai donc à la maison, mais avec l'intention d'utiliser la porte de derrière qui donnait sur le domaine de Ma. En effet, il est bien plus agréable de passer par une pièce remplie d'herbes en train de sécher, de fruits, de poissons fumés, de bocaux de confitures et de légumes que par un couloir vide et moquetté.

Mais, avant d'avoir atteint la porte, j'entendis siffler. Je m'arrêtai pour écouter : c'était une mélodie lente et mélancolique, simple, répétitive et obsédante, et c'était Bill Bob qui sifflait. Je m'approchai sur la pointe des pieds. Il y avait quelque chose d'étrange dans cette chanson. Au bout d'un moment, je me rendis compte que c'était la première fois que j'entendais mon frère interpréter un air en mineur. Cela semblait en quelque sorte le vieillir. Je me sentis triste. Et je me sentis *bien*, aussi. Parce qu'il arrive que les chansons gaies rendent les gens tristes encore plus tristes dans la mesure où, par surcroît, ils se sentent coupables de ne pas être heureux. Une chanson triste, en revanche, s'adresse à la part de nous qui souffre comme pour lui dire : Ouais, je sais, ouais, c'est triste, ouais, ça fait mal, mais je suis avec toi.

Il se tenait dans l'ombre projetée par le spot de la véranda, emmitouflé dans un énorme manteau. Il faisait frais pour une soirée d'été, au point que l'haleine formait de petits panaches. Il ne pleuvait plus. Le ciel s'était éclairci et n'était plus qu'à moitié couvert de nuages, tandis qu'une moitié de lune dispensait la moitié du temps une moitié de lumière sur la moitié de la scène. Voir Bill Bob siffler ainsi paraissait étrange, non parce qu'il sifflait rarement, mais parce que, contrairement à son habitude, il ne semblait faire qu'une seule chose à la fois.

Après l'avoir observé un moment, je constatai qu'en réalité je me trompais et qu'il faisait bien plusieurs choses en même temps. Je constatai que l'énorme manteau était mon vieux manteau et que la lampe de la véranda projetait une ombre nette et bien dessinée. Je constatai que Bill Bob se tenait dans cette ombre si près du pinceau lumineux que celui-ci effleurait parfois ses lèvres retroussées qui prenaient alors des reflets rose pâle. Et puis je constatai qu'il ne se bornait pas à siffler cette chanson : il la regardait. Chaque note triste envoyait un nuage de vapeur dans l'air éclairé par le spot...

et enfin, je constatai que, en outre, il dirigeait sa chanson, expédiant les notes aiguës vers le bas, les graves vers le haut et celles du milieu de la gamme à l'horizontale. Je faillis éclater de rire et rompre le charme. Mon frère le jongleur, l'équilibriste. Il était planté là, tout au bord de l'obscurité, dans son manteau trop grand, content de lui, diffusant dans la nuit maintenant sèche un flot de musique jaillie de ses lèvres humides.

Plus tard, j'allai le border. Ce soir, son renou était le moulinet de surf-casting où s'enroulaient à présent douze cents mètres de fil pour cerf-volant : nettoyé, graissé, révisé et prêt à capturer des ondes en provenance de Chine. Il le posa sur son bureau à côté d'un B-52 et lui ordonna « d'aspirer les flux vitaux du bombardier » pour que celui-ci ne puisse plus bombarder personne et que le cerf-volant récupère ainsi tout le flux qui lui permettrait de voler plus haut. Après quoi, il sauta dans son lit, alluma une bougie, s'allongea sur le dos et me dit :

« Je vais te raconter ce que mon copain Pedro a vu... »

Il s'interrompit, se redressa, m'observa attentivement, puis me demanda :

« Qu'est-ce que t'as fait, Gus ? Ça va ? Y a un bout de temps qu'on t'a pas vu.

— Oui, oui, ça va. J'ai arrêté de pêcher autant. Je me suis fait quelques nouveaux amis. Il faudra que je te les présente. Et puis j'ai nagé un peu.

— Nagé ? Je croyais que t'aimais pas ça.

— C'est vrai, pas trop, admis-je. Mais une fois ce type, Abe, m'y a en quelque sorte obligé. Et une autre fois, c'était cette fille, Eddy...

— Eddy ? fit Bill Bob avec un sourire. T'as une petite amie, Gus ?

— Non, répondis-je. Alors, qu'est-ce qu'il a vu ton copain Pedro ?

— T'as déjà été chez lui ?

— Non.

— Tu voudrais qu'Eddy soit ta petite amie ? demanda-t-il.

— Qu'est-ce qu'il y a de spécial chez Pedro ?

— Tu voudrais bien, hein ? Elle est jolie, je parie !

— Plus jolie que tu le seras si tu ne changes pas immédiatement de sujet.

— Ils sont onze là-bas, dit-il alors.

— Onze quoi ? Où ça ?

— Onze personnes, idiot. Chez Pedro. C'est une toute petite maison, et elle est pas terrible, non plus. Pedro a quatre frères, quatre sœurs, un papa et une maman qui habitent avec lui. Et ça les dérange pas. Ils sont pauvres. Ils couchent sur des lits superposés à trois étages. Une fois, j'ai dormi chez eux, sur le lit du milieu. Pourquoi tu nages avec elle si c'est pas ta petite amie ?

— Ne change pas de sujet, Bill Bob. Et qu'est-ce que c'étaient ces conneries de chaises musicales tout à l'heure ?

— Ne change pas de sujet, répliqua-t-il du tac au tac. Chez Pedro, y a pas seulement des gens. Y a aussi des chauves-souris dans le grenier, des opossums sous le plancher et même une mouffette une fois, et puis quatre chèvres dans le garage pour le lait et pour tondre la pelouse. Et aussi des souris. C'est ça que Pedro a vu et que je vais te raconter. Une souris.

— Oh ! là ! là ! une souris ! me moquai-je en ricanant.

— Attends, espèce d'idiot. Je t'ai pas encore dit quel genre de souris.

— Bon ? alors quel genre de souris ? »

Il se pencha vers moi et me confia dans un murmure :

« Une souris chantante.

— En d'autres termes une souris glapissante.

— En les mêmes termes, une souris chantante, insista-t-il. Pedro s'est réveillé au milieu de la nuit. La souris, elle était assise sur le parquet et elle chantait dans une flaque de lumière bleue qui venait du lampadaire de la rue. Et elle chantait de tout son cœur. Pedro dit qu'on aurait cru un canari triste.

— Vraiment ?

— Ouais, vraiment. Et pendant qu'elle chantait, deux autres souris sont arrivées pour l'écouter. Elles ont poussé un petit cri, l'ont regardée en se grattant la tête avec les pattes arrière comme si elles n'en croyaient pas leurs oreilles et elles l'ont observée de plus près. Elles, elles ne savaient pas chanter, mais l'autre, pour chanter, elle chantait.

« Alors, la première chose que Pedro a faite le lendemain matin, c'est d'enlever toutes les tapettes et de faire promettre à sa famille de pas les réinstaller. Et puis il leur a dit d'écouter cette nuit, mais ils ont répondu qu'ils dormiraient. A leur ton, Pedro a bien compris qu'ils le croyaient pas pour la souris. Mais comme la maison est toute petite, il a attendu qu'ils soient tous au lit et il a attaché des fils qui allaient de son doigt à tous leurs doigts à eux. Il leur a dit que si la souris chantante revenait, il tirerait un coup sur les fils pour les réveiller. Son grand frère lui a demandé s'il le prenait pour un poisson, mais il s'est quand même laissé faire.

« Quand tout le monde a été couché, le père de Pedro a tiré sur son fil, mais Pedro lui a dit d'arrêter. C'était sérieux. Alors, ils se sont tous endormis. Ceux qui ronflaient se sont mis à ronfler, ceux qui suçaient leur pouce se sont mis à sucer leur pouce. Y avait juste Pedro qui dormait pas, et il avait drôlement sommeil. Au moment où il allait s'endormir, les trois souris sont sorties de leur trou pour jouer. Pedro avait laissé des miettes dans la flaque de lumière bleue et elles se sont installées pour les grignoter. Mais après avoir fini, elles sont parties toutes les trois sans qu'aucune chante.

« La nuit d'après, même s'ils se moquaient de lui, Pedro a recommencé avec les fils et tout ça, mais ce coup-ci, il a pas laissé de miettes. Il se disait qu'une souris chantante, ça devait être un peu comme une guitare. Elle pouvait faire de la musique seulement avec le ventre vide et les boyaux tendus. Quand tout le monde s'est endormi, et Pedro aussi, mais pas exprès, il a rêvé qu'il était un poisson et qu'il mordait dans un ver parce qu'il ressemblait à un *burrito* au bœuf et qu'il avait le même goût, et c'était bien un *burrito* au bœuf, mais c'était aussi un ver avec un hameçon dedans qui lui a transpercé la main, et il s'est réveillé en sursaut parce que quelqu'un tirait sur le fil. La souris chantante chantait ! C'est sa petite sœur Maria qui l'avait entendue la première et qui avait tiré sur le fil, alors Pedro il a tiré sur tous les autres. La souris chantante était toute seule dans le rond de lumière bleue, assise sur ses pattes arrière comme un écureuil, et elle chantait à tue-tête. Pedro a tiré sur les fils comme un fou. Juan, son plus petit frère, s'est réveillé, et ensuite sa mère qui s'est glissée sur la pointe des pieds jusqu'à la porte. Elle a vu et elle a entendu la souris. Mais juste au moment où son père se réveillait, la souris a arrêté de chanter. Maria et Juan étaient tellement déçus qu'ils ont fait "Ohhhhhh... " et la souris s'est enfuie. Alors tout le monde s'est réveillé et a commencé à discuter pour savoir si elle avait poussé des petits cris ou chanté. Les grands frères de Pedro avaient défait leurs fils et mis des chaussettes sales au bout pour plaisanter, et ses sœurs, sauf Maria, dormaient si profondément qu'elles z'ont rien senti, alors y z'ont tous dit qu'elle avait crié et pas chanté. Mais le père de Pedro il a dit que lui, il avait peut-être pas entendu, mais que tous ceux qui avaient entendu étaient sûrs que la souris chantait. Comme ça, c'est eux qui ont gagné, et la maman de Pedro, vu qu'elle est catholique, elle a dit que c'était une bénédiction pour la maison et le signe de la grâce divine.

« La nuit suivante, le papa de Pedro a presque pas dormi, mais la souris est jamais revenue. Pedro aussi voulait rester éveillé, mais il risquait d'avoir des ennuis, après, s'il s'endormait à l'école, et de toute façon, il était trop fatigué. Juan l'a entendue encore une fois la semaine d'après, mais c'est tout. Maria a fait une chanson sur elle en mexicain, et y a un couplet qui raconte comment la souris chantait. Je l'ai entendue, et Pedro et sa mère disent que c'est bien comme ça que la souris elle chantait. Maria est toute petite pour son âge. Elle a cinq ans et ses cheveux lui descendent dans le dos jusqu'aux fesses, même avec une queue de cheval, sauf que les queues de cheval normalement elles sont pas si longues et elles voltigent tout le temps, mais les cheveux de Maria sont tout raides, très épais et puis très jolis, alors après l'histoire de la souris, elle a dit qu'elle avait une queue de souris. J'étais tout seul quand je l'ai entendue. Elle se balançait sur la balançoire et elle chantait la chanson de la souris qui racontait comment Pedro l'avait vue, comment personne le croyait et comment il avait attaché des fils et laissé des miettes, et qu'elle n'avait pas chanté, mais que la nuit d'après, Juan, sa maman et elle l'avaient entendue et que maintenant tout le monde les croyait. Elle avait une toute petite voix aiguë, et quand elle est arrivée au couplet qui disait comment la souris chantait, ça m'a fait tout drôle. C'est exactement le genre de chanson que tu ferais si t'étais la seule souris au monde qui sache chanter... »

Je demandai à Bill Bob si c'était la chanson de la souris chantante qu'il avait sifflée tout à l'heure à la lumière de la véranda. Il me répondit que oui. C'était très beau, lui dis-je. Et j'étais sincère. Il me dit que quand elle serait plus grande, Maria serait peut-être sa petite amie, comme Eddy était la mienne. Je lui répondis qu'Eddy n'était pas ma petite amie et que je doutais même de la revoir un jour. Il ne me crut pas. Je lui demandai pourquoi. Sans raison particulière, m'expliqua-t-il, sauf à la manière dont j'avais dit que j'avais nagé avec elle. Ce n'était pas une raison, répliquai-je, mais dans le même temps, je sentis monter en moi un fol espoir en songeant que si une souris pouvait chanter, j'avais peut-être une chance de revoir Eddy. Ensuite, il m'apprit à siffler la chanson de la souris chantante et dès que je sus à peu près, il s'endormit.

Le lendemain matin, je partis pour l'U.S. Grant que je longeai cette fois en aval, en direction de son embouchure. Le temps s'était levé durant la nuit, si bien que davantage de gens allaient me voir passer par les jardins, mais aujourd'hui, je m'étais équipé en prévision de mon expédition. J'avais un sac de morceaux de viande pour occuper les chiens à autre chose que mes mollets, je portais une casquette de base-ball, un écritoire muni d'une épaisse liasse de papier ainsi qu'une batterie de stylos et de crayons ostensiblement disposés dans ma poche de chemise afin qu'on me prenne pour un releveur de compteurs ou autre employé municipal.

Je ne mis pas longtemps à parcourir les dix kilomètres et je ne m'arrêtai même pas là où j'avais coutume de pêcher quand j'étais gamin. Je ne pus que constater le décès de l'U.S.

Grant. Il était jonché de débris de carcasses de voitures, d'ordures, de déchets de toutes sortes et d'un tas de morceaux de plastique. Il n'y avait pas de martins-pêcheurs, pas de cincles, pas d'écrevisses, pas même de balaous. Ni la moindre larve de moustique. L'eau, dans laquelle plus rien ne vivait, était étrangement claire, mais lisse et grasse. A trois cents mètres de l'endroit où ces eaux sales se mêlaient à celles de la Willamette il y avait un trou où, dans le temps, j'attrapais à chaque fois une ou deux cutthroats, un banc de graviers qui se terminait dans un petit bassin créé par une espèce de barrage composé d'une souche d'arbre et de dépôts divers au centre duquel jaillissait une source souterraine. Pensant que s'il restait encore des poissons, ce serait ici que je les trouverais, je me mis à quatre pattes. Autour de la source, il y avait une étendue d'eau de la dimension d'une baignoire où poussaient encore des mousses et des algues saines. Et, tenez-vous bien, là, immobile, il y avait une cutthroat solitaire de dix-huit centimètres. La dernière truite de l'U.S. Grant. Le dernier être vivant. Je rampai pour la regarder vivre.

Ce n'était pas grand-chose. Elle nageait à peine, se contentait de donner quelques coups de nageoires paresseux dans sa baignoire oasis. Dieu seul savait comment elle était arrivée ici. Il y avait trois cents mètres meurtriers à parcourir jusqu'à la Willamette et près de quinze kilomètres d'eau morte et empoisonnée à remonter en amont. Elle était prisonnière. Elle était seule. Elle était la dernière. Furieux, le cœur brisé, je la regardais, cependant que résonnait interminablement dans ma tête la chanson de la souris chantante. Une truite, une souris, un gosse, c'était tout ce qui restait du monde où j'avais grandi. Sinon, ce n'était partout que maladie et folie, agonie ou mort. Que Bill Bob et cette truite aient tous deux survécu intacts dans leur environnement respectif me paraissait tenir encore plus du miracle que des souris fredonnant du Beethoven.

Pourtant, quand une fourmi volante vint planer au-dessus de l'oasis, la dernière truite jaillit et la happa avec toute la dextérité de ses cousines de la Tamanawis. Ce qui me donna une idée : pratiquer l'euthanasie. Cette pauvre truite était la seule chose qui permettait encore de dire que le ruisseau était *vivant* ; compte tenu de l'avenir prévisible de ce dernier, de son état général et de celui de sa source, il semblait préférable de sauver la truite et, ainsi, de le condamner définitivement.

Je dénichai une bouteille de lait pour y mettre le poisson si je parvenais à l'attraper, puis je sortis la ligne à main que je conservais dans mon portefeuille, mais lorsque je fouillai autour de moi à la recherche d'un appât, je ne vis rien de vivant au milieu des ordures accumulées au bord du ruisseau. Je ne trouvai qu'un caban pourri et détrempé. Ce qui me donna une autre idée : je m'assis sur un vieux pneu, tirai un fil du caban, plantai mon hameçon n° 10 pour la pêche à l'appât dans un bout de planche que je serrai ensuite entre mes genoux afin de confectionner une mouche — une espèce de Fourmi n° 10. Une pauvre petite fourmi engoncée dans un minuscule caban.

Ma mouche ne flotterait pas, je n'avais pas de canne et si je la déposais comme ça, je ne ferais qu'effrayer le poisson. Aussi je pris mon canif et coupai une branche de sureau que je taillai pour en faire un petit bateau destiné à ma mouche en caban, un outrigger de huit centimètres de long, puis j'y attachai ma ligne, installai la mouche à bord, remontai le ruisseau sur quelques mètres et lançai l'embarcation piégée vers la truite dans son oasis...

Il était une fois, par un sombre après-midi comme le sont tous les après-midi, une truite, la dernière truite du ruisseau U.S. Grant, qui paressait dans l'eau lorsqu'elle vit un spectacle extraordinaire : un petit bateau de course en sureau qui glissait sur son plan d'eau ! Notre truite était une jeune truite, une truite peu familiarisée avec les canoës. Quoi qu'il en soit, elle fut à même d'identifier celui-ci grâce au bon fonctionnement de sa Mémoire Raciale. Notre truite était également une truite fort nerveuse. Elle n'avait eu personne à qui parler depuis un an ; son ruisseau était dégoûtant et elle savait qu'elle serait déjà morte si la pluie n'avait pas lavé un peu les saletés. En un mot, notre truite était une véritable épave. Et voilà que maintenant... un canoë ! Quand tout cela allait-il donc finir ?

Sa première réaction fut de fuir, mais sa seconde réaction fut de se rappeler qu'elle n'avait nulle part où fuir : la dernière fois qu'elle avait voulu quitter son oasis, elle avait failli étouffer avant de retrouver le chemin du retour. Elle resta donc où elle était. Toujours est-il que cela ne lui plaisait guère, un outrigger de huit centimètres et un outrigger qui, en outre, tirait une corde si longue qu'on n'en voyait pas le bout. « Voilà qui ne me semble pas très catholique », pensa la truite qui pensait comme les truites. Et le pire était encore à venir :

Lorsque le canoë arriva juste au-dessus d'elle, il chavira. Une fourmi tomba à l'eau. « Nom d'un petit pêcheur ! se dit la truite. Je ne savais pas que les fourmis faisaient du bateau ! » Elle considéra la fourmi d'un œil circonspect : la fourmi s'accrochait à la corde tandis que le canoë dérivait ; puis la fourmi commença à couler ; elle coulait juste sous le nez de la truite... qui réfléchit à toute vitesse : il doit s'agir d'une fourmi exceptionnelle puisqu'elle a réussi à apprendre seule l'art du canotage ; si elle parvient à nager pour regagner la terre ferme, qu'est-ce qui l'empêchera de faire profiter d'innombrables autres fourmis de sa science ? et une fois que les fourmis sauront canoter, qu'est-ce qui empêchera l'une d'entre elles d'apprendre ensuite l'art de la pêche ? et si l'une l'apprend, qu'est-ce qui l'empêchera de transmettre son savoir à des milliers d'autres fourmis ? « Ce serait une eau bien amère à boire ! » songea notre truite. Et sa Mémoire Raciale lui fit entrevoir des dominos, des centaines de milliers de sinistres dominos noirs alignés qui tombaient l'un après l'autre... une armée de fourmis dans une armée de canoës qui tuaient une armée de truites... « Il faut arrêter ça ! se dit notre truite. Il faut que je tue cette fourmi ! »

Déployant deux rangées de dents, la truite fondit sur la fourmi et, au moment où ses mâchoires se refermaient sur sa proie, elle remarqua autre chose de pas très catholique ; la fourmi portait un caban bleu marine. « Par Judas ! pensa la truite. La fourmi sait aussi faire de la couture ! » Elle écrasa la fourmi entre ses dents, mâcha et mâcha, mais alors là, ce ne fut plus catholique du tout : la truite nageait vers le bas et pourtant elle remontait ! Ce genre de chose ne devrait pas se produire. Et puis elle ressentit une douleur dans la bouche, que sa Mémoire Raciale identifia comme une rage de dents, une maladie contre laquelle notre pauvre truite se croyait pourtant immunisée. Elle comprit alors que la corde était un fil de pêche et que la fourmi avait un hameçon. Ajoutant un à un, notre truite arriva à trois : « *Par tous les saints !* jura-t-elle. *Les fourmis ont déjà appris à pêcher !* »

J'amenai à terre la dernière truite de l'U.S. Grant, une petite bagarreuse à l'air cependant un peu paumé qui cherchait davantage à bouffer la fourmi en caban qu'à s'échapper. Après avoir décroché l'hameçon de sa mâchoire, je la laissai tomber dans la bouteille de lait remplie d'eau, puis je me précipitai vers la Willamette, remarquant au passage que quelqu'un m'observait de l'intérieur d'un minibus Volkswagen garé sur le parking. Je supposai que ce quelqu'un, m'ayant vu prendre un poisson, s'empresserait de venir pêcher dans le ruisseau mort. Eh bien, je lui souhaitais bonne chance ! Je remontai la rivière assez loin pour échapper à la pestilence des eaux usées, puis je vidai la bouteille et son contenu. Lorsqu'elle se sentit libre, la truite hésita, nagea un instant près de la berge, mais dès que ses ouïes commencèrent à fonctionner et qu'elle perçut la pureté relative de la rivière ainsi que l'immensité apparente de son nouveau domaine, elle resta un long moment immobile près de la surface, puis elle fila et disparut comme une pensée dans les profondeurs vert marbré.

Je m'assis sur une pierre pour regarder la rivière glisser et clapoter devant moi. Le soleil trouva une ouverture au milieu des nuages et entreprit de me chauffer le dos. Je souris à l'idée que je n'avais jamais connu meilleure matinée de pêche... Mais le soleil ne tarda pas à se cacher de nouveau. Un vent froid et une ombre passèrent au-dessus de moi. Je me sentis soudain effrayé, tout à coup conscient de me tenir devant une porte ouverte. A l'intérieur, tout m'était familier, ce ruisseau, la maison de mes parents, le monde de pêcheurs que je m'étais bâti et dans lequel j'avais grandi, mais dehors, il y avait les tourbillons vert et gris d'une large rivière agitée et, au-delà, un monde ancien, un monde vaste et inconnu où il me fallait à présent entrer. L'heure était venue de fermer la porte... mais le vent soufflait en rafales, l'eau prenait des reflets acier...

Pourtant, la dernière truite, elle, n'avait pas eu le choix. Elle aussi était une banlieusarde timorée, élevée dans ces eaux. Elle aimait peut-être sa petite oasis au sein du ruisseau assassiné. Je ne le lui avais pas demandé : je l'avais libérée de force. Je me rendis alors compte que moi non plus je n'avais pas le choix. Il n'y avait rien derrière cette porte qui pût me nourrir. Je me levai, tendis le bras et claquai la porte au nez du petit Sisisicu mort et de tout ce qui se trouvait en amont. La silhouette dans le minibus continuait à m'observer. On devait me croire fou, mais je m'en moquais. J'avançai de nouveau la main, fermai la porte à double tour, lançai la clé invisible dans la rivière, gagnai la route sans jeter un regard derrière moi et fis du stop pour rejoindre la Tamanawis.

LIVRE QUATRIÈME

LA LIGNE DE LUMIÈRE

Je sortis dans la coudraie
Car un feu brûlait dans ma tête,
Et je coupai et écorçai une baguette de coudrier,
Et j'y accrochai une baie au bout d'un fil ;
Et quand les papillons blancs s'envolèrent,
Et que les étoiles pareilles à des papillons scintillèrent,
Je lançai la baie dans le courant
Et attrapai une petite truite d'argent.

Quand je l'eus étendue au sol
J'allai souffler sur la flamme du feu,
Mais quelque chose bruit par terre,
Et quelqu'un m'appela par mon nom :
Elle était devenue fille luisante
Avec des fleurs de pommier dans les cheveux
Qui m'appela par mon nom et s'enfuit
Et s'évanouit dans l'air qui s'éclaircissait.

Bien que je sois vieux et fatigué d'errer
Par les vallons et les collines,
Je découvrirai où elle s'en est allée,
Et je lui embrasserai les lèvres, lui prendrai les mains,
Et je marcherai le long des longues herbes tachetées,
Et cueillerai jusqu'à la fin du temps et des temps
Les pommes d'argent de la lune,
Et les pommes d'or du soleil.

W.B. Yeats,
La ballade d'Aengus

1

Hemingway

> ... Furieusement nage vers le bas et vers le haut
> Le poisson pris, jusqu'à ce que, épuisé, sous
> Un saule il se réfugie, haletant...
> Alors le pêcheur... saisit sa ligne,
> Et petit à petit amène le poisson à terre.
>
> William Browne

Dans les semaines qui suivirent, ma vie se mit à ressembler davantage à un jouet entre les mains du Ciel et de la Terre qu'à un mélange de tissus et de glandes entre les mains d'un imbécile nommé Gus. Je cessai de tenir à Rodney des propos décousus, j'oubliai mes parents et leurs esprits tordus, je n'écrivis plus qu'une fois par semaine à Bill Bob et, entre deux visites de Titus et de Descartes, je lisais comme un malade. Je tirais beaucoup plus de satisfactions à explorer modestement un chef-d'œuvre qu'à me traîner toute la journée le long de rivières à faire des trous dans la bouche des poissons. Titus et moi continuions à échanger connaissances halieutiques contre connaissances philosophiques, jouant chacun notre tour le rôle de mentor et de cancre (durant nos premiers conclaves, j'accomplis sur le plan de la pensée et du discours l'équivalent de ce que Titus avait accompli sur le plan de l'action en tendant une embuscade à son oreille avec la Mosquito n° 10), mais nos passages respectifs dans la peau du cancre faisaient de nous des mentors plus tolérants, et nous ne tardâmes pas à nous diriger en clopinant vers un semblant de résultats. A la mi-septembre, l'appartement de Titus était encombré de cannes, de moulinets et de matériel pour le montage des mouches, tandis que sur mon bureau avec vue sur la rivière s'empilaient livres, crayons et feuilles de papier noircies. Pendant que Titus s'exerçait aux différentes techniques de lancers, je me plongeais dans Platon, Rūmī, Valmiki et Shakespeare. Et pendant que je méditais sur les mythologies et les textes sacrés hindous, bouddhistes, islamiques et taoïstes, il poursuivait avec intrépidité son apprentissage et finissait par attraper son premier chinook d'automne, son premier saumon argenté et sa première steelhead d'hiver. Bien que savant et érudit, Titus n'avait rien d'académique : l'exactitude et la complexité du savoir n'étaient pas seulement secondaires à ses yeux, mais venaient au moins en vingtième position en regard de l'amour qu'on éprouvait pour ce qu'on étudiait, de sorte que s'il m'arrivait de ne pas aimer un livre, il me l'arrachait, et parfois malgré moi, pour le remplacer par un autre. Devant mes protestations, il m'avait expliqué que *philo* signifiait « amour » et *sophia* « sagesse », que chaque livre qu'il me donnait était donc plein de sagesse, et que pour que j'en recueille des enseignements véritablement *philo-sophiques*, je devais certes les lire mais aussi les aimer. Sa méthode parut marcher : je me surpris bientôt à considérer la couverture d'ouvrages inconnus avec le même sentiment d'espoir et d'attente que celui que j'éprouvais en scrutant les eaux d'un cours d'eau que je découvrais pour la première fois.

Le jour où je tuai la rivière U.S. Grant, je vécus une petite aventure qui m'apporta une chose que je n'avais jamais recherchée, même en rêve, à savoir la Notoriété. Comment je l'assumai, c'est une autre histoire, mais voici comment je l'acquis :

Le trajet entre Portland et la route 101, je le fis en compagnie d'un cinglé de la vitesse de seize ans au volant de la

Porsche de son beau-père. De la 101 à Fog, la ville surnommée « Brouillard », j'empruntai un camion de lait, non pas le genre de camion blanc et presque carré rempli de bouteilles et de fromage blanc, mais le genre de camion citerne qui ressemble à une balle d'argent géante sortie tout droit d'un album du Cavalier Solitaire. De Fog, je grimpai à pied la route qui longeait la Tamanawis, tout imprégné du panorama, des bruits et des odeurs de la vallée, et surtout émerveillé — après avoir passé tant de temps au milieu des résidences et des pavillons agglutinés le long du cadavre de l'U.S. Grant — par la faible densité de la population, ce que je pris pour la preuve empirique de l'existence d'une espèce de Dieu, car seuls les pouvoirs invisibles mais illimités d'un Dieu me paraissaient en mesure d'obliger les gens à s'entasser les uns sur les autres dans les immeubles-dortoirs des villes et des banlieues alors qu'ils auraient très bien pu vivre dans de petites fermes, des cabanes ou des villages au cœur des forêts, des champs et des montagnes. Je me disais que Dieu les gardait là parce qu'Il se refusait à les lâcher dans le Monde des Tamanawis avant qu'ils n'aient appris à adopter un mode de vie qui ne transformerait pas les Tamanawis en de nouveaux U.S.G. J'étais content de me trouver pour une fois d'accord avec Lui.

Il me restait près de cinq kilomètres à parcourir pour arriver à ma cabane, et tout en moi se réjouissait à la perspective de cette belle promenade, sauf mes bras qui avaient quatorze volumes provenant de la bibliothèque de Titus à trimballer. Je suppose donc que ce furent mes bras qui m'entraînèrent sur la voie de la Notoriété, car c'est leur souffrance qui me poussa à accepter l'offre d'Ernie et d'Emma de me déposer chez moi, et l'atténuation de leur souffrance qui me poussa à dire, en descendant, à Ernie et à Emma qu'ils pouvaient m'envoyer leurs gosses pour une leçon de pêche « quand ils voudraient ». Ils « voulurent » à peu près deux minutes et demie plus tard. Je n'avais pas encore fini de siroter la bière que je m'étais ouverte pour célébrer mon retour que tous les six déferlèrent comme une lame de fond, accompagnés des chiens, d'une bonbonne de cidre maison, de deux bocaux de petites tomates dans du vinaigre, d'un pot de lait cru, d'une livre de beurre fermier et (pour leur usage) d'un pack de six bouteilles de Coca. Pendant une brève période, la prodigalité d'Emma et d'Ernie m'avait gêné, mais quelques après-midi passés à enseigner l'art de la pêche à la demi-douzaine des fines fleurs, produit de leur arbre généalogique, avaient suffi à me prouver à quel point leur générosité était justifiée. Aujourd'hui, avec le beau temps, ils ne tenaient pas en place : à peine avaient-ils avalé leurs Cocas que toute la cabane était en émoi. Ils avaient apporté leurs cannes pourries et ils ne perdirent pas un instant pour me faire savoir qu'ils voulaient aller pêcher. Ils ne prêtèrent aucune attention à mon refus et se mirent à scander leurs exigences de plus en plus fort et de plus en plus vite tout en m'expliquant qu'il s'agissait d'une technique occulte pour faciliter l'accomplissement des vœux que Rama et Arjuna leur avaient apprise, et qu'on appelait ça un « mantra ».

La raison pour laquelle je ne les avais jamais emmenés pêcher était simple : ils ne savaient pas pêcher et on n'apprenait pas aux gosses à pêcher en les emmenant pêcher. Emmener pêcher des gosses ignorants, c'était n'emmener pêcher personne et vous condamner à une véritable descente aux enfers aquatiques peuplés de pools pollués par les crottes de nez, de moulinets disparaissant sous un enchevêtrement de fils comme sous une coiffure à l'afro, de têtes plantées d'hameçons comme pour une cérémonie vaudou et d'éternelles rengaines sur le thème de « quand qu'on va en attraper un ». Pour apprendre à des enfants à pêcher, on leur dit : « Très bien, on ira pêcher dès que vous saurez tous lancer correctement, vous servir du moulinet, attraper des écrevisses et des larves de trichoptères, appâter un hameçon, réparer votre ligne quand elle casse et que vous aurez promis de ne pas vous noyer. » Ce jour-là, ils affirmèrent sans vergogne qu'ils maîtrisaient tous ces principes fondamentaux et quand j'exigeai qu'ils m'en fassent la démonstration, ils s'exécutèrent... en exécutant des danses de guerre indiennes à la Hollywood, en hurlant des slogans anti-Gus et en menaçant de « mantraciser » ma tête à coups de bouteilles de Coca vides. « Vous ne croyez tout de même pas que je vais me laisser intimider par des gosses ! » hurlai-je... tandis que, telle une maman canard, je les conduisais vers le trou le plus proche.

J'ai oublié un certain nombre de choses à propos des enfants de la ferme Coca & Doughnut. Par exemple, je n'ai pas mentionné qu'il y avait deux garçons, âgés de seize et de quatorze ans, trois filles, âgées de douze, neuf et sept ans, ainsi qu'un bambin de cinq ans. Je n'ai pas mentionné non plus qu'ils étaient de la race solide et trapue — bruyants, joyeux, pas spécialement intelligents, mais gentils, généreux et naïfs à la manière des anciens pionniers. Et surtout, j'ai omis de mentionner leurs noms. Je pourrais exercer mon autorité d'auteur et prétendre (comme il est en partie vrai) que les noms sont inutiles pour décrire ce qu'on ressent devant une hydre à six têtes qui se tord et vomit dans des convulsions abstruses et des sons incompréhensibles, mais ce n'est pas pour cela que je n'en ai pas parlé. La véritable raison, c'est les noms eux-mêmes ! En commençant par l'aîné, ils se prénomment respectivement Kernie, Bernie, Darlene, Charlene, Marlene et Ernie II, si bien que, comme vous le comprendrez aisément, lorsque Kernie a surnommé Ernie II « Hemingway », j'ai sauté sur l'occasion et je m'y suis tenu.

Ces noms homonymiques, patronymiques et synonymiques choisis par Ernie et Emma n'allaient pas sans inconvénients. Rares en effet étaient les fois où les parents appelaient un enfant et voyaient l'enfant appelé accourir. Au lieu de Marlene, c'était Darlene qui rappliquait, ou bien Bernie au lieu de Kernie, et toujours avec ce même gémissement plaintif : « Je croyais que t'avais dit... lene ! » ou : « Je croyais que t'avais dit... nie ! » Emma avait fini par adopter une solution cacophonique mais énergique et monosyllabique en les baptisant Kern, Bern, Dar, Char, Mar et Ern. Comme on pouvait s'y attendre, Ernie Senior, qui n'appréciait guère ces amputations, avait très probablement compris dès le départ que la situation, pour un homme doté de ses talents, était sans espoir. L'un de ses talents consistait en une puissance de déclamation exceptionnellement rudimentaire : dans les meilleures conditions il marmonnait, en règle générale il bégayait, et en colère il grommelait. Ajoutez à cela qu'il appelait sa femme « chou », ses chiens Cindy, Zindy et Bindy, qu'il buvait un pack de six bières Burgie chaque soir après dîner et enfin qu'il avait été contaminé par la Maladie du Scrabble — une maladie où la victime est affligée d'une grille de Scrabble invisible et d'une boîte remplie de lettres en bois coincée dans son cerveau quelque part entre la Raison et la Langue, de sorte que lorsque la pensée engendre un mot cohérent et l'envoie vers la bouche, les lettres de bois heurtent la grille de Scrabble, claquent, glissent, s'entrechoquent, basculent, forniquent, se croisent, se regroupent, et que le mot jaillit dans le Grand Dehors sous forme d'un mutant qui réserve de nombreuses surprises et donne parfois des résultats singuliers. Passe encore qu'Ernie appelle ses enfants « Blurp », « Crunch », « Flac », « Benzene », « Zernile », « Pfuit » et « Bourbon » (quoiqu'il soit assez injuste de sa part de piquer des colères quand, ne sachant pas auquel d'entre eux il s'adresse, aucun de ses enfants ne répond à ses injonctions), mais ce qui détruisait l'Harmonie de la famille Coca & Doughnut, c'était surtout les fois où, d'ordinaire après quatre ou cinq de ses six bières, sa langue dérapait, et où il affublait sa femme adorée, Emma, si dévouée et si travailleuse, de petits noms comme « Hernie », « Chipie », « Harpie » ou même, hélas, « Burgie » !

Je suppose que les gosses me prenaient pour le voisin le plus formidable du monde, et cela même avant que je les aie emmenés pêcher (peut-être parce que, tout bonnement, je les appelais par leurs noms). Après, ce fut pire encore — comme lorsque Charlene, Marlene et Hemingway me grimpèrent dessus, me serrèrent dans leurs bras, m'embrassèrent et me pincèrent, sous l'œil intéressé des pêcheurs qui observaient la scène de loin. Darlene me laissait tranquille, mais quels regards langoureux elle m'adressait ! Toutefois, ce n'était rien à côté de Bernie et de Kernie, les champions de l'équipe de lutte de leur école, qui étaient convaincus qu'aucune manifestation d'affection ne valait la lutte, laquelle, estimaient-ils l'un comme l'autre, était deux fois plus drôle et cinquante fois plus facile que la pêche (ils avaient raison sur le dernier point et tort sur le premier) et qui, dédaignant les déodorants et dégageant une odeur fort *riche*, se plaisaient à coincer ma figure sous leurs aisselles pour le simple plaisir walt-whitmanesque de le faire, et qui, ensuite, hurlaient des Chants d'Eux-Mêmes pour s'autocélébrer en soulignant combien j'étais plus vieux et plus grand qu'eux. Ce qui n'était que la stricte vérité. Tout comme un héron décati est plus vieux et plus grand que deux jeunes pumas.

Hemingway était le seul œuf de la couvée susceptible de donner naissance à un pêcheur. Il fut le premier à maîtriser les bases indispensables, et son triste petit visage d'ouvrier d'usine s'illuminait tandis que ses yeux s'ouvraient tout grands quand on racontait des histoires de poissons. Aussi lui passai-je la meilleure canne et le meilleur moulinet de leur minable lot — un Zebco obtenu en échange de bons de réduction et plus adapté pour la perche ou le poisson lune que pour la blueback ou la steelhead, mais le frein fonctionnait et permettait d'utiliser une centaine de mètres de fil Stren de force quatre kilos et demi. (Je jugeai préférable ne pas exalter les vertus du fil fin à cette fine équipe : s'ils prenaient un beau poisson, ce serait un règlement de comptes, la Force opposée à la Patience. Décidément, j'avais affaire à une couvée bien mal dégrossie.)

La maman canard suivie de sa nichée longea le grand pool pour la pêche au coup qui se trouvait en bas du pâturage familial, puis on s'installa et je leur montrai comment décortiquer les queues d'écrevisses que j'avais achetées. Ils réussirent tous tant bien que mal à plonger un hameçon appâté dans la rivière, après quoi, ils se mirent à bavarder, à ricaner, à crier, à se bousculer et à se gaver de bonbons — raison pour laquelle ils étaient en réalité venus. Sauf Hemingway. Il était assis seul dans son coin, le regard rivé sur le bout de sa canne, silencieux et attentif, l'air d'un balbuzard humanoïde. Après une dizaine de minutes et une centaine de « quand qu'on va en attraper un », Darlene prit un chabot de dix centimètres, ce qui provoqua dix nouvelles minutes d'hystérie, car trois des gosses tombèrent à l'eau en voulant ramener le monstre sur la berge. Hemingway fit la moue. Il rembobina son fil et alla tranquillement se poster devant un trou d'aspect prometteur à la tête du pool et, cette fois, il ne posa pas sa canne mais la leva, les mâchoires serrées, les yeux étrécis, ressemblant à un clone miniature de son homonyme. Il commençait à me faire l'effet d'un pêcheur.

Le soleil se couchait. Le vent était tombé et l'air fraîchissait. Un rat musqué passa en nageant près de la berge opposée. Loin en aval, une légère brume se levait au-dessus de la rivière et le ciel prenait des teintes rouge et or. Des mergules, en formations de quatre ou de six, filaient pour la nuit vers les montagnes. Des hérons solitaires planaient, prêts à s'abattre sur les étendues boueuses de la baie. La journée s'achevait et le soir s'annonçait dans une lumière jaune bouton d'or. Tout se parait de beauté. Les gosses perçurent le changement et cessèrent de faire les idiots. Dans le pool, les truites se mirent à tournoyer. Kernie et Bernie, assis l'un à côté de l'autre, parlaient à voix basse du seul sujet sérieux à leurs yeux : le football. Les filles firent cercle autour de moi et, soudain d'humeur à philosopher, m'abreuvèrent de questions : « Qu'est-ce que ça veut dire, *truite* ? », « Pourquoi l'eau est mouillée ? », « Pour les poissons aussi elle est mouillée ? », « Est-ce que pour eux l'air n'est pas mouillé et l'eau sèche, puisque dans l'air ils se noient ? », « Et puis, c'est quoi un poisson ? », « Et l'eau ? », « D'où vient la première eau ? », « Où ira la dernière eau ? » Elles ne posèrent pas la moindre question à laquelle j'étais en mesure de répondre, jusqu'au moment où Marlene me demanda l'heure, et même là je fus pris de court, car je n'avais pas de montre. Elles finirent par se lasser de ma stupidité et Charlene me demanda s'il y avait quelque chose que je savais *vraiment* et dont j'aimerais parler. Alors, je jouai un sale tour à Titus en leur racontant que je connaissais un type qui portait des vêtements bizarres pleins de poches et qui était capable d'apporter des réponses à toutes leurs questions. Ou du moins de leur faire croire qu'il le pouvait. A condition qu'il ait sa pipe. Et à condition qu'elles acceptent de ne pas comprendre ses réponses. A cet instant, Hemingway poussa un hurlement à faire dresser les cheveux sur la tête.

Je crus qu'il s'était fait piquer par une guêpe, mais je vis tout à coup une steelhead effectuer un saut périlleux au-dessus de la surface de l'eau, cependant que les enfants poussaient un WAOUH ! que les Russes sur leurs chalutiers à la limite des eaux territoriales durent entendre. Je leur ordonnai à tous sauf à Hemingway de ramener leurs lignes, et, à ma grande surprise, ils m'entendirent malgré leurs clameurs et m'obéirent. Je dévalai la berge. Ernie II ne s'en tirait pas trop mal. Je m'apprêtais à lui donner des conseils quand ses frères et sœurs, après avoir rembobiné leurs fils et abandonné leurs cannes, vinrent nous rejoindre. Ils se mirent à faire des bonds et à crier, si bien que je remontai pour aller m'asseoir et regarder. Hemingway hurlait : « GusGusGusGusGus !... », mais il tenait sa canne comme il fallait... tout en tenant sa petite famille à distance. Je lui criai donc : « C'est bien, tu te débrouilles comme un chef, Hemingway ! Continue à rembobiner ! ». Il m'écouta, et cela quoi que fît la truite, ce qui n'était peut-être pas une méthode de pêche très orthodoxe, mais qui l'empêchait au moins de toucher à la ligne et au frein tout en supprimant le mou quand il y en avait. Pendant ce temps-là, Kernie rassemblait ses troupes et distribuait des ordres plutôt curieux : il expédia Marlene, Darlene et Charlene à un bout du trou, tandis que Bernie, les chiens et lui se précipitaient à l'autre, puis tous entrèrent en pataugeant dans la rivière pour lancer leurs cris de guerre et pratiquer la danse de l'eau — un stratagème destiné à confiner le poisson dans le pool. En amont comme en aval, il n'y avait que des eaux peu profondes qui roulaient sur un lit de graviers, des eaux conçues par le dieu de la rivière pour fatiguer et échouer les poissons — alors que le pool lui-même était plein de rochers, de hauts-fonds et d'écueils. Je restai à regarder sans rien dire. Ils étaient six débutants déchaînés, et je faisais davantage confiance à la chance proverbiale des débutants multipliée par six qu'à ma capacité à leur insuffler une notion de stratégie dans le feu du combat. Malheureusement, le plan de Kernie fonctionna : la steelhead fila vers l'aval, vit les petites laitières qui faisaient des éclaboussures, vira à quatre-vingt-dix degrés et fonça en amont où elle se heurta à l'escouade de chiens et de spécialistes de la lutte qui agitaient les bras, puis elle alla se réfugier dans son trou, plongea vers le fond, se tortilla un peu et se mit à bouder. Je devins alors un peu inquiet, mais je gardai le silence. Hemingway tournait toujours la manivelle de son moulinet.

Au bout de cinq minutes, le poisson commença à se fatiguer. Je dis alors : « Serre ton frein d'un demi-tour. » Hemingway s'exécuta et le poisson approcha de la rive. Il se serait volontiers laissé glisser dans une épuisette astucieusement cachée, mais là, accueilli par cinq gosses et trois chiens, il s'empressa de replonger en continuant à se débattre. Observant l'extrémité de la canne d'Ernie II, je constatai que la truite s'était réfugiée derrière un arbre submergé. La canne vibra de moins en moins, puis cessa tout mouvement. Accroché ! Et dans la partie la plus profonde du trou !

Hemingway, comprenant ce qui était arrivé, fondit en larmes. Je descendis pour essayer de le consoler, et j'y serais peut-être parvenu si Kernie, Bernie, Darlene, Charlene et Marlene ne s'étaient pas précipités sur leurs cannes à pêche pour lancer aussitôt, et avec une précision incroyable, à l'endroit même où le poisson avait disparu. Hemingway hurla à la trahison et fouilla dans sa poche pour prendre son canif, mais je le lui arrachai avant qu'il ne commette un fratricide. Deux ou trois secondes plus tard, les lignes des usurpateurs s'accrochèrent à leur tour — juste châtiment pensai-je... jusqu'au moment où il se produisit une chose inouïe : six lignes unies dans leurs efforts constituent une force non négligeable et, d'abord avec quelques hésitations, puis avec de plus en plus d'assurance, les six gamins entreprirent de haler l'obstacle vers la rive...

Mon intelligence naturelle entra aussitôt en action. Je criai : « Vite ! Hemingway ! Continuez tous à enrouler ! », puis je vidai mes poches, empoignai l'épuisette et, les laissant muets d'admiration, je plongeai dans la Tamanawis. Je nageai vers le fond et, à peut-être une dizaine de mètres de la rive et à trois ou quatre mètres de profondeur, j'aperçus un éclair argenté, mais, les poumons en feu, je dus refaire surface. Je criai de nouveau : « Continuez à enrouler ! », puis j'attendis un instant avant de replonger. L'arbre se trouvait à présent sous environ deux mètres d'eau. M'approchant par-derrière (afin de ne pas me faire embrocher si jamais leurs hameçons se décrochaient), je me glissai à tâtons le long du tronc que les enfants tiraient lentement vers le bord et là, coincée au milieu des branches, je vis la steelhead maintenant à bout de résistance. Je la pris dans l'épuisette, refermai celle-ci, dégageai la ligne de Hemingway, puis remontai à la surface. Les enfants et les chiens jetèrent un regard à l'épuisette et SPLASH ! vinrent tous me rejoindre dans l'eau ! Par bonheur, ceux qui savaient nager eurent la présence d'esprit d'aider ceux qui ne savaient pas. On regagna tant bien que mal la berge. Le poisson et moi subîmes alors étreintes, embrassades, caresses et coups de langue au point que Whitman lui-même aurait hurlé : « Assez ! Assez ! » Suffoquant, le cœur au bord des lèvres, je dis à Kernie et à Bernie qu'il fallait mettre fin aux souffrances de la truite. Je présumais qu'assommer quelqu'un jusqu'à ce que mort s'ensuive était tout à fait dans leurs cordes. Je ne me trompais pas, et ce l'était même tellement qu'ils commencèrent à se bagarrer pour savoir qui donnerait le premier coup, si bien que je trouvai moi-même un morceau de bois pour faire office de matraque que je tendis à Hemingway qui expédia adroitement sa prise dans l'autre monde, après quoi il la berça dans ses bras comme s'il s'agissait d'un bébé.

Sur le chemin du retour, une nouvelle dispute éclata pour déterminer qui, de Hemingway ou de moi, avait vraiment attrapé le poisson. Je fis remarquer qu'en réalité c'était l'effort conjugué de leurs six lignes qui avait permis de dégager la steelhead des profondeurs pour que je puisse ensuite l'attraper, de sorte qu'on pouvait dire qu'on l'avait pêchée tous ensemble, mais que c'était quand même Hemingway qui l'avait le plus pêchée dans la mesure où il l'avait ferrée et fatiguée. Ernie II réfuta cette exégèse d'un simple haussement d'épaules et déclara sans ambages que j'étais le plus grand pêcheur du monde et qu'il poignarderait quiconque oserait affirmer le contraire. Je lui demandai si, dans ce cas, il me poignarderait aussi. Avec regret, mais oui, répondit-il.

Il faisait un sacré Hemingway ! J'osai néanmoins, d'abord parce que je ne suis pas le plus grand, mais surtout parce qu'il avait oublié que c'était moi qui avais son couteau.

Ce n'est pas tous les jours qu'une steelhead d'été de 4 kilos et demi meurt entre les mains de six gosses et de leur professeur. C'était une histoire qu'ils pourraient raconter un jour à Ernie III. Et c'était par ailleurs une histoire qu'ils n'allaient pas tarder à diffuser à travers toute la région, laquelle histoire devait me rendre célèbre et mettre ma cabane en vedette.

Finalement, la célébrité ce n'est pas si désagréable. Les premiers à venir furent les enfants, la plupart du temps des garçons de l'âge de Kernie et de Bernie qui voulaient voir le héros de l'aventure en chair et en os. Et lorsque le bruit se répandit qu'en dépit de ma barbe et de mes cheveux je ne mordais pas et que quelques papas virent mes cannes à pêche et mes mouches, les visites se firent plus fréquentes. Les pèlerins-pêcheurs de la côte commencèrent à affluer, l'air un peu agressif parce qu'ils étaient timides. Ils apportaient cependant des produits laitiers, de la viande, des légumes et autres cadeaux de bienvenue, désireux de regarder et de lier connaissance, et ils repartaient contents avec un tuyau ou un échantillon de mouche avant de revenir une ou deux semaines plus tard pour acheter ou troquer la canne à pêche ou les mouches qui avaient attiré leur regard au cours de leur première visite. Satyavati me peignit une pancarte en couleurs « tintinnabulantes » que j'accrochai au cèdre à l'entrée du chemin. Elle annonçait :

MOUCHES ET CANNES ARTISANALES À VENDRE
(bons ?) tuyaux gratuits

Je me mis à monter de plus de plus de mouches, à fabriquer de plus en plus de cannes, et j'aménageai un coin de ma cabane en boutique bric-à-brac de matériel de pêche. Des gens de Portland débarquèrent, de même que quelques Californiens, et quand on apprit parmi les guides touristiques et les grosses têtes que j'étais le fils de Henning Hale-Orviston, le nombre de mes visiteurs s'accrut encore. A l'approche de la saison des steelheads d'hiver, je mangeais de la nourriture obtenue en échange de l'équipement que je fournissais, je faisais des bénéfices, je salais et mettais à gauche un peu de viande de cerf et je connaissais une bonne cinquantaine de personnes que je pouvais appeler des amis. C'est le genre de notoriété dont un pêcheur s'accommode... jusqu'au jour où elle menace de...

2

Le Hollandais

Je refuse de bondir
Vers la mouche tentatrice
Du message qu'on m'envoie
Emplumé de brillante poésie.
Je suis un poisson trop avisé
Pour gober cet appât ;
Ce sont des eaux bien troubles,
Mais je ne me laisserai pas prendre.

La Saga de Njall le Brûlé

Il y a une chose que mon père et ses collègues font et qui m'a toujours déconcerté : chaque fois qu'ils trouvent un bon coin pour la pêche, ils y retournent sans tarder en compagnie d'une cargaison d'amis, prennent des centaines de photos, concoctent des descriptions destinées à le rendre le plus attrayant possible, expliquent dans le détail comment y pêcher et enfin vendent leur véritable brochure touristique à la publication la plus largement diffusée prête à l'accepter. Nous ne pouvons qu'en conclure qu'ils recherchent la prompte destruction de leurs territoires de pêche. On peut y voir une signification métaphysique : d'après Titus, les métaphysiciens affirment que le Temps n'est pas *linéaire* mais *cyclique* et que le chaos sans précédent qui règne à notre époque vient de ce que nous approchons de la fin non seulement d'un Cycle du Temps, mais aussi d'un Cycle des Cycles. Les queues de Cycles ont toujours annoncé des Temps difficiles, mais ce n'est rien en comparaison de ce qui nous attend à la fin d'un *Cycle des Cycles*. En effet, disent les métaphysiciens, bientôt cela va être un tel bordel cosmique que tout le bordel va péter comme à la suite d'un court-circuit, que la Création va disjoncter et que le Ciel va être obligé de jouer son Joker pour nous empêcher de tous sauter, lequel Joker nous permettra d'entrer dans le Nouvel Age. Entre-temps, disent toujours les métaphysiciens, s'il y a un Dieu qui vous est cher, ayez son nom sur le bout de la langue et tout ira bien pour vous. Voilà pourquoi le comportement de H2O et de ses chers collègues a un sens métaphysique : en foutant la pêche en l'air partout où ils passent, ils nous précipitent vers le Nouvel Age, et en s'écriant « Par le saint des saints ! qu'est-ce qui est arrivé à la pêche ? » ils ont le nom de Dieu sur le bout de la langue. Ma confusion découle du fait que H2O et ses collègues ne sont absolument pas métaphysiciens et que, par conséquent, ils n'ont pas conscience ni ne tirent le moindre plaisir de la sagesse ésotérique de leurs actes. Au contraire, après avoir vendu la mèche, ils retournent au pool, y trouvent une nuée de pêcheurs, prennent des photos, écrivent pour dire à quel point la pêche n'est plus ce qu'elle était, concoctent des descriptions destinées, cette fois, à rendre l'endroit le moins attirant possible, et se soûlent la gueule parce qu'aucun éditeur n'accepte de toucher à leur cochonnerie, ne serait-ce que du bout d'une canne à mouche de trois mètres.

A l'opposé, on trouve (et de qui d'autre aurait-il pu s'agir ?) Ma et ses péquenauds de copains qui, pour leur part, préféreraient être pendus plutôt que de révéler l'emplacement des courants anadromes connus d'eux seuls et qu'ils ont découverts en explorant les rivières du cru. Seulement, ces péquenauds eux aussi sont schizoïdes, puisqu'ils tuent tout ce qui se présente jusqu'à ce que les poissons aient disparu, à la suite de quoi ils se mettent à leur tour à pousser de hauts cris. Ils maudissent la migration vers le nord des retraités californiens, la Commission des Pêches, le Génie militaire, les flottes de bateaux de pêche étrangères et tous les pêcheurs qu'ils rencontrent ; ils maudissent les loutres, les mergules, les martins-pêcheurs, les balbuzards, les aigles, les ratons laveurs ; ils maudissent les Temps Modernes, les exploitations forestières, les constructeurs de routes, les cultivateurs qui pratiquent l'irrigation, les usines qui polluent (eux qui, pourtant, en échange d'argent travaillent comme bûcherons, constructeurs de routes, cultivateurs ou ouvriers d'usines) ; ils sifflent leurs verres, s'empiffrent, regardent tristement la rivière et se plaignent : « C'est plus c'que c'était. » A quoi Ma réplique : « Ça a jamais rien été. » Et ils hochent la tête en chœur en prenant des airs de chien battu.

C'est affligeant aussi bien pour les intellos que pour les bouseux, et j'ai souvent juré et bu de conserve avec l'un ou l'autre des deux camps, mais plus j'ai lutté contre le membre du clan du Loup qui sommeille en moi, plus les réponses me sont apparues évidentes : si on veut une rivière poissonneuse, il ne sert à rien de clamer son existence sur tous les toits, il ne sert à rien de tuer tout ce qu'on prend, il ne sert à rien de travailler pour une quelconque industrie de la pêche, il ne sert à rien de jurer, de boire et de se lamenter. J'ai donc arrêté de tuer autant, j'ai monté davantage de mouches sur des hameçons sans ardillon, j'ai fabriqué davantage de cannes à mouche et moins de cannes à appât, j'ai raconté davantage d'histoires que je n'ai donné de vrais tuyaux, et je me suis surpris à aimer davantage qu'auparavant les rivières, les poissons et la pêche.

J'appris par Ma et ses péquenauds l'existence d'une montaison de bluebacks dans un cours d'eau non loin de la Tamanawis ; dans ce même cours d'eau il y a une médiocre et difficile remontée de saumons argentés, mais en raison du matériel grossier des pêcheurs de saumons et de leur technique tout aussi grossière, les truites de mer parviennent à passer presque sans dommage. C'est dans cette petite rivière (appelons-la rivière Kipu dans l'espoir que personne n'aura envie de savoir où elle est) que j'ai expérimenté la forme de Notoriété la plus dangereuse :

C'était par une fin d'après-midi de la mi-septembre. J'avais pris la route de la rivière Kipu après de longues heures consacrées à confectionner des mouches, et je m'étais arrêté sur un pont à une voie qui surplombait un profond bassin. Un vieil homme posté à la tête du trou lançait une cuiller ondulante à saumons, mais l'eau à cet endroit était si peu profonde et si claire, et les saumons si rares, qu'il aurait pu tout aussi bien espérer pêcher un wapiti. Je ne pouvais pas le savoir, mais cet homme allait se révéler être mon tentateur. Ce que je savais, par contre, c'est que l'eau dormante dans l'ombre du pont regorgeait de grasses bluebacks qui, groupées vers le fond, attendaient la pluie ou les ténèbres pour reprendre leur voyage vers l'amont.

L'eau étant trop calme pour pêcher à la mouche, je pris une canne à lancer léger et (hélas ! H2O) une boîte de vers, montai un bas de ligne de force 1 kg, rampai jusqu'au bord du pool, accrochai un ver et hop ! je ferrai aussitôt un poisson de plus de quarante centimètres ! Lorsque celui-ci jaillit, le vieil homme poussa un cri de triomphe et se précipita, trébuchant sur les pierres, parlant tout seul et agitant les bras, ce qui, bien entendu, ne fit qu'épouvanter toutes les bluebacks du trou. J'amenai mon poisson au bord et le tuai à l'aide d'une pierre, puis j'envisageai de faire subir le même sort au vieil homme qui s'efforçait maintenant de me serrer la main et hurlait pour me dire quel beau saumon mâle j'avais pêché. Comme les poissons étaient de toute manière déjà effrayés — et réfugiés sous une saillie rocheuse juste sous nos pieds —, j'adoptai une philosophie anti-clan du Loup et tâchai de me montrer amical, ce qui n'était pas facile. Pendant que j'essayais de lui expliquer qu'il s'agissait en réalité d'une truite de mer, le vieux bonhomme hochait la tête comme s'il ne venait pas de prononcer le mot de saumon, puis il balança sa cuiller de douze centimètres et de deux cent vingt grammes au centre du pool, ce qui eut pour seul effet de chasser sous la saillie les quelques bluebacks qui restaient.

« Mais qu'est-ce que vous fabriquez ? demandai-je.

— Ce coup-ci, j'vais les avoir, nom de Dieu ! J'me suis crevé le cul toute la journée et pas une touche ! Avec quoi que vous l'avez eu déjà, ce saumon ? »

J'allumai une cigarette et tirai dessus jusqu'à ce que la tête me tourne, tandis que l'adrénaline et la nicotine se livraient en moi à une course à mort : si la nicotine gagnait, je m'assoirais pour ne pas tomber dans les pommes, et si c'était l'adrénaline, je foutrais ce vieux con à la flotte. Je m'assis. Inconscient des exploits accomplis en sa faveur par la nicotine, le vieux machin continuait à bombarder le pool avec sa cuiller B-52. Je l'observai un moment, puis je détournai le regard pour ne pas avoir à allumer une deuxième cigarette : je n'allais tout de même pas mourir d'un cancer du poumon pour qu'il puisse continuer à flanquer la trouille aux poissons !

J'entendis un soupir suivi d'un bruit de chute. Levant la tête, je constatai qu'il avait jeté sa canne dans le sable. Il se laissa choir sur un rocher et dit avec une grimace :

« J'ai la guigne.

— Normal pour un guignol, marmonnai-je en allumant malgré tout une deuxième cigarette.

— Hein ?

— Rien, rien.

— J'suis là depuis le matin et pas une touche ! Tu débarques et en dix secondes ABRACADABRA ! t'épingles un beau saumon mâle ! Comment tu fais ? »

Entre ma nicotine et son abracadabra, j'avais j'impression que ma tête était transformée en Liberty Bell. J'écrasai ma cigarette, pris une profonde inspiration et lâchai :

« Lamproies.

— Hein ?

— Lamproies.

— Quoi, "lamproies" ? Qu'est-ce que les lamproies viennent faire là-dedans ?

— Ecoutez, mister Abracadabra : à la manière dont vous pêchez, il vous faudrait des lamproies, un tas de lamproies.

— Et pourquoi ça ?

— Parce que les poissons ont dans la tête un organe que nous autres savants appelons un "cerveau". Ce n'est qu'un tout petit cerveau, je vous l'accorde, mais c'est un cerveau quand même. Si une lamproie attrapait un poisson et lui suçait le cerveau, ça ne dérangerait plus le poisson en question qu'on lui jette des pierres, qu'on pousse des cris et qu'on lui balance une cuiller atomique accrochée à un câble transatlantique. Vous devriez donc pêcher toujours où c'est rempli de lamproies suceuses de cerveaux.

— Oh, » fit-il en allumant un cigare.

Puis il se tassa sur son rocher et me regarda. Je le regardai. Après avoir fumé deux ou trois centimètres de son cigare, il me demanda :

« Pourquoi t'as arrêté de pêcher ?

— Pas de lamproies, répondis-je en montrant le pool d'un signe de tête. Rien que des truites. Et en état de choc.

— Oh, » refit-il.

Il me reregarda. Je le reregardai. Deux centimètres de cigare plus tard, il dit :

« Excuse-moi. »

Je ne lui en voulus plus autant.

« C'est pas grave, dis-je. Si on reste un moment tranquilles, peut-être qu'elles vont remonter, poussées par la faim. »

On se mit à bavarder, et il se révéla être plutôt sympathique. Il en connaissait un sacré rayon sur la pêche dans le coin, et quand je dis un « sacré rayon », j'entends aussi que tout était un peu faussé, presque mais pas tout à fait juste, de sorte que si on n'était pas au courant, on pouvait consacrer sa vie entière à vérifier la justesse de ses conseils qui paraissaient cependant assez bons pour qu'on s'embarque dans un sacré nombre de sacrées parties de pêche. Arrivé au bout de son cigare, il le jeta dans l'eau (*zipzip* firent deux truites de mer, *ssszt* fit le cigare), puis il me demanda si je connaissais quelque chose à « notre grand sport national ». Je répondis que oui. Puis je me tus. Il attendit. Il attendit encore. Puis il me demanda ce que je savais. Je répondis que je savais que s'il voulait attraper « une grande blueback nationale » il lui fallait un matériel plus léger. Il se contenta de dire : « J'ai pas de matériel plus léger ». Alors je m'étonnai moi-même en lui proposant : « On peut pêcher chacun notre tour avec ma canne. » Son visage s'illumina comme l'extrémité d'un cigare allumé. Il bondit sur ses pieds, envoya rouler plusieurs morceaux de basalte dans le pool et *zipzipzipzipzipzipzip* firent les bluebacks, retournant se réfugier sous la saillie. Il jura et se confondit en excuses au point que je commençai à avoir pitié de lui. Décidément, ce type était un balourd congénital. Je m'assis pour réfléchir à un moyen de permettre à cet empoté d'attraper une truite de mer... et j'eus une idée de génie. « Restez là et ne bougez pas », lui ordonnai-je. Il m'obéit.

J'allai prendre une poignée de glaise sur la berge argileuse près du pont, accrochai un gros ver à mon hameçon, puis l'enveloppai en partie de glaise afin de laisser les deux bouts continuer à se tortiller. Le vieil homme, émerveillé, sortit un carnet dans lequel il se mit à griffonner, puis il me demanda comment j'appelais mon invention. Je lui répondis qu'il s'agissait d'un vieux truc estonien dont j'avais oublié le nom d'origine, mais que les immigrants estoniens débarqués sur les lointains rivages d'Amérique l'avaient rebaptisé « Hot-dog ». Il inscrivit soigneusement ce bobard dans son carnet. Lorsqu'il eut reposé son stylo, je lui tendis ma canne.

On rampa au bord de la saillie (par prudence, je préférais ne pas le laisser marcher), puis j'enclenchai le pick-up du moulinet et réglai le frein au minimum pour ne pas risquer de casser le bas de ligne. Après quoi, je descendis à la main le Hot-dog vers les cutthroats paniquées, et quand elle toucha le fond, je murmurai : « Préparez-vous ! »

Allongés sur le ventre, on regarda : la glaise autour du ver commença à se dissoudre et à s'effriter, si bien que le ver émergea petit à petit, telle une strip-teaseuse qui s'extrait d'un gâteau géant... et les truites de mer furent aussitôt prises de folie ! Quatre d'entre elles se jetèrent sur le Hot-dog et la plus grosse l'avala si profondément avec la boue et tout qu'elle n'aurait pu échapper au plus mauvais des pêcheurs, y compris Mr. Abra Cadabra. C'était une belle truite de plus de cinquante centimètres et quand on l'amena à terre, il sauta littéralement de joie... et expédia une nouvelle avalanche de pierres dans le pool. Mais maintenant, cela n'avait plus d'importance : nous possédions la formule magique. Après deux nouveaux Hot-dogs croqués par deux nouvelles truites, je déclarai :

« Ça fait deux chacun. Ça suffit.

— T'as raison ! s'écria-t-il. De toute façon, faut que je file en ville et que je prépare tout ça pour le journal de demain ! »

Je faillis m'étouffer.

« Le... le quoi ! ?

— L'*Oregon Reporter* de demain, répondit-il, rayonnant et me tendant la main. Je m'appelle Dutch Hines, le "Hollandais pêchant" ! »

Par la reine des saucisses ! Dutch Hines ! Il était bien plus ridé et avait l'air bien plus débile que sur la photo qui surmontait sa rubrique bi-hebdomadaire.

« T'as bien dit que tu t'appelais Gus, non ?

— Hein ? Quoi ? Moi ? Gus ? Non, non, c'est... c'est juste un surnom.

— Eh bien, j'aimerais t'interviewer, Gus. Et comment ! J'ai pas eu de meilleure journée de pêche depuis que j'ai perdu neuf steelheads en une seule matinée. C'était il y a deux hivers sur la Kilchis, avec Fuzz Gramsay. »

Je m'en souvenais. Difficile de faire autrement... il avait pondu douze colonnes là-dessus ! Carnet et stylo à la main, il me demanda :

« Alors, cette interview ? »

Bon sang ! Dutch Hines ! Je ne savais quoi faire. Toute ma vie sa prose m'avait émerveillé, stupéfié que j'étais de voir qu'on pouvait écrire autant sur si peu de poissons qu'on pêchait, et plus stupéfié encore par son emploi systématique du « nous » de modestie. Il me rappelait Mikey, un garçon de ma classe au cours préparatoire. Lors de l'exercice de Description d'Objet, il parlait à chaque fois de son crayon. C'était un gros crayon vert avec le nom et l'adresse de l'école gravés dessus. Tous les enfants de la classe avaient le même, ce qui ne gênait pas Mikey pour autant. Il nous le montrait, lisait ce qui était inscrit dessus, nous racontait qu'il s'agissait d'un cadeau de sa grand-mère, ou de son père, ou encore de son oncle, puis il disait combien il était vert, combien il était gros, comment on devait le mettre dans le plus gros trou du taille-crayon pour le tailler, et ensuite il faisait remarquer aux nouveaux élèves que oui, c'était un crayon, et qu'est-ce qu'il était gros, et qu'est-ce qu'il était vert, et puis il le brandissait et continuait à le décrire jusqu'à ce que les enfants affligés d'une constitution plus faible que les autres commencent à mourir d'ennui et que la maîtresse soit obligée de l'empoigner par la ceinture de son pantalon pour le reconduire à son pupitre cependant qu'il parlait toujours. Les parties de pêche du Hollandais étaient son crayon vert, le *Reporter* son cours de Description d'Objet et les yeux de l'Amérique sur le journal constituaient les murs invisibles d'une salle de classe où l'on était enfermés... Dutch Hines ! Fichtre ! Que faire ? Ce type avait facilement trois quarts de million de lecteurs, c'est-à-dire un million et demi d'yeux, sans compter les cyclopes. Et il désirait m'interviewer ! Mon cerveau se mit à vaciller et à voleter comme un papillon de nuit attiré par la flamme qui va le brûler. Je connaissais ses tics d'écriture. Je connaissais le Syndrome du Crayon Vert. Je savais qu'il allait tout Décrire de cet après-midi au bord de la rivière Kipu, parler des bluebacks, des Hot-dogs, de *moi*, et cela dans le cadre de nombreuses rubriques successives si rien ne venait le distraire. Et rien ne viendrait le distraire, car il faudrait attendre des semaines, sinon des mois, avant qu'il n'attrape un autre poisson. Je savais qu'il avait assuré la richesse de Fuzz Gramsay en lui faisant de la publicité et que, si je lui disais que c'était moi qui avais fabriqué la canne, il ferait la même chose en ma faveur. Je savais que, s'il parlait de moi, je recevrais un millier de commandes de cannes avant la fin du mois. Je savais que, même si je baissais mes prix et que je ne récolte qu'un maigre bénéfice de dix dollars par canne, ça ferait dix mille dollars. Je savais qu'avec cet argent je pourrais me payer de la publicité dans tous les magazines de pêche importants du pays, exploiter une demi-douzaine de péons pour confectionner les cannes et monter les mouches à ma place, tandis que je deviendrais un créateur, un organisateur, un entrepreneur. Je pourrais ouvrir une usine de matériel de pêche à Fog. Je pourrais embaucher des représentants, des conseillers financiers et des spécialistes du marketing. Je pourrais automatiser et informatiser. Je pourrais me développer. Je pourrais passer mes journées à mettre au point des prototypes de cannes et de mouches et laisser la paysannerie locale s'abîmer les yeux sur les étaux à mouches et respirer le vernis à cannes. Je pourrais inonder l'univers des truites de cannes à pêche Gus Orviston. Je pourrais faire connaître au monde entier les Puces, les Bossues Sans Tête et les Bermudas. Je pourrais m'acheter un hydravion, une flotte d'hydroglisseurs, monter une agence de tourisme spécialisée et emmener les gros richards pêcher aux quatre coins du globe. Je pourrais acheter un jet, me faire des relations haut placées, m'assurer les services d'hommes politiques, et puis de comptables, de secrétaires, de chargées de recherche, rien que des femmes aux longues jambes et à la poitrine galbée. Je pourrais ouvrir une chaîne de boutiques que j'appellerais « Au fidèle Gus, Cannes & Mouches » et qui couvriraient tout le continent américain. Je pourrais investir, me lancer dans l'immobilier, jouer en Bourse, partager mon temps entre Lake Tahoe et Las Vegas, ouvrir une chaîne de restaurants « Chez Gus, poissons et fruits de mer », des écoles de pêche « Gus le Pêcheur », des hôtels à l'enseigne de « la Truite de Gus ». Je pourrais m'offrir un harem pour oublier Eddy. Je pourrais attraper (ou acheter et prétendre avoir attrapé) un poisson record afin d'accroître ma réputation. Je pourrais spéculer sur la terre et le bois, découper la côte en parcelles, acheter des élevages fonctionnant à l'énergie solaire et les entourer de résidences de vacances. Je pourrais construire un dôme géodésique au-dessus de la Tamanawis et contrôler son débit à l'aide d'un tableau de commande situé près de l'immense lit dans lequel je me prélasserais en compagnie de mon harem et d'où je dicterais mes histoires de poissons à des ordinateurs qui les corrigeraient, les poliraient et les vendraient aux grands éditeurs. Je pourrais m'acheter un porte-avions nucléaire équipé de sources thermales, de forêts et de rivières à truites et prendre la mer tous les week-ends pour échapper à la cohue. Je pourrais faire en sorte que, comparé à moi, H2O ressemble à un plouc avec sa canne et son bouchon. Je pourrais acheter toute cette foutue côte de l'Oregon, la baptiser Gussica, faire sécession, établir mon propre programme spatial, nommer Titus mon lieutenant Spock et me bombarder Capitaine d'un Camping-Car Intergalactique et foncer dans l'espace à la recherche de planètes à truites potentielles et aller où nul pêcheur n'est jamais allé. Je pourrais peupler mes nouvelles planètes de truites arcs-en-ciel Donaldson, de cutthroats mouchetées de noir du Montana ou de la truite Titan Salmo-Gussius que j'aurais créée dans mes élevages solaires de Gussica. Je pourrais afficher mon nom, mon visage, mes cannes et mes mouches dans tous les cieux grouillant de poissons, et toutes les plus belles truites ainsi que les reines de ces mondes, leurs habitants et leurs merveilles surnaturelles s'offriraient à mon regard...

et ainsi de suite.

« Alors, demanda Dutch. Qu'est-ce que t'en penses ?

— D'accord, Dutch, répondis-je. On fait l'interview. »

Le lendemain, les trois quarts de million de lecteurs de l'*Oregon Reporter* découvrirent cet article dans les pages sportives du journal :

LE HOLLANDAIS PÊCHANT

Dutch rencontre un fou de la pêche sur la Rivière Kipu

Eh bien, nous avons appris hier après-midi qu'il n'y a rien de vrai dans le vieux dicton affirmant que « ce n'est pas à un vieux singe qu'on apprend à faire de nouveaux tours ». Par un pur coup de chance, le vieux singe qui vous parle a appris un tas de tours d'un jeune mâle qu'il a rencontré par hasard et qui est peut-être le meilleur pêcheur que notre Grand Nord-Ouest ait connu depuis des décennies. Nous nous essayions à pêcher des saumons argentés dans la rivière Kipu, mais les remontées ne sont plus ce qu'elles étaient et ne le seront jamais plus à moins que l'on ne se décide enfin à faire quelque chose, ainsi que l'auteur de ces lignes ne cesse de le réclamer. Nous ne parlons pas ici de pollution, de pêche excessive, de braconnage, de coupes claires, d'aménagement du territoire contraire au bon sens, ni rien de ce qui fait hurler nos jeunes amis écologistes. Non, les coupables sont, à notre avis, les otaries. Oui, les otaries. Et en voici la preuve : il y a tout juste douze ans, nous pêchions en compagnie de Jocko Dreyfus qui dirige l'excellente société d'affrètement sur la Yaquina Bay, quand nous sommes tombés sur un banc de saumons argentés, et l'auteur de ces lignes venait à peine de faire une belle prise que... vous avez sans doute deviné, oui, une otarie a dévoré notre poisson encore accroché au bout de sa ligne ! Nous pensons que tous les pêcheurs en mer devraient être armés d'un fusil et tirer à vue sur ces créatures. Ces monstres pleins de graisse sont si gros et si actifs que l'on peut aisément en déduire le nombre de saumons qu'ils avalent en une seule journée !

Mais revenons au vieux singe et au jeune mâle que ses amis appellent Gus, encore qu'il nous ait confié qu'il ne s'agissait que d'un surnom dont il ignore l'origine. Son vrai nom est Antoine Chapeau et il vient, vous n'allez pas le croire, de Palm Springs en Californie, où il tenait un salon de coiffure. Lors d'une interview exclusive qu'il nous a accordée hier, Antoine nous a déclaré :

« J'en avais plus qu'assez de passer mes journées le nez dans les coiffures des femmes. Vous savez, Dutch, la plupart ont des cheveux de la couleur des fils monobrins. Les plus saines me rappellent de gros mollusques et celles qui portent des perruques, une fois qu'elles les ont enlevées, évoquent une pointe 5x, des algues ou quelque chose de ce genre. Je me suis dit : "C'est pas sain, ça", alors j'ai vendu mon affaire, j'ai largué les amarres et je suis parti pour l'Oregon. Arrivé là, j'ai amorcé mon hameçon et je me suis mis à pêcher ! »

Et pour pêcher, il pêche ! Avec une passion et un talent qu'il a acquis, affirme-t-il, dans le désert autour de Palm Springs. Chapeau nous a expliqué qu'il avait appris à pêcher en étudiant les ouvrages sur le mesmérisme, la mythologie indienne et la psychologie du comportement, ainsi qu'en s'exerçant dans le désert avec une canne à mouche. Durant toute sa jeunesse, il a pratiqué assidûment un art qu'il appelle la « Pêche sèche » et d'où il a tiré à la fois son incroyable patience et son approche « chamanistique » du sport qu'il pratique aujourd'hui en maître. Chapeau nous a déclaré :

« Après une journée passée à lancer des mouches sans hameçon dans des rivières qui ne sont que des mirages au milieu des dunes arides, on commence à percevoir un ordre des choses inaccessible à ceux dont les esprits n'ont pas été affectés par la chaleur et la déshydratation. Voyez-vous, Dutch, les poissons vivent dans l'eau. Comprendre l'eau, c'est comprendre les poissons. Et c'est en éprouvant le besoin brûlant d'eau que l'on commence à la comprendre. Donc, pour apprendre à pêcher, il faut aller dans le désert et y rester jusqu'à ce qu'apparaissent les premières hallucinations, et à partir de ce moment-là, vous ne pouvez pas vous imaginer tout ce qu'on apprend ! »

Voilà qui nous a paru quelque peu étrange, mais il faut voir les résultats pour y croire ! L'un des trucs qu'il a appris dans le désert de la bouche d'un vieil immigrant estonien, s'appelle un « Hot-dog ». Après que les grosses truites de mer que nous avions repérées s'étaient réfugiées sous une saillie rocheuse, Chapeau a enrobé un ver de terre d'une boule de glaise, puis il l'a laissé descendre doucement dans l'eau. Dès que le ver a commencé à émerger de la glaise, les grosses truites se sont précipitées sur le « Hot-dog » en se battant comme des chiffonnières ! Nous en avons attrapé quatre en l'espace de quelques minutes, qui faisaient toutes entre quarante et cinquante centimètres. Chapeau nous a alors demandé d'arrêter. Comme le vrai sportsman qu'il est, il ne voulait pas épuiser la source. Pendant que nous nettoyions nos prises, il a continué à parler du savoir qu'il avait acquis dans le désert et dont il se servait pour réaliser de belles pêches :

« Tout d'abord, Dutch, il faut être f...ment superstitieux. Il faut penser comme un sorcier. De nos jours, l'approche que les gens ont de la pêche est beaucoup trop scientifique. Les poissons ne comprennent pas la science, mais ils vénèrent la magie !

« Prenez par exemple un truc que j'utilise pour les chinooks. (A propos, Dutch, peu de gens le savent, mais les plus belles remontées de chinooks se trouvent en Californie du Nord et non pas dans l'Oregon. Vous devriez venir tenter votre chance en novembre.) Quoi qu'il en soit, quand la montée des chinooks tarde, je sors mon couteau et je sculpte un petit saumon dans un bout de bois flotté, puis je l'accroche au bout de ma ligne et le lance en amont. Je répète cela sept fois à sept endroits différents tout en récitant une incantation des Indiens Nootkas qui, traduite grossièrement, donne à peu près ceci :

On devient fort
Temps de frayer maintenant
Temps de se précipiter maintenant
Cela ne sera plus très long maintenant

On est bien maintenant
Temps de mourir.

Le rituel terminé, je ramène ma ligne, remplace le poisson-totem par un leurre conventionnel, relance au même endroit et presque aussitôt, BINGO ! »

Voilà qui nous a semblé également curieux, mais Chapeau nous a montré le couteau même qu'il utilise pour sculpter ces saumons-totems ! Si vous désirez d'autres preuves, je vous invite à essayer la méthode « Hot-dog » sur les bluebacks !

L'une des autres techniques adoptées par Chapeau ne convient pas aux gens prudes ! Quand il sait qu'il y a des steelheads ou des saumons dans un trou et qu'ils ne mordent pas, il s'avance au bord pour que tous les poissons puissent le voir, plante sa canne, déroule un peu de fil, place son leurre par terre à quelques pas de la canne, pose son épuisette à côté, puis se retire dans les buissons. Là, il se dévêt complètement, après quoi il revient au bord de l'eau, gonfle les joues, tortille son corps nu à la manière d'un poisson, feint de s'approcher en nageant du leurre, s'en empare, feint d'être accroché, se débat un instant, puis jette l'épuisette sur sa tête et crie très fort pour que les poissons l'entendent : « OH ! QUE M'ARRIVE-T-IL ? OH ! OH ! JE CRAINS D'AVOIR ÉTÉ PRIS ! »

Cette pantomime psychologique d'un haut degré de raffinement sert à conditionner les spectateurs poissons de telle sorte que, lorsqu'il retourne dans les buissons pour se rhabiller et qu'ensuite il lance de nouveau son leurre dans le pool, les poissons imitent le moindre de ses gestes, et les prises ne tardent pas à s'accumuler sur la berge, dans les limites autorisées, bien entendu !

Nous admettons que cela puisse paraître quelque peu bizarre, mais gardez-vous de rire avant d'avoir essayé ! Antoine nous a montré comment il gonflait les joues et « nageait », et même avec ses vêtements, nous l'avons trouvé très convaincant. De plus, puisque le Hot-dog a marché (et pour marcher, il a marché !) pourquoi ses autres stratagèmes ne marcheraient-ils pas ?

Chapeau nous a promis de partager avec nous de nouveaux secrets lors de notre deuxième rencontre prévue la semaine prochaine, à condition toutefois que nous acceptions de diffuser une annonce. Nous ne comprenons pas bien le sens de ce message, mais nous nous empressons de le publier, car nous ne voulons à aucun prix nous priver des tuyaux qu'il ne manquera pas de nous donner. Voici :

La fille qui a planté le type qui récitait Izaak Walton dans son arbre pour s'enfuir en courant pourrait-elle contacter Gus sur l'autre rivière qu'il a nommée. Il a sa canne et son poisson qu'il désire lui rendre. Il est totalement inoffensif, mais si elle en doute, il lui suggère de venir armée, le principal étant qu'elle vienne. Merci.

Deux jours plus tard, des lettres de protestation en général plutôt dégoulinantes de bassesse arrivèrent par sacs entiers dans les bureaux du *Reporter*. Elles accusaient Dutch de sénilité, d'insanité, d'homosexualité, de communisme et autres perversions, et exigeaient la nomination d'un nouveau titulaire de la rubrique pêche. L'une des plus éloquentes de ces épîtres était signée d'un certain Henning Hale-Orviston. Dutch en cita l'un des extraits les moins insultants dans son article suivant, accompagné de ses excuses à l'adresse des amateurs de hot-dogs, et dans sa conclusion, il reconnaissait qu'il avait peut-être été en partie mené en bateau, mais il invitait les sceptiques à essayer la fabuleuse méthode « Hot-dog ». Le même jour, je reçus de Ma un télégramme ainsi rédigé :

JAMAIS ENTENDU PARLER D'UN TYPE NOMME CHAPEAU STOP QUELQUE CHOSE EN LUI ME RAPPELLE UN CERTAIN FILS À MOI STOP GRAND TEMPS QU'ON CLOUE LE BEC À CE VIEUX CON DE HINES STOP PORTE-TOI BIEN STOP T'EMBRASSE MA

Une digression

(extrait des carnets de Titus Gerrard)

> Je dois prendre pour règle de faire le moins de bruit possible pendant que je pêche, jusqu'à ce que l'erreur de Sir Francis Bacon soit démontrée, ce que je laisse à tout homme le loisir de faire.
>
> Izaak Walton

A l'époque de Lao-tseu et de Tchouang-tseu, les Chinois, et en particulier les taoïstes, employaient une formule, « Les dix mille choses », censée désigner tous les objets, substances et créatures de la Création dignes d'attention. Quiconque s'est penché un tant soit peu sur les œuvres des deux Tseu ne doutera pas un instant qu'il s'agissait de deux sages. Il est évident que ces hommes-là étaient assez intelligents pour savoir qu'il y avait beaucoup plus de « milles choses » entre le ciel et la terre, et il est de même évident que leurs connaissances mathématiques leur permettaient de comprendre qu'ils auraient beau compter les « choses » du matin au soir pendant une éternité, ils n'arriveraient jamais à un chiffre suffisamment élevé pour inclure la totalité des objets, substances et créatures sous le Soleil.

Cette expression, « les dix mille choses », était le produit d'esprits incapables de compter et de répertorier toutes les variétés de créatures et de substances, et cette incapacité ne découlait pas d'une incapacité à compter et à répertorier, mais de ce qu'ils n'avaient pas la stupidité de s'engager dans pareille entreprise. Notre bref séjour entre le Ciel et la Terre était jugé si précieux et notre but (appelé « Tao » bien qu'il soit Sans Nom) si digne de toutes nos pensées et de tous nos efforts que « dix mille choses » étaient considérées comme suffisant pour familiariser le pèlerin avec la Nature des choses. Ces « dix mille choses » ne constituent pas un synonyme puéril de « un tas et un tas de choses », mais une formule qui implique l'existence de limites horizontales à la compréhension humaine et implique que ces limites horizontales, chacun devrait se les imposer à soi-même, et que le Tao devrait être recherché par des bonds verticaux et transrationnels. Elle implique en outre qu'on ne peut pas chercher tout en comptant sans cesse et qu'on trouvera finalement le Tao dans la *nature* des choses et non dans le *nombre* des choses.

A l'époque de la Renaissance, l'idée de compter et de répertorier se répandait en Occident. L'un des grands hommes de ce temps-là était Francis Bacon. Le grand Francis Bacon donnait des conseils très pratiques sur la manière de connaître le succès dans les arènes de la politique et de l'économie. Le grand Francis Bacon savait compter. Au cours de sa vie, Francis Bacon est devenu Lord Chancelier d'Angleterre, puis Francis Bacon a été jeté en prison pour avoir joué le jeu politique et économique qu'il préconisait et accepté des pots-de-vin de la part d'accusés dans des affaires qu'il avait à juger. Finalement, Francis Bacon a entrepris de farcir de neige des cadavres de poulets afin d'expérimenter les pouvoirs de conservation de la réfrigération, et il en est mort après être resté trop longtemps exposé au froid. Le grand Francis Bacon n'avait pas compris la nature d'une chose appelée Une Froide Journée.

Tchouang-tseu savait compter jusqu'à dix mille. Un jour qu'il se promenait le long du barrage sur le fleuve Hao en compagnie de son ami Hui-tseu, il lui a dit :

« Vois comme les petits poissons apparaissent et filent où il leur plaît d'aller ! C'est cela que les poissons aiment !

— Tu n'es pas un poisson, a dit Hui-tseu. Alors comment peux-tu savoir ce qu'un poisson aime ?

— Tu n'es pas moi, a répliqué Tchouang-tseu. Alors comment peux-tu savoir que je ne sais pas ce qu'un poisson aime ?

— Je ne suis pas toi, donc il est vrai que je ne sais pas ce que tu sais. D'un autre côté, tu n'es pas un poisson, donc tu ne sais pas ce qu'un poisson aime ! »

A quoi Tchouang-tseu a répondu :

« Revenons à ta première question, veux-tu ? Tu m'as demandé comment je savais ce qu'un poisson aimait, donc tu savais déjà que je savais quand tu m'as posé la question ! Je le sais en me tenant ici sur le bord du fleuve Hao. »

Fin de la digression

3

Nick le Converti

> Il faut vivre soi-même un naufrage avant de pouvoir saisir la bouée de sauvetage qu'il vous jette... Le Maître nous connaît ainsi que chacun de ses disciples mieux que nous nous connaissons nous-mêmes. Il lit dans l'âme de ses disciples plus qu'ils ne sont disposés à l'admettre.
>
> Eugen Herrigel,
> *Le Zen et l'Art du tir à l'arc*

Lorsque Nick est arrivé, je vivais dans un autre monde : même cabane, même Tamanawis, même véhicule de la conscience de cent quatre-vingt-trois centimètres de long, mais différents contenus partout. Dans la rivière, il y avait des saumons ; dans moi, il y avait une âme ; dans la cabane, il y avait des murs tapissés d'étranges dessins bancals de poissons, de rivières et de moi en train de pêcher, tous dus au crayon mal assuré de petits copains à moi inscrits dans la classe de jardin d'enfants d'Hemingway. Les livres s'entassaient partout. Deux paires de gants en laine tricotés main qui laissaient le bout des doigts libre étaient suspendus à un crochet à côté de la porte de derrière, cadeaux d'Emma pour la pêche par temps froid. Sur mon lit dans la mezzanine s'étalaient une veste et un pantalon en coton indien blanc offerts par Steve et Satyavati que j'utilisais surtout comme pyjama, mais que je mettais quand je me rendais à la maison-des-bougies-sanctuaire-des-herbes-folles (me baissant le plus possible au volant de mon pick-up lorsque je croisais des amis bûcherons ou pêcheurs qui pourraient ne pas comprendre en quoi le coton blanc « était bon pour mes vibrations », ni même pourquoi j'avais seulement besoin que mes vibrations soient bonnes). Derrière ma cabane, Kernie et Bernie avaient construit une petite étable remplie de fourrage, et, plantée sur la falaise qui surplombait la rivière, veillait ma chèvre apprivoisée, Charles II. Charles mangeait les ronces autour de la cabane. Et Charles donnait deux litres de lait par jour... Hemingway avait trois ans quand il l'avait baptisée ainsi. Il semble qu'il avait eu un canard blanc qu'il aimait beaucoup, un mâle appelé Charles. Charles le Mâle se créa une légende quand, par une glaciale journée d'hiver, il décida de glisser doucement sur la Tamanawis et de partir ainsi, barbotant, vers l'immensité de l'océan, laissant Hemingway inconsolable jusqu'au jour où l'une des chèvres d'Emma mit au monde la paire de jumeaux la plus mal assortie qu'on pût imaginer : un gros mâle blanc et noir bien sain aux oreilles comme des ailes d'avion, et une femelle sale et maigrichonne aux oreilles ratatinées qui ressemblait à un minuscule chameau sans bosse. Hemingway, en deuil de son canard, eut à peine jeté un coup d'œil sur le chameau qu'il s'en toqua littéralement. Il se mit à vivre avec, du matin au soir. Il le nourrissait et l'habillait, broutait et dormait avec. Il exigea aussi qu'Ernie et Emma retirent le nom qu'ils lui avaient donné, ce qui ne présenta guère de difficultés dans la mesure où ils avaient appelé les jumeaux Mandy et Candy et aussitôt oublié qui était qui, ce qui ne fut plus le cas après que la chèvre eut été baptisée Charles II. L'adoration d'Hemingway pour Charles dura jusqu'à ce qu'elle devienne à son tour mère et qu'il tombe amoureux de son fils, Charles III. Emma dut alors s'occuper de Charles II et la traire et, comme chacun peut le deviner, elle avait déjà assez à faire avec la maison, les enfants, le poulailler, le troupeau de chèvres et le jardin, sans oublier Ernie à qui elle foutait une trempe chaque fois qu'il la traitait de Harpie, de Chipie ou de Burgie. Comme elle tenait à me fournir du lait de chèvre frais, je lui proposai de lui acheter directement le fournisseur. Elle y consentit et Hemingway insista pour que ce soit Charles II, sa seconde favorite.

La transformation subie par ma cabane s'étendait à la cave qui faisait office de réfrigérateur et où s'amoncelaient bouteilles de vin, de jus de fruits, de bière brune et blonde artisanales, viande séchée de cerf et d'orignal, conserves de fruits et de légumes, fromages de vache et de chèvre, souvent des crevettes et des crabes, et aussi une bonbonne d'alcool de pommes de terre aux sinistres reflets, le tout pêché, chassé, préparé, fabriqué, cultivé ou distillé par des amis et reçu en échange de mouches ou de cannes. Les termes de chacun des marchés conclus dépendaient du temps nécessaire, du matériel et du nombre de bières bues pendant la durée du marchandage. Et parfois, quand les mouches ou les cannes avaient produit d'excellents résultats, leurs propriétaires se glissaient chez moi en mon absence pour déposer un petit supplément.

Je suppose que nous autres, ermites, tendons à être plutôt ingénus. Enfin, c'est le cas pour moi. Je ne compte plus les nuits où je suis resté à regarder la cabane remplie de dessins, de bougies allumées, de divers cadeaux et objets hétéroclites obtenus en échange de mon matériel, incapable de dormir tellement mon cœur débordait — et se serrait aussi, parce que la plupart des gens n'avaient pas la chance de vivre comme nous dans la vallée de la Tamanawis, et aussi parce que j'avais tant à partager, mais personne avec qui le faire. Ou plutôt pas la personne particulière à qui je pensais. Et pour cette personne particulière, je fabriquai une nouvelle canne en noisetier, puis une canne en bambou refendu à l'allure plus ou moins médiévale, mais munie de véritables anneaux, d'une poignée en liège et, pour aller avec, un moulinet ventral. Les moulinets ventraux ne sont pas de vrais moulinets : il s'agit de simples boîtes ou paniers qu'on porte sur le ventre, munis de deux tiges verticales autour desquelles on enroule la ligne à la main. Je voulais ainsi éviter à Eddy d'avoir à plonger dans l'eau par temps froid tout en l'équipant du matériel le plus primitif que je connaissais. La plupart de ces espèces de moulinets sont métalliques, mais comme je soupçonnais qu'elle préférerait quelque chose de plus archaïque, j'achetai chez un brocanteur d'Astoria un panier tressé en provenance de Tijuana, sur le devant duquel était peint un petit âne. Le panier mesurait dix centimètres de haut, quinze de large et trente de long, la dimension idéale. Je tapissai l'intérieur de cuir huilé, découpai une petite planche d'érable que je posai au fond, y perçai deux trous espacés de sept ou huit centimètres, collai des chevilles dedans, puis chargeai le « moulinet » avec du fil de nylon de force neuf kilos et un bas de ligne monobrin. Après quoi, Satyavati m'aida à tisser une épaisse ceinture aux couleurs de l'arc-en-ciel dans de la laine d'agneau que Steve m'aida ensuite à fixer. Non que cela eût été difficile, mais je ne pouvais pas m'empêcher de me la représenter autour de la taille d'Eddy.

J'essayai la canne à l'arrivée des jeunes mâles et des saumons argentés. Je constatai alors que j'étais capable d'effectuer des lancers longs et précis sans avoir besoin pour autant de beaucoup de poids et que je réussissais à faire dériver ma mouche dans des courants trop lents pour y pêcher avec du matériel conventionnel. Le premier soir, je pris trois mâles. Le deuxième, cinq, puis je ferrai un beau saumon argenté, une femelle à en juger par ses bonds affolés, et bien que la canne répondît à merveille, je perdis le poisson en regardant un minibus Volkswagen arrêté sur l'autre rive. Il y avait quelqu'un à l'intérieur, qui m'observait à la jumelle. Il me vint à l'esprit que c'était ce même minibus que j'avais vu près du ruisseau U.S. Grant. Bizarre, bizarre. Je rentrai à la maison, ajoutai un scion à la canne, puis fourrai le matériel sous le toit en attendant que se manifeste leur propriétaire aux cheveux d'or ou, plus vraisemblablement, qu'il tombe en poussière.

Afin de faire face à l'afflux de commandes, j'augmentai ma production pour passer à quinze cannes et trois cents mouches par mois, mais je ne voyais pas le moyen d'aller au-delà sans être pour cela obligé de m'astreindre à une tâche fastidieuse, si bien que, à contre-cœur, je commençai à refuser des commandes. Quoique, en vérité, pas tellement à contre-cœur. Un jour, peu de temps après l'épisode de la rivière Kipu, un homme corpulent aux cheveux gris qui portait un costume lie-de-vin, une chemise rose et un ensemble blanc cravate-ceinture-chaussures assorti entra dans ma cabane comme s'il était chez lui, déclara qu'il possédait une chaîne de magasins en Arizona, qu'il avait entendu dire que j'étais le fils de H2O, qu'il était prêt à acheter toutes les cannes que je fabriquerais au cours des dix prochaines années, qu'il en ferait son article de choc, qu'il les vendrait trois fois le prix que j'en demandais et que la moitié des bénéfices me reviendrait. Après quoi, il s'assit dans mon rocking-chair comme s'il lui appartenait et me demanda comme si je lui appartenais : « Alors, qu'est-ce que t'en dis, mon p'tit gars ? » Je lui dis que je voulais bien lui vendre une canne à pêche si ça ne le dérangeait pas d'attendre un an et demi. Il rit comme un marteau-piqueur. Il dit que je ne comprenais pas, qu'il était disposé à m'avancer un certain nombre de billets de mille dollars aujourd'hui même. Il dit : « Attention, mon gars, tu vas rater l'occasion de ta vie. » Je lui répondis que j'espérais bien que ce serait la seule occasion de ce genre que j'aurais dans ma vie, puis j'empoignai ma veste de pêche, ma canne à mouche, lui annonçai que je fermais et lui tins la porte ouverte. Il ricana et, sur le seuil, se retourna et cracha : « Pauvre con de hippie ! » Je lui éclatai de rire au nez. Après son départ, je pris néanmoins mon bout de miroir pour m'examiner. J'avais les cheveux qui me descendaient presque sur les épaules et ma barbe était quelque peu hirsute. Je taillai tant bien que mal l'un et l'autre à l'aide de mes ciseaux à mouches, puis j'étudiai le résultat. Je ne savais toujours pas quoi penser. Je m'étais souvent traité de con, mais je ne voyais pas ce qu'il entendait par « hippie ». Peu m'importait que j'en sois un ou pas, mais je voulais savoir exactement ce que ce terme englobait. D'un autre côté, je pouvais me raser et voir, mais je détestais me raser. J'eus une idée...

Quelques minutes plus tard, cependant que je roulais en cahotant sur le chemin creusé d'ornières de chez Steve et

Satyavati, une pierre jaillit du sanctuaire de mauvaises herbes et vint heurter le flanc de mon pick-up. Je fonçai jusqu'à la ferme, puis descendis avec prudence pour enquêter (non pas sur la pierre, car je savais d'où elle venait, mais sur la question du hippie). Arrivé à une distance où je m'estimai à l'abri, je me glissai derrière un arbre et, sans préambules ni explications, je criai :

« Hé ! Rama ! hé ! Arjuna !... est-ce que je suis un hippie ? »

Plaf ! Schlak ! deux pierres s'écrasèrent sur le tronc de mon arbre. Ce n'était pas le bruit que font les projectiles lancés à l'aide d'un lance-pierres de fortune. Ces cinglés de petits kshatriyas devaient se servir au moins d'un bazooka ! Et tous deux étaient invisibles. Je hurlai :

« Hé ! Je joue pas ! Répondez à ma question et je m'en vais tout de suite. »

Bzzzzzz ! Un nouveau projectile siffla à mes oreilles, rebondit sur un rocher et fit voler des éclats dans toutes les directions. D'un buisson à droite du chemin jaillit une voix furieuse :

« Tu pêches trop ! »

Ce devait être Arjuna. Je mis toute la largeur du tronc entre lui et moi. De l'autre côté du chemin, un petit nuage au milieu des chardons trahit la position de Rama avant que ne s'élève ce cri inquiétant, comme désincarné :

« Les hippies ont les cheveeeuuuux loooonnnngs ! »

Et il lança une pierre qui passa au-dessus de moi en miaulant et se perdit dans le feuillage. Je ne le voyais plus, par contre, je vis Arjuna se dresser au-dessus de son buisson et envoyer un missile.

« Attention ! Rama ! » hurlai-je.

Trop tard ! Un choc sourd, un son bizarre, puis plus rien... puis un rire étouffé.

« En plein milieu du front ! » s'écria Rama en courant se mettre à couvert.

Un énorme casque de moto lui couvrait la tête et les épaules, tandis que sa natte blonde lui rebondissait sur les fesses. Arjuna expédia un nouveau projectile dans ma direction, puis s'élança derrière son frère, un masque de plongée collé sur la figure et trois chapeaux de paille de sa mère empilés sur son crâne de guerrier.

J'envisageai de donner une conférence afin de soutenir la thèse selon quoi les casques ne constituaient pas toujours une protection efficace contre les frondes (témoin Goliath), mais après réflexion, il me parut vraisemblable que ces pédanteries ne feraient qu'attirer des projectiles de toutes sortes sur ma tête non casquée. D'ailleurs, l'idée même de recourir aux pédanteries me fournissait la preuve définitive : je n'étais pas un hippie. J'attendis qu'ils aient porté la guerre au milieu des bruyères et des jacobées, puis je regagnai furtivement mon pick-up et m'empressai de décamper.

Le lendemain matin, j'étais occupé à confectionner des mouches quand un autre type aux cheveux gris entra, marmonna un vague bonjour, puis se mit à inspecter les cannes et les mouches exposées près de la porte. Pensant qu'il allait me proposer le même genre d'affaire que le premier, je me préparai à lui assener une réponse bien sentie. Il finit par se tourner vers moi, et je m'apprêtais à lui lâcher ma bombe en pleine figure... si bien que je faillis m'étouffer dans ma propre colère quand, avec un sourire timide, il dit :

« Beau travail. Superbe. Cent fois mieux que tout ce que j'ai vu dans quatre Etats. Je ne voudrais pas paraître m'imposer, mais je serais tout disposé à travailler pour vous gratuitement si vous acceptiez de m'enseigner quelques-unes de vos techniques. J'ai mon propre établi et mes propres outils. Je suis lent mais soigneux, et je ne vous casserai pas les oreilles par mes bavardages. Et dès que j'aurai appris tout ce que je pourrai apprendre, je partirai. »

Mon humeur fit aussitôt marche arrière. Je l'examinai de la tête aux pieds : la peau tannée, les vêtements rustiques, les yeux verts, le sourire gentil, et pourtant il y avait chez lui un côté dernière-pomme-avant-le-gel, comme si son vieux chien venait de mourir et que son sourire ne serve qu'à l'empêcher de pleurer. Néanmoins, il suffisait d'un peu d'intelligence naturelle pour se rendre compte que c'était un homme bon et sincère qui travaillerait tranquillement, et peut-être même bien. J'allai dans la cuisine, versai deux petits verres de whisky et lui en tendis un.

« Je m'appelle Gus, dis-je. Marché conclu. Vous commencez quand ?

— Merci, Gus. Moi, c'est Nick. » Il trinqua, vida son verre et reprit : « Je ne bois même pas... j'espère que vous ne m'en voudrez pas. Demain, ça irait ? »

Je répondis que c'était d'accord. Quand on se serra la main sur le pas de la porte, je remarquai une cicatrice sur sa paume et, sans raison, je me surpris à penser : « C'est la cicatrice. C'est ça qui le rend triste. »

Le lendemain matin, il arriva avec son matériel et on se mit à travailler côte à côte. Comme annoncé, il se révéla être lent mais méticuleux, et sa première mouche, une Renégate n° 12, était assez réussie pour qu'on puisse la vendre. Mais quand il voulut me la donner, je la lui rendis en disant :

« C'est un cadeau, pour porter chance. »

Nick eut un petit sourire triste.

« Il y a une vieille prière de pêcheurs norvégienne, dit-il. Si on remplace "poisson" par "mouche", voici ce que ça donne :

La première mouche que j'ai faite
Au nom du Christ,
Roi des Eléments,
Le pauvre la prendra pour lui ;
Et le Roi des Pêcheurs,
Me donnera ensuite Sa bénédiction,
Et pour moi les crêtes des vagues... »

Quelque chose dans ces paroles, ou dans la façon dont il les prononça, m'émut au point que je détournai la tête. Lorsque je jetai de nouveau un coup d'œil vers Nick, j'eus la stupéfaction de voir qu'il avait la tête baissée et que des larmes tombaient sur ses mains. Je fis semblant de n'avoir rien remarqué, mais un sentiment de peur me gagna à la pensée qu'il était peut-être un peu cinglé. Mais rien de la sorte ne devait se reproduire.

Je me pris d'affection pour Nick. Dans les semaines qui suivirent, j'eus simplement à lui montrer deux ou trois trucs avec les nœuds, les pinces et les outils spéciaux qui permettaient de gagner du temps, ainsi que les matériaux et les techniques nécessaires pour confectionner les mouches qu'il ne connaissait pas. Pour ce qui était des cannes, il en savait autant que moi. Il était juste moins rapide, et après la première semaine, je me disais chaque soir qu'il ne reviendrait pas le lendemain, mais il arrivait tous les matins à 7 heures tapantes et repartait à une heure, six jours par semaine, et toujours aussi reconnaissant et enthousiaste malgré le peu de choses que je pouvais encore lui apprendre. A la mi-octobre, j'avais rattrapé mes commandes en retard et même pris suffisamment d'avance pour me constituer un bon petit stock. A la fin du mois, Nick était capable de monter des anneaux et des mouches mieux que moi, et presque aussi vite, à condition toutefois qu'il le veuille. En effet, il conservait la curieuse habitude de s'interrompre au milieu de son travail, souvent après avoir placé un hameçon nu dans l'étau, et de se laisser aller à la rêverie, à l'apathie ou à je ne sais quoi. Je pensais qu'il avait peut-être un problème de santé, dans la mesure où je constatais qu'il ne mangeait pas beaucoup. Il n'était pas très loquace, non plus, mais mes bavardages et mes nombreuses questions ne paraissaient pas le déranger. Je réussis à apprendre que sa femme et lui louaient une petite cabane au nord de Fog, que sa femme était infirmière et norvégienne, qu'ils avaient deux grands enfants, qu'elle quitterait son poste en novembre et qu'ils espéraient ouvrir une petite boutique d'articles de pêche sur la côte ouest de l'île de Vancouver, ce qui expliquait sa présence auprès de moi.

Une semaine avant Halloween, Nick vint pour la première fois frapper le soir, et je compris aussitôt. Je lui ouvris et, son éternel petit sourire timide aux lèvres, il me tendit un paquet enveloppé dans du papier cadeau.

« Cadeau d'adieu, dit-il. Ma femme finit plus tôt. On part demain pour la Colombie britannique. Je ne te remercierai jamais assez, Gus. Ce n'est qu'un vieux livre, mais j'ai pensé que ça te ferait plaisir. »

Je le déballai... et réussis à peine à le remercier tant j'avais du mal à maîtriser mon fou rire : c'était *Le Parfait Pêcheur à la ligne* !

Après, je lui dis que j'avais moi aussi un cadeau pour lui. Je lui demandai d'attendre dehors que je le prépare. Songeant que cela l'aiderait à démarrer pour son magasin, j'emballai douze cannes à pêche et douze douzaines de mouches, des sèches et des noyées, puis j'allai déposer le tout dans son pick-up, mais il ne voulut pas en entendre parler. On s'installa pour marchander : je parvins à lui faire accepter une canne à steelhead, une canne à mouche, une douzaine de mouches et l'une des lampes Coleman de H2O, mais seulement après avoir menacé de les flanquer dans la rivière s'il refusait. Je lui donnai aussi un dessin du bois de cèdres et de la cabane, œuvre de Charlene. (Je me souvenais que c'était elle, car il était au charbon et pas au darbon ou au marbon.)

Une fois les cadeaux chargés dans le pick-up, on demeura un moment plantés là comme des idiots. Il avait déjà promis d'écrire. On avait dit qu'on tâcherait de se revoir, de se rendre visite. Il n'y avait plus rien à ajouter. Je shootai dans une pierre. Il shoota dans un pneu. Je dis :

« Fait frisquet. »

Il dit :

« Va geler demain matin. »

Puis on se tut, mais le silence n'allait pas. Toutes ces heures calmes passées à travailler ensemble, des heures agréables. Je finis par lâcher :

« Bon Dieu ! Nick ! c'est pas une façon de se dire au revoir. C'est pas parce que t'es trois fois plus vieux que moi et que tu bois pas qu'on va pas s'en jeter un dernier ! »

Toujours aussi loquace, il dit :

« Sûr. »

On rentra. Nick fit un feu pendant que je fouillais dans les placards. Je me disais que pour qu'on ait une conversation d'adieu et non pas un silence d'adieu, il lui faudrait une bonne dose de carburant, aussi je pris une bouteille de bourgogne que je versai dans une casserole, j'ajoutai de la cannelle et un clou de girofle, puis je mis le tout à chauffer. Après quoi, je posai la casserole sur le foyer de la cheminée, plongeai deux grandes tasses dedans et en tendis une à Nick, puis on tira deux fauteuils devant le feu. A ma grande satisfaction, et aussi à la sienne à en juger par son sourire penaud, Nick vida sa tasse d'un trait. Il se cala dans son rocking-chair et dit : « Bien. » Manifestement, on n'y était pas encore. Je vidai à mon tour ma tasse, puis je nous resservis tandis qu'il bourrait et allumait une pipe — et, comme il protégeait de sa main en coupe la flamme de l'allumette, je vis de nouveau la cicatrice sur sa paume. Cette cicatrice, je l'avais regardée des heures durant quand on travaillait côte à côte, et je m'étais interrogé à son sujet, au point d'en rêver la nuit parfois. Pourtant, je n'avais jamais posé de questions là-dessus, car j'étais persuadé que la cicatrice était la clé de sa tristesse, de son calme et de tout son comportement. L'interroger à ce propos comme si de rien n'était, cela me semblait impossible. Je l'avais examinée trop longtemps, je l'avais trop détaillée. Elle lui traversait la main de part en part, comme s'il avait subi un quart de crucifixion. Je savais que c'était ma dernière chance de savoir, aussi, pour m'insuffler du courage, je bus une deuxième tasse puis, détournant les yeux, je demandai :

« Je sais que ça ne me regarde pas, Nick, mais je n'ai pas cessé de m'interroger... D'où vient cette cicatrice ? »

Je sentis le changement. Je sentis une crispation. Je sentis une hésitation — comme un cerf la première fois qu'il vous aperçoit, quand il observe, hume l'atmosphère. Je n'avais pas besoin de lever la tête pour savoir que je venais de me montrer terriblement indiscret. Lorsque je me résolus enfin à le faire, je m'attendais à le voir en colère.... mais au contraire, la douceur et la tristesse qui étaient en lui semblèrent tout à coup s'épanouir et envahir non seulement ses yeux verts, mais aussi la moindre ride de son visage.

« J'aimerais te raconter, Gus, dit-il. Mais c'est une longue histoire. »

Je lui répondis qu'on avait de quoi boire et manger pour tenir un mois.

Il sourit de son triste petit sourire.

« Il n'y a pas d'histoire que je voudrais davantage raconter, pourvu qu'il y ait des oreilles pour l'entendre. »

Je me reculai pour qu'il voie les miennes. Il sourit de nouveau. On rapprocha nos fauteuils, on posa nos pieds sur les pierres du foyer. C'était bizarre : me trouver si près de quelqu'un que je connaissais si peu me rendait en général mal à l'aise, mais avec Nick, ce n'était pas le cas. Un petit nuage de quiétude planait autour de lui. Je m'en étais rendu compte en cognant accidentellement ma tête à plusieurs reprises contre la sienne pendant que je scrutais les points délicats de ses plus petites mouches sèches. Il n'était pas seulement discret, il était absent, de sorte que j'avançais toujours le front, croyant ne rencontrer que le vide.

J'allumai une cigarette. Nick finit sa deuxième tasse, ferma les yeux, tira une bouffée de sa pipe, attendit que les mots infusent, puis déclara :

« Il faut que je te prévienne, c'est une histoire de guerre, et les histoires de guerre font souvent sur les jeunes l'effet de litres de laudanum.

— Ça ne peut pas être pire que les histoires de pêche pendant lesquelles j'ai réussi à rester éveillé », dis-je en haussant les épaules.

Nick fronça les sourcils.

« C'est là où j'allais en venir, Gus. Parce que c'est aussi une histoire de pêche, mais une que je prends très au sérieux, et je préférerais ne pas te la raconter si tu dois prendre un air sceptique, parce que cette histoire, elle est vraie.

— Je ne prendrai aucun air que ce soit avant que tu en arrives à l'épisode où Barbe-Noire, Moby Dick, Popeye et toi avez uni vos efforts pour couler le *Bismarck.* »

Il se borna à esquisser un sourire. Il était clair qu'il voulait que le calme s'instaure avant de commencer, et pas seulement dans la pièce, mais aussi dans nos esprits.

« Il n'y a pas de pirates, pas de baleines et pas de cuirassés dans mon histoire, mais il y a une chose que moi-même je n'aurais peut-être pas crue si je n'en avais pas tous les jours la preuve sous les yeux.

— Quelle preuve ? »

Il présenta sa paume comme un livre ouvert. La page était barrée par la cicatrice rouge. Puis, d'une voix un peu hésitante, il raconta :

« Ça se passait pendant la Seconde Guerre mondiale. Je servais à bord d'un dragueur de mines dans la mer du Nord. Tu connais les dragueurs de mines ? »

Je hochai affirmativement la tête.

« Des petits bâtiments. Et en particulier le nôtre, même pour un dragueur de mines. Mais on avait un bon équipage, combatif et tout, et on faisait correctement notre boulot. Si on n'avait pas été en guerre, j'aurais presque pu dire que ça me plaisait bien. En tout cas, guerre ou pas guerre, je ne crois pas que j'aurais pu être sur un meilleur bateau avec de meilleurs hommes, sauf un, l'aumônier. » Il s'interrompit, tisonna le feu, but un peu de vin et reprit : « En général, il n'y avait pas d'aumônier à bord de bâtiments aussi petits que le nôtre. Nous supposions que nous devions sa présence à notre réputation sulfureuse. Quoi qu'il en soit, les autres membres de l'équipage semblaient ne pas avoir de problèmes avec lui. C'était le style ascétique et dévot, et comme on n'avait pas de coq à bord, c'était lui qui faisait la cuisine, pas mal, d'ailleurs, même si je ne le lui ai jamais dit. Je crois qu'avec le genre d'esprit religieux qui était le nôtre, il n'avait pas grand-chose d'autre à faire. Les seules fois où on l'écoutait, c'était quand il nous appelait à la soupe et aussi les dimanches. Le dimanche, en effet, on devait se partager en deux équipes qui s'entassaient chacune à leur tour dans une salle minuscule, pour chanter quelques cantiques et se farcir son sermon. Et là, il larguait carrément les amarres ! Ses sermons étaient remplis de toutes ces professions de foi et certitudes inébranlables affichées par certains chrétiens. Je les détestais ! Et je me souviens encore de la plupart ! Chaque semaine, il en arrivait régulièrement à parler de Jésus à un endroit ou à un autre. Il l'appelait "le Pêcheur d'Hommes", faisait tout le temps remarquer comment "IL" apaisait les mers déchaînées, comment IL secourait les pêcheurs, les putains et les estropiés, comment IL était mort pour toi et pour moi. Ensuite venait le moment des Allégories, et pour moi, le moment où je réprimais mon envie de dégueuler. Dimanche après dimanche, les mêmes petites Allégories : comme le Pêcheur avait calmé la mer de Galilée, IL calmera la mer du Nord pour nous ; comme IL avait nourri la multitude (ça, ça me faisait franchement gerber, car on savait bien qui était le cuistot), IL nous nourrirait ; comme IL avait fait ça et ça, IL referait la même chose deux mille ans plus tard pour nous autres sur notre dragueur de mines, loué soit le Seigneur, amen. Je te le dis, Gus, il et IL commençaient tous les deux à sérieusement me fatiguer. »

Il but une longue rasade, contempla un instant le feu, puis poursuivit :

« Je ne pouvais pas le souffrir, ce sale bigot. C'était pas seulement à cause du vide et de la suffisance de tout son discours, mais aussi à cause du mal que ça pourrait faire aux hommes. Tu comprends, on avait tous la trouille, et une sacrée trouille, et on se disait, sauf l'aumônier bien sûr, que c'était notre courage et notre adresse dans le boulot qui nous évitaient de partir en fumée vers un Monde Meilleur. J'avais l'impression que ses foutus sermons risquaient de nous porter malheur, au cas où des trouillards se mettraient à l'écouter et à le croire, de sorte qu'ils laisseraient le Pêcheur faire le travail à leur place. Et qu'est-ce que l'aumônier pouvait en avoir à foutre ? Pour lui, sauter sur une mine, c'était gagner son ticket pour le Paradis.

« Aussi, le jour où il a voulu m'entreprendre en tête à tête au sujet de son Jésus, j'en ai profité. C'était l'occasion que je guettais. Je lui ai dit que son Jésus était mort depuis bien trop longtemps pour que ça serve à quelque chose. L'aumônier m'a répondu qu'IL était toujours vivant. Bon, peut-être, j'ai dit. Mais dans ce cas c'est encore pire, parce que ça veut dire que c'est un menteur. Expliquez-moi donc quel genre de Sauveur s'amuserait à créer et à gouverner un monde où on tue, torture, mutile, assassine, gaze et écrase les hommes par millions comme autant de mouches ? Il a répliqué que c'étaient les hommes qui torturaient les hommes et que Jésus souffrait avec chaque homme qui souffrait et qu'IL souffrait plus que tous les hommes réunis. Ça, ça m'a rendu fou de rage. Je l'ai injurié, je lui ai crié qu'il était cinglé, parce que c'étaient les hommes qui souffraient, et aussi les femmes et les enfants, et que Jésus était soit mort, soit au ciel, là où il ne pouvait pas souffrir, ni éprouver de la douleur ou de la pitié. L'aumônier est resté calme et m'a dit qu'il était navré que je pense ça, qu'il me tenait pour un homme bien et qu'un jour je comprendrais que les souffrances du Christ sont éternelles. Là, j'ai vu rouge. J'avais envie de lui flanquer mon poing dans sa figure qui suait la vertu. Je lui ai hurlé que c'était les souffrances de l'homme qui étaient éternelles. Dieu ne souffre pas. Dieu ne fait rien ! Quel Dieu permettrait une guerre comme celle dans laquelle on était engagés ? Je l'ai traité de fils de pute condescendant et moralisateur, je lui ai dit d'enfoncer sa piété et sa Bible dans la gorge de son dieu de Mort ! Il a gardé le silence et je suis parti... »

Nick avait quitté son fauteuil, et il arpentait la pièce tandis les mots se bousculaient sur ses lèvres :

« Le même soir, une tempête s'est levée, venue de nulle part, plus violente que tout ce que j'avais jamais vu. On a été drôlement chahutés. Entre le rugissement du vent, les coups de boutoir de la mer déchaînée et mon envie d'aller trouver l'aumônier pour le balancer au milieu des vagues en lui jetant au visage : “Alors, il est où ton Homme-Pêcheur qui calme les flots en ce moment ?”, je n'ai presque pas fermé l'œil de la nuit. Et lorsque j'ai pris mon quart, je n'étais pas en très grande forme.

« Quand je suis arrivé sur le pont, le jour commençait juste à poindre. On avait mis le cap sur la côte norvégienne pour s'abriter et, un peu protégés du vent par les montagnes, on croisait à peut-être un mille de la côte en attendant la fin de la tempête... »

Il s'immobilisa, me contempla un instant d'un air absent, puis se tourna vers le feu.

« On a heurté une mine flottante. Elle a fait sauter tout l'avant du bateau. La moitié de l'équipage a été tué dans son sommeil. Le souffle de l'explosion m'a renversé, mais je n'ai pas perdu connaissance. Je suis resté allongé sur le pont, complètement sonné, et j'ai vu les hommes se déverser en hâte par les écoutilles, mais le bâtiment sombrait si vite que la plupart n'ont rien pu faire. On n'a pas réussi à mettre un seul canot de sauvetage à l'eau.

« Une vague m'a emporté par-dessus bord, ou peut-être était-ce simplement le pont qui avait basculé dans l'eau. Toujours est-il que je suis demeuré conscient, mais j'étais comme envoûté : je ne ressentais pas la moindre émotion. Flottant comme dans un rêve sur la crête de la vague, j'ai regardé autour de moi : dans le creux, à peine une quinzaine d'hommes s'efforçaient de surnager au milieu des débris. C'était tout ce qui restait du bateau.

« Si je n'avais pas été dans cet état de léthargie, j'aurais certainement paniqué et je me serais mis à nager. Mes mouvements auraient vidé les poches d'air qui s'étaient formées dans mes vêtements et, frigorifié, je me serais à coup sûr noyé. Mais je me suis contenté de me laisser porter, envahi d'une espèce de sentiment de paix, même si je regrettais que l'eau soit tellement froide, parce que je me rendais confusément compte que d'ici dix ou vingt minutes on serait tous morts. Pourtant, je n'ai éprouvé aucune peur, ni aucune joie quand, du haut de la vague suivante, j'ai aperçu un gros chalutier qui se dirigeait vers nous. Sur le pont, il y avait six hommes qui tenaient deux cordes prêtes et un septième qui hurlait des ordres d'une voix si puissante que je l'entendais malgré le bruit de la mer, même si je ne comprenais pas ce qu'il disait. Ils ont jeté les cordes à nos hommes, mais beaucoup étaient trop engourdis par le froid pour les saisir. Aujourd'hui encore, je continue à revoir en rêve la manière dont ils ont coulé paisiblement ou ont dérivé, hors d'atteinte...

« Quand je me suis retrouvé de nouveau sur la crête de la vague, le chalutier était sur la crête de celle d'après et il venait vers moi. On s'est rejoints dans le creux et j'ai vu alors qu'ils lançaient une corde à l'intention d'un homme de l'autre côté du bateau, et qu'au bout de la deuxième, il y avait déjà quelqu'un qu'on hâlait à bord. Je me souviens encore de ce que j'ai dit. J'ai murmuré : “*Nom de Dieu*”, et c'est tout.

« Le septième marin m'a crié quelque chose en agitant les bras et en souriant comme si on était à un pique-nique, et puis il m'a désigné la grosse canne à pêche qu'il avait à la main. J'ai pensé : "Ouais, t'as une belle canne à pêche, mon pote. C'est gentil de me la montrer." Elle semblait très lourde et très épaisse, mais il la maniait avec dextérité, à moins que ce n'ait été qu'un pur coup de chance. L'extrémité du fil est passée au-dessus de ma tête, mais la ligne est retombée sur moi. J'ai essayé de l'attraper... mais je ne sentais plus rien. Je ne sentais plus ni mes doigts, ni mes mains, et à moins de regarder, j'étais incapable de savoir si elles étaient ouvertes ou fermées. Tout paraissait se dérouler comme au ralenti. J'ai regardé la ligne filer entre mes doigts tandis que le bateau s'éloignait. Il fallait que je la saisisse, que je m'y accroche, mais je ne pouvais que la regarder filer. Mes mains ne m'obéissaient pas. J'étais aussi inconsistant que l'air.

« Le chalutier continuait à s'éloigner. Le grand marin sur le pont m'a hurlé quelque chose dans une langue que je ne comprenais pas. Qu'est-ce qu'il pouvait me vouloir ? Peut-être qu'il m'injuriait ou qu'il me disait juste au revoir. Le bateau a disparu au creux de la vague d'après, alors que je flottais en haut de la mienne. La ligne arrivait au bout, et il y avait un gros anneau de liège. Au moment où je m'en emparais, la vague a déferlé...

« Quand j'ai pu de nouveau ouvrir les yeux, le chalutier était déjà sur la crête de la vague suivante. J'ai regardé mes mains. Elles n'étaient plus jointes. Le liège flottait encore à quelques coudées de moi. Je ne comprenais pas pourquoi. Je me disais que le pêcheur, écœuré par mon absence de réactions, avait peut-être balancé sa canne à l'eau. En réalité, il avait lâché du mou pour que le liège reste à côté de moi. J'ai réussi à le ressaisir, mais ça ne m'était pas d'un grand secours. Si l'homme sur le pont tentait de me hâler, je n'arriverais jamais à m'y cramponner. J'étais trop faible, trop paralysé par le froid, trop stupide. J'ai essayé de m'enrouler tout entier autour de ce petit morceau de liège, de me serrer contre lui, de me fondre en lui... et c'est alors que je l'ai vu ! »

Nick glissa la main dans l'encolure de sa chemise et se tourna vers moi, le rouge aux joues. Il fit passer un cordon au-dessus de sa tête, dissimula dans son poing ce qu'il y avait au bout, puis s'approcha de moi et ouvrit la main : c'était un hameçon. Noir, très fort, long de peut-être 130 mm, accroché à une ligne tressée de manière décorative, toute vieille et effilochée, mais encore solide. Je sus tout de suite de quoi il s'agissait et comment l'histoire s'était terminée. Nick reprit :

« Cet hameçon, je ne le sentais pas, mais Dieu que je le voyais ! Et je savais à quoi les hameçons servaient. Lâche comme je suis, j'ai d'abord essayé de glisser le poignet dans l'arrondi, mais comme tu peux le constater, il n'est pas assez large. Le chalutier montait sur la vague suivante, et c'était ma dernière chance. J'ai saisi l'hameçon et, tâchant de ne pas perdre l'équilibre au milieu des remous, je l'ai planté dans ma paume...

« Le bateau a plongé au creux de la vague et une violente douleur m'a traversé le bras. Le chalutier m'entraînait dans son sillage et j'ai disparu sous l'eau. J'ai commencé à suffoquer. Au début, j'ai eu peur, et puis tout est devenu paisible. Je ne sentais plus ce froid abominable. Et je me suis évanoui... »

Nick alla se rasseoir dans son fauteuil et avala une gorgée de vin chaud avant de continuer :

« Je suis revenu à moi dans la coquerie du chalutier, vomissant de l'eau et me demandant pourquoi celui qui m'appuyait sur la poitrine ne m'avait pas laissé mourir en paix. » Il rit, fronça les sourcils, puis but encore un peu de vin. « Quand j'ai repris mes esprits, j'ai vu un immense Norvégien, avec ses cheveux blonds tout mouillés plaqués sur le front, qui souriait et me hurlait dans les oreilles comme s'il s'imaginait qu'il suffisait de parler très fort pour que je comprenne sa langue. A son hurlement je l'ai reconnu : c'était le pêcheur, le septième homme. J'ai essuyé le vomi qui me dégoulinait sur le menton, je lui ai souri de mon mieux et je lui ai demandé : "Vous ne la fermez donc jamais ?" Un autre Norvégien s'est mis à rire. Il avait compris, et j'ai pensé qu'il allait falloir que je fasse attention à ce que je disais. Constatant que j'allais mieux, le grand type m'a serré l'épaule avant de déverser d'une voix tonitruante un nouveau flot de paroles incompréhensibles. Son compatriote a ri de plus belle. Je lui ai demandé ce qu'il y avait de si drôle. Il m'a répondu : "Gunnulf il dit que vous poisson drôlement dur à attraper !" Je n'ai saisi qu'au moment où je me suis demandé pourquoi ma main me faisait aussi mal. J'ai regardé... et j'ai eu un haut-le-cœur. L'hameçon salvateur était toujours enfoncé dans ma paume !

« Ce vieux Gunnulf rugissait de rire, ce qui me paraissait totalement déplacé. Il a brandi une énorme paire de tenailles et je me suis évanoui sur-le-champ. Quand j'ai repris connaissance, je me balançais dans un hamac, et ma main était entièrement bandée. »

Nick s'interrompit, se tourna vers moi et, pour la première fois, soutint mon regard.

« Tu vois, Gus, dit-il, j'avais raison au sujet de Dieu. Il n'est pas juste. S'Il l'était, je me serais noyé dans ma stupidité et dans la mer du Nord. Mais, Dieu merci, Il est plus que juste... Ce qui compte, ce n'est pas que je ne me sois pas noyé et que j'aie été sauvé... non, ce n'est pas ça qui me rend heureux. Ce qui me rend heureux et me fait peur à la fois, c'est ce que j'aurais cru si j'étais mort à ce moment-là, comparé à ce que je croirai maintenant quand je mourrai. » Il secoua la tête. « Je ne sais pas comment l'exprimer. Je ne suis toujours pas pratiquant et je ne le serai jamais, mais depuis que cet hameçon m'a transpercé la paume, le monde n'est plus pareil. Je ne savais rien, rien du tout, jusqu'à ce que Dieu m'ait permis de voir cette ligne filer, hors de portée de mes mains impuissantes et paralysées de froid. Tu es jeune, Gus, et j'ignore si tu as déjà été quelque part où on est au-delà du salut, au-delà de l'espoir. Moi, ce jour-là, j'y étais. Et le salut que je n'attendais pas m'a été envoyé sous la forme d'un hameçon. Depuis, rien n'a plus jamais été et ne sera plus jamais comme avant pour moi.... »

La voix sembla lui manquer. Il tendit vers moi sa main droite refermée en poing, puis l'ouvrit. Et là, au milieu, éclairée par la lueur des flammes, se détachait la cicatrice, rouge et cireuse.

« Regarde, fils, dit-il dans un murmure. Regarde le signe de l'amour du Pêcheur pour un crétin et une tête de bois ! »

Je fixai stupidement la cicatrice.

« Touche-la ! » dit-il.

La peau autour était dure et calleuse, et la cicatrice, douce et délicate. Comme si la plaie n'était pas encore guérie. A son contact, mes doigts se mirent à trembler.

« Ça fait encore mal ? demandai-je.

— Des fois... oui. Mais c'est une bonne douleur. »

Il saisit mes doigts de sa main martyrisée et les serra jusqu'à ce qu'il me fasse mal, puis il me lâcha. On regarda le feu.

Après un long silence, il reprit :

« Les neuf rescapés, une fois réchauffés, se sont vite remis. Le capitaine, l'aumônier et la plupart de mes plus proches copains avaient disparu. Les blessés coulaient vite dans des eaux aussi glaciales. A part moi, aucun des survivants n'avait la moindre égratignure. » Il rit. « Tu sais, ils m'ont décoré ! J'ai bien tenté de les convaincre que je ne le méritais pas. Je leur ai raconté exactement ce qui s'était passé, mais ils ont insisté. Il faut que la marine américaine soit foutrement croyante pour donner une médaille à un type qui s'est contenté de se laisser sauver. Ils devaient s'imaginer que c'était une médaille religieuse ! »

On hocha la tête de conserve et on adressa un petit sourire complice au feu en pensant à la marine. On se balança tranquillement, côte à côte, et on finit tranquillement le vin. Je ne savais pas si j'étais ivre ou non. J'avais conscience d'une ouverture et d'une lumière en moi, là où auparavant il n'y avait rien. Nick dit soudain :

« Ah, j'ai failli oublier... ce géant, Gunnulf...

— Oui ?

— Il avait une sœur, dit-il, l'air tout penaud.

— Et alors ?

— Eh bien, c'est ma femme, conclut-il avec un sourire. Et en ce moment, elle doit se demander ce que je fabrique. »

Il était près de minuit quand je le raccompagnai à son pick-up. Cette fois, nos adieux furent simples et cordiaux comme il se devait.

4

La randonnée

pour chaque vraie serrure
il n'y a qu'une vraie clé
et elle se trouve dans un autre rêve
à présent évanoui

c'est la clé de la vraie porte
elle ouvre et la rivière et le ciel
elle est déjà en aval de la rivière
je la tiens dans ma main
ma vraie main

et je dis à ma main
tourne

ouvre la rivière

W.S. Merwin

Le vin m'avait donné sommeil et je montai me coucher. Tourné vers la fenêtre, je regardai la rivière qui luisait sous les branches noires des cèdres. La voix et le visage de Nick continuaient à me poursuivre, et je me demandais ce que cela représentait pour un homme aussi meurtri dans sa chair de manier un hameçon. Ou même de pêcher ! Chaque hameçon qu'il touchait devait lui élancer la main, lui étreindre le cœur. Il ressentait sans doute la même chose que Bill Bob devant la branche de pin qui se consumait. Pas étonnant qu'il se soit si souvent interrompu dans sa tâche et qu'il ait travaillé si lentement.

Incapable de dormir, je me tournais dans tous les sens. Mon esprit dansait sur des images flottantes, visions furtives de rivières sous le soleil ou le clair de lune, de lignes qui forment de longs arcs et relient l'homme à l'eau dans un paysage baigné d'une lueur dorée à la tombée du jour, d'éclairs au plus profond de courants verts et infinis, de remous qui troublent soudain la surface lisse d'un pool, de mains et de mâchoires transpercées, de flancs harponnés, de sang qui teinte l'eau... Je n'arrivais pas à ordonner mes pensées. Je me sentais cerné de toutes parts par ces images fugitives, fuyantes et vives comme des poissons. Elles me semblaient importantes, mais que voulaient-elles dire ? Et comment les saisir ? Elles ne cessaient de m'échapper, de me narguer et de disparaître dès que je croyais les attraper, et je ne trouvais pas le sommeil. Un courant, auparavant sombre et déserté, brillait et s'animait. Les froides profondeurs se réchauffaient et s'éclairaient. Je percevais des choses que je n'avais jamais perçues, et je savais qu'elles avaient trait à l'âme. Je devais agir, ou du moins essayer, et si possible les capturer.

A deux heures du matin, je me suis levé et j'ai préparé le petit déjeuner : pancakes, œufs, café. Je n'ignorais pas que je courais un risque. Je savais parfaitement que les sages avaient coutume de jeûner, mais je voulais être fort et débarrassé des vapeurs d'alcool. Je n'étais pas un fakir. J'étais un pêcheur. Et les pêcheurs mangent avant de partir pêcher.

Manger acheva de me dégriser. Je m'assis pour réfléchir. Ces tremblements et ces secousses que je ressentais au-dedans de moi ne m'étaient pas inconnus : ils faisaient dans ma tête et dans mon cœur ce que prendre un poisson avait toujours fait à mes mains qui tenaient la canne. Mais ces ébranlements provenaient d'un flux intérieur autre que celui du sang. C'étaient des cours d'eau que mes cinq sens ne seraient jamais en mesure d'appréhender totalement. De quels cours d'eau s'agissait-il ? Pour y pêcher, je devais les connaître, mais il fallait du temps pour connaître de nouveaux cours d'eau, et le matin venu, il y aurait les gosses et les clients, du travail à faire et des mots à dire sans rapport avec ce cours d'eau, avec ces flots scintillants. « Bon, pensai-je. Les cours d'eau intérieurs doivent être portables et, par conséquent, ils resteront avec moi où que j'aille. » J'enfilai donc mon manteau d'hiver, glissai dans mes poches des fruits, ma pipe, du tabac, un couteau et le reste des pancakes, puis je nourris les poissons ainsi que Charles II et je cachai le panneau « Mouches à vendre » dans les buissons avant de partir.

Je me dirigeai vers la route qui longe la rivière sans avoir de destination précise en tête, sinon quelque endroit lointain et calme. Je décidai de prendre plutôt en amont qu'en aval pour la seule raison que, de ce côté-là, il n'y avait pas d'habitations humaines. Le jour ne s'était pas encore levé, et dans la nuit sans lune les ombres semblaient projeter un voile uniforme. Je marchai vite pour me réchauffer, mais en faisant le moins de bruit possible, et malgré le crissement de mes semelles sur le gravier, j'entendais le discours changeant de la Tamanawis, le bruissement des feuilles, les battements d'ailes des oiseaux que le bruit de mes pas avait dérangés. Et, tandis que ma démarche devenait plus souple et ma respiration plus égale, la lueur réapparaissait, mais chaque fois que je tentais de comprendre d'où elle venait, de mettre un nom dessus ou même de deviner sa nature, elle s'évanouissait d'un coup. C'est pourquoi je la baptisai l'Inconnue.

Qu'y avait-il dans l'histoire de Nick, dans l'image de l'hameçon planté dans sa main qui me changeât à ce point ? Qu'y avait-il eu dans ce nœud de sapin qui eût changé à ce point Bill Bob ? Je l'ignorais. Tout ce que je savais, c'est que j'étais parti en pleine nuit, uniquement poussé par la vision fugitive d'un cours d'eau où miroitaient des secrets. Une cicatrice sur une paume pouvait-elle jeter un tel sort ? Et sinon, qui me l'avait jeté ? Je n'avais pas de réponse, mais j'avais le sentiment que celui ou celle que je baptisais l'Inconnue s'efforçait de me parler, et cela depuis longtemps. Et ses « paroles » étaient silencieuses, prononcées dans un langage composé d'images : le pêcheur noyé, le nœud de sapin, le ? de la rivière, le vieux Thomas, Eddy dans l'aulne, la cicatrice sur la paume, tels étaient les poteaux indicateurs qui jalonnaient tant mon voyage intérieur que celui que j'entreprenais dans la nuit. Ils ne ressemblaient guère aux habituels symboles sacrés, mais la pêche n'était pas vraiment une religion orthodoxe... Et tout cela m'avait été donné en cadeau, comme la pluie ou les rivières, sans que je l'aie demandé : je n'avais qu'à suivre les signaux, comme les rivières suivent les vallées, comme le printemps suit l'hiver, comme les feuilles jaunissent, comme les saumons frayent et comme les oies s'en vont vers le sud en octobre. Je ne pouvais pas échanger la voie que ces images m'éclairaient contre un chemin étroit et rectiligne, alors que les cours d'eau, avec leurs méandres et leurs caprices, avaient toujours été l'objet de mon amour.

L'aube se leva derrière les collines et étendit ses doigts de rose. Je marchai vers eux, et la lueur ne s'éteignit pas. Poissons qui mordent ou douleurs de l'enfantement, je ne savais pas de quoi il s'agissait mais, plus j'avançais, moins je m'en préoccupais. Il me suffisait de les sentir.

Je continuai mon chemin, incapable de saisir les choses, mais rempli d'espoir. Et lorsque les premiers rayons du soleil effleurèrent la cime des plus grands érables aux feuilles rouges qui se dressaient sur la plus haute crête, que les doigts de rose se fondirent dans le bleu du ciel derrière la montagne et que les feuilles rouges s'embrasèrent pour dessiner une large cicatrice écarlate au-dessus de l'or mat des aulnes qui ondoyaient comme une vague, un frisson me parcourut des pieds à la tête, car j'avais le sentiment qu'un vieil ami depuis longtemps perdu de vue cheminait, invisible, à mes côtés...

Le moment passa. Quand les aulnes s'illuminèrent à leur tour, le frisson cessa. Mon esprit se remit en mouvement. Cependant que je regardais les arbres changer de couleur, je pensai au mot « botaniste », et comme les pensées sont pareilles à des étourneaux (en général, elles arrivent en foule ; elles savent chanter, mais elles préfèrent jacasser ; elles savent voler, mais elles préfèrent sautiller ; elles s'expriment dans une seule langue, mais elles grouillent presque partout), elles s'abattirent sur les botanistes et se penchèrent sur la manière dont les feuilles caduques révèlent leurs véritables couleurs en automne...

Les couleurs apparaissent quand l'eau et la chlorophylle, ces éléments vitaux, vont porter ailleurs leur humidité et leur vert. Les feuilles deviennent ensuite des fantômes et nous ne voyons plus que des ombres, celles des minéraux qu'elles ont puisés en secret dans la terre durant tout le printemps et tout l'été. Mais ce que les botanistes n'expliquent jamais, c'est *qui* a dit à l'aulne et à l'érable de pousser l'un près de l'autre sur une même crête et d'absorber, chacun de son côté, les seuls minéraux qui rendront leurs feuilles soit or mat, soit rouge sang ? Pas plus qu'ils ne disent *qui* a dit au sapin voisin de ne jamais mourir au nom du changement de saisons. Ni *qui* a dit à l'érable et à l'aulne de le faire au nom d'un changement que les hommes appellent octobre ? Ce que les botanistes ne nous expliquent jamais, c'est pourquoi chaque arbre, chaque feuille et chaque aiguille obéissent. Non qu'ils soient responsables, car n'est-ce pas ce même *qui* dont ils ne parlent pas qui a décrété ce que les botanistes devaient ou ne devaient pas savoir ? Par exemple, décrété qu'ils devaient savoir déterminer le phylum/genre/espèce de toutes les plantes qu'un homme pouvait espérer voir. Ou, toujours par exemple, décrété qu'ils ne devaient pas savoir pourquoi les feuilles mortes d'un certain érable devenaient du même rouge sang que le saumon auparavant argenté qui remonte la Tamanawis pour frayer et mourir, et cela au même changement de mois ? Ou encore, dernier exemple, décrété qu'ils devaient se contenter d'analyser les effets de l'eau sur le minerai de fer pour expliquer pourquoi les feuilles, les saumons et la paume de la main doivent devenir écarlates afin d'atteindre le but qui est le leur ? Pas plus qu'un botaniste ne se demandera, dans le cadre de sa discipline, ce qu'est ce but ou pourquoi il ne semble pouvoir être atteint que par ceux qui souffrent, qui connaissent la douleur et qui ont appris dans la douleur que c'est ce but de couleur écarlate et lui seul qui pourra nous libérer de la souffrance. « Ainsi c'est le Fer ? demandai-je à mon Ami tandis que nous poursuivions notre chemin. C'est le Fer qui donne au sang sa belle teinte rouge ? Et en apprenant à aimer cette couleur, subirai-je une blessure comme Nick en a subi une ? et saurai-je ainsi ce que sont les hameçons, ce qu'ils sont réellement ? »

Je ralentis le pas (il y avait à présent le soleil pour me réchauffer), mais je m'efforçais toujours de faire le moins de bruit possible sur les graviers afin d'entendre le discours de la rivière, le bruissement des feuilles caduques, le froissement des conifères, les cris soudains d'oiseaux aux couleurs vives qu'on voit seulement quand ils s'envolent, et les appels discrets d'oiseaux de couleurs sombres qu'on entend mais qu'on ne voit jamais, puisqu'ils se contentent de voltiger dans l'ombre des plus épais fourrés. Je continuais à croire que celui que j'avais baptisé « Ami » m'accompagnait, mais je n'arrivais toujours pas à saisir quoi que ce soit. Je marchais et je regardais, cependant que le soleil faisait et défaisait des prismes au-dessus des franges d'écume blanche.

Quinze kilomètres, vingt kilomètres... la route gravillonnée qui devient chemin forestier, la rivière qui s'éloigne, la chaleur qui alourdit l'atmosphère, et mon corps aussi qui commence à s'alourdir. Mes jambes d'abord, et puis mon esprit qui se met à vaciller... J'envisageai un instant de faire demi-tour. Je consultai ma montre. Elle s'était arrêtée. Elle reposait sur mon poignet, comme morte...

et il y avait ma main, le dos bronzé, la paume pâle, les quelques cicatrices incapables de me guider, car elles ne ressemblaient pas assez à des cicatrices. Aussi fis-je de ma fatigue une cicatrice : pensant à l'obstination implacable des saumons, je continuai en amont. Et, petit à petit, la patience du pêcheur me gagna, qui balaya la fatigue, m'insuffla du courage et me poussa vers l'avant.

Après une trentaine de kilomètres, je m'assis sur une souche et vidai les poches de mon manteau : deux oranges, deux pommes, quelques pancakes pliés en deux. Je mangeai le tout, puis fumai une pipe avant de repartir. J'arrivai au premier bras de la rivière alors que le soleil était au zénith, puis je passai devant le bras sud et entrepris de longer le bras nord, celui qui est le plus long et charrie le plus d'eau. Tandis que je m'interrogeais pour savoir en quoi cela m'importait, je me rendis compte qu'en réalité j'avais quand même un vague but lorsque je m'étais mis en route avant la levée du jour : je me dirigeais vers la source...

La source de la Tamanawis. Ni banque, ni fausse Liberty Bell cette fois. Je n'y étais jamais allé et je ne connaissais personne qui y fût allé. J'avais entendu dire qu'elle se trouvait à une quinzaine de kilomètres après le dernier chemin d'accès ménagé pour les pompiers et qu'on ne pouvait l'atteindre qu'en empruntant les pistes tracées par les cerfs et les orignaux. J'avais étudié les cartes : elles indiquaient un marécage, puis de petits lacs derrière des barrages érigés par les castors et enfin une montagne au pied de laquelle la rivière s'arrêtait. Une source devait jaillir à cet endroit. Que se passerait-il si je l'atteignais et que j'y boive ? Cela apaiserait-il ma soif ? Je poursuivis mon chemin, cependant que mes pieds s'enfonçaient dans la poussière.

Près d'un bosquet de sapins, un lit de mousse m'attira. Je m'allongeai...

Lorsque je me réveillai, le soleil avait déjà bien entamé sa descente. L'air fraîchissait. Après avoir parcouru près d'une cinquantaine de kilomètres depuis mon départ, j'arrivai à l'embranchement du chemin forestier : l'un des sentiers se dirigeait vers le nord-est et semblait souvent emprunté, tandis que l'autre, jonché d'aiguilles de pins et parallèle au cours de la Tamanawis paraissait très peu fréquenté. Je m'y engageai.

Mes pas, étouffés par le tapis d'aiguilles, étaient silencieux. Il m'apparut soudain que j'avais beaucoup marché. J'étais bien loin de chez moi, condamné à passer la nuit dehors sans nourriture, ni abri, ni sac de couchage. Il allait sans doute geler et les nuits d'octobre sont longues. J'éprouvai soudain un sentiment de vide et de faiblesse, cependant que la solitude commençait à me peser, mais je m'efforçai de transformer cela en de nouvelles cicatrices. Je continuai ma route.

Après une soixantaine de kilomètres, le chemin forestier s'acheva sur une espèce de cul-de-sac, mais j'aperçus une piste tracée par les sabots des cerfs et des orignaux qui s'enfonçait dans une trouée entre les arbres, puis se rétrécissait et devenait de plus en plus sinueuse. Il me restait peut-être quinze kilomètres à parcourir.

Au-dessus de ma tête, les arbres verts se rejoignaient pour former une voûte. Il faisait de plus en plus sombre malgré les quelques rayons de soleil qui filtraient encore au travers du feuillage. Je sentis ma résolution faiblir à la perspective de la longue nuit qui m'attendait. Un peu plus tard, je débouchai dans une clairière pleine de myrtilles tardives. Elles étaient petites, rouges et amères, mais je passai une heure à grignoter, car à l'endroit où elles poussaient, il faisait encore jour. Quand le soleil disparut à l'horizon, le ciel vira au rose et l'air prit une nuance dorée. Dans cette lumière, mes mains avaient la teinte rouge du cèdre fraîchement coupé. Je m'imaginais presque voir le sang qui coulait comme une nappe phréatique sous la surface pâle de ma peau. Et je m'imaginais presque voir la cicatrice.

Une fois le soleil couché, je repartis. La forêt n'était plus qu'une masse de silhouettes. Il n'y avait pas de vent. Le froid était vif et on entendait les chants des oiseaux qui voletaient au milieu des coudraies et m'observaient de leurs yeux rouges. Comment avais-je pu m'aventurer si loin sans le moindre équipement et me laisser ainsi surprendre par la nuit ? Je continuai à suivre la piste que je ne voyais pratiquement plus. Je la perdis même, et je dus me mettre à genoux et tâtonner autour de moi pour repérer la trace des sabots. Je me mis à rire. De plus en plus fort. Je devenais fou ! A quatre pattes dans le noir à plus de soixante kilomètres de toute civilisation, sans rien sur moi, sans endroit où aller... mais les bosquets avalèrent mon rire comme la mer avale les cours d'eau. Je repris possession de moi-même et poursuivis mon chemin à pas lents.

Un Indien n'aurait eu aucun mal à suivre cette piste au cœur des ténèbres. Clatsops, Nehalems, Tillamooks, Chinooks, tous avaient vécu ici jadis, parcouru ces mêmes territoires, mangé les baies amères, chassé et pêché. Aujourd'hui, ils avaient disparu. Et pourquoi avaient-ils disparu si rapidement ? Peut-être que dans ce pays avoir la peau rouge — comme les rameaux d'érable rouge que les femmes à la peau blanche cueillent pour servir de décoration, comme les saumons au moment du frai que les hommes blancs tuent pour leurs œufs — c'est être voué à une fin prochaine. Je me rappelai mes mains dans les derniers rayons du soleil qui illuminaient la clairière. J'accélérai l'allure à la recherche d'un endroit pour la nuit.

Guidé plus par l'odeur que par la vue, je repérai un bois de cèdres et je parvins tant bien que mal à réunir un petit tas de branches mortes. C'était du cèdre rouge, comme autour de ma cabane, et leur parfum me rendit nostalgique, d'autant que les cèdres étaient des arbres pitoyables, pour la plupart condamnés, qui chacun valait facilement cinq mille de ces feuilles de papier fabriquées par l'homme qu'on appelait dollars. Trois cents ans pour pousser, trois minutes pour être abattus.

Les Indiens aussi les chérissaient. Ils utilisaient les plus grands pour fabriquer des baleinières et des mâts totémiques, les plus petits pour fabriquer des canoës. Il leur fallait deux semaines pour les abattre : ils attaquaient le bois à l'aide de couteaux et de haches de pierre, puis laissaient le feu et le temps faire le reste. Il leur fallait deux ans pour fabriquer chaque bateau : herminettes de pierre et petits feux pour creuser et durcir le bois, ciseaux et haches de pierre pour façonner et sculpter la coque ainsi que la proue. A l'avant, il y avait une tête et un visage totémiques, et le long de la coque, un motif ailé aux couleurs vives. A chaque bateau on offrait de la nourriture de choix, on jetait des charmes, on parlait comme s'il s'agissait d'un homme, et quand les baleiniers et les pêcheurs partaient en mer, les bateaux étaient considérés comme des êtres vivants : ils aidaient à trouver et attraper les baleines.

J'allumai un feu de bois de cèdre mort. A la lueur des flammes, les troncs autour de moi brillèrent d'une teinte rouge et les branches d'un vert étrange. Le vert de la naissance et le rouge de la mort, les couleurs de Noël. Les Indiens sculptaient et peignaient des têtes, des ailes et des corps sur les bateaux afin de pêcher des poissons ; avec des plumes et du fil, je confectionnais des ailes, des têtes et des corps dans le même but. Peut-être que sur la Tamanawis les choses n'avaient pas tellement changé. Mon travail était un travail ancien, un bon travail. Si seulement je pouvais en connaître les anciennes raisons, les bonnes raisons...

Quand un jeune Tillamook arrivait à l'âge adulte, les anciens le conduisaient vers un feu. On le mettait nu, on prenait et on brûlait son nom d'enfance, puis les gens de son village se groupaient autour de lui comme les arbres autour d'une clairière. On lui donnait une couverture, un couteau et un nœud de pin qu'on allumait. Ensuite, il prenait la branche et partait, accompagné par les chants de son peuple.

Le garçon sans nom portait le nœud dans les montagnes. Il marchait lentement et, à l'aide de la couverture, protégeait la flamme du vent et de la pluie comme s'il s'agissait de son âme. Il s'enfonçait dans l'intérieur tant que la flamme brûlait. Elle brûlait longtemps, si bien qu'il allait loin. Quand elle était près de mourir, il se dirigeait vers le cours d'eau le plus proche, établissait un campement, ramassait du bois et faisait un feu avant que la branche s'éteigne...

J'allumai mon feu à l'aide d'une allumette, puis laissai les flammes s'élever, hautes et claires. A leur lueur, j'amassai le plus de bois possible en prévision de la nuit qui s'annonçait glaciale. Avec mon couteau, je coupai des fougères et des rameaux de cèdre pour m'en faire un lit et m'en couvrir. Il ne me restait plus rien à faire. Rien à manger. Personne à qui parler. Qu'est-ce que je fabriquais ici ? Pourquoi étais-je venu ? Quelque chose à voir avec des hameçons, des cicatrices, des mains, des scintillements. Et aussi avec un Ami. Et, à propos, où était-il passé ? Il avait disparu depuis des heures. Si toutefois je n'avais pas rêvé. Dieu qu'il faisait froid ! Je rajoutai du bois.

Le jeune Tillamook allumait son feu et se blottissait devant. Puis il attendait. La nuit tombait. Il n'y accordait aucune attention. Il savait qu'il aurait longtemps à attendre. Il n'avait rien à manger. Il n'avait qu'une couverture pour tout vêtement. Comme il l'avait prévu, il sentait le froid, la faim, la solitude, mais cela ne comptait pas. Il était venu pour y faire face, pour aller au-delà de ces choses-là, si bien qu'à mesure qu'elles se présentaient, il les accueillait ainsi : Ah, faim ! te voilà ! Très bien. Installe-toi près du feu. Installe-toi dans mon ventre. Tords-toi et tortille-toi, fais d'horribles grimaces ! Parfait. Mais comme mon ventre grogne contre toi ! Comme il se plaint ! Allez, ventre, allez, faim : battez-vous ! C'est votre rôle. Moi, je n'ai pas faim. Je n'ai pas à me battre contre vous. Vous finirez par vous fatiguer et me laisser tranquille...

La nuit d'octobre se referma autour de moi. Je trouvai une grosse souche que je traînai près du feu pour qu'elle réfléchisse la chaleur et me serve de dossier. Je frissonnais un peu, mais pas de froid. J'entendis un hibou et peut-être un coyote. Je pensai à Bill Bob et à Ma, au hibou et au coyote. Des chaises musicales ? A quoi jouaient-ils ? Peu importe. Je pensai à Titus affalé dans son fauteuil, à Descartes hochant la tête dans son rocking-chair, à l'appartement douillet, aux murs couverts de livres merveilleux, loin, très loin d'ici. Et à Eddy. D'où venait-elle ? Où était-elle partie ? Avait-elle lu l'annonce du Hollandais pêchant ? Et si cette nuit elle débarquait chez moi et que je n'étais pas... ne sois pas ridicule ! Je pensai à mes amis le long de la rivière, à Steve et à Satyavati, à Arjuna et sa machette, à Rama et son Whitey, à Hemingway, à Charles II. A Nick. Tous si loin à présent. J'avais parcouru une sacrée distance. Et pourquoi ? Dieu que j'étais fatigué ! Mais l'hameçon, la main, les eaux noires en moi, qu'est-ce qu'ils signifiaient ? S'ils ne voulaient rien dire, pourquoi continuaient-ils à flotter là, devant mes yeux ? Si cette randonnée dans les bois ne voulait rien dire, pourquoi me trouvais-je ici ?

Le Tillamook restait devant le feu. Le froid se glissait derrière lui et lui mordait le dos et les jambes, aussi les tournait-il vers le feu. Puis le froid mordait son visage et ses genoux, aussi se tournait-il d'un côté, puis de l'autre, mais le froid mordait le flanc exposé. Il alimentait le feu et se mettait à tourner lentement, comme une planète, mais le froid était toujours là. Le Tillamook se lassait de tourner. Il disait : Ah, Froid ! tu es là. Très bien. Installe-toi près du feu. Installe-toi sur mon ombre et fais d'horribles grimaces. Mords ma peau et mes os. Mais ma peau et mes os vont te combattre. Allez, Froid, allez, os : battez-vous ! Vous finirez par vous fatiguer. Mais je n'ai pas froid. Je ne suis ni les os ni la peau. Je ne suis pas fatigué et je n'ai pas à me battre contre vous. Vous finirez par me laisser tranquille...

Le hibou se rapprocha. De plus en plus. Je crus même l'apercevoir. Il ne hululait pas. Il avait son propre langage, consonnes d'arbre, voyelles de vent. Je ne comprenais pas, mais j'écoutais. Soudain, il traversa le dôme de rouge que formait mon feu et se posa non loin sur une branche morte. Il était tout petit, tout gris et tout mité. Ses yeux n'étaient que des pupilles : l'œil ne pouvait que voir. Et il me regardait. Il dit un mot dans son langage d'arbre et de vent et m'observa. Il était tout petit, tout gris, tout mité et tout seul. Il vivait tout le temps là. Ici. Et parfois, ici, le ciel virait au gris et il pleuvait durant des semaines et des semaines, et malgré tout, il vivait là ce hibou. Nous partagions le dôme de feu. Nous nous observions. Nous nous tenions compagnie.

Je n'ai pas réentendu le coyote. Je suppose qu'il m'avait senti et qu'il s'était enfui. Je suppose que c'était sage de sa part. Je n'avais pas d'arme. Je ne lui voulais aucun mal. Je n'avais voulu aucun mal à Alfred le Grand, non plus. Pas davantage que nombre de gens de ma race n'avaient voulu de mal aux arbres ou aux Indiens. Les coyotes, les poissons, les arbres, les Indiens... si quelqu'un avait le droit de haïr ou de craindre à priori un homme de ma couleur, c'était bien eux.

Dans les ténèbres juste au-delà du dôme, des brindilles craquèrent. Un cerf peut-être. Je pensai au Sasquatch et je me sentis ridicule. Je doutais que le jeune Tillamook eût pensé au Sasquatch, et s'il l'avait fait, je parie que lui aussi s'était senti ridicule. Les brindilles craquèrent de nouveau... en tout cas, ce ne pouvait pas être cette créature mythique. Un cerf, alors ? Ou un ours, peut-être ? Non, pas un ours. Pas un cougouar, non plus. Ils sont trop malins les ours et les cougouars. Et trop rares, aussi. Un cerf, peut-être ? En tout cas, pas un Sasquatch. Au diable les Sasquatchs ! Une légende pour rats des villes. Pour faibles d'esprit. Oui, des histoires pour faibles d'esprit. Les citadins lâchés dans les régions sauvages en connaissent plein : j'avais fait avec H2O des excursions où chaque nuit, à la lueur du feu agonisant, les femmes ne faisaient que pousser de petits cris étouffés, tandis que les hommes ne faisaient que rire, picoler et raconter des histoires de gens (en général des femmes, en général jolies et endormies) mutilés par des ours ou déchiquetés par des cougouars : ou encore, c'étaient des perce-oreilles ou des mille-pattes qui s'insinuaient dans leurs oreilles et leur dévoraient le cerveau, ou des sangsues qui, en silence, sans douleur, leur suçaient tout le sang, ou des serpents à sonnettes à la peau froide et visqueuse qui venaient se lover entre leurs seins, la langue dardée, les yeux aux paupières tombantes fixes, et qui restaient là des heures durant, jusqu'à ce que la nuit qui s'achève et le serpent qui s'enfuit emportent leur raison avec eux, de sorte que leurs amis les trouvaient au petit matin qui sanglotaient et gloussaient, fous et folles à jamais ; ou encore c'étaient des extra-terrestres venus en expédition pour capturer des habitants de ce monde, ou des zombies des bois à la recherche d'un peu de chair fraîche, ou bien des sauvages montés comme des étalons à la recherche de compagnes, et cela se terminait toujours par d'horribles morts à caractère sexuel ou, parfois, par le traditionnel ils vécurent heureux... Des morts pour faibles d'esprit. Des morts cruelles sensuelles accidentelles qui guettaient dans l'obscurité des régions sauvages... de fait, dans les régions sauvages de l'esprit des hommes.

Au diable les Sasquatchs ! Au diable les faibles d'esprit ! Les brindilles craquaient toujours. Au diable les brindilles ! Ce n'était qu'un cerf... peut-être. Le hibou regardait. Il n'avait pas peur. Je me tournai vers le feu et oubliai les brindilles. Je m'allongeai sur mon lit de rameaux de cèdre. Je me couvris de mon mieux de branches et de fougères. Je contemplai les braises jusqu'à ce que mes yeux me paraissent brûler et que mes paupières s'abaissent pour les rafraîchir. Le cèdre sentait bon. Je m'endormis...

et les rêves m'assaillirent en foule qui se succédaient si rapidement que la fin de l'un constituait le milieu du suivant, de sorte que je ne cessais de gigoter, devenu un homme sur un tas d'ordures, un énorme tas, un petit homme, tout mité, tout petit et tout seul. Et les ordures sont vivantes ! Elles bougent ! Elles se soulèvent et se tortillent, elles grouillent de débris et d'éclats d'homme, de vampires et de poux, d'histoires pour faibles d'esprit, et le petit homme est juché au sommet des ordures, il les chevauche comme un cow-boy, droit sur sa selle, et il galope, galope, mais comment un cow-boy peut-il à la fois être allongé et chevaucher ? parce que la selle est par terre, à côté du feu, à côté de la cafetière, à côté du lasso, de la guitare, des bottes, du chapeau, des puces, et c'est la tête de l'homme et pas son cul qui repose sur la selle, et la selle est sanglée autour du tas d'ordures, si bien qu'il chevauche encore et encore...

Brrr ! trop froid... trop dur... feu qui baisse. le ranimer. se rallonger. flammes. fermer les yeux. tête lourde. brindilles craquent. m'en fous. en selle, le tas d'ordures, galoper, galoper, difficile de rester en selle, impossible de tomber, galoper, galoper... brrr ! feu qui baisse encore, trop dur, encore du bois, se tourner sur l'autre épaule, flammes et selles, qui se tordent, se soulèvent. froid feu. yahoo ! galoper galoper galoper...

L'aube commence à poindre. Non, trop tôt. Rajouter du bois dans le feu. Brrr ! bon Dieu ! les deux épaules en capilotade. Me coucher sur le dos. Au moins, plus d'ordures. Rien qu'un bon sommeil...

Il faisait jour. Il faisait gris. L'herbe était blanche, couverte de givre. Le feu était mort.

Tout ankylosé et endolori, je me redressai. Je sentais le cèdre. Ma tête avait cessé de vagabonder : plus de morsures, plus de coups, plus de fantasmes, plus d'Indiens, plus rien.

Juste le matin. Quelques nuages. Et le hibou, là dans un érable rouge, qui répétait sa parole d'arbre et de vent.

Je me levai, grognant comme un vieillard arthritique. Ramasser du bois, rallumer le feu, me réchauffer. Retourner à la clairière aux myrtilles, manger pendant une heure, attraper la diarrhée. Autres tas d'ordures. Mais qu'est-ce que je foutais là ? Hameçons, mains et sources... pas de café, pas de nourriture, pas de voiture, à plus de soixante kilomètres à pied de chez moi, et tout ça pourquoi ? Pour rien que des conneries, voilà pourquoi.

Je revins vérifier le feu. Il fumait encore mais ne risquait pas de déclencher un incendie. Pensant néanmoins aux rangers avec leurs chapeaux à large bord, je versai de la terre sur les braises, mélangeai et piétinai soigneusement le tout avant de cracher et de pisser dessus. BEUUURRRKKKK ! quelle puanteur !... Putain de rangers !

Pour échapper à l'odeur, je repartis, mais toujours vers l'amont. Qu'est-ce qui me prenait ? Au point où j'en étais, autant aller jusqu'au bout. Ainsi, je connaîtrais au moins chaque centimètre du cours de la Tamanawis. Je restai sur la piste tracée par les cerfs et continuai pour me réchauffer. Je bus à une source, mangeai un peu d'oseille sauvage, suçai quelques tiges de trèfle, fumai une pipe, me sentis mieux. Arrivé devant le marécage, je le contournai en longeant une crête afin de rester au sec. Je passai au-dessus des lacs de castors en même temps que le soleil et je vis cinq castors dans trois lacs différents. On n'en voit pas souvent, car ils n'ont pas oublié les crétins qui les transforment en chapeaux. Ma dit qu'il faut se taper des kilomètres et des kilomètres et se lever de bonne heure pour en voir un.

Aperçu des remous prometteurs sur un lac sans castors et, pour la première fois, regretté de ne pas avoir emporté Rodney. Aperçu deux cerfs — de fait, une biche et son faon — et un aigle en route vers l'océan qui, ailes déployées, porté par le vent, mettrait une heure pour faire le trajet qui m'avait pris une journée et demie. Aperçu sept corbeaux filant à tire-d'aile vers le soleil qui chantaient Croa Croa pour avoir l'air d'oiseaux de malheur mais qui ne réussissaient qu'à paraître déplumés et bons à rien. Si ce n'étaient les quelques chemins forestiers, on aurait pu se croire revenu à n'importe quel siècle. Même les Indiens adorateurs de corbeaux n'étaient venus ici qu'il y a dix mille ans. Moi, je contemplais tous les siècles, à l'exception de ceux du déluge et de l'ère glaciaire.

Et puis, qui traversaient au trot une clairière, cinq orignaux dont un beau mâle. Les regardant, je faillis trébucher sur un coq de bruyère. Il s'envola et alla se poser cinquante mètres plus loin. J'aurais pu le tuer d'un coup de botte. Et je n'y aurais pas manqué si j'avais eu quelque chose pour le faire cuire. J'avais vu Ma en assommer avec un bâton, puis les plumer, les embrocher, les rôtir et les manger en rigolant sans même les retirer de la branche qui lui avait servi de broche. Ça rendait H2O malade quand elle lui racontait. J'aurais pu et dû faire pareil. Enfin... peut-être pas. Maudite bestiole. Aussi belle qu'elle était stupide, plantée là en se croyant invisible. Tout le contraire de mon Ami d'hier.

Les nuages s'amoncelaient au-dessus du Pacifique, mais, apparemment, ils n'annonçaient rien de sérieux avant demain. Je repérai un balbuzard qui prenait son petit déjeuner dans les lacs et, sur la rive, un vison ou un rat musqué, je ne saurais dire. Ils se laissaient tous voir là, près de la source. Ils m'accordaient ce privilège, car j'avais les mains vides. Pour un chasseur, cela n'aurait pas été si facile. Pas tant à cause des fusils que de leurs chapeaux rouges. La nature ne prend pas cette couleur à la légère. Je m'imaginai un chasseur ici, vers le tournant du siècle : il porte un chapeau rouge fluorescent, le premier chapeau rouge de tous les chapeaux rouges. Les cerfs et les orignaux le voient... et, se tordant de rire, se reculent dans les broussailles.

A cette altitude, les sujets de teinte rouille se faisaient rares. Les saumons ne montaient pas si haut (d'autant que la rivière n'était plus qu'un petit ruisseau), et sur la crête, les érables comme les aulnes étaient déjà dénudés dans l'attente de l'hiver. Cette façon de se dévêtir à l'approche des frimas constitue une bien curieuse stratégie, et les arbres ne paraissaient pas aimer davantage le froid que les hommes, car ils frissonnaient et tremblaient, tendaient leurs longs doigts décharnés vers la lumière ; leurs chemises en lambeaux pourrissaient aux poignets et ils portaient des corbeaux pour bijoux.

Je continuai à marcher en observant les animaux autour de moi. Je ressentais par moments des tiraillements d'estomac, mais je n'y faisais plus guère attention.

Le Tillamook, avec son nœud de pin, n'atteignait aucune source. Les anciens lui avaient dit que la source était partout, aussi, une fois que la flamme commençait à diminuer, il établissait son campement au bord du premier cours d'eau qu'il rencontrait. Là, il attendait, nu comme un arbre en hiver, que les paroles des anciens se vérifient.

La nuit, il alimentait son feu. Le jour, il se reposait au soleil, sous la pluie ou dans l'ombre. Deux fois par jour, il se baignait dans les eaux glacées et se frottait à l'aide de branches de sapin. Elles lui faisaient mal, il était affaibli, le froid le mordait. Mais ce n'était ni la douleur, ni la faiblesse, ni le froid qu'il attendait. Il les laissait accomplir leur œuvre. Il se sentait en paix.

La rivière serpentait et se rétrécissait au-dessus des lacs de castors. Elle arrivait à flanc de montagne, étroite, sinueuse et calme, peuplée de petites truites cutthroats. Elle pénétrait dans un bouquet d'épicéas en même temps que la piste que je suivais.

Le bouquet évoquait une immense cabane en rondins. Les troncs s'élevaient ainsi que des piliers pour former une mosaïque de vert, de noir et de bleu du ciel. Une lumière pâle filtrait comme au travers d'un vitrail. Au centre, il y avait un creux, entouré de fougères et d'arbres abattus, et au fond du creux il y avait un large bassin rocheux étrangement tapissé de pierres aux cheveux de mousse de la taille de têtes humaines, et au milieu de ces pierres sourdait une paisible source d'où coulait, inlassable, une eau ancienne et pure. J'avais atteint la source de la Tamanawis.

5

Le corbeau et le ?

> Ho le profane demanda à Basho : « Si toutes choses retournent au Tout, à quoi retourne le Tout ? »
> Basho répondit : « Je te le dirai quand tu auras avalé toute l'eau du Fleuve Ouest d'une seule gorgée. »
> Ho dit : « J'ai déjà avalé toute l'eau du Fleuve Ouest d'une seule gorgée ! »
> Basho répondit : « Alors, j'ai déjà répondu à ta question. »
>
> Légende zen

Un gobelet en étain était posé sur une pierre à côté de la source, à moitié plein de rouille et d'aiguilles de pins. Ainsi... on m'avait précédé ici. Je nettoyai le gobelet, le remplis, fermai les yeux et bus. Après quoi, je m'adossai à une souche, fumai une pipe et me grattai le menton en me demandant ce que j'allais faire ensuite.

Je décidai de ne rien faire. Je me contentai de rester assis et de regarder l'eau couler...

Pendant trois, quatre et peut-être cinq jours, le Tillamook attendait. Si l'attente se prolongeait trop, les gens de son peuple venaient le chercher. Ils venaient tous et emplissaient la forêt de leurs bavardages. Quand ils l'avaient retrouvé, ils se rassemblaient à quelque distance en aval. Ils demeuraient là et l'observaient en tendant le cou. Ils l'appelaient, riaient ou criaient — selon ce qui produisait le meilleur résultat — pour le supplier de rentrer avec eux...

mais il s'emportait. Il leur jetait des pierres, les insultait, les chassait,

précisément ce qu'ils espéraient. Ils savaient que ce n'était pas eux qu'il attendait. Ils savaient que sa longue attente était le signe de la venue d'un esprit puissant. Ils savaient, quand il leur lançait des pierres, qu'il n'était ni malade, ni fou. Ils le laissaient en paix.

Il attendait seul. Les os et le ventre, la faim et le froid, la faiblesse, la souffrance et le peuple, tous le laissaient en paix. Le jeune Tillamook retrouvait le silence.

Et comme il se taisait, les animaux approchaient. Des jours durant ils l'avaient observé. Des jours durant il n'avait rien remarqué. Le jeûne et les bains avaient atténué son odeur, et sa longue présence l'avait rendue familière. La nuit, ils s'approchaient du feu pour le regarder. Ils sentaient que rien de ce qui demeurait aussi longtemps silencieux ne pouvait leur vouloir de mal, que rien de ce qui demeurait aussi tranquillement assis ne pouvait être un homme. Peut-être s'agissait-il de l'une de ces étranges silhouettes qu'ils découvraient parfois dans les villages désertés, un totem abandonné, un outil ou une arme cassés, un canoë creusé dans un tronc d'arbre. Peut-être que ce Tillamook était devenu une espèce d'arbre. Peut-être qu'il était devenu un esprit.

Les petits animaux arrivaient les premiers, le roitelet, le tamia, la souris, le geai, puis le raton laveur, l'écureuil et le corbeau, et ensuite le cerf, l'orignal et le sage coyote, et même le vieux pattes de miel, l'ours noir. Ils faisaient cercle autour de lui qui attendait, et ils l'observaient. D'autres passaient qui feignaient d'ignorer sa présence, qui le traitaient comme une vieille souche. Après, d'autres encore le frôlaient qui lui ébouriffaient les cheveux du vent de leurs ailes, mais il ne bougeait toujours pas. Encore plus tard, certains s'avançaient droit sur lui, le touchaient de leurs pattes ou de leurs museaux humides, et ils le humaient, le regardaient dans les yeux. Alors, il souriait et leur parlait doucement. Il disait : « Même vous, mes amis, même vous n'êtes pas ceux que j'attends. »

Enfin arrivait celui qu'il attendait. Il se glissait en silence, tous ses pouvoirs en sommeil, et pourtant le garçon savait et son cœur dansait. Son esprit-gardien était venu !

L'esprit ne faisait pas de bruit, et pourtant le garçon l'entendait, et sa voix était douce car le jeune Tillamook avait bien attendu. Il disait au garçon son nom d'homme et il lui disait son vrai nom. Il lui disait en quoi consisterait son travail. Et qu'il devienne constructeur de bateaux, sculpteur de bois, chasseur, chaman, pêcheur ou chef, il promettait de l'aider et lui disait comment réclamer son aide.

Les animaux regardaient un moment, en silence, pendant que le garçon était avec son esprit-gardien. Les animaux ne les voyaient pas tous les deux assis là comme des amis, comme des frères ou comme un père avec son fils. Ils ne voyaient qu'une seule personne assise là, mais pas l'esprit, ni le garçon. C'était un homme qu'ils voyaient assis là, un homme qui ensuite se levait et retournait vers son peuple pour prendre les outils de sa vocation. Plus tard, cet homme les chasserait afin de nourrir et de vêtir son peuple. Et les animaux sentiraient en ce chasseur le garçon qui avait attendu si longtemps au bord de l'eau. Ce chasseur les chanterait, les tuerait rapidement et parlerait doucement à leurs esprits. Il n'y aurait pas de violence dans leur mort.

Je demeurai longtemps le regard rivé sur la source. Au bout d'un moment, je compris qu'il ne me restait plus qu'à connaître les dures réalités de l'attente, de la purification et du jeûne, et que, en conséquence, j'avais deux cents ans de retard et que, de surcroît, je n'avais pas la couleur de peau requise. Je n'avais pas d'anciens, du moins pas comme ceux du jeune Tillamook. J'avais à peine connu Thomas Bigeater. Hormis Nick, Titus et Bill Bob, les gens de mon peuple ignoraient presque tout en matière de sources et d'esprits. Et après une journée et demie de régime myrtilles, je me sentais faible et malade. J'ôtai mes bottes et trempai mes pieds, juste mes pieds, dans l'eau de la source, mais ils me firent tellement mal que je dus les retirer aussitôt. Bon, bon. Disons que « Gus » me suffirait comme nom et que fabriquer des mouches et des cannes à pêche me suffirait comme vocation...

Toutefois, cela ne me dérangeait guère. C'était un bon boulot, et « Gus » me convenait très bien tant que cela évitait qu'on m'appelle « Augustin ». De toute façon, je ne savais pas vraiment ce que je cherchais auprès de cette source. Je n'étais pas sûr que je reconnaîtrais un esprit-gardien, même s'il me mordait le nez. Si j'étais sûr de quelque chose, c'était de ce que je trouverais, quel que soit le nombre de peaux dont je me dépouillerais en me récurant et en jeûnant : un pêcheur et encore un pêcheur. Il y avait en moi des strates, des substrats et des cheminées que je n'avais même pas commencé à explorer. Dieu sait combien je désirais connaître mon âme, donner mon amitié à l'Ami qui avait marché à mes côtés hier à l'aube. Mais quand j'avais plongé mes pieds dans l'eau de la source, je n'avais que trop bien senti les limites de mes vagues aspirations : je n'y arriverais jamais. Pas seul, en tout cas. Je ne parviendrais jamais à la véritable source des choses à moins que Celui-qui-n'a-pas-de-nom décide de venir me trouver pendant que je pêche.

Je restai un moment près de la source. Je n'attendais plus et je ne jeûnais plus. J'avais faim et je désirais me reposer. Je suis incapable d'expliquer à quoi cela tenait, mais dès que j'eus cessé d'attendre et de jeûner, je me sentis soulagé. C'est drôlement dur d'être là et de vous forcer à forcer Dieu à vous envoyer de force une révélation, une vision, un assistant spirituel ou je ne sais quoi, mais c'est génial d'être là, surtout au bord d'une source tapissée de pierres moussues et protégée par un toit d'épicéas, dans un endroit qui permettrait à n'importe quelle grand-mère irlandaise de prouver que le peuple des lutins existe. Dès que j'abandonnai ma quête d'esprits et que je m'offris un repas composé de la fumée de ma pipe arrosée d'eau, la faim me tenailla un peu moins. J'éprouvai alors cette même sensation de soulagement que j'avais éprouvée les rares fois où, après être entré dans une église, j'en étais ressorti furtivement pour retrouver le grand air. Rien d'étonnant à cela : j'avais tenté de faire de la source de la Tamanawis une église et, Dieu merci, j'avais échoué. Sinon, il aurait fallu que je me paye plus de quatre-vingts kilomètres à pied chaque fois que je voulais dire un mot à mon esprit !

Je me rappelai les paroles des anciens Tillamooks : *la source est partout.* Je commençais à être conscient de leur signification, peut-être pas à un degré très profond, mais au moins sur un plan météorologique et géographique, ce qui, somme toute, était assez profond pour un cas désespéré de pêcheur affamé assis dans la forêt la pipe à la bouche. Je compris qu'une Mecque valait surtout s'il s'agissait davantage d'un endroit au-dedans de soi que d'un endroit dans le monde. Je compris que la Mecque-Source dans la maison d'épicéas n'était à la Tamanawis que ce qu'était pour moi mon lieu de naissance, c'est-à-dire un point de départ tangible, mais non une source ultime. Je compris que la vraie Tamanawis était la Tamanawis *tout entière* et que la source de cette rivière-là était la pluie, les nappes phréatiques, la rosée, la fonte des neiges, le brouillard, la brume, la pisse des animaux, les ruisselets anonymes, les marécages perdus, les sources souterraines, et la source de toutes ces sources était les nuages, et la source des nuages était la mer, si bien que la rivière qui coulait devant ma cabane prenait réellement sa source « partout », du moins partout où cette eau était passée, ce qui inclut tout l'Espace et le Temps de la terre...

Puis je me rappelai une histoire, la meilleure que j'avais jamais entendue sur la source des rivières. Ce sont les Indiens, les Indiens d'Inde, qui la racontent. Je ne sais pas s'ils sont apparentés aux Indiens du Nord-Ouest, mais je sais que c'est une histoire qui aurait plu aux tribus du Nord-Ouest, car elle parle de copulation. Les Indiens du Nord-Ouest possèdent en effet plus d'histoires de copulation que quiconque. Quoi qu'il en soit, c'est une histoire d'Indiens d'Inde qui m'est revenue dans le bois d'épicéas. La musique de la source lui a insufflé vie et l'air frais l'a fait danser. Et même si l'entendre sans l'accompagnement de l'eau et de l'air, c'est un peu comme demander à Walter Cronkite de vous lire les paroles de votre chanson favorite, j'y attache trop d'importance pour ne pas la raconter. C'est l'histoire du temps où la lumière de Soleil a pour la première fois touché Océan. Voici à peu près ce que cela donne :

Il y a longtemps, très longtemps de cela, le vieil homme dans le ciel nommé Soleil tomba amoureux de la femme nommée

Océan et lui fit aussitôt l'amour. Au début, tout alla pour le mieux, mais dans le feu de son amour solaire, Soleil ne cessait de contempler l'adorable corps bleu-vert de sa bien-aimée avant, après et pendant leurs séances amoureuses, au point que Océan commença à se sentir transparente, brûlée par le soleil et trop exposée. Océan, comme les humains, était constituée presque entièrement d'eau, et comme les humains, elle éprouvait un sentiment d'effroi devant une adoration aussi nue et éclatante. Elle ne pouvait cependant pas y faire grand-chose, de sorte qu'elle toléra son regard brûlant. Puis elle lui donna des enfants...

et il rayonna tant qu'ils devinrent aveugles dès leur naissance ! Après le cinquième enfant — tous des filles, et toutes aveugles —, Océan en eut assez. Elle réunit ses filles autour d'elle, les changea en nuages, puis elle leur dit : « Aidez-moi, cachez-moi aux yeux de votre père ! »

Les cinq filles firent de leur mieux. Pendant un temps, elles réussirent. Océan ressembla à la planète Vénus, enveloppée d'une épaisse couche de nuages. Soleil essaya de s'ouvrir un passage au milieu des filles, mais toute sa chaleur et sa lumière eurent pour seul effet de les engraisser. Alors, il appela à la rescousse son frère Vent et celui-ci se mêla à l'affaire en chassant les filles-nuages vers l'intérieur. Océan, voyant la manœuvre de Vent, eut beau changer d'autres de ses filles en nuages, elle ne parvenait plus à se couvrir.

C'est alors qu'il parut évident qu'elle avait commis une erreur. Si elle avait été adorable nue, elle était à présent encore plus ravissante, car parée de robes ondulantes de coton et de minces voiles de brume ; à son réveil et à son coucher, ses vêtements s'embrasaient d'écarlate, d'auburn et de rose ; toute la journée, les robes et les voiles ondoyaient et glissaient sur son corps, si bien que le pauvre Soleil, apercevant une épaule nue par-ci, un sein nu par-là, une gorge pâle par-ci, une cuisse lisse par-là, était constamment excité. Et constamment satisfait, car maintenant il lui faisait tout le temps l'amour, parcourant lentement son corps cependant que la planète tournait...

Océan finit par s'y habituer. Elle comprit que ses filles, bien qu'aveugles, n'en étaient pas moins belles, et que Soleil, en dépit de son éclat gênant, était un amant doué et prolifique. Elle agrémenta ses nuits en entretenant un petit flirt secret avec Lune. (Soleil en eut vent, mais il ne s'en offusqua pas, car il se disait que les quelques attraits que possédait la vieille Lune, elle les lui avait empruntés.)

Quant aux cinq filles aveugles (elles s'appelaient Glace, Neige, Brouillard, Pluie et Rosée), Vent accomplit parfaitement sa tâche : il chassa Neige vers les lointaines montagnes, Glace vers les endroits les plus élevés et les plus froids, Brouillard vers les caps, les marais et les vallées des fleuves, Pluie vers les extrémités de la terre et la petite Rosée droit dans la poussière du sol. Mais les cinq filles étaient des cœurs simples qui aimaient beaucoup Océan : leur seul désir était de lui obéir, et pour ce qu'elles en savaient, lui obéir, c'était la protéger de Soleil. Aussi, dès qu'elles touchaient la terre, elles s'efforçaient de retourner vers leur mère. Comme elles étaient aveugles, elles ne pouvaient pas reconnaître le nord du sud, ni l'est de l'ouest, mais elles sentaient la différence entre le haut et le bas. Sachant seulement que Océan se trouvait quelque part en dessous d'elles, elles se changeaient en eau et se mettaient à descendre à tâtons.

Comme elles ne voyaient pas où elles allaient, elles effleuraient ou frappaient à peu près toutes les plantes et toutes les créatures sur la surface de la planète. Les plantes et les créatures s'habituèrent à elles et apprirent à se tenir à l'écart des endroits où les filles couraient avec le plus de vitesse et de vigueur. Les créatures et les plantes finirent par apprécier leur contact si doux et si souple qu'elles avaient presque l'air de s'excuser — et même l'apprécier au point qu'avec le temps, toutes les plantes et toutes les créatures en eurent besoin. Mais cela ne voulait rien dire pour les filles : ne voyant rien, rien ne les distrayait de leur tâche. Elles descendaient, aussi implacables que leur père, puis elles envahissaient les vallées et les canyons, elles gagnaient en puissance, en rapidité et en assurance et, sans le savoir, faisaient profiter de leurs bienfaits chaque plante et chaque créature, cependant qu'elles reprenaient le chemin de la mer...

Je plongeai une dernière fois le gobelet dans la source, bus à la santé des filles, puis je l'empochai comme souvenir avant de redescendre vers ma cabane. Quelques kilomètres plus loin, je m'arrêtai pour satisfaire un besoin naturel et, encore imprégné de la légende d'Océan, je pissai dans la Tamanawis, m'imaginant aider ainsi une petite fille aveugle à retrouver le chemin de chez elle... Heureusement qu'il se mit à pleuvoir, sinon je me serais peut-être assis pour fumer je ne sais quelle panacée mythico-écologique destinée à soigner ma diarrhée.

La pluie était douce et elle semblait planer comme le ferait un esprit-gardien, mais elle mouillait, elle était froide, j'avais faim, j'étais fatigué et j'étais à quatre-vingts kilomètres de chez moi. Marchant vite, j'arrivai à la fin de la piste au crépuscule. Il continuait à pleuvoir sur le même rythme. C'était plutôt du crachin, mais il s'accrochait aux broussailles qui dégouttaient sur moi chaque fois que je les effleurais. Je décidai d'essayer de rejoindre le chemin forestier avant d'établir mon campement pour la nuit, dans l'espoir de rencontrer un pêcheur ou un chasseur attardé qui me ferait faire un bout de route.

Lorsque j'atteignis le chemin, je titubais d'épuisement et j'étais trempé jusqu'aux os. La nuit était noire et le ciel n'avait toujours pas refermé ses vannes — pour se venger, pensai-je, de ce que j'avais pissé dans la rivière. Je ramassai du bois avec l'idée de faire mon feu sur le bord du chemin pour être sûr que si un véhicule venait à passer il s'arrêterait. Je sortis ma boîte d'allumettes. Le carton mouillé se désagrégea et les allumettes collées ensemble étaient inutilisables. Comme nombre de campeurs dans la détresse, je résumai la situation d'un « Merde ! » sonore.

Je tremblais de froid et de faim. Je savais que dans la forêt, je ne tiendrais pas le coup. Je me mis à marcher pour me réchauffer, et je ne tardai pas à me rendre compte que, de fait, il me faudrait marcher jusqu'à ce qu'une voiture arrive.

Aucune voiture n'arriva.

Cette nuit-là, je fis quelques découvertes. D'abord, je découvris qu'outre le « deuxième souffle » bien connu, il en existe un troisième, un quatrième et un cinquième, chacun plus faible et plus bref que le précédent. Puis, alors que l'aube ne se lèverait pas avant des heures, je découvris qu'il y a un dernier souffle qui dure jusqu'au moment où l'on s'écroule. Ce dernier souffle, on le sent davantage dans le ventre que dans le cœur ou les poumons. On sait qu'il est là quand on s'aperçoit que des parties essentielles de son être commencent à mâcher et à dévorer les parties moins essentielles. On marche en se digérant soi-même, désormais incapable de feindre de comprendre, d'aimer, de désirer ou de rechercher quoi que ce soit. On oublie tout ce qui a pu nous arriver et on en vient à croire que rien d'autre ne nous arrivera que cette marche interminable dans la nuit détrempée. On cesse de réfléchir, de percevoir, de se donner du mal, d'effectuer le moindre geste conscient. On ne sent plus ses pieds et on se laisse emporter par la route telle une feuille morte par le courant.

On marche ainsi toute la nuit. On trébuche dans l'obscurité. Et la nuit dure bien plus longtemps que trois jours et trois nuits d'affilée. On n'y prête pas attention. On continue à marcher. Jusqu'à ce que le ciel vire au gris plombé. Le jour n'apporte aucune chaleur. Il bruine toujours. Vos bottes pèsent vingt kilos chacune et des arbres extraordinaires se referment au-dessus de vous et s'égouttent sur la route. Il y a en vous un petit coin qui ne souffre pas, qui n'est pas mouillé, et vous sentez ce minuscule feu de camp au-dedans de vous — votre vie — qui se met à crépiter au milieu de l'humidité, de sorte que vous marchez tête baissée, penché en avant pour le protéger du vent et de la pluie. Vous n'y prêtez pas attention. Vous vous laissez emporter par la route telle une feuille morte par le courant.

Venu de quelque part au bord du chemin, vous entendez le cri matinal d'un corbeau qui s'ébroue. Vous vous dites : « Corbeau est un dieu indien. » Mais vous n'y prêtez pas attention. Vous le repérez, haut perché dans un arbre mort qui surplombe la route. Vous regardez le corbeau. Le corbeau vous regarde. La pluie tombe sur vous. La pluie tombe sur le corbeau. Et puis, d'un seul coup, vous êtes le corbeau, perché haut dans l'arbre mort, et vous vous regardez cheminer en bas à pas lourds. Vous n'y prêtez pas attention. Vous continuez à marcher. Vous regardez l'autre vous, perdu, trempé et épuisé qui patauge dans la boue, trop bête pour avoir des ailes et voler. Vous attendez qu'il passe en dessous de vous, puis vous cassez une brindille de l'arbre mort, vous vous élancez dans les airs et vous battez des ailes au-dessus de sa tête. Vous laissez tomber la brindille, vous lancez votre chant « *Cro-a !* » et vous poursuivez votre vol. Vous jetez un coup d'œil par-dessus votre épaule noire et luisante, et vous constatez que la brindille a raté de peu l'oreille de l'autre vous. Quand il la ramasse dans la boue et la glisse dans sa poche, vous chantez de nouveau « *Cro-a !* » C'est votre rire. Et c'est aussi votre cri. S'il y a une différence, vous n'y prêtez pas attention.

Vous longez le couloir que la route des hommes a creusé au travers de la forêt, cependant que derrière vous, l'autre vous devient de plus en plus petit et de plus en plus gris dans le crachin. Vous volez vite et sans effort grâce à vos ailes infatigables. Tout autour de vous, vous voyez une mer infinie de collines gris-vert aux flancs desquelles pendent des haillons de brume. La route des hommes et la rivière font deux trouées au travers des arbres. Vous les survolez, passant de l'une à l'autre, à la recherche de nourriture. De hautes collines se dressent derrière vous. L'océan se trouve beaucoup plus loin devant. Il pleut...

Mais juste avant que vous ne disparaissiez à la vue de l'autre vous, quelque chose en lui s'éveille et il éprouve un sentiment de panique. Il craint de vous perdre. Vous, vous ne vous perdez jamais, mais il l'oublie et il a peur. Aussi il vous rappelle en lui. Le corbeau poursuit son vol sans vous.

Le corbeau est maintenant hors de vue. Votre corps est aussi lourd qu'une pierre. Vos ailes sont des mains, enfoncées dans vos poches. L'une tient un vieux gobelet en étain, l'autre la brindille que le corbeau vous a donnée. Il y a de l'eau dans vos yeux et ce n'est ni de la sueur, ni de la pluie. Il vous faut rire, sinon vous allez pleurer, si toutefois il y a une différence. Vous n'y prêtez pas attention. Un océan de collines gris-vert vous entoure, aux flancs desquelles pendent des haillons de brume. La route fait une trouée au travers des arbres. Vous vous laissez emporter le long de ce sentier comme l'eau qui se laisse emporter et serpente dans le lit de la rivière. La mer est loin devant. Il pleut...

Si le corbeau continue vers la mer, il survolera bientôt le ?. Il regardera en bas et verra les mêmes méandres que ceux que tu vois de Tamanawis Mountain, mais tu sais à présent que le corbeau n'y lira rien, ni question, ni mot, ni ordre, parce qu'il n'est nul besoin de mot ou de question, parce qu'il n'y a pas de désordre. Le corbeau verra le ? comme la rivière l'a écrit, une simple affirmation. La complexité de l'univers de la rivière depuis sa source jusqu'à l'océan, la vie et les vies que l'eau nourrit et contient, l'infinité de facettes qu'elle soude en une seule, tout cela ne doit pas être questionné, mais affirmé. Affirmé ainsi que cela a été créé, dans un langage si simple, si pur, si primordial qu'il échappe à notre examen et à notre compréhension, de même qu'à notre esprit et à notre langue. Tout ce qu'on peut dire, c'est qu'il existe... et, grâce au corbeau, tu en as eu un aperçu. Tu as vu que la réponse au ? était ce même ? : la Tamanawis ne pose pas de questions. Elle sculpte, peint et murmure tout au long de son voyage vers la mer en compagnie de tout ce qu'elle touche, nourrit et cache, et elle chante : « Cela... tout cela... c'est ? »

6

Bigleur et Tueur

> Je vais laisser de côté mon Discours sur les Rivières et vous parler des Monstres, ou des Poissons, appelez-les comme vous voudrez, qu'elles engendrent et nourrissent...
>
> Izaak Walton

Il a plu trois jours de suite, presque sans bruit, presque sans arrêt. C'était la première bonne pluie depuis les averses d'août, et la première pluie que je regardais et écoutais tomber sans pêcher. C'était une pluie qui apaisait et adoucissait tout ce qu'elle touchait, cependant que la rivière gonflait et récupérait dans ses flots tout le vert qu'elle avait prêté aux feuilles pour l'espace d'un été. C'était une pluie qui chantonnait sur les trous profonds de la rivière, qui crépitait sur les flaques, qui emportait vers le sud le chant des oiseaux mais en amenait de nouveaux venus du Nord, celui des piverts amoureux de la pluie, celui des grèbes huppés ou à cou noir aux yeux écarlates et sauvages, celui des grives, des canards, des mergules et de toutes sortes d'oiseaux au plumage roux ou rouille, teintes que l'automne imposait aux survivants. C'était une pluie qui arrachait les dernières feuilles des arbres, qui changeait les ravines en torrents, qui faisait chanter les cincles, qui engendrait dans le ciel enfumé des flèches ondoyantes de vols d'oies, qui poussait les cygnes à trompeter sur les étangs, qui incitait les bouvreuils et les mésanges à se blottir tout en haut des aulnes dénudés. Et puis qui apportait dans la Tamanawis les dernières bluebacks et steelheads d'été, les saumons argentés et les mâles ainsi que les premiers chinooks d'automne, et pourtant, alors que la pluie continuait de tomber, je ne pêchais pas. Je regardais et je me reposais, bercé et enveloppé d'une fraîche caresse maternelle qui cicatrisait les blessures de l'été. L'insatisfaction qui me tenaillait, née de mes anciens désirs, même ceux que j'éprouvais pour la pêche, pour Eddy, pour l'Ami perdu, se transformait en une triste petite musique silencieuse, et le vide que ces désirs avaient creusé en moi devenait un sanctuaire, un néant auquel je commençais à m'habituer et que je n'étais pas pressé de combler. Pendant que je réfléchissais à toutes ces modifications et que je regardais la pluie qui tombait sans discontinuer depuis le moment où je m'étais abreuvé à la source de la Tamanawis, je me rendis compte qu'on m'avait donné un esprit-gardien. On m'avait donné cette pluie.

Le ciel s'éclaircit, peut-être en réponse aux prières des enfants en ce jour d'Halloween. M'attendant à des visites, je préparai une douzaine de pommes caramel et creusai quelques citrouilles pour servir de lanternes et éclairer le sentier noir et sinueux qui conduisait à ma cabane.

Toute la soirée, je guettai des bruits de pas, car je pensais qu'au moins Bernie et Kernie viendraient dessiner au savon sur mes carreaux ou décorer les arbres de papier toilette. J'attendis, mais personne ne vint. J'essayai d'écrire une lettre à Bill Bob, mais je n'y arrivai pas. J'essayai de lire, mais j'avais les yeux qui se fermaient. J'essayai de dormir, mais cela me rendit nerveux. J'essayai de manger, mais je n'avais pas faim. Lorsque je finis par m'écrouler sur le canapé, je me surpris à contempler les cannes à pêche et le moulinet ventral que j'avais confectionnés pour Eddy, et la paix que je croyais avoir trouvée déborda comme du lait et menaça de tourner. Il ne me restait qu'une seule possibilité : la fête d'Halloween à la ferme Coca & Doughnut. Je me doutais bien que les enfants étaient là. Les habitations du comté de la Tamanawis étaient trop dispersées pour que les petits puissent aller quêter d'une maison à l'autre, et les plus âgés étaient trop obsédés par le sexe pour qu'on les laisse s'égailler dans les buissons et les greniers à foin, si bien que les parents leur permettaient d'organiser des fêtes à la maison. En recevant mon invitation, j'avais estimé que j'étais trop vieux pour ce genre de distractions, mais après des heures passées à m'agiter et à me torturer la cervelle, je compris que la seule chose qui me retenait à la maison, c'était le rêve libidineux de voir Eddy débarquer pour faire la quête, vêtue de son jean coupé et de son T-shirt bleu ciel. Je cessai de me bercer d'illusions, enfilai à la hâte un déguisement, puis sortis en coup de vent et dévalai le chemin en shootant dans mes citrouilles.

Quand Kernie, Bernie, Charlene, Marlene et Darlene unissaient leurs forces, le résultat était à la hauteur. (Ernie II ne participait pas : il détestait les fêtes). Pour le fiasco d'Halloween, ils avaient nettoyé à fond et décoré les greniers à foin des deux granges, organisé un repas à la fortune du pot avec échange de cadeaux, lancé cent cinquante invitations en précisant sur chacune d'elles que tous ceux qui viendraient sans contribution ou sans déguisement seraient « catchés » par Kernie et Bernie. Habillé en clochard, j'apportai mes pommes caramel, et me gardai d'expliquer aux chaperons présents que mes bredouillages avinés fort convaincants étaient le fruit de la bouteille de cabernet que j'avais sifflée en route.

La ferme était transformée en véritable maison de fous. En gros, les invités se répartissaient ainsi : Emma et un groupe de pères et de mères responsables occupaient la véranda de devant et envoyaient de temps à autre des délégations pour maintenir une présence adulte dans les granges ou pour patrouiller, munies de lampes de poche, du côté de certaines étables et voitures garées classées « pour enfants accompagnés » où quelques vampires et sorcières postpubescents pourraient être tentés de se retrouver pour se multiplier. Ernie Senior et quelques-uns de ses copains aux nez couperosés restaient près de la télé classée « autorisation parentale », équipés d'un jeu de cartes et de trois caisses de Burgie. Presque tous les autres se pressaient dans les greniers à foin classés « tous publics » où l'on trouvait en vrac des jeux stupides genre courses de cacahuètes poussées avec le nez, pommes à attraper avec les dents dans une bassine pleine d'eau, maisons hantées, bras de fer, concours de costumes, et puis des flirts, des amourettes, des plaisanteries cochonnes, des rires gras, des visages rouges, des rots, des pets, bref tout ce que l'on associe en général à ce type de festivités. Je présentai mes respects à la véranda, puis me débarrassai d'Ernie grâce à une rapide partie de cartes, mais payai ma victoire d'un accès soudain de Maladie du Scrabble dû à l'action combinée du cabernet et d'Ernie qui me contamina en comptant ses points tout en écorchant les mots, après quoi j'allai errer parmi la foule entassée dans les granges en tâchant de dire bonjour aux gosses que je connaissais sans leur cracher à la figure des miettes de la tarte au potiron que je m'enfilai comme antidote à la Maladie du Scrabble. Par malheur, la tarte me dessoûla un peu, de sorte que je me rendis compte que j'avais soit dix ans de plus soit vingt ans de moins que la majorité des participants de la fête. Dans les granges, j'avais l'impression d'être un corbeau au milieu d'un vol d'étourneaux, et sur la véranda, un corbeau au milieu d'un vol d'oies domestiques. Je sortis me promener dans le jardin parsemé de souches d'arbres. Je me sentais seul et déprimé, et je m'efforçais de chasser les visions de l'Aulne au Faîte Brisé... quand je repérai Arjuna et Hemingway.

A mi-chemin entre les deux granges, on avait pour l'occasion arrosé d'essence l'une des plus grosses souches avant d'y mettre le feu. Arjuna et Hemingway (non costumés, mais armés de couteaux au cas où Bernie et Kernie chercheraient à les « catcher ») avaient traîné des balles de foin près des flammes et, installés dessus avec des sachets de pop-corn et un pichet de cidre, ils exprimaient — par l'intermédiaire de toute une gamme de regards mauvais, de ricanements, de grognements et de gestes à l'adresse des invités qui passaient — les plus flagrants des sentiments antisociaux. Et c'est près de cette souche enflammée, en compagnie de ces vieux durs à cuir de cinq ans revenus de tout, que je trouvai ma place au sein du désordre naturel.

Je tirai une balle de foin vers moi, me laissai choir dessus, jetai un œil noir en direction des granges, de la ferme et du ciel, crachai dans le feu et grommelai un « 'soir ».

Ils grommelèrent à l'unisson une vague réponse et, me gratifiant à peine d'un regard, me passèrent le pop-corn et le cidre.

« Nulle, la fête, commenta Hemingway.

— Stupides truies », ajouta Arjuna, indiquant d'un signe de tête une bande de filles acnéiques occupées à s'empiffrer près des granges.

Je ne les avais jamais vus ensemble et je me demandai comment ils s'entendaient. Arjuna avait passé les quatre premières années de sa vie dans les rues de Los Angeles, alors que Hemingway avait tout du bouseux qui pêchait et chassait depuis le jour où il avait appris à se tenir sur ses jambes et à manier un pistolet à plombs. Après avoir mangé un peu de pop-corn, je les interrogeai pour savoir comment ils s'étaient rencontrés...

Pendant le déjeuner, me répondirent-ils. Le premier jour au jardin d'enfants, il y avait juste un peu plus d'un mois. Hemingway faisait sa première expérience dans le domaine scolaire, tandis qu'Arjuna avait été la terreur de l'école Montessori de Wilshire Boulevard et avait importé dans le comté de la Tamanawis certaines conceptions tout à fait opposées à celles de la paysannerie locale. Il semblerait que Hemingway et lui, assis côte à côte à la table du déjeuner, avaient décidé de s'ignorer, jusqu'au moment où Hemingway avait sorti de son sac en papier un sandwich à la viande bien gras. Arjuna le reluqua, prit un air mauvais, puis cracha entre ses dents :

« Mangeur de viande ! »

Hemingway en resta tout interdit. Pour autant qu'il le sache, ce n'était pas une insulte, et pourtant le ton employé par ce garçon inconnu ne laissait guère de doute. Il fronça les sourcils, étudia l'ample chemise de coton indien blanc du nouveau, sa longue natte blonde, puis il ricana, gronda et lança :

« Espèce de fille ! »

Ça, c'était une insulte. Il n'y avait pas à s'y tromper.

Le front d'Arjuna se rembrunit et il répliqua :

« C'est toi qui vas être une fille si tu continues à manger de la viande ! »

Le ricanement de Hemingway s'effaça. Il se gratta la tête. De quoi parlait ce cinglé ? Ses paroles n'avaient pas de sens. Tâchant de demeurer sur un terrain solide, il dit :

« C'est toi la fille, espèce de fille ! »

Arjuna lui adressa un sourire condescendant et, affichant toute la suffisance d'un Témoin-que-rien, il déclara :

« Mon père y dit que dans la viande y a des cornes-mômes qui transforment les hommes en femmes. C'est toi la fille ! »

Voilà qui coupa le sifflet à Hemingway. Le temps de reprendre ses idées et il riposta avec un nouveau ricanement :

« Betty a pas de cornes-mômes sur lui. Et c'est ton père la fille, espèce de fille ! »

Le coup atteignit Arjuna.

« Mon père est pas une fille », siffla-t-il.

Il commençait à son tour à se sentir perplexe. Il se gratta l'oreille et demanda :

« C'est qui Betty ? »

Hemingway désigna la viande de son sandwich.

« Betty, c'était notre bœuf.

— Ah, fit Arjuna, réfléchissant. Mais le bœuf, c'est pas le mari de la vache ?

— Si, mais avant sa naissance je croyais que c'était une fille, alors je l'ai appelé Betty. Il est sorti du ventre par-derrière, et on lui a quand même laissé son nom, comme pour Charles II, parce que Pa a dit qu'on finirait tôt ou tard par le castrer, alors va pour Betty.

— Oh, fit Arjuna, complètement perdu. C'est qui, Charles II ?

— Notre chèvre. »

Arjuna se borna à secouer la tête. Hemingway regarda sa natte voler d'un côté et de l'autre. Il luttait contre son admiration et, au fond de lui, il se demandait comment il serait s'il en avait une.

« C'est quoi, castrer ? finit par demander Arjuna.

— C'est quand Pa leur coupe les balles », répondit Hemingway avec désinvolture.

Arjuna faillit s'étrangler.

« Il... il leur coupe les balles... les noix, tu veux dire ? »

Il n'en croyait pas ses oreilles.

« Ouais, confirma Hemingway. Ça les rend plus gras et meilleurs à manger. C'est quoi les cornes-momies ?

— Les cornes-mômes, corrigea Arjuna. C'est des trucs que t'as dans le sang, les garçons, y z'ont des cornes-mômes mâles et les filles, des cornes-mômes femelles, mais le bétail, il a des cornes-mômes femelles qui transforment les garçons en filles quand les garçons mangent le bétail. »

Hemingway en demeura bouche bée.

« Je te crois pas !

— Pourquoi ? rugit Arjuna. Vous leur coupez les balles ! »

Hemingway tâcha de comprendre tout en reluquant la natte et la chemise blanche du nouveau, mais il y avait trop de choses à comprendre. Cinq minutes à parler avec ce hippie venu de la ville et il n'était plus très sûr de la différence entre une fille et un garçon !

Ils poussèrent tous deux un soupir et restèrent assis à la table du déjeuner sans plus rien dire. Chacun admirait intérieurement l'assurance et la force de caractère de l'autre, mais chacun se demandait de quelle étrange planète l'autre débarquait. Arjuna finit par se souvenir que l'affaire n'était pas encore réglée.

« Tu m'as traité de fille », dit-il.

Hemingway s'efforça de retrouver le fil.

« Ah, ouais. Mais toi aussi, tu m'as traité de fille, à cause de... euh... (il baissa la voix au cas où il aurait compris de travers)... des mornes-gnomes de Betty...

— Bon, fit Arjuna, désireux de simplifier les choses. Tu veux te battre ? »

Hemingway réfléchit un instant, haussa les épaules, répondit : « Oui », puis, sans autre forme de procès, écrasa son poing sur le nez d'Arjuna. Le coup était parti comme un boulet, mais Arjuna montra de quelle étoffe il était fait en répliquant par un gauche qui fit sauter trois dents à Hemingway, après quoi ils entreprirent de se foutre consciencieusement sur la gueule, ainsi que sur celle de la maîtresse qui tentait de les séparer.

Lorsque la maîtresse eut cessé de crier et que les deux garçons eurent cessé de saigner, ils retournèrent à table, se serrèrent la main et échangèrent leurs sandwiches, ce qui permit à Arjuna de goûter à son premier morceau de viande entre deux tranches de pain industriel et à Hemingway de goûter à son premier mélange d'avocat et de pousses de soja entre deux tranches de pain aux huit céréales. Ainsi fut scellée une étrange alliance qui dure encore à ce jour.

Assis sur nos balles de foin pendant que la souche continuait de brûler, on regarda les adolescents qui se précipitaient d'une grange à l'autre et les parents qui, lampes de poche à la main, poursuivaient d'éventuels fornicateurs.

« Quelle soirée ridicule ! s'exclama Arjuna.

— Sales truies ! » grogna Hemingway avec un geste de mépris en apercevant deux de ses sœurs.

Puis les deux garçons se penchèrent vers les flammes.

Je demandai à Arjuna où était Rama.

« A la maison, répondit-il. Il est malade.

— Oh ? Qu'est-ce qu'il a ?

— La vaisselle ou je sais quoi. Faut qu'y prenne des bains de vapeur et des lavements. C'est maman qui lui fait.

— Oh ! merde, dis-je.

— C'est quoi des lavements ? demanda Hemingway.

— C'est quand on te met de l'eau dans le trou du cul, expliqua Arjuna.

— Non ?

— Si, si, affirma Arjuna. Hein, Gus ? »

J'acquiesçai d'un signe de tête.

« Ouh ! là ! là ! compatit Hemingway. Pauvre Rama !

— Vaut encore mieux se faire couper les noix comme Betty, dit Arjuna.

— Mais Betty était un bœuf, répliqua Hemingway.

— Ouais, c'est vrai, admit Arjuna.

— Au moins, il a pas à venir à cette stupide soirée », fit remarquer Hemingway.

Arjuna et moi hochâmes la tête en chœur, puis on fixa le feu.

Quelques instants plus tard, Hemingway me demanda :

« T'as des copains invisibles, Gus ? »

Bien qu'encore à moitié soûl, je sursautai.

« Qu'est-ce que tu veux dire ?

— Tu sais, des copains que personne voit sauf toi, précisa Arjuna.

— Ouais, intervint Hemingway. Arjuna et moi, on a tous les deux des copains invisibles...

— Ouais, ouais, confirma Arjuna. Et y font des trucs pour nous.

— Ouais, ajouta Hemingway. Y sont toujours là quand t'as besoin d'eux. »

J'en restai sidéré. Il semblerait donc que la quête d'un esprit-gardien ne soit pas chose si rare... holà ! mais une seconde !

« De... de quelle sorte de copains invisibles vous parlez ?

— Le mien, c'est Bigleur, dit Hemingway, l'air terriblement sérieux.

— Le mien, c'est Tueur, dit Arjuna, tout aussi sérieux.

— Ah bon ? fis-je.

— Ouais, Bigleur et Tueur, confirma Hemingway. C'est comme ça qu'y s'appellent.

— Je vois, dis-je, commençant à penser qu'on avait affaire à quelque chose d'un peu moins subtil que des esprits et des pouvoirs sacrés. Et... et qu'est-ce qu'ils font pour vous ?

— Eh ben, par exemple, Tueur écrase des petits pois sur le mur de la salle à manger parce qu'y sait que j'aime pas ça, répondit Arjuna. Et y jette les choux-fleurs dans les toilettes. »

Je m'efforçai de dissimuler mon envie de rire.

« Et Bigmachin, Hemingway ?

— Bigleur ! corrigèrent-ils.

— Pardon, Bigleur.

— Y déroule le papier toilette dans la salle de bains... »

Je faillis m'étrangler, mais je réussis à me reprendre.

« Et quoi d'autre ? demandai-je.

— Eh ben, y sait que j'aime pas les courgettes. Et même que je les déteste ! Alors, une fois, il a laissé Charles III les manger dans le potager de maman, mais elle a dit que c'est moi que je l'ai fait et elle m'a flanqué une correction ! Elle croit pas à Bigleur. C'est une athée !

— C'est quoi une athée ? demanda Arjuna.

— Quelqu'un qui croit pas à des trucs comme Bigleur et Tueur, répondit Hemingway.

— Ah bon », fit Arjuna.

Lui et moi, on se perdit dans la contemplation des flammes.

« Bigleur est vert et violet, et puis il est maigre, et puis vraiment grand, dit Hemingway.

— Tueur, il est à pois... à pois orange et marron. Il est gros, avec de longues dents, dit Arjuna.

— Je vois, dis-je.

— Bigleur a découpé les poupées Barbie de Marlene et de Charlene quand elles m'ont pas laissé regarder les matches de base-ball, dit Hemingway. Et quand Kernie m'a fait tomber dans la boue, Bigleur lui a fauché son ballon de football et l'a flanqué dans le poêle.

— Je vois, répétai-je.

— Et une fois, ajouta Arjuna, Bigleur m'a aidé... non pas moi... il a aidé Tueur à allumer un feu de broussailles et y a des avions qu'ont dû venir le bombarder avec de l'eau.

— Ouais, confirma Hemingway. Y z'ont fait ça. Nous, on a essayé de les empêcher.

— Ouais, on a essayé, approuva Arjuna.

— Je vois », dis-je pour la troisième fois.

Et on se pencha vers le feu.

Après mon départ, Bigleur et Tueur s'étaient apparemment mis à l'œuvre. En effet, j'appris plus tard que l'une des tartes offertes pour le concours du meilleur mangeur de gâteau se composait de bouse fraîche recouverte d'une couche de crème fouettée. Bernie, hypercompétitif dans ce domaine, engloutit une dizaine de bouchées avant de se rendre compte de quoi il s'agissait et d'arroser la table, les participants ainsi que le sol de la grange des reliefs de son petit déjeuner, de son déjeuner et de son dîner réunis. Il suffit alors au vainqueur de manger une toute petite tranche... car plus personne n'était capable d'avaler quoi que ce soit. Arjuna, Hemingway et Rama se régalèrent avec les restes pendant les dix jours qui suivirent.

Quant à Bernie, il souffrit mille morts jusqu'au moment où quelqu'un suggéra d'appeler Maggie Eaton ; à cette idée, le garçon poussa un gémissement si pitoyable qu'Ernie Senior intervint avec sa propre panacée : une bouteille de Old Crow. Médicament certes contestable, mais honneur rare d'autant que distribué généreusement. En tout cas, le résultat fut spectaculaire et Bernie se remit sur-le-champ.

Entre-temps, Emma surprit Arjuna et Hemingway sur le tas de bois en train de s'enfiler des Burgie prélevées sur le stock de Ernie Senior. Accusés de vol — accompli sous couvert de l'agitation provoquée par le gâteau à la bouse de vache —, ils nièrent farouchement et prétendirent que les bières leur avaient été fournies par une créature verte et violette et une créature orange et marron que les athées ne pouvaient pas voir. Pour les méfaits de Bigleur, Hemingway fut fouetté, et pour ceux de Tueur, Arjuna se vit infliger par Steve une leçon d'une heure sur les conséquences entraînées par un mauvais karma et un comportement trop yang. Ils reconnurent ensuite que Hemingway s'en était tiré à meilleur compte. Pour ma part, j'en conclus qu'on avait intérêt à bien choisir ses copains invisibles et je me sentis soulagé de savoir mon Ami si discret.

Sur le chemin du retour, je grelottais, et à la pensée que je n'avais laissé en partant ni lumière ni feu allumés, je n'en avais que plus froid. La lune était presque pleine, mais il y avait du brouillard, de sorte qu'elle n'éclairait pas et ne faisait que jeter un voile blafard sur le paysage. Les effets du vin s'étaient dissipés et je ne ressentais plus qu'un sourd mal de tête. Un vent âpre se leva qui agita les arbres squelettiques.

Les citrouilles d'Halloween dans lesquelles j'avais shooté étaient à moitié écrasées. Tandis que je m'engageais dans le bois de cèdres où régnaient d'épaisses ténèbres, je me sentis si seul que j'aurais accueilli avec joie la présence d'un fantôme, d'une fée, de Bigleur, de Tueur ou de qui ou quoi que ce soit plutôt que de retrouver ma cabane vide, silencieuse et glaciale. Je tournai le dernier coude que formait le chemin et je me figeai sur place :

des volutes de fumée s'échappaient de la cheminée, une douce lumière brillait à chaque fenêtre et un minibus Volkswagen était garé près de mon pick-up. Je contournai la cabane pour aller jeter un coup d'œil par une fenêtre et je reculai en titubant. Je n'en croyais pas mes yeux ! Installée sur les pierres du foyer devant un feu qui flambait il y avait l'hameçon, la ligne, la pêcheuse de mes rêves. Restant dans l'ombre, je secouai la tête pour m'assurer que j'étais bien éveillé, puis je pris une profonde inspiration et regardai de nouveau : elle était bien là ! C'était Eddy c'était Eddy c'était Eddy, seule dans ma cabane, qui attendait, qui m'attendait !

7

Aboule ou je te roule !

Socrate : Est-ce l'art du pêcheur ou celui du dithyrambe qui est le mieux à même de juger si ces lignes sont correctement exprimées ?

Ion : Celui du pêcheur, sans nul doute, Socrate.

Platon

Elle portait un jean délavé et une chemise de flanelle bleu indigo, et ses pieds étaient nus dans des sandales marron. Une auréole brillait autour de ses cheveux éclairés par le feu, et son visage qui semblait pâle d'appréhension était beaucoup, beaucoup plus beau que dans mes souvenirs ou dans mes rêves. Je me précipitai vers la porte, puis je m'arrêtai net, pris ma respiration et fis une entrée la plus digne possible...

Elle se leva, m'examina des pieds à la tête, et ce n'est qu'au moment où elle sourit que je me rappelai que j'étais vêtu en clochard. Tout ce que je réussis à faire, c'est à écarter la poche de mon manteau élimé et à bégayer : « Aboule ou je te roule. » Le son de ma voix me stupéfia : on aurait vraiment dit un gosse en train de quêter le soir d'Halloween, un gosse de trois ans, d'abord terrifié cependant que la porte s'ouvre et que le regard d'un inconnu se pose sur son masque et son déguisement, puis rempli d'espoir et de doute cependant qu'il attend de voir ce qu'on va lui donner... Et dans le sac en papier de mon cœur, Eddy glissa un sourire.

Etourdi, je détournai les yeux... mais le feu flambait si bien, le bois des murs était si lumineux, l'atmosphère à la fois si odorante et si bizarre que j'eus l'impression d'être entré chez elle ! Je rougis et je songeai que je ferais mieux de partir.

Dieu merci, elle ne me regardait pas. Elle fouillait dans un sac posé à côté d'elle. Elle se tourna vers moi, un journal à la main. Je reconnus la page où figurait la rubrique du Hollandais pêchant.

« Antoine Chapeau, je présume ? » dit-elle.

Je fis signe que oui.

« C'est moi qui quête, reprit-elle alors. Vous me devez un poisson et une canne à pêche. »

Je refis signe que oui, puis je me débarrassai de mon manteau de clochard, sautai sur le canapé et m'accrochai aux poutres pour prendre sa canne en noisetier, plus celle que j'avais faite, ainsi que la canne en bambou et le moulinet ventral, puis je me laissai retomber sur le canapé, rebondis en l'air et atterris à ses pieds. Elle me brandit sous le nez un pistolet à eau orange et l'article du Hollandais. Je lus : *il lui suggère de venir armée...*

« J'ai suivi votre conseil à la lettre », dit-elle.

Je me bornai une fois de plus à hocher la tête, puis je filai dans la cuisine et de là dans le cellier d'où je remontai avec les deux steelheads de la Siletz fumées au bois de hickory et enveloppées dans du papier alu. Elle garda le pistolet braqué sur moi. Elle paraissait nerveuse.

« Un poisson, une canne, c'est tout ce que vous me devez, dit-elle. C'est quoi, le reste ? »

M'efforçant de prendre le ton du directeur de la banque Benjamin Franklin, je répondis :

« Les intérêts de votre investissement. Merci d'avoir fait confiance à la banque Tamanawis... la banque des vrais pêcheurs. »

Eddy ne sourit pas. Elle me regarda droit dans les yeux et demanda :

« Qu'est-ce qui vous a fait penser que je viendrais les chercher ? »

Je partis d'un rire... et m'arrêtai aussitôt en me rendant compte à quel point il paraissait hystérique.

« Tout, croassai-je. Tout me faisait penser que vous ne viendriez jamais, au grand jamais les chercher ! »

Je me sentis soudain bizarre... et je m'écroulai devant la cheminée. Quand je repris connaissance, elle était assise à côté de moi avec un verre et une bouteille de mon vin.

« Ça va ? me demanda-t-elle.

— Je crois.

— Vous êtes tout blanc.

— Pourtant, mon père est indien, un Winnebago. Mais ma mère est bien blanche. »

Eddy sourit.

« Moi, je suis hésychaste wishram bhakti anglo-saxonne.

— Enchanté », fis-je.

Wishram, je savais ce que c'était, quant au reste, à part la terminaison « chaste » à laquelle je préférais ne pas penser...

« Les Wishrams, repris-je, ce n'est pas la tribu qui pêchait du côté des chutes de Celilo ?

— Si, l'une d'entre elles.

— Vous les avez vues ? Les chutes je veux dire.

— Oui, à quatre ans, répondit-elle avec un soupir. Juste avant qu'elles soient submergées. Et ce soir là, Elvis Presley a chanté *Nuthin' But a Hound Dog* au "Ed Sullivan Show". Le jour le plus triste de ma vie. » Elle but une petite gorgée de vin, puis me passa le verre. « Je me sentais un peu nerveuse d'être entrée chez vous comme ça, alors je me suis servie. J'espère que vous ne m'en voulez pas. »

Je levai les yeux sur Rodney.

« Elle espère que je ne lui en veux pas ! »

Eddy suivit la direction de mon regard.

« A qui vous parlez ?

— A ma canne à pêche. Rodney, je te présente Eddy. Eddy, voici Rodney.

— Enchantée, dit-elle, puis elle désigna la canne en bambou : Et elle, elle a un nom ?

— Elle est à vous. C'est à vous de lui en donner un. »

Eddy fronça les sourcils.

« Je ne vois pas pourquoi vous... pourquoi je devrais l'accepter.

— Mettons que c'est un gage de ma déconsidération. »

Comme elle ne réagissait pas, je repris :

« C'est simplement pour m'excuser... parce que je vous ai fait peur au bord de la Siletz. Le moulinet ventral va avec. »

Elle jeta un coup d'œil sur le moulinet, mais, sans que je comprenne pourquoi, elle eut l'air soudain mal à l'aise. Elle posa la canne, s'assit tout au bord du fauteuil, joua un instant avec son pistolet à eau et finit par me demander :

« Pourquoi deux poissons ? Je n'en ai pêché qu'un. »

Je m'efforçai de dégager une impression de calme, alors que j'avais la tête remplie d'images on ne peut plus mouvementées, souvenir de ce que j'avais vu sur les bords de la Siletz.

« Eh bien, dis-je, après que vous vous êtes enfuie en courant, j'ai rattrapé votre canne, et le poisson était encore au bout... ça fait un. Et comme vous en aviez pêché un avant... ça fait deux. »

Elle m'adressa un bref regard scrutateur, puis se tourna vers le feu.

« Il faut que je vous dise quelque chose à propos de ce jour-là... » (J'attendis.) « Passez-moi d'abord le vin. »

Je lui tendis le verre. Elle le vida d'un trait et reprit :

« Je ne me suis pas enfuie.

— Hein ?

— Non, je ne me suis pas enfuie. J'étais pieds nus. Je campais un peu plus haut depuis trois jours, et comme je tenais à récupérer ma canne et mon poisson, je me suis cachée dans la forêt. » Elle s'interrompit une fraction de seconde pour laisser retentir cette révélation retentissante. « Vous êtes parti, et dès que j'ai entendu une voiture ou un pick-up s'éloigner, je suis revenue chercher ma canne. J'ai mis une éternité à la retrouver, et au moment où j'entrais dans l'eau pour la prendre, quelqu'un a dévalé la pente du canyon, alors...

— Alors, quoi ?

— Alors, je me suis dissimulée dans les broussailles et j'ai épié...

— Qui ça, moi ?

— Oui, vous, dit-elle. Et dans quel état vous étiez !

— En effet, ce devait bien être moi. »

Je tâtonnai sur le manteau de la cheminée pour prendre une cigarette. Je lui en offris une et faillis lui brûler le nez en la lui allumant, songeai à quel point son nez me rappelait celui d'un bébé lapin et songeai en même temps au fait qu'elle m'avait épié, à l'allure que je devais avoir, aux gestes que j'avais pu faire, aux paroles que j'avais pu prononcer à voix haute, puis j'allumai ma cigarette par le filtre et tirai à peu près le même nombre de bouffées que Bernie avait mangé de bouchées du gâteau à la bouse de vache avant de m'en apercevoir, de sorte que je cassai le filtre, rallumai la cigarette par le même bout, m'effondrai sur l'autre rocking-chair, devins tout rouge et parvins tout juste à murmurer :

« Dans... de quel état vous voulez parler ? »

Eddy tressaillit.

« Le genre couvert de sang, de boue et d'égratignures. Le genre qui tremble, sue à grosses gouttes, soupire, parle tout seul, s'adresse des injures, pousse des grognements. Le genre qui dit.... » Elle regarda ailleurs et marmonna : « Le genre qui répète sans arrêt "Eddy, Eddy, Eddy..."

— Vous étiez assez près pour entendre ça ?

— Ça et le reste !

— Passez-moi le vin. »

Elle s'exécuta et reprit :

« Après, vous avez fouillé la berge en disant des trucs du style : "Faut que j'trouve quéque chose !" Mais tout ce que vous avez trouvé, c'est ma première steelhead. Ensuite, vous avez grimpé dans le même aulne où je l'avais ferrée.

— C'est de là que vous l'avez ferrée ? m'exclamai-je, fier de m'être souvenu à temps que j'avais intérêt à jouer les imbéciles. »

Elle me décocha un drôle de regard.

« Ouais. Quelle étrange coïncidence que vous ayez précisément choisi le même arbre pour observer les environs, n'est-ce pas ?

— Je... je cherchais juste à repérer votre canne dans la rivière », mentis-je.

Elle eut un petit sourire en coin.

« Quoi qu'il en soit, vous avez commencé à parler tout seul, à pousser de profonds soupirs et à vous donner de grands coups sur la tête... » Elle réprima un nouveau sourire. « Et quand vous avez fini par sauter à l'eau, j'ai cru que vous vouliez vous suicider... mais j'ai vu que vous saviez nager. Enfin, plus ou moins. » Cette fois, elle éclata carrément de rire. « Je me suis aperçue que vous essayiez de rattraper ma canne, alors je vous ai suivi, toujours en me cachant, et quand vous avez fini par la rattraper, la steelhead au bout était pratiquement morte, et vous aussi, et tous les trois, la canne, le poisson et vous, vous ressembliez à une caricature pour la revue *Pêche et Chasse.* J'avais presque pitié de vous, et j'allais m'approcher, mais...

— Mais... ? »

Elle tritura son pistolet à eau, me fixa comme un faucon fixe sa proie et répondit :

« Mais j'ai buté sur un sac d'oranges. »

Je sursautai. Elle poursuivit :

« Ça vous dit quelque chose ?

— Hein ? Euh... je... je... je ne comprends pas. »

Elle secoua la tête d'un air apitoyé.

« Vous êtes un très, très mauvais acteur, Gust.

— Acteur ? Que... qu'est-ce que... euh... »

Elle s'esclaffa.

« Il faut vraiment que je vous l'épelle ?

— Epeler ? Je... qu'est-ce... épeler quoi ? »

Son hilarité s'accrut.

« Que... qu'est-ce qu'y a de si drôle ? Epeler ? Epeler des oranges ? »

Elle cessa de rire. D'un seul coup. Puis elle dit :

« Bon : les oranges étaient toutes fraîches, elles n'étaient pas à moi, je n'avais pas vu âme qui vive depuis trois jours... sauf vous ! Mais vous étiez en *amont* de mon aulne quand vous êtes arrivé en faisant un boucan de tous les diables et avez tenté de me charmer par des phrases du genre “Ahreu, ahreu.

Vroum ! Vrig ! Pirr tchhh !" et les oranges étaient en *aval* ! Pas besoin d'être Sam Spade ou Philip Marlowe pour en déduire que vous veniez en fait de l'endroit où étaient les oranges et que vous vous conduisiez de cette façon parce que vous m'espionniez depuis je ne sais combien de temps, pendant que... *vous savez très bien* ! »

Elle m'avait eu ! Je ne savais pas quoi dire et, du reste, il n'y avait rien à dire... mais elle attendait... Je capitulai : j'ouvris mon cœur et ma bouche... et advienne que pourra :

« Bon d'accord, je vous ai vue. Je suis désolé. Je suis désolé, mais... non, justement, je ne suis pas désolé ! C'est tout le problème ! » Je quittai d'un bond mon fauteuil et me mis à arpenter la pièce. « Et puis, quel mal il y a à ça ? Bon Dieu ! ce n'est pas ma faute, ni celle de mon foutu sac d'oranges si je me baladais tranquillement et que tout d'un coup il y ait cette fille dans un arbre en train de pêcher ! Vous ne me connaissez pas, Eddy... je veux dire que vous ne connaissez pas mes rapports avec la pêche, ce qu'elle représentait pour moi, à quel point je m'y étais voué, à quel point je m'étais efforcé de la comprendre, de la pénétrer je veux dire, non, merde, ce n'est pas tout à fait ça, je ne peux pas l'expliquer, mais si vous saviez combien j'ai vu de pêcheurs écumer d'innombrables rivières et combien ils m'ont paru stupides, ennuyeux et tous pareils, et ce que ça représente de vous voir ensuite pêcher comme ça du haut de votre aulne ! Bon sang ! même si vous aviez été une vieille harpie, une putain, une gamine boutonneuse, ou même une sorcière borgne au visage de crapaud, je serais tombé amoureux de vous ! Je ne sais pas, mais quelque chose dans la manière dont vous teniez cette immense branche de noisetier sur laquelle les écureuils et les oiseaux s'étaient posés, et dans la manière je-m'en-foutiste dont vous la flanquiez à l'eau avant de plonger et de nager pour la rattraper... ça montrait que vous aviez une façon de voir... pas seulement la pêche, mais le monde... et c'est de cette façon-là que j'aurais voulu moi aussi voir les choses, et durant toute ma vie, je n'avais rencontré qu'un vieil Indien, un petit gosse, un philosophe et son chien ainsi qu'un vieux converti qui jetaient ce regard-là sur le monde, et pour eux aussi j'avais eu le coup de foudre... je suis comme ça. Alors, qu'est-ce que j'y peux si je tombe par hasard sur quelqu'un d'autre qui est comme ça et si ce quelqu'un est à peu près de mon âge, est une fille et, par-dessus le marché, est *belle* ? Voilà, je l'ai dit, je ne me suis peut-être pas très bien conduit, mais mettez-vous à ma place et tâchez d'imaginer comment vous auriez réagi si j'étais aussi beau que vous et que vous soyez tombée sur moi ! Peut-être que vous ne vous seriez pas mieux conduite que moi ! Vous comprenez, quand on voit la plus belle chose qu'on ait jamais vue, on ne va pas s'arrêter de regarder, l'effrayer ou lui dire de se rhabiller ! Quand on reste bouche bée, on reste bouche bée ! On ne sait plus ce qu'il est bien ou ce qu'il est poli de faire. On regarde. On est cloué sur place. Je sais que j'ai eu l'air d'un fou et je m'excuse de vous avoir fait peur, mais il fallait que j'essaye de vous dire ce que je ressentais avant que vous vous enfuyiez pour disparaître à jamais ou je ne sais... »

Je revins m'affaler dans le fauteuil et, les yeux rivés sur mes chaussures, je guettai le bruit de ses pas qui m'annoncerait qu'elle sortait définitivement de ma vie. Le silence se prolongea. Puis, j'entendis le bruit de ses pas. Suivi d'un son mat...

celui du pistolet à eau orange qui atterrissait dans la poubelle. Et Eddy se tenait devant moi, qui souriait !

« Qui a parlé de disparaître ? demanda-t-elle. Maintenant, il faut que je vous avoue que moi aussi je vous ai espionné ! »

Flottant sur un petit nuage, j'écoutai sa confession :

« Vous savez, commença-t-elle après avoir récupéré son rocking-chair et son vin, quand on a le physique que j'ai, on attire l'attention d'un tas de types qu'on pourrait sans risque qualifier de “crétins”, mais je n'avais encore jamais rencontré le Crétin qui, voyant qu'il m'avait fait peur, était capable d'entrer dans l'eau, de franchir la rivière à la nage, de se couvrir d'égratignures en traversant un buisson du diable et de grimper dans un arbre pour débiter des trucs du style : “Permettez-moi de vous dire, cher disciple, que Dieu n'a jamais créé de meilleur fruit que la Pêche à la ligne !” Je dois dire que ça m'a plu, Gust. Je ne savais pas qui vous étiez, mais je savais que vous n'étiez pas un Crétin. Je m'imaginais que vous vous étiez échappé d'une maison de fous, que vous veniez de cambrioler une banque ou de tuer quelqu'un, mais je me disais que vous étiez un cinglé ou un criminel plutôt marrant et gentil ! » Elle rit et continua : « Dans les jours qui ont suivi, j'ai beaucoup pensé à vous et j'ai compris que j'avais peut-être un petit penchant pour vous... ce qui était embarrassant compte tenu de vos antécédents éventuels. Mais je me disais que je ne vous reverrais jamais et que ça n'avait donc pas d'importance...

« Seulement, une semaine plus tard, je me trouve près des entrepôts de mon père — ils sont sur les docks de Portland — quand je regarde par hasard en direction de ce minable ruisseau qui se jette dans la Willamette, et voilà que je vois un type assis au milieu des ordures avec une planche sur les genoux. Je prends mes jumelles... et oh ! surprise ! c'est ce vieux Gust, habillé en releveur de compteurs, qui s'amuse à tirer les fils d'un manteau crasseux sorti de l'eau ! Je me dis : "Waouh ! il est vraiment siphonné !" Mais vous plantez un hameçon dans la planche, confectionnez une mouche avec le fil, creusez un petit bateau que vous lancez dans l'eau, équipé de la mouche, et crac ! vous attrapez une truite ! » Elle me passa la bouteille, choqua son verre contre celle-ci et dit : « A la santé d'une nouvelle méthode de pêche ! »

On but, puis elle poursuivit :

« J'ai commencé à me demander pourquoi vous vous étiez donné la peine de pêcher une pauvre truite de bidonville comme celle-là, quand vous l'avez mise dans une bouteille de lait et que vous vous êtes précipité vers la rivière pour la relâcher. Après, vous êtes resté un moment assis et vous avez fait d'étranges gestes dans l'air comme une espèce de druide, de chaman ou je ne sais quoi. Là, je suis devenue curieuse. Vraiment curieuse...

« Au point que, le week-end suivant, je suis venue traîner un peu du côté de la Tamanawis. Près d'un pool situé non loin d'une ferme d'une laideur inouïe, j'ai rencontré un petit garçon qui m'a dit s'appeler Hemingway et qui, sans que je lui aie rien demandé, s'est lancé dans une sorte d'épopée où il était question d'une steelhead géante qu'il avait pêchée grâce à un sage du nom de Gus qui était le plus grand pêcheur du monde, même qu'il poignarderait quiconque oserait prétendre le contraire. Il m'a montré l'endroit le plus profond et le plus sombre du pool, puis m'a raconté comment ce Gus avait plongé, lutté à mains nues avec le poisson, passé sept minutes sous l'eau avant de remonter, un large sourire aux lèvres...

— C'est un peu exagéré, dis-je en riant.

— Je m'en doute bien. Toujours est-il que je lisais dans les yeux du petit Hemingway ce qu'il pensait de vous et que je n'en suis devenue que plus curieuse encore. »

Elle me jeta un coup d'œil en coin. J'avais le sentiment d'être un chien en train de baver et de tirer la langue.

« Et à propos d'exagération, reprit-elle, deux semaines plus tard, un de mes amis pêcheurs est passé me montrer un journal et il m'a lu la Légende d'Antoine Chapeau. Je ne me tenais plus de rire jusqu'au moment où il en est arrivé au message et où j'ai compris que c'était vous. » Elle s'interrompit pour boire une nouvelle gorgée. « Je l'ai relu des milliers et des milliers de fois. Je voulais venir, mais il y avait ces oranges...

« A la place, je me suis mise à pêcher dans la Tamanawis en me disant que je finirais peut-être par tomber sur vous comme si c'était le fait du hasard. Un jour, je m'arrête chez ce fabricant de bougies fantaisie pour lui en acheter quelques-unes, et le type, il se nomme Steve, quand il me raccompagne à ma voiture et voit mon équipement de pêche, me crie d'attendre, et il se précipite pour revenir un instant plus tard avec une mouche qu'il me brandit sous le nez jusqu'à ce que je finisse par lui dire : “Ça ressemble à une puce, non ?” Il me lance : “Vous flashez dessus, hein ?” Puis il m'explique qu'un de ses amis tient ce qu'il appelle un magasin d'articles de pêche là-haut au bord de la route, mais qu'en réalité c'est une galerie d'art ichtyologique où il expose des “chefs-d'œuvre anadromes” et que je flasherai sur eux et peut-être bien sur l'ami en question aussi, qui n'est pas complètement anti-yang, encore que son régime le soit. Et avant même qu'il ne poursuive, je sais quel nom il va prononcer... Gus par-ci, Gus par-là. Je commençais à avoir l'impression d'être cernée ! Et pour couronner le tout, un peu plus tard dans la journée, je repère un type sur l'autre berge équipé d'une canne en bambou et d'un panier qui vient de prendre un gros poisson. Je sors mes fidèles jumelles... et c'est encore vous !

— Je savais bien que j'avais déjà vu ce minibus ! dis-je en riant.

— Ouais. A ce moment-là, je pensais beaucoup à vous, et je me disais que j'espérais rencontrer quelqu'un comme ce Gust, que si je ne prenais pas mon courage à deux mains, je risquais de laisser passer l'occasion et que, peut-être, les oranges n'étaient qu'un accident, ou même que ce n'était peut-être pas les siennes... oui, mais si ce n'était pas un accident et qu'elles soient bien les siennes ?... de sorte que je me suis décidée à venir quêter pour Halloween. Je suis partie de Portland et j'ai mis un sacré bout de temps pour arriver, parce que tous les kilomètres, je changeais d'avis et m'apprêtais à faire demi-tour avant de changer de nouveau d'avis. En arrivant ici, j'ai trouvé le chemin bordé de citrouilles renversées et la maison plongée dans le noir. Là, j'ai pris une décision définitive : PAS QUESTION ! J'ai voulu faire marche arrière si vite que j'ai calé, puis je me suis tellement énervée pour redémarrer que j'ai noyé le moteur et mis la batterie à plat. Et voilà. J'ai alors songé que nous étions condamnés à nous rencontrer. La porte n'était pas fermée à clé. Je suis entrée, j'ai allumé la lumière, j'ai eu besoin de boire un coup et j'ai ouvert une bouteille de vin, puis j'ai attendu, et vous avez fini par débarquer, habillé en clodo, et vous m'avez débité le discours qu'il fallait, dit les choses qu'il fallait, et vous m'avez semblé être quelqu'un que je pourrais, euh... que nous... enfin bref que... »

Je lui pris le verre des mains, et je l'embrassai.

Elle me prit le verre des mains, et elle m'embrassa.

« Et maintenant ? » demandai-je.

Elle m'embrassa de nouveau. Plusieurs fois. Et vice versa. Pendant longtemps, très longtemps.

Le matin, on dormit tard, Eddy sur la mezzanine et moi sur le canapé. A midi, on sortit traire Charles II, puis Eddy distribua des cacahuètes aux écureuils pendant que je préparais le petit déjeuner : lait de chèvre, oranges et thé. Le thé avait infusé trop longtemps, les quartiers d'oranges étaient desséchés, la crème du lait était presque tournée, mais ce fut de loin le meilleur petit déjeuner de ma vie, pris sur la falaise qui surplombait la rivière où pêchaient les martins-pêcheurs, où voletaient les roitelets, où plongeaient les cincles et où nageaient les saumons. L'après-midi, on alla se promener le long de la Tamanawis. Eddy me nommait tous les oiseaux, tous les buissons, tous les arbres, toutes les fleurs et tous les champignons qu'on voyait. Vers le soir, je lui montrai comment se servir de la canne et du moulinet ventral. A la tombée de la nuit, elle se débrouillait bien mieux que moi, et avec infiniment plus de grâce. Après quoi, on s'installa comme la veille auprès du feu, et je lui parlai de mon frère, des renous, de la souris qui chantait, puis je lui appris à siffler sa chanson. Elle me parla d'un grand-père qu'elle avait adoré, de sa vie et de sa mort, puis de deux de ses amis — une vieille femme, un professeur, qui vivait dans un grenier peuplé de chauves-souris et de souris (Eddy habitait le rez-de-chaussée), et d'un fabricant de violons (nommé Thomas !) qui faisait aussi des pirogues dans des troncs de cèdre et qui lui avait appris à confectionner des cannes à pêche dans des branches de noisetier. Ensuite, on se confia quelques secrets, et le plus beau fut celui-ci : le pistolet à eau était orange à cause des oranges, il était chargé de jus de citron, et si je m'étais mal conduit, elle m'aurait tiré droit dans les yeux ! On parla des animaux, des rivières et des montagnes qu'on connaissait. Ses yeux brillaient comme un lac dans une vision ou dans un rêve. Au milieu de la nuit, on alla de nouveau se promener, et quand le ciel vira au gris et que l'aube pointa, on crut que c'était la lune qui se levait pour la deuxième fois, et on resta ébahis en voyant le soleil paraître. Eddy déclara : « Disons les grâces et allons déjeuner. » Proposition à laquelle je souscrivis aussitôt.

Le deuxième jour, nous dormîmes jusqu'au soir, elle toujours sur la mezzanine (qu'elle appelait maintenant « chez moi »), et moi toujours sur le canapé (qu'elle appelait « chez toi »). Mais quand la dernière lueur auburn du jour filtra au travers du feuillage des cèdres, elle vint me réveiller, m'embrassa et posa une orange dans ma main. Je regardai l'orange, puis Eddy, et je vis qu'elle était nue. Elle murmura : « Viens chez moi. » On monta sur la mezzanine, on n'échangea pratiquement pas une parole, et on ne s'endormit qu'au petit matin.

8

La ligne de lumière

Pareille à une incrustation de cuivre dans
  l'ébène
une feuille tombée de l'un des soixante aulnes
va vers l'aval
comme poussée par six rameurs qui fuient
  la mort,

glisse d'un empan sous l'eau noire
le rose et le nacre et le vert spectraux
le brillant des écailles et des ailes des
libellules à la mort opportune dissoutes
  dans les remous

Et la feuille va, emportée sur le canal noir
lourde d'une sombre pensée entre les murs
  de basalte
couverte des plumes et des fourrures
  des herbes et des mousses
— ténèbres ou lumières comme si c'était

le vaisseau du silence
qui nage dans le ciel de nuit jusqu'au jour
et transporte la lumière bienfaisante
  dans ses yeux fermés.

Alice Likowski

Tard le troisième jour, nous sommes retournés au bord de la rivière. Il y avait un soleil d'hiver, mais qui chauffait encore.

Eddy était pieds nus, en jeans, vêtue d'un vieux pull de coton gris qu'elle avait trouvé dans mon armoire. Ce pull, je ne cessais de le contempler avec de grands yeux : je l'avais mis pendant des années pour pêcher, j'avais essuyé dessus du sang et du limon, j'avais transpiré dedans, je l'avais imprégné de mon odeur, et Eddy le portait comme Océan portait ses filles nuages... Toutefois, je n'étais pas ce maudit Soleil. Pull mis à part, je me sentais bien malheureux. Je portais la canne en bambou et le moulinet ventral, et j'étouffais sous mes cuissardes, mon manteau d'hiver et ma veste de pêche. J'avais la mort dans l'âme. Arrivé sur la berge, je posai la canne contre un rocher et j'aurais ôté mon manteau si Eddy ne m'avait enlacé, grimpant sur mes bottes pour tenir ses pieds au chaud et couvrant de baisers mon visage lugubre pour me remercier de me plier à son plan.

Le problème était justement là. Son « plan » était né une heure plus tôt, sur la mezzanine, quand elle m'avait annoncé qu'elle devait retourner ce soir à Portland, et seule. Je n'avais rien dit, mais mon expression s'était sans nul doute modifiée tandis que, le cœur serré, j'avais roulé à bas du lit et m'étais à moitié écrasé sur le plancher. Elle m'avait pris dans ses bras, m'avait dit qu'elle était désolée, m'avait dit de ne pas m'inquiéter, d'être heureux et Attends ! Ecoute ! j'ai un plan ! Alors, j'avais écouté. Une partie du plan, la partie cruciale, était sa promesse de revenir dès le lendemain soir. La meilleure partie était qu'ensuite elle pourrait probablement rester une semaine entière, « pour profiter de la remontée des chinooks (elle avait cligné de l'œil), du moins c'est ce que je dirai à mon père ». Venait enfin la dernière partie du plan, la courbe contre laquelle nous met en garde le prophète Mahomet : au cours des deux heures qui allaient suivre (et après lesquelles elle partirait), je devais faire tout ce qu'elle me demanderait du moment que c'était « raisonnablement possible ». Bien entendu, cela me paraissait très, très suspect, mais j'avais donné mon accord, d'abord parce que j'étais prêt à faire n'importe quoi, aussi stupidement chevaleresque, illégal ou inepte que ce soit, afin d'assurer la réussite des deux premières parties du plan, et ensuite parce que, lorsqu'elle me l'avait demandé, elle était à califourchon sur moi, en tenue d'Eve. Dans ces conditions, comment aurais-je pu discuter ?

Début du plan : elle m'avait fait mettre des vêtements de pêche chauds, des cuissardes, un manteau d'hiver et une veste de pêche, puis elle avait réclamé la place pour prendre sa douche, une serviette, du shampooing (marque Ivory soap) et enfin mon vieux pull en coton. Après quoi, elle m'avait ordonné de remplir mes poches de pain, de fruits, de fromage et de noisettes, puis d'aller chercher des œufs de saumon frais dans la cave, de l'aider à transporter ses affaires dans le minibus et à le faire démarrer avec des câbles reliés à ma batterie. Elle s'était séché les cheveux au soleil pendant que sa batterie se rechargeait, puis elle avait coupé le moteur et m'avait pris la main en disant : « Et maintenant, on va s'amuser. » Sur ce, elle m'avait conduit vers la rivière...

ce qui nous ramène à mon air lugubre, aux pieds nus d'Eddy sur mes bottes, à Eddy nue dans mon pull-over, au soleil nu sur les cheveux ébouriffés d'Eddy qui sentent l'Ivory soap. Elle se tourna vers la rivière encore verte des pluies de la semaine. On apercevait de temps à autre l'éclat d'un saumon. Elle plissa les yeux dans le soleil, puis elle déclara :

« Plus tôt je partirai, plus tôt je reviendrai. Allons-y.

— Où ça ?

— Nous amuser », dit-elle avec un signe de tête en direction de la Tamanawis.

Je croyais que s'amuser c'était les baisers dont elle m'avait couvert, mais je n'insistai pas.

« Quel est le bas de ligne le plus fin que tu aies ? demanda-t-elle.

— Un kilo trois cents.

— Bon, alors monte-le. Fais un nœud baril, prends un hameçon n° 4 et appâte-le. Donne-moi la canne. » Elle eut un large sourire. « Ça devient marrant ! »

Je n'étais pas d'accord, mais je m'exécutai. J'amorçai l'hameçon avec les œufs de saumon, enroulai la ceinture en laine arc-en-ciel autour de sa taille, puis lui tendis la canne. Elle descendit dans le courant le plus poissonneux de H2O, prit une profonde inspiration, étudia attentivement l'étendue d'eau, puis effectua un long lancer en arc de cercle qui aurait atterri dans les aulnes bordant la rive opposée si elle n'avait pas freiné à la dernière seconde, de sorte que l'appât tomba presque sans une éclaboussure dans un trou profond.

« Est-ce que ça mettrait le Plan en danger si je te demandais ce que tu fais, Eddy ?

— Je pêche », répondit-elle.

Et pour pêcher, elle pêchait. Debout sur un tronc d'arbre, les orteils enfoncés dans un tapis de mousse, cependant qu'elle baignait dans la lumière rouge du soleil et que son dos épousait la cambrure de la soie qui dérivait dans le courant. Je ne reconnaissais plus mon passe-temps de toujours : Eddy le transformait en une espèce de danse sacrée. Il me paraissait inconcevable qu'il y eût un seul poisson dans le rayon d'action de son hameçon — que celui-ci fût appâté ou non — qui refuserait de se sacrifier en l'honneur de cette danse.

Il y avait néanmoins une chose que je ne comprenais pas.

« Il y a des chinooks dans ce courant, Eddy, et probablement rien d'autre, dis-je.

— Je sais.

— Certains pèsent plus de vingt kilos.

— Je sais.

— Mais tu utilises un bas de ligne de force un kilo trois cents !

— Je sais. »

Elle ramena son fil.

« Même si tu arrivais à ferrer un chinook sans que le bas de ligne casse, tu ne pourrais jamais l'amener au bord, même si tu consacrais toute la nuit à le fatiguer, affirmai-je.

— Je sais.

— Mais je croyais que tu devais partir à la tombée du jour !

— En effet. Mais pas toi, Gust. Il faut que tu poursuives le plan ! »

Jetant un regard entendu sur mes vêtements chauds, mes poches bourrées de nourriture et mes bottes, elle sourit de son sourire « Aboule ou je te roule ! »...

... et un saumon étincelant fit bouillonner l'eau du trou.

Elle me décocha un nouveau sourire, puis lança sa ligne : l'appât tomba à une dizaine de mètres en amont de l'endroit où le saumon s'était manifesté. Eddy se dressa sur la pointe des pieds, le corps tendu comme un arc, les yeux illuminés par le reflet du soleil sur l'eau. Mon intelligence naturelle ne se borna pas à chuchoter. Elle cria, elle chanta. Elle me dit non seulement que le saumon allait mordre, mais aussi que le poisson, la rivière, les arbres, les rochers, la lumière et le ciel, tout cela était fait, en accord avec les Lois Immuables de la Nature, pour des êtres comme Eddy et pour des moments comme celui-là.

La soie cessa de dériver. Le bout de la canne frémit. Elle l'abaissa presque au niveau de la surface de l'eau pour laisser le poisson bien mordre, puis elle la releva d'un geste à la fois vif et doux. La canne plongea vers le bas. La danse sacrée débuta.

Elle laissa la soie filer du moulinet de fortune sans appliquer la moindre pression. Elle murmura : « Chinook ! », et quand la silhouette argentée creva la surface, elle gloussa comme un vieux sage à l'esprit un peu dérangé. Le saumon nagea vers l'amont, lentement, inexorablement. Eddy donna du mou en freinant si peu que la canne ne se courba qu'à peine. Quelques instants après son premier bond, le saumon sembla se calmer, puis continua à remonter le courant comme s'il ne percevait plus aucune menace. Il nagea vers le milieu du lit et s'arrêta derrière un rocher, aussi inébranlable que le rocher lui-même.

Eddy se tourna vers moi :

« Viens ici, Gus. »

Il me fallait obéir.

« Détache le moulinet et mets-le... dépêche-toi ! Si le poisson demande du fil, donne-lui-en. Ne le laisse pas prendre trop de mou, mais ne lutte pas contre lui : contente-toi de le suivre. Ça marche ! » Elle gloussa de nouveau. « Tiens... prends la canne ! »

Je m'exécutai. Elle noua la ceinture de laine autour de ma taille, puis elle m'embrassa.

« Je dois partir maintenant... mon renou. Je serai de retour demain, au coucher du soleil. Voici mon dernier vœu : *Amuse le chinook !* »

Elle tourna les talons et partit à grandes enjambées vers la maison.

Si le saumon voulait s'échapper, c'était le moment. Je regardai chaque pierre sur laquelle ses pieds nus se posaient. Je regardai chaque mouvement de son corps. Je regardai jusqu'à ce que le jean délavé, le pull-over de coton et les cheveux blonds aient disparu dans le bois de cèdres. J'avais dans la gorge une boule de la grosseur d'une orange. Le poisson resta où il était : il semblait avoir oublié qu'il était pris. Je me retrouvais donc planté au bord de la Tamanawis au crépuscule, un moulinet attaché autour de la taille, une canne en bambou à la main, relié à un monstre par un bas de ligne presque invisible et inadapté à la situation, et muni en outre d'un ordre impérieux : *Amuse le chinook !* C'était impossible, mais c'était le vœu d'Eddy, aussi j'essayai.

Le saumon demeura quelque temps derrière le rocher. Je tenais la canne et la ligne d'une main légère. J'attendais. Je sentais les lents coups de queue d'un gros, très gros poisson. J'avais eu un aperçu de ses flancs étincelants et je savais qu'il arrivait de l'océan. De plus, il était aussi massif qu'un arbre et plus puissant que toutes les eaux vives entre ici et sa frayère. Avec un bas de ligne de force quatre kilos et demi et une journée entière devant moi, j'en serais peut-être venu à bout, mais je n'avais qu'un bas de ligne de un kilo et quelque, et déjà le soleil se couchait sur la mer. Toutefois, Eddy ne m'avait pas ordonné : « Attrape-le ! », mais « Amuse-le ! » Elle pensait par conséquent à une sorte de jeu. Elle savait que je ne parviendrais jamais à l'amener au bord, que je m'efforcerais simplement de ne pas le perdre... eh bien voilà qui allait m'occuper durant son absence. Sinon, qu'aurais-je fait à part pleurnicher sur mon verre de vin en attendant son retour ? Et puis je me demandais ce qu'on éprouvait à « amuser » un poisson le plus longtemps possible tout en sachant dès le début qu'on ne l'attraperait jamais. J'étais peut-être un peu braque, mais l'idée commençait à me séduire. « Très bien, poisson, dis-je à voix haute. Très bien, Gus. Allons-y doucement. Pas de tension. Ni dans la tête, ni dans les mains, ni sur la soie. »

Je contemplai mes mains dans les dernières lueurs du soleil couchant. Je vis le courant souterrain rouge qui circulait sous la peau pâle, je pensai à Nick et à sa paume transpercée, aux toutes petites mouches que j'avais montées, aux grandes choses ou aux choses impossibles que les mains humaines avaient accomplies, et ce même miroitement intérieur qui m'avait poussé à partir sur la route qui longe la rivière naquit de nouveau en moi. Quand le chinook se décida à bouger, j'étais prêt.

Il n'attendit pas longtemps pour me tester : il contourna le rocher du côté opposé et le fil de nylon racla la pierre, mais je sautai aussitôt sur une souche, me dressai sur la pointe des pieds et levai le bout de la canne vers le ciel, ce qui libéra la soie. Le saumon quitta son abri et entreprit de remonter le courant de H2O à coups de queue tranquilles et assurés. Je donnai un peu de mou, calmai ma respiration, puis laissai la ligne filer doucement entre mon pouce et mon index. Et, tandis que je me lançais derrière le poisson, je compris ce qui se passait : la douleur de l'hameçon oubliée, il reprenait sa migration anadrome, son voyage vers sa frayère, et comme il ne sentait aucune tension à cause du fil trop léger, je pouvais, moi un homme de la terre, le suivre et l'accompagner !

Il avançait vite, en plein milieu du courant. Lorsqu'il atteignit les hauts-fonds, je dus presque courir pour ne pas être distancé, mais arrivé dans le pool un peu plus loin, il se reposa, ce qui me permit de le rattraper en sautant par-dessus les troncs d'arbre qui obstruaient le passage. Le soleil avait maintenant disparu, mais une lueur grise à l'est annonçait que la lune ne tarderait pas à se lever. Elle était pleine — ce qui signifiait que tous les saumons allaient entreprendre le voyage — et la mince couche de cirrus ne manquerait pas de réfléchir sa lumière, si bien que la nuit serait claire, sans compter que les nuages formeraient une couverture contre le froid coupant durant les heures qui me séparaient de l'instant où je parviendrais à la source de la rivière. Le chinook repartit. Je laissai se dérouler un peu de ligne et le suivis. Ne pensant qu'à maintenir le fil le moins tendu possible, j'oubliai mes pieds mais, comme c'est si souvent le cas avec les pêcheurs qui s'élancent ainsi derrière un poisson, ils trouvèrent tout seuls leur chemin parmi les souches et les pierres. La rivière n'était pas haute, ce qui constituait un avantage pour moi : je pouvais marcher sur un large espace rocheux entre son lit et les broussailles de la berge. Le saumon franchissait sans faiblir une succession de courants et de petits rapides, et je perdis bientôt la notion du temps. Je ne pensais qu'à la soie, veillant à ce que le poisson ne sente pas la pression, mais pour combien de temps, et jusqu'où, c'était à lui d'en décider.

Lorsque le saumon glissa vers le bord de la rivière où je me trouvais, je dus m'accroupir pour ne pas être vu. Sur les hauts-fonds, il nageait parfois à une distance de deux cannes à pêche de moi. A un moment, je le distinguai même très bien dans les rayons de lune qui illuminaient la surface, silhouette argentée de la taille d'un chien qui flottait dans une eau aussi transparente que l'air. Ce spectacle me fascina tant que je trébuchai. La ligne se tendit et l'hameçon tira sur la bouche du poisson... et ce fut l'explosion ! Le chinook plongea vers le milieu de la rivière à la vitesse d'un orignal au galop. L'idée de l'attraper que je conservais encore dans un coin de ma tête s'évanouit sur-le-champ : sa puissance était impressionnante. Je remontai le long de la rivière le plus rapidement possible, mais le poisson avait pris tant d'avance que le moulinet était presque arrivé au bout. Par ailleurs, la force du courant tendait la soie et l'hameçon mordait plus profondément. Le chinook commença à se débattre. Je savais que s'il réussissait à saisir le bas de ligne entre ses dents, la partie serait terminée. Je rassemblai ce qui restait de fil, rattrapai le saumon et parvins ainsi à diminuer la tension. Le poisson cessa de se débattre et s'arrêta. Le bas de ligne avait tenu. Eddy devait l'avoir attaché à la perfection.

Après une longue attente, il reprit sa migration à la même allure majestueuse qu'au début.

Le chinook remontait la Tamanawis avec toute l'aisance de l'ombre d'un nuage qui file au-dessus d'une vallée. De nombreux pools plus loin, il s'immobilisa derrière un rocher. J'attendis. La lune était haute dans le ciel. Comme le poisson ne bougeait pas, je me trouvai à mon tour un rocher. Je m'assis, déboutonnai mon manteau, mangeai un peu de fromage et une pomme, et fumai même une pipe. On aurait dit que le chinook aussi m'attendait. Peut-être allions-nous devenir amis. Un oiseau nocturne descendit en planant, puis il battit des ailes une seule fois avant de continuer à planer en silence. On avait l'impression qu'il nageait la brasse dans l'air. Arrivé près de moi, il vira pour aller se percher dans un arbre en poussant un long hululement. Je constatai alors qu'il s'agissait d'un grand duc. Comme si son cri était un signal, le saumon repartit.

Au fil du temps, et de l'eau, je m'améliorais. La lune éclairait mes pas, et il me semblait que plus le poisson et moi nous nous enfoncions dans la nuit, moins je devais me montrer prudent. Il n'y avait que dans les rapides que le saumon était comme pris de folie, mais dans les hauts-fonds, les pools, les remous et les courants, il poursuivait à son allure majestueuse. Peut-être qu'il ne sentait plus sa blessure. Peut-être que ses vieux instincts lui soufflaient que la nuit était synonyme de sécurité, quelles que soient les silhouettes sombres qui hantent le bord de l'eau. Ou peut-être qu'il avait depuis le début conscience de ma présence et qu'il s'y était simplement habitué. En tout cas, je progressais avec une assurance qui ne cessait de croître, sans juger utile de m'accroupir ou de marcher sur la pointe des pieds. Et le saumon choisissait de plus en plus souvent de cheminer de mon côté de la rivière, comme s'il préférait ma compagnie. Je ne parvenais pas à m'y faire : je savais qu'il me voyait, et pourtant il nageait toujours à la même vitesse, suivant une route parallèle à la mienne. Il me fallait parfois entrer dans l'eau pour éviter des broussailles ou un amas de troncs d'arbres enchevêtrés, mais les éclaboussures finirent par ne plus effrayer le chinook. Je commençais à penser sérieusement que, devenu curieux, il se demandait qui pouvait ainsi se balader à côté de lui en pleine nuit.

Tandis que je marchais le long de la berge ou dans l'eau et que je surveillais la soie de manière maintenant presque automatique, je m'aperçus que je pouvais de même me libérer l'esprit. La pensée d'Eddy m'occupait avec autant de présence et de régularité que le bruit de la rivière, mais dans le même temps, je me surpris à évoquer le souvenir de Titus qui me parlait des anciens taoïstes et de « l'équilibre » qu'ils mentionnaient. Titus disait que cet équilibre venait d'abord d'un équilibre intérieur : il se transmettait de l'âme à l'esprit, puis de l'esprit au corps, et quand un homme le possédant se mêlait d'art ou d'artisanat, il était capable de prouesses sans précédent. Les maîtres zen du tir à l'arc, les poètes soufis, les paysagistes taoïstes, les premiers marins celtes, tous possédaient cet Equilibre, de même que les Fianas de l'Irlande préchrétienne, les miniaturistes persans, les architectes des grandes mosquées et des cathédrales gothiques. Et au moment où je me demandais si on ne pouvait pas inclure Thomas Bigeater à cette liste, Titus avait ajouté qu'en Chine il y avait eu de simples pêcheurs qui, grâce à cet Equilibre, attrapaient d'énormes poissons à l'aide de simples cannes et d'un seul fil de soie ! « Une ligne casse à un certain point de tension, avait expliqué Titus. Mais si le pêcheur lui-même ne connaît pas de tension et qu'il transmette cela par le biais de ses mains à sa canne, à sa ligne et à son hameçon, il n'y aura pas de point de tension, donc pas de point de rupture. » En vertu de ce principe, avait-il conclu, ces pêcheurs étaient capables de prendre les plus grands poissons existants et d'arriver à les amener doucement entre leurs mains...

J'essayai d'invoquer la paix que j'avais ressentie durant les longues journées de pluie afin de retrouver un espace vide en moi. J'avais le sentiment que si je parvenais à connaître toujours la paix, à être rempli d'un tel vide, je pourrais peut-être posséder moi aussi cet Equilibre...

Puis j'éclatai de rire. Le vide avait disparu... complètement disparu...

Parce qu'Eddy était venue. Elle était venue et elle l'avait comblé, noyé, et il n'y avait pas de plus beau mot pour désigner ce qui brillait désormais en moi que le mot *amour*. Eddy était venue et, cependant que je marchais aux côtés du saumon, cet amour me submergea, et je me mis à rire dans la nuit comme un ivrogne. Je me disais : Pourquoi l'amour ne pourrait-il pas être mon Equilibre ? Pourquoi l'amour ne pourrait-il pas être la force douce qui va du cœur à la main, de la main à la ligne et à l'hameçon, puis du hameçon à la blessure et au poisson ? L'amour ne pourrait-il pas créer cet équilibre sacré ? Ne pourrait-il pas éliminer toutes les tensions ? Et du plus profond de moi naquit une certitude qui déferla comme une vague : l'amour était capable de renforcer la plus fragile des lignes. Tant que j'aimerais, je ne perdrais pas ce saumon, aussi grand et fort fût-il. Tant que l'amour courrait le long de la ligne, il n'aurait aucun désir de s'échapper !

La lune progressait dans le ciel en même temps que le chinook et moi le long de la Tamanawis, sans lutte, presque sans effort. J'avais déjà senti que le saumon commençait à me faire confiance, et peu après, il me sembla qu'il en allait de même avec les autres animaux et les oiseaux. Un deuxième hibou, semblant comme le premier nager la brasse, me survola en silence, et ses yeux rouges et étonnés se posèrent un instant sur moi à l'instant où il frôla le bout de ma canne à pêche. Dans un remous, deux ratons laveurs chassaient les écrevisses et, quand je passai devant eux, ils m'apostrophèrent de leurs voix furieuses et métalliques, mais lorsque je brandis le dernier morceau de fromage de chèvre qui me restait, ils me laissèrent le poser sur le rocher qui se dressait entre eux. Les premiers cerfs que je vis étaient âgés d'un an à peine, aussi attribuai-je leur absence de prudence à l'inexpérience, mais peu de temps après, un quatre-cornes me permit d'approcher suffisamment pour lui lancer une pomme, puis il me suivit des yeux avant de baisser l'encolure pour la manger. Plus tard, un castor passa près de moi en nageant sans battre de la queue, ni plonger sous la surface. Puis, comme je franchissais un banc de galets, sept mergules qui dormaient là sortirent la tête de sous leurs ailes au bruit de mes pas, mais ne se jetèrent pas à l'eau, ni ne s'envolèrent, tandis que ma ligne les frôlait. A chacune de ces rencontres, mon amour et ma certitude grandissaient. J'avais toujours abordé la rivière à la manière d'un magicien muni de sa baguette magique, mais cette nuit, grâce à Eddy et à l'amour, j'étais comme un aveugle conduit par un saumon à la vue perçante qui me montrait un monde que j'avais cru détruit, un monde où un homme peut encore marcher sans crainte parmi les animaux et les oiseaux qu'il appelle « sauvages ».

A la fois ému et honteux de la confiance que me manifestaient les animaux, et alors que, heure après heure, je percevais les puissants coups de nageoire du saumon qui battaient comme le cœur d'argent de la rivière, je sentais que le pêcheur en moi se défaisait. Les paradigmes pêcheur/poisson et chasseur/proie disparaissaient ainsi qu'une traînée de sang qui se diluait dans l'eau. Avec une ligne aussi fine, il n'était pas question d'amener à terre cet énorme poisson. Il n'y aurait ni trahison, ni traîtrise, ni combat, ni mort. Il n'y avait qu'un chinook qui entreprenait son voyage vers ses origines et qui guidait un pêcheur inaccompli au plus profond de la nuit.

Le saumon continuait, inlassable, à remonter le courant à la même allure régulière. La fatigue me gagnait, mes pensées se ralentissaient et mes pieds trébuchaient parfois. Mes mains, par contre, transmettaient le secret de mon cœur au poisson par l'intermédiaire de la soie.

Tandis que je poursuivais ma route comme un automate, la nuit devenait de plus en plus extraordinaire et pourtant de plus en plus familière : j'avais l'impression de revenir dans une ancienne demeure depuis longtemps oubliée. La rivière qui coulait d'est en ouest comme la traverse d'une croix miroitait, luisait et fragmentait la lune. La ligne aussi luisait, pâle dans le clair de lune, qui s'élevait presque à la verticale.

Les cirrus se dissipaient pour ne plus former qu'une brume haute dans le ciel, et un immense arc-en-ciel sphérique entourait la lune et l'accompagnait tout au long de son voyage. La voûte céleste criblée de lointaines étoiles qui brillaient faiblement paraissait couler, tel un fleuve infini, et la Tamanawis illuminée par le clair de lune avait l'air d'un ruban projeté par la Voie lactée. Chaviré, submergé, je marchais dans un silence respectueux, comme intimidé par tout ce que j'avais vu et que je voyais, tout en devinant que de plus grands secrets encore m'allaient être dévoilés.

De temps en temps, dans les pools les plus profonds, d'autres saumons s'approchaient du mien. Au bout d'un moment, je m'aperçus que mon poisson avait attiré de la compagnie, une escorte de mâles qui filaient et zigzaguaient dans son sillage. Je sus alors que mon guide était une femelle, lourde d'œufs, et je sus également que si par miracle j'arrivais à la prendre, je ne pourrais jamais lui faire de mal. Elle nageait sans relâche, et elle paraissait encore plus calme et imposante comparée aux mâles nerveux qui tournoyaient autour d'elle. Dans un rapide, la ligne accrocha un instant, et elle sentit la piqûre de l'hameçon, mais habituée qu'elle était, elle sembla ne pas y prêter attention. Elle nageait avec les mouvements tranquilles et sûrs de celle qui sait qu'elle porte en elle les espoirs de son peuple. Elle nageait sans peur, alors qu'elle nageait vers sa mort.

Dans un large remous à la surface parsemée de feuilles, elle s'approcha à nouveau de moi. Je cherchai du regard les mâles qui la suivaient quand je crus distinguer une ombre. C'était un autre gros chinook. Lorsqu'ils se mirent à remonter le courant côte à côte, je compris qu'elle venait de trouver son compagnon. Le mâle finit à son tour par s'habituer à ma présence, encore qu'il tolérât moins bien les éclaboussures. Je m'efforçai donc de rester le plus possible sur la berge. Ils venaient souvent vers moi et me laissaient les regarder cheminer ensemble cependant qu'ils respiraient le vent mêlé à l'eau comme je respirais l'éther mêlé à l'air. Les animaux et les oiseaux nocturnes s'interpellaient sur notre passage. La lune traversait le ciel, entourée de son halo. Les saumons me conduisaient vers l'amont pendant que les hommes dormaient. Et l'amour nouvellement éclos courait dans mes veines avec la même régularité et la même aisance que le fil léger courait dans l'eau.

Plus tard, bien plus tard, dans les minutes qui précèdent l'aurore, les deux saumons se reposèrent derrière un tronc d'arbre immergé dans environ un mètre d'eau. La lune entourée de son halo arc-en-ciel descendait vers la mer. Le voyage nocturne s'achevait. Les deux chinooks allaient rester là jusqu'aux premières lueurs de l'aube, puis nager vers le prochain pool pour y passer la journée. Ma belle femelle flottait doucement aux côtés de son compagnon, et je souhaitais que notre séparation fût aussi sereine.

J'entrai dans l'eau et me dirigeai vers elle. Tous deux me virent, mais ne bougèrent pas. Centimètre après centimètre, je m'approchai. Je dérangeai à peine la surface et j'avais l'impression que mes jambes, devenues elles-mêmes de l'eau, ne faisaient aucun bruit. Arrivé à une longueur de canne à pêche, je posai ma canne sur l'eau et saisis doucement la soie, puis je continuai à avancer jusqu'à ce que le poisson pris par l'hameçon se trouve à hauteur de mes genoux. J'étais trop fatigué pour éprouver un sentiment de stupéfaction, mais sa docilité et les battements de ses légers coups de nageoire me remuaient comme une musique entendue pendant mon sommeil. Immobile, je rembobinai le fil, et lorsqu'il se tendit, mon poisson frissonna, mais ne chercha pas à s'échapper. J'attendis que le rose et le bleu de l'arc-en-ciel de la lune disparaissent derrière la cime des plus hauts sapins, puis je rembobinai de nouveau un peu de ligne : je l'attirai petit à petit vers moi, priant pour qu'elle ne prenne pas peur. Elle me laissa faire. Alors, lentement, très lentement, je me penchai vers elle...

le bout de mes doigts effleura l'eau. Elle les vit briser le miroir de la surface, mais elle ne bougea toujours pas. Je me penchai davantage, comme si je désirais m'enfoncer dans l'eau avec le mouvement imperceptible de la lune ou du soleil qui se couchent. Je gardai les mains jointes tout en les glissant le long de la soie. Le froid les engourdissait, mais une pulsation continuait de les parcourir, née d'une étrange certitude et d'une soumission à quelque loi secrète de la nature. Mes bras plongèrent en silence, mes manches s'alourdirent d'eau, je sentis le nœud et je commençai à ramener vers moi le bas de ligne invisible. Le mâle, devenu ombrageux, s'éloigna, tourna autour de nous, revint frôler mon poisson avant de décrire un nouveau cercle. Elle seule, au cours de la nuit, avait senti l'hameçon et vu le fil. Elle resta sur place.

Je continuai à rentrer la soie jusqu'à ce que ma main ne soit plus séparée de la femelle que par quelques centimètres. Je tenais le fil de la main droite, et je laissai pendre la gauche un peu plus bas. Mes cheveux, ma barbe, mon visage effleuraient l'eau. Je pris une profonde inspiration et me baissai encore...

Ma tête pénétra dans la rivière. Mes oreilles se remplirent, l'eau s'engouffra par l'encolure de mon manteau et coula, glaciale, sur ma poitrine. J'ouvris les yeux. Je la voyais floue à présent. Elle ne bougeait toujours pas. J'avançai ma main gauche engourdie vers elle, et je touchai son flanc argenté qui brillait dans le clair de lune...

et elle demeura immobile ! Je posai ma main glacée sur son flanc étincelant. Elle accepta mon contact. Elle ne bougea pas.

Les poumons près d'éclater, je dus me relever pour respirer. L'eau dégoulina de ma tête et de mes épaules, retomba en cascade dans la rivière, mais mon saumon ne s'effraya pas. Enfin, d'une saccade la plus légère possible, je cassai le fil à hauteur du nœud. L'hameçon toujours planté en elle au bout du mince bas de ligne, la femelle chinook s'éloigna lentement.

Je m'essuyai la figure, m'emparai de la canne qui flottait à la surface, puis je repris le chemin de la maison.

Je me trouvais sur une hauteur à plus d'une dizaine de kilomètres en amont de chez moi. Je marchai longtemps et je regardai la lune grossir, puis prendre une teinte rougeâtre avant de se coucher. Pendant un moment, je m'efforçai de comprendre ce qui s'était passé, mais j'étais trop épuisé, trop mouillé et trop frigorifié pour réfléchir.

Le ciel commença de s'éclaircir derrière moi à l'est. Je continuai à marcher et à regarder. Le brouillard s'accrochait encore à la rivière tandis que le soleil apparaissait au-dessus des montagnes. La route blanche de givre qui courait elle aussi d'est en ouest brillait dans la lumière matinale. La vallée s'étendait devant moi. Un corbeau appela...

Et soudain je la sentis... une violente douleur qui me vrilla le cœur comme si on y enfonçait un hameçon. Je pivotai d'un bloc : les rayons du soleil me frappèrent en plein visage. Mes yeux se fermèrent.

Et soudain je la vis... la ligne verticale, si ténue qu'elle devait n'être faite de rien qu'on puisse nommer. Elle partait de mon cœur de chair et de sang, traversait ma tête et s'élançait vers le ciel, pareille à un rayon de lumière liquide. Elle courait, née des formes changeantes et ondoyantes du monde, vers un royaume où seule la lumière pouvait pénétrer. Ma douleur s'aviva. Fou de joie, je tombai à genoux sur la route blanchie,

et je sentis la main qui se posait sur ma tête comme la lumière du soleil. Alors, je sus que la ligne de lumière ne menait pas à un royaume mais à un Etre, que la lumière et l'hameçon étaient à lui et qu'ils n'étaient faits que d'amour. Mon cœur était transpercé. Je me mis à pleurer. Je sentais l'Ancien qui m'attirait à lui, qui cherchait à m'arracher à ce paysage d'automne et qui m'appelait à une joie éternelle.

La main se retira. La présence sans nom s'évanouit, et la lumière autour de moi se mêla à la lumière du soleil, celle que je connaissais. Mais dans mon cœur, la blessure resta, ainsi que la douleur salutaire. Je me relevai, m'époussetai les genoux, m'essuyai les yeux et respirai profondément. Je repris mon chemin, encore que je sache qu'à partir de cet endroit de la route et de cet endroit de ma vie, il n'y avait pas d'échappatoire. Il n'y avait nulle part où aller.

LIVRE CINQUIÈME

AU BOUT DE LA LIGNE

La pluie tombe sans eau
et les fleuves sont des courants de lumière.
C'est un amour
qui envahit le monde ;
peu nombreux sont ceux qui le connaissent
pleinement.

Kabīr

Dieu nous guette avec l'amour, et l'amour est pareil à l'hameçon du pêcheur : sans lui, il ne pourra pas attraper de poissons, mais une fois que l'hameçon est pris, le pêcheur est sûr du poisson. Et même si le poisson se tord de-ci, de-là, le pêcheur est sûr de lui. Si bien que moi aussi, je parle d'amour : celui qui est pris par lui est maintenu par le plus fort des liens, et pourtant la tension est agréable ; celui qui subit ce doux fardeau va plus loin et approche plus de son but qu'il ne le ferait par le biais de n'importe quel arrêté rigoureux jamais inventé par l'homme. De surcroît, il supporte facilement tout ce qui lui arrive ; tout ce que Dieu lui inflige, il le prend gaiement. Rien ne fait plus de vous une créature de Dieu, ou de Dieu une de vos créatures, que ce doux lien. Quand on a trouvé cette voie, on n'en cherche pas d'autre. S'accrocher à cet hameçon, c'est être capturé au point que les pieds et les mains, la bouche et les yeux, le cœur ainsi que tout ce qu'est et ce qu'a l'homme devient créature de Dieu... Quoi qu'il fasse, celui qui est pris par cet hameçon, c'est l'amour et l'amour seul qui le fait...

Maître Eckhart

Où qu'il me traîne
je vais
sans que j'aie mon mot à dire.

Djalāl al-Dīn Rūmī

Dernier chapitre

Il n'y a plus grand-chose à raconter. C'était de la ligne de lumière et de la caresse donnée par la main de l'amour que je voulais parler. Maintenant je l'ai fait, ou du moins ai-je essayé de le faire. Peut-être que, désormais, le fantôme du vieil Izaak Walton, son livre et la Controverse me laisseront tranquille. Ou peut-être pas. Cela m'est un peu égal à présent, car je ne suis plus aussi exigeant que par le passé. Je prends les bonnes choses avec les mauvaises et je vis parfaitement heureux. C'est-à-dire que je suis accroché par le cœur jusqu'à ma mort. Qui pourrait demander plus ?

Comme promis, Eddy revint au coucher du soleil. Je lui fis le récit des événements de la nuit et de l'aube, mais j'étais si épuisé et excité que ledit récit se révéla plutôt décousu. Pourtant, lorsque j'eus terminé, elle demeura un long moment silencieuse, plongée dans ses réflexions. Puis elle dit : « Je t'aime. » Vous vous rendez compte ? Elle ne m'avait encore rien dit de pareil ! Et je n'avais rien fait pour cela. C'était l'œuvre du Dieu dans la Lumière. Moi, je me contentais de pendre au bout de la ligne. N'empêche qu'elle l'avait dit. Elle dit aussi qu'elle resterait toute la semaine, mais elle ne tint pas parole : elle resta un mois entier, trois mois entiers, six mois entiers. Et puis un jour de mai, on partit pour Portland, on arracha Titus et Descartes à leur appartement, on kidnappa Bill Bob à la sortie de son école, puis on se rendit dans un patelin paumé où un juge de paix célébra notre mariage comme au siècle dernier. Bill Bob était témoin. Titus prononça un discours sur le Code de la Chevalerie, le personnage de Béatrice, l'Union Mystique, les Avatāra, Leïla et Magnun et ainsi de suite, jusqu'à ce qu'Eddy me souffle qu'on aurait dû prendre Titus comme témoin et laisser le discours à Bill Bob. Pendant ce temps-là, Descartes s'était installé dans un fauteuil pour suivre la cérémonie, seulement il s'agissait du fauteuil pivotant derrière le bureau du juge de paix, et quand il commença à se balancer, le fauteuil se mit à grincer. Entendant cela, le juge de paix se tourna vers le chien et aboya : « Dis donc, mon vieux, tu veux descendre de là tout de suite ! »... Descartes cessa de se balancer. Il plissa son front formidable, fixa ses yeux turquoise sur le juge, puis il chanta. C'était une chanson silencieuse, chantée seulement par les yeux, une chanson qui parlait de force, de crocs, de bonds soudains et de chairs déchiquetées, de fontaines de sang et d'atroces souffrances. Le juge entendit la chanson, devint écarlate, puis livide, puis bleu, se racla la gorge, rectifia son nœud de cravate et écorcha le discours qu'il répétait pourtant depuis trente ans avec toute la suavité requise. La chanson ajouta aux solennités la note de solennité qui manquait (le témoin était en tenue de gym et sirotait du jus de raisin pendant qu'on répondait « oui » aux questions traditionnelles). Ensuite, Descartes sauta au sol, agita la queue, nous lécha tous les deux et, à en croire Titus, grogna : « Gus et Eddy Orviston, eh ben ! » C'était touchant de le voir ainsi presque à court de mots.

On laissa nos copains à Portland, et on retourna au bord de la Tamanawis. Notre « lune de miel », on la passa à la maison : il y avait le bois de cèdres, la rivière, la cheminée, le vin et la mezzanine... Qu'est-ce que les chutes du Niagara ou la plage de Waikiki auraient pu nous offrir de plus ? On se borna à barrer le chemin par une corde à laquelle on accrocha une pancarte marquée :

JEUNES MARIÉS. ALLEZ VOUS FAIRE VOIR.

La corde resta en place deux semaines durant. Je sais que ce n'est pas sympa de censurer ainsi les détails croustillants, mais par les cornes du diable, nous habitons toujours ici. Nos voisins vont lire ce récit, de même que nos parents et nos amis. Que pourrais-je dire ? Ce furent deux semaines fort agréables. Allez vous faire voir !

On a détaché la corde au soir du 21 mai, un vendredi, parce que le 22, c'était un tas de choses à la fois : d'abord, c'était l'ouverture de la pêche à la truite sur les rivières côtières ; ensuite, cela faisait juste un an que j'avais signé le bail pour la cabane ; et puis, c'était mon vingt et unième anniversaire, ce qui signifiait que j'étais maintenant un homme, car aux Etats-Unis on n'est pas un homme parce qu'on a le droit de voter, d'être appelé sous les drapeaux, de porter une arme, de prêcher ou de prier, mais parce qu'on peut boire en toute légalité (ce qui n'était pas pour me déplaire !). Mais surtout, le 22 mai, c'est le jour où j'ai rencontré Julie, ce qui en fait le jour le plus étonnant de ma vie. Attention, je n'ai pas dit le jour le plus important ! Le plus important, c'est celui où j'ai effectué le voyage en compagnie de la femelle chinook. Et je n'ai pas dit non plus le plus agréable ! Le plus agréable, c'est le jour de soixante heures et quelque que j'ai passé avec Eddy, à partir du soir d'Halloween. Ce n'est que le plus étonnant. Et il a commencé comme tout a commencé dans ma vie...

par une partie de pêche. Eddy et moi, Rodney et Rodneyetta (la canne à mouche de deux mètres quarante d'Eddy), nous avons suivi à pied le cours de la Tamanawis. Nous avons refait le chemin le long duquel m'avait conduit la femelle chinook, mais en nous arrêtant en route pour attraper des cutthroats indigènes. Aucun de nous n'avait pêché depuis la mi-mars et la présence des dernières steelheads. C'était un vrai plaisir de retrouver toute l'ancienne magie, car rien ne vaut le spectacle d'une truite qui danse dans la rivière et fait palpiter la canne entre vos mains comme un cœur. Cela produit sur celles-ci le même effet que la vue de votre petite amie produit sur votre corps, que les rêves d'éternité produisent sur votre cœur, que le chocolat au lait produit sur votre palais... Et pourtant, nous avons tué deux truites. C'est plutôt bizarre de tuer son cavalier ou sa cavalière, mais c'est néanmoins ce que nous avons fait. Nous l'avons fait parce que le monde est bizarre, parce qu'il s'agit d'un monde dans lequel, qui que vous soyez, où que vous habitiez, quoi que vous mangiez, quoi que vous choisissiez ou ne choisissiez pas de comprendre et d'apprécier, c'est le sacrifice — le sacrifice doux et sanglant — qui vous nourrit. Nous avons donc tué deux truites, mais nous ne connaissions aucune prière sacrificielle, de sorte que nous nous sommes simplement agenouillés sur la berge pour les féliciter de s'être bien battues, puis nous avons murmuré : « Nage, petite âme. Deviens un oiseau, une souris chantante ou une baleine. » Après quoi, nous avons brisé leurs corps pour nourrir le nôtre.

Sur le chemin du retour, nous avons croisé un pêcheur dans le courant de H2O, de fait une femme à l'allure d'intellectuelle qui, vêtue de tweed, nous tournait le dos cependant qu'elle effectuait des lancers spectaculaires vers le trou près de la berge opposée, celui-là même où Eddy avait ferré le chinook. Il paraissait évident que les femmes aimaient particulièrement cet endroit. Un peu plus bas, dans le pool de Ma, il y avait un autre pêcheur, un vieux pêcheur au coup, le chapeau de paille rabattu sur les yeux, la pipe au bec et aux trois quarts endormi, sans nul doute un disciple de l'Ecole de Pêche Ecrevisse Benson. Puis, près du tas de bois, domaine des écureuils, nous sommes tombés sur Bill Bob.

Il construisait quelque chose. On n'arriva pas à voir quoi, mais il était clair qu'il avait commencé au début de la matinée. Il y avait à côté de lui une petite tronçonneuse, un marteau et des clous, un niveau à bulle, une perceuse, des boulons et des clés. A l'aide de bouts de bois et de morceaux de ferraille ainsi que de tubes en carton, il fabriquait un labyrinthe composé de rampes, de tunnels, de ponts et d'échangeurs qui ressemblait à une version condensée par le *Reader's Digest* du réseau d'autoroutes de Los Angeles. Il avait ses deux radios branchées et réglées si fort qu'il ne s'aperçut pas de notre présence avant qu'Eddy lui eût arraché les écouteurs. Il sauta en l'air, afficha un grand sourire, puis nous serra dans ses bras — surtout Eddy. Elle lui demanda ce qu'il faisait, et il répondit que c'était quelque chose pour les écureuils et pour moi à l'occasion de mon anniversaire. Et comment appelait-il ça ? lui demanda-t-elle.

« Un circuit de rats.

— Quelle merveille ! m'exclamai-je.

— Soit pas "sarcaustique", répliqua Bill Bob.

— Un circuit de rats ! Juste ce dont les écureuils et moi rêvions depuis toujours.

— T'inquiète pas. Y aura pas de rats dedans.

— Ah, excellente nouvelle.

— Comment ça marche ? demanda Eddy.

— Tu mets des cacahuètes dedans et tu t'éloignes pour regarder les écureuils venir et courir tout autour. Ça leur donnera une idée de ce qui les attend quand ils deviendront des gens. »

Je ricanai.

« Tu as parlé à ce maudit Titus !

— C'est pas vrai !

— Alors où tu as pêché cette idée que les écureuils deviendraient des gens ? Ou qu'ils aient besoin de savoir à quoi ça ressemble d'être des gens ?

— C'est Descartes.

— Ah bon ? Et qui a parlé pour Descartes ?

— Titus. Et alors ?

— Alors, même si Titus peut parler à la place de Descartes, Descartes n'est pas un écureuil.

— Et alors ?

— Alors, comment peut-il savoir que les écureuils veulent devenir des gens ?

— Et toi, comment tu sais qu'y veulent pas ?

— Je ne sais pas, reconnus-je.

— Je sais que tu sais pas, dit Bill Bob. Mais Descartes, il sait. Y me l'a dit.

— Titus te l'a dit, tu veux dire.

— Je veux dire Descartes. » Bill Bob me lança un regard incendiaire. « T'es jaloux, c'est tout. Sois pas jaloux, Gus. T'inquiète pas, c'est à toi et pas à Titus ou à Descartes que je demanderai si je veux savoir ce que c'est d'être un garde-bœuf !

— C'est quoi, ça ? interrogea Eddy.

— Un minable petit héron qui bouffe des insectes, répondit Bill Bob. Maintenant, tire-toi, garde-bœuf. Va bouffer des mouches et fiche-moi la paix. J'ai du boulot. »

Je haussai les épaules et me dirigeai vers la porte de derrière...

et là, au soleil, dans un minuscule fauteuil en osier, dormait le plus petit être humain que j'aie jamais vu, une fille âgée de moins de deux mois, ou peut-être même d'un mois ! Eddy sursauta. Bill Bob pouffa de rire. Je regardai, bouche bée.

« Mais qu'est-ce que c'est que ça ? m'écriai-je.

— Chut, fit Bill Bob. C'est Julie. »

Julie ? Qui était Julie ? Ou plutôt, à qui était-elle ? Je n'avais pas vu de femme enceinte depuis Ma, ça faisait près de dix ans. Je me tournai vers Bill Bob, saisi d'un affreux soupçon... Non ! impossible ! Il n'avait même pas encore de duvet ! Mais d'où pouvait bien sortir cette Julie ?

Je rejoignis Eddy qui avait couru s'agenouiller à côté du bébé. Bill Bob se glissa entre nous et nous entoura de ses bras. Julie était si minuscule, son visage si grassouillet et innocent, ses bras si couverts de plis et ses cheveux — du moins le peu qu'elle avait — si blonds, qu'il me fallut un moment pour m'apercevoir qu'elle avait un air familier. Etrangement familier ! Malgré tous les efforts d'imagination qu'on pouvait faire, le visage n'était pas beau, mais il avait quelque chose de merveilleux : on aurait dit celui du vieil homme le plus petit et le plus gentil du monde. Mais quel vieil homme ? Je mis du temps à comprendre, non que ce ne fût pas évident, mais cela paraissait tellement invraisemblable ! Je finis cependant par réaliser :

« Mon Dieu ! Bill Bob ! C'est H2O tout craché ! »

Il rit. D'un air entendu.

« Bon Dieu de merde ! C'est notre petite sœur !

— Ouaip, confirma Bill Bob.

— Surveille un peu ton langage, Gus, me reprit Eddy. Elle a fait un long chemin pour te voir. »

Je n'arrivais pas à m'arracher à Julie.

« Bon Dieu ! Regardez-la ! On dirait une H2O qui a rétréci au lavage ! »

Eddy et Bill Bob éclatèrent de rire et s'embrassèrent. Quant à moi, je ressemblais à un paquet de boue. J'étais complètement démonté. L'existence de ce bébé dépassait mon entendement. A l'évidence, ce n'était pas un enfant adopté, pauvre petite chose. Mais Ma avait quoi, quarante ans ? Et H2O, au moins quatre-vingt-dix ? Julie ! Nommée sûrement ainsi en l'honneur de Juliana Berners, la mère de la pêche à la mouche moderne...

Bill Bob éteignit ses radios. Il étudia mon expression.

« Qu'est-ce qui ne va pas, Gus ?

— Rien, rien.

— Allez, dit-il en souriant et me saisissant le bras. Viens voir de quoi Julie est capable. » On se pencha sur le visage de notre petite sœur. « T'entends ? Tu l'entends ? T'entends comme elle arrive à faire siffler l'air qui lui entre et lui sort par le nez ? Et toute seule en plus ! »

J'écoutai. C'était vrai. L'air frais aux senteurs de cèdre entrait dans son nez, version miniature de celui de H2O, puis ressortait, chaud et humide, imprégné du parfum de Julie. Et en effet, elle faisait cela toute seule ! Mon cœur retrouva ses anciens élans. La gorge serrée, je clignai des yeux.

« Où est Ma ? croassai-je. Où est H2O ? »

Je ne les avais pas vus depuis si longtemps — depuis le jour où j'avais remonté le cours du Sisisicu, le jour où j'avais trouvé que Ma avait pris du poids. Par les cornes du diable ! elle était enceinte ! Mon Dieu ! comme je désirais les voir ! Ils devaient s'imaginer que je les haïssais... je ne leur avais pas présenté Eddy, je n'avais même pas écrit ou téléphoné,

mais qu'est-ce que Bill Bob me voulait ?

Il m'entraîna vers le bord de la falaise qui surplombait la rivière, puis me désigna le courant de H2O : la femme que nous avions croisée, Eddy et moi, était toujours là, vêtue d'un pantalon de pêche et de tweeds anglais, tel un double femelle de H2O. Et alors qu'on regardait, elle effectua un lancer si parfait que sa mouche retomba comme une manne juste derrière une souche à demi immergée. Aussitôt, une truite goba la mouche. La femme ferra, et quand elle poussa un cri de guerre à la Comanche qui nous déchira les oreilles, je répondis par un cri semblable. Ma ! Je dévalai la falaise, suivi de Bill Bob, tandis qu'Eddy venait derrière avec Julie. Soudain, une étrange pensée me vint à l'esprit et je m'arrêtai net, de sorte que Bill Bob me téléscopa. Je regardai en amont. Le pêcheur au coup était toujours là, assis près du pool de Ma, avec sa salopette et sa pipe, occupé à terroriser une boîte de vers. Quand il me vit, il ôta son chapeau de paille et l'agita façon Hopalong Cassidy, dévoilant le crâne chauve de Henning Hale-Orviston. Je ne savais plus où me tourner. J'avais tellement envie de les embrasser tous les deux que je demeurai planté sur place, attendant qu'ils viennent nous rejoindre. Pendant ce temps-là, Bill Bob me dit :

« Ton copain nous rend visite depuis c't automne.

— Mon copain ? Quel copain ?

— Ma l'appelle le “Prof Poches”.

— Titus est venu vous voir ?

— Ouais. Ma, H2O et lui sont copains eux aussi. Et puis Descartes, aussi.

— Mais... de... de quoi vous parlez ? Titus et H2O, je veux dire. Et Titus et Ma ?

— Eh ben, on prend le thé... et les chiens sont acceptés. La première chose que Titus nous a dit, c'est... (Il se livra à une imitation de Titus assez convaincante, sinon que sa voix était deux octaves plus haut)... “Je pense, Henning et Carolina, que vous aimeriez savoir qu'en arabe le mot ‘ma’ signifie *eau.* Ainsi, voyez-vous, Ma et H2O, sans le savoir, Gus vous a donné à tous les deux le même nom.”

— Comment ils ont réagi ? demandai-je.

— Ils se sont donné du Ma et du H2O, et y nous z'ont dit à Titus et à moi de faire pareil si on voulait, et maintenant, tout le monde les appelle comme ça, même ceux de la Haute Eglise, mais c'est pas ça qui les a changés. Depuis le soir où t'as brûlé Nijinski, y sont plus pareils. Ils se sont mis à pêcher ensemble et à se montrer comment y pêchaient, et c'est là que j'ai commencé à y aller aussi parce que ça devenait marrant. Et c'est là qu'y z'ont dû fabriquer Julie, je suppose. Et puis H2O s'est payé un vélo pour se balader avec moi.

— H2O fait du vélo avec toi ? »

Bill Bob acquiesça d'un signe de tête. Je les imaginais, lui avec ses petits drapeaux, ses cartes à jouer qui claquaient sur les rayons, ses tubes de jus d'orange et ses radios, et H2O avec ses tweeds qui s'essoufflait derrière. Décidément, c'était trop ! Une boule dans la gorge, je clignai de nouveau des paupières.

« Y fait un tas de trucs avec moi, maintenant, reprit Bill Bob. Et y veut en faire aussi avec toi, sauf que Ma a décidé de te faire une surprise. C'est pour ça que je t'ai raconté qu'on jouait aux chaises musicales, tu te rappelles ? Parce que Ma montait des mouches et que H2O fabriquait une canne pour la pêche au coup. C'était un secret et c'est pour ça que je t'ai menti. Je t'ai bien eu, hein ?

— Pour ça, oui, répondis-je.

— Et des fois, Descartes et moi, on va pisser dans le parc, tout ça parce que Titus apporte des conneries à lire à Ma et à H2O et y z'aident H2O pour son nouveau livre. Le répète pas à Titus, mais y a que H2O qui lit ses conneries, et y raconte à Ma, comme ça tous les deux peuvent blablater avec Titus.

— De quoi elles parlent, les conneries à Titus ? intervint Eddy.

— Oh, de pêche, d'âmes, des trucs comme ça, je sais pas. Et y a Julie, aussi. Un livre qu'est écrit par la dame qui lui a donné son nom.

— Juliana Berners, c'est ça ?

— Quéque chose comme ça, mais c'est pas elle. Celle-là, c'est qui ? Une reine ?

— Mais non, roi des idiots. C'était une pêcheuse à la mouche de l'ancien temps. Mais alors d'où vient le nom de Julie ?

— De Lady Julian de Norwich.

— C'est qui ?

— Une sorte de dame anglaise que Titus voulait faire connaître à H2O parce qu'elle parle à Dieu et à des gens comme ça.

— Oh ?

— Tu sais ce qu'il a dit ?
— Qui ?
— Dieu, espèce de crétin. A Lady Julian.
— Ah non.
— Tu veux que j'te dise ?
— Ouais, dis-moi.
— Y lui a dit : "Je *pourrais* créer toutes choses pour le mieux, je *peux* créer toutes choses pour le mieux, je *devrais* créer toutes choses pour le mieux et je *dois* créer toutes choses pour le mieux, et *tu devras veiller toi-même* à ce que toutes choses soient pour le mieux..." »

Eddy et moi, on échangea un regard, et on sentit l'hameçon s'enfoncer plus profondément. Bill Bob bomba le torse.

« Je l'ai appris par cœur, dit-il. A cause de Julie. »

Ma nous rejoignit la première. (Elle avait remis la truite à l'eau après l'avoir amenée au bord.) Elle escalada la berge à grandes enjambées dans sa tenue à la H2O, jeta les bras autour d'Eddy en disant : « Ma fille ! » Eddy sourit et dit : « Ma. » Là, je craquai... Ma vit ma figure et hurla : « Fichtre ! fichtre ! Mais c'est Gus le Pleurnichard ! » Elle rit, m'embrassa, puis demanda : « Alors, qu'est-ce que tu penses de ta p'tite sœur, fiston ? » J'essayai de répondre, mais j'éclatai en sanglots. H2O arriva à son tour, me regarda un instant et son visage commença à se défaire... tandis que, soudain, les souvenirs me revenaient en foule : comment, quand j'étais petit, il me portait sur son dos pour traverser les torrents, cependant que je m'accrochais à son cou et regardais le flot tumultueux s'écraser contre ses bottes, et comment, jamais, il n'avait vacillé. Je me précipitai contre lui et, de nouveau, je m'accrochai à son cou... et on resta là, dans les bras l'un de l'autre, pleurant à chaudes larmes, au point que Ma en fut écœurée.

« Bon sang de bonsoir ! Eddy ! s'exclama-t-elle. On dirait qu'on a toutes les deux épousé de vraies fontaines d'eau salée. Quelqu'un a soif ? »

Elle fit un pas vers H2O et lui lécha la figure.

Il arrive souvent que les gens ne sachent pas de quoi ils [illegible] mais quand ils parlent d'amour, c'est encore pire !

Tout ce qu'on peut dire avec certitude au sujet de l'amour, c'est qu'on ne peut pas en dire grand-chose. Ce qui n'empêche pas d'essayer. On peut établir des analogies. L'amour ressemble à un tas de choses. A une rivière à truites, par exemple : essayez de capturer une rivière à truites avec un barrage et vous avez un lac ; essayez de l'attraper avec un seau et vous avez un seau d'eau ; essayez d'en mettre un peu sous un microscope et vous avez un gros plan sur des micromachins informes qui se tortillent. Lorsqu'elle coule entre ses deux berges, à son propre rythme et comme il lui plaît, une rivière à truites n'est qu'une rivière à truites.

L'amour est aussi un sumac vénéneux. On ne peut pas expliquer la démangeaison qu'il provoque à celui qui ne l'a jamais ressentie. Et on ne peut pas expliquer l'amour à celui qui n'a jamais été piqué par le sumac vénéneux... non, non, je plaisante. Ce que je veux dire, c'est que l'amour ressemble vraiment au sumac vénéneux : il est très contagieux. Vous le grattez, cela empire. Touchez quelqu'un avec, et il l'attrape à son tour. Par contre, ce que l'amour n'est pas, c'est le poisson moyen ; si l'amour était un poisson, il serait suicidaire : il désirerait être pris.

Je ne sais pas où je l'ai attrapé pour la première fois. Je soupçonne que je l'avais depuis toujours mais que je l'ignorais — peut-être parce que le murmure des rivières à truites avait étouffé sa voix, l'avait endormi, l'avait engourdi et m'avait hypnotisé pour que je ne l'entende pas. Et je pense aussi que ceux qui croient ne pas l'avoir et ne pas le vouloir feraient bien de se montrer vigilants, car il peut vous attraper n'importe quand, n'importe où, n'importe comment, et vous ne vous rendez même pas compte que vous l'avez avant de commencer à vous gratter, et plus vous vous grattez, plus il vous démange, et plus il vous démange, plus vous l'appréciez, au point d'en être infesté et de vous asseoir pour écrire des conneries pareilles au lieu d'aller pêcher ! Comme il est effrayant cet amour ! Il peut représenter un danger pour vous-même. Il peut vous changer. Il peut vous amener à faire de drôles de choses. Regardez par exemple ce qu'il m'a amené à faire avec mon ordre d'incorporation !

En décembre, avant notre mariage, j'ai en effet reçu mon ordre d'incorporation, pratiquement pour Noël. Il est arrivé dans une enveloppe, accompagné d'une lettre du Gouvernement. C'était la première fois que je recevais une lettre du Gouvernement, aussi l'ai-je examinée avec une grande attention. Elle avait un côté solennel. Je voyais bien qu'elle se donnait de grands airs et qu'elle tenait à ce que je la juge importante. Cela aurait peut-être réussi sans Eddy, le chinook et la caresse d'une main qui m'avaient montré ce qui était réellement important. La lettre n'en était pas moins intéressante. Le Gouvernement me disait que je devais porter tout le temps l'ordre d'incorporation sur moi, parce que telle était la loi. En revanche, le Gouvernement ne me disait pas de quel type de loi il s'agissait, mais il m'en communiquait les références, lesquelles étaient assez nombreuses : c'était une loi de la catégorie 45-Sec.rGff1289bdbdbd-$XK. Une véritable formule de nécromancien. La Magie des nombres du Gouvernement. J'aurais pu en être intimidé, mais on trouve beaucoup de trucs du même genre dans l'industrie des articles de pêche, et on apprend à ignorer les chiffres, les lettres et les traits d'union pour poser des questions simples, du genre : « J'ai vu une canne 45-Sec.rGff, un moulinet $XK et une ligne 1289bdbdbd, mais ce que je voudrais savoir, c'est si on les a bien en main, si c'est agréable à l'œil, si ça titille la bonne vieille intelligence naturelle quand on les essaye. » Et dans ce cas-là, j'envisagerai peut-être de les acheter ou de tâcher d'en fabriquer de semblables.

Voilà à quoi je pensais en examinant l'ordre d'incorporation que le Gouvernement voulait que je porte sur moi. Il n'était pas lourd, rien de tel, et il ne me posait aucun problème sur le plan physique. Je pouvais simplement le glisser dans ma poche — il risquait tout au plus de se mouiller. J'ai bien regardé ce qui était écrit dessus : il y avait mon nom, mon âge et mon adresse, ainsi qu'une note rappelant, comme dans la lettre, que je devais le garder en permanence sur moi ; on me précisait aussi que j'étais classé « 1-H » et d'autres [illegible]ces dont je ne me souviens pas. Par contre, je me souviens [illegible] debout à côté de la boîte aux lettres et que des nuages couraient dans le ciel, de gros nuages d'hiver annonciateurs de tempête qui s'amassaient, cependant que les arbres échangeaient des murmures à propos de la menace qu'ils représentaient. Je me souviens qu'il y avait des steelheads dans la rivière et des animaux dans la forêt, ainsi qu'un oiseau qui tournait de temps en temps dans le ciel. Il y avait Eddy dans la cabane, il y avait nos amis éparpillés le long de la vallée, qui tous vaquaient à leurs occupations. Et il y avait un Jumeau Jardin caché dans mon ombre, laquelle était cachée par les nuages. Et il y avait une ligne invisible qui partait de mon cœur, traversait ma tête et montait vers le Royaume où l'Etre de Lumière m'attendait, nous attendait tous...

et puis il y avait cet ordre d'incorporation. Il avait l'air de moins en moins important. Je n'étais pas sûr de vouloir qu'on me rappelle sans cesse mon nom, mon adresse ou mon âge, ou encore le fait que j'étais classé « 1-H ». Je ne savais même pas ce que 1-H signifiait. Etre désigné par le premier nombre me faisait néanmoins l'effet d'un éloge. C'était toujours mieux que d'être 23-H, 135-H ou quelque chose comme ça. Mais si c'était un éloge, qu'est-ce que cela entraînait ? Je l'ignorais. J'ai été le montrer à Eddy.

Elle n'a aimé ni la lettre, ni l'ordre d'incorporation. Elle ne les a pas aimés du tout. Elle a dit que cela signifiait que je pouvais être appelé à faire mon service militaire et que j'avais attendu trop longtemps pour m'inscrire dans une université quelconque et obtenir ainsi un sursis. Elle a dit que si j'étais appelé, je partirais sans doute pour le Vietnam. Elle a semblé plutôt bouleversée. Je me suis efforcé de lui remonter le moral. Je lui ai dit que, de toute façon, je ne me serais inscrit nulle part, si ce n'était pour enseigner la pêche, mais elle s'est énervée, a répliqué que je ne savais pas ce que je disais. Est-ce que je me rendais compte de ce qui se passait au Vietnam et de ce qui m'attendait si j'y allais ? Non, ai-je répondu, je ne me rends pas compte. J'ai été chercher l'atlas et je l'ai ouvert à la page du planisphère. Eddy s'est assise à côté de moi. On a regardé où était le Vietnam et où était l'Oregon, et j'ai constaté qu'en dehors de toute autre chose, le Vietnam était sacrément loin. Je l'ai fait remarquer à Eddy et elle m'a traité de grand idiot puis, au bord des larmes, elle m'a serré dans ses bras. Je lui ai demandé combien de temps je devrais y rester si je partais. Presque deux ans, m'a-t-elle répondu. Si elle était à ma place, est-ce qu'elle partirait ? lui ai-je demandé. Non, elle ne partirait pas. J'ai dit : « On ne fait qu'un, tu es d'accord ? » Oui, a-t-elle répondu. « Et ce n'est pas une loi qui a décrété qu'on ne faisait qu'un, mais le vœu qu'on a prononcé, tu es toujours d'accord ? » Oui, a-t-elle de nouveau répondu. « Eh bien, dans les livres de Titus, quand la loi exige des gens qu'ils brisent leurs vœux, les gens n'obéissent pas. Je crois que je vais faire pareil. » J'ai pris une bouteille de vin vide, j'ai glissé la lettre et l'ordre d'incorporation à l'intérieur, puis j'ai remis le bouchon et j'ai été la jeter dans la Tamanawis. Je ne l'ai jamais revue. J'ignore ce qui lui est arrivé. Peut-être qu'elle s'est cassée sur un rocher et qu'elle a coulé. Peut-être qu'elle a dérivé jusqu'à l'océan. Peut-être qu'elle a dérivé jusqu'au Vietnam. Je ne sais pas. C'était à la rivière et pas à moi d'en décider.

Quelques semaines plus tard, j'ai reçu une nouvelle lettre du Gouvernement. Elle m'annonçait qu'il allait y avoir un tirage au sort pour décider si je serais ou ne serais pas appelé sous les drapeaux. Et si ce n'était pas moi, ce serait qui ? Elle expliquait qu'on mettrait les dates de naissance de tout le monde dans une espèce de cuve, de tonneau ou je ne sais quoi, qu'on remuerait le tout, puis qu'un certain général Louis B. Hershey plongerait la main dans le tonneau pour en sortir les dates de naissance une par une, et que c'est dans cet ordre-là que les gens seraient incorporés et envoyés au Vietnam ou ailleurs. C'est cette lettre qui m'a apporté la preuve que ceux qui travaillent au Gouvernement ne sont pas tous sains d'esprit. En voilà des dispositions incroyables ! Il avait sans doute fallu pas mal de temps à pas mal de personnes pas très saines d'esprit pour concocter un truc pareil. Toutefois, je m'interrogeais sur la raison qui poussait le Gou-
rnement à me raconter tout cela puisque la décision avait
sans qu'on m'eût seulement consulté. Et puis,
urquoi m'expédiait-on ces lettres ? Je ne savais

rien du Vietnam, je ne savais pas pourquoi on nous envoyait là-bas, et puisque je ne savais pas qui on devait tuer, ni pourquoi on devait tuer, je pensais que je ferais tout aussi bien de rester à la maison et de laisser partir ceux qui savaient. Je pensais que rien de tout cela ne me concernait. De fait, j'en avais tellement la conviction que je suis allé de nouveau chercher une bouteille de vin vide...

Puis j'ai commencé à m'inquiéter. Qui sait combien de lettres le Gouvernement jugerait bon de m'envoyer ? Cela pourrait durer des années et je ne me voyais pas continuer à les jeter à l'eau l'une après l'autre dans une bouteille. Premièrement, je finirais par être à court de bouteilles et, deuxièmement, les bouteilles risqueraient de se casser et des gens pourraient se couper, de stupides petits poissons pourraient manger les éclats et des mouettes s'étouffer avec les bouchons. Ou peut-être que les bouteilles ne se briseraient pas, que des baleines les avaleraient telles quelles en les prenant pour de petits Jonas tout verts et qu'elles se casseraient dans leurs estomacs et les blesseraient, que des phoques joueraient avec et se couperaient la bouche, que des pélicans les prendraient pour des poissons, ou encore que des pêcheurs japonais, scandinaves, russes ou péruviens les remonteraient dans leurs filets et que les messages à l'intérieur les dérouteraient et les déprimeraient parce que ni eux ni aucun membre de l'équipage de leurs bateaux ne comprendraient l'anglais. Qui pouvait savoir ? Pas moi, en tout cas. Aussi ai-je préféré brûler la lettre.

J'en ai reçu une autre. Elle disait, de manière fort détournée, que le général Louis B. Hershey avait tiré ma date de naissance — le 22 mai — en 301e position sur 365. Je l'ai montrée à Eddy. Elle était contente, car cela signifiait que je n'irais pas en prison, ni au Vietnam, ni où que ce soit où je n'avais pas envie d'aller. Mais moi, je n'étais pas content. J'étais même furieux. Vous vous rendez compte ? J'aurais pu aller en prison, comme ça, juste pour avoir un anniversaire, juste pour avoir ouvert mon courrier !

Je ne suis pas allé en prison. Pourquoi ? Eh bien, parce que le général Louis B. Hershey avait une ligne de lumière qui, jaillie de sa tête, menait au Royaume de Lumière et que le Pêcheur qui attendait au bout manipulait la ligne comme le fil d'une marionnette, si bien que le général Louis B. Hershey avait tiré les dates de naissance selon un ordre établi. Ce qui signifiait que ceux dont les dates sortaient du tonneau étaient conduits par leur ligne de lumière soit en prison, soit au Canada, soit au Vietnam et que d'autres, comme moi, restaient où ils étaient. Quel monde étrange ! Je souhaiterais parfois que cette ligne de lumière et d'amour ressemble davantage à un fil monobrin de force cinq cents kilos. Je souhaiterais parfois qu'elle ne soit qu'un foutu câble d'acier, car lorsque la ligne est si ténue et le pouvoir d'équilibre de la main du Pêcheur si grand, il est drôlement facile pour le menu fretin qu'est l'homme de penser et d'agir comme si la ligne d'amour n'existait pas et de faire aux autres des choses stupides, absurdes et horribles comme de mettre des dates d'anniversaires dans un tonneau et d'en extraire quelques-unes pour que ceux à qui elles correspondent aillent tuer d'autres gens. Face à de tels événements, je ne peux m'empêcher de regretter qu'Il ne tire pas un bon coup sur la ligne pour secouer un peu ceux qui le méritent. Tout cela, c'est dans ma tête. Dans mon cœur, je n'ignore pas que l'Homme-Pêcheur sait ce qu'il fait : le bras comme des rivières, la main comme des océans, il surveille ses lignes avec une patience infinie, bienveillant à l'égard de ceux qui L'aiment, mirage à l'égard de ceux qui ne L'aiment pas.

En définitive, ce qui compte, c'est la manière de voir les choses. Et la manière dont on voit les choses dépend de la manière dont Sa ligne vous conduit à les voir. Depuis quelque temps, j'essaye quant à moi de voir les choses comme un homme du nom de Hu :

Il était une fois un vieux taoïste du nom de maître Hu qui vivait dans un village de l'ancienne Chine. Hu aimait Dieu et Dieu aimait Hu. Quoi que fît Dieu, Hu était content, et quoi que fît Hu, Dieu était content. Ils étaient amis, et même si bons amis qu'ils plaisantaient beaucoup ensemble. Hu s'amusait à appeler Dieu « le Gros Balourd ». Voilà comment il blaguait. Dieu était content. Il lui retournait la plaisanterie et, par exemple, lui couvrait le visage de verrues, lui mettait des kystes sur le cuir chevelu, de l'arthrite dans les mains, une bosse dans le dos, des chancres dans la bouche et de la goutte dans les pieds. Voilà comment Il blaguait. Sacré Dieu ! Quel blagueur ! Mais Hu était content.

Maître Hu devint bossu comme un crapaud, tordu comme du bois de merisier, un vrai bretzel humain. « Espèce de Gros Balourd ! » criait-il à Dieu en riant. Dieu était content. Il affligea Hu d'une jambe droite plus courte de vingt-cinq centimètres que la gauche afin de montrer qu'Il écoutait. Et Hu riait de plus belle, marchait en décrivant de petits cercles pour exhiber sa jambe atrophiée et disait aux villageois : « Ha ! ha ! ha ! regardez ! le Gros Balourd m'écoute ! Regardez comme Il me fait bossu, tordu et laid ! Il me fait rire tout le temps ! C'est à cela que sert un Ami ! » Et les habitants du village le regardaient en secouant la tête : oui, le vieux Hu ressemblait à un épouvantail, à un cadavre ambulant, à une serpillière. Il adressait des clins d'œil aux villageois, levait les yeux vers Dieu et criait : « Alors ! Gros Balourd ! et maintenant ? » Et crac ! une nouvelle verrue lui poussait !

Les gens secouèrent tant la tête que leurs langues se délièrent. Ils disaient : « Ce pauvre maître Hu est devenu fou. » Et c'était peut-être vrai. Peut-être que Dieu lui avait envoyé la folie en même temps que les verrues, les kystes, la bosse et la goutte. Qu'est-ce que Hu en avait à faire ? Il était content. Il aimait Dieu, Dieu l'aimait, et Hu était le vieil homme le plus courbé, le plus laid et le plus heureux de l'empire jusqu'au jour où il murmura :

Alors ! Gros Balourd ! et maintenant ?

Dieu prit la ligne de Hu dans sa main et la tira droit à Lui. Hu était content. C'est à cela que sert un Ami.

Note du traducteur

Nous avons tenu dans la mesure du possible à respecter le vocabulaire utilisé par les pêcheurs.

Ainsi un « pool » désigne un trou d'eau large et profond ou un bassin souvent situé au pied d'une cascade et où les saumons se reposent lorsqu'ils remontent les rivières vers les frayères.

La « soie » est le terme couramment utilisé par les pêcheurs à la mouche ou « moucheurs » pour désigner la ligne ou le fil.

Le « spinner » est une mouche éphémère adulte. Ce terme est parfois utilisé pour faire référence à un appât.

Le « streamer » est une mouche artificielle noyée qui imite selon les cas des petits poissons, des alevins, des larves ou des crevettes.

Enfin, la « pêche au coup » est une pêche statique qui vise en général les poissons blancs d'eau douce.

En ce qui concerne les truites et les saumons, nous avons préféré conserver les noms anglais, car les espèces mentionnées ne se trouvent le plus souvent que dans les régions où se déroule le récit. En voici cependant un rapide descriptif :

Cutthroat : grande truite de mer originaire des lacs et des rivières froides qu'on trouve en Californie du Nord et jusqu'au sud de l'Alaska qui pèse un maximum de 30 kilos et présente des taches noires de forme ronde ainsi qu'une marque rouge sous la mâchoire (d'où son nom qui signifie « cou coupé »). Appelée parfois truite fardée.

Blueback : littéralement : « dos bleu ». Truite de la famille des truites arcs-en-ciel. (C'est également un saumon — appelé saumon nerka — en général assez petit qui remonte les rivières pour frayer à la fin de l'été ou à l'automne.)

Steelhead : littéralement : « tête d'acier ». Grande truite arc-en-ciel argentée anadrome.

Chinook : grand saumon du Pacifique Nord qui pèse de 10 à 50 kilos.

A noter que les Américains de la côte ouest ne parlent en principe pas de truites de mer qu'ils appelent « steelheads » et « sea-run cutthroats ».

Il convient par ailleurs de signaler que « Rodney », le nom que donne Gus à sa canne à mouche, est un prénom courant et que « rod » signifie « canne à pêche » en anglais. Enfin, « Eddy », le prénom de la belle « pêcheuse », veut également dire « remous » en anglais.

Le traducteur tient d'autre part à remercier M. Jean-Paul Rospars pour l'aide précieuse qu'il lui a fournie dans le domaine de la pêche.

Imprimé en France sur Presse Offset par

BRODARD & TAUPIN

GROUPE CPI

La Flèche (Sarthe), 12623

N° d'édition : 3300
Dépôt légal : octobre 2001
Nouveau tirage : mai 2002